„Wciągająca, pełna napięcia i prowokująca do myślenia" — „Publishers Weekly"

„*Mroczne jezioro* Sarah Bailey to mroczny, pełen napięcia i wybuchowy debiut, który cię wciągnie od pierwszej do ostatniej strony" — „New Idea"

„Imponujący debiut" — „Booklist"

„Przeczytałem ten cudownie skomplikowany, hipnotyzujący debiut z prędkością nadświetlną. *Mroczne jezioro* Sarah Bailey sprawi, że czytelnicy będą siedzieć nad tą książką do późna w nocy". Karen Dionne, autorka *Córki króla moczarów*

„Fascynująca... Bailey konsekwentnie rozwija swoje postacie, a paliwem napędzającym *Mroczne jezioro* nie jest przemoc, lecz doskonała narracja. To wspaniały początek dla całej serii" — Oline Cogdill, Associated Press

Sarah Bailey jest pisarką mieszkającą w Melbourne. Wcześniej pracowała w reklamie i komunikacji. Ma dwoje małych dzieci i obecnie jest dyrektorką firmy Mr Smith, zajmującej się realizacją kreatywnych projektów. W ciągu ostatnich pięciu lat napisała wiele krótkich opowiadań i recenzji. *Mroczne jezioro* to jej pierwsza powieść. Druga książka, której bohaterką jest detektyw sierżant Gemma Woodstock, zatytułowana *Into the Night*[*], została wydana w 2018 roku.

[*] Tytuł polskiego wydania: *Gdy zapadnie noc — przyp. red.*

Opinie o książce *Mroczne jezioro*

„*Mroczne jezioro* to psychologiczny thriller policyjny oraz podróż po umyśle kobiety dręczonej przez poczucie winy" — „New York Journal of Books"

„*Mroczne jezioro* wciągnęło mnie od pierwszej strony! W tym wspaniałym debiucie Sarah Bailey łączy najlepsze elementy thrillera. Mamy tu detektyw zatrudnioną w policji, która ciężko pracuje na swoje sukcesy, a do tego zmaga się z problemami osobistymi, oraz piękną ofiarę, której niepokojący urok okazuje się jej największą zaletą i przyczyną jej zguby, a wszystko to dzieje się w małym mieście nękanym przez duchy przeszłości i tajemnice teraźniejszości. Ciekawe zwroty akcji i doskonale nakreśleni bohaterowie sprawią, że ta książka utrzyma cię w napięciu do samego końca" — Lisa Gardner, autorka bestsellerów „New York Timesa" zatytułowanych *Krok za tobą* i *Znajdź ją*

„Ten starannie dopracowany debiut jest sukcesem już od pierwszej strony" — „Daily Telegraph"

„Przeczytałem *Mroczne jezioro* za jednym razem, tak dobra jest ta książka. Ten thriller kryminalny pochłania cię już od pierwszej strony, powoli wciągając cię w sieć oszustw i skrywanych sekretów. Książka jest pięknie napisana i szybko się ją czyta. Gorąco polecam" — Douglas Preston, autor bestsellera „New York Timesa" zatytułowanego *Zaginione Miasto Boga Małp* oraz współautor bestsellerowego cyklu *Pendergast*

„Uzależniająca i kompletnie wciągająca" — „Weekly Review"

„*Mroczne jezioro* to hipnotyzujący thriller pełen skrywanych sekretów, który wciągnął mnie od samego początku i sprawił, że zamiast pójść spać, odwracałam kolejne strony. Gemma Woodstock jest pełną wad i kompletnie autentyczną postacią. Z przyjemnością odbyłam z nią tę podróż, stopniowo odkrywając prawdę o jej przeszłości. Debiut Sarah Bailey jest naprawdę imponujący — nie mogę się doczekać jej następnej książki!" — Jennifer McMahon, autorka bestsellera „New York Timesa" zatytułowanego *Zimowe dzieci*

„Tyle osób porównuje Sarah Bailey do Gillian Flynn i Tany French — i ma całkowitą rację. Jej proza jest niewiarygodna. Poetycka i doskonale skonstruowana... Polecam tę książkę, jeśli lubisz thrillery kryminalne z silną postacią bohaterki, a także częste zwroty akcji. Z niecierpliwością czekam na następne książki Sarah [Bailey]!" — A Girl and Grey

„Debiutująca pisarka Sarah Bailey bardzo obrazowo opisuje nie tylko krajobrazy, ale też stan umysłu Gemmy, skupiając się na intensywności fizycznego i emocjonalnego bólu bohaterki, a także na jej rosnącym niezadowoleniu. *Mroczne jezioro* wpisuje się w trend kryminałów, których akcja toczy się na australijskim odludziu, i jest kolejnym przedstawicielem tego gatunku, tak gorąco wyczekiwanym przez osoby czujące pustkę po przeczytaniu *Suszy* Jane Harper — „Books+Publishing"

„*Mroczne jezioro* to fantastyczny debiut. Książka jest tak pięknie napisana i tak wciągająca, że trudno uwierzyć, iż jest to pierwsza powieść tej autorki. Lubię rozwikływać zagadki morderstwa, w których postacie są świetnie nakreślone, szczególnie gdy bohaterowie mają złożoną psychikę, a historia jest skonstruowana w taki sposób, że ciągle zgaduję, co będzie dalej. *Mroczne jezioro* ma to wszystko, a nawet więcej. Postacie i łączące je relacje są niejednoznaczne i szczegółowo przedstawione, dzięki czemu są nad wyraz rzeczywiste... Bardzo trudno było mi się zmusić do odłożenia tej książki" — Sarah McDuling, Booktopia

GEMMA WOODSTOCK #1

MROCZNE JEZIORO

SARAH BAILEY

PRZEKŁAD: JOANNA SUGIERO

editioblack

Tytuł oryginału: The Dark Lake (Gemma Woodstock #1)

Tłumaczenie: Joanna Sugiero

ISBN: 978-83-283-5580-4

The extract on page 192 from The Velveteen Rabbit, written by Margery Williams and illustrated by William Nicholson, is from the 1922 edition, published by Doubleday & Company, Inc., New York

Helion SA
ul. Kościuszki 1c, 44-100 Gliwice
tel. 32 231 22 19, 32 230 98 63
e-mail: *editio@editio.pl*
WWW: *http://editio.pl* (księgarnia internetowa, katalog książek)

Printed in Poland.

Dla moich synów Oxforda i Linusa, którzy w jakiś sposób zdołali sprawić, że świat stał się jednocześnie większy i mniejszy.

Gwałtownych uciech i koniec gwałtowny;
Są one na kształt prochu zatlonego,
Co wystrzeliwszy gaśnie.

William Szekspir, *Romeo i Julia*, Akt II: Scena VI,
przekład Józefa Paszkowskiego

Teraz

Kiedy wspominam tamto lato, w mojej głowie coś się uwalnia. Jakbym miała wewnątrz metalową kulę, a mój mózg był automatem do gry w pinball. Staram się, żeby ta kula nie odbijała się zbyt długo. Gdy na to pozwalam, zaczynam czuć coś dziwnego pod powiekami i w gardle i nie jestem w stanie robić normalnych rzeczy, takich jak zamówienie kawy czy zawiązanie sznurówek Benowi. Wiem, że powinnam próbować zapomnieć. Żyć dalej. To właśnie doradziłabym komuś w mojej sytuacji. Prawdopodobnie powinnam się wyprowadzić, wyjechać ze Smithson, ale zaczynanie wszystkiego od nowa nigdy dobrze mi nie wychodziło. Nie potrafię odpuścić ani zapomnieć.

W ciągu dnia nie jest jeszcze tak źle: jestem czymś zajęta i nagle moje myśli wędrują do niej, a mała kulka zaczyna się odbijać rykoszetem po mojej głowie. Wtedy przerywam zdanie w połowie albo zapominam nacisnąć pedał gazu, gdy zapali się zielone światło. Zazwyczaj jednak potrafię się otrząsnąć i wrócić do rzeczywistości tak szybko, że nikt niczego nie zauważa.

To zadziwiające, jak głęboko człowiek potrafi zakopać pewne rzeczy, jeśli tylko chce.

Jedynie czasami, gdy jest już późno, pozwalam sobie na rozmyślanie o tym, co się wydarzyło. Na takie prawdziwe rozważania. Przypominam sobie pulsujący upał. Przypominam sobie szaleństwo w mojej głowie i dławiący strach w piersiach. I oczywiście myślę o Rosalind. Zawsze o Rosalind. Leżę nieruchomo na plecach, a ona pojawia się na suficie w mojej sypialni i porusza się w niemym pokazie slajdów. Oglądam kolejno poszczególne obrazy: ona w pierwszej klasie w wysoko naciągniętych kolanówkach; ona idąca Ayres Road na przystanek autobusowy z tornistrem podskakującym na plecach; ona paląca papierosa przy szkolnym boisku; ona pijana na imprezie u Cathy Roper, z oczami podkreślonymi grubą kreską.

Ona na balu debiutantek, ubrana cała na biało.

Ona całująca jego.

Ona, leżąca na stole do autopsji z pociętym ciałem.

Nie potrafię już stwierdzić, czy te obrazy pochodzą z moich wspomnień, czy pojawiły się podczas śledztwa. Po jakimś czasie zaczęły tracić swoją wyrazistość. Kilka razy wszystko mi się pomieszało i na moim suficie wylądował Ben z rozciętym brzuchem na stole do autopsji. W takich sytuacjach wstaję, włączam światło w korytarzu i idę do pokoju, żeby sprawdzić, czy u niego wszystko w porządku.

Kiedy było już po wszystkim, obiecałam sobie, że zacznę od nowa. Że nie pozwolę na to, by przeszłość ciągnęła mnie w dół. Ale to jest trudne. Trudniejsze niż myślałam. Tyle się wydarzyło tamtego lata. To wszystko w jakiś sposób wciąż we mnie żyje i wije się jak żywa bestia.

To dziwne, ale na swój sposób za nią tęsknię.

Tęsknię za wieloma osobami.

Jedno z moich wspomnień, które na pewno jest prawdziwe, pochodzi z lekcji angielskiego w ostatniej klasie szkoły średniej. Na dworze było ciepło; okna po obu stronach sali były otwarte. Pamiętam delikatny wiatr, który nas owiewał, gdy pani Frisk chodziła po sali, rzucając nam krótkie pytania. Omawialiśmy *Romea i Julię* Szekspira. Te lekcje różniły się od lekcji angielskiego z poprzednich lat. Każdy, kto zaszedł tak daleko, podchodził już do nauki poważniej. Nawet chłopcy byli uważni przez większość czasu. Nikt nie chichotał podczas omawiania scen miłosnych, tak jak w poprzednich klasach.

Rose zawsze zajmowała miejsce z przodu sali. Siedziała wyprostowana — to zasługa wielu lat trenowania baletu — a gęste karmelowe włosy spływały jej po plecach. Ja zawsze siedziałam przy drzwiach po drugiej stronie sali. Stamtąd mogłam ją obserwować. Przyglądać się jej doskonałym ruchom.

— Jak myślicie, co miał na myśli Szekspir, pisząc „gwałtownych uciech i koniec gwałtowny"?

Czoło pani Frisk było zroszone potem. Spacerowała wzdłuż sali, przechodząc od jednej kałuży słońca do następnej.

— To chyba taka zła przepowiednia? — zastanawiał się Kevin Whitby. — Wiemy, że z góry byli skazani na klęskę. Szekspir chciał, żebyśmy byli tego świadomi. Uznał, że takie ostrzeżenie powinno rozpocząć całą scenę. W dzisiejszych czasach pisałby zajebiste ogłoszenia społeczne dla kampanii antynarkotykowych.

W sali rozległ się cichy śmiech.

— Oczywiście, że to jest ostrzeżenie, ale moim zdaniem on wcale nie mówi, że ludzie powinni przestać.

Wszyscy zamilkli, zasłuchani w miodowy głos Rose. Nawet pani Frisk zatrzymała się na środku sali.

Rose nachyliła się nad swoim zeszytem.

— Chodzi mi o to, że Szekspir dalej mówi: „Są one na kształt prochu zatlonego, co wystrzeliwszy gaśnie". Zasadniczo więc twierdzi, że każde działanie ma swoje konsekwencje. Niekoniecznie uważa, że nie warto czegoś robić. Moim zdaniem nawet sugeruje, że niektóre rzeczy warto robić mimo wszystko.

Pani Frisk pokiwała głową z entuzjazmem.

— Rose zwróciła uwagę na ważną rzecz. Szekspir przywiązywał dużą wagę do konsekwencji. Bohaterowie jego sztuk zawsze rozważają różne możliwości i wybierają jedną z nich, opierając się na własnej ocenie.

— Zazwyczaj nie podejmowali dobrych decyzji — zauważył Kevin. — Wszyscy mieli problemy z prawidłową oceną sytuacji.

— Nie zgadzam się. — Rose spojrzała na Kevina w taki sposób, że nie potrafiłam stwierdzić, czy jest przyjacielsko nastawiona do niego, czy poirytowana. — Romeo i Julia zaangażowali się od samego początku, chociaż wiedzieli, że to prawdopodobnie nie skończy się dobrze — powiedziała, uśmiechając się do pani Frisk. — Myślę, że taka postawa jest godna podziwu. Poza tym możliwe, że szczęście, którym się cieszyli przez ten krótki czas, gdy byli razem, było większe niż jakiekolwiek inne szczęście, które mogliby poczuć, gdyby całe życie spędzili osobno.

Rose wzruszyła lekko ramionami i dodała:

— Ale kto wie? To tylko moje przemyślenia.

Często wracam wspomnieniami do tamtego dnia i odtwarzam kolejne obrazy: świeże, aromatyczne powietrze wpadające przez otwarte okna do sali lekcyjnej, podczas gdy my omawiamy historię dwojga młodych kochanków. Rose w świetle promieni słonecznych i jej piękna twarz, która nie ukazuje żadnych emocji. Jej elegancka dłoń robiąca staranne notatki i jej doskonałe pismo, nie do porównania z moimi niestarannymi bazgrołami. Już wtedy była zagadką, którą chciałam rozwiązać.

W prosektorium spędziłam z nią kilka chwil sam na sam. Dziwnie się czułam, jakbym była nieobecna. Niewiele myśląc, stanęłam obok niej i wszystko jej opowiedziałam. Słowa wylewały się ze mnie, gdy tak leżała przy mnie nieruchomo. Jej długie wilgotne włosy zwisały poza stołem, a ona patrzyła szklanym wzrokiem w sufit. Nawet po śmierci wciąż była bardzo piękna.

Tamtego ranka nasze tajemnice wirowały w szalonym tempie po białej, oświetlonej sali. Stałam przy niej, kiwając się na obcasach do przodu i do tyłu, i myślałam o tym, że znów się pogrążam, a jej śmierć może mnie kompletnie zniszczyć. Spojrzałam na Rosalind Ryan ostatni raz, a potem wzięłam głęboki oddech i pozwoliłam, żeby wciągnęła mnie do swojego świata. Zaczęłam w nim tonąć coraz głębiej i głębiej, aż znalazłam się na samym dnie.

Rozdział pierwszy

Sobota 12 grudnia, godz. 7.18

Connor Marsh biegnie równym tempem wzdłuż wschodniego brzegu jeziora Sonny Lake. Zerka na zegarek. Czuje się świetnie. Cieszy się, że udało mu się wyrwać z domu, żeby pobiegać na świeżym powietrzu. Dzisiaj rano dzieciaki przeszły same siebie: obudziły się o szóstej, a gdy godzinę później wychodził z domu, panował tam już kompletny chaos. To mieszkanie jest zdecydowanie za małe dla dwójki dzieci, a zwłaszcza chłopców — myśli. A Mia miała dzisiaj taki podły nastrój. Jak mogła mieć do niego pretensje o to, że w przyszły weekend jedzie na ryby? Nie robił tego już od dawna, a od ponad dwóch lat co sobotę zabiera chłopaków na piłkę. Connor wykrzywia twarz w grymasie na myśl o tym, jak niedorzeczna potrafi czasami być Mia.

Jego stopy uderzają równomiernie o piaszczystą ścieżkę. *Raz, dwa, raz, dwa*. Connor często liczy, gdy nie chce za dużo myśleć podczas biegania. Nogi pieką go bardziej niż kiedyś, a kostka trochę pobolewa od czasu, gdy kilka lat temu w pracy spadł z drabiny. Ale i tak jest w lepszej formie niż większość facetów w jego wieku. I wciąż ma bujne włosy. Jest za co być wdzięcznym.

Dzień zaczyna się budzić do życia. Promienie słońca zaczynają się przebijać przez poszarpane czubki eukaliptusów. Zapowiada się kolejny upalny dzień. Ptaki śpiewają swoje trele, obserwując świat z wysokich gałęzi, a delikatna poranna mgiełka unosząca się nad jeziorem powoli zaczyna się rozpływać w powietrzu. Connor wzdycha. O dziesiątej jedzie z dziećmi na imprezę urodzinową pięciolatka, a po południu na imprezę urodzinową innego siedmiolatka. Teraz weekendy są inne niż kiedyś. Oddałby prawie wszystko za to, żeby móc otworzyć sobie puszkę piwa i w spokoju obejrzeć mecz krykieta.

Connor następuje na gałąź, a ta łamie się i rani mu łydkę.

— Cholera.

Potyka się, ale szybko odzyskuje równowagę. Rana zaczyna go piec, a na nodze pojawia się cienka czerwona smuga. Connor zwalnia, ciężko dysząc. Chętnie zrobiłby jeszcze jedno okrążenie, ale musi wrócić do domu, żeby pomóc w przygotowaniu dzieci do imprezowego maratonu. Opiera dłonie na biodrach i maszeruje, wydając z siebie szarpane oddechy. Jego tętno powoli się uspokaja.

Nad jeziorem przelatuje kaczka, która szeroko rozpościera swoje skrzydła. Na brzegu widać małe plamki śmieci — opakowania po chipsach i butelki po coli, które stały się zakładnikami kamieni i gałęzi zanurzonych w wodzie. Upał sprawił, że linia brzegowa jeziora się cofnęła, odsłaniając korzenie drzew, które wyglądają jak grube kable elektryczne. Conor patrzy na wodę. Powinien częściej tutaj biegać; wrócić do dawnej rutyny. Wspomina, jak wiele lat temu trenował tutaj przed zawodami sportowymi; przed lekcjami potrafił zrobić kilka okrążeń, aż całe uda go piekły. Patrzy na otwór kanału burzowego — czarny okrąg, który zlewa się z glinianą taflą jeziora. Nieco dalej zauważa coś leżącego na brzegu jeziora; chyba jakiś skrawek materiału. Mruży oczy i wtedy zdaje sobie sprawę, że to są włosy falujące na wodzie tuż za linią trzcin. Nagle nogi wrastają mu w ziemię. To wygląda jak ludzkie włosy, jak jasne kobiece pukle. Jego tętno znów przyspiesza. Na ugiętych nogach robi dwa kroki do przodu i jego podejrzenie się potwierdza. W jeziorze leży kobieta skierowana twarzą w dół. Jej nagie białe ramiona unoszą się nad powierzchnię wody z każdą kolejną falą, a na jej wodnym grobie delikatnie falują długie czerwone róże.

Stado łabędzi obserwuje Connora spod starego drewnianego mostu. Jeden z ptaków wydaje z siebie niski, zawodzący jęk.

Connor pada na kolana i stara się powstrzymać wymioty. Jego oddech spowalnia tylko po to, by za chwilę znów przyspieszyć. Connor spogląda jeszcze raz na ciało, a potem odwraca wzrok. Niewiele myśląc, wybiera trzy zera i przykłada telefon do ucha.

Rozdział drugi

Sobota, 12 grudnia, godz. 7.51

Stoję pod prysznicem. Opieram głowę o ścianę i patrzę na krew, która ze mnie wypływa. Z moich obliczeń wynika, że chyba byłam w szóstym tygodniu, ale nie jestem pewna. Ciekawe, czy doprowadziły do tego moje zaprzeczanie i kompletny brak akceptacji — moje desperackie pragnienie, aby to nie było prawdą. Krew miesza się z wodą, aż wreszcie znika w odpływie, a ja z całej siły zaciskam oczy i pragnę znów być małą dziewczynką, leżeć w łóżku owinięta kołdrą i czuć na czole ciepły pocałunek mamy.

Boże, jak ja za nią tęsknię.

Scott wyszedł dzisiaj wcześniej, żeby nie stać w korkach. Dostał dwutygodniowe zlecenie przy produkcji betonu na dużej budowie na północ od Paxton, w mieście leżącym około trzydziestu kilometrów na wschód od Smithson. Ben jest u mojego taty; został tam na noc ze względu na naszą wczesną pobudkę. Pewnie teraz właśnie rzuca mu się w ramiona. Rano zawsze lubi się poprzytulać.

Słyszę dzwonek telefonu, ale nie ruszam się z miejsca. Chłodne kafelki dają mi oparcie i działają na mnie uspakajająco. Chowam głowę w dłoniach i próbuję się skupić. Normalnie pomyśleć. Po kilku minutach podnoszę głowę. Mija chwila, zanim mój wzrok się dostosuje. Ból brzucha jest skoncentrowany gdzieś nisko i głęboko.

Jestem wykończona. Czuję się tak, jakbym została oddzielona od własnego ciała. I od umysłu.

Wiem, że powinnam pojechać do szpitala, ale wiem również, że prawdopodobnie tego nie zrobię.

Cała łazienka jest zaparowana. Mam wrażenie, że krwawienie nieco osłabło. Myję się dokładnie i zakręcam wodę, wywołując delikatne drgnięcie rur w ścianach. Wychodzę spod prysznica i owijam się ciemnoszarym ręcznikiem. Patrzę w lustro, ale widzę w nim tylko zamazaną plamę. Idę do sypialni, kładę narzutę na łóżko i wkopuję kapeć pod spód. Na chwilę zastygam w miejscu, a zaraz potem pochylam się do przodu, żeby złapać oddech. Moje ciało znów przeszyła fala ostrego bólu. Szybko się ubieram; wkładam podpaskę do majtek, a potem zakładam czarne dżinsy, gładką szarą koszulkę i czarne botki na niskim obcasie. Temperatura powoli rośnie, a wczorajszy upał wciąż wisi w powietrzu. Nalewam sobie wodę do szklanki i połykam dwie tabletki nurofenu. A potem, gapiąc się w ścianę, myślę o nadchodzącym dniu i o rzeczach do załatwienia: o papierkowej robocie, o kilku raportach do wykonania i o starej sprawie, o której przejrzenie poprosił mnie Jonesy. Oczyma wyobraźni widzę swoje małe biurko w głównej sali komisariatu i żałuję, że nie mam własnego pokoju. Mój telefon znów dzwoni, gdy wycieram włosy ręcznikiem: to Felix. Patrzę na jego imię wyświetlone na ekranie telefonu, a przez głowę przebiega mi milion myśli.

— No cześć. — Staram się, aby mój głos brzmiał swobodnie. — Już wychodzę. Zaraz zamykam drzwi.

— Przyjedź prosto nad jezioro, Gem — mówi, a ja z rozkoszą słucham, jak jego akcent owija się wokół mojego imienia.

Próbuję zrozumieć, o co mu chodzi.

— Dlaczego? Co się stało?

— Znaleziono ciało. To nauczycielka ze Smithson. Rosalind Ryan.

Nagle świat zaczyna mi wirować przed oczami. Opadam ciężko na łóżko i chwytam się za gardło, zmuszając się, żeby wziąć oddech. Felix mówi dalej, niczego nieświadomy.

— I chyba też tutaj się uczyła. Była w twoim wieku. Pewnie ją znałaś.

* * *

Smithson, miasteczko leżące pomiędzy dwoma łańcuchami górskimi, stanowi małą oazę zieleni pośrodku niekończących się akrów australijskich jasnobrązowych pól. Jest znane z tego, że „łapie deszcz", który spływa z gór, co jest w sumie ironiczne, bo ta woda dużo bardziej przydałaby się otaczającym je polom uprawnym. Przez ostatnie dziesięć lat wiele tu się zmieniło. Duża fabryka konserw o nazwie Carling Enterprises zbudowała swoje zakłady na przedmieściach miasta pod koniec lat dziewięćdziesiątych, czyli mniej więcej wtedy, gdy kończyłam szkołę. Duża srebrna konstrukcja robi już wrażenie przestarzałej, ale wciąż tętni życiem. Regularnie obrabowuje otaczające ją tereny ze wszystkiego, z czego się da: wysysa owoce z drzew i wyrywa warzywa z ziemi, aby wypluć z siebie ponad dziesięć milionów puszek z owocami i warzywami rocznie. Jej działalność napędziła powolny, choć stabilny rozwój Smithson, które zmieniło się ze średniego miasteczka zamieszkałego przez niecałe piętnaście tysięcy osób w dwa razy większe, z niemal trzydziestoma tysiącami mieszkańców. Na każdym rogu widać nowe twarze: pracowników fabryki, kierowców ciężarówek, inżynierów, naukowców i specjalistów od marketingu. Nagle Smithson — arka Noego, która zawsze szczyciła się tym, że ma wszystkiego po dwa — rozmnożyło się. W samym centrum mamy pięć piekarni. Ktoś mi powiedział, że Carling stosuje taką samą metodę na całym świecie: buduje fabryki tam, gdzie ziemia jest tania i nie ma problemów z uzyskaniem pozwolenia na działalność, a potem wnika w miejscową społeczność, całkowicie zmieniając krajobraz i kulturę danego miejsca. Przyznaję, że Smithson potrzebowało czegoś, co napędzi jego rozwój, ale obserwowanie gigantycznych ciężarówek zjeżdżających do naszego małego świata, dróg uginających się pod ich ciężarem i dymu wydobywającego się z kominów fabryk wywołuje we mnie niepokój.

Na wschód od centrum miasta leży duże jezioro otoczone przez gęste krzewy. Przy nim znajduje się popularny park. Sonny Lake to tak naprawdę Smithson Lake, ale nikt go tak nie nazywa. Nie wiem, dlaczego mówimy na nie Sonny Lake, ale zawsze tak było, od kiedy pamiętam. Nawet na znakach drogowych można wyczytać informację *Droga do Sonny Lake*. Moi rodzice wzięli tam ślub w hippisowskim stylu; to było w latach siedemdziesiątych. Na moim nocnym stoliku stoi zdjęcie mamy z tamtego dnia. Zostało zrobione tuż po tym, jak rodzice złożyli sobie przysięgę. Mama ma wpięte we włosy stokrotki, a w ręce trzyma kieliszek ponczu. Wygląda, jakby miała dwanaście lat.

Niedaleko jeziora znajduje się miejscowe liceum. Kiedy byłam w podstawówce, przychodziłam tu z mamą karmić kaczki i szukać czterolistnych koniczyn w trawie. W czasach liceum chodziłam nad jezioro z koleżankami, żeby palić papierosy, pić skradziony alkohol i całować się z chłopakami. Stara altanka stojąca na końcu niewielkiego pomostu była doskonałym miejscem na organizowanie seansów spirytystycznych, a wiekowa drewniana wieża górująca nad pobliską polaną była doskonałym punktem widokowym, z którego obserwowaliśmy, czy ktoś nie idzie. Kiedy weszło się na samą górę po skrzypiących, krętych schodach, można było zobaczyć jezioro, autostradę i całą drogę do budynku liceum. Była to również świetna kryjówka. Kiedy Jacob jeszcze żył, spędzaliśmy na górze całe godziny, rozmawiając, całując się i nie tylko. Na chwilę zamykam oczy i przypominam sobie jego młodą twarz. W tej chwili wydaje mi się taki odległy.

Staram się tutaj nie przychodzić.

***

Przy Sonny Lake kręci się już sporo policjantów, którzy blokują dostęp do jeziora wścibskim przechodniom. Ludzie lubią tutaj przychodzić, gdy na dworze jest ciepło. Jakieś dwa lata temu rada miasta zbudowała w północnej części parku jeden z tych nowoczesnych, bezpiecznych placów zabaw dla dzieci jako uzupełnienie zdezelowanego starego placu, który wciąż stoi po zachodniej stronie. Nigdy jednak przez myśl by mi nie przeszło, żeby przyjść tutaj z Benem, bo z tym miejscem wiąże się zbyt wiele wspomnień, które tylko czekają, aż je na nowo rozbudzę podczas niedzielnej popołudniowej zabawy.

Mijam kilka osób w strojach do biegania, które rozmawiają ze sobą przyciszonymi głosami. A potem dostrzegam jego: detektywa sierżanta Felixa McKinnona, mojego partnera. Czuję lekkie mrowienie w żołądku i po raz kolejny się dziwię, że on aż tak na mnie działa. Pochyla się z zafrasowaną miną nad jednym ze śledczych, który miotełką odgarnia ziemię na ścieżce. Nieco dalej, w trzcinach, widzę kawałek brezentu. Casey, nasz fotograf, stoi po lewej stronie i robi zdjęcia.

Próbuję przyswoić informację, że Rosalind Ryan nie żyje. Nagle ogarnia mnie zdumienie na myśl o tym, że jestem już dorosłą osobą. Tak dobrze ją pamiętam w letnim szkolnym mundurku, który doskonale dopasowywał się do jej kobiecej figury. Moja spódniczka kończyła się za kolanami, a ja próbowałam ją spinać w talii i podwijać na brzegach, żeby wyglądać bardziej jak Rose. Biorę głęboki oddech i powoli wypuszczam powietrze. Ruszam w stronę jeziora, starając się przybrać obojętny wyraz twarzy. Próbuję wyrzucić z myśli stare, znajome obrazy Rosalind, które ciągle stają mi przed oczami. Próbuję wszystko zablokować. Słońce przebija się przez chmury, a jego promienie parzą mnie jak ogień. Powietrze jest ostre i suche. Musimy działać szybko. Musimy ją stąd zabrać.

— Cześć — mówię.

— Cześć. — Felix podnosi wzrok i uśmiecha się do mnie, mrużąc oczy przed słońcem. — Wszystko w porządku?

Przez chwilę mam przed oczami białe plamki.

— Tak — odpowiadam krótko i wskazuję ręką biały brezent. — Co o tym myślisz?

— Trudno powiedzieć. Zidentyfikowaliśmy ją dzięki portmonetce, którą miała w kurtce. Znaleźliśmy w niej szkolną kartę biblioteczną. Nie miała przy sobie nic innego. Tylko klucze, które też były w kurtce. Na razie nie znaleźliśmy żadnego telefonu ani torebki.

Wyciera czoło, na którym zdążyły już się pojawić kropelki potu.

— Cholerny upał.

Felix wciąż jeszcze się nie przyzwyczaił do uciążliwych upałów, które nawiedzają Smithson w każde święta Bożego Narodzenia.

— Facet znalazł ją w wodzie, ale Anna twierdzi, że przyczyną śmierci nie było utonięcie. Myśli, że została uduszona. Ofiara ma też sporą ranę na głowie. Nie stwierdziliśmy żadnych ran kłutych ani postrzałowych. Oczywiście będziemy wiedzieli więcej, kiedy ją odwrócimy.

Felix prostuje się. Na jego skroniach błyszczy kilka siwych włosów. Kiedy nasze spojrzenia się spotykają, dostrzegam zmarszczki wokół jego oczu. Odwracam wzrok, póki jeszcze mogę.

— Znałaś ją? Pamiętasz ją ze szkoły? — pyta.

Kiwam głową i patrzę na jezioro. Dwie kaczki płyną obok siebie, a kolorowe upierzenie ich główek przypomina aktorskie maski.

— To jedna z tych osób, których się nie zapomina.

— No tak, domyśliłem się. Byłyście przyjaciółkami?

— Chodziłyśmy razem do liceum! W tamtych czasach wszyscy się ze sobą przyjaźnili. Wiesz, jak to jest w tym wieku.

Felix unosi brwi i wygląda, jakby miał inne zdanie, więc nie dopuszczam go do słowa.

— Wiesz, czy przydzielili nam tę sprawę?

Wciąż patrzy na mnie z zainteresowaniem, ale mówi:

— Chyba tak. Byłem w komisariacie, gdy zadzwonił telefon, a Jonesy poprosił mnie, żebym się z tobą skontaktował. Matthews może robić trochę problemów, ale przypuszczam, że to my dostaniemy tę sprawę.

Czuję znajomy dreszcz. Nowa sprawa. Mój umysł przełącza się na tryb pracy i zaczyna rozpatrywać możliwe scenariusze. Ale zaraz potem myślę: tu, w wodzie, leży martwa Rosalind Ryan. To *ona*. Mimo że zwykle w takich sytuacjach potrafię myśleć racjonalnie, teraz mam przed oczami tylko jej twarz, która wyświetla mi się wciąż na nowo i rozbłyskuje w mojej głowie jak ekran zepsutego komputera. Casey pstryka zdjęcia w miarowym rytmie, a dźwięki jego aparatu świdrują mój mózg. Biorę kilka głębokich oddechów, a potem mówię:

— Dobrze. Bardzo bym chciała poprowadzić to śledztwo. Wiesz — odwracam się do Felixa i wreszcie patrzę mu w oczy — znałam ją trochę ze szkoły, ale to nie stanowi żadnego problemu. Mówię szczerze.

Staram się zignorować pulsujący ból w brzuchu i dodaję:

— A kto ją znalazł?

— Ten facet, który rozmawia teraz z Jimmym. Też chodził do liceum w Smithson, ale chyba jest starszy od ciebie. Jest w kompletnym szoku. Niedługo przyjedzie po niego żona. Nazywa się Marsh.

Patrzę na dobrze zbudowanego mężczyznę, który siedzi na ławce w parku razem z Jimmym, jednym z naszych posterunkowych. Wydaje mi się, że jest starszym bratem Philipa Marsha. Chyba nigdy nie zamieniłam z nim słowa.

— Pójdę z nim porozmawiać.

— Dobrze, tylko nie za długo. Musimy się jej przyjrzeć, zanim pojedziemy.

Podchodzę do naszego świadka, próbując sobie przypomnieć jego imię. Spencer? Cooper? Jakoś tak.

— Dzień dobry.

Obaj mężczyźni podnoszą na mnie wzrok.

— Jestem detektyw sierżant Gemma Woodstock.

Jimmy rzuca mi szybki uśmiech.

— To jest Connor Marsh. Dzisiaj rano znalazł ciało młodej dziewczyny, kiedy biegał po okolicy.

— Dzień dobry panu — mówię.

— Szczerze mówiąc, zamierzałem zrobić tylko jedno. Jedno okrążenie. Już nie ta forma co kiedyś — odpowiada Connor, wpatrując się w patyk leżący na ziemi, który przesuwa powoli między stopami, raz w jedną, raz w drugą stronę.

— Proszę mi opowiedzieć, gdzie pan znalazł ciało — mówię.

Kolejne kopnięcie patyka.

— Boże, to było takie dziwne. Wie pani, o co mi chodzi?

Znowu spogląda na mnie, a w jego oczach pojawia się błysk świadczący o tym, że mnie rozpoznał. Jestem pewna, że spotkałam go parę razy w siłowni za biblioteką, na którą chodziłam po skończeniu szkoły. Podnosił ciężary. On tymczasem mruży oczy i patrzy na jezioro.

— Biegłem. Tutaj, na zakręcie.

Wskazuje ręką zakręt na ścieżce jakieś dwadzieścia metrów od ciała Rosalind.

— Nie myślałem. To znaczy, wie pani, o co mi chodzi: nie myślałem o niczym szczególnym. Po prostu biegłem. Postanowiłem nie robić kolejnego okrążenia i zwolniłem, a wtedy zobaczyłem ją w wodzie. — Connor robi krótką przerwę i ciężko wzdycha. — Na początku nie wiedziałem, co to jest. Myślałem, że może jakieś śmieci. A potem w jakiejś krótkiej, dziwacznej chwili uświadomiłem sobie, na co patrzę. Kompletnie spanikowałem.

Connor odgarnia włosy z oczu i dodaje:

— Słyszałem, jak jeden z policjantów mówił, że uczyła tutaj w szkole.

Patrzę mu w oczy, ale nic nie mówię i staram się przybrać neutralny wyraz twarzy.

— Znam tę szkołę. Chodziła do niej tak samo jak my. Była naprawdę piękna. — Connor spogląda na mnie. — Chyba była z tego samego rocznika co pani.

Jimmy odwraca głowę w moją stronę. Udaję, że tego nie widzę.

— Czy zauważył pan coś jeszcze dzisiaj rano? Czy ktoś się tutaj kręcił? Każda rzecz, którą pan sobie przypomni, może okazać się pomocna.

Connor znowu wbija wzrok w ziemię. Zauważam fragment tatuażu, który wystaje mu ze skarpetki tuż nad kostką. Wygląda jak fragment emblematu klubu piłkarskiego Smithson Saints.

— Chyba nikogo nie widziałem. Oprócz dziewczyny w samochodzie na parkingu. Z tego co pamiętam, rozmawiała przez telefon.

— Coś jeszcze? — dopytuję się.

— Raczej nie. No nie za bardzo. Raz chyba minąłem jakąś osobę, która była na spacerze z psem. Myślę, że to był facet. Chyba starszy. Przepraszam, ale było bardzo wcześnie i nie zwracałem uwagi na otoczenie.

— W porządku. Jeżeli cokolwiek pan sobie przypomni, proszę dać nam znać.

— Czy te kwiaty coś oznaczają?

— Kwiaty?

Connor kiwa głową.

— Tak, wokół niej na wodzie unosiły się kwiaty. Chyba róże.

Szybko wymieniam spojrzenia z Jimmym, który nieznacznie wzrusza ramionami.

— Na tym etapie nie możemy niczego spekulować. Oczywiście wszystkie tropy dokładnie zbadamy — mówię płynnie, ale czuję, że krew w moich żyłach zaczyna się gotować.

— Mogę już iść? Żona ma mnie stąd odebrać, ale przyjedzie z dziećmi, więc chyba powinienem na nich zaczekać gdzieś przy parkingu. — Zerka w dół na miejsce zbrodni i widzę, jak mimo upału przez jego ciało przebiega dreszcz. — Nie tutaj.

— Oczywiście, odprowadzę pana.

Jimmy potrafi uspokoić każdego. Byłby świetnym lektorem w reklamie ubezpieczenia na życie albo czegoś podobnego.

— Jeszcze jedno — mówię, gdy obaj wstają. — Nie dotykał pan ciała, prawda?

— W żadnym razie. Nawet nie podszedłem zbyt blisko. Szczerze mówiąc, nie wiem, co się robi w takich sytuacjach.

— I bardzo dobrze, bardzo dobrze — mówi Jimmy i odprowadza Connora na parking.

Bujając się na palcach u stóp, jeszcze raz przyglądam się miejscu zbrodni. Widzę dwie młode dziewczyny w neonowych butach do biegania i w czarnych obcisłych spodenkach. Obie mają pobladłe twarze i obejmują się nawzajem. Pewnie to uczennice liceum w Smithson, myślę, krzywiąc się. Widzę kilka matek, które ostrożnie bujają swoje dzieci na huśtawkach albo pomagają im wejść na zjeżdżalnię, kątem oka obserwując to, co się dzieje na brzegu jeziora. Słyszę niski pomruk nadlatującego śmigłowca. Cholerni dziennikarze. Musimy się zabierać do roboty.

Felix zostawia pracowników technicznych, widząc, że idę w jego stronę, i unosi pytająco brwi.

— Facet jest czysty — mówię mu. — Nic nie widział, nic nie wie. Ściągniemy go do komisariatu dziś po południu albo jutro, żeby wszystko spisać i potwierdzić z jego żoną alibi, ale wątpię, żeby mógł nam w czymkolwiek pomóc.

— Też mi się tak wydaje — odpowiada Felix. — Chodź, pogadamy z Anną, żebyśmy mogli ruszyć dalej z robotą.

— Chciałam ci zaproponować to samo.

Rzucamy sobie krótkie uśmiechy i idziemy wzdłuż dużych kamieni do miejsca, w którym zaczynają rosnąć trzciny. Widzę ciemny otwór kanału burzowego i nie mogę się oprzeć myśli, że ktoś mógłby nas stąd obserwować.

— Wiesz — odzywam się do Felixa, odsuwając od siebie te paranoiczne myśli — że wokół niej na wodzie unosiły się długie róże? Co za koszmarny obrazek.

Wyobrażam sobie ten widok i przez krótką chwilę myślę o tym, jak doskonale wyglądałaby Rose otoczona różami w innych okolicznościach. Idę za Felixem. Nagle czuję przypływ bardzo silnych emocji i boję się, że zaraz wpadnę do wody. To nie może dziać się naprawdę. Skupiam się na tym, żeby iść prosto: wpatruję się intensywnie w tył głowy Felixa i głęboko oddycham.

Szara woda uderza łagodnie w brązową ziemię pod moimi butami i nagle to widzę: bladą i eteryczną stopę wystającą spod brezentu. Przypominam sobie jeden ze szkolnych dni sportu i Rose stojącą na słupku startowym na brzegu miejskiego basenu. Jej delikatne stopy są ustawione jedna przy drugiej, a ona się pochyla do przodu i nakłada okulary do pływania, szykując się do skoku.

— Hej, Gem! — Z drugiej strony brezentowej płachty wyłania się głowa Anny.

— Cześć, Anno — mówię, osłaniając dłonią twarz przed słońcem.

Staję na brudnym plastikowym brezencie i zaczynam iść bokiem niczym krab.

Anna stoi po kolana w wodzie. Ma na sobie wodoodporne spodnie i wygląda jak astronautka. Widzę, że jest jej gorąco; ma rumieńce na twarzy, a jej grzywka układa się w niesforne małe paski.

— No dobrze — mówi, gdy jesteśmy już wystarczająco blisko siebie — znacie procedurę. Mamy tu denatkę, wiek dwadzieścia osiem lat. Miałaby urodziny w Boże Narodzenie. Tak wynika z jej karty bibliotecznej nauczycielki Szkoły Średniej w Smithson, którą miała przy sobie. Nie żyje od co najmniej pięciu godzin, maksymalnie od ośmiu. Trudno o dokładniejsze szacunki, bo trochę czasu spędziła w wodzie. Później będę w stanie bardziej sprecyzować czas zgonu. Jak już wspomniałam McKinnonowi, podejrzewam, że zgon nastąpił, zanim znalazła się w wodzie. Z boku głowy ma dużą ranę. Myślę, że została uderzona kamieniem albo innym tępym narzędziem. Autopsja powinna dać nam ostateczną odpowiedź. Może znajdziemy piasek albo żwirek, które pomogą nam zidentyfikować narzędzie zbrodni. Wydaje mi się, że poza tym była duszona. Świadczą o tym ślady na szyi. Oczywiście chcę też przeprowadzić badanie toksykologiczne. Stawiam na kłótnię kochanków. Albo na jakiś przypadkowy atak, co sugerowałby brak portfela.

Anna odgarnia wilgotne włosy z twarzy.

— W każdym razie widok nie jest przyjemny. Wszystko wskazuje na to, że doszło do napaści. Denatka nie ma na sobie bielizny, a na udach i ramionach ma siniaki. W tej kwestii też będę wiedziała więcej, gdy ciało już będzie u nas. Mogę jednak wykluczyć samobójstwo i przypadkową śmierć. To było zabójstwo.

Spoglądam na Felixa, a ten patrzy na Rosalynd głęboko zamyślony.

Anna przywołuje gestem śledczych, żeby przyszli i zabrali ciało Rose. Dziennikarze są już na miejscu i chodzą jak głodne lwy po linii wyznaczonej przez policjantów. Nad głowami zgromadzonej grupki ludzi góruje czarny mikrofon. Gdzieś błyska szkło kamery. Wymuskana elegancja, telewizyjna fryzura.

Wspaniale; ostatnie, czego teraz potrzebuję, to wdawanie się w dyskusję z ambitną i nieustępliwą reporterką Candy Fyfe.

Anna opiera ręce na biodrach.

— No dobrze, ja już skończyłam. Zrobiliśmy dużo zdjęć i włożyliśmy znalezione przedmioty do plastikowych torebek. Nie znajdziemy tu już żadnych przydatnych informacji. Wszędzie dookoła jest mnóstwo śmieci. Woda nigdy nie pomaga.

— Masz rację, dużo lepiej by było, gdyby wszystkie morderstwa były popełniane w biały dzień na wielkich, otwartych stadionach — odpowiada Roger wesołym tonem.

Roger jest doświadczonym śledczym. Pracuje w policji Smithson od prawie czterdziestu lat i zawsze, bez względu na sytuację, ma pogodny nastrój. Często sobie wyobrażam, jak w domu z uśmiechem na twarzy opowiada żonie o swojej pracy: „Wyobraź sobie, że ta martwa dziewczyna została uduszona i zamordowana z zimną krwią. Podaj mi, proszę, sól, kochanie".

Roger i Fred (kolejny śledczy) podnoszą brezentową płachtę i ostrożnie wsuwają nosze z lewej strony ciała Rose. Nisko nad nami w powietrzu unosi się helikopter, a ja podchodzę do ciała z prawej strony, żeby je zasłonić przed wścibskimi reporterami. Ciało Rose zostaje przeniesione na biały materiał. Jej twarz jest dokładnie taka, jaką ją zapamiętałam. Piękna niczym twarz królewny z bajki Disneya, cierpliwie czekającej na pocałunek księcia. Kiedy kilka lat temu ktoś mi powiedział, że Rose wróciła do Smithson i zaczęła uczyć w tutejszej szkole, poczułam rozczarowanie. Liczyłam, że odniesie większy sukces w życiu. Włosy zwisają jej po jednej stronie głowy. Fred je unosi i układa wzdłuż twarzy, w dół, do ramion i wzdłuż ręki. Patrzy na nią, jak gdyby była śpiącym dzieckiem. Przypominam sobie, że jego żona kilka miesięcy temu urodziła pierwsze dziecko, i zastanawiam się, co teraz może się dziać w jego głowie.

Paznokcie u stóp Rosalind są pomalowane na żywy niebieski kolor. Na palcach u rąk ma srebrne pierścionki. Jej ciemne brwi i rzęsy kontrastują z bladą skórą. Pamiętam, że nieraz próbowałam uzyskać taki sam kształt brwi w zaciszu swojej sypialni. Mimo że mam dużo ciemniejszą oprawę oczu niż ona, nigdy nie udało mi się osiągnąć tak idealnego efektu.

Fred i Roger zapinają plastikową torbę z ciałem na zamek. Ślady na szyi Rose są prawie czarne. Jej ciemne, czekoladowe oczy wpatrują się odważnie w ostre słońce. Szybkie pociągnięcie zamka i już jej nie widać.

— No dobrze, w takim razie widzimy się wkrótce — żegna się Anna, która już patrzy w ekran telefonu i idzie w stronę parkingu.

Wydajemy polecenie śledczym, żeby rozpoczęli poszukiwania.

— Zacznijcie od terenu wokół jeziora — mówię do Charliego, naszego dowodzącego w terenie — a potem pójdźcie na plac zabaw i przeszukajcie zarośla. I zabierzcie stąd tych wszystkich ludzi. To jakiś cholerny koszmar.

Kilku umundurowanych policjantów nakazuje się rozejść osobom zebranym po drugiej stronie taśmy policyjnej. Jakiś nastolatek beztrosko wyjmuje telefon i robi zdjęcie ciała Rosalind wnoszonego do karetki, a potem biegnie w stronę centrum miasta.

Nie jesteśmy już w stanie kontrolować przepływu informacji.

Zerkam z powrotem na jezioro. Woda nie odkrywa przede mną żadnych swoich tajemnic.

Kiedy już wszyscy wiedzą, co mają robić, wsiadamy do mojego samochodu i jedziemy do komisariatu. Felix odsłuchuje nagrania na poczcie głosowej. Wyciąga do mnie rękę i powoli ściska moją dłoń, a mnie przeszywa silny dreszcz.

Uwalniam rękę i włączam radio, żeby zagłuszyć dzwonienie w uszach. Teraz ból skoncentrował się głęboko w pachwinie, tam gdzie naciska na nią brzuch, więc próbuję zmienić ułożenie ciała. Nie mam pojęcia, jak bardzo wciąż krwawię, i marzę o tym, żeby pójść do łazienki, jak tylko dojadę do pracy. Chcę być sama.

Nagle naciskam hamulec. W ostatniej chwili zauważam czerwone światło. Felix rzuca mi zaniepokojone spojrzenie, ale ja nie odrywam wzroku od drogi. *Rosalind Ryan nie żyje. Rosalind Ryan nie żyje*, powtarzam w myślach wciąż na okrągło. A potem sobie uświadamiam, że zawsze wiedziałam, że to się tak skończy.

Rozdział trzeci

Sobota 12 grudnia, godz. 11.36

— Jesteś pewna, że dasz radę prowadzić to śledztwo, Woodstock? — pyta Jonesy.

Na jego wąsach dostrzegam odrobinę pianki z kawy. Brzuch wystaje mu ze spodni, a on głaszcze się po nim bezmyślnie.

— McKinnon mi powiedział, że znałaś denatkę.

Zebraliśmy się w jednym z małych pokojów, z dala od głównej sali komisariatu. Ken Jones, nasz nadinspektor, uznał oczywiście, że zabójstwo Rosalind wymaga jego obecności. Nie pamiętam, kiedy ostatnio widziałam go tutaj w weekend.

Znów powracają wspomnienia: widzę twarz Rosalind na szkolnym podwórku. Jej kremowobiałą skórę w szkolnej szatni, jej duże oczy patrzące na mnie rozumnym wzrokiem. Wiele lat później, jadąc samochodem, specjalnie zwolniłam, żeby popatrzeć, jak idzie chodnikiem obładowana zakupami ubrana w długą spódnicę, która falowała wokół jej stóp. Jej twarz na zdjęciu ze szkolnego albumu zdążyła już wypłowieć pod dotykiem moich palców.

Przypominam sobie, jak patrzyła na mnie na lekcji, zmuszając mnie, żebym odwróciła wzrok.

Znam każdy cal jej twarzy.

Odchrząkuję.

— Tak, sir. Znałam ją, ale to nie stanowi problemu. Mówię szczerze. Nie przyjaźniłyśmy się, a ja jej nie widziałam, od kiedy skończyłyśmy szkołę. A to było wiele lat temu.

Serce bije mi jak szalone. Nienawidzę okłamywać Jonesy'ego, ale co innego mogłam mu powiedzieć? Nie jestem w stanie w żaden sposób mu wyjaśnić, kim była Rosalind.

— To dobrze. Bo chcę, żebyś dała z siebie wszystko. Ty i McKinnon. Przyłóżcie się do tej sprawy. Będzie o niej głośno — mówi Jonesy, po czym siorbie kawę z plastikowego kubka. — Zrób to, co musisz zrobić dzisiaj, znajdź kontakt do rodziny, a potem się trochę prześpij, żebyś jutro była gotowa do pracy od samego rana.

— Tak sir, oczywiście.

— Masz siły po ostatnim tygodniu?

— Tak, sir.

— Dobrze. Bo to była paskudna sprawa.

Poprawiam torebkę, której pasek boleśnie wrzyna mi się w ramię. Wracam wspomnieniami do sobotniego wieczoru i przypominam sobie, jak otworzyłam podniszczone drzwi do łazienki i znalazłam w środku zdesperowaną, załamaną młodą kobietę, która uznała, że lepiej będzie utopić swojego małego synka w wannie, a potem samej podciąć sobie żyły, trzymając na rękach jego martwe ciało, niż spędzić kolejną noc w strachu przed agresywnym byłym chłopakiem.

— Ostatnio chyba wszystko jest paskudne, co?

— Czasami rzeczywiście tak można pomyśleć. No dobra, bierzmy się do roboty.

Jonesy klepie mnie dość mocno w plecy; w tej samej chwili zaczyna dzwonić jego telefon.

— Cholerny serwisant. Klimatyzacja w głównym pomieszczeniu znowu nawaliła — mówi i odchodzi, próbując wydobyć telefon z kieszeni.

Melodia z *Różowej Pantery* nagle się urywa, a Jonesy zaczyna wydawać krótkie polecenia do słuchawki.

Patrzę na duży obraz wiszący na ścianie przy dystrybutorze wody: niewyraźne niebiesko-szare niebo nad zielonymi górami. Myślę o Rosalind, o jej martwym ciele zamkniętym w plastikowym worku. Moje wnętrzności są ściśnięte jak sprężyna; mam wrażenie, że nagle moje narządy wewnętrzne spuchły tak bardzo, że moje ciało nie jest w stanie ich pomieścić. Stukam podeszwą buta o podłogę. Czekam na Felixa. Nie chcę być teraz sama ze swoimi myślami.

Felix wyłania się zza rogu z dwoma kubkami kawy. Kiedy mnie zauważa, uśmiecha się.

— Masz. Pewnie tego potrzebujesz.

— Dzięki.

Biorę od niego kawę, mimo że na samą myśl o niej robi mi się niedobrze.

— Rozmawiałem z Charliem. Znaleźli jej samochód na górnym parkingu; tym między szkołą a jeziorem.

— Charlie do ciebie dzwonił? — pytam.

— Tak, przed chwilą.

— Myślałam, że rozmawiasz z żoną.

Felix rzuca mi miażdżące spojrzenie.

— Rozmawiałem, Gem. A potem zadzwonił Charlie. Mam ci pokazać wykaz rozmów?

Jego akcent uroczo owija się wokół słów *wykaz rozmów* i mam ochotę go pocałować.

— Nie wygłupiaj się.

— Jej samochód najwyraźniej nie stanowi głównego miejsca zbrodni. Anna była na parkingu, żeby mu się przyjrzeć. Jest zamknięty i wygląda, jakby nic się tam nie wydarzyło. Jeśli chcesz, możemy pojechać go obejrzeć, zanim go stamtąd zabiorą.

— Dobrze.

— Skoro jej samochód był na górnym parkingu przy jeziorze, to może wiedziała, co ją czeka? — zastanawia się Felix.

Myślę nad tym pytaniem.

— Z tego co pamiętam, parking przy szkole jest bardzo mały. Nauczyciele często korzystają z parkingu przy jeziorze, bo to tylko pięć minut drogi spacerem. Możliwe, że zawsze tam parkowała.

— To się mogło zmienić od czasów, gdy chodziłaś do szkoły — zauważa Felix.

— Nie sądzę. Czasami tamtędy przejeżdżam i wszystko wygląda tak samo.

Wiem, że mówię zbyt szybko. Zapominam oddychać.

Felix szturcha mnie przyjaźnie w ramię, ale potem długo mi się przygląda. Przez moje ciało przebiega delikatny dreszcz.

— Wszystko w porządku, Gem? Musisz się dziwnie czuć z tym, że kiedyś chodziłaś z nią do szkoły, a teraz widzisz ją w takim stanie.

— Naprawdę wszystko dobrze. Jestem trochę zszokowana, to wszystko.

— Dobra, wy dwoje. — Jonesy skończył rozmawiać przez telefon. — Zabierajcie się do roboty. Znajdźcie Matthewsa i Kingstona. Chcę ich tu mieć na wszelki wypadek.

Przewracam oczami, ale Felix idzie ich poszukać. Gerry Matthews i Mac Kingston też są detektywami; obaj są grubo po czterdziestce i traktują mnie z wyższością. Nie mają dla mnie czasu, a ja staram się nie mieć czasu dla nich.

Kiedy już cała nasza piątka stoi zebrana w ciasnym, zabałaganionym biurze Jonesy'ego, podsumowujemy wszystko, co wiemy.

— Mamy dwudziestoośmioletnią denatkę, Rosalind Elizabeth Ryan. Uczyła angielskiego w Szkole Średniej w Smithson. Z tego co wiemy, mieszkała sama w małym domu przy autostradzie. Jej ciało zostało znalezione dziś rano, krótko przed siódmą trzydzieści, na brzegu Sonny Lake. Uderzona tępym narzędziem i duszona. Podejrzewamy napaść na tle seksualnym.

Felix podaje te informacje obojętnym tonem, jakby czytał ogłoszenie w gazecie, a ja staram się nie pokazać po sobie, że ją znałam. I że nie mam przed oczami jej bezwładnych kończyn unoszących się na wodzie.

— Kto ją znalazł? — pyta Jonesy. — Woodstock, mówiłaś, że jakiś biegacz? Sprawdziliśmy go?

— Tak, sir, i myślę, że jest czysty. Kojarzył ją z widzenia, ale tak samo pewnie będzie w przypadku wielu innych osób. Jak wiemy, denatka tutaj dorastała i była nauczycielką w Smithson.

Mój głos brzmi dziwacznie, jakbym mówiła z innego pokoju.

— No dobrze, uporządkuj jego zeznania i zamknijmy ten temat. Co jeszcze? Czas zgonu?

— Anna twierdzi, że wczoraj w nocy albo dzisiaj wcześnie rano — odpowiadam.

— Macie jakieś pomysły, co mogła robić nad jeziorem?

Matthews odchrząkuje.

— Wczoraj wieczorem w szkole odbyło się przedstawienie. Chyba wystawiali jakąś sztukę teatralną. Moja żona na tym była. Przed chwilą z nią rozmawiałem. Powiedziała, że po zakończeniu spektaklu denatka wyszła na scenę, podziękowała wszystkim i dostała kwiaty. Występ chyba spodobał się publiczności.

Pamiętam Rose występującą na scenie, gdy byłyśmy w ostatniej klasie. Była porywająca jako Medea. W jej oczach było widać prawdziwy obłęd, gdy stała zwrócona twarzą do publiczności i lamentowała nad swoim losem.

— Aktorstwo było jej pasją — mówię.

— Woodstock chodziła z nią do szkoły — wyjaśnia Jonesy pozostałym.

Unikam kontaktu wzrokowego z kimkolwiek.

— Dobrze — kontynuuje Jonesy. — W takim razie traktujemy szkołę jako drugie potencjalne miejsce zbrodni. Po spektaklu prawdopodobnie nie wróciła już do domu. Zabezpieczcie wszystko i zacznijcie nad tym pracować. I przeszukajcie jej mieszkanie.

— Już wysłałam tam ludzi, żeby zabezpieczyli miejsce — mówię, ignorując wymowne spojrzenie, które Kingston rzucił Matthewsowi.

— Dobrze — mówi Jonesy. — Pojedź tam z McKinnonem, gdy technicy skończą już robotę. Przesłuchajcie, kogo trzeba. Kto powiadomi rodzinę?

— Ja z przyjemnością...

— Nie. — Jonesy macha ręką, odrzucając ofertę Matthewsa. — Chcę, żeby McKinnon i Woodstock porozmawiali z rodziną — oznajmia i patrzy mi prosto w oczy. — Jej ojciec jest grubą rybą w biznesie, więc uważajcie na słowa. Z tego co wiem, przyjaźni się z majorem Cordonem. Macie jak najszybciej przeprowadzić formalną identyfikację. Ludzie zaczynają już plotkować, więc musimy potwierdzić tożsamość jeszcze dzisiaj. Autopsja jutro, Anna już wie. A gdy już to wszystko załatwicie, spróbujcie się dowiedzieć, co się wydarzyło wczoraj w szkole. Kto, co, gdzie, tak jak zawsze. Dziennikarze już blokują nam linie telefoniczne. Aż dziw, że twoja kumpela Candy Cane jeszcze do mnie nie zadzwoniła — mówi, zwracając się do mnie — ale zdaję sobie sprawę, że to tylko kwestia czasu.

— Ona nie jest moją kumpelą, sir.

— Jest wrzodem na tyłku i niczym więcej, ale to nie zmienia faktu, że ona i cała reszta tej szczurzej paczki będą śledzić każdy nasz krok. To doskonała historia, idealna na święta. Co za koszmar.

Jonesy przeczesuje rzadkie włosy i przeciera oczy. Kiedy znów na nas spogląda, wydaje się zdziwiony, że wciąż tu jesteśmy. Po krótkiej chwili milczenia wykrzykuje:

— No dalej, do roboty, ruszać się!

Rozchodzimy się, każdy w swoją stronę.

***

Kiedy zostałam policjantką, wreszcie odnalazłam swoje miejsce na ziemi. Podjęcie pracy w policji po latach wewnętrznej szarpaniny i życia na krawędzi sprawiło, że znów poczułam się bezpiecznie. Znowu zaczęłam chodzić dumnie wyprostowana. Tata powiedział, że w mundurze sprawiam wrażenie silnej kobiety. A ja po prostu myślę, że gdy mam go na sobie, nie chodzę już ze spuszczoną głową. Moje pierwsze dni w policji polegały na reagowaniu na różne wydarzenia, takie jak wypadki drogowe, drobne kradzieże, zagubione przedmioty czy wybite szyby. Z czasem zaczęłam dostawać bardziej ambitne zadania: śledziłam znanych przestępców i rozpracowywałam ich metody działania, próbując wniknąć w ich umysły, żeby przewidzieć ich następny krok i podjąć odpowiednie działania zapobiegawcze. Dużo młodych policjantów przyjeżdżało do nas ze stolicy na praktyki. Jest taka zasada, że absolwenci szkoły policyjnej muszą odbyć staż w jakiejś mniejszej miejscowości. Niestety nie działa ona na odwrót. Ja od czasu zakończenia nauki w szkole policyjnej nie przepracowałam więcej niż kilka tygodni w stolicy. Dlatego Smithson i jego okolice to jedyne miejsca, jakie znam.

W naszym miasteczku, leżącym ponad cztery godziny drogi od Sydney, lata są upalne, a zimy mroźne, jednak przestępstwa nie mają cechy sezonowości. Mamy tu świeże, wiejskie powietrze, ale mamy też nudę, duże ilości alkoholu i naprawdę dużo przemocy. Felix, który wcześniej patrolował ulice Londynu, zapewniał mnie, że policjant musi mieć takie same umiejętności w każdym miejscu na świecie, tylko skala ich wykorzystania może być różna. Moim zdaniem to nieprawda — po prostu nie chciał, żebym poczuła, że czegoś mi brakuje. Ale myślę też, że każdy potwierdzi, iż jestem w tym dobra. Pasuje mi ta robota.

Zawsze lubiłam polować. Siedzieć nad nieskończoną liczbą elementów układanki, które trzeba ze sobą połączyć. Skupiać się na jednej rzeczy i zamykać się na wszystko inne. W tym zawodzie nie można myśleć o sobie. Po latach życia w zgiełku i hałasie naprawdę cieszy mnie to, że mogę oficjalnie zawęzić swoje pole widzenia i całkowicie zatonąć w czymś, co daje mi wymówkę, żeby nie rozmawiać z ludźmi, i w jakiś sposób pomaga mi wytłumaczyć moją tajemniczość.

Bycie policjantką w Smithson wiązało się z pewnymi wyzwaniami, ale w pewnym sensie nawet mi się to podobało. Dostałam coś trudnego i prawdziwego, z czym musiałam się zmierzyć. Żywą, oddychającą przeszkodę, którą musiałam pokonać, silnie kontrastującą z ponurą nicością głębokiej studni mojej rozpaczy. Lekceważące spojrzenia i pogardliwe uwagi rzucane w moją stronę tylko zwiększały moją determinację i koncentrację.

Jonesy od samego początku miał do mnie słabość. Jego początkowa fascynacja tym, że kobieta jest w stanie sobie poradzić w tej przesiąkniętej testosteronem atmosferze, zamieniła się w prawdziwy podziw, gdy zobaczył, z jakim spokojem i z jaką fachowością podchodzę do każdego śmiertelnego wypadku samochodowego, koszmarnego samobójstwa albo brutalnej bójki. Muszę mu oddać to, że bardzo się starał, żeby nigdzie mnie nie zaszufladkować. Często celowo wysyłał innych pracowników do rodziny ofiary, żeby przekazali złe wiadomości, zamiast z góry zakładać, że ja to zrobię taktowniej. Kilka miesięcy po tym, jak zaczęłam tu pracować, usłyszałam, jak w rozmowie telefonicznej powiedział komuś, że jestem „twarda jak stara puszka". Nie był wzorem do naśladowania, którego potrzebowałam, i nigdy nie przekroczył granicy, którą starannie wokół siebie zbudowałam, ale stał się moim przybranym wujkiem i nie mogę powiedzieć, żeby mi to przeszkadzało. Koledzy na posterunku *byli* agresywni, a jego wsparcie nie rzucało się w oczy tak bardzo, żeby mogło pogorszyć moją sytuację; był moim subtelnym i potężnym — chociaż trochę nieudolnym — sojusznikiem, a ja chciałam, żeby był ze mnie dumny.

A minęło naprawdę sporo czasu, od kiedy duma była dla mnie ważna. Rozpacz, która pochłonęła tatę i mnie, nie pozwoliła nam na zbudowanie normalnych relacji między ojcem a dzieckiem. Oboje ograniczaliśmy się do tego, żeby przetrwać. Tata nigdy nie potrafił się rozluźnić na tyle, żeby cieszyć się rodzicielstwem; zdarzały mu się chwile nerwowej radości, ale zazwyczaj był zbyt zajęty oglądaniem się przez ramię w strachu przed zbliżającym się niebezpieczeństwem. Ponieważ od trzynastego roku życia mieszkałam tylko z nim, bliska obecność tylu ludzi, a dokładnie tylu mężczyzn, była dla mnie na początku przytłaczająca. Ich zapach unosił się na korytarzu komisariatu, a ich ciągły głód budził we mnie niepokój. Ich żarty były prymitywne i okrutne. Zaciskałam zęby i tłumiłam w sobie frustrację, a czasami również strach. Miałam naprawdę mało atutów. Nie dość, że byłam kobietą, to byłam młoda, chętna do pracy i bystra, a to jest bardzo niebezpieczne połączenie.

Jakiś miesiąc po tym, jak rozpoczęłam tu służbę, przydzielono mi sprawę kradzieży w jednym z lokalnych warsztatów samochodowych. Moim wspólnikiem był Keith Blight, stary wyga, który uważał, że w policji nie ma miejsca dla kobiet. Uważał, że powinnam zabrać się ze swoimi uczuciami (i torebką) i udać się do najbliższego salonu piękności. Mechanik schwytał złodzieja — chudego chłopaka z bliznami po trądziku i plecakiem na plecach, spluwającego na ziemię średnio raz na minutę. Kiedy przyjechaliśmy na miejsce, wyjęłam kajdanki, a wtedy nasz przestępca rzucił mi drwiący uśmieszek, a potem wymienił znaczące spojrzenia z Blightem, który wyglądał na równie rozbawionego. Obaj uznali, że znalazłam się tu przez przypadek: policjantka, nie dość, że młoda, to jeszcze dziewczyna. Nic nie powiedziałam, wiedząc, że każdy protest i dowolna reakcja zostaną uznane za wybuch emocji, a wtedy obaj dostaną to, czego chcą. Czułam, że cała twarz mnie piecze, gdy naciskałam dłonią głowę chłopaka, żeby wepchnąć go do radiowozu. Byłam tak wściekła, że z trudem się powstrzymywałam, żeby nie zacząć krzyczeć.

A potem, kilka miesięcy później, pojawiła się sprawa Robbiego i wszystko się zmieniło.

Rozdział czwarty

Sobota 12 grudnia, godz. 13.46

W Smithson jest dużo drzew i zieleni, a dom George'a Ryana bez wątpienia leży w najbardziej zielonej jego części. To miasto zawsze miało swoją bogatą dzielnicę, do której my, zwykli ludzie, nie mieliśmy wstępu; ale zanim zbudowano fabrykę Carling, u stóp łagodnych wzgórz po drugiej stronie jeziora Sonny Lake mieszkali właściciele sklepów detalicznych, kierownicy banku oraz byli właściciele rodzinnych gospodarstw, którzy zarobili duże pieniądze na sprzedaży swoich plonów. Teraz często jest tak, że dyrektorzy najwyższego szczebla zatrudnieni w Carling są swoimi sąsiadami zarówno w domu, jak i w pracy.

— Ładne miejsce.

Felix zniża głowę, żeby obejrzeć rodzinny dom Rosalind w całej okazałości.

— Tak.

— Pewnie kiedyś tu często imprezowano?

— Niestety nie. Rosalind była zamknięta w sobie. Tak jakby — próbuję mu to wyjaśnić. — Była popularna, ale bardzo dbała o swoją prywatność. Nie wiem, czy ktokolwiek był u niej w domu.

— Dlaczego nie?

— Nie wiem. Nie była zwykłą dziewczyną.

— Mam nadzieję, że teraz będzie już łatwiejsza do rozpracowania.

— Taa — odpowiadam, chociaż wątpię, żeby tak było.

Spoglądam na jej dom. Wiem, że jej pokój znajdował się na piętrze po lewej stronie. Czasami udawało mi się dostrzec jej sylwetkę w oknie, gdy patrzyłam z drugiej strony ulicy.

Zmuszam się, żeby wrócić myślami do teraźniejszości i przełączam telefon na cichy tryb.

— No dobra — mówi Felix. — Zabieramy się do roboty!

Wysiadamy z samochodu i zamykamy za sobą drzwi z głośnym trzaśnięciem. Nic nie szkodzi, jeśli George Ryan usłyszy, że ktoś do niego idzie. I tak nic nie złagodzi szoku, którego za chwilę dozna. Chyba że już wie — myślę ponuro.

Nigdy nie jest łatwo powiedzieć rodzinie i przyjaciołom, że ich bliski został zamordowany. Najgorsze są rozmowy z rodzicami. Ich ból jest silny i niekontrolowany. Wielu z nich przywraca swoje zmarłe, dorosłe potomstwo do jego dziecięcej wersji. Załamane matki na nowo przeżywają chwilę, w której po raz pierwszy trzymały na rękach swoje maleństwo, i układają ręce na kształt pustej kołyski, nawet jeśli ich pociecha miała już sześćdziesiąt lat. Zupełnie inaczej jest w przypadku dzieci. Gdy dowiadują się o nagłej śmierci swoich rodziców, często prezentują odważną, stoicką postawę i biorą na siebie nowe obowiązki, świadome tego, że właśnie przeszły na koniec łańcucha pokarmowego. Od razu zaczynają się zastanawiać, co muszą zrobić: uporządkować kwestie prawne, wyprawić pogrzeb, powiadomić krewnych. Jeszcze inaczej jest z rodzeństwem: oczywiście jest zszokowane, ale często jakieś dziwne wrodzone poczucie rywalizacji skłania je do wyobrażenia sobie, co by było, gdyby było na odwrót. Osoby te porównują hipotetyczny żal i możliwe reakcje bliskich na ich śmierć z tym, co się dzieje naprawdę. Nawet w obliczu śmierci chęć pociągania za sznurki bywa bardzo silna.

Powiadomienie rodziny o zabójstwie jest szczególnie trudne, bo jeśli chcemy rozwiązać sprawę, musimy zachować otwarty umysł. Musimy zobaczyć coś więcej niż smutek w oczach bliskich. Nie możemy się skupiać na cierpieniu, które rysuje się na pobladłych twarzach, ani na nerwowym ściskaniu dłoni. Mordercy też są ludźmi, a ich żal po śmierci ofiary często jest prawdziwy, mimo że oni sami do niej doprowadzili.

Ustalono, że George Ryan jest najbliższym krewnym Rosalind. Z tego co kojarzę, miała ona jeszcze trzech starszych braci.

— Pamiętam tylko jednego z nich — mówię Felixowi, gdy podchodzimy do drzwi.

Na podjeździe leżą kwiaty akacji, które w świetle słońca promieniują silnym żółtym blaskiem.

— Uważałam go za zarozumialca. Pozostali chyba byli trochę starsi od nas.

— Nie mieli matki? — pyta Felix.

— Nie wiem — odpowiadam. — Z tego co pamiętam, to chyba nie.

Drzwi wejściowe otwierają się dokładnie w chwili, w której miałam nacisnąć dzwonek.

— Słucham?...

Naprzeciwko nas stoi niski, gładko ogolony mężczyzna z elegancko przyczesanymi włosami i cerą, która dawno nie widziała słońca. Czujemy podmuch klimatyzacji. Małe oczka mężczyzny łypią to na mnie, to na Felixa.

— Dzień dobry. Przepraszam, że tak bez zapowiedzi, ale musimy porozmawiać z panem George'em Ryanem.

Mężczyzna kiwa głową.

— Dopiero wstał z łóżka. Nie jest w najlepszej formie.

— Mimo to musimy z nim porozmawiać. Jestem detektyw sierżant Woodstock, a to jest detektyw sierżant McKinnon.

Dostrzegam błysk zrozumienia w oczach mężczyzny.

— W takim razie proszę wejść. Jestem Marcus, George to mój ojciec.

Robi krok do tyłu i gestem zaprasza nas do środka. Po lewej stronie widzimy wypolerowane drewniane schody, a po prawej wysoki korytarz. Na ścianie wisi olejny obraz, który robi wrażenie bardzo ciężkiego.

— Czy pan Ryan jest chory? — pyta Felix Marcusa, gdy idziemy za nim na tyły domu.

— Wczoraj miał operację — wyjaśnia Marcus. — Ale szybko dochodzi do siebie.

Felix i ja wymieniamy spojrzenia. Prawdopodobnie za chwilę proces rekonwalescencji gwałtownie się zatrzyma.

— Proszę tędy — mówi Marcus. — Wszyscy tutaj są. Moi bracia też.

Prowadzi nas do dużego otwartego pokoju w tylnej części domu.

Po prawej stronie stoi gigantyczna kremowa kanapa, na której siedzi trzech mężczyzn. Wszyscy oglądają mecz krykieta w dużej rozdzielczości i przy wyłączonym głosie, na jednym z największych telewizorów, jakie widziałam w życiu. Dokładnie nad nimi znajduje się najwyższy punkt sufitu, a okna po bokach rzucają światło na podłogę niedaleko ich stóp. Na kominku stoi mnóstwo zdjęć. Wśród nich wyróżnia się duża ramka ze zdjęciem atrakcyjnej czarnowłosej kobiety o błyszczących niebieskich oczach. Z kuchni dochodzą dźwięki radiowej transmisji meczu krykieta, który jest wyświetlany w telewizorze.

Za domem widać basen, w którym odbijają się jasne promienie słońca.

— Dzień dobry — mówię. — Jestem detektyw sierżant Woodstock, a to jest detektyw sierżant McKinnon.

Sześcioro oczu spogląda na mnie bezmyślnie.

— Proszę, niech państwo usiądą — nalega Marcus, stając za mną i podsuwając nam krzesła. — To jest mój tata, George Ryan, i bracia: Bryce i Timothy.

Jeżeli Bryce i Timothy mnie rozpoznali, nie dali tego po sobie poznać. George Ryan trzyma w ręku kubek z parującym napojem. Jest największy z nich wszystkich: ma szerokie barki i wyraźną nadwagę, ale te dodatkowe kilogramy jakoś pasują do jego sylwetki. Jest bardzo blady. Trzyma kubek w trzęsących się dłoniach, opierając go na kolanie. Po obu jego stronach siedzą młodsi synowie. Marcus wygląda, jakby przeniósł się tu w wehikule czasu z początku dwudziestego wieku, a Timothy i Bryce stanowią ucieleśnienie nowoczesnego Australijczyka. Są bardzo opaleni i mają na sobie luźne koszulki oraz krótkie spodnie z motywami surferskimi. Kręcone owłosienie oplata ich umięśnione nogi niczym bluszcz. Całości ich wyglądu dopełniają równe białe zęby i błękitne oczy.

Przyglądam im się po kolei, aż w końcu zwracam się do George'a Ryana.

— Niestety mamy dla pana bardzo złą wiadomość.

Biorę głęboki oddech i na krótką chwilę zamykam oczy, a potem mówię:

— Pana córka Rosalind została dziś znaleziona martwa. Sądzimy, że ją zamordowano.

W radiu słychać dźwięk uderzenia kija o piłkę, który przypomina wystrzał z pistoletu. Tłum głośno wzdycha z podziwu, a ja uważnie obserwuję, jak Ryanowie doznają szoku.

Marcus patrzy na ojca, na braci, a potem znów na mnie, a na jego twarzy malują się niedowierzanie i rozpacz.

— Co?

George Ryan prostuje się na kanapie; widać, że cierpi.

— Rosalind nie żyje?

Timothy i Bryce zamieniają się w dwie osłupiałe podpórki ojca i tępo wpatrują się w swoje uda.

— Tak. Bardzo mi przykro.

Marcus idzie pośpiesznym krokiem do kuchni i szybkim ruchem wyłącza radio. W domu zapanowuje kompletna cisza, a ja desperacko się zastanawiam, co powiedzieć.

— Z naszych ustaleń wynika, że Rosalind zmarła wczoraj w nocy albo dzisiaj wcześnie rano. Po szkolnym przedstawieniu.

— Co się stało?

Tubalny głos George'a Ryana naprawdę robi wrażenie. Wydobywa się z głębi gardła, jest gęsty i zawiesisty.

Felix nachyla się do przodu.

— Jeszcze nie wiemy, ale wszczęliśmy śledztwo w sprawie zabójstwa. Pana córka została zaatakowana. Bardzo nam przykro z tego powodu, ale chcielibyśmy zadać panom kilka pytań. Musimy zdobyć jak najwięcej informacji, żeby odnaleźć tego, kto to zrobił.

George Ryan wydaje z siebie głębokie westchnienie, które brzmi, jakby pochodziło z samej duszy. Nachyla się, żeby odstawić kubek na stoliku do kawy, i wykrzywia twarz z bólu. Wyobrażam sobie, przez co musi przechodzić: wczoraj operacja, a dzisiaj informacja, że jego córka została zamordowana.

— Moja córeczka nie żyje?

Cała jego twarz drży, a oczy są rozbiegane. Czeka, aż potwierdzę jego słowa. Chce się upewnić, że ta straszna rzecz, którą przed chwilą powiedziałam, jest prawdą.

W odpowiedzi na jego pytanie pospiesznie kiwam głową.

Przyciska dłonie do oczu i trzyma je tak przez chwilę.

— Proszę pytać — mówi, wbijając wzrok w podłogę.

— Przyniosę wodę — mówi Marcus, ponownie wstając z krzesła. W oczach ma łzy, a jego usta drżą.

— Nie trzeba, naprawdę.

— O nie, proszę — nalega. — Jest tak upalnie.

Wyczuwam, że Marcus potrzebuje jakiegoś zadania, dlatego odpowiadam:

— Dziękuję.

— Ja też poproszę o trochę wody — mówi cicho George do Marka, który już zmierza w stronę kuchni. — I przynieś mi moje lekarstwa.

Felix przechodzi do rzeczy.

— Wiemy, że to dla panów wielki szok. Zacznijmy może od tego, kiedy ostatnio widzieliście Rosalind. Panie Timothy?

Timothy siedzi z szeroko otwartymi oczami. Patrzy na bezgłośny mecz krykieta w telewizji. Widzę, że szczęka mu drży.

— Wczoraj wieczorem byłem na tym szkolnym przedstawieniu. To było ważne wydarzenie dla Rose.

Patrzy na mnie, potem na Felixa, a w końcu na podłogę.

— Ale nie miałem okazji z nią porozmawiać.

Bryce podnosi głowę i spogląda na niego.

— Nie wiedziałem, że tam poszedłeś.

George też patrzy na Timothy'ego ze zdziwieniem.

Timothy wzrusza ramionami.

— Nie widziałem jej od urodzin taty — wyjaśnia i odwraca się w moją stronę, ocierając łzę. — Na tych urodzinach było trochę nieprzyjemnie. Zachowałem się jak dupek i zrobiłem jej przykrość. Wiedziałem, że ten spektakl jest dla niej ważny, więc postanowiłem tam być.

— Ciągle mówiła tylko o tej sztuce — oznajmia Marcus, wchodząc do pokoju; w rękach trzyma srebrną tacę, na której stoi kilka szklanek z wodą. — Kiedy ostatnio z nią rozmawiałem, była bardzo podekscytowana.

Podaje mi szklankę. Mówi tak cicho, że muszę się nachylić, żeby go usłyszeć.

— Mieszkam w Sydney. Przyjechałem na święta trochę wcześniej z uwagi na wczorajszą operację taty. Zwykle rozmawiamy z Rose raz na dwa tygodnie, ale od urodzin taty w październiku widziałem ją tylko raz.

Zerkam na Timothy'ego w odpowiednim momencie, żeby wychwycić u niego niemalże niezauważalne drgnienie powiek.

Odwracam się do Marcusa.

— Pan też był na przedstawieniu? Skoro był pan w mieście?

— Nie, przyjechałem dopiero dzisiaj rano.

Głos mu się załamuje i ucieka spojrzeniem gdzie indziej. Wyciera twarz dłonią.

— Chciałem do niej pojechać w przyszły weekend.

Przebiegam wzrokiem wzdłuż mężczyzn siedzących na kanapie.

— A pan, Bryce? Kiedy ostatnio widział pan Rosalind?

— Tak samo jak reszta, na kolacji urodzinowej taty. Czyli siedemnastego października — odpowiada, świdrując mnie wzrokiem. — Od tamtego czasu nawet z nią nie rozmawiałem. Rzadko się do siebie odzywamy. Teraz to brzmi paskudnie — mówi i przerywa na chwilę, żeby wziąć łyk wody. — Ale to prawda. Szczerze mówiąc, nie do końca rozumiem, co się stało. Co takiego zrobiła?

— Co ma pan na myśli? — pytam.

— Dlaczego ktoś ją zaatakował? Walczyła z kimś?

— Dlaczego pan o to pyta?

Bryce jest zakłopotany i wyraźnie żałuje swoich słów.

— Nie wiem. Chyba z góry założyłem, że coś zrobiła, że wytrąciła kogoś z równowagi.

— Często jej się to zdarzało? Działać ludziom na nerwy? — wypytuje Felix.

Timothy gapi się w podłogę. Bryce otwiera usta, a potem je zamyka. Felix patrzy na niego i unosi pytająco brew.

— No, bywa trudna — mówi Bryce ogólnikowo.

— Trudna? — pytam, ignorując to, że użył czasu teraźniejszego.

Bryce patrzy na Timothy'ego, jakby szukając w nim wsparcia.

— Tak. Zawsze mówi, co myśli, a to na pewno nie każdemu się podoba.

— A czy wspominała może, że miała z kimś jakiś konflikt? Albo pokłóciła się z kimś?

Teraz Bryce wpatruje się w podłogę. Timothy wolno potrząsa głową.

George Ryan odchrząkuje, przerywając naszą rozmowę.

— Nie wierzę, że to się stało. To nie ma żadnego sensu. Nikt nie chciałby skrzywdzić Rose.

— Trudno jest zrozumieć coś takiego, proszę pana — odpowiadam. — Możliwe, że nigdy nie odnajdzie pan w tym sensu, ale w tej chwili musimy razem poskładać wszystkie elementy układanki.

Odstawiam szklankę i pytam:

— Kiedy ostatnio pan ją widział?

— Również na moich urodzinach. Potem często wyjeżdżałem, bo chciałem wszystko załatwić przed… no.

Odpływa gdzieś myślami, a po chwili sobie przypomina, że miał coś powiedzieć.

— Odwiedziła mnie w czwartek, żeby życzyć mi powodzenia przed operacją. Rozmawialiśmy o spektaklu. Była z niego bardzo dumna.

Opuszcza głowę i ramiona, a jego ciałem wstrząsa cichy, żałosny szloch.

— Słyszałam, że scenariusz był oparty na *Romeo i Julii*? Znalazłam tę informację na szkolnej stronie internetowej, zanim tu przyjechaliśmy.

George podnosi głowę i patrzy na mnie oczami pełnymi łez.

— Tak, ona uwielbiała takie rzeczy. Bardzo zabiegała o to, żeby ta sztuka się odbyła. Szkoła nie chciała się w to angażować w tym roku. Były jakieś problemy z funduszami czy coś takiego, więc kilka razy odkładali to na później. Myślę, że to ją frustrowało. Bardzo jej zależało na tym przedstawieniu, więc naciskała dyrektora, żeby wreszcie się zgodził. Cała Rosalind: zawsze zdeterminowana.

Bryce, Marcus i Timothy siedzą nieruchomo. George Ryan wysypuje kilka tabletek z opakowania, które podał mu Marcus, i kładzie je na udzie, a potem połyka, popijając zimną wodą. I ciągnie dalej:

— A wszyscy uczniowie najstarszych klas stanęli za nią murem. Obiecali, że wezmą udział w przedstawieniu, chociaż rok szkolny już się skończył. Musieli naprawdę ją lubić.

Potakuję i odnotowuję w myślach, że musimy jak najszybciej porozmawiać z tymi dzieciakami. Zastanawiam się, co teraz będzie z przedstawieniem.

Słońce przesunęło się na podłodze i teraz oświetla moją stopę. Przesuwam nogę do cienia.

— A zatem pan Marcus był wczoraj w Sydney. Pan, Timothy, pojechał do szkoły obejrzeć spektakl. A pan, panie Bryce? — pytam.

— Byłem tutaj. Wczoraj po południu przyleciałem do Gowran. Krótko widziałem się z tatą w szpitalu, ale był otępiały po operacji, więc nie siedziałem tam zbyt długo.

Bryce wygląda, jakby zabrakło mu tchu.

— A wieczorem? — dopytuję się.

— Zadzwonili do mnie z pracy, a potem zjadłem tu kolację. Później rozmawiałem ze swoją dziewczyną, która mieszka między Smithson a Sydney i przyjechała tutaj do mieszkania, które wynajmuje. Źle się czuła, więc odwołaliśmy nasze plany tuż po tym, jak wylądowałem.

Felix zwraca się do Timothy'ego.

— A co pan robił po przedstawieniu?

— Wróciłem prosto tutaj. Bryce też tu był, w swoim pokoju.

Bryce kiwa głową, potwierdzając słowa brata.

Jedna rzecz mnie niepokoi. Zeznania Timothy'ego i Bryca są w stylu „drogi pamiętniczku": zbyt ugrzecznione. Ale gdy na nich patrzę, widzę prawdziwy smutek w ich oczach. Zmieniam temat.

— Czy Rose miała chłopaka?

— Chłopaka? Nie, nie. Nikogo — mówi George.

— No dobrze, a trochę wcześniej? Spotykała się z kimś?

— Nie, nic takiego. Miała paru chłopaków w szkole i na studiach, ale to nie było nic poważnego. Nauczanie całkowicie ją pochłonęło. Była bardzo zaangażowana. Nie latała za chłopakami tak jak połowa tych głupich dziewcząt w dzisiejszych czasach.

Timothy i Bryce wymieniają ponure spojrzenia z przeciwnych krańców kanapy. Marcus podnosi się i przez chwilę stoi nade mną. Wyraźnie widzę, że jest podenerwowany. Splata palce u dłoni, a potem dwa razy odchrząkuje.

— Może chcieliby państwo coś do jedzenia? Chyba mamy jakieś herbatniki i ciasto.

— Jak często pan tu przyjeżdża? — przerywa mu ostro Felix.

— To...to zależy — jąka się. — Jakieś trzy razy do roku.

— A pan? — zwraca się Felix do Bryce'a.

— Tak samo. Może trochę częściej. Moja dziewczyna przyjeżdża tu mniej więcej raz na dwa tygodnie, więc czasami zabieram się razem z nią.

— A pan mieszka w Paxton? — pyta Felix Timothy'ego.

— Mieszkałem. Mam tam dom, a właściwie połowę. Tak przynajmniej twierdzą prawnicy. Jestem w trakcie rozwodu, więc chwilowo mieszkam tutaj. A po nowym roku planuję kupno mieszkania.

Mój wzrok napotyka wzrok Timothy'ego i natychmiast czuję, że włosy na nogach stają mi dęba.

Felix zwraca się do George'a.

— Muszę pana zapytać, czy Rose ma jakichś innych krewnych. Co z matką?

— Moja żona Olivia nie żyje. Umarła kilka dni po urodzeniu Rose. Dostała krwotoku wewnętrznego.

— Bardzo mi przykro. To musiało być dla pana strasznie trudne.

— Tak. To był szok, zupełnie tak samo jak teraz. A wtedy jeszcze miałem małe dzieci, którymi musiałem się opiekować. Prawdę mówiąc, Olivia już wcześniej miała problemy ze zdrowiem. Marcus zawsze bardzo mi pomagał. Zwłaszcza po jej śmierci.

Przez okno widzę ptaka, który nagle zniża lot i przelatuje tuż nad powierzchnią wody w basenie. Tu, w środku, słyszę jedynie delikatny szum klimatyzatora.

— Czy przychodzi panom do głowy jeszcze coś, o czym warto byłoby wspomnieć? — pytam. — Coś, co powiedziała? Nawet jeśli to się wydaje mało istotne.

Bryce i Timothy znów wymieniają spojrzenia, ale kręcą przecząco głowami. Marcus głośno przełyka ślinę. George Ryan gapi się na swoje dłonie.

— W takim razie dziękujemy. Zostawimy już panów samych.

Wstaję i gestem daję znać Felixowi, żeby zrobił to samo.

— Naprawdę bardzo nam przykro. Proszę o siebie dbać. Przeżyli panowie straszny szok. Zrobimy wszystko, co w naszej mocy, żeby się dowiedzieć, co się stało Rosalind.

Wszyscy wstają oprócz George'a, który patrzy na mnie. Z jego usianej zmarszczkami twarzy bije ogromny smutek.

— Tak. Proszę, dowiedzcie się, kto to zrobił mojej córce.

Marcus odprowadza nas do drzwi wejściowych.

— Przejrzymy wykaz jej rozmów, pojedziemy do jej domu i dowiemy się, co się wydarzyło w nocy, gdy zginęła. Sprawdzimy każdy trop — mówi Felix, ściskając dłoń Marcusa. — Zrobimy wszystko, co w naszej mocy.

Marcus przez kilka sekund nie wypuszcza jego dłoni.

A Felix dodaje:

— Jeden z panów musi przyjechać dzisiaj na posterunek, żeby dokonać ostatecznej identyfikacji. Dla pana ojca może to być zbyt trudne.

— Och. Tak, oczywiście. Porozmawiam z tatą i spytam, czy chce… A może po prostu pojadę tam sam. Tata nie jest w dobrej formie. Do poniedziałku nie ma robić nic innego, tylko wypoczywać. Takie jest zalecenie lekarzy.

— Może zadzwonię do pana za godzinę? Wtedy da mi pan znać — mówi Felix.

— Tak. Dobrze — Marcus wykrzywia twarz, jakby zaraz miał się rozpłakać, ale odzyskuje panowanie nad sobą. — Boże — mówi do siebie.

— Proszę w miarę szybko powiadomić dalszą rodzinę i przyjaciół — mówię łagodnym tonem. — Dziś wieczorem ta informacja pojawi się we wszystkich wiadomościach.

Marcus kiwa głową. Robi wrażenie kompletnie zagubionego.

Wychodzimy na skwar dnia.

Felix zatrzymuje się jeszcze i odwraca się do Marcusa.

— Czy Rosalind dalej tu mieszkała po ukończeniu szkoły?

Marcus stoi w drzwiach. Dostrzegam podobieństwo między nim a jego ojcem.

— Nie, chciała pójść na studia. Poza tym była jedyną dziewczyną… To chyba było dla niej zbyt trudne. Wydaje mi się, że czuła się tutaj trochę zagubiona. Nigdy tak naprawdę nie znalazła swojego miejsca. Dlatego przeprowadziła się do Sydney, gdzie realizowała się artystycznie i studiowała; poza tym trochę podróżowała. Wie pan, normalne rzeczy.

Marcus milknie. Oboje sądzimy, że będzie chciał coś jeszcze dodać, ale on tylko stoi w drzwiach i patrzy na nas, mrugając raz po raz.

Po chwili Felix rzuca mu smutny uśmiech i mówi:

— Dbajcie o siebie, dobrze? Niedługo do pana zadzwonię, tak jak się umówiliśmy. Oczywiście mogą panowie do nas dzwonić, kiedy tylko chcą. Albo jak coś się wam przypomni.

Marcus nieudolnie próbuje się uśmiechnąć i delikatnie zamyka drzwi. Zaraz potem słyszymy, jak idzie wzdłuż korytarza.

— No nieźle — mówi Felix, gdy idziemy po podjeździe.

— Co nieźle?

— Nie wiem, ale coś z nimi jest nie tak.

Wsiadamy do samochodu.

— Możesz powiedzieć dokładniej, co masz na myśli?

— Nie wiem, od czego zacząć — mówi Felix, zapinając pasy.

— Zrzuciliśmy na nich bombę, a oni są jacyś tacy *dziwni*. Doskonale ją rozumiem, że od nich uciekła.

— Zdefiniuj słowo „dziwni".

— *To*. — Felix wyłupia oczy, a ja się śmieję.

— Timothy patrzył na mnie w dziwaczny sposób — mówię. — Jakby chciał się obronić czy coś takiego.

— Zachowywał się nienaturalnie. Pozostali też. Zwłaszcza ci dwaj młodsi.

— No wiesz, byli w szoku.

Felix macha ręką, bagatelizując szok, jakiego doznali Ryanowie.

— Byli dziwni. Jak figurki wycięte z kartonu. A Marcus jest chyba najbardziej dziwaczną osobą na tej planecie. Chcę jak najszybciej ich sprawdzić i dostać potwierdzenie alibi każdego z nich.

— Oczywiście — zgadzam się. — Nie wyciągajmy tylko pochopnych wniosków. Każdy, kto usłyszy taką wiadomość, przeżywa szok. Ludzie mają prawo różnie reagować.

Włączam silnik i zjeżdżam z krawężnika.

— Kiedy mogę się z tobą spotkać? — pyta Felix.

— Co?

— Kiedy mogę się z tobą spotkać? Wiesz, *tak naprawdę*? — W jego głosie słyszę desperację i momentalnie sztywnieję.

Patrzę na ulicę. Przypominam sobie dzisiejszy poranek pod prysznicem. Mam wrażenie, że to było już dawno temu. Mocno mrugam, żeby wyrzucić ten obraz z pamięci. Zastanawiam się, czy wciąż jeszcze krwawię. Słyszę jego oddech tuż obok mnie. Dojeżdżamy z powrotem do komisariatu. Felix mocno chwyta mnie za udo, zatapiając palce w jego krągłościach.

— W poniedziałek wieczorem — mówię, wciąż patrząc przed siebie.

Serce bije mi tak mocno, że prawdopodobnie nawet Felix to słyszy.

Rozdział piąty

Sobota 12 grudnia, godz. 19.03

Wchodzę do domu. Scott podnosi wzrok znad patelni, na której coś smaży. Zauważa zmęczenie na mojej twarzy, a także coś, co nazywa policyjnym wzrokiem: cechy zarezerwowane dla śledzenia zła.

— Ciężki dzień? — pyta spokojnie.

Spoglądam na niego i chcę mu odpowiedzieć, ale rozprasza mnie widok sceny zbrodni na brzegu jeziora Sonny Lake zrobiony z lotu ptaka, który właśnie pokazują w telewizji. Rozpoznaję czubek własnej głowy. W tym czasie dziennikarze pokazują zdjęcie legitymacyjne Rosalind i jej starą fotografię z naszego balu debiutantek, na której jest ubrana cała na biało i pięknie się uśmiecha. Tamtego wieczoru wyglądała jak anioł. Ja z kolei miałam sukienkę, której szczerze nienawidziłam. Pamiętam, że Jacob niepewnym gestem wręczył mi bukiecik, gdy staliśmy na naszej werandzie, a tata nieśmiało pstrykał zdjęcia. Przez cały wieczór poprawiałam paski w mojej sukience, żeby wreszcie uzyskać odpowiednią długość. Na każdym zdjęciu z tamtego wieczoru wyglądam, jakby coś mnie bolało. Podkład, którego użyłam, był o jakieś dwa odcienie za ciemny, a moja szminka była zbyt brązowa. Jeżeli to miał być mój pierwszy krok w stronę kobiecości, to poniosłam spektakularną porażkę.

Ben biegnie do mnie przez korytarz i ląduje na moich nogach, obejmując mnie rękami.

— Mama!

— Cześć, kochanie.

— Puszczaliśmy latawiec z dziadkiem!

— To świetnie.

— Dostałaś to śledztwo? — Scott wskazuje głową telewizor.

— Tak.

— To śledztwo, to śledztwo — powtarza Ben, a ja rzucam karcące spojrzenie Scottowi.

— Hej, mały, może pokażesz mamie naklejki, które dostałeś od dziadka?

Patrzę na podskakujące ciemne loki Bena, który biegnie korytarzem po swoją najnowszą ulubioną rzecz.

— Znałaś ją? Chodziła do Smithson, tak?

— Tak. Była w mojej klasie. Znałam ją.

— Jezu.

Scott wyłącza gaz i nakłada łyżką ryż z warzywami na dwa przygotowane wcześniej talerze oraz do miseczki Bena z Piotrusiem Królikiem.

Ben wraca pędem do pokoju, ściskając w ręku swoje nowe naklejki.

— Patrz! Patrz, mamo. Widzisz? Mam Żółwie Ninja! Wszystkie!

— Ojej, kochanie, to wspaniale. Ale najpierw zjedzmy kolację. Potem mi je wszystkie pokażesz — mówię i idę razem z nim do stołu.

Siadamy przy talerzach, na których leży parujące jedzenie. Ben je hałaśliwie, wydając krótki pisk za każdym razem, gdy połyka marchewkę. Scott patrzy na swój talerz i je w równym tempie, widelec za widelcem. Wszystko w nim jest takie precyzyjne. Jeżeli mówi, że gdzieś będzie o określonej godzinie, to na pewno będzie. Wszystkie rachunki płaci w terminie. Śmieci zawsze wynosi wieczorem. Często myślę, że byłby dobrym śledczym, gdyby wybrał to zamiast pracy na budowie. Każde polecenie przyjmowałby ze spokojem. Scott lubi, gdy rzeczy dzieją się linearnie — w odpowiedniej kolejności, jedna po drugiej. Raczkowanie, chodzenie, bieganie. To, że mamy dziecko bez ślubu, doprowadza go do szaleństwa.

Ben trajkocze o latawcu i o Żółwiach Ninja. Scott zeskrobuje resztki z talerzy do śmieci i sprząta kuchnię, podczas gdy ja zamieniam się w plac zabaw dla mojego syna. Słyszę, jak dziennikarz w telewizji podsumowuje informacje na temat śmierci Rosalind, nazywając tę sprawę „zabójstwem nauczycielki z liceum w Smithson".

— No dobra, mały, czas spać.

Scott łaskocze Bena w brzuch, a ten aż piszczy z radości.

— Dobranoc, mój mały mężczyzno — mówię, całując go w czoło.

Ben się oddala, wydobywając z siebie dźwięki przypominające elektronicznego robota za każdym razem, gdy dotyka ściany.

Biorę piwo i zapadam się na kanapie. Pozwalam, żeby myśli zaczęły mi wirować w głowie, jednym okiem zerkając na mecz krykieta. Nic do siebie nie pasuje. Z tego co mówią ludzie, wynika, że Rose była wczoraj w dobrym nastroju. Premiera jej szkolnego przedstawienia okazała się dużym sukcesem. Wygląda na to, że aura tajemniczości, która ją otaczała w szkole średniej, nie opuściła jej również w dorosłym życiu. „Była zamknięta w sobie" i „To taka piękna dziewczyna" to najczęstsze komentarze, jakie usłyszeliśmy od osób, które udało nam się dzisiaj przesłuchać. Nikt nie słyszał o tym, żeby miała jakiegoś chłopaka albo kochanka, ale z wieloma osobami jeszcze nie rozmawialiśmy.

Wciąż na nowo odtwarzam w głowie rozmowę z Ryanami. Byli zrozpaczeni, ale jednocześnie jacyś tacy sztywni. Felix ma rację, jest w tym coś dziwnego.

Znalazłam informację, że Timothy Ryan miał niedawno postawiony zarzut napaści: podobno uderzył kogoś podczas bójki w pubie jakieś pół roku temu, ale zarzut został wycofany, zanim sprawa trafiła do sądu. Okazało się, że ofiarą był nowy facet jego byłej żony. I tak to Timothy znalazł się w centrum naszego zainteresowania. Zleciliśmy kilku policjantom, żeby zbadali jego sytuację finansową i przejrzeli historię jego rozmów telefonicznych, a sami zajęliśmy się sprawdzeniem jego alibi.

Felix pojechał z Marcusem zidentyfikować ciało Rosalind kilka godzin po naszej wizycie u Ryanów. George nie czuł się na siłach, żeby to zrobić. Marcus nie mówił zbyt wiele, ale głośno westchnął, gdy zdjęto prześcieradło zakrywające twarz jego zmarłej siostry. Szybko skinął głową i powiedział:

— Tak, to ona. O Boże.

Na tym etapie nic nie jest jasne. Uspokajam się myślą, że śledztwo w sprawie zabójstwa to maraton, a nie sprint. Jonesy lubi nam to powtarzać, chociaż jednocześnie daje nam do zrozumienia, że sprinty są milej widziane.

Szybko piszę wiadomość do Felixa. *Spotkajmy się jutro w domu RR. Może być 9.30? Rozejrzymy się po nim, jak śledczy skończą robotę. A potem autopsja i przygotowanie raportu przed odprawą?*

Telefon prawie natychmiast brzęczy w odpowiedzi. *Tak jest, szefowo. Bardzo romantycznie. Miłych snów x.*

Wypijam ostatni łyk piwa. Głośny chichot wydobywający się z łazienki rozbrzmiewa echem po całym korytarzu. Ben uważa, że szorowanie jego zębów jest przezabawną czynnością. Powoli staje się małym chłopcem. Jest taki pewny siebie i ciekawy świata. Już nie mieści mi się na rękach i coraz trudniej jest mi go nosić. Zastanawiam się, co by było, gdyby miał rodzeństwo: drugiego małego Bena. Z miejsca, na którym siedzę, widać półkę ze zdjęciami Bena z okresu niemowlęctwa. Wciąż pamiętam, jak wdychałam jego zapach, gdy się urodził, nie wierząc do końca, że jest mój.

Scott wraca do mnie korytarzem, a ja idę po następne piwo. On nalewa sobie burbon i siada obok mnie na kanapie. Kładzie moją stopę na swojej nodze i bezmyślnie ją głaszcze. Zerkam na jego twarz, ale chyba jest pochłonięty meczem krykieta. Powinien się ogolić; na policzkach ma kępki czarnej szczeciny. Zastanawiam się, czy znowu poruszy temat naszego ślubu. Propozycja, którą mi złożył dwa tygodnie temu, wciąż wisi w powietrzu. Chciałabym, żeby zniknęła. Dokańczam piwo i odstawiam butelkę na stolik. Oczy zachodzą mi mgłą, gdy patrzę na ekran telewizora. Na krótką chwilę zapadam w sen i budzę się, podrygując, nieco zdezorientowana.

— Wszystko w porządku? — pyta Scott.

— Tak. Chyba przysnęłam. Lepiej pójdę już spać. Jutro mam ciężki dzień.

— Teraz w pracy będziesz miała prawdziwe szaleństwo, co?

Wstaję i się przeciągam, wywołując nieprzyjemne strzyknięcie w plecach. Przed oczami znów staje mi obraz Rosalind unoszącej się na wodzie twarzą zwróconą w dół. Przypominam sobie jej posiniaczoną szyję i puste spojrzenie.

A potem wracam myślami do krwi wirującej wokół moich palców u stóp podczas dzisiejszego porannego prysznica.

Felix chwytający mnie za udo w samochodzie.

Ból i rozpacz w oczach George'a Ryana.

Scott wciąż na mnie patrzy, a ja widzę, że się o mnie martwi. Przesuwa palec wzdłuż krawędzi okularów, czekając na moją odpowiedź.

— Tak — mówię. — Na pewno.

Rozdział szósty

Niedziela 13 grudnia, godz. 9.24

Dom Rosalind jest jednym z ośmiu skromnych budynków stojących na pustym terenie przy Ross Highway. Szpital publiczny Smithson znajduje się jakieś pięćset metrów dalej, a po drugiej stronie autostrady stoi sklep 7-Eleven. Dwa domy dalej po prawej stronie znajduje się pusta działka: rosną na niej prawie metrowe chwasty, a przy płocie leży stary materac. Budynki są pokryte białą płytą, a łuszczące się framugi okien mają kremowy odcień. Na wspólnych rabatach między podjazdami rośnie kilka mizernych roślin, ale przeważają chwasty. W niektórych miejscach widać trociny, które zostały tu porozrzucane chyba dziesięć lat temu.

U Rosalind jest najładniej. Na ganku leży nowa wycieraczka, a przed drzwiami wejściowymi stoi kilka doniczek z kwiatami i starannie ułożona para japonek. Na ceglanym oknie wisi poidło dla ptaków, które łagodnie kołysze się na wietrze. Szum samochodów jadących autostradą dźwięczy nam w uszach, gdy witamy się z Jimmym i podpisujemy się w rejestrze policyjnym.

— Jezu, nauczyciele zarabiają chyba jeszcze mniej niż my — mówi Felix, zakładając foliowe ochraniacze na buty i lateksowe rękawiczki na dłonie.

— Pewnie tak — odpowiadam, również nakładając rękawiczki i ochraniacze — ale biorąc pod uwagę to, jak wygląda jej rodzinny dom, to wszystko jest bardzo dziwne.

— Może George jest typem ojca, który uważa, że każdy sam musi ułożyć sobie życie — zastanawia się Felix.

— Możliwe. Ale to, że Timothy u niego mieszka, jakoś mu pasuje.

Felix wzrusza ramionami.

— Racja.

Zespół śledczych wczoraj przeszukał dom Rosalind i pobrał kilka próbek do zbadania w laboratorium. Ich zdaniem Rose nie wróciła do domu po spektaklu, co wydaje się bardzo prawdopodobne, zważywszy na to, że została zaatakowana niedaleko szkoły. Bardzo chcę zobaczyć jej dom i zyskać dostęp do jej prywatnego świata.

Pierwsze pomieszczenie to kuchnia. Na małym stole pośrodku kuchni stoi wazon ze stokrotkami. Wciąż jeszcze nie zwiędły pomimo panującego upału, więc muszą mieć tylko kilka dni. Na ociekaczu do naczyń stoi kubek po kawie, jeden talerz, a także kilka widelców i łyżeczek. Przy zlewie wisi ładnie ułożony wypłowiały ręcznik kuchenny. W małej lodówce stoi kilka butelek z sosami i mały kartonik mleka. Półkę na drzwiach wypełniają butelki białego wina.

Felix podnosi jedną z nich, w połowie opróżnioną, i spogląda na etykietę.

— Nieźle. Ta butelka kosztowała więcej niż moje tygodniowe zakupy spożywcze.

Nie znam się na winach, ale nawet ja widzę, że ta butelka musiała sporo kosztować. Pod zlewem stoi prawie pusty pojemnik na śmieci, a obok niego dostrzegam sześć pustych butelek po winie ustawionych jedna obok drugiej. Felix potwierdza, że wszystkie wina należą do tych droższych. W zamrażarce znajdujemy kilka plastikowych pojemników z jakimś sosem. Obok leży butelka wódki.

— Zdecydowanie lubiła sobie wypić i znała się na winach, ale chyba rzadko przyjmowała gości, co? Nie pomieściłaby ich tutaj — mówi Felix, wskazując gestem maleńkie pokoje.

— Myślisz, że piła do lustra? — pytam.

— Tak podejrzewam.

Schylam się, żeby przejrzeć szuflady i szafki kuchenne. Większość z nich jest pusta. Znajduję tylko kilka starych garnków i patelni. Stary mikser jest pokryty warstwą kurzu. Wstaję zbyt szybko i przez moment kręci mi się w głowie. Delikatny zapach kwiatów drażni moje nozdrza.

— Prowadziła życie starszej pani — zauważa Felix. — Ze skłonnością do niewiarygodnie drogich alkoholi.

Kiwam głową, przesuwając palcami wzdłuż krawędzi wazonu ze stokrotkami. Nie widzę żadnych zdjęć, ale wszędzie wiszą plakaty z filmów: w sypialni, w salonie i w pokoju gościnnym. Duży plakat kinowy w starym stylu reklamujący premierę *Ojca chrzestnego* jest przyklejony taśmą dwustronną do drzwi łazienki. Mam wrażenie, że zewsząd otaczają nas filmowe sceny. Gdziekolwiek się obejrzę, widzę znane hollywoodzkie twarze. Do lodówki przeczepione są magnesy — główne z cytatami lub wierszami.

— Widać, że miała hopla na punkcie kina — mówi Felix, obracając się powoli wokół własnej osi, żeby obejrzeć wszystkie plakaty. — I książek — dodaje, patrząc na regał w salonie.

Ten regał to najładniejszy mebel w domu; ciemne mahoniowe półki są wbudowane w ścianę na całej jej szerokości. Książki poukładane w rzędach zajmują każdy centymetr kwadratowy ściany. Są ich całe setki. Pamiętam, jak Rosalind wpadała w trans, gdy czytała na głos w klasie albo grała na scenie. Zawsze wydawała się taka nieobecna. Często się zastanawiałam, o czym wtedy myśli.

— No wiesz, była nauczycielką angielskiego. W tym zawodzie chyba trzeba dużo czytać.

— Myślałem, że uczyła aktorstwa? — pyta Felix zdziwiony.

— Chyba i tego, i tego — odpowiadam. — Te dwa przedmioty często są wykładane razem. Przynajmniej tak było, gdy chodziłyśmy do szkoły.

Pamiętam, jak biedna pani Frisk krzyczała na nas, żebyśmy używali naszych ciał jak narzędzi, a potem z zażenowaniem patrzyła, jak odgrywamy sceny miłości na naszych szkolnych przedstawieniach.

— Założę się, że byłabyś niezłą aktorką — mówi Felix z błyskiem w oku, patrząc na mnie.

Nagle ten mały pokój wydaje się jeszcze mniejszy.

Nie po raz pierwszy żałuję, że nie możemy po prostu razem gdzieś wyjechać. Uciec. Usiąść na plaży i popijać drinki, zbudować szałas z drzewa wyrzuconego przez morze, rozpalać ogień za pomocą patyków i już nigdy nie wrócić. Chcę się do niego przytulić i być zawsze przy nim. Ale zaraz potem przed oczami staje mi mała twarzyczka Bena i moje fantazjowanie się kończy.

— Dalej — mówię. — Skończmy tę robotę, żebyśmy mogli pojechać do Anny.

Idę do łazienki i próbuję się skoncentrować. Łazienka jest połączona z sypialnią Rosalind, ale w drzwiach stoi regał, więc wchodzę do niej drugimi drzwiami prowadzącymi z korytarza. Pierwsze, co widzę, to prysznic i mała wanna. Z kurka kapie woda. Na drzwiach po wewnętrznej stronie wiszą spłowiałe szare ręczniki na tanich pozłacanych haczykach. Przy toaletce leży złożona dziurkowana mata łazienkowa. Staję przed lustrem i próbuję sobie wyobrazić, że Rosalind codziennie rano szykowała się tutaj do wyjścia, czesząc swoje długie blond włosy i nakładając podkład na idealną cerę, ale jakoś ta wizja do mnie nie przemawia.

Otwieram lustrzane drzwi szafki i moja twarz znika. Wewnątrz znajduję portal do innego świata. Na dolnej półce stoją ułożone błyszczące butelki z szamponami i balsamem do ciała. Na wyższej półce widzę drogie produkty do wybielania zębów oraz kosmetyki do makijażu warte chyba tysiące dolarów. L'Oréal, Estée Lauder, Chanel. Nie wiem nawet, do czego służy połowa z tych produktów. Biorę nienapoczęte opakowanie tabletek antykoncepcyjnych i obracam je w ręce, zastanawiając się, czy to może oznaczać, że z kimś się spotykała. Ja zawsze pamiętam o wzięciu pigułki, ale jakieś dwa miesiące temu zdarzyło mi się raz zapomnieć — miałam wtedy poranną zmianę, a potem wciągnęłam się w pracę i tak mi upłynął cały dzień. Jakiś czas potem miałam wieczorny dyżur i znów przegapiłam jeden dzień. Kilka tygodni później wiedziałam już, że jestem w ciąży. Ból piersi i nieprzyjemne uczucie w żołądku były dokładnie takie same jak wtedy, gdy zaszłam w ciążę z Benem.

Na środkowej półce leży kilka porozrzucanych wsuwek i elegancka szczotka do włosów z kilkoma gumkami owiniętymi wokół rączki. Mimo że w szafce znajduje się dużo ekskluzywnych produktów, wciąż wydaje mi się niemożliwe, żeby ktoś tak wytworny jak Rosalind codziennie rano przygotowywał się do wyjścia w takiej łazience.

Na górnej półce dostrzegam białe recepty. Sięgam po nie. Dwa antydepresanty i dwie recepty na valium wystawione między sierpniem a listopadem.

— Co się z tobą działo? — szepczę.

— Co, Gem?

— Brała leki — mówię głośno.

Felix zagląda do łazienki.

— A kto nie bierze? Nie znalazłem pamiętnika ani żadnych seks-taśm, ale mam coś dziwnego. Popatrz.

Odstawiam tabletki i idę razem z nim do sypialni.

To kamień — płaski i wygładzony przez czas w kształcie przypominającym serce. Z jednej strony ktoś napisał czarnym pisakiem symbol X.

— Znalazłem to w dolnej szufladzie.

Powoli wydycham powietrze i myślę.

— Znalazłeś jeszcze coś ciekawego w jej szufladach?

Felix wkłada kamień do torby na dowody. W tym geście jest coś, co mi się kojarzy z wbijaniem jajka do miski.

— Nie, chyba że uznasz za fascynujące kilka par majtek i książkę z poezją.

Delikatnie klepię go po dłoni i rozglądam się po małej sypialni, która jest zupełnie inna, niż sobie wyobrażałam. Dywanik na podłodze stracił swoje dawne kolory. Rozpoznaję szarą narzutę — kilka lat temu można było ją kupić w Kmart. Ja mam taką samą, tylko niebieską. Opieram ręce na biodrach i spoglądam na gigantyczne dzieło sztuki wiszące nad łóżkiem: surowy, niepokojący obraz drzewa. Przez chwilę patrzę na niego i kontempluję.

— Ten dom jest bardzo dziwny. Wino, plakaty filmowe, sztuka — robię gest w kierunku ściany. — Jej kosmetyki do makijażu to same ekskluzywne produkty. A wszystko inne w tym domu jest takie zwyczajne.

— Tak, to naprawdę dziwne — odpowiada Felix, pisząc jakąś wiadomość na telefonie. — Nie potrafię zrozumieć, kim była ta kobieta.

Zaczynam się dusić w tym małym pokoiku. Z trudem biorę oddech, jakby płuca nagle mi się skurczyły. Robię krok do tyłu, czując desperackie pragnienie, żeby wyjść na zewnątrz. Felix delikatnie odskakuje.

— Chodź — mówię. — Porozmawiajmy z sąsiadami. Dowiedzmy się, co mają o niej do powiedzenia.

Wychodzimy na podjazd. Idę do pierwszego domu, a Felix do następnego i tak chodzimy przez kolejne czterdzieści pięć minut. O dziwo wszystkich siedmiu mieszkańców jest w domu; widać dzisiaj los nam sprzyja. Ale niestety nie dowiadujemy się niczego poza tym, że Rose była idealną sąsiadką, może trochę nieśmiałą, ale zawsze przyjaźnie nastawioną do otoczenia.

Niespokojny młody mężczyzna mieszkający pod trójką mówi mi, że Rose kilka tygodni temu poprosiła go o naprawienie mocowania lampy, a potem następnego dnia położyła mu piwo przed drzwiami wejściowymi w ramach podziękowania.

— Nie oczekiwałem niczego w zamian. Miała taki uśmiech, że zrobiłbym dla niej wszystko. Tak, pomagałem jej od czasu do czasu. Takie tam zwykłe prace w domu. Czasami opalała się na podjeździe. Nie dało się tego nie zauważyć. Machała wtedy do mnie. Była bardzo sympatyczna.

Przeciera przekrwione oczy i drapie się po łokciu.

— Będzie mi jej brakować.

Starsza kobieta spod piątki jest bardziej podejrzliwa i najwyraźniej ostatnio nie ogląda wiadomości.

— Coś jej się stało, prawda? Wczoraj widziałam tu policjantów z tą taśmą, której zawsze używacie.

— Obawiam się, że tak.

Kobieta wydyma wargi.

— Och. Taka piękna dziewczyna. Nic dziwnego.

Nie mam serca, żeby jej powiedzieć, że złe rzeczy przytrafiają się również brzydkim dziewczynom. Tyle że ich historie nieco szybciej schodzą z pierwszych stron gazet i rzadziej pojawiają się w wydaniach specjalnych programów telewizyjnych.

— A więc nie żyje?

— Niestety tak. Przepraszam, jak pani się nazywa?

— Murphy. Panna Murphy. Nigdy nie wyszłam za mąż — mówi z dumą, jakby zdołała się ustrzec przed losem gorszym niż śmierć. A potem dodaje: — Och. Biedna dziewczyna.

— Tak, to bardzo smutne — odpowiadam.

— Nie miałam pojęcia. Nie oglądam lokalnych wiadomości — mówi sztywno, ale widzę, że szczęka jej drży. — Oglądam tylko BBC.

— Bardzo mi przykro. Wiem, że to nie jest najlepszy moment, ale chciałabym zadać pani kilka pytań na temat pani Ryan. Czy widywała pani jakieś osoby kręcące się wokół jej domu?

— Raczej nie, a jestem w domu przez cały dzień — odpowiada panna Murphy, nerwowo ściskając dłonie. — Staram się mieć oko na wszystko. Lubię sobie siedzieć na fotelu przy oknie.

Patrzę na fotel, którego kształtu nie jestem w stanie określić z powodu sterty leżących na nim koców. Jakiś metr dalej stoją wiatrak i grzejnik, wycelowane w niego niczym reflektory.

— I nie zauważyła pani niczego niezwykłego? — pytam.

— Nie. Raczej nie. Rzadko ktoś ją odwiedzał, co moim zdaniem było dość dziwne, zważywszy na jej wiek i urodę. Kilka razy był u niej młody mężczyzna. Chyba jej brat, patrząc po zachowaniu. A kilka tygodni temu był tutaj mężczyzna w luksusowym samochodzie. Pamiętam, bo tego samego dnia w serialu *The Street* zmarł Luis, niech go Bóg ma w swojej opiece, a ja stanęłam w drzwiach wejściowych, żeby pooddychać trochę świeżym powietrzem. Przyznaję, że ta śmierć mną wstrząsnęła. I wtedy właśnie zobaczyłam ten samochód. Rozmawiali chwilę przed domem, ale nie wyglądało mi to na romantyczne spotkanie. Wie pani, o co mi chodzi?

Kiwam głową, robiąc jednocześnie notatki.

— To były bardzo cenne informacje. Czy coś jeszcze przychodzi pani do głowy?

— Nie, chyba nie. Tutaj rzadko coś się dzieje.

— A pamięta pani, jak wyglądali ci dwaj mężczyźni, którzy ją odwiedzili?

— Mniej więcej. Mężczyzna z tego samochodu przykuwał uwagę. Ładny garnitur, piękny uśmiech. Był starszy, może koło czterdziestki. Taki typowy człowiek sukcesu. A drugi był młody. Miał ciemne włosy i był wysoki. Przystojny, ale jakiś taki przygarbiony. Miał okropną postawę.

— W jakim był wieku?

— W dzisiejszych czasach trudno to stwierdzić, prawda? Dwadzieścia pięć? Chociaż mógł być trochę starszy. Albo młodszy. Szczerze mówiąc, nie mam pojęcia. Przecież jej nie szpiegowałam.

— Oczywiście, że nie. Dziękuję, że zechciała mi pani poświęcić swój czas.

Spotykam się z Felixem przed domem Rosalind.

— Masz coś? — pytam.

— Nie. Tylko komentarze na temat tego, jaka była piękna. Jeden facet wyraźnie był w niej zadurzony, co w innych okolicznościach pewnie by mnie zaniepokoiło, ale ona chyba wszystkim się podobała. A co u ciebie?

— Trzeba sprawdzić kilku mężczyzn, którzy ją odwiedzili, ale brak jakichś konkretnych tropów. Przeprowadziłam rozmowę z panną Marple, która jest rozczarowana tym, że tak niewiele się tu dzieje.

— Hm — zastanawia się Felix.

Przez chwilę stoimy w milczeniu i patrzymy na dom Rosalind, na doniczki z kwiatami przed drzwiami osłoniętymi moskitierą i na wiatraczek wetknięty do największej z nich, który powoli obraca się na wietrze.

— Cóż — myślę głośno — chyba tak zwykle bywa. Wścibscy sąsiedzi nigdy nie mają ciekawych wiadomości. Chyba że u Hitchcocka.

— Dokładnie.

Felix patrzy na mnie i nagle wszystko znika. Mam szczęście, że mogę spędzać z nim tyle czasu. Chociaż jednocześnie takie spotkania są okropnie niesatysfakcjonujące. Chcę go dotknąć i przytulić. Chciałabym, żebyśmy byli normalną parą.

Niechętnie psuję ten moment.

— Wracajmy. Anna powinna być już gotowa do przeprowadzenia autopsji.

Idziemy wzdłuż krótkiego pojazdu do naszych samochodów. Dostrzegam faceta z aparatem fotograficznym, który wysiada ze zdezelowanego holdena. Rozpoznaję go z lokalnej gazety. Smithson dopiero się dowiedziało o śmierci Rosalind, ale bez względu na to, jak dalej potoczy się śledztwo, będzie ona tematem lokalnych wiadomości jeszcze przez kilka miesięcy. A może nawet lat. Od kiedy wstąpiłam do policji, miałam okazję pracować tylko przy kilku takich głośnych sprawach. Mężczyzna podnosi aparat, żeby zrobić nam zdjęcie, jak wsiadamy do samochodów. Znajomy dreszcz przebiega mi po kręgosłupie, gdy chowam głowę pod dachem samochodu. Rozpracowywałam różne zagadki; w niektóre byłam bardzo zaangażowana, a niektóre sprawiły, że znalazłam się na pierwszych stronach gazet, ale jeszcze nigdy nie miałam do czynienia z czymś, co miałoby dla mnie tak osobisty wymiar.

***

Sprawa Robbiego była dziełem przypadku. Zaczęło się od zwykłej kradzieży samochodu. Zgłosiła ją dziewczyna właściciela auta, a ja wszystkiemu się przysłuchiwałam, bo akurat stałam niedaleko. Dziewczyna była młoda i szczupła. Jej głos regularnie uderzał w wysokie tony, gdy z przejęciem opowiadała, jak odkryła, że samochód został skradziony, chociaż ona i chłopak niczego nie słyszeli. Złodziej musiał wiedzieć, jak uruchomić silnik bez kluczyków. Na szczęście samochód był ubezpieczony.

Słuchałam tego wszystkiego zwrócona tyłem do niej, udając, że przeglądam dokumenty na blacie. Od razu poczułam, że coś jest nie tak. Dlaczego dziewczyna zgłasza kradzież samochodu swojego chłopaka — „Jest w pracy, musiał pojechać autobusem!" — i jak to możliwe, że jej chłopak jeździł nowiutkim audi, podczas gdy jej włosy mają charakterystyczny odcień farby z supermarketu, a ona sama pracuje jako kelnerka w Woody? Jej chłopak, Warren Robbie, miał dwadzieścia cztery lata i był murarzem. Mógłby przyjść następnego dnia, żeby zgłosić kradzież, ale ona uznała, że należy powiadomić policję jak najszybciej. Przecież jeśli zaczną od razu szukać złodzieja, będą mieli większe szanse na to, że go złapią, prawda? A jej zeznania powinny wystarczyć, prawda?

Dale Morton, policjant dyżurujący, notował wszystkie informacje. Wyjaśnił, że Warren Robbie będzie musiał przyjść złożyć formalne zeznanie, ale on sam od razu zgłosi kradzież w systemie i spróbuje się czegoś dowiedzieć.

Dziewczyna spojrzała na niego bardzo zmartwiona, owijając wokół palców włosy z cienkiego kucyka.

— Często znajdujemy takie samochody w ciągu czterdziestu ośmiu godzin porzucone gdzieś w lesie — wyjaśnił Morton. — To może być robota dzieciaków, które chciały się trochę zabawić. Ale istnieje możliwość, że ktoś będzie chciał sobie zatrzymać to auto. Chociaż trudno będzie mu je ukryć.

Dziewczyna (później się dowiedziałam, że nazywa się Stacy Porter) uśmiechnęła się do Mortona i rzuciła mu zalotne spojrzenie spod wytuszowanych rzęs.

— Jak długo jesteście razem? — spytał.

— Trzy lata. Prawie *za* długo. Wie pan, o co mam na myśli?

Jej dźwięczny śmiech rozległ się po sali, ale ruchy miała nerwowe. Pomyślałam sobie, że chyba rzadko bywa zrelaksowana. Miała czujne spojrzenie psa, który jest często bity przez właściciela.

— Teraz jesteśmy bardziej przyjaciółmi.

— Ach tak, rozumiem. Tak, aha.

Z niezwykłą dla siebie starannością Morton zanotował jeszcze kilka szczegółów, a potem dziewczyna wyszła z komisariatu, pozostawiając za sobą zapach tanich perfum.

Przez resztę dnia myślałam o Stacy i o domniemanej kradzieży. Coś mi mówiło, że ten samochód nie został skradziony, ale to samo w sobie nie było jeszcze niczym niezwykłym; wyłudzanie pieniędzy od firm ubezpieczeniowych było naszą narodową rozrywką. Chodziło o dziewczynę. Czułam, że za jej pozorną arogancją kryje się coś niepokojącego. Mogłabym się założyć, że jej chłopak ją bił. Świadczyły o tym chociażby małe siniaki, które dostrzegłam na jej ramionach. Ale to też wcale nie było takie niezwykłe. Niestety ponad połowa spraw, nad którymi pracowaliśmy, dotyczyła przemocy domowej. Dziwiło mnie coś innego: jaki facet chciałby podejmować ryzyko, wysyłając do komisariatu dziewczynę, nad którą się znęca? Może ona potraktowała to jako okazję, żeby poprosić o pomoc?

Kiedy Stacy wyszła, pojechałam na patrol do lokalnego centrum handlowego. Był to dla mnie naprawdę trudny test na tolerancję, bo przez większość czasu musiałam wysłuchiwać opowieści posterunkowego Toledo o jego teściach. Po zakończeniu patrolu nie wróciłam do domu, tylko pojechałam z powrotem do komisariatu, żeby się czegoś dowiedzieć o Warrenie Robbiem. Nie znalazłam zbyt wiele informacji. Rzucił szkołę tuż przed siedemnastymi urodzinami i zrobił prawo jazdy dokładnie w dniu urodzin. Wyrobił sobie numer identyfikacji podatkowej i zatrudnił się u murarza. Pracował u niego nieprzerwanie od roku. W wolnych chwilach wykonywał dodatkowe zlecenia. Swoje audi ubezpieczył dwa miesiące wcześniej, a miał je od pół roku. Z tego co wyczytałam, kupił je za gotówkę. Nie znalazłam żadnych informacji na temat tej płatności, ale nic nie wskazywało na to, żeby miał dostęp do tak dużych pieniędzy. Na pewno nie byłby w stanie kupić takiego samochodu ze swojej pensji murarza.

W drodze powrotnej do domu postanowiłam zmienić nieco trasę i obejrzeć dom, który wynajmował Robbie. Była to ciemna drewniana chata na przedmieściach Smithson, około pięciu kilometrów od mojego domu. Dom stał na tyłach działki i był otoczony gęstymi krzewami. Na zewnątrz paliło się jedno samotne światło. Siedziałam w samochodzie prawie pół godziny, obserwując cienie spacerujące po domu.

Następnego ranka wstałam wcześniej i pojechałam do komisariatu. Celowo kręciłam się w okolicy biurka policjanta dyżurującego. Około ósmej zjawił się Warren Robbie. Wiedziałam, że to on, bo poprzedniego dnia oglądałam jego zdjęcia z dowodu osobistego i prawa jazdy. Wyglądał trochę inaczej: miał dłuższe włosy i brodę, która zakrywała połowę jego twarzy. Wokół lewego oka miał duże limo. Co ciekawe, miał na sobie bluzę z długim rękawem, mimo że na dworze było ponad trzydzieści stopni. Był sympatyczny i przyjazny. Przeszedł całą procedurę zgłoszenia kradzieży i zażartował na temat tego, że w takim upale musi jeździć autobusem. Delikatnie wypytywał policjanta, czy może się skontaktować z firmą ubezpieczeniową, żeby „ruszyć tę sprawę".

— Nie jest panu za gorąco w tej bluzie w taki upał? — zapytałam go z tyłu sali.

Podniósł wzrok, a wtedy w ostrym fluorescencyjnym świetle dostrzegłam na jego twarzy warstwę podkładu, która tuszowała siniaki. A to oznaczało, że musiały one wyglądać dużo gorzej, niż sądziłam na początku.

Warren Robbie uśmiechnął się nieznacznie. W jego oczach dostrzegłam błysk i wbrew własnej woli odwróciłam wzrok. Moje ciało uruchomiło reakcję „walcz albo uciekaj", ale mój wbudowany radar wciąż mi przypominał, że ten człowiek jest niebezpieczny.

— Chyba nie jest jeszcze tak gorąco. Przyszedłem tutaj od razu, jak wstałem.

Morton spojrzał na niego, a potem na mnie, poirytowany moim komentarzem i wyraźnie zbity z tropu.

— *W każdym razie* — powiedział, patrząc na mnie wymownie — bardzo dziękuję, że pan przyszedł. Powiedziałem pana dziewczynie, Stacy, że musi pan osobiście złożyć zeznanie, bo wszystkie dokumenty są na pana nazwisko. Proszę tylko tu podpisać i może już pan iść.

Morton zaśmiał się sztywno, a Robbie z uśmiechem złożył podpis. Przed wyjściem rzucił mi krótkie spojrzenie.

— Dziękuję, Dale, jesteś mój człowiek! Miło się robi z tobą interesy.

***

W następnych dniach starałam się nie myśleć o Robbiem i o jego zaginionym audi. Kilka razy przejechałam obok jego małej chaty, ale wszystko wyglądało normalnie. Jakiś tydzień po jego wizycie w komisariacie na podjeździe przed domem zobaczyłam nowego niebieskiego pick-upa ute. Robbie miał w sobie coś, co moje ciało fizycznie odrzucało, ale w tamtym czasie miałam dużo na głowie: przygotowywałam się do kilku spraw sądowych, pisałam raporty o sytuacji na drodze, a do tego niedawno zamieszkałam ze Scottem i wciąż jeszcze się do tego nie przyzwyczaiłam. Nigdy wcześniej nie miałam współlokatora i potrzebowałam trochę czasu, żeby się oswoić z widokiem Scotta, z jego obecnością i z jego oddechem. Wtedy byłam już w ciąży, ale jeszcze o tym nie wiedziałam. Moje ciało zachowywało się tak, jakbym dostała potężną dawkę środków uspokajających. Jednak pomimo wielu spraw na głowie wciąż nie potrafiłam zapomnieć o Warrenie Robbiem; był jak choroba. Nie umiałam się go pozbyć. A tym, co spędzało mi sen z powiek, wcale nie było wyłudzenie ubezpieczenia, lecz strach, jaki zobaczyłam w oczach Stacy Porter, kiedy usłyszała, że Robbie musi przyjść do komisariatu osobiście, a ona będzie musiała mu o tym powiedzieć. Mój niepokój wywoływało ciche zło, które się czaiło w jego ciemnych oczach.

Aż kiedyś, mniej więcej po dwóch tygodniach, w pewną wyjątkowo upalną noc zatrzymałam tuż za Smithson samochód marki Holden Ute z zepsutym tylnym światłem. Okna w aucie były spuszczone, a ja od razu wiedziałam, że to oni. Długi jasny warkocz Stacy zwisał obok niezapiętego pasa bezpieczeństwa. Zauważyłam, że płakała — połowa jej twarzy była czerwona — ale skupiłam się na zepsutym świetle, które było przyczyną zatrzymania. Wypisałam mandat i sprawdziłam prawo jazdy Robbiego. Jego obecność była nieznośna; nigdy nie czułam tak silnej niechęci do drugiego człowieka. Wyczuwałam jego złość i nie wiedziałam, jak zakończyć to spotkanie. Nie chciałam go puścić wolno. Gorączkowo pragnęłam coś na niego znaleźć — coś mocnego. Chciałam, żeby trafił za kratki. Na zawsze. Dawno nie pragnęłam czegoś tak bardzo. Wyczuwałam, że ten człowiek jest zdolny do zrobienia czegoś naprawdę strasznego.

Po incydencie z tylnym światłem wpadłam w obsesję. Po dwóch tygodniach bezsennych nocy i wieczornych przejażdżek obok domu Robbiego poszłam do Jonesy'ego i opowiedziałam mu o swoich podejrzeniach.

— Mówisz o chłopaku Malca Robbiego? — spytał.

— Chyba tak. Jego tata był kiedyś właścicielem stacji benzynowej, tak?

— A był. Ale już nie żyje. Został postrzelony kilka lat temu na polowaniu. Przez własnego kumpla, dasz wiarę? Chyba miał trzech synów. Warren jest najmłodszy, ale nie przypominam sobie, żeby którykolwiek z nich miał kiedyś kłopoty. Może i są trochę agresywni, ale wszyscy ciężko pracują. Co ci w nim nie pasuje, Woodstock?

— Nic konkretnego, sir. Po prostu czuję coś w kościach.

Jonesy otworzył usta i — jestem tego pewna — już chciał mi powiedzieć, co sądzi na temat przeczuć, więc szybko dodałam:

— Jestem pewna, że jego historia o kradzieży samochodu była zmyślona. Myślę też, że znęca się nad swoją dziewczyną. Kiedy przyszedł złożyć zeznania, miał podbite oko. Ten facet zwiastuje kłopoty.

Jonesy oparł się ciężko o krzesło i włożył ręce za głowę, patrząc na mnie badawczym wzrokiem. Pewnie sądził, że wygląda jak stary doświadczony detektyw, taki jak ten z *Batmana*, ale jego wizerunek kompletnie psuły plamy potu pod pachami.

— Jesteś dobrą policjantką, Woodstock. Nieraz zrobiłaś na mnie wrażenie. Chłopcy w komisariacie zrobili się przez ciebie nerwowi, a to mi się podoba. Nie dalej jak wczoraj powiedziałem Lucy, że jesteś świetnym dzieciakiem.

Ostatnie zdanie wypowiedział szorstkim tonem, a ja poczułam, że moje oczy nagle robią się wilgotne.

— Ale dam ci jedną radę. Przeczucia donikąd cię nie zaprowadzą. Liczą się tylko fakty. Zdobądź więcej faktów na temat Robbiego, a ja z chęcią przyskrzynię go za to, co zrobił. Ale musisz się skupić na swoich codziennych obowiązkach. Niektórzy nasi chłopcy wręcz marzą o tym, żebyś dała się wciągnąć w jakąś bezsensowną walkę z wiatrakami.

— Tak, sir — powiedziałam, dziwnie zadowolona.

— Nie dawaj im tej satysfakcji, dziewczyno, dobrze?

— Nie, nie dam, sir — odparłam z pełnym przekonaniem.

Rozdział siódmy

Niedziela 13 grudnia, godz. 11.31

Kostnica w Smithson jest jedynym takim miejscem w promieniu stu kilometrów. Ależ z nas szczęściarze: z całego regionu zjeżdża do nas wszystko, co ma związek ze śmiercią i zniszczeniem. Anna lubi nas nazywać „regionalną stolicą śmierci". Felix i ja nie zawsze uczestniczymy w autopsji. Niektórzy detektywi nie lubią tego robić, a inni twierdzą, że to utrudnia im obiektywną pracę. Czasami jeździmy na autopsję na zmianę, a czasem po prostu brakuje nam ludzi. Problemy z logistyką, tak częste w codziennym życiu, po śmierci wcale się nie kończą. Ciągle musimy dopasowywać swoje harmonogramy, bić się o puste miejsca w grafiku i układać swoje plany wokół stałych punktów, takich jak praca administracyjna i cotygodniowa wspólna pizza. Ostatnio razem z Felixem zaczęliśmy pozwalać innym policjantom, żeby jeździli na autopsje, a my tylko czytamy raporty albo prosimy ich o krótkie podsumowanie najważniejszych informacji (muszą jakoś zdobyć doświadczenie, a śmierć nie pojawia się na zamówienie). Jednak tej autopsji na pewno sobie nie odpuszczę. Mimo że staram się być mentorem dla młodszych stażem funkcjonariuszy, wolę być obecna podczas autopsji, gdy tylko mam taką możliwość. Chociaż tyle mogę zrobić, żeby okazać szacunek ofiarom. Nigdy nikomu tego nie mówiłam, ale gdy ofiarą jest dziecko, zawsze biorę udział w autopsji. Wyobrażam sobie, że takie dziecko jest samotne i przestraszone i potrzebuje kogoś, kto je otoczy matczyną czułością w tym strasznym, dusznym prosektorium. Ta autopsja będzie zupełnie inna niż wszystkie poprzednie: bardzo chcę zobaczyć Rosalind jeszcze raz, zanim odejdzie na zawsze. Myślę o wskazówkach, które kryją się w jej ciele i tylko czekają na to, żeby je odkryć, i czuję niemalże magnetyczne przyciąganie — silne pragnienie wzięcia udziału w wydarzeniu, które wszyscy nazywamy ostatnim rozdziałem.

Myślałam, że po tylu dniach przebywania w nagrzanym od upału komisariacie z przyjemnością wejdę do klimatyzowanego pomieszczenia, ale okazuje się, że temperatura została ustawiona na zbyt niską i z miejsca dostaję gęsiej skórki na rękach. Siadam razem z Felixem na wysłużonej kanapie w poczekalni i piję kawę na wynos. Sprężyny w kanapie straciły swoją elastyczność gdzieś pod koniec lat dziewięćdziesiątych i czuję się, jakbym siedziała na kawałku betonu. Chociaż w takim miejscu ludzie chyba nie zwracają uwagi na takie rzeczy jak komfort.

Felix spogląda na mnie, a ja skupiam się na maleńkich brązowych plamkach na jego ciemnozielonych oczach.

— Wszystko w porządku?

Nim odpowiadam, zaczyna dzwonić jego telefon. Felix patrzy na mnie przepraszająco i wstaje, a potem popycha ciężkie drzwi i wychodzi na zewnątrz. Przez chwilę owiewa mnie ciepłe powietrze.

— Cześć, kochanie — słyszę.

Podchodzę do okna i wyglądam na parking. Zaczęło wiać. Porzucone reklamówki unoszą się w powietrzu, a część z nich kończy swój taniec zaplątana w gałęzie pobliskich krzewów. Felix rozmawia przez telefon, spacerując tam i z powrotem. Dostrzegam samochód Anny — a więc jest już na miejscu. Biorę łyk kawy i prawie wymiotuję. Wyrzucam ledwo napoczęty kubek do śmieci. Wyobrażam sobie, jak cała jego zawartość rozlewa się po plastikowym worku, otaczając pozostałe śmieci niczym brudna woda z jeziora omywająca jasną skórę Rosalind. Staram się wyrzucić ten obraz z głowy.

— Hej, Gem! — słyszę głos Anny, który jest jak promyk słońca w tym sterylnym korytarzu.

Myślę, że gdy Anna była dziewczyną, nikt nie przypuszczał, że będzie zarabiać na życie, krojąc martwe ciała i oglądając ich wnętrzności. Ktoś, kto jej nie zna, prędzej uznałby ją za typ kobiety, która codziennie robi pięćdziesiąt przysiadów o świcie, a wieczorem popija tequilę.

W naszym miasteczku zabójstwa nie zdarzają się często, a w większości przypadków przyczyną zgonu jest przemoc domowa albo bójka pod wpływem alkoholu. Kumple zabijają kumpli, mężowie zabijają żony. Im dłużej siedzę w tym zawodzie, tym bardziej zdaję sobie sprawę, że granica między miłością a nienawiścią oraz życiem a śmiercią jest bardzo niewyraźna. Kiedy towarzyszę Annie w rozkrawaniu martwych ciał, zazwyczaj okazuje się, że przyczyną śmierci jest przedawkowanie narkotyków albo samobójstwo.

Anna jest niezwykle kompetentną osobą. Wszyscy w komisariacie uważamy ją za jednego z naszych najlepszych fachowców. Jest jeszcze młoda — tyko trzy lata starsza ode mnie. To cud, że stolica jeszcze nam jej nie zabrała. Jonesy myślał kiedyś tak samo o mnie, ale teraz, gdy mam Bena, uważa, że ryzyko mojej ucieczki jest dużo mniejsze. Nasz poprzedni koroner, Phelps, był człowiekiem szorstkim w obyciu, ale świetnym fachowcem. Przypominał mi Hannibala Lectera ze swoim upodobaniem do muzyki poważnej (i nie tylko). Często w komisariacie żartowaliśmy, że Phelps ma szczęście, że jego klienci nie żyją, bo inaczej nie miałby ani jednego. Anna, jego wyjątkowo utalentowana uczennica, dorównuje mu pod względem umiejętności, ale na szczęście nie jest taką dziwaczką.

— Cześć, Anno — odpowiadam jej, siląc się na uśmiech.

Idę za nią korytarzem w kierunku prosektorium. Fale bólu, które odczuwam, wciąż są dużo silniejsze, niż jestem skłonna przyznać sama przed sobą.

Anna włącza światło. Powietrze w sali jest chłodne, ale duszne.

— A niech to — mówi.

— Co?

— Zostawiłam coś w biurze. Poczekaj sekundę.

Wychodzi, zostawiając mnie samą z Rosalind, która leży naga na metalowym stole pośrodku sali. Pomijając ciemne siniaki na jej szyi i nieco jaśniejsze na udach, jej ciało jest bez skazy. Doskonałe piersi, większe niż sobie wyobrażałam, delikatnie opadają jej na boki, ale nadal są skierowane w górę, stanowiąc spełnienie wszystkich uniwersalnych fantazji. Żyły tworzą delikatną sieć pod skórą. Nadgarstki i kostki są prawie jak u dziecka. Ciemne rzęsy są podwinięte i rzucają małe ostre cienie na jej twarz. Tyle razy się zastanawiałam, jak Rose wygląda nago. I nigdy bym nie pomyślała, że dowiem się tego w takich okolicznościach. Podchodzę bliżej i staję tuż obok niej. Patrzę jej w oczy i zastanawiam się, jak wyglądały ostatnie chwile jej życia. Szeptem mówię jej rzeczy, których nie odważyłabym się powiedzieć żadnej żyjącej osobie. Słowa wylewają się ze mnie, a ja czuję pustkę, pozbywszy się niespodziewanie moich sekretów. Słyszę głośne tykanie zegara, który wisi na ścianie tuż nad moją głową.

— No dobrze, zabierzmy się do roboty.

Anna już wróciła i nakłada lateksowe rękawiczki.

Odsuwam się od Rosalind, a serce bije mi jak szalone. Jestem cała spięta. Nieświadomie chwytam się za brzuch, a zaraz potem szybko opuszczam rękę.

Anna podchodzi do stołu i podnosi rękę Rosalind leżącą tuż przy krawędzi.

— Nie powinnyśmy zaczekać na pozostałych? — pytam.

— Powiedziałam im, że mają być o jedenastej czterdzieści pięć. Spóźniają się — odpowiada Anna i włącza na swoim telefonie przycisk, żeby nagrać swoje komentarze. — Denatem jest kobieta, Rosalind Elizabeth Ryan. Dwadzieścia osiem lat. Znaleziona w sobotę dwunastego grudnia około siódmej trzydzieści rano na brzegu jeziora Sonny Lake w Smithson w Nowej Południowej Walii. Twarzą była zwrócona do dołu. Podejrzewa się zabójstwo. Uraz głowy i prawdopodobnie też podduszenie. — Ann patrzy na woskową twarz Rose. — Na razie nie ma żadnych podejrzanych.

Do prosektorium wchodzą Felix i Jonesy. Kiedy Felix staje przy mnie, czuję bijące od niego ciepło. Anna rzuca nowo przybyłym krótki, formalny uśmiech.

— Kto ją znalazł? — pyta Anna.

— Facet, który mieszka niedaleko. Biegał po okolicy — mówię. — Connor Marsh. Jest czysty.

— Jezu, po czymś takim pewnie kupi karnet na siłownię. — Jonesy śmieje się z własnego dowcipu, po czym rozstawia szerzej nogi i opiera się ciężko o ścianę.

Felix delikatnie muska moją dłoń. Czuję mrowienie między klatką piersiową a gardłem.

— No dobrze, rozpoczynam sekcję zwłok. — Anna nakłada maskę na twarz, poprawia rękawiczki i rękami zatacza koło, jakby zaraz miała kogoś uderzyć.

— Co za ślicznotka — mówi Jonesy z żalem. — Śmierć takiej dziewczyny to cholerna strata.

Anna zaczyna od ran Rosalind. Na lewej skroni pod skórą kwitnie brzydka czerwień.

Patrzę na Rosalind, aż obraz robi się zamazany, a ona sama zamienia się w masę nierozpoznawalnych kropeczek. Myślę o tym, że muszę przelać pieniądze na konto oszczędnościowe, że w nowym roku będę świadkiem na rozprawie sądowej w sprawie gwałtu, że dziś muszę zatankować i że trzeba kupić tacie prezent na urodziny. Robię wszystko, co mogę, żeby zagłuszyć w głowie przeszywający dźwięk rozcinania ciała Rosalind. Po otwarciu klatki piersiowej uwięzione powietrze wydostaje się na zewnątrz. W tym momencie zawsze wszystko ostatecznie do mnie dociera. Wiem, że to bez sensu, ale dokładnie wtedy mój mózg dochodzi do wniosku: *No nie, czegoś takiego to już nikt by nie przeżył, więc ta osoba musi naprawdę być martwa.*

— O co chodzi z tymi różami dookoła niej? — pyta Anna.

— Sądzimy, że dostała je po zakończeniu przedstawienia. Sama napisała tę sztukę i potem ją wyreżyserowała. Może miała te kwiaty ze sobą?

Anna kiwa głową i dalej rozcina Rose.

— Martwe ciało przykryte kwiatami to trochę upiorny widok. Jak na prawdziwym pogrzebie.

Potakuję. Rozmawiałam już o tym wcześniej z Felixem. Oboje uznaliśmy, że kwiaty muszą coś oznaczać. Może przeprosiny? Albo jakiś sposób na to, żeby się pożegnać?

Patrzę na Rose, omijając wzrokiem narzędzia do autopsji i wszystkie kliniczne oznaczenia na jej ciele. To przedziwne, jak śmierć chwyta ciało w swoje szpony i przejmuje je w swoje posiadanie. Uczestniczyłam w co najmniej pięćdziesięciu autopsjach, a każda z nich wryła mi się w pamięć z innego powodu. Najbardziej brutalna śmierć. Najdziwniejsza. Najprostsza. Najmłodsza ofiara. Do dzisiaj żywo pamiętam, jak przyglądałam się autopsji trzyletniej dziewczynki, którą zabił jej własny ojczym. Kiedy tak leżała obok mnie na stole, wzięłam ją za rękę. Obie z Anną płakałyśmy.

Anna kontynuuje swoją pracę, komentując poszczególne czynności. Szczegółowo opisuje wszystkie spostrzeżenia i próbuje określić ogólny stan zdrowia Rosalind.

— Myślę, że nie paliła, ale jej wątroba jest w kiepskim stanie. Przed śmiercią zjadła kolację.

Marszczy brwi, przeglądając zawartość żołądka i jelit.

— Jadła też jakiś deser. Może truskawki. I na pewno piła alkohol w ostatnich godzinach przed śmiercią. Tak wynika z treści jej żołądka.

Anna przechodzi do następnego etapu badania. Teraz jej czynności są bardziej automatyczne. Wygłasza kolejne obserwacje obojętnym tonem, jakby czytała podręcznik. Jonesy okrasza jej uwagi niepotrzebnymi komentarzami, ale potem chwyta mnie za ramię i mówi:

— Przepraszam, Woodstok, ciągle zapominam, że to była twoja koleżanka.

Wzruszam ramionami. Jestem tak przyzwyczajona do niestosownych żartów podczas autopsji, że już prawie ich nie zauważam.

Anna kontynuuje:

— Na pewno doszło do szarpaniny. Ale nie za długiej. Wydaje mi się, że upadła na ziemię i próbowała uciec. To nie była walka wręcz. Pod paznokciami nie ma naskórka napastnika, tylko ziemia.

Anna sprawdza treść pod paznokciami Rose, a potem wkłada do plastikowej torebki końcówki paznokci, które delikatnie odcięła.

— Siniaki na jej udach na pewno są świeże, ale brak jednoznacznych wniosków w tej kwestii.

Potem Anna zaczyna badać narządy płciowe Rose, szukając śladów napaści na tle seksualnym.

Celowo się wyłączam i zaczynam liczyć zadrapania na posadzce.

Aż nagle wracam do rzeczywistości, gdy Anna mówi:

— O, to ciekawe.

— Co takiego?

Wszyscy pochylamy się do przodu.

— Wygląda na to, że wasza denatka była w ciąży.

Rozdział ósmy

Niedziela 13 grudnia, godz. 15.43

Dzwonię do Scotta i informuję go, że wrócę do domu później. A potem spędzam popołudnie na sprawdzaniu aktywności Rosalind w mediach społecznościowych i przeglądaniu jej historii rozmów telefonicznych oraz dokumentacji medycznej i finansowej. Ponieważ jest weekend, nie mam dostępu do zbyt wielu informacji. Ekipa śledczych jest teraz w szkole — przeczesuje dokładnie cały teren, szukając oznak szarpaniny albo sceny zbrodni, ale jak na razie bez skutku. Charlie dzwoni tuż po szesnastej z wiadomością, że gdzieś głęboko w wysokiej trawie za boiskiem znaleźli małą torebkę, w której były telefon Rosalind, portmonetka oraz balsam do ust.

— Wszystko jest mokre — mówi Charlie. — Te rzeczy musiały wpaść do jeziora razem z nią. Zabójca chyba potem je tutaj podrzucił.

— Przeszukaliście kanał burzowy? — pytam. — Ten, przy którym została znaleziona?

— No pewnie — odpowiada Charlie; mam wrażenie, że właśnie je jabłko.

Wyobrażam sobie jego dużą, rumianą, pokrytą piegami twarz, pochyloną nad znaleziskiem, które zostało ukryte gdzieś w trawie na terenie mojej dawnej szkoły.

— Od niego zaczęliśmy. Ale znaleźliśmy w nim tylko wodę, martwe zwierzęta i mnóstwo graffiti.

— Czyli nic niezwykłego?

Śmieje się.

— Gem, to jest szkoła średnia. Gdziekolwiek się obejrzysz, znajdujesz dziwne rzeczy, ale nie ma tu niczego, co wydawałoby się mieć związek ze sprawą. Oczywiście nadal szukamy.

— Dzięki, Charlie.

— No lekko nie jest. Na dworze jest tak gorąco, że Mossy już nie daje rady. Siedzi w cieniu pod drzewem i wachluje się paczką chipsów.

— Powiedz mu, że jest mięczakiem.

— Nie ma sprawy.

Dzisiaj rano kolejny zespół śledczych przeszukał miejsce, w którym znaleziono ciało, oraz parking, ale bez rezultatu. Zaczynam przeglądać historię rozmów telefonicznych Rosalind.

Tuż przed siedemnastą do mojego biurka podchodzi Felix i kładzie na skraju biały kubek z kawą. Bierze kęs batona zbożowego, a ja w tym momencie zdaję sobie sprawę, że umieram z głodu.

— Masz coś? — pyta.

— Nie bardzo — odpowiadam. — Nie ma jej na Facebooku, jest tylko na Instagramie. Wstawiała zdjęcia ładnych rzeczy: kwiatów, słodkich zwierzątek i tęczy, a czasami też cytaty. Głównie Szekspira i nieżyjących poetów, których pamiętam ze szkoły średniej. Wszystko jest miłe i ładne. A, jedno ze zdjęć przedstawia kamień w kształcie serca, który znalazłeś. Napisała pod nim słowo *MIŁOŚĆ*. To było dwa miesiące temu. Jedyną w miarę interesującą rzeczą jest artystyczne zdjęcie gnijącego jabłka i zbliżenie na czerwone usta. Chyba jej.

Pokazuję mu obrazek na telefonie.

Felix spogląda na zdjęcie i unosi brwi ze zdziwieniem. Zbadaliśmy odciski palców na kamieniu. Część należała do niej, a oprócz nich było kilka innych niedokładnych, połowicznych odcisków, które nie przyniosły nam żadnych wartościowych informacji.

— A co z jej rodziną? Przyjaciółmi? — pyta, wciąż patrząc na usta na zdjęciu.

— Nie ma nikogo. W ogóle na żadnym zdjęciu nie ma ludzi. Kilkoro uczniów śledziło ją na Instagramie. Chyba warto to sprawdzić.

Myślę o rodzinnych zdjęciach, które wiszą na tablicy Felixa. W moim domu można znaleźć wiele zdjęć Bena i mojego taty, a także zdjęcia brata i rodziców Scotta. Nawet Phelps, nasz stary zrzędliwy koroner, trzymał na biurku w kostnicy zdjęcie swojej żony. Kiedyś oboje przyszli na imprezę halloweenową przebrani za zombie.

— Zupełnie jak u niej w domu — mówi Felix. — Zauważyłaś, że nigdzie nie było żadnych zdjęć?

— Hm. Większość ludzi pokazuje światu przynajmniej kilka radosnych fotek. Historia jej rozmów telefonicznych też jest jedną z najuboższych, jakie widziałam. Muszę jeszcze sprawdzić nazwiska, ale tutaj jest chyba tylko sześć numerów — oznajmiam i pokazuję mu wydruk. — I nie miała telefonu stacjonarnego, tylko komórkowy. Adres e-mail powiązany z jej kontem do Instagrama jest praktycznie nieużywany.

— Może miała potajemny adres e-mail i używała go gdzie indziej — sugeruje Felix.

— Też tak myślę.

Otwieram szufladę i wyciągam z niej paczkę rodzynek. Biorę do ust kilka sztuk i kontynuuję:

— Ktoś do niej zadzwonił w piątek wieczorem około dziesiątej trzydzieści. Czyli mniej więcej wtedy, gdy kończył się spektakl. Albo zaraz po jego zakończeniu.

Felix otwiera oczy nieco szerzej.

— Dobrze, fajnie. I?

— Na razie to ślepy trop. Nie odebrała tego telefonu, a numer jest zastrzeżony. Pewnie karta prepaid. Wiemy tylko, że to lokalny numer. Zasadniczo więc nie posunęłam naszego śledztwa ani o jeden krok do przodu.

— I nie wiemy też, kim byli ci mężczyźni, którzy do niej przyjeżdżali.

— To prawda — przyznaję. — Dobrze byłoby się dowiedzieć, kim był facet w tym drogim samochodzie.

Felix zerka na zdjęcie z miejsca zbrodni, które wystaje z teczki leżącej na moim biurku.

— Z jednej strony żyła bardzo skromnie, zwłaszcza jeśli weźmiemy pod uwagę to, z jakiego domu pochodziła, a z drugiej strony mamy to wino i kosmetyki do makijażu.

— No tak.

Nie wiem, co o tym myśleć. Nie potrafię ująć w słowa tego, co mi chodzi po głowie. Krwistoczerwone usta Rosalind utrudniają mi myślenie.

— Wiesz — mówię, przełykając kolejne rodzynki — że znaleźli jej torebkę porzuconą gdzieś w krzakach przy szkole? Czyli najprawdopodobniej zabójca albo szedł za Rose do jeziora, albo ją tam zaprowadził, zabił, wrzucił do wody, a potem zabrał jej torebkę. Może chciał opóźnić moment identyfikacji ofiary, a może myślał, że znajdzie jakieś pieniądze. Nieważne. Tak czy inaczej, musiał wrócić na teren szkoły po jej śmierci. Mam przeczucie, że obserwował ją przez cały wieczór. Może planował konfrontację po zakończeniu spektaklu, a może oboje byli wcześniej umówieni i coś poszło nie tak. Może ten ktoś śledził ją już od dawna. Nie wiem. Ale myślę, że to musi mieć coś wspólnego ze szkołą. A ty jak uważasz?

— To, co mówisz, brzmi sensownie. Jutro tam pojedziemy — odpowiada Felix. — Musimy porozmawiać z nauczycielami i z uczniami i dowiedzieć się, kto był na piątkowym spektaklu i czy ktokolwiek potem ją widział. Musimy zdobyć nagrania z kamer monitoringu, jeżeli jakieś istnieją. Mam nadzieję, że coś znajdziemy.

Otwiera usta, jakby chciał jeszcze coś powiedzieć, ale ostatecznie tylko się do mnie uśmiecha.

— Co?

— Nic.

Patrzy na mnie z tęsknotą w oczach, a potem mówi dalej.

— Poszukam jakichś informacji na temat Timothy'ego. Przy okazji — Marcus jest czysty. Jego alibi zostało potwierdzone. Wyleciał z Sydney dopiero w sobotę rano. A dziewczyna Bryce'a, Amelia

Posen, potwierdziła, że źle się czuła i odwołała plany. Powiedziała, że rozmawiali przez telefon w piątek późnym wieczorem, co pasuje do jego historii, chociaż nie wystarczy, żebyśmy przestali się nim interesować. Nadal jednak uważam, że Timothy'ego trzeba sprawdzić.

Potakuję, walcząc z falą zmęczenia.

— Sprawdzę George'a Ryana.

Teraz on kiwa głową. Odprowadzam go wzrokiem, gdy wraca do swojego biurka. Mimo fizycznego bólu, jaki czuję wewnątrz, chciałabym móc go pocałować; wciągnąć go na siebie; poczuć go w sobie. To pragnienie jest tak silne, że czasami aż sprawia mi ból.

Zaczynam przeglądać internet i nasz wewnętrzny system danych w poszukiwaniu czegokolwiek na temat ojca Rosalind. Jonesy miał rację; George Ryan jest dość znaną postacią w świecie biznesu. Znajduję ponad trzydzieści artykułów ze wzmiankami o nim i o jego działalności biznesowej. Wiele lat temu założył firmę, która zajmowała się rekrutowaniem pracowników na niskie i średnie stanowiska w ośrodkach opieki zdrowotnej. Ponieważ była to jedna z pierwszych takich firm w Australii, odnotowała znaczący rozwój, gdy siła robocza rozszerzyła się o kobiety i migrantów. Sprzedał ją pod koniec lat osiemdziesiątych za ponad milion dolarów, a potem rozpoczął ekspansję na rynku nieruchomości. Jego świetnie prosperująca firma o nazwie RYAN ma biura w Sydney i w Smithson i realizuje projekty w całym regionie Nowej Południowej Walii.

Przypominam sobie ciasne mieszkanko Rosalind; prawie pustą lodówkę i dywanik z Kmartu. Będziemy musieli odbyć jeszcze jedną rozmowę z George'em Ryanem. Stukam długopisem o komputer, próbując zrozumieć to, co powiedzieli o Rose jej bracia.

Marty Pearson podchodzi do mojego biurka.

— Możesz tak nie stukać? — prosi szorstkim tonem.

— Co? A, przepraszam — odpowiadam, odkładając długopis.

Kiedy odwracam oczy od ekranu, nagle wszystko dookoła mnie robi się zbyt jaskrawe. Opieram się na krześle i rozciągam plecy. Marty patrzy na mnie z niechęcią, a potem znów znika za ścianką.

Kątem oka widzę jeszcze, jak kręci głową. Gdyby mógł tutaj rządzić, każdy glina musiałby mieć co najmniej czterdzieści pięć lat.

Zauważam nagły ruch przy biurku policjanta dyżurującego. Raz po raz słyszę przekleństwa i płacz. Ktoś włączył radio w jednym z pokojów przesłuchań. Słychać melodyjne *Bad Medicine* Bon Jovi. Patrzę z powrotem na ekran monitora i czytam kilka kolejnych artykułów o biznesowych przedsięwzięciach George'a Ryana. Wynika z nich, że przez pewien czas pomagał mu Marcus. Nie znajduję żadnej wzmianki o Timothym i Brysie, ani też o Rosalind. Widzę natomiast kilka zdjęć George'a z synami, które zostały zrobione podczas lokalnych imprez biznesowych. Nigdzie nie wspominają o Rosalind. Jedyną wzmiankę o niej znajduję w lokalnej gazecie i dotyczy ona nadchodzącej premiery szkolnego spektaklu.

I już chcę wyłączyć komputer, kiedy znajduję krótki artykuł w lokalnej gazecie ze stycznia 1985 roku mówiący o śmierci Olivii Ryan. Na zdjęciu zrobionym w dniu jej ślubu widzę tę samą kobietę, którą widziałam na kominku u Ryanów. Gęste ciemne włosy spływają po bokach twarzy w kształcie serca, a kryształowoniebieskie oczy przywodzą na myśl Elizabeth Taylor z czasów jej świetności. Tematem artykułu jest tragedia: trzydziestotrzyletnia Olivia dostała krwotoku wewnętrznego dwa dni po urodzeniu pierwszej córki, Rosalind, i straciła przytomność na skutek utraty dużych ilości krwi. Zmarła po dwóch dniach. Gazeta cytuje wypowiedź George'a Ryana, który mówi, że jest zdruzgotany nagłą stratą ukochanej żony, i zapewnia, że zrobi wszystko, co w jego mocy, żeby jak najlepiej zaopiekować się swoimi trzema synkami i nowo narodzoną córeczką.

Rozdział dziewiąty

Poniedziałek 14 grudnia, godz. 7.32

Jonesy wezwał nas wszystkich do siebie, żeby oficjalnie rozpocząć śledztwo. Wczoraj miał problemy ze znalezieniem dodatkowych rąk do pracy: w sobotę wieczorem kilka kilometrów za Paxton miało miejsce porwanie i zabójstwo. Wszyscy dostępni policjanci z tego regionu brali udział w akcji poszukiwawczej siedmiolatki, która właśnie straciła swoją mamę, oraz jej agresywnego ojca. Na szczęście wczoraj wieczorem odnalazła się cała i zdrowa; siedziała w samochodzie ojca na długim odcinku autostrady krajowej. On sam został znaleziony pięćdziesiąt metrów dalej, w krzakach. Miał roztrzaskany mózg.

Śmierć Rosalind poruszyła całe Smithson i w połączeniu z niesłabnącym upałem stworzyła koszmarną, przypominającą parę powłokę, do której wszystko się przykleja. Ludzie rozmawiają przyciszonym głosem, wymieniając się teoriami przy kiosku albo na poczcie. Czujnie rozglądają się wokół siebie, jakby chcieli gdzieś wypatrzeć czającego się mordercę. Układają stosy pięknych kwiatów — małe górki miłości i rozpaczy — przed drzwiami wejściowymi do domu Rosalind, na brzegu jeziora i w szkole. To prawda, że śmierć nas jednoczy i przybliża nas do siebie. Moim zdaniem jednak to jest coś więcej niż pierwotne poczucie jedności. Być może zbliżamy się do siebie po to, żeby się przekonać, czy jesteśmy tym, kim twierdzimy, że jesteśmy. Wszyscy próbujemy zrozumieć, jak to się stało i dlaczego zakończyło się tak tragicznie.

W powietrzu czuć ogromne napięcie. Ludzie są podekscytowani nowością tajemnicy. Każda śmierć musi mieć swoją historię, a świadomość tego jest tak silna, że nie da się jej porównać z niczym innym. Naszym zadaniem jako detektywów jest wypełnienie luk. Znamy zakończenie, ale brakuje nam początku i środka. Musimy rozpracować tę historię, zaczynając od końca. Zazwyczaj uwielbiam ten etap. Satysfakcja z rozwiązania sprawy jest tak wielka, że moja dusza śpiewa. Ale tym razem jest inaczej. Czuję się ospała i spowolniona, a nawet trochę wystraszona. Z różnych powodów boję się wejść z butami w życie Rosalind, bo może ono niebezpiecznie połączyć się z moim. Przeszłość jest czymś, co z ulgą pozostawiłam za sobą.

W dużej sali konferencyjnej pod mocno eksploatowanymi wiatrakami sufitowymi siedzi przy stołach około piętnastu policjantów w cywilnych strojach. Są tu również Matthews, Kingston i Pearson. Większość funkcjonariuszy przyjechała z Gowran i Mt Lyall, ale jest też dwóch z Corburn i dwóch ze stolicy. Wszyscy są pełni zapału; bardzo chcą zdobyć doświadczenie w śledztwie w sprawie zabójstwa. Już sobie wyobrażam, jak mocno zacisnęli pięści, gdy dowiedzieli się o tym morderstwie, oglądając wieczorne wiadomości. Jonesy powoli spaceruje z przodu sali, zatrzymując się raz po raz i kołysząc się na piętach. Po jego zachowaniu widzę, że ma ochotę na papierosa. Tuż za nim wisi tablica, do której zostały przypięte duże fotografie Rosalind, martwej i żywej. Ciemnomiodowe oczy Rosalind w kilku różnych wersjach patrzą na drugi koniec sali. Na jednym ze zdjęć Rosalind jest ubrana w miękką liliową kurtkę, a włosy, które ściągnęła w kitkę, ukazują jej delikatną szyję. Uśmiecha się smutno, jakby wiedziała coś, czego my nie wiemy. Walczę z przedziwnym pragnieniem, aby też się do niej uśmiechnąć.

Jeden z policjantów grzebie coś przy żaluzjach i próbuje wciągnąć je do góry. Szelest metalowych blaszek działa mi na nerwy. Spuszczam głowę i zauważam, że mam zaciśnięte pięści. Dzisiaj rano nie miałam nawet okazji zobaczyć się z Benem. Kiedy wychodziłam, jeszcze spał, przytulony do maskotki w kształcie wozu strażackiego.

Przy śniadaniu Scott zapytał mnie, czy wrócę do domu na kolację. Odpowiedziałam mu, że nie wiem.

Potrzebuję kawy. Ruszam w stronę kuchni, żeby sobie ją zaparzyć, ale dokładnie w tym samym momencie Jonesy uderza dłońmi o blat biurka i wykrzykuje:

— No dobrze!

Wracam na swoje miejsce przy drzwiach. Nie czuję się wystarczająco rozluźniona, żeby usiąść.

— Masz — słyszę.

Felix, który właśnie wszedł do sali, podaje mi kubek z kawą z Reggie's, unikając kontaktu wzrokowego. W pracy jesteśmy bardzo ostrożni, ale ponieważ jesteśmy partnerami, pewien poziom intymności między nami jest czymś zrozumiałym, a nawet wymaganym. Ponadto oboje mamy dzieci, a większość osób, z którymi pracujemy, nie ma dość wyobraźni, żeby wpaść na to, że mamy czas na coś tak nierozsądnego jak pożądanie.

— Dzięki — odpowiadam mu cicho i delikatnie muskam jego dłoń.

Jonesy zaczyna.

— Jak już wiecie, dwudziestoośmioletnia kobieta Rosalind Ryan została znaleziona martwa na brzegu Sonny Lake w sobotę rano. Na ciele znaleziono ślady uderzenia i duszenia. Podejrzewamy napaść na tle seksualnym. Była nauczycielką w liceum i cieszyła się dużą popularnością. Żadnych świadków, motywu ani podejrzanego. Nic nam nie wiadomo o tym, żeby miała partnera. Nie wiemy też, czy była z kimś skonfliktowana. Media krążą wokół tego tematu jak muchy nad gównem.

Jonesy robi pauzę i wskazuje kciukiem zdjęcia Rosalind.

— Ze zrozumiałych powodów.

Nagle łapie go atak kaszlu, więc chwyta się krawędzi tablicy, żeby się podeprzeć.

— Dlatego musimy szybko rozwiązać tę sprawę. Była nauczycielką, więc rodzice uczniów wkrótce zaczną się domagać odpowiedzi, a ja nie chcę się z tym męczyć kilka miesięcy. Przed chwilą dzwonił tutaj burmistrz. On też naciska, żeby załatwić to jak najszybciej.

Jonesy poprawia spodnie w pasie, jeszcze bardziej eksponując swój obwisły brzuch.

— Oczywiście nie wygląda to na robotę seryjnego mordercy, ale wiecie, jak to jest. Jeżeli nikogo nie przyskrzynimy, ludzie mogą uznać, że mamy tu następcę Kuby Rozpruwacza, a wtedy będziemy mieli przesrane.

Znowu kaszle.

— I jeszcze jedno. Nasza ofiara w chwili śmierci była w ciąży. Anna ustaliła, że około dziesiątego tygodnia. Nie mamy pojęcia, czy to ma jakiś związek z zabójstwem, ale miejcie to na uwadze. I, na miłość boską, zachowajcie tę informację da siebie.

Rozgląda się po sali, próbując (jak sądzę) zmierzyć nas wszystkich surowym spojrzeniem.

— Śledztwo prowadzą Woodstock i McKinnon. Będziecie tu z nami co najmniej przez tydzień, a może dłużej, chociaż lepiej, żeby nie było takiej potrzeby. A teraz idźcie. I żadnej pracy po godzinach. Mówię serio.

Wychodząc z sali, potyka się o śmietnik i podpiera się ręką o ścianę, żeby złapać równowagę. A potem idzie w stronę swojego biura, mamrocząc pod nosem jakieś przekleństwa. Słyszę cichy śmiech i przynajmniej jeden szept „dureń".

Ruszam do przodu sali, a za mną idzie Felix.

— No dobrze, nasz plan na najbliższe dni jest następujący.

Mój głos jest czysty i mocny. Matthews przewraca oczami, a ja rzucam mu krótkie spojrzenie.

— Odprawa codziennie o ósmej i o piętnastej. Jeśli kogoś nie będzie, to lepiej, żeby miał dobry powód. I koniecznie niech zadzwoni do mnie albo do McKinnona, żeby zdać raport. Żadnych wymówek. Jedno z nas zawsze będzie dostępne.

Wszyscy kiwają głowami, a kilku policjantów wyjmuje telefony, żeby zanotować godziny odprawy.

— Podczas każdej odprawy będziemy analizować informacje uzyskane dzięki naszej linii specjalnej i decydować, czy wymagają podjęcia jakichś działań, czy nie. Wstępne prace zostały już przeprowadzone, ale jest jeszcze dużo do zrobienia. Skończyliśmy pierwszą fazę poszukiwań. Nie wiemy dokładnie, co denatka robiła w piątek, ale na pewno wieczorem była w szkole, najpóźniej o siódmej. Przyjechała na szkolne przedstawienie. Dzieciaki wystawiały jej autorską wersję *Romea i Julii*. Napisała scenariusz i zajęła się reżyserią. Z tego co wiemy, publiczność była zachwycona. To było ważne wydarzenie dla całej szkoły. Wiemy, że miała problemy ze zrealizowaniem pomysłu wystawienia tej sztuki, więc może z kimś zadarła. W tej chwili sprawdzamy każdy trop, więc zwracajcie szczególną uwagę na wszelkie sugestie, że mogła mieć z kimś na pieńku.

I kontynuuję:

— Sonny Lake nie leży po drodze do jej domu, dlatego nie wiemy, z jakiego powodu znalazła się nad jeziorem po zakończeniu przedstawienia. Podejrzewamy, że miała się tam z kimś spotkać albo została tam zwabiona przez kogoś, komu ufała. Istnieje możliwość, że ktoś zaprowadził ją tam siłą, ale wydaje się to mało prawdopodobne. W każdym razie rany pośmiertne sugerują coś innego. Poza tym gdyby wyprowadzono ją ze szkoły siłą, ktoś by na pewno to zauważył.

Kilkanaścioro czujnych, błyszczących oczu patrzy na mnie i na zdjęcia Rosalind. Wiem, że była dużo piękniejsza ode mnie, i zastanawiam się, czy policjanci obecni na sali mają podobne przemyślenia.

— Na razie rozmawialiśmy tylko z najbliższą rodziną. Razem z McKinnonem chcemy pojechać do szkoły, żeby porozmawiać z dyrektorem, nauczycielami i, mam nadzieję, z niektórymi uczniami. Wy, po tej stronie sali — wskazuję ręką na prawo — poszukajcie widzów z piątkowego przedstawienia. Zacznijcie od uczniów. Bądźcie ostrożni, gdy będziecie rozmawiać z nieletnimi. Jeżeli będziecie chcieli formalnie przesłuchać ucznia, który nie ma jeszcze ukończonych osiemnastu lat, musicie najpierw uzyskać zgodę rodziców. Znacie zasady, a jeśli nie, to szybko nadróbcie braki w wiedzy. Jeśli uznacie, że zachodzi taka potrzeba, możecie zaproponować pomoc psychologa.

Robię krótką pauzę. Widzę, że policjanci są podekscytowani i zdeterminowani. Naprawdę chcą znaleźć osobę, która zaburzyła naturalny porządek świata i sprowadziła na siebie ich gniew.

— Jeśli tylko będzie taka możliwość, wysyłajcie dzieci do Matthewsa i Dixona. Na pewno z chęcią wam pomogą.

Uśmiecham się słodko do Matthewsa, który z zacięciem dłubie paznokciem w zębach, kompletnie mnie ignorując.

Felix robi krok do przodu.

— Planujcie swoją pracę mądrze. Łączcie wyjazdy, żeby nie marnować czasu w samochodzie.

Kiwam głową potwierdzająco.

— Dobrze. Chcę, żebyście do czwartku dotarli do wszystkich najważniejszych osób: przyjaciół, byłych partnerów, współpracowników, uczniów, członków dalszej rodziny, lekarzy oraz do każdego, kto się do was zgłosi. Musimy porozmawiać z facetem, który ją znalazł, i dowiedzieć się, kto jako ostatni widział ją żywą, bo ta osoba może rzucić nam światło na jej stan umysłu. Potrzebujemy wszystkich możliwych nagrań z kamer monitoringu. Część informacji już udało nam się zdobyć, ale chcemy mieć wszystko: kartotekę od stomatologa, lekarza i psychologa, dane z telefonu i internetu, informacje o sytuacji finansowej i życiu duchowym, po prostu wszystko.

Jeden z policjantów nieśmiało podnosi dłoń.

— Jakie są wasze wnioski na tym etapie? Czy to zabójstwo było przypadkowe, czy miało wymiar osobisty?

— Osobisty — odpowiadam równocześnie z Felixem.

Spoglądamy na siebie, a potem szybko odwracamy wzrok. Matthews uśmiecha się pod nosem.

— Ale niczego jeszcze nie wiemy na pewno — dodaje Felix nieco ciszej. — Dlatego zabierajmy się do pracy.

***

Bez cienia wstydu przyznaję, że zaczęłam śledzić Stacy. Nie było to w porządku z mojej strony, ale czułam, że ona może wiedzieć o Robbiem coś, co da mi jakiś punkt zaczepienia. Jak to ujął Jonesy, ta kobieta znała fakty. Między dyżurami w pracy a chwilami spędzonymi na budowaniu związku ze Scottem wymyśliłam plan. Wiedziałam, że Stacy nie jest wybitnie inteligentna, ale na pewno jest bystra. Bardzo możliwe, że życie z Robbiem początkowo ją ekscytowało, ale doszła do etapu, w którym poczuła, że znalazła się w pułapce. Bała się go. Była od niego uzależniona, ale nie w ten radosny, szczęśliwy sposób.

W sobotę rano pojechałam za nią do restauracji Woody's, która znajdowała się w podniszczonym budynku między Smithson a Mt Lyall. Weszłam do środka i usiadłam przy oknie. Zamówiłam kawę, która, jak się później okazało, miała silny posmak płynu do naczyń. Zdołałam wypić tylko kilka łyków.

— Stacy — powiedziałam, gdy do mnie podeszła, żeby spytać, czy chcę coś jeszcze.

Jej strój — czarne obcisłe jeansy i dopasowana czarna koszulka z krótkim rękawkiem — sugerował jednocześnie seksualność i strach.

Spojrzała na mnie zdziwiona. Na dolnych powiekach miała namalowane delikatne fioletowe kreski.

— Tak?

Jej głos był miękki w środku, a ostry na krawędziach, zupełnie jak domowe ciasto.

— Opowiedz mi o Warrenie Robbiem.

Nagle jej oczy zaczęły zataczać małe, szybkie kręgi tam i z powrotem.

— Co?

— Czy on cię bije?

— *Co?* — zasyczała, spoglądając na mnie z ukosa.

— Czy twój chłopak cię bije?

— Kim pani jest?

Nie pamiętała mnie z naszego spotkania, gdy zatrzymałam ich na drodze za brak tylnego światła.

— Jestem policjantką. Wiem, że twój chłopak to niezłe ziółko, i myślę, że ty też o tym wiesz.

Prychnęła i przewróciła oczami. Poczuła się bardziej pewna siebie.

— Może i jest, ale nie boi się glin. Nikogo się nie boi.

— A ty się go boisz?

Nie odpowiedziała mi, tylko stanęła mocniej na ziemi i znów przewróciła oczami.

— Myślę, że chciałabyś mieć inne, lepsze życie. Zasługujesz na kogoś, kto będzie cię lepiej traktował. On prowadzi jakieś szemrane interesy, prawda? A ty nic z tego nie masz?

Zacisnęła mocno szczęki; widziałam, że jej mięśnie twarzy intensywnie pracują.

— I co dalej? Urodzisz mu dzieci?

Stacy szybko odwróciła się na pięcie i poszła do kuchni. Końcówka jej warkocza była tak cieniutka, że zawiązana na włosach gumka robiła wrażenie nieproporcjonalnie dużej.

* * *

Następnego dnia Stacy przyszła do komisariatu i spytała o „policjantkę o jasnobrązowych włosach".

Nie było trudno mnie znaleźć.

— Przejdziemy się? — zaproponowałam.

Skinęła głową. Pocierała dłońmi o siebie, jakby przed chwilą nałożyła na nie krem.

— Ostatnio zrobił się straszniejszy.

Poszłam z nią do skate parku. Pokazałam jej gestem, żeby oparła się o betonową ścianę, a potem zrobiłam to samo.

— W jakim sensie?

— Po prostu straszniejszy — odparła, zagryzając wargę. — Ma w sobie więcej złości. Czasami wpada w szał.

— Czy to był jego pomysł, żeby zgłosić, że samochód został skradziony? — spytałam spokojnie, jak gdybym miała pewność, że to wcale nie była kradzież.

— Tak — odparła, ciągnąc luźną nitkę wystającą z rękawa. — Jego kuzyn zabrał auto do miasta i tam je sprzedał. Obaj na tym zarobili.

Stacy wytarła nos pięścią.

— Kiedy się nudzi, wpada na szalone pomysły. Wczoraj mnie obudził, żebym go zawiozła na pastwisko Dwyera. Chciał postrzelać do krów.

— Strzelał do cudzych krów?

Skinęła głową.

— Mówiłam już pani, on robi szalone rzeczy.

— Bije cię?

— Czasami.

— Możesz od niego odejść? Masz tu gdzieś jakąś rodzinę?

— Nie. Uciekłam z domu już dawno temu. Nie mam kontaktu z rodziną. Ale mam przyjaciółkę w stolicy. Dzisiaj rano do niej zadzwoniłam i powiedziałam, że być może wkrótce przyjadę do niej na dłużej. Studiuje na uniwersytecie. Ja też chciałam pójść na studia, ale Robbie uważa, że nas na to nie stać.

***

W końcu Stacy rzeczywiście odeszła. Nie widziałam jej aż do procesu sądowego. Po jej wyjeździe obserwowałam Robbiego w każdej wolnej chwili. Przejeżdżałam obok jego domu i śledziłam go na placach budowy. Jeździłam za nim do pubu i siadałam w rogu sali, a potem patrzyłam, jak wypija jedno piwo za drugim, obserwuje nieznajome kobiety i rzuca lotkami do tarczy z tak przerażającą precyzją, że zamiast powoli sączyć swoje wino, zaczynałam je nerwowo przełykać. Nie wiem, dlaczego go nie zatrzymałam w związku ze strzelaniem do krów albo z kradzieżą samochodu. Chyba wyczuwałam, że szykuje coś większego. Bardzo mi zależało na tym, żeby go złapać. Chciałam wszystkim pokazać, że stać mnie na coś więcej niż patrolowanie dróg i rozwiązywanie spraw drobnych kradzieży.

Któregoś wieczoru, jakieś dwa tygodnie po wyjeździe Stacy, siedziałam w swoim samochodzie i obserwowałam Robbiego pijącego piwo razem z kilkoma kumplami na werandzie przed domem. Po godzinie wskoczył do swojego ute i pojechał do baru Saloon — speluny, która pełniła również funkcję podrzędnego klubu ze striptizem. Oczywiście pojechałam tam za nim, pilnując, żeby mnie nie zauważył. Kiedy rozmawiał z kumplami przed domem, miał bardzo dobry humor. Śmiał się i dużo gestykulował. Wchodząc do klubu, był już wyraźnie pijany. Zamówił następne drinki i łapał przechodzące obok kelnerki, żeby szepnąć im coś do ucha.

Po godzinie chciałam już iść; liczba nieodebranych połączeń od Scotta wciąż rosła. Nagle Robbie chwycił jakąś dziewczynę i posadził ją sobie na kolanie. Dzieliło nas dobre kilka metrów, ale wyraźnie widziałam, że chociaż dziewczyna się śmieje, jest przestraszona. Mocno ścisnęłam nóżkę pustego kieliszka po winie, patrząc, jak coś jej szepcze do ucha. Potem nagle oboje wstali i wyszli z knajpy. Kiedy za nimi wybiegłam, usłyszałam już tylko pisk opon ute wyjeżdżającego z parkingu. Z duszą na ramieniu wskoczyłam do samochodu i ruszyłam za nimi. Martwiłam się, że Robbie jest bardzo pijany. Sama widziałam, jak wypił co najmniej trzy piwa i drugie tyle burbonów. Modliłam się, żeby w nic nie uderzył i nie zabił tej dziewczyny. Bałam się, że za zakrętem zobaczę jej martwe ciało i jego chodzącego tam i z powrotem jak wściekły pies.

Zaparkowałam na końcu jego ulicy. Kiedy wyłączyłam światła, zobaczyłam, jak Robbie mocnym ruchem ciska dziewczynę o ścianę niedaleko drzwi wejściowych. Kiedy głośno krzyknęła, położył jej dłoń na ustach — szybko sobie uświadomiłam, że zrobił to po to, żeby nikt jej nie usłyszał. Widząc, jak z całej siły uderza jej głową o ścianę, pomyślałam: *Boże, on ją zabije, to się naprawdę dzieje*. Głowa dziewczyny opadła bezwładnie, a wtedy on szarpnął drzwi i oboje zniknęli w środku.

Zadzwoniłam po posiłki, a potem wzięłam do ręki pistolet i wyskoczyłam z samochodu. W domu zapalały się kolejne światła, które znakowały jego drogę, a ja stanęłam wystraszona na werandzie, zastanawiając się, co robić. Wiedziałam, że nie powinnam tam wchodzić sama — w domu przecież mógł być jeszcze ktoś inny — ale byłam pewna, że on ją zabije, i nie potrafiłam myśleć o niczym innym. Pchnęłam drzwi wejściowe i poszłam w stronę miejsca, z którego wydobywały się dźwięki. Na drewnianym, zniszczonym stole w kuchni leżały torebki z białym proszkiem. Powietrze było zatęchłe i przesiąknięte zapachem alkoholu, potu i strachu. Ciekawe, ile bezsilnych i przerażonych dziewczyn Robbie zdążył tutaj sprowadzić.

Kiedy weszłam do sypialni, zobaczyłam, że próbuje zgwałcić dziewczynę, która jest kompletnie nieprzytomna. W przyciemnionym świetle jej rozcięta warga wyglądała jak truskawka, a wokół oka zaczynał się rysować duży siniak. Dziewczyna miała na sobie stanik ze wzorem w małe uśmiechnięte słoneczka. Podniosłam pistolet i wyrecytowałam całą regułkę. W tamtej chwili pragnęłam tylko jego śmierci, ale udało mi się nad sobą zapanować. Nie spuszczając go z oczu, spokojnie kazałam mu wstać, założyć spodnie i stanąć przy ścianie z rękami u góry.

— Ty śmieciu — powiedziałam, patrząc na jego piegowate plecy.

Robbie chrząknął, głośno się zaśmiał i ruszył chwiejnym krokiem w stronę ściany.

Dziewczyna się nie ruszała. Sprawdziłam jej puls i stwierdziłam, że żyje, po czym delikatnie owinęłam ją prześcieradłem.

Okazało się, że dom Robbiego krył w sobie więcej sekretów, niż się spodziewałam (chociaż jestem pewna, że są jeszcze inne, których nigdy nie poznamy). Narkotyki leżące na stole w kuchni okazały się amfetaminą i pochodziły z doskonale prosperującego laboratorium, które Robbie zbudował w swojej ogrodowej szopie. Znaleźliśmy też broń: cztery niezarejestrowane strzelby i zabytkowy sztylet. Pod domem schowane były fałszywe dokumenty oraz pliki z banknotami. Ale tym, co najbardziej odmieniło mój los, były dwa ciała, które znaleźliśmy w starej studni w ogrodzie. Z rąk Robbiego zginęły dwie osoby: dziewczyna, która — podobnie jak Stacy — uciekła z domu pięć lat wcześniej, oraz podróżniczka z Włoch, o której sądzono, że popełniła samobójstwo w jednym z pobliskich wąwozów (świadczyć miał o tym plecak porzucony w charakterystycznym miejscu). Przyskrzyniliśmy kilku jego znajomych za posiadanie broni i narkotyków, ale z zabójstwami powiązaliśmy tylko Robbiego. Annie Charleston, osiemnastoletnia studentka, którą tamtej nocy próbował zgwałcić, była obolała i posiniaczona, ale w końcu doszła do siebie, przynajmniej fizycznie. Po zakończeniu procesu wyprowadziła się daleko z całą rodziną. Nie wiem, czy Robbie zabiłby ją tamtej nocy, ale jakaś część mnie, która przez długi czas pozostawała uśpiona, ożyła, gdy stanęłam w jego sypialni z wyciągniętą ręką, czując w niej ciężar pistoletu. Moje ciało płonęło z podekscytowania i z radości, że mogę powstrzymać zło. To było coś niesamowitego.

* * *

Następnego dnia udzieliłam wywiadu obiecującej młodej dziennikarce Candy Fyfe.

Obudziłam się po dziewiątej zmęczona i niewypoczęta. Scott, który krzątał się niedaleko, zaproponował mi wodę. Powiedział, że chociaż to, co zrobiłam, było wspaniałe, nie powinnam była ryzykować życiem. Przytaknęłam mu, ale dobrze wiedziałam, że gdybym tylko miała okazję, robiłabym to codziennie.

Siedząc naprzeciwko Candy w biurze jej szefa, patrzyłam na jej doskonałą ciemną, promienną cerę. Była ucieleśnieniem kobiecej solidarności i siostrzanej więzi, a ja na jej tle robiłam wrażenie osoby chłodnej i niedostępnej. Nie chciałam mieć w niej wroga, ale źle się czułam i byłam bardzo niespokojna. Ogarniała mnie coraz większa panika na myśl o tym, co ignorowałam przez ostatnie tygodnie, gdy byłam całkowicie owładnięta obsesją na punkcie Robbiego.

— Jak to jest — zatrzymać seryjnego mordercę praktycznie w pojedynkę? Niektórzy policjanci nie dokonali tego ani razu w ciągu całej kariery, a pani zrobiła to zaledwie kilka lat po rozpoczęciu pracy w policji. Jest pani gwiazdą!

W jej ustach zabrzmiało to tak, jakbym dodała trochę cynamonu do już i tak przepysznych babeczek.

— Po prostu się cieszę, że został schwytany. Był niebezpieczny jak naładowana broń.

— Naładowana broń. Świetnie, tak — powiedziała, lekko uderzając długopisem o zęby. — To dobre porównanie. Lubię pisać tak, jakbym malowała.

Uśmiechnęła się do mnie, ale czułam, że jej czarne jak węgiel oczy przeszywają mnie na wskroś. Całą moją uwagę przyciągały jej duże zęby, błyszczące bielą na tle jaskrawopomarańczowych ust. Siedząc obok niej, czułam się matowa i nijaka — jakbym straciła wszystkie kolory. Najchętniej schowałabym się gdzieś głęboko w swoich szarych spodniach i bezkształtnej bluzie.

— Niedługo wszyscy będą panią rozpoznawać. Może napisze pani książkę albo jakieś wspomnienia?

Spojrzałam na nią bezmyślnie.

— Nie, nie. Po prostu będę dalej robić to, za co mi płacą.

Tamtego dnia rozczarowałam Candy. Nie byłam odważną, zadziorną policjantką, z którą chciała przeprowadzić wywiad. Artykuł, który o mnie napisała, miał nieco protekcjonalny ton. Oczywiście pochwaliła mnie, nazywając mnie cudownym dzieckiem i najcenniejszym zasobem policji w Smithson, ale jednocześnie zasugerowała, że po prostu mi się poszczęściło. No cóż, nawet ja sama w głębi serca się obawiałam, że tak właśnie było.

Kiedy po południu jechałam do komisariatu, byłam pełna obaw. Wiedziałam, że zrobiłam to, co należy, i wykazałam się prawdziwą odwagą. Ale jednocześnie zdawałam sobie sprawę, że złamałam kilka niepisanych zasad. Zadziałałam na własną rękę i odniosłam sukces, ale jednocześnie sprawiłam, że wszyscy inni policjanci wyszli na gorszych fachowców i większych leniuchów. Jonesy wezwał mnie do swojego biura. Był podekscytowany jak mały szczeniak. Miałam wrażenie, że w głównej sali komisariatu nikt się nie rusza. Nawet ja sama stanęłam na sekundę w połowie sali. Dokładnie w tej samej chwili dystrybutor wody wypuścił duży bąbel powietrza w górę pojemnika, jak gdyby naśladując to, co się działo w moim żołądku. Czułam, że wszyscy na mnie patrzą.

Kiedy już byłam bezpieczna za szklaną ścianą biura, Jonesy zapytał mnie:

— Skąd wiedziałaś, Woodstock?

— Już panu mówiłam. Miałam przeczucie.

Jonesy gwizdnął.

— Bardzo dobrze, że je miałaś. Teraz twoje życie się zmieni. Wcale nie będzie łatwiej, o nie. Myślę, że raczej będzie trudniej, ale inni mogą ci naskoczyć. Pieprzony seryjny morderca. Nie mogę w to uwierzyć.

Klepnął mnie po plecach i rzucił lekceważące spojrzenie pozostałym policjantom, jakby byli irytującymi kilkulatkami, którym trzeba zmieniać pieluchy.

— Dziękuję, sir.

— Dobrze, Woodstock, jutro wyjaśnię ci dokładniej, co to oznacza, ale mogę ci zagwarantować, że to będzie zmiana na lepsze.

— Muszę tylko panu coś powiedzieć — przerwałam mu, powstrzymując falę mdłości.

— Oczywiście. Tylko mi nie mów, że znowu masz przeczucie!

— Nie, sir. Jestem w ciąży.

Rozdział dziesiąty

Poniedziałek 14 grudnia, godz. 8.37

Josie Pritchard obserwuje Gemmę Woodstock, która zagląda przez okno szkolnej biblioteki, oraz towarzyszącego jej mężczyznę, który rozmawia przez telefon. Nie widziała Woodstock od lat, z wyjątkiem tej jednej sytuacji z młodym Robbiem. To przedziwne, że została policjantką — i to detektywem! Josie mruży oczy; Gemma robi wrażenie dużo mniejszej i szczuplejszej, niż ją Josie zapamiętała. Gemma była chuda już jako nastolatka; można było się spodziewać, że raczej się nie roztyje. Ciemny mundur, który ma na sobie, nie dodaje jej uroku: jest źle skrojony i dziwnie układa się na ramionach. A te buty! Nawet matka Josie, która ma już osiemdziesiąt lat, nigdy w życiu nie założyłaby czegoś takiego. *Nie miała mamy, która by ją tego nauczyła*, upomina samą siebie Josie. Ned Woodstock kilka lat temu wyremontował pralnię Pritchardów; już wtedy Josie zastanawiała się, jak osoba tak niezorganizowana jak on zdołała wychować nastoletnią córkę. Rzeczywiście nic dziwnego, że Gemma wygląda jak manekin z piwnicy kupiony po okazyjnej cenie.

Wysoki przystojny mężczyzna podchodzi z powrotem do Gemmy. Krótko ze sobą rozmawiają, a potem wchodzą do gabinetu Nicholsona. Josie wyciąga ze swojego samochodu ostatni z plastikowych pojemników i zamyka bagażnik, a potem idzie do stołówki. Przed szkołą zebrała się duża grupa rodziców wyraźnie zaniepokojonych tym, co się przytrafiło Rosalind Ryan. Dzieci Josie bawią się gdzieś niedaleko; sprawa morderstwa je zaciekawiła, ale raczej nie wpłynęła na nie w żaden sposób. Ona sama dowiedziała się o tym dzisiaj, gdy przeglądała rano gazetę, przygotowując płatki śniadaniowe, sok i tosty z rodzynkami.

Biedna młoda dziewczyna, co za śmierć, myśli Josie, idąc przez dziedziniec szkoły. W zeszłym roku Rosalind Ryan uczyła angielskiego jej najstarszą córkę Rachel. Pozostałe dzieci nie miały z nią lekcji. Josie nie znała zbyt dobrze Rosalind, ale zawsze uważała ją za nieco odpychającą. Rosalind nie wzbudzała w niej zaufania, zwłaszcza od kiedy zasugerowała jej na spotkaniu z rodzicami, że Rachel powinna „zwolnić" w swoich esejach i *poczuć* słowa.

— Nie jestem pewna, czy ona jest dobrą nauczycielką — powiedziała do Briana, gdy po zebraniu wracali samochodem do domu.

— Och, jest dobra — zaśmiał się Brian, kręcąc głową. — Kurczę, gdybym ja miał taką nauczycielkę angielskiego, to może i nawet przeczytałbym od czasu do czasu jakąś książkę.

— Nie bądź obleśny — skarciła go Josie i odwróciła się do niego plecami.

To takie typowe: zupełnie nie go interesowało, jak sobie radzi nauczycielka ich córki.

— Ona ciągle chodzi z głową w chmurach — powiedziała Rachel następnego dnia, gdy Josie ją spytała, co sądzi o pani Ryan. — Ale jest fajna. I taka piękna.

Josie nie wiedziała, co myśleć o tej młodej nauczycielce o włosach jak księżniczka z bajki, noszącej dziwne staromodne ubrania i patrzącej na wszystkich tym swoim nawiedzonym wzrokiem. Mężczyźni kompletnie tracili dla niej głowę. Zachowywali się przy niej jak uczniowie starszych klas i ślinili się na jej widok jak psy, co było naprawdę żenujące. Jakiś czas temu były nawet problemy z Kaiem Bracksem. Nawet ten nudny jak flaki z olejem John Nicholson, dyrektor szkoły, wyglądał, jakby się w niej zakochał. Ciągle się na nią gapił i promował te jej głupie przedstawienia. Ostatecznie Rachel dostała bardzo dobrą ocenę z egzaminu, co oznacza, że ta kobieta jednak umiała uczyć. Ale została zamordowana, a to świadczy o tym, że w jej życiu było coś złego i tajemniczego. Na myśl o tym Josie odczuwa dziwną satysfakcję. Wiedziała, że z tą kobietą jest coś nie tak: jest wyczulona na takie rzeczy.

— Dzień dobry!

Josie wchodzi na zaplecze stołówki i wiesza torebkę na haczyku przy drzwiach. W pomieszczeniu jest duszno; powietrze jest gęste od pary unoszącej się nad piecem.

— Och, co za straszne wieści o pani Ryan!

Amy Parsons wydmuchuje nos w chusteczkę, a drugą ręką ściska dłoń Lucy Holbert.

— Nie mogę przestać o niej myśleć. Biedna kobieta.

— Taka szkoda — dodaje Lucy, poklepując dłoń Amy. — Zwłaszcza po tym wspaniałym przedstawieniu.

Josie opada ciężko na krzesło i otwiera jeden z pojemników. Żuje babeczkę z jabłkami i otrębami, spoglądając na dwie kobiety siedzące naprzeciwko niej.

— Byłyście na spektaklu w piątek?

Amy patrzy na swoje dłonie i skręca w palcach skrawki chusteczki higienicznej. Lucy sięga do swojej torby, szukając w niej czegoś. Amy szybko kiwa głową.

— Ehm. — Josie połyka ostatnią babeczkę i postanawia odłożyć na bok irytujące myśli. — Ja w piątek miałam siostrę na obiedzie. Przygotowałam paellę według trzydziestominutowego przepisu Jamiego Olivera. Była przepyszna.

— Brzmi cudownie — odpowiada Amy.

— Teraz pewnie odwołają następne przedstawienia — mówi Josie. — Szkoda, bo mam bilety na ten piątek.

To nie była prawda, ale wcześniej czy później pewnie by je kupiła i namówiłaby Rachel, żeby poszła razem z nią, kusząc ją jakąś nową bluzką albo kosmetykiem.

— Naprawdę było świetne — mówi Lucy. — Pani Ryan wykonała wspaniałą robotę z tymi dzieciakami. Rodney Mason i Maggie Archer byli niesamowici. Wyraźnie było widać, że dzieci ją uwielbiają.

Szkoda, że nie widziałaś tych róż, które dostała po przedstawieniu. Były przepiękne.

Timer zaczyna brzęczeć i wszystkie kobiety zrywają się na równe nogi. Amy i Lucy biorą się do wkładania tacek z ciastem biszkoptowym do pieca.

Josie sięga po następną babeczkę. Przeżuwając ją, nagle wyobraża sobie Rosalind Ryan w surowej białej trumnie. W jej wizji Rosalind ma otwarte oczy i jest kusząca niczym aktorka z *American Beauty*, a wszędzie wokół niej leżą krwistoczerwone róże. Śmieje się sama do siebie na myśl o tym, że John Nicholson całkiem nieźle by pasował do roli zadurzonego faceta, którego grał Kevin Spacey.

Rozdział jedenasty

Poniedziałek 14 grudnia, godz. 8.41

Powrót do liceum w Smithson po latach wywołuje we mnie dziwne uczucia. Szkoła już się nie nazywa Liceum w Smithson, o czym przypominam sobie na każdym kroku — ktoś bardzo się postarał, żeby nowa nazwa wszystkim się utrwaliła. Napis *Szkoła Średnia w Smithson* krzyczy do mnie z różnych znaków kierujących do poszczególnych budynków szkoły; nawet na śmietnikach przyklejone są naklejki z nowym logo. Widzę znane, stare miejsca, ale jednocześnie wszystko wydaje mi się nowe. Zaczynam się bać, że zaraz zobaczę wypłowiałą wersję swojej dawnej „ja", biegnącą ze śmiechem razem z innymi duchami z przeszłości. Od czasu gdy skończyłam szkołę, byłam tu tylko dwa razy. Pierwszy raz na uroczystości żałobnej Jacoba, która do dziś pozostaje najboleśniejszą godziną mojego życia, i drugi raz, gdy aresztowałam dzieciaka, który wybrał sobie drogę na skróty do jeziora, biegnąc przez teren szkoły. Tym razem jest inaczej. Wszystko jest jaskrawe i bardzo rzeczywiste, a rzeczy dzieją się jakby w spowolnionym tempie. Kiedy idę przez żwirowy parking, czuję uderzenie gorąca. Mijamy stary maszt, na którym powiewa flaga Australii, a potem przechodzimy obok kilku sal, które kiedyś wszyscy nazywali siostrami.

Pamiętam, że gdy zaczęłam się tutaj uczyć, spytałam moją koleżankę Janet, dlaczego je tak nazywają. Zawsze znała wszystkie odpowiedzi, bo miała dwóch starszych braci.

Odpowiedziała mi, przewracając oczami: „Bo wszędzie ze ścian odłazi farba. Wyglądają, jakby się rozbierały, a pod spodem mają inny kolor, który przypomina skórę. Więc chłopcy mówią, że te budynki wyglądają jak puszczalskie siostrzyczki bez majtek".

Dzwoni telefon. Felix patrzy na ekran i mówi:

— Muszę to odebrać, zaraz będę z powrotem.

Kiwam głową, a on odchodzi na bok. Przyglądam się krukowi, który wydłubuje ze śmietnika papierek po hamburgerze. Po drugiej stronie parku widzę otyłą kobietę, która wyjmuje coś z bagażnika.

— No dobra, to jest trochę dziwne — mówi Felix, wracając do mnie.

— Co?

Patrzę na starą bibliotekę. Kiedyś budynek był ciemnoszary, ale ostatnio pomalowano go na kremowy kolor. W oknie po lewej stronie drzwi wciąż wisi ten sam wypłowiały plakat o radości czytania.

— Rose kupiła ten dom jakieś dziesięć lat temu.

— Serio?

— Tak. Żadnego kredytu, wszystko za gotówkę. Mieszkała tam przez kilka miesięcy, a potem go wynajęła. I wróciła do niego nieco ponad cztery lata temu.

Kopię zgniecioną puszkę po coli.

— To nie jest aż takie dziwne, jeśli weźmiemy pod uwagę to, kim jest jej ojciec. Pewnie dał jej pieniądze. No bo ile mógł wtedy kosztować ten dom? Sto tysięcy? Sto dwadzieścia?

— Dokładnie około stu dziesięciu.

Uśmiecham się ironicznie.

— *A widzisz.*

— Jesteś smithsońskim specem od wyceny nieruchomości, Gem.

Odpowiadam mu lekkim kopniakiem w łydkę.

— Miała wtedy dziewiętnaście lat, więc musiała dostać te pieniądze od ojca. Warto sprawdzić, czy George Ryan dał każdemu swojemu dziecku podobną sumkę na start w dorosłe życie.

— Nadal uważam, że to dziwne, że żyła tak skromnie — mówi Felix.

— Ale miała dobre wina — przypominam mu. — I kosmetyki. I obrazy.

Dostrzegam drugiego kruka, który patrzy na nas nieufnie, a potem podchodzi do swojego kumpla, żeby mu pomóc w ataku na kosz na śmieci.

— To nie ma sensu. Wiem, że nie zarabiała dużo jako nauczycielka, ale i tak.

Patrzę na oczy Felixa, które w świetle słońca błyszczą intensywną zielenią.

— Masz rację, to jest dziwne — odpowiadam.

Przypominam sobie Rosalind siedzącą w pierwszej ławce. Zwykle miała zamyśloną minę, ale gdy zauważała, że na nią patrzę, w jej oczach pojawiał się figlarny błysk. Nigdy nie potrafiłam jej rozgryźć.

— Wszystko, co dotyczy pieniędzy, zawsze jest dziwne!

Felix wypowiada te słowa pogodnym tonem, ale ja wiem, że jego rodzina boryka się z dużymi problemami finansowymi. Jego tata był hazardzistą i przegrał połowę rodzinnego majątku, zostawiając mamę praktycznie z niczym. Później jego żona, dentystka, została pozwana, gdy mieszkali jeszcze w Wielkiej Brytanii, przez co musieli sprzedać dom i przeprowadzić się tutaj. Nie znam szczegółów tej historii, ale Felix mówił, że praktycznie musieli zaczynać od zera. Nie lubi rozmawiać o pieniądzach, a mi to odpowiada. W moim życiu też nie ma ich zbyt dużo.

— Złóżmy jeszcze jedną wizytę George'owi Ryanowi — proponuje Felix. — Może wyjaśni nam parę spraw. A teraz chodźmy do dyrektora.

Kiwam głową. Kiedy przechodzę obok sal lekcyjnych, czuję dziwny dreszcz związany z powrotem do znajomego miejsca. Zewsząd obserwują nas czujne dziecięce oczy. Jest 8.45, więc uczniowie zaczynają gromadzić się w szkole. Od czasu gdy chodziłam do liceum, krój mundurka nieco się zmienił, ale strój jest podobny: granatowy sweter i sukienka w złoto-niebieską szachownicę. Pamiętam, że syntetyczny materiał podrażniał mi skórkę na nadgarstkach i szyi, wywołując uporczywe swędzenie. Pamiętam też, jak luźno i swobodnie czułam się w letniej spódniczce.

— Patrz — mówi Felix, pokazując coś palcem.

Na ceglanej ścianie tuż przy gabinecie dyrektora wisi plakat reklamujący sztukę Rosalind.

— „Współczesna wizja *Romea i Julii*" — czyta. — Czy nie zrobił już tego wcześniej Baz Lurhmann?

Każę mu się uciszyć i spoglądam na plakat. Nagle przeszywa mnie głęboki smutek i myślę sobie, jak to dobrze, że Rosalind zdążyła jeszcze obejrzeć premierę swojego przedstawienia. Mogła zobaczyć efekt swojej pracy i obejrzeć zza kulis spektakl oparty na ponadczasowej historii, którą tak uwielbiała. Plakat robi wrażenie. Przedstawia dwie sylwetki skierowane twarzą do siebie, które rozdzielają błyskawice. Ten obrazek wydaje mi się dziwnie mroczny i abstrakcyjny w porównaniu z radosnymi i słonecznymi zdjęciami, które Rosalind wstawiała na Instagramie.

— Dalej, idziemy — ponagla mnie Felix.

Naprzeciw nas idą trzy dziewczyny ubrane w krótkie dżinsowe spodenki, bluzki na ramiączkach i japonki. Wszystkie mają opalone nogi, błyszczyk na ustach i długie, potargane włosy. Patrząc na te uczennice, dochodzę do wniosku, że krótkie włosy chyba nie są w modzie, i przebiegam dłonią po własnej czuprynie, która sięga mi zaledwie ramion. Wszystkie trzy dziewczyny mają opuchnięte oczy, a z ich twarzy bije smutek.

— Ostatnia klasa — mówię cicho, gdy już nas minęły. — Musiały się tutaj umówić; przecież teraz mają wakacje.

— Tak. Wszystkie wyglądają jak Maisie.

Zerkam na Felixa, ale on patrzy przed siebie, więc nie do końca wiem, co miał na myśli. Jego córki to dla mnie nieznany temat; często trudno mi jest uwierzyć, że naprawdę istnieją. Felix odchrząkuje i staje prosto.

Ja też się prostuję. Z gabinetu John wychodzi Nicholson. Wygląda na sfrustrowanego. Jest ubrany w marynarską koszulę i kremowe spodnie. Od momentu, kiedy ostatnio go widziałam, przerzedziły mu się włosy, a worki pod oczami stały się bardziej widoczne. Nadal jednak chodzi niespokojnym krokiem, który bardziej pasuje do kobiety niż do mężczyzny. Kiedy idzie, głowa kiwa mu się na boki. Wreszcie nas dostrzega. Jego mina wyraża jednocześnie ulgę i strach.

— Dzień dobry, Gemmo, dawno się nie widzieliśmy. No cóż.

Patrzy na mnie, a między nami zapada niezręczna cisza.

— W każdym razie... — zaczyna i znów na chwilę milknie. — Boże, co za straszliwa historia. Nie wiem, co robić. Chyba nie ma reguł, które by mówiły, jak się należy zachować w takiej sytuacji.

Splata dłonie, a potem podaje mi prawą rękę na powitanie.

Felix nachyla się do przodu, żeby również uścisnąć mu dłoń.

— Dzień dobry, detektyw sierżant Felix McKinnon. Czy moglibyśmy porozmawiać w pana gabinecie?

— Tak, oczywiście. Susan już państwa zapowiedziała. Niedługo będę musiał przeprowadzić konferencję prasową razem z burmistrzem, ale to będzie nie wcześniej jak o dziesiątej. Chyba wystarczy nam tyle czasu, co?

Felix kiwa głową.

— Tak, to mnóstwo czasu. Nasza rozmowa będzie krótka, a potem damy panu spokój.

— Dobrze. Proszę wejść. Pani pewnie pamięta mój gabinet. Nic się nie zmieniło. Nie jestem zwolennikiem zmian.

Wchodzimy za nim do środka. Za biurkiem siedzi sekretarka, która odbiera jeden telefon za drugim. Wygląda na bardzo zajętą.

— Nie, nie — mówi. — W tej chwili nie może rozmawiać. Nie, nic nie wiemy na ten temat.

— Dziennikarze — wyjaśnia Nicholson. — Wydzwaniają tu od samego rana. Nie mamy im nic do powiedzenia, ale i tak dzwonią.

— To wielka sensacja — mówi Felix. — Wiem, że to brzmi okrutnie, ale oni po prostu wykonują swoją pracę.

— Pewnie ma pan rację. Boże, nie mogę w to uwierzyć.

Nicholson nie kłamał; jego gabinet rzeczywiście wygląda tak, jak go zapamiętałam. Wyblakłe zdjęcie szkoły zrobione w latach osiemdziesiątych wisi na ścianie po lewej stronie. Z tyłu stoją pamiątki z różnych wydarzeń z ostatnich dwudziestu lat, takich jak dni sportu, koncerty i przedstawienia teatralne. Na jednym ze zdjęć widać Rosalind — chyba prowadzi próbę tańca. Stoi z boku sceny z wyprostowanymi rękami. Jest uśmiechnięta, a w jej oczach widać radosny błysk.

— Proszę, niech państwo usiądą.

Nicholson wskazuje ręką dwa krzesła, które robią wrażenie niewygodnych, a potem obchodzi biurko dookoła i siada naprzeciwko nas.

— Mój Boże. Chcecie państwo coś do picia? Kawę albo herbatę?

Powstrzymuję się, żeby nie parsknąć śmiechem. Wszyscy, których dotychczas przepytywaliśmy, wykazali się nienagannymi manierami.

Felix przejmuje prowadzenie. Nie ustalaliśmy tego wcześniej, ale on chyba myśli, że moja znajomość z Nicholsonem mogłaby nieco skomplikować sytuację.

— Nie, dziękujemy — odpowiada. — Chcielibyśmy z panem porozmawiać o Rosalind Ryan.

Nicholson opiera się ciężko na fotelu.

— Tak, oczywiście. Od czego mam zacząć? Rosalind jest... och, *była* niezwykłą młodą kobietą.

W tym momencie broda zaczyna mu się trząść, a ja przez chwilę myślę, że zaraz się rozpłacze. Przed oczami staje mi kolejne wspomnienie: Rosalind śpiewa na szkolnym apelu, a Nicholson patrzy na nią z zachwytem. Pamiętam, jak Jacinta White nachyliła się do Janet, która siedziała po mojej drugiej stronie, żeby się z niego ponabijać. Czuję swędzenie nóg pod zimowymi rajstopami i ciężar mojego długiego warkocza. Zachowanie dyrektora budziło we mnie dyskomfort, ale nie chciałam myśleć źle o człowieku, który zrobił dla mnie tyle dobrego po śmierci mamy.

— Zacznijmy od podstawowych informacji, dobrze?

Felix wyjmuje notatnik, a Nicholson bierze się w garść: wdycha głęboko powietrze i odkłada dłonie na uda.

— Dobrze — mówi nieobecnym głosem.

— Jak długo Rosalind była nauczycielką w tej szkole? — zaczyna przesłuchiwanie Felix.

— Cztery lata. A wcześniej oczywiście tu się uczyła.

Robi pauzę i rzuca delikatny uśmiech w moją stronę.

— Zawsze była bardzo bystra. Miała dobre oceny z angielskiego. Lubiła wszystko, co miało związek ze słowami. A poza tym była urodzoną aktorką.

Sekretarka za drzwiami odbiera kolejne telefony i zbywa natarczywych dziennikarzy. Co rusz słyszymy ostry dźwięk dzwonka. Zaczyna mnie boleć od tego głowa.

Nicholson mówi dalej:

— Zanim ją tu zatrudniłem, pracowała w jakiejś szkole w Sydney. Wpakowała się w kłopoty, chyba zadarła z dyrektorką. Została oskarżona o jakieś dziwne rzeczy, przez co kompletnie straciła wiarę w siebie. Wtedy postanowiła wrócić do domu, a mnie to akurat było na rękę. Bardzo się ucieszyłem, gdy spytała, czy może tutaj uczyć. Była wspaniałym dzieciakiem.

Nicholson zmienia pozycję, a jego fotel głośno skrzypi pod naciskiem ciężaru jego ciała.

— I wiem, że byłaby cudowną nauczycielką — dodaje.

— O co oskarżała ją tamta dyrektorka? — dopytuje się Felix.

Nicholson znowu splata dłonie.

— Nie wiem do końca. Chyba o to, że za bardzo spoufalała się z uczniami. Moim zdaniem błędnie zinterpretowała jej styl bycia. A ona bardzo to przeżyła, bo po prostu starała się być dobrą nauczycielką. Naprawdę zależało jej na uczniach. A oni ją uwielbiali. Szczerze przyznam, że nigdy wcześniej się z czymś takim nie spotkałem.

Felix patrzy na mnie, a potem zapisuje coś w notatniku.

— Proszę pana — powoli wypowiadam słowa, które są znajome, a jednocześnie dziwne — proszę nam opowiedzieć o ostatnim roku.

To był czwarty rok jej pracy w tej szkole, prawda? Na pewno zdążyła już się zaprzyjaźnić z innymi nauczycielami. I z panem też.

Obserwuję go uważnie, jak wyciąga chusteczkę z pudełka stojącego na biurku i przykłada ją do oczu. Kiedy patrzy z powrotem na mnie, widzę, że ma łzy w oczach.

— Wszyscy się przyjaźnimy. Jesteśmy naprawdę zgraną grupą. Nie mam pojęcia, co mam powiedzieć tym ludziom. Millie Janz, jedna z nauczycielek, zadzwoniła do mnie wczoraj, a ja prawie nie byłem w stanie z nią rozmawiać. Nie wiem, co robić. Nikt nie jest w stanie zastąpić Rose. To była cudowna dziewczyna. Jak ktoś mógł ją *zamordować*?

Pociąga nosem, a potem przykłada pięść do ust, żeby powstrzymać łzy.

— Przepraszam.

I dodaje, zwracając się do mnie:

— Pani na pewno wie, o czym mówię. Obie byłyście gwiazdami na lekcjach angielskiego.

Widzę, że ramię Felixa delikatnie drgnęło, ale nie patrzę w jego stronę.

— Mamy jeszcze kilka pytań, a potem już damy panu spokój. Czy Rosalind była w bliskiej relacji z którymś z nauczycieli?

— Wszyscy jesteśmy bardzo ze sobą zżyci. Rose była raczej nieśmiała, ale miała w sobie ogromną pasję. Była zamknięta w sobie, ale wszyscy ją lubili. I jak powiedziałem, niektórzy uczniowie zrobiliby dla niej wszystko — robi krótką pauzę. — Naprawdę nie wiem, jak oni to przeżyją.

— A czy spotykała się z innymi nauczycielami?

Nicholson mruży oczy.

— Ma pani na myśli romans? — dopytuje się, a potem kręci głową. — Nie, nic takiego. Moi pracownicy wiedzą, że krzywo patrzę na romantyczne relacje w pracy.

— No ale czasami nic się nie da zrobić, nie? Czy jest pan pewien, że wiedziałby pan, gdyby się z kimś spotykała? Może potrafiłaby to w utrzymać tajemnicy?

Usta Nicholsona zaciskają się w wąską kreskę.

— Może, ale jestem pewien, że bym się o tym dowiedział. Raczej trudno jest ukryć coś takiego. Poza tym większość naszych nauczycieli jest żonata albo w poważnych związkach.

— Ale to przecież nie wyklucza romansu, prawda?

Nicholson kręci się niespokojnie na fotelu.

— No chyba nie — odpowiada w końcu. — Ale nauczanie naprawdę było jej pasją. Uwielbiała dzieciaki. Nie sądzę, żeby była w jakiejś bliższej relacji z którymś z pracowników szkoły.

— No dobrze. A co z uczniami?

Nicholson robi zdziwioną minę.

— Nie rozumiem, co z nimi?

— Rose była piękną kobietą. I była jeszcze młoda. Niejeden mógłby ją uznać za dwudziestolatkę. Może któryś z uczniów starszych klas się w niej zadurzył? Może chłopcy prawili jej komplementy, a ona przekroczyła granicę i sytuacja wymknęła się spod kontroli?

Nicholson głęboko wzdycha. Nagle robi wrażenie dużo starszego.

— Przepraszam, ale nie. Naprawdę nie ma takiej możliwości. Nie będę o niej rozmawiać w taki sposób. Uczniowie bardzo ją lubili. Łatwo jest niewłaściwie zinterpretować te słowa, ale ja wiem, jaka ona była. Może niektórzy chłopcy byli w niej zadurzeni. Ale to jest zupełnie normalne i nieszkodliwe. Była zamknięta w sobie, ale jednocześnie bardzo zasadnicza. Nie miała nic do ukrycia.

Ostrym ruchem szarpie szufladę biurka i wyciąga z niej kilka chusteczek. Pochyla się i zaczyna ciężko kasłać, a ja odwracam wzrok.

Felix wstaje i podchodzi do niego, a potem mocno klepie go w plecy.

— Mam kogoś zawołać?

Nicholson prostuje się na fotelu. Wygląda na oszołomionego. Ma opuchniętą twarz, a po czole zaczynają mu spływać kropelki potu.

— Nie, muszę się przygotować… Żeby ze wszystkimi porozmawiać. Przepraszam, ale to jest dla mnie bardzo trudne.

Kiwam głową, a Felix jeszcze raz klepie go po plecach.

— Musimy przesłuchać wiele osób — mówię Nicholsonowi. — Nauczycieli, uczniów i pracowników administracyjnych. Jeszcze dokładnie nie wiemy, czego szukamy, więc musimy brać pod uwagę każdy trop.

Nicholson powoli kiwa głową, patrząc bezmyślnie na blat biurka.

— Przyniosę panu wodę — mówi Felix i wychodzi z gabinetu.

Przyglądam się mojemu dawnemu dyrektorowi. Pamiętam, jak byłam w jego gabinecie po śmierci mamy. Prawdopodobnie siedziałam na dokładnie tym samym krześle co teraz, podczas gdy Nicholson omawiał z tatą możliwe formy wsparcia i wspólnie z nim zastanawiał się, co zrobić, żeby sytuacja w szkole pozostała jak najbardziej normalna. Nicholson zawsze był bardzo życzliwy dla ludzi. Teraz jego oczy wpatrują się we mnie — dwie ciemnobrązowe plamki.

— Był pan na piątkowym przedstawieniu? — pytam.

Jego oddech powoli wraca do normalnego tempa.

— Och, nie. Nie byłem.

Wraca Felix z dużą szklanką wody. Od razu nawiązuje do mojego pytania.

— Nie poszedł pan na premierowe przedstawienie szkolnej sztuki?

Nicholson wierci się nerwowo w fotelu i bierze łyk wody.

— Nie.

— Dlaczego? To było chyba jedno z największych wydarzeń w całym roku szkolnym? — pyta Felix łagodnym głosem, ale ja dobrze wiem, że wyczuł coś, co jego zdaniem jest anomalią. — Miał pan jakieś inne plany?

Nicholson patrzy to na mnie, to na Felixa, a w jego oczach widać pewną desperację.

— Nie, ale to była taka trochę polityczna sprawa.

— Polityczna?

— Może nie polityczna, to słowo jest trochę zbyt poważne. Ale było niezręcznie.

— Proszę nam to wyjaśnić — mówię.

— To był pomysł Rosalind, żeby wystawić tę sztukę. To było dla niej bardzo ważne, a w zeszłym roku się nie udało. Mieliśmy problemy ze zdobyciem funduszy, do tego główna nauczycielka ucząca aktorstwa zachorowała, więc ostatecznie pomysł nie wypalił.

Nicholson milknie na chwilę i patrzy na mnie.

— Pani zapewne pamięta, że szkolne przedstawienia zawsze były najważniejszym wydarzeniem w okresie zimowym. To było dobre dla uczniów, ale też dla całej społeczności. Mnie również zależało na tym, żeby ta sztuka została wystawiona, ale jako dyrektor musiałem podjąć trudną decyzję. Powiem tylko tyle, że w ostatnich latach sport wygrywał ze sztuką.

— Czyli w tym roku Rosalind mocno naciskała, żeby wystawić tę sztukę?

— Tak, to było dla niej bardzo ważne. Nauczycielka aktorstwa odeszła ze szkoły, a Rose przyszła do mnie z tym pomysłem zaraz po rozpoczęciu nowego roku szkolnego. Zapewniłem ją, że tym razem się uda. Ale potem ustalono termin obozu dla uczniów najstarszej klasy na lipiec, co kolidowało z przesłuchaniami do sztuki. Niektórzy nauczyciele uważali, że cały ten pomysł wywołuje niezdrową rywalizację między dziećmi. Więc przedstawienie budziło kontrowersje.

— Rozumiem. Czyli Rosalind była poirytowana?

Nicholson podnosi wzrok i wygląda, jak gdyby chciał zaprzeczyć, ale potem znów patrzy gdzieś w dół.

— Raczej powiedziałbym, że sfrustrowana. Nieraz narzekała na biurokrację i wiem, że była rozczarowana tym, że nie robię więcej, żeby jej pomóc w realizacji tego projektu.

— A czy miała z kimś na pieńku?

Nicholson patrzy na mnie, jakby nie rozumiał, o co mi chodzi.

— Chodzi pani o to, czy ktoś miał do niej jakieś pretensje? Może trochę tak. Ale nie na tyle, żeby zrobić coś takiego. Na pewno nie.

— A czy pan był z nią skonfliktowany? — pytam.

Nicholson siedzi nieruchomo. Za drzwiami znowu słyszymy dźwięk dzwonka telefonu.

— Nie. Byłem sfrustrowany tym, że *ona* ma problemy. Chciałem, żeby wystawiła tę sztukę, i bardzo się cieszyłem, że w końcu jej się to udało.

— Dlaczego w takim razie nie poszedł pan na premierę? — naciska Felix.

— Uznałem, że najlepiej będzie, jeśli nie będę okazywał jej jawnego wsparcia. Planowałem obejrzeć tę sztukę w ten piątek. Bo nie wiem, czy wiecie, ale spektakl miał być wystawiony siedem razy.

— Słyszałam, że był bardzo dobry — mówię.

Nicholson potakuje.

— Tak, tak. Wiedziałem, że tak będzie. Świetnie sobie radziła z dzieciakami. Umiała zwrócić uwagę na różne rzeczy. I była taka utalentowana. Moim zdaniem była bardzo dobrą aktorką.

— Zbyt utalentowaną, żeby uczyć w liceum w Smithson?

Nicholson patrzy na Felixa, a ja nie potrafię ocenić, co wyraża jego mina. Zerka na zegarek i wstaje. Zauważam, że ręce mu się trzęsą.

— Chyba trudno to ocenić, prawda? Ja wiem tylko, że była zdeterminowana. Zaangażowała te dzieciaki, napisała sztukę, uzyskała zgodę w ministerstwie edukacji na to, żeby analiza modernizacji scenariusza przeprowadzona przez uczniów mogła zostać uwzględniona przy wystawianiu rocznych ocen. Wszystko to zrobiła sama.

Wstajemy i ustępujemy miejsca Nicholsonowi, żeby mógł nas odprowadzić do drzwi.

— Myślę, że była tutaj szczęśliwa. Zwłaszcza ostatnio. Bardzo się cieszyła na tę premierę. Była dumna ze swoich uczniów. Była szczęśliwa.

Felix rzuca mu grzecznościowy uśmiech.

— Dziękujemy, że poświęcił nam pan swój czas. Możliwe, że będziemy musieli jeszcze raz się z panem spotkać, ale na razie nie mamy więcej pytań.

— Dziękuję. Proszę wykonywać swoją pracę, ale niech państwo będą delikatni, rozmawiając z ludźmi. Wszyscy tu bardzo cierpimy. Naprawdę ją kochaliśmy.

Jest coś niepokojącego w tym, jak wypowiada te słowa. Felix patrzy na mnie znacząco, gdy mijamy zapracowaną sekretarkę. Wychodzimy na oślepiające słońce i nagle widzę ducha.

***

Moja przyszłość jest czymś tak nieuchwytnym i nieokreślonym, że staram się o niej za bardzo nie myśleć. Po śmierci mamy miałam wrażenie, że wszystko stanęło w miejscu. Za każdym razem, gdy budziłam się rano, byłam zaskoczona, że zdołałam przetrwać do następnego dnia. Nie potrafiłam pojąć, że na świecie żyją ludzie, którzy się zakochują, rodzą dzieci, uczą się i śmieją. Dla mnie nawet myślenie stanowiło problem. Patrzenie. Oddychanie. A potem, któregoś dnia, zrobiło się trochę lepiej. Zaczęłam na nowo robić plany i doświadczać krótkich chwil klarowności, w których wierzyłam, że moje marzenia mogą się spełnić. Poznałam Jacoba i wtedy znowu poczułam pasję. Kochałam go mocno, całym sercem. A potem on zginął, a ja z powrotem zostałam katapultowana do miejsca, w którym każdy oddech sprawiał mi ból. Kiedy on żył, pozwoliłam sobie na to, żeby znów zacząć wyobrażać sobie przyszłość. Wprawdzie była trochę zamazana i miała nieostre krawędzie, ale pokazywała życie po szkole. Wyobrażałam sobie, że studiuję i podróżuję. A może nawet, że kupujemy sobie jakieś mieszkanko. A kiedy odszedł, wpadłam w czarną dziurę, do której nie docierało żadne światło. Nic nie miało sensu. Miałam przytłaczające poczucie winy. Jedyną moją motywacją było silne pragnienie, żeby nie zatonąć we własnych myślach, bo to była jedyna rzecz, której bałam się bardziej niż podjęcia próby normalnego życia. Do dzisiaj mam wątpliwości, czy udało mi się do końca wyjść z tej czarnej dziury.

Kiedy zostałam policjantką, codzienne życie stało się trochę łatwiejsze. Stanęłam na prostej linii prowadzącej od punktu A do punktu B i mniej więcej wiedziałam, jak tam dotrzeć. Różnica między dobrem a złem wydawała się solidnym fundamentem, więc trzymałam się jej ze wszystkich sił.

A potem zaszłam w ciążę. Wtedy na nowo zaczęłam myśleć o tej koszmarnej przyszłości. Przerażała mnie wizja posiadania dziecka. Myśl, że mogę być rodzicem dziecka albo nastolatka, wykraczała poza moje zrozumienie. Kiedy Scott nagle zadeklarował swoje uczucia do mnie, poczułam się jeszcze bardziej zagubiona we własnym życiu. Najwyraźniej nie radzę sobie dobrze z ludźmi. Może właśnie dlatego jestem dobrą policjantką i tak szybko awansowałam na detektywa. Jonesy mówi o mnie czule, że jestem jak „robot, który czasami coś je".

Ben odmienił moje życie dokładnie tak, jak wszyscy przewidywali. Jednak ja wciąż żyłam w lęku. W nocy spałam tuż przy nim, żeby nie myśleć o tym, że mogę zginąć od strzału z pistoletu i zostawić go samego. Rano brałam go na ręce i martwiłam się, że gdy Scott wyjdzie do pracy, dostanę zawału albo poślizgnę się pod prysznicem i rozbiję sobie czaszkę. Pocieszałam się myślą, że Benowi prawdopodobnie będzie lepiej z samym Scottem. Byłam zagubiona, a przez to wszystko przychodziło mi z większym trudem. Czułam, że nie potrafię być matką, której mój syn potrzebował.

Mechanicznie wykonywałam wszystkie czynności: kąpałam go, karmiłam i brałam na ręce, wciąż z niepokojem myśląc o przyszłości. Nigdy nie pozwalałam sobie na to, by zobaczyć go w myślach jako ucznia podstawówki albo nastolatka. Nie wybiegałam myślami za bardzo naprzód. Żyłam chwilą i pocieszałam się, że uważność to cel, który próbuje osiągnąć połowa ludzkości. W moim przypadku życie teraźniejszością zrodziło się z konieczności, a nie z jakiegoś wewnętrznego pragnienia.

A potem do Smithson przyjechał Felix i wszystko się zmieniło. Byłam oszołomiona. Oślepiona. Miałam małe dziecko i dopiero co awansowałam na detektywa, a jedyne, o czym potrafiłam myśleć, to on we mnie. Czułam się kompletnie bezbronna. Zaczęłam cierpieć na bezsenność. Miałam stany lękowe. A jednocześnie nigdy nie czułam się tak szczęśliwa jak wtedy. Jakby Jacob znów był przy mnie. Krew krążyła szybciej po moim ciele. Po raz pierwszy od lat chciałam, żeby czas przyspieszył. Od razu połączyła nas więź, która była tak silna, że wszystkie inne osoby w moim świecie stały się mało istotne. Chciałam poznać jego opinię na każdy temat. Myślałam o nim przez cały czas i miałam głębokie poczucie winy osoby, która marzy o zupełnie innym życiu. W nocy obracałam się z boku na bok, leżąc obok Scotta, aż w końcu się poddawałam i szłam do salonu, siadałam na kanapie i włączałam telewizor. Oglądając amerykańskie programy talk show, zastanawiałam się, jak do tego doszło. Dlaczego poznałam Felixa dopiero po tym, jak urodził się Ben? Dlaczego Scott chciał ze mną być? Dlaczego Jacob po prostu mnie nie poszukał tamtego dnia? Dlaczego nie pomyślał, że warto dla mnie żyć?

Już po kilku dniach zaczęliśmy nawiązywać delikatny kontakt fizyczny — on muskał moją dłoń, podając mi jakieś dokumenty, a ja delikatnie ocierałam się o niego ramieniem, gdy mijałam go obok drukarki. Nie minął nawet miesiąc, a całowaliśmy się w moim samochodzie i wcale nie zamierzaliśmy na tym poprzestać. Nigdy nie miałam go dość. Czułam się taka pełna życia — naładowana niewidzialną energią, której on był źródłem.

Przyznaję, że nigdy nie przestałam kochać Jacoba. Nigdy nie zdołałam zrozumieć, dlaczego to się tak tragicznie skończyło. Jak on mógł mnie tak zostawić? Tak bardzo go kochałam, a po jego śmierci straciłam wszystkie punkty zaczepienia. Dopóki w moim życiu nie pojawił się Felix, czułam się, jakbym nie rozmawiała normalnie z nikim od wielu lat. Felix sprawił, że zaczęłam pragnąć przyszłości: marzyłam o tym, żeby przyciągnąć ją do siebie, mocno ją schwycić i nią oddychać. Wiem, że ta przyszłość będzie skomplikowana i trudna, ale moje uczucia do Felixa są tak silne, że nie potrafię sobie wyobrażać jej inaczej.

Mniej więcej takie myśli nieustannie krążą mi po głowie. To prawda, że są wyczerpujące, ale wcześniej było jeszcze gorzej. Na przykład latem zeszłego roku, gdy z trudem zmuszałam się, żeby coś zjeść, a za każdym razem, gdy Felix był blisko mnie, czułam się, jakbym przeżywała mikrozawał. Mogę poczekać na naszą przyszłość. Oboje tkwimy w tym po uszy i na bieżąco decydujemy, co robić dalej. Cierpliwie tęsknimy. Nigdy jednak nie wyrzuciłam Jacoba ze swojej głowy. Zawsze tam jest i skrywa się tuż pod powierzchnią.

I dlatego nieomal tracę przytomność, gdy wychodzę z gabinetu Nicholsona na światło słoneczne i wpadam wprost na Jacoba.

Rozdział dwunasty

Poniedziałek 14 grudnia, godz. 9.52

Kręci mi się w głowie. Mam wrażenie, że moje gardło gdzieś zniknęło, i wydaję z siebie dziwny dźwięk, jakbym się dusiła. *Jacob*, powtarza mój mózg wciąż na okrągło, gdy widzę tę twarz. Ta sama przygarbiona sylwetka, te same gęste brązowe włosy. Wiem, że Felix stoi tuż obok, i nagle nie potrafię stwierdzić, gdzie jestem i który mamy teraz rok.

— Gemma?

Chłopiec odzywa się głosem, który do niego nie pasuje — niższym i bardziej chrapliwym. To nie jest Jacob. Chłopak ma opuchnięte oczy, a jego policzki są usiane piegami. Jacob miał gładką cerę.

Zmuszam się, żeby wrócić do rzeczywistości.

— Rodney?

Kiwa głową.

— Rodney, co ty tu robisz?

Chłopak szura stopą po ziemi. Jest ubrany w ciasne jeansy i luźną czarną koszulkę, która na jego szczupłej sylwetce wisi jak sukienka. Uświadamiam sobie, że ostatnio, kiedy go widziałam, miał siedem lat. Wzrusza ramionami i przekrzywia głowę, żeby odrzucić grzywkę z oczu.

— Chodzę do tej szkoły. Razem ze znajomymi postanowiliśmy się tu spotkać dziś rano. Nie wiedzieliśmy, gdzie indziej moglibyśmy pójść.

Patrzy w dół, ale kątem oka dostrzegam, że broda mu drży, a na szyi pulsuje mu żyła.

Nicholson, który odprowadził nas do drzwi, nerwowo obserwuje całą sytuację. Mruczy coś pod nosem i mówi:

— To chyba dobrze, że w takiej chwili jesteście razem.

A potem bezmyślnie kołysze się na stopach, patrząc na grupkę uczniów stojących w małym kole za naszymi plecami. Wszyscy obejmują się i płaczą. Jedna z dziewczyn wkłada drugiej włosy za ucho, a potem przebiega kciukiem pod jej oczami, żeby wytrzeć jej łzy. Wysoki rudzielec głaszcze po plecach inną dziewczynę, która patrzy tępo w ziemię. Pamiętam tę bliskość. Tę intymność. Tę wszechogarniającą, niewytłumaczalną więź, która potrafi połączyć ludzi w tym wieku. Pamiętam, jak Janet trzymała mnie za rękę, gdy przebijałyśmy się przez tłum ludzi na imprezie, i jak robiła mi makijaż, stojąc kilka centymetrów ode mnie i wystawiając język w celu poprawienia koncentracji. Pamiętam, jak Sandra uczyła mnie robić salto w tył — podtrzymywała mi brzuch i podnosiła mnie do góry do właściwej pozycji. Pamiętam, jak budziłam się obok niej, gdy zostawałam u niej na noc. Obracałam się wtedy do niej i delikatnie łaskotałam ją po plecach. Czesałam jej włosy szczotką. Pamiętam, jak Fox prowadził moje palce, gdy uczył mnie zawijać papierosy, i jak się śmiał, gdy cała zawartość rozsypała się po podłodze. Jak się skradał, a potem stawał za mną i zasłaniał mi oczy rękami. Jak Jacob całował moje stopy, bawił się moimi włosami, wdychał mój zapach. Fox, Janet i Sandra pocieszali mnie po śmierci Jacoba. Dotykali mnie. Przytulali. Zupełnie jakbyśmy mieli wspólną skórę, wspólną przestrzeń i wspólne wszystko pomiędzy nami. Pamiętam, że potrzebowałam ich jak powietrza.

Jednak po skończeniu przez nas szkoły ta bliskość zniknęła.

Jacob nie żyje. Foxa widuję bardzo rzadko. Nie mam pojęcia, gdzie są teraz Janet i Sandra. Wyprowadziły się wiele lat temu i straciłyśmy ze sobą kontakt.

Do grupy podchodzi dziewczyna i zaczyna płakać, a reszta przyjmuje ją do swojego kręgu. Odwracam wzrok. Czuję się jak intruz i odczuwam dziwną zazdrość. Ich poczucie przynależności tak silne, że aż namacalne.

Rodney, który wciąż stoi obok mnie, nagle odwraca głowę. Jego profil momentalnie przywodzi mi na myśl kwadratową szczękę Jacoba.

— Cześć, mamo — mówi.

Oglądam się i widzę Donnę Mason, która szybkim krokiem idzie w naszą stronę. Czas nie był dla niej łaskawy. Ma zapadnięte oczy, a jej kręcone włosy ściągnięte w kucyk na czubku głowy wyraźnie posiwiały. Jeansowa kurtka jest zdecydowanie zbyt luźna jak na jej drobną sylwetkę. Pamiętam, jak patrzyła na nas surowo, gdy razem z Jacobem siedzieliśmy wtuleni w siebie na kanapie w jego domu i oglądaliśmy film. Lubiła stawać w drzwiach i uważnie nas obserwować. Trudno było się przy niej zrelaksować. Do dziś pamiętam jej puste spojrzenie na uroczystości żałobnej po śmierci Jacoba.

— Cześć, Gemmo — wita mnie skinieniem głowy.

— Dzień dobry, pani Mason — również odpowiadam jej skinieniem głowy. Czuję się jak nastolatka.

— Detektyw sierżant McKinnon — przedstawia się Felix i wyciąga do niej rękę.

Wita się z nim mocnym uściskiem dłoni.

— Donna Mason — mówi, po czym krzyżuje ramiona. — No tak. To okropna sprawa. Coś strasznego.

Patrzy na mnie i na Felixa, mrugając swoimi wielkimi oczami.

Nicholson niezdarnie grzebie butem w ziemi.

— Dzień dobry, pani Donno.

Donna spogląda na niego i jeszcze raz delikatnie kiwa głową. Jej twarz rozpogadza się, gdy patrzy na Rodneya.

— Masz godzinę, kochanie. Jadę do sklepu i odbiorę cię w drodze powrotnej.

— Nie ma problemu, mamo. Kai albo Em mogą mnie podwieźć.

— Nie. — Donna kręci głową nerwowo jak mały ptaszek. — Będę tu za godzinę. Ja cię odwiozę.

Zerka na dziedziniec, a potem na grupę pogrążonych w żałobie nastolatków.

— Czekaj na mnie przy wejściu o jedenastej.

Rodney wydaje się spięty, ale wzrusza ramionami, a potem idzie do swoich znajomych, szurając nogami. Za chwilę znika w kłębiącej się masie zapłakanych uczniów. Mój wzrok spotyka się ze wzrokiem rudzielca, który szybko się odwraca. Wciąż głaszcze zapłakaną dziewczynę po plecach.

— Do widzenia — mówi Donna, unosząc kąciki ust w uprzejmym uśmiechu.

— No tak — mówi Nicholson i nerwowo się odwraca, a potem rusza w stronę swojego gabinetu.

Felix i ja stoimy sami na jasno oświetlonym dziedzińcu niedaleko grupy rozpaczających dzieciaków.

Spoglądamy na siebie.

— Jezu — wzdycha cicho Felix.

Rozdział trzynasty

Poniedziałek 14 grudnia, godz. 21.27

— Coś mi tutaj nie pasuje. Ona była pełna sprzeczności. Nie potrafię jej rozgryźć.

Felix leży płasko na plecach i patrzy na sufit. Ja sączę wino; złoty płyn spływa mi w dół gardła.

— Nawet nie wiem, jak ją nazywać! Rose? Rosalind? — śmieje się. — W każdym razie musimy pojechać do jej poprzedniej szkoły. Tam się musiało coś wydarzyć.

Odwraca się, żeby spojrzeć na mnie.

— A ty co myślisz?

Wzruszam ramionami. Jego bliskość wciąż jeszcze rozprasza moją uwagę. Uwielbiam to, z jaką desperacją zawsze zdejmuje mi ubrania, obejmuje mnie, a potem toruje sobie drogę w moim wnętrzu. Moje ciało wciąż jeszcze nie doszło do siebie i czuje na sobie jego ciężar. W pewnym momencie dotknęłam głową drewnianego zagłówka, co w połączeniu z rozkoszą, jaką mi właśnie dał, wprawiło mnie w stan wyczerpania i pobudzenia jednocześnie. Nie chcę teraz rozmawiać o Rosalind, ale zawsze dyskutujemy o sprawach, które razem prowadzimy. Kiedy znów mam przed oczami jej martwą twarz, uświadamiam sobie, że mam niewielkie szanse na to, by uniknąć rozważań na temat jej życia i śmierci.

Felix wstaje i dolewa mi wina, a ja patrzę na profil jego nagiego ciała i po raz milionowy się zastanawiam, jak to możliwe, że ten mężczyzna jest częścią mojego życia.

Zawsze spotykamy się tutaj, w małej chatce należącej do brata Scotta, jakieś piętnaście minut drogi od Smithson. Wiem, że Scott nigdy nie przyjechałby tutaj nocą z Benem. Nie miałby żadnego powodu, żeby to zrobić. Chatka, oryginalna i samotna, stoi pusta przez jakieś dziesięć miesięcy w roku, a Scott i ja mamy do niej klucze. Dbamy o nią w zamian za regularną dostawę warzyw i owoców, które rosną w ogrodzie. Czasami się zastanawiam, co byśmy zrobili — ja i Felix — gdybyśmy nie mieli takiego miejsca, w którym moglibyśmy się spotykać. Pewnie obmacywalibyśmy się za zaparowanymi szybami w naszych samochodach, które parkowalibyśmy przy jakichś nieuczęszczanych drogach.

Początkowo się martwiłam, że nie będę w stanie uprawiać seksu z Felixem, ale wczoraj krwawienie osłabło, a dzisiaj wszystko całkowicie wróciło do normy. Tylko delikatne echo bólu przypomina mi, że moje życie przez chwilę podążało w zupełnie innym kierunku.

— I o co chodzi z tym dyrektorem? Kochał się w niej czy co?

Lekko się wzdrygam.

— Daj spokój, ma prawo być załamany. Pracowali razem. A wcześniej tutaj się uczyła. Łączyły ich bliskie relacje — mówię, starając się wyrzucić z pamięci stary, wyblakły obraz Nicholsona obserwującego Rosalind na scenie.

— *My* pracujemy razem — zauważa Felix, wymownie poruszając brwiami, a ja rzucam w niego poduszką.

— Myślę, że Nicholson to porządny facet. Naprawdę dba o tę szkołę. I troszczy się o dzieciaki. Nie wyobrażam sobie, żeby mogło być coś więcej.

— Ludzie się zmieniają, Gem. Może nie był w stanie już znieść nieodwzajemnionej miłości, może jego żona dowiedziała się o wszystkim, a może byli parą, a Rose w końcu sobie uświadomiła, że to jest obleśne, bo on jest strasznie stary.

Rzucam w niego następną poduszką.

— Uważaj. On jest starszy od ciebie tylko o jakieś piętnaście lat.

Felix przewraca oczami.

— A jego żona nie żyje — mówię surowym tonem. — Tak mi się wydaje.

Felix odrzuca poduszki na łóżko i kładzie się obok mnie. Przytulam się do niego i opieram głowę w zagłębieniu jego ramienia.

— Przynajmniej wiemy, że Marcus był jednym z mężczyzn odwiedzających Rose — mówi.

— Właśnie.

Dzisiaj przeprowadziliśmy kolejną rozmowę z braćmi Rosalind. Marcus potwierdził, że odwiedził siostrę jakiś miesiąc temu. Pojechał do niej wynajętym samochodem, skromną toyotą. Timothy i Bryce powiedzieli, że nie byli u niej już od kilku lat.

Ani Felix, ani ja nie ufamy Timothy'emu. Po sprawdzeniu jego konta bankowego okazało się, że rzeczywiście kupił bilety na szkolne przedstawienie dwa tygodnie temu. Kiedy go spytaliśmy, dlaczego poszedł sam, chociaż miał dwa bilety, wyjaśnił, że nie miał czasu na to, by poszukać sobie osoby towarzyszącej.

— A te dzieciaki dzisiaj... To było naprawdę mocne — mówi Felix.

— To prawda.

W myślach przypominam sobie ich twarze. Już nie dzieci, a jeszcze nie dorośli; tacy piękni i tacy niebezpieczni, nieporadnie stawiający kroki ku dorosłości.

— A ten chłopak, z którym dzisiaj rozmawiałaś? — pyta Felix, łaskocząc mnie palcami po karku. — Grał główną rolę w przedstawieniu. Był Romeem, prawda? O co z nim chodzi? Znasz go?

Widzę za oknem oposa, który biegnie wzdłuż linii energetycznej i mija kabel prowadzący do domu. Staje na chwilę, a jego ogon kiwa się na boki w świetle księżyca. Odwracam się i zakrywam się kołdrą, zamieniając ją w prowizoryczną sukienkę bez ramiączek. Dolewam sobie jeszcze wina, zastanawiając się, co powiedzieć Felixowi.

— Tak, znam go.

— Skąd?

Patrzę na niego trochę poirytowana.

— Wychowałam się tutaj. Wszyscy się znamy.

Felix powoli kiwa głową. Wiem, że teraz się zastanawia, czy dać mi spokój, czy drążyć dalej. Splata nasze palce i łagodnie wyjmuje mi z ręki kieliszek.

— Rozumiem, ale on jest dużo młodszy. A gdy go zobaczyłaś, wyglądałaś, jakbyś dostała udaru. Skąd dokładnie się znacie?

— Znałam jego brata Jacoba.

— Ze szkoły?

— Tak.

Wskazówka sekundnika na zegarze zatacza całe półkole.

— Był moim chłopakiem — dodaję.

Zapada cisza, która sprawia, że zaczynam czuć swędzenie na całym ciele. Rozprostowuję stopę.

— A gdzie jest teraz ten twój kochaś? Wciąż tu mieszka?

Opieram się na poduszce i patrzę na Felixa. Wiem, że teraz wyobraża sobie typową historię miłosną dwojga nastolatków, ich pierwszych nieporadnych czułości, niespełnionych obietnic i burzliwego rozstania. Ma rację — ale tylko w połowie.

— Nie, zginął, gdy chodziliśmy do szkoły. Skoczył z wieży przy jeziorze.

Uśmiech Felixa kurczy się i chowa się niczym ślimak do skorupy.

— O cholera.

Jego palce przestają mnie głaskać, ale po chwili znów odnajdują swój rytm.

Chciałabym zostać tu z nim na zawsze. Mrugam kilka razy, ale on wciąż na mnie patrzy. Jego zielone oczy są spokojne i nieruchome. Nigdy go nie pytałam, dokąd to wszystko zmierza — ta rzecz, która nas łączy, cokolwiek to jest — a on nigdy nie wspominał o tym, jak sobie wyobraża naszą przyszłość. Wiem, że nie chciał przyjechać do Smithson. To był pomysł jego żony, żeby się tu przeprowadzić z Londynu i radykalnie wszystko zmienić. Felix lubił życie w dużym mieście. Mówił mi, że tam się czuł bardziej wolny i niezależny. Podejrzewam, że będąc ze mną, przybliża się trochę do tamtej utraconej wolności. Jestem linią łączącą go ze starym światem, w którym dominuje pożądanie, a człowiek działa pod wpływem impulsu. Jego żona chyba liczyła na to, że przeprowadzka poprawi ich relacje małżeńskie. Felix natomiast uparcie i z determinacją nie bierze udziału w tym procesie naprawczym. Pracuje do późna i każdą chwilę stara się spędzić ze mną. Jest czuły dla swoich córek i uprzejmy dla żony. Boję się zapytać go wprost, co do niej czuje, ale teraz, gdy na niego patrzę, widzę prawdziwą miłość i nie mam żadnych wątpliwości, że jestem ważną osobą w jego życiu. A on jest bardzo ważny dla mnie. Delikatnie ściskam jego dłoń.

— Byłaś przy jego śmierci? — pyta.

— Nie. Poszedł tam sam.

Nie mówię mu, że w myślach widziałam roztrzaskane ciało Jacoba co najmniej tysiąc razy. Teraz, gdy już wiem dużo więcej o śmierci, mam pewne pojęcie, jak mógł wyglądać po upadku, dlatego przez te lata moja wizja zmieniła się z mokrej plamy na ziemi (jak w kreskówkach) w bardziej uformowaną wersję chłopca, którego kochałam. To wspomnienie jest bardzo silne i rzeczywiste; mrugam, żeby wyrzucić je z głowy, ale nie chce zniknąć, chociaż mam szeroko otwarte oczy.

— Miał dużo problemów. Był typem artysty. Miewał dziwne nastroje, a praca nad projektami czasami całkowicie go pochłaniała. Trochę go poznałam z tej strony, ale nie jestem pewna, czy zdawałam sobie sprawę, że jest aż tak źle. A może byłam tego świadoma, ale nie chciałam tego wiedzieć.

— Myślisz, że dlatego zostałaś policjantką? — pyta Felix.

— Możliwe, że trochę tak.

Nie mam pojęcia, jak mu wyjaśnić, że tak naprawdę nie miałam innego wyjścia. Bardzo pragnęłam pracować w świecie, w którym wszystko jest czarno-białe — gdzieś, gdzie istnieje sztywny podział na dobro i na zło, na rzeczy właściwe i niewłaściwe, a moim zadaniem będzie dopilnować, żeby dobro zwyciężyło.

— Czy to się stało, gdy chodziliście do szkoły?

— Tuż po egzaminach końcowych. W zeszłym tygodniu minęło dokładnie dziesięć lat.

— Kurwa, Gem.

Felix nalewa wino do obu kieliszków i bierze długi łyk ze swojego.

— Wyobrażam sobie, jak musiało ci być ciężko, gdy twój chłopak zginął w taki sposób. Zwłaszcza że wcześniej zmarła twoja mama.

Łzy cisną mi się do oczu. Przypominam sobie, jak do mojego pokoju wszedł tata. Miał pobladłą, postarzałą twarz. Usiadł na moim łóżku, schował twarz w dłoniach i zapłakał, a potem z trudem mi powiedział, co się stało — co zrobił Jacob. Widzę tamę, która pęka pod naporem wody, a wielka fala zalewa pokój i zabiera nas ze sobą. Mieliśmy z tatą niepisaną umowę, żeby nigdy nie prowadzić poważnych rozmów o mamie. Z Jacobem było tak samo. Siedzieliśmy obok siebie, wspierając się nawzajem. Tata obejmował mnie ramieniem, a ja opierałam głowę na jego piersi, wsłuchując się desperacko w rytm bicia jego serca. Byłam przerażona, że ono też się zatrzyma.

— To było bardzo trudne. Kompletnie nierealne. Nikt nie wiedział, jak ze mną rozmawiać — powiedziałam, wydając z siebie dziwaczny, krótki śmiech. — W sumie ja też nie wiem, co chciałabym wtedy od nich usłyszeć.

Nie mówię Felixowi, że było jeszcze trudniej, bo straciłam Jacoba już wcześniej, kiedy wybrał ją, a nie mnie.

Nagle przypominam sobie list. W myślach widzę samą siebie, jak przebiegam palcami po linii słów, a potem składam kartkę i wygładzam jej krawędzie. Ciekawe, gdzie Jacob go odłożył. Zawsze zakładałam, że go zniszczył albo wyrzucił. Z taką łatwością gubiłam się w warstwach wspomnień. Jacob, Rosalind. I ja — mała, samotna wersja mnie samej z przeszłości, która nie miała pojęcia, jak sobie radzić w tym świecie i jak rozmawiać z ludźmi.

Czuję, że przeszłość przenika przez moje pory, a moja skóra zaczyna nią nasiąkać. Szybko kręcę głową i mówię pogodnym głosem:

— I stąd właśnie znam Rodneya. Był jego jedynym bratem. Nie wiem, skąd ta duża różnica wieku między nimi. Wydaje mi się, że

Donna kilka razy poroniła. Była surową matką. Ojciec odszedł, gdy Rodney był jeszcze niemowlęciem. Od tamtego czasu samotnie wychowywała obu synów. Chyba za bardzo mnie nie lubiła.

Felix bierze kolejne łyki wina.

— Na mnie zrobił dziwne wrażenie. Ten Rodney.

Czuję, że przez moje ciało przebiega fala protestu.

— Tak uważasz? Zawsze uważałam, że jest uroczy.

— Daj spokój, Gem. To było dziesięć lat temu. Teraz jest już prawie dorosły.

— Pewnie tak.

Chciałabym wyrzucić z głowy twarz Rodneya. Jacoba też. Obie twarze. Takie podobne. Chcę przestać o nich myśleć.

Zasłaniam ciałem światło lampki nocnej i przysuwam się do Felixa. Siadam na nim okrakiem. Biorę jego twarz w dłonie i patrzę w miejsce, w którym żywa zieleń jego tęczówek łączy się z czernią źrenicy. Ocieram się o jego klatkę piersiową.

Osiągam zamierzony efekt.

— Chodź tu do mnie — mówi chropowatym głosem, chwyta mnie za uda i przyciąga do siebie.

Rozdział czternasty

Trzy tygodnie wcześniej

— Chciałbym ci się oświadczyć w sylwestra.

Zamarłam. Z jajka, które właśnie rozbiłam, zaczęło wyciekać przezroczyste białko. Ścisnęłam dłonie nieco bardziej, żeby ze skorupki wypłynęła cała zawartość.

— Chyba to dziwnie zabrzmiało.

Scott zachowywał się nietypowo dla siebie; chodził podekscytowany w tę i z powrotem niczym lew po klatce.

Spojrzałam na Bena, który rysował tęczę swoimi nowymi kredkami, w międzyczasie podjadając płatki śniadaniowe.

— No — odpowiedziałam.

— Ale już kiedyś o tym rozmawialiśmy. Myślałem, że chcesz, żebyśmy się pobrali.

Wzruszyłam ramionami. Wzięłam do ręki widelec i zaczęłam ubijać jajka. Żółtko wymieszało się z białkiem, aż całość zaczęła przypominać śluz. Odkaszlnęłam, widząc, że Scott wciąż na mnie patrzy. Czułam niepokój i zniecierpliwienie, jakbym zapomniała zrobić coś ważnego.

— Chcesz trochę jajek? — spytałam, próbując zakończyć tamtą rozmowę.

— Nie wierzę, że chcesz się wymówić pierdoloną jajecznicą.

— Uważaj na słowa — ostrzegłam go automatycznie.

— Och, Gem. Nie pouczaj mnie, jak wychowywać dziecko. Ciągle chodzisz z głową w chmurach. Jesteś tak nieprzytomna, jakbyś przez większość czasu żyła w jakimś innym świecie.

Przesunęłam miskę na blacie, a ona wydała z siebie nieprzyjemny dla ucha pisk. Włączyłam gaz i zaczęłam się wpatrywać w niebieski płomień.

— Jak dobrze, że postanowiliśmy wychowywać Bena razem. Moją ekscentryczność równoważą twój rozsądek i ogólna doskonałość.

Prawie zapomniałam dodać mleko. Wlałam go trochę do miski, a ono natychmiast stworzyło osobną warstwę. Cała mieszanka skojarzyła mi się z mapami geograficznymi pokazywanymi w szkole, przedstawiającymi masy lądowe.

— Gemmo, jesteś dobrą matką. Przecież wiesz, że nie o to mi chodziło. Proszę, nie odwracaj kota ogonem.

Włożyłam włosy za uszy. Nad pustą patelnią zaczął się unosić żar, który stworzył między nami niewidzialną ścianę. Wylałam na patelnię mieszankę z jajek, która szybko zaczęła skwierczeć. Ten dźwięk podziałał na mnie kojąco.

— To ty zacząłeś, poruszając temat ślubu o siódmej rano. I to ty skomentowałeś moje roztrzepanie. Nie jest to idealna sytuacja, zważywszy na to, że zaraz wychodzisz — powiedziałam.

— Dobrze już, dobrze.

Podniósł ręce do góry w geście pojednania.

— Gem, ja tylko… Możemy porozmawiać o tym później, ale ja po prostu czuję, że… — zamilkł, nie wiedząc, co powiedzieć dalej.

Poczułam wyrzuty sumienia. Życie Scotta było bardzo poukładane, zanim mnie poznał. On zawsze sobie wszystko planuje. Przestrzega zasad. Nie wyrzucił instrukcji obsługi zmywarki i mikrofalówki i w razie potrzeby znajdzie je w okamgnieniu. Potrafi dzielić pisemnie długie liczby. Jest punktualny. Wie, co się zaraz wydarzy.

— Chyba po prostu czuję, że musimy coś *zrobić*. Za miesiąc mamy nowy rok. Nie chcę, żebyśmy go przeżyli w stanie zawieszenia. Chciałbym czuć, że to wszystko dokądś zmierza. Że my razem dokądś zmierzamy.

Scott stoi naprzeciwko mnie z rękami bezradnie zwisającymi po bokach.

— Chcę, żebyś została moją żoną.

— Ben ci nie wystarcza?

Tylko w ten sposób mogę odwrócić jego uwagę od siebie.

Oboje spojrzeliśmy na naszego syna. On też na nas popatrzył i uroczo się uśmiechnął, uderzając końcówką łyżki o stół i ochlapując swoją twarz mlekiem.

— Ben jest dla mnie wszystkim. Wiesz o tym. Ale tu chodzi o ciebie i o mnie. Gemmo, chciałbym się z tobą ożenić, nawet gdybyśmy nie mieli Bena. Nie rozumiesz tego?

Jajecznica przykleiła się do patelni. Cała wilgoć zdążyła z niej wyparować. Wyłączyłam gaz i niechętnie zaczęłam dłubać żółtą masę łyżką.

— Sama nie wiem, czego chcę.

Scott spojrzał na zegar wiszący na ścianie. Przeze mnie spóźni się do pracy.

— Czyli jeśli cię poproszę o rękę, odpowiesz „nie”?

— Scott!

— Kurczę, Gem! Ja naprawdę się staram! Nie mam zielonego pojęcia, czego ty ode mnie chcesz. Ja tylko chcę, żeby między nami wszystko było dobrze.

Przejechał palcami po włosach i spojrzał na zegarek.

— Muszę już iść. Wrócimy do tego później, dobrze?

Pocałował mnie w policzek. Prawie nie poczułam nacisku jego ust. Mocno przytulił Bena i obsypał go pocałunkami, aż Ben zaczął piszczeć ze śmiechu.

— Pa, pa, mały mężczyzno — powiedział Scott, po czym spojrzał na mnie. — Na razie.

Kiedy wyszedł, przełożyłam wysuszoną jajecznicę na talerz.

— Ja tylko chcę, żebyś zostawił mnie w spokoju — powiedziałam do zamkniętych drzwi.

Rozdział piętnasty

Poniedziałek 14 grudnia, godz. 23.03

Parkuję na podjeździe za samochodem Scotta. Wyłączam światła i spoglądam na dom. Nie mam ochoty wchodzić do środka.

Jest ciemno, ale mocne światło księżyca odbija się od białej kory eukaliptusów. Panuje niewiarygodna cisza i bezruch. Biorę głęboki oddech, żeby się uspokoić po spotkaniu z Felixem i przygotować się do rozmowy ze Scottem. Ciągle czuję na sobie dotyk rąk Felixa. Zagryzam wargi. On jest jak narkotyk; kiedy go dostanę, od razu chcę więcej. Zamykam oczy i marzę o tym, żeby czas się cofnął i dał mi możliwość spędzenia z nim kolejnych kilku godzin. Nigdy tak bardzo nie pragnę, żeby czas spowolnił, jak wtedy, gdy jesteśmy razem.

Słyszę szczekanie psa i podskakuję na siedzeniu tak nagle, że mój pas bezpieczeństwa się blokuje, przytrzymując mnie na miejscu. Odpinam się. Widzę, że w sypialni pali się światło. Mam nadzieję, że Scott nie będzie miał ochoty rozmawiać; jestem tak zmęczona, że oczy same mi się zamykają. Mam już dość gadania. Śmierć Rosalind coś we mnie wyzwoliła. Stałam się beztroska. Szalona. Słowa same się ze mnie wylewają. Dzisiaj wieczorem powiedziałam Felixowi bardzo dużo — więcej niż komukolwiek wcześniej. I o mały włos powiedziałabym mu jeszcze więcej. Mur, który wokół siebie zbudowałam, starannie układając jedną cegłę na drugiej, zawalił się, jakby wszystko nagle się poluzowało. Tamy w mojej głowie pootwierały się, sprawiając, że moje myśli zaczęły płynąć w niekontrolowany sposób. A to mnie wykańcza.

Biorę torebkę i wysiadam z samochodu. Gdzieś w krzakach przy śmietniku słyszę jakiś szelest i znów podskakuję wystraszona. Szybkim krokiem idę w stronę werandy. Jestem taka śpiąca.

Na chwilę zamieram. Na naszym ganku coś jest — widzę jakiś ciemny kształt w rogu. Zastanawiam się, co to może być, ale nic nie przychodzi mi do głowy. Ponieważ mam skłonność do zakładania najgorszego, moje myśli od razu biegną w stronę Bena, który śpi w swoim łóżeczku zaledwie kilka metrów dalej. Leży nieprzykryty, bo w domu jest gorąco. Nad jego głową powoli obraca się wiatrak, który wciąga ciepłe powietrze. Patrzę na ścianę i dochodzę do wniosku, że to coś, co tam jest, nie porusza się. Nic nie słyszę. Powoli stawiam kroki. Mijam róg domu i zmierzam na wprost tajemniczego kształtu. Kiedy już jestem dwa metry od niego, mój mózg wreszcie rejestruje oglądany obraz, a ja uświadamiam sobie, że patrzę na duży bukiet długich róż zawiniętych w miękką czarną bibułę.

Rozdział szesnasty

Wtorek 15 grudnia, godz. 7.39

— W pierwszej chwili myślałam, że są od ciebie.

Siedzę z Felixem w naszym ulubionym barze Reggie's, w którym często jadamy śniadanie. Serwują tu w miarę przyzwoitą kawę, a dodatkowym atutem tego miejsca jest to, że nie przychodzi tu nikt z naszego komisariatu. „Zbyt wyszukane", mawia Keith Blight, chociaż nie jestem pewna, czy rozumie znaczenie tego słowa. Wszyscy pozostali chodzą do kawiarni po drugiej stronie parkingu, gdzie można kupić bułki z tłustym bekonem i jajkami za trzy dolary pięćdziesiąt oraz gorzką, rozwodnioną kawę za kolejnego dolara.

Felix pochłania muesli w zastraszającym tempie, raz po raz robiąc tylko przerwę na łyk kawy. Przyglądam się jego ustom i zapominam o całym świecie. Zauważam maleńki pieg po prawej stronie jego górnej wargi. Jestem pewna, że nigdy wcześniej go nie widziałam.

— Ode mnie? — pyta.

— To była pierwsza reakcja. Potem sobie przypomniałam, że nie lubisz obdarowywać kobiet kwiatami, a nawet gdyby tak było, nie przysłałbyś ich mi przecież do domu.

— No tak, oczywiście, że nie — odpowiada, biorąc ostatni łyk kawy. — Kurczę, Gem, to nie brzmi dobrze.

— Naprawdę się wystraszyłam.

Kiedy sobie uświadomiłam, że dziwna rzecz leżąca na mojej werandzie to bukiet róż, wróciłam do samochodu i wyjęłam z niego plastikową torbę, po czym włożyłam do niej kwiaty i zaniosłam je do bagażnika. Od razu przed oczami stanęły mi róże unoszące się na wodzie wokół ciała Rosalind. Kwiaty zdążyły już trochę zwiędnąć w tym upale, a ich zapach utworzył chmurę wokół mojej głowy. Wszedł razem ze mną do domu, gdzie szybko wypiłam dwie szklaneczki whisky, po czym wyszorowałam zęby, wymamrotałam do Scotta „dobranoc", a potem zapadłam w głęboki sen pozbawiony snów.

To, że dopiero dziś rano znalazłam dołączoną karteczkę, było prawdziwym błogosławieństwem. Gdybym przeczytała ją poprzedniego wieczoru, raczej nie spałabym tak spokojnie. Na małej, białej, satynowej karteczce widniał czarny napis *Piękne rzeczy mają kruche życie*, celowo napisany prostym stylem — dużymi, nierównymi drukowanymi literami.

Ben objął moje nogi, po czym zajrzał do bagażnika i zauważył leżące w nim kwiaty.

— Ale ładne! Mamo, patrz!

— Palce! — ostrzegłam i lekko go odsunęłam, żeby zamknąć bagażnik.

— Powiesz Jonesy'emu? — pyta Felix.

— Nie wiem. Myślisz, że powinnam?

Felix patrzy na mnie i bawi się łyżeczką, obracając ją między palcami.

— Chyba tak. Albo ktoś ma naprawdę dziwaczne poczucie humoru, albo dostałaś te róże od zabójcy Rosalind Ryan. W obu przypadkach ktoś powinien się temu przyjrzeć.

— Wiem.

Jestem zła. Takie rzeczy strasznie spowalniają pracę. A ja chcę się skupić na prowadzeniu śledztwa. Jeżeli powiemy o tym Jonesy'emu, cała uwaga skupi się na mnie. Możliwe, że Jonesy nawet odsunie mnie od tej sprawy.

— Ta osoba wie, gdzie mieszkasz, Gem.

— Oczywiście — odpowiadam mu sarkastycznie. — Ale to przecież jest Smithson. Dużo ludzi wie, gdzie mieszkam. Albo może się tego z łatwością dowiedzieć.

— Mimo wszystko uważam, że powinnaś mu powiedzieć. Martwię się o ciebie.

Głęboko wzdycham.

— No dobrze, w takim razie poproszę któregoś z policjantów, żeby się temu przyjrzał. Niech znajdzie kwiaciarnię i tak dalej.

— A Jonesy? Powiesz mu?

— Tak. Ale nie dziś, dobrze? Teraz chcę przeprowadzić odprawę, a potem jadę do szkoły porozmawiać z nauczycielami i może też z niektórymi uczniami. Musimy ruszyć to śledztwo do przodu. Dobrze?

— Pewnie.

Felix macha ręką, dając mi do zrozumienia, że decyzja i tak nie należy do niego.

* * *

Rozpoczynam poranną odprawę punktualnie o ósmej. Policjanci patrzą na Felixa i na mnie jak małe ptaszki, które pilnie domagają się uwagi. Niska dziewczyna z nieco krzywym uzębieniem informuje, że Rosalind w lipcu zapisała się na siłownię, ale była tam tylko pięć razy.

— To takie typowe — komentuje jeden z policjantów. — Moja siłownia mogłaby mnie nazwać swoim darczyńcą.

— Mimo wszystko sprawdźcie to — mówi Felix. — Może ktoś się jej narzucał i dlatego przestała tam chodzić.

— Jej lekarz za bardzo nie pomógł — mówi opalony mężczyzna ze śladami po okularach słonecznych na twarzy. — Brała typowe leki na stany lękowe i depresję. Te same, które znaleźliście u niej w domu — dodaje, po czym rozgląda się po sali. — Są bardzo popularne.

— Szukajcie dalej. Spróbujcie się dowiedzieć, czy chodziła do innych lekarzy. Może wyłudzała recepty na ten sam lek od kilku różnych lekarzy. I sprawdźcie, czy chodziła do psychiatry — dodaję, odgarniając włosy z oczu. — To samo dotyczy kościoła. Dowiedzcie się, czy była praktykująca. Może zwierzyła się komuś, komu ufała.

— Rozmawiałem z jej byłym partnerem — zgłasza się kolejny policjant. — To jest chyba jedyny facet, z którym spotykała się na poważnie, ale myślę, że jest czysty. Mieszka w innym stanie. Twierdzi, że jest biseksualny. Typ aktora. Tak się poznali.

— Jakie łączyły ich relacje? Powiedział, że się rozstali?

Wydaje mi się, że warto byłoby się dowiedzieć, jaka była Rosalind, kiedy się nie kontrolowała — gdy była zakochana.

Policjant odpowiada, lekko się rumieniąc.

— Powiedział, że była zabawna. I piękna. Kiedy gdzieś z nią wychodził, dziwnie się czuł, bo przyciągała uwagę ludzi. Twierdzi, że dobrze się z nią bawił, ale bił z niej jakiś wewnętrzny smutek.

— Co to znaczy?

Felix zaczyna się niecierpliwić. Wiem, że chciałby już się zabrać do pracy. Czasami bardzo się męczy w ciasnych pokojach komisariatu. Mówi, że wtedy kości zaczynają go swędzieć.

— Pytałem go, ale nie potrafił wyjaśnić, co miał na myśli. Był trochę dziwny. Bardzo dramatyzował. Często cytował teksty ze sztuk i z filmów. Powiedział, że Rosalind była uroczą dziewczyną, ale zachowywała się, jakby była w pułapce albo coś w tym stylu. Wspomniał też, że była samotna i miała dziwne relacje z rodziną.

Przypominam sobie mały domek Rosalind ze ścianami obwieszonymi plakatami z filmów i dziełami sztuki. Dramatyzm tego miejsca silnie kontrastował ze zwykłą rzeczywistością jej istnienia. Ciężko przełykam ślinę.

— No dobrze, słuchajcie. Myślę, że warto porozmawiać z nim jeszcze raz. Spytajcie go, czy był kiedyś świadkiem, jak pokłóciła się z braćmi albo z ojcem. Albo czy podejrzewa, że się ich bała. Interesują nas wszystkie plotki na temat jej relacji z nauczycielami, uczniami i mieszkańcami Smithson — kończę, a potem wstaję z krzesła. — Ciągle nie mamy jeszcze żadnych konkretów, więc postarajcie się, żeby dzisiaj nastąpił przełom. Widzimy się wszyscy po południu.

Policjanci wychodzą, a my zostajemy sami. Intensywna, pulsująca energia ustępuje miejsca ciszy, która jest oczywista i niekomfortowa.

— My chyba też powinniśmy pójść? — pyta Felix.

— Tak, tylko daj mi sekundę. Spotkamy się przy samochodzie.

Felix idzie do swojego biurka, a ja udaję się do damskiej szatni, gdzie zastaję Karly, jedną z policjantek.

— Dzień dobry, Karly.

— Dzień dobry, pani detektyw — odpowiada, rumieniąc się, i przerywa zawiązywanie sznurówek.

— Karly, potrzebuję twojej pomocy.

— Oczywiście.

— Chciałabym, żebyś się dowiedziała, gdzie został kupiony pewien bukiet kwiatów.

Rozdział siedemnasty

Wtorek 15 grudnia, godz. 10.07

Sam Blackstone nie może w to uwierzyć.

Trudy Fisher nie może w to uwierzyć.

Millie Janz nie może w to uwierzyć.

Podobnie jak Paula Desmond, Troy Shooter i Izzy Mealor.

W pokoju nauczycielskim krzesła zostały ustawione w koło. Kiedy wchodzimy do środka, wszyscy siedzą wpatrzeni w podłogę i płaczą. Widok ten przypomina mi widok uczniów ostatniej klasy, których obserwowałam wczoraj. Jedyna różnica polega na tym, że nauczyciele są mniej opaleni i nie mają modnych fryzur.

Nie mogą uwierzyć, że Rosalind nie żyje i że ją zamordowano. Przecież widzieli ją w piątek! To nie może być prawda. Rosalind miała dobre relacje ze wszystkimi. Była cicha, ale przyjaźnie nastawiona do ludzi. Urocza dziewczyna. Czasami zrywała polne kwiaty i wkładała je do starego słoika, który stał na wspólnym stoliku obok czajnika, żeby w pokoju zrobiło się przyjemniej. Rzadko mówiła o swojej rodzinie albo o przyjaciołach, ale miała uśmiech dla każdego.

Zaczynamy indywidualne przesłuchania. Pozostali czekają na swoją kolej w sali konferencyjnej. Czasami słyszymy przez ścianę stłumiony płacz.

— Była taka młoda — mówi Millie Janz, chowając zapłakaną twarz w dłoniach. — Moja córka jest tylko o kilka lat młodsza.

— Był pan na piątkowym przedstawieniu?

Sam Blackston nie poszedł, chociaż bardzo chciał.

— Tego dnia moja dziewczyna śpiewała w klubie jazzowym, więc musiałem pójść na jej występ. Zamierzaliśmy obejrzeć przedstawienie w ten weekend.

— Byłam — odpowiada Trudy Fisher, nauczycielka plastyki. — To arcydzieło sztuki współczesnej. Mówię szczerze. Żadna prywatna szkoła nie zrobiłaby tego lepiej. Wszystko było idealne. Rosalind zrobiła świetną robotę.

I dodaje, przybliżając się do nas, jakby chciała wyjawić jakąś tajemnicę:

— Nie byłam pewna, czy jej się uda. Nie chwaliła się swoimi osiągnięciami i była zamknięta w sobie.

— Na początku byłem temu przeciwny — mówi Troy Shooter. — Nie podobało mi się, że szkoła wydaje pieniądze na sztukę, zamiast kupić nowe bramki do piłki nożnej.

Jego mięśnie wyraźnie zarysowują się pod koszulą, gdy podnosi rękę i zaczyna trzeć oczy niczym śpiące dziecko.

— Ale Rose umiała być przekonująca, gdy jej na czymś zależało. Zawsze potrafiła dopiąć swego! Moja żona uwielbia Szekspira i bardzo chciała obejrzeć ten spektakl, więc poszliśmy razem. Muszę powiedzieć, że przedstawienie było znakomite. Naprawdę profesjonalnie zrobione.

Troy zaczyna płakać.

— Była wspaniałą dziewczyną — mówi ze łzami w oczach.

— Było cudownie — mówi Millie. — Po prostu cudownie. Obejrzałabym to jeszcze pięć razy. Byłam zachwycona.

— Nie poszłam — przyznaje Paula Desmond, która wygląda, jakby płakała od wielu godzin. — Chciałam się trzymać od tego z daleka.

Na chwilę milknie, a potem mówi konspiracyjnym szeptem:

— Pewnie w tych okolicznościach nie zabrzmi to zbyt dobrze, ale nie podobało mi się to, jak traktowała ludzi. Każdy z nas ma jakieś marzenia i ambicje, ale ona po prostu nie przyjmowała odmowy. Bardzo naciskała na Johna. Wiecie, na dyrektora. Rozmawialiście już z nim? — pyta, otwierając szeroko oczy. — Jest kompletnie zdruzgotany. Była jego ulubienicą.

Brzęczenie starej lodówki w pokoju nauczycielskim przeplata się z dźwiękami zabawy na szkolnym podwórku, które dochodzą nas zza okna. Najwyraźniej Nicholson uznał, że najlepszym rozwiązaniem w tej sytuacji będzie zachowanie codziennej rutyny. Młodsze klasy mają zastępstwa z innymi nauczycielami.

Rozglądam się po małym pokoju nauczycielskim. Sufit jest wyjątkowo nisko zawieszony, ale pod każdym innym względem pomieszczenie przypomina każde inne biuro. Pamiętam, jak stałam przed drzwiami po drugiej stronie i czekałam, aż z pokoju wyjdą moi nauczyciele. Zerkając na dzielącą nas ścianę, zastanawiałam się, jakie sekrety tam się kryją. Teraz już wiem, że gdybym tu weszła, nie odkryłabym niczego wartego uwagi. Na podłodze leży tani pomarańczowy dywan, na którym wyraźnie widać wychodzone ścieżki. Na tablicy na ścianie wisi mnóstwo kartek z różnymi informacjami. Kserokopiarka stojąca w rogu co jakiś czas wydaje sygnał informujący o błędzie. Z haczyków nad zlewem zwisają kubki o różnych kształtach i wzorach. Na blacie stoi duża miska, w której leżą błyszczące czerwone jabłka, a do lodówki jest przyczepiony plakat *Romea i Julii*.

— Czyli byliście nie tylko znajomymi z pracy, ale też przyjaciółmi? — pyta Felix.

— O, tak — mówi Millie.

— Byliśmy bardzo zżyci — odpowiada Sam. — Dlatego to jest takie trudne.

— Byłyśmy jak siostry — szlocha Trudy.

— Nie byłoby mnie tutaj, gdyby było inaczej — mamrocze Troy. — Życie jest zbyt krótkie.

— To cudowna ekipa — mówi Paula. — Zawsze uważałam się za szczęściarę. Nie dalej jak w zeszłym miesiącu mówiłam mężowi, jakie mamy szczęście. A teraz to!

Podaję jej szklankę wody, a ona bierze kilka łyków, pochlipując.

— Jak pani ocenia Johna Nicholsona jako dyrektora? — pyta Felix.

Paula mruga.

— Jest dobrym człowiekiem. Wspaniałym dyrektorem.

— Jest bardzo zaangażowany — odpowiada Trudy. — Zawsze znajdzie chwilę na rozmowę.

— Czy łączyły go bliskie relacje z panią Ryan?

Sam mruży oczy.

— Pewnie. Tak jak nas wszystkich. Tutaj panuje prawdziwy duch zespołu.

Troy kiwa głową.

— Oboje kochają sztukę i artystyczne rzeczy, więc mieli ze sobą dużo wspólnego. Czasami chodzili na spektakle i przedstawienia — mówi, zerkając to na mnie, to na Felixa. — Na przykład do teatru albo do innych szkół. Żeby podpatrzyć konkurencję.

Izzy Mealor wzrusza ramionami i unika kontaktu wzrokowego.

— Szef jak szef. Jest raczej miły.

Ruchem głowy odgarnia włosy z oczu i zaczyna gryźć paznokieć.

— Myślę, że się przyjaźnili, ale nie w jakiś dziwaczny sposób.

— Znam Johna od lat — mówi Millie i nachyla się do nas, mocno ściskając torebkę. — Od wielu lat. Jest cudownym człowiekiem. Bardzo ciężko przeżył śmierć Jessiki.

Przez grube szkła w okularach jej oczy wydają się naprawdę wielkie. Na oprawce zebrały się łzy, które lada moment spłyną na dół.

— Bardzo się troszczył o Rosalind. Myślę, że miał do niej słabość, bo kiedyś się tutaj uczyła.

— Czyli nie miała żadnych problemów ani kłopotów?

Trudy kręci przecząco głową.

— Nie. Normalne sprawy związane z nauczaniem. Nasza praca potrafi być stresująca. No i ta sprawa z walentynkami.

Felix i ja spoglądamy na siebie.

— Jaka sprawa?

— O, to było głupie, naprawdę. Jeden z chłopców wysłał jej kwiaty na walentynki. Było to trochę niezręczne, ale zupełnie nieszkodliwe.

— Wie pani, kto to był? — dopytuje się Felix.

— Nie jestem pewna. Wydaje mi się, że nikt nie chciał robić z tego wielkiej afery, ale dzieciaki o tym gadały. Jedna z dziewczyn z mojej klasy powiedziała, że to był Kai Bracks, ale nie wiem. To mógł być ktokolwiek z nich. Wszyscy ją uwielbiali.

— Moim zdaniem była dość tajemnicza.

Izzy patrzy na nas poważnym wzrokiem. Ma kryształowoszare oczy i krótkie jasnoczerwone farbowane włosy zaczesane pionowo do góry.

— Jestem tu nowa, uczę dopiero pierwszy rok, ale z nią jakoś nigdy nie potrafiłam przejść na poważniejsze tematy.

— A więc nie przyjaźniłyście się?

Izzy wzrusza ramionami, pobrzękując srebrnym naszyjnikiem pełnym misternych zdobień.

— *Lubiłam* ją. Wszyscy ją *lubiliśmy*.

Zdejmuje nogę z nogi, a potem znów ją zakłada.

— Rzecz jasna cała ta historia jest koszmarna — mówi, marszcząc brew. — Ale ja za bardzo jej nie znałam. Była bardzo atrakcyjna — mówi, ostrożnie dobierając słowa. — A to czasami było aż zniechęcające. Miałam wrażenie, że nieraz wykorzystuje swoją urodę, zwłaszcza w relacjach z mężczyznami. A nawet z uczniami.

Izzy wpatruje się w swoje kolana.

— Ale jak przestałam zwracać na to uwagę, odniosłam wrażenie, że pod spodem nic się nie kryje.

* * *

— No i? — pyta Felix; Izzy zabrała już swoje rzeczy i wyszła z pokoju.

— Uważaj — mówię, widząc, jak się opiera na krześle, które głośno skrzypi pod naporem ciężaru jego ciała — te krzesła są jeszcze gorsze niż te w komisariacie.

Jestem wyczerpana tymi rozmowami o Rosalind. Przesłuchiwaliśmy nauczycieli prawie przez trzy godziny, ale mam wrażenie, że nie dowiedzieliśmy się zupełnie niczego nowego o Rose.

— Wciąż niewiele o niej wiemy, co? — pyta Felix. — Można odnieść wrażenie, że gdy żyła, była taką samą zagadką, jaką jest dla nas po śmierci.

— To prawda. I ze szkoły pamiętam ją tak samo — mówię, czując przypływ niepokoju, który sięga dawnych czasów; zawsze bardzo mi zależało na jej akceptacji.

— Wygląda na to, że wszyscy ją lubili, ale jednocześnie czuli do niej dystans. Chyba lubiła czasami manipulować ludźmi.

Mam ochotę stanąć w obronie Rosalind, mimo że Felix ma rację.

— Była bardzo atrakcyjna. To chyba nie musi od razu oznaczać, że manipulowała ludźmi.

Felix patrzy na mnie, głęboko zamyślony.

— Wracajmy — proponuję. — Musimy przeczytać raporty z rozmów, które przeprowadzili nasi policjanci, skontaktować się z rodziną, a potem jeszcze przeprowadzić popołudniową odprawę.

Wstaję i rozprostowuję plecy.

— Musimy też porozmawiać z Kaiem Bracksem. Dowiedzieć się, czy naprawdę wysłał jej te kwiaty.

Felix siedzi nieruchomo i wpatruje się w miskę z czerwonymi jabłkami.

— Idziesz? — pytam.

— Tak. Idę. Tylko myślę. Coś tutaj jest nie tak, Gem, ale nie wiem co.

— Tak, wiem — wzdycham. — Może szukamy czegoś, czego nie ma. To mogła być przypadkowa napaść.

— To prawda — przyznaje Felix.

— Ale rzeczywiście w całej tej sytuacji jest kilka niepokojących rzeczy. Na przykład to, dlaczego wróciła do Smithson. Przecież miała pracę w Sydney. Dlaczego nie zatrudniła się w innej szkole gdzieś niedaleko tamtej? Nie była z nikim związana i nikt nie zaciągnął jej tu z powrotem siłą.

— Zgadzam się z tobą — mówi Felix. — Do tego nie miała zbyt bliskich relacji z rodziną. Czemu wróciła? Nie mogę przestać myśleć o tym, że była w ciąży. Może... Kurczę, nie wiem.

Nagle bierze moją dłoń i całuje ją. Spoglądamy na siebie, a moje serce natychmiast wchodzi na wyższy bieg.

— Chodź — mówi — spadamy stąd.

Pomaga mi wstać, a kiedy sięgam po torebkę, przebiega dłońmi wzdłuż całego mojego ciała. Z trudem gaszę płomień, który we mnie rozpalił.

Rozdział osiemnasty

Wtorek 15 grudnia, godz. 18.56

Po pracy w drodze do taty dzwonię do Anny.

— Masz doskonałe wyczucie czasu — mówi. — Jakąś godzinę temu dostałam raport toksykologiczny. A więc — słyszę, jak Anna robi głęboki wdech — trochę wypiła, ale to wszystko. Znaleziono śladowe ilości marihuany, ale tak niewielkie, że muszą pochodzić sprzed kilku tygodni. Wygląda na to, że twoja nauczycielka czasami poprawiała sobie humor.

— Była bardzo pijana?

— Nie, dopiero zaczęła. Miała 0,8 promila alkoholu we krwi. A to znaczy, że była bardzo podekscytowana albo wpadła w melancholię, zależnie od tego, czy miała skłonność do upijania się na wesoło, czy na smutno, i od tego, jak jej organizm tolerował alkohol.

Przed oczami mam Rose na domowej imprezie w ostatniej klasie, jak stoi niepewnie na środku trampoliny. Nagle skoczyła i upadła na plecy z rękami skrzyżowanymi na piersiach. Leżała tak kilka minut, patrząc w niebo i ignorując odgłosy imprezy. Nie mogłam oderwać od niej oczu.

— Wydaje mi się, że nie należała do osób, które łatwo wpadają w ekscytację. Ale w sumie nie znałam jej zbyt dobrze.

— W każdym razie to wszystko. Aha, była mniej więcej w jedenastym tygodniu ciąży. Możemy założyć, że już o tym wiedziała.

— Nie udało nam się znaleźć żadnych dokumentów medycznych związanych z jej ciążą — mówię.

— Może była jeszcze w fazie zaprzeczenia — odpowiada Anna. — Tak się czasami dzieje.

Przełykam ślinę i we wstecznym lusterku spoglądam na Bena, który siedzi z rozłożonymi nogami i bawi się figurką bohatera, kompletnie nie zwracając uwagi na treść mojej rozmowy.

— Coś jeszcze? — pytam.

— Myślę, że leżała w wodzie przez kilka godzin — mówi Anna. — I że została zabita około północy. Może trochę wcześniej.

— Czyli zaraz po zakończeniu przedstawienia — mówię.

— Tak jest — odpowiada Anna pogodnym tonem.

— A co z napaścią na tle seksualnym? Miała kilka siniaków, no i nie możemy zapominać o tym, że nie miała na sobie bielizny. Wiadomo coś na ten temat?

— To rzeczywiście kłopotliwa sprawa. Brak bielizny raczej wskazuje na napaść, ale kto wie? Może po prostu tego dnia nie miała na sobie majtek. A wy znaleźliście jakąś bieliznę?

— Nie. Przynajmniej ja nic o tym nie wiem.

— Niestety nie mamy żadnego DNA; za długo była w wodzie. Nie znaleźliśmy też żadnych jednoznacznych dowodów na zastosowanie przemocy. Tylko te siniaki na udach, ale nie jestem pewna ich pochodzenia. Może brutalny seks? Ma też kilka dziwnych zadrapań, które trudno wyjaśnić. Może od gałęzi w jeziorze.

Dojeżdżam do domu taty. Ben podnosi głowę, rozpoznając znajome okolice.

— Spotykała się z kimś czy mamy do czynienia z niepokalanym poczęciem? — dopytuje się Anna.

Wybucham śmiechem.

— Jeszcze nie wiemy. Wciąż sprawdzamy, czy oficjalnie kogoś miała. Na razie nie mamy żadnych konkretnych informacji.

Przypominam sobie kamień w kształcie serca, który znaleźliśmy w jej domu. Może dostała go od kochanka?

— No to miłego wieczoru — mówi Anna. — Na pewno niedługo się zobaczymy. Mam nadzieję, że tym razem w jakiejś knajpce, a nie przy stole do autopsji.

Żegnam się z Anną.

Przed domem taty, niedaleko miejsca, w którym zaparkowałam samochód, po ceglanym płocie pnie się dzika róża. Patrzę na czerwone plamki kwiatów i po raz chyba tysięczny zastanawiam się, kto, do cholery, zabił Rosalind Ryan.

Rozdział dziewiętnasty

Wtorek 15 grudnia, godz. 19.22

— Dbasz o siebie?

— Raczej tak — odpowiadam, machając stopami tuż nad białymi, błyszczącymi kafelkami.

Tata niedawno wyremontował kuchnię. Teraz pośrodku stoi wyspa z wysokimi stołkami ustawionymi wzdłuż blatu. Macham nogami do przodu i do tyłu jak małe dziecko i przyglądam się tacie, jak robi kolację. Zamieszkał w domu na Winston Grove jakieś trzy lata temu. Ta urocza mała uliczka znajduje się na małym wzniesieniu, dzięki czemu z ogrodu za domem widać całe centrum Smithson. Tata chyba jest tutaj szczęśliwy. Wspomniał nawet coś o tym, że planuje kupno psa. Kiedy się tu przeprowadził, Scott i ja postanowiliśmy, że wynajmiemy od niego mój rodzinny dom. Takie rozwiązanie miało sens: byłam w ciąży, a żadne z nas nie miało oszczędności. Tata chętnie zgodził się na taki układ. Wspomnienia związane z domem były dla niego bardzo bolesne, ale jednocześnie nie wyobrażał sobie, żeby miał go komukolwiek sprzedać. Od tamtego czasu minęły trzy lata, a Scott i ja wciąż nie zrobiliśmy żadnego kroku w kierunku kupna własnego domu czy mieszkania. Sama myśl o tym mnie paraliżuje, więc za każdym razem, gdy Scott albo tata o tym wspominają, szybko zmieniam temat. Na razie Scott wydaje się zadowolony, że może popracować w ogrodzie albo kupić nowe szafy do pokojów.

— Nie pijesz za dużo?

— Piję umiarkowanie, tato — ucinam.

Tata kiwa głową i miesza makaron z sosem śmietanowym.

Słyszę śmiech Bena dochodzący z salonu. Ogląda *Smerfy*. Jego śmiech zawsze mnie stresuje. Gdy go słyszę, momentalnie zaczynam się martwić, że kiedyś nadejdą gorsze dni, w których nie będzie mógł tak po prostu siedzieć na kanapie i czerpać radości z oglądania Gargamela polującego na małe niebieskie ludziki.

— Co u Scotta?

Zaczynam skubać skórkę, która odstaje mi od paznokcia. Odrywam ją, a w jej miejscu pojawia się cienka krwawa kreska. Mocno przyciskam do niej kciuk.

— W porządku. Ma dużo pracy.

— Aha.

Nowa kuchnia taty jest tak samo mała jak przed remontem, ale w suficie został wybity świetlik, przez który wpadają ostatnie promienie słońca. Tata jest wysoki i szczupły i nigdy się nie garbi. Jego włosy są bielusieńkie już od kilkunastu lat. Jest najbardziej samodzielną osobą, jaką znam. Potrafi wszystko naprawić. Na takie osoby mówi się „złota rączka". Sprzęty mechaniczne, elektryczne, stare i nowe — tata radzi sobie praktycznie ze wszystkim. Do rewolucji cyfrowej podszedł jak prawdziwy profesjonalista. Teraz bez trudu potrafi naprawić komputer i smartfon. Można odnieść wrażenie, że jego ręce po prostu wiedzą, co robić.

Pamiętam sytuację, która zdarzyła się niedługo po śmierci mamy, gdy leżałam w salonie i patrzyłam na ścianę, a tata powiedział do cioci Megan, że po raz pierwszy ma do czynienia z czymś, czego nie potrafi naprawić. Ciocia, która zawsze łatwo się rozklejała, nic nie odpowiedziała, tylko wydmuchała nos w chusteczkę.

— Szkoda, że nie mógł dzisiaj przyjechać — mówi tata.

Wzruszam ramionami.

— Moim zdaniem to dobrze, że wyszedł z kumplami. Przy moim trybie pracy rzadko ma taką możliwość.

Poznałam Scotta w Riders. W tamtym czasie to był nowy i jedyny klub w mieście, do którego chodziły osoby powyżej dwudziestego pierwszego roku życia. Jako dwudziestopięciolatka nie byłam już mile widzianym gościem w klubach w Smithson, a nie byłam jeszcze gotowa na to, by dołączyć do glin przesiadujących w Bessie's albo w The Green Frog. Dlatego co sobotę chodziłam do Riders. A tam po prostu upijałam się do nieprzytomności, a potem wracałam do domu albo szłam z nieznajomym, który wzbudził moje zainteresowanie kilka godzin wcześniej. Przyznaję, że to nie był najlepszy okres w moim życiu, ale miałam też sporo miłych chwil. Tamtego wieczoru, gdy poznałam Scotta, nieco wcześniej spotkałam faceta, z którym raz się przespałam, a on koniecznie chciał to powtórzyć. Pozwoliłam mu się pocałować, a potem przez ponad godzinę próbowałam go spławić, chodząc do toalety co dziesięć minut i licząc na to, że gdy stamtąd wyjdę, jego już nie będzie. Ta strategia nie zadziałała, więc niechętnie się zgodziłam, żeby zaczął mi kupować drinki. Ostatnie, co pamiętam z tamtego wieczoru, to chwalenie się jakiemuś przystojnemu facetowi, że jestem policjantką. Obudziłam się następnego ranka z potężnym kacem, który zabijał mnie od wewnątrz, i z równie silnym kłującym bólem. A tamten facet wciąż był obok mnie. Nerwowym ruchem podał mi napój energetyczny i leki przeciwbólowe. Scott ze zdziwieniem odkrył, że rzeczywiście jestem policjantką. Uparł się, żeby zostać do następnego wieczoru. Ugotował mi kolację, robiąc mi przy okazji wykład na temat zdrowego odżywiania, podczas gdy ja siedziałam w łazience na zimnych kafelkach z głową opartą o sedes. Do dzisiaj nie wiem, czy tamtej nocy uprawialiśmy seks, ale wydaje mi się, że nie. Charakter naszej relacji został określony już podczas tamtego pierwszego spotkania. Scott po prostu *był* i się mną opiekował. I tak jest do dzisiaj.

— Ty też powinnaś czasami gdzieś wyjść z koleżankami, a nie tylko ze znajomymi z pracy.

— Tato, ja nie mam żadnych koleżanek. Wiesz, jak to jest w policji: praca to nasza żona!

Mówię to z uśmiechem, ale moje słowa nie brzmią przekonująco, mimo że po części są prawdziwe.

— A co z Catherine?

— Masz na myśli Carol?

— Tak, tak. Tę z waszej grupy matek. Wydawało mi się, że się przyjaźnicie.

— Tak jakby. Umówiłyśmy się na ten weekend. Ostatnio ma dużo na głowie, niedawno urodziła kolejne dziecko.

Wypijam kilka łyków wody gazowanej, którą tata przed chwilą mi podał.

— Poza tym mam wrażenie, że ona uważa moją pracę za coś zaraźliwego. Chyba nie lubi, gdy przebywam w pobliżu jej dzieci.

Tata, który właśnie niesie talerze na stół, zatrzymuje się na chwilę i unosi brew.

— Tak ci powiedziała?

Schodzę ze stołka i wołam Bena, żeby przyszedł do kuchni.

— Nie do końca. Po prostu tak czuję.

Tata wzdycha sceptycznie i wszyscy zasiadamy do stołu.

Ben trajkocze przez cały posiłek, a tata i ja staramy się prowadzić rozmowę pomimo jego paplaniny. Tata, choć ma już sześćdziesiąt pięć lat, zawsze ma coś do roboty. Pracuje na niepełny etat i codziennie znajduje jeszcze czas na to, żeby przepłynąć co najmniej dwa kilometry na basenie. Właśnie opowiada mi o szafkach z lustrami, które buduje do nowych mieszkań gdzieś za Gowran, gdy dzwoni mój telefon.

— Hej — mówię i rzucam tacie przepraszające spojrzenie, a następnie idę do salonu.

W telewizji lecą napisy po zakończeniu kreskówki, której nie znam. Przełączam na wiadomości.

— Hej — mówi Felix. — Gdzie jesteś? W domu?

— U taty.

Podnoszę kilka zabawek Bena i wkładam je do drewnianej skrzyni, którą tata zrobił dla niego rok temu na święta.

— Po odprawie poszukałem informacji na temat imperium RYAN. Skupiłem się głównie na kwestiach finansowych, ale wykonałem też kilka telefonów.

W tle słyszę dziewczęce głosy, które przekomarzają się ze sobą, co musi oznaczać, że Felix jest w domu ze swoimi córkami.

— I co?

— Znalazłem kilka smakowitych kąsków. Firma George'a Ryana ostatnio zadarła z wieloma osobami. Zwalnia pracowników w całej Australii, a w ich miejsce zatrudnia obcokrajowców. Ludzie mówią o ryzykownych przedsięwzięciach, o wykorzystywaniu poufnych informacji i o szemranych interesach.

— Myślisz, że to może mieć jakiś związek ze sprawą?

W słuchawce słyszę głośny wrzask. Jakiś dziewczęcy głos oskarża kogoś o kradzież szczotki do włosów. Wyobrażam sobie rodzinę Felixa — trzy dziewczynki ze zdjęcia, które stoi u niego na biurku — i nagle czuję ucisk w piersi. Do pokoju wchodzi Ben i obejmuje moje nogi rękami, przy okazji brudząc mnie sosem z obiadu. Podnosi głowę i patrzy na mnie, a ja spoglądam na niego w dół. Jego oczy błyszczą w świetle telewizora. Wzdycham do telefonu, słuchając, jak Felix próbuje uciszyć skłócone nastolatki.

— Przepraszam. Nie wiem, czy to może mieć jakiś związek, ale warto to sprawdzić. Może George wkurzył kogoś tak bardzo, że ten postanowił dać mu nauczkę?

— No tak, może — odpowiadam.

— A ty masz coś nowego?

— Nie bardzo. Anna dostała raport toksykologiczny. Rose trochę wypiła i w zeszłym miesiącu paliła trawkę, ale nic poza tym. Rozmawiałam też z Marcusem i powiadomiłam go o postępach w śledztwie. Był uprzejmy, ale nie powiedział niczego konkretnego. Planują pogrzeb na piątek po południu.

— Anna nie ma nic przeciwko? — pyta Felix.

— Raczej nie. Chyba już z nimi o tym rozmawiała.

— Mogła porozmawiać z nami — mówi Felix, ziewając. — No nic, to chyba dobrze. Nigdy nie wiadomo, kto się pojawi na pogrzebie.

Umawiamy się w Reggie's jutro rano przed odprawą i rozłączamy się. Biorę Bena na ręce, a potem przez kilka minut stoję przy kominku i oglądam zdjęcia mamy ustawione na gzymsie. Jedno z nich lubię najbardziej: jestem na nim razem z mamą i mam mniej więcej tyle lat co Ben teraz. Obie patrzymy w obiektyw aparatu, a w naszych oczach w kolorze mchu tańczą iskierki światła. Jesteśmy takie szczęśliwe. Ścieram kurz ze szkła w ramce i przebiegam palcem po twarzy mamy.

Ben zaczyna ciążyć mi na ręce, gdy idę z nim z powrotem do kuchni. Tata sprząta stół. Czajnik stojący na blacie zaczyna gwizdać.

— Praca?

— Tak — odpowiadam.

— Twoim partnerem wciąż jest ten starszy facet? Fred, tak?

— Mhm. Felix.

— To dobrze.

Przyglądam się tacie, jak parzy herbatę, zanurzając kilkakrotnie torebkę w wodzie, a potem jak wyciska ją wokół łyżeczki. W ostatniej chwili powstrzymuję się, żeby mu powiedzieć o Felixie. I o poronieniu. Otwieram usta i robię wdech, jak gdybym zaraz miała powiedzieć coś ważnego, ale ta ulotna chwila szybko mija. Tata stawia przede mną kubek z parującą herbatą i nagle nie mam pojęcia, jak mogłam w ogóle pomyśleć o tym, żeby mu to wszystko wyznać.

— Straszna historia z tą dziewczyną Ryanów.

Tata podaje markiza Benowi, który robi się już śpiący. Zmieniam pozycję, żeby Ben siedział mi na kolanach, a nie obejmował mnie za szyję.

— Domyślam się, że to ty dostałaś tę sprawę?

— Tak jest.

— Wiesz, że ją pamiętam? Urocza dziewczyna. Była w twojej klasie. Znałem jej matkę, Olivię. To dopiero była kobieta.

Prostuję się i patrzę na niego zaskoczona.

— Skąd ją znałeś?

Tata patrzy na ścianę i chyba przywołuje stare wspomnienia. Na jego twarzy pojawia się uśmiech.

— Wydaje mi się, że mój tata przyjaźnił się z jej rodziną. Pamiętam, że gdy byliśmy mali, Olivia bawiła się z ciocią Megan. Musiały chodzić do tej samej klasy. Olivia była bardzo bystra, ale ciągle sprawiała kłopoty. Była też bardzo piękna, co nigdy nie pomaga — mówi tata i dodaje z uśmiechem: — Kiedyś bardzo się o ciebie martwiłem właśnie z tego powodu.

Ignoruję tę uwagę.

— Daj spokój, tato. Przecież ja w ogóle nie przypominam Olivii Ryan.

— Dla mnie zawsze byłaś piękna. W każdym razie pamiętam, jak usłyszałem o jej śmierci. To była wielka tragedia. Zostawiła czworo dzieci i nie miała okazji poznać swojej córeczki. Przykra historia. A teraz to.

— No tak.

Nagle serce zaczyna mi bić szybciej: w mojej głowie coś zaczyna się łączyć. Zdjęcie mamy ze mną. Stare zdjęcie w gazecie przedstawiające Olivię i George'a. Zdjęcie Olivii na kominku u Ryanów. Zdjęcia Rosalind wpatrujące się we mnie z tablicy w komisariacie.

— Jest tyle rzeczy, które nie mają sensu — mówi tata, kręcąc głową, po czym bierze łyk herbaty.

Patrzy na Bena, który liże ciastko i wkłada je do ust, i dodaje:

— Mam nadzieję, kochanie, że szybko rozwiążecie tę sprawę. I proszę cię, bądź ostrożna.

W głowie słyszę głośny gwizd, ale próbuję się uśmiechnąć do taty. Moje myśli szaleją. Składam je ze sobą i sprawdzam je wciąż na okrągło, odpychając je od siebie i na nowo chwytając, żeby się upewnić, czy do siebie pasują. Zmuszam się, żeby nie wstać z krzesła. Oddycham. Przesuwam Bena, żeby nie uciskał mi brzucha, który wciąż jest jeszcze trochę obolały.

— A co u ciebie, tato? — pytam ze sztucznym uśmiechem.

— Nic ciekawego. W weekend popracowałem trochę w ogrodzie. W końcu naprawiłem drzwi od szopy pani Potter.

Od dawna podejrzewam, że miedzy tatą a owdowiałą wiele lat temu panią Potter coś jest, ale on nigdy nic nie powiedział, a ja nigdy go nie pytałam. Taki mamy układ.

— A Ben był grzeczny, gdy nocował u ciebie w piątek?

— No pewnie.

Tata patrzy z czułością na mojego syna. Z lekko rozchylonych ust Bena wypływa delikatna strużka śliny.

— Spał jak aniołek. A jak wy wykorzystaliście wolny wieczór? Udało wam się wyjść gdzieś razem?

— Nie, Scott miał coś do zrobienia. A ja zamówiłam sobie coś do jedzenia i poszłam wcześniej spać. W sumie nawet dobrze, bo następnego dnia zaczęło się to całe szaleństwo.

Tata kiwa głową i patrzy na mnie zmartwiony.

Biorę ostatni łyk herbaty i głośno odstawiam kubek na stół. Boli mnie gardło, jakbym się przeziębiła. Wstaję i opieram Bena na biodrze. Tata podnosi głowę i szybko mruga, jakby właśnie wybudził się ze snu.

— Dzięki, tato. Było super, ale musimy już jechać.

W samochodzie czuję, że brakuje mi tchu. Jadę do domu, a myśli kotłują mi się w głowie. Mój umysł konsekwentnie rozpracowuje nową teorię, a ja raz po raz zerkam na Bena we wstecznym lusterku, żeby w końcu wychwycić moment, w którym jego oczy się zamkną.

Rozdział dwudziesty

Wtedy

Jacob łagodnie popycha Gemmę do tyłu i siada na niej okrakiem, unieruchamiając ją na łóżku.

— Twoje oczy mają cudowny kolor — mówi, a ona patrzy wymownie w górę, a potem zamyka oczy i spycha go z siebie.

On jednak widzi, że jest zadowolona.

Jakieś pół roku temu mama pojechała z nim i z Rodneyem w odwiedziny do swojej siostry, która mieszka w małym miasteczku przy plaży na południe od Sydney. Jacob, który nigdy wcześniej nie widział oceanu, szedł za całą grupą po wąskiej plaży, rozpryskując nogami słoną wodę i wpatrując się w niekończący się błękit wody. Nagle rozciął sobie stopę o kawałek szkła po starej butelce po piwie. Kiedy zanurzył szkiełko w wodzie, żeby obmyć je z piasku, zauważył, że ma ono dokładnie taki sam bladozielony odcień jak oczy Gemmy. Z zaciekawieniem obserwował, jak krew z jego rany na nodze spływa do wody, a potem łączy się z oceanem i całkowicie znika. Poczuł ukłucie tęsknoty, a może nawet zazdrości, na myśl o tym, że w naturze wszystko jest takie proste; w porównaniu z tym jego egzystencja jest straszliwie skomplikowana.

W jego świecie nic nie płynie; jest pełen ostrych krawędzi i zakrętów nie do pokonania. Jedynym wyjątkiem jest Gemma.

Jacob głaszcze ją po policzku, a ona odwraca się do niego. Oczy jej błyszczą, a usta proszą o kolejne pocałunki. Tak mocno na nią działa; wszystkie nerwy w jej ciele ożywają pod wpływem jego dotyku, a usta błyszczą czerwienią, kiedy się całują.

Kiedy są razem, *jest* szczęśliwy. Co do tego nie ma wątpliwości.

— Kochasz mnie? — pyta ona zaczepnie, chociaż jest pewna odpowiedzi.

— Oczywiście — odpowiada Jacob i nachyla się do niej, żeby ją pocałować.

I naprawdę tak jest. Ale w jego sercu kryje się mrok. Czasami męczy go ciężar jej potrzeb, które go duszą i kłują gdzieś głęboko, wywołując szalone myśli. Każda rzecz ma swój ciężar. Jacob nie wie, dlaczego tak jest, ale ten ciężar nigdy nie znika. Jest ogromny i sprawia mu ból, gromadząc się w klatce piersiowej i w barkach. Czasami aż utrudnia mu oddychanie.

— Co to było? — pyta ona zaniepokojona i siada wyprostowana, nie bacząc na zsuwający się koc, który odkrywa jej małe blade piersi i delikatną skórę brzucha.

— Co? — pyta on i całuje ją w policzek, spoglądając na cienkie niebieskie żyłki, które pulsują na jej karku.

Gemma siedzi nieruchomo z otwartymi oczami, a po chwili się rozluźnia.

— Nic. Wydawało mi się, że słyszę samochód taty.

Ned Woodstock jest w pracy. Jacob i Gemma przyszli tutaj prosto ze szkoły, zamiast pójść do centrum handlowego razem ze znajomymi. Ostatnio robią to coraz częściej: spędzają czas we dwoje, uciekając przed całym światem. Bycie z nią jest intensywniejszą, mocniejszą wersją bycia samemu. Jacob starannie gromadzi wszystkie wspomnienia wspólnych chwil, żeby móc je przywoływać z pamięci i przeżywać wciąż na nowo, zanim schowa je z powrotem.

Ostatnio jednak zaczął sobie wyobrażać alternatywne wersje ich spotkań. W tych fantazjach Jacob wszystko niszczy i przerywa cenną nić, która ich łączy, a potem patrzy, jak wszystko, co miał, rozpada się na kawałki. Silne pragnienie przeżywania dramatycznych, intensywnych chwil bywa czasami przytłaczające. Jacob martwi się, że kiedyś naprawdę to zrobi — że złamie Gemmie serce. Zawsze odczuwa dziwną pokusę, gdy fantazjuje o tym, jak Gemma ucieka od niego kompletnie załamana. Zaraz potem jednak pojawia się strach na myśl o tym, że mógłby skrzywdzić osobę, którą kocha najbardziej na świecie.

Nie dalej jak tydzień temu stał na poboczu autostrady na ostrym zakręcie przy znaku Smithson Town i zastanawiał się, co by było, gdyby wszedł na drogę. Wyobrażał sobie świst wiatru wywołany przez pędzącą ciężarówkę i czystą radość z tej chwili nicości. Czuł ogromną pokusę, aby zniknąć: przestać być człowiekiem, przestać być czymkolwiek.

— Hej — mówi Gemma łagodnym głosem.

Jacob mruga i przypomina sobie, że ona leży obok niego. Nie ma wątpliwości, że Gemma jest jego bratnią duszą, ale ona go nie rozumie. Nikt go nie rozumie.

— Pocałuj mnie — mówi ona.

Jacob mocno przyciąga ją do siebie i głęboko całuje, a potem oboje toną w szaleńczym miłosnym uścisku. Wszystko znowu jest czyste i dobre. Jacob całuje ją, a potem w nią wchodzi, a ona wydaje z siebie delikatny jęk. Chciałby ją czymś opatulić i ochronić, żeby była bezpieczna i odgrodzona od ciemności zalegającej w jego sercu, a także od wszystkiego, co się później wydarzy. A gdy przechodzi go spazm rozkoszy, nie może się opędzić od myśli, że Gemma byłaby najbezpieczniejsza wtedy, gdyby uciekła od niego jak najdalej.

Rozdział dwudziesty pierwszy

Środa 16 grudnia, godz. 7.41

— Felix! Felix! Chyba coś mam — mówię, siadając naprzeciwko niego.

Felix podnosi głowę. Jest zainteresowany, ale w jego oczach widzę zmęczenie. Włosy jakoś dziwnie mu sterczą i z trudem powstrzymuję się przed tym, żeby je wygładzić.

Felix macha ręką w kierunku zabieganych kelnerek, tłumiąc ziewnięcie.

— Już ci zamówiłem kawę.

Na naszym stole leży gazeta; na pierwszej stronie widnieje twarz Rosalind z uśmiechem Mona Lisy. Przerzucam gazetę na inny stół przodem do blatu. Mam już dość tego, że ona jest wszędzie.

— Świetnie, super.

Jestem podekscytowana swoją teorią. Ożywiona. Dzisiaj jest trochę chłodniej, więc rano wysuszyłam włosy suszarką i teraz opadają ciężko wokół mojej twarzy. Odrzucam je na ramiona i zniżam głowę, żeby nawiązać kontakt wzrokowy z Felixem. Rzadko mi się zdarza, że podoba mi się to, co widzę w lustrze, ale dzisiaj rano właśnie tak było.

— A więc nie chcesz się dowiedzieć, co odkryłam? — pytam.

Felix śmieje się niemalże wbrew sobie i na sekundę chwyta moją dłoń.

— Oczywiście, że chcę. Przepraszam. Jestem zmęczony. Problemy z Maisie.

— W porządku, rozumiem — odpowiadam po chwili.

Felix nieraz porównuje swoją najstarszą córkę do niebezpiecznego wulkanu, który w każdej chwili może wybuchnąć. Nie potrafię nawet sobie wyobrazić, jak trudno jest się odnajdować w rozmowach z nastoletnią dziewczyną — i ujarzmić tę naturalną energię — ale Felix zawsze opowiada o swoich córkach ze spokojem. Choć muszę przyznać, że nie zdarza się to zbyt często. Życie domowe jest dla nas obojga niebezpiecznym terytorium, więc to normalne, że staramy się unikać rozmów na ten temat.

Kelnerka przynosi kawę. Wdycham aromat napoju i uświadamiam sobie, że po raz pierwszy od piątku czuję się naprawdę dobrze. W moim brzuchu wszystko się uspokoiło, a ja jestem jakby lżejsza. Pocieram stopą o stopę Felixa pod stołem.

— Nie rób tego. Zaraz mamy odprawę — ostrzega mnie z uśmiechem i wszystko znowu jest dobrze.

Felix nachyla się do mnie i szepcze z błyskiem w oku:

— Wyglądasz dziś wyjątkowo pięknie.

Zbywam go machnięciem dłoni, ale jest mi miło.

— Pamiętaj, że zaraz mamy odprawę.

Delikatnie kopie mnie w nogę.

— A więc?

— A więc… Myślę, że George Ryan nie jest ojcem Rosalind.

Felix otwiera szeroko oczy.

— Nie gadaj.

— To żadna filozofia, tylko zwykła biologia. Rosalind miała brązowe oczy. Pamiętasz, takie mocno brązowe. George ma niebieskie i Olivia też takie miała. Widziałam jej zdjęcie w ich domu i drugie w internecie.

— I ich synowie tak samo.

— Bracia przyrodni Rosalind — dodaję i dopijam kawę do końca.

Felix patrzy na mnie z błyskiem w oku i analizuje moją teorię.

— Za bardzo się na tym nie znam, ale to pewnie tylko jakaś anomalia — mówi, po czym zerka na zegarek i daje mi gestem znać, żebym wstała. — No bo czy to możliwe, żeby nikt wcześniej tego nie zauważył?

Felix płaci za kawę i oboje wychodzimy. Przechodzimy przez skate park, który graniczy z parkingiem przy komisariacie. Nieraz sobie myślę, jakie to ironiczne, że skate park został zbudowany tuż obok komisariatu. A patrząc na to, jak rzadko skaterzy z niego korzystają, oni chyba sądzą tak samo. Mimo że temperatura szybko rośnie, na trawie wciąż jeszcze są kropelki rosy. Gdzieniegdzie na szarym niebie widać bladoniebieską poświatę.

— Po pierwsze jestem genialna, a po drugie myślę, że po prostu nikt o tym nie pomyślał. Zwłaszcza że Olivia zmarła, gdy Rose miała zaledwie kilka dni. Maleńkie dziecko zostało samo bez matki i ludzie skupili się przede wszystkim na tym. A ponieważ Olivii nie było przy Rosalind, gdy ona dorastała, może nikt nie wpadł na to, żeby je porównać.

— Ale George Ryan mógł to zauważyć.

— Możliwe. Kto wie? Może on i Olivia nie sypiali ze sobą. Wtedy sprawa byłaby dla niego jasna. A jeśli uprawiali seks, to możliwe, że nigdy nie zwrócił na to uwagi.

— Rosalind mogła wiedzieć. Albo to odkryć.

— Pewnie. Ale równie prawdopodobne jest to, że nigdy się nad tym nie zastanawiała. Człowiek zazwyczaj nie kwestionuje tego, kim są jego rodzice.

— Mogli oboje o tym wiedzieć i otwarcie o tym rozmawiać — sugeruje Felix.

— Oczywiście, że mogli. Ale on nic takiego nie zasugerował, gdy go przesłuchiwaliśmy.

— Nie był to najlepszy czas na omawianie historii rodziny — zauważa Felix.

Dzwoni mój telefon i oboje spoglądamy na ekran. Numer zastrzeżony.

— Odbierzesz? — pyta Felix.

— Nie. To pewnie znowu moja ulubiona dziennikarka. Ciągle zapominam, żeby do niej oddzwonić. Najwyżej zostawi mi wiadomość.

Felix przewraca oczami. Nie rozumie, dlaczego nie chcę rozmawiać z Candy.

Wchodzimy do komisariatu. W powietrzu unosi się piżmowy zapach, który jest mieszanką potu, środka odkażającego i spalonych tostów.

Ciągle próbuję rozgryźć naszą genetyczną zagadkę.

— Może George dowiedział się o tym w zeszłym tygodniu i stracił panowanie nad sobą?

— Nie pamiętasz, że miał operację?

— On tak, ale jego synowie nie — przypominam Felixowi.

— Myślisz, że mogli ze sobą współpracować?

Felix nie wygląda na przekonanego. Wzdycham.

— Nie, raczej nie. Uważam tylko, że nie powinniśmy tego wykluczać.

Felix milknie i dotyka ręką framugi drzwi. Patrzy na mnie zamyślony i w końcu się odzywa:

— Jesteś pewna, że nikt się nie przyczynił do śmierci Olivii Ryan? Może George dowiedział się o wszystkim dawno temu i zabił ją, gdy się okazało, że dziecko nie jest jego?

Teraz ja przez chwilę się zastanawiam.

— Myślę, że trudno byłoby upozorować krwotok wewnętrzny. Ale powinniśmy to sprawdzić. Ten scenariusz brzmi dużo sensowniej niż działanie przypadkowego psychopaty.

Idziemy korytarzem. Dołącza do nas Anna.

— *Wszystko* brzmi dużo sensowniej niż przypadkowy psychopata. Zwłaszcza jeśli ten psychopata jest podobny do faceta, z którym byłam wczoraj na randce — mówi z uśmiechem, układając palce w kształt pistoletu i celując w swoją głowę.

Wszyscy w komisariacie wiedzą, że Anna ma pecha do mężczyzn. Wielu młodszych policjantów proponowało już jej stabilny, stały związek, ale ona woli się spotykać z nieudacznikami poznanymi w sieci. Felix sądzi, że Anna po prostu lubi nas raczyć dziwacznymi historyjkami, które wnoszą trochę życia w naszą nudną rzeczywistość.

— Miałaś ciężką noc? — pytam.

— Ciężki *wieczór* — precyzuje. — Nie było szans, żebym rozpoczęła nowy dzień z tym człowiekiem. Nocny dyżur był wystarczająco męczący — śmieje się pogodnie. — Ale z nadzieją patrzę w przyszłość.

Felix się śmieje. Dochodzą mnie głosy z sali, gdzie czekają już na nas policjanci. Wciąż są pełni zapału i energii, ale niedługo to się zmieni. Po upływie tygodnia znacząco wzrośnie prawdopodobieństwo, że nasze śledztwo nie ruszy z miejsca, a wtedy wszyscy policjanci poczują bezsilność i bezcelowość swoich działań. Pojawią się nowe przestępstwa, które przyciągną większą uwagę. Młodzi policjanci często są jak dzieci, które dostały nową zabawkę pod choinkę. Interesują się nowym śledztwem tylko tak długo, jak długo nie zaciekawi ich coś innego. My, detektywi, działamy inaczej. Trzymamy się uparcie naszych ulubieńców, a gdy ktoś próbuje nam wyrwać z rąk nasze wskazówki i listy podejrzanych, kopiemy i krzyczymy, bo nie interesuje nas nic innego.

— Czekaj — mówi Anna. — Muszę ci coś powiedzieć. Dzisiaj oddajemy ciało Ryanom. Tak się z nimi wstępnie umawialiśmy, a dzisiaj dostałam potwierdzenie. Przeprowadziliśmy wszystkie podstawowe badania toksykologiczne, a ponieważ nic nie wykazały, możemy wydać ciało.

Felix i ja wymieniamy spojrzenia.

— Masz wszystkie potrzebne próbki, tak?

— Oczywiście — odpowiada, wzruszając ramionami.

— Gdybyśmy na przykład chcieli sprawdzić jej DNA, żeby potwierdzić ojcostwo, to nie będzie problemu?

— Nie, mamy wszystko, co trzeba, żeby ustalić, czy dany mężczyzna był ojcem płodu. Albo raczej podważyć takie ojcostwo.

Nie wyprowadzam jej z błędu. Dwie zagadki związane z ojcostwem zaprzątają mi głowę, a w miejsce luk, które niedawno wypełniłam, pojawiają się następne. Bez względu na to, kto był ojcem Rosalind, wciąż dużo bardziej prawdopodobne jest to, że zabójstwo było w jakiś sposób związane z jej ciążą.

— Świetnie — mówi Felix i ponownie kładzie dłoń na klamce.

— Słuchaj, Anno — zagaduję ją jeszcze przy drzwiach — jakie jest prawdopodobieństwo, że dziecko, które ma rodziców o niebieskich oczach, samo będzie miało brązowe oczy?

Anna patrzy na mnie z zaciekawieniem.

— Bardzo niewielkie. Z naukowego punktu widzenia nie jest to niemożliwe, ale takie sytuacje należą do rzadkości. Zwłaszcza gdy oczy dziecka są ciemnobrązowe.

— No dalej, wchodzimy — mówię z uśmiechem do Felixa, a on pokazuje mi język.

***

Teraz już rzadko miewam sny o Jacobie, ale przez dobre trzy lata po jego śmierci miałam sen, który powracał prawie co drugą noc. W tym śnie panowała noc, a Jacob przede mną uciekał. Uderzał bosymi stopami o twardą ziemię, przedzierając się przez gałęzie i wysoką trawę. Nie wiedziałam, dlaczego go gonię; wiedziałam natomiast, że umrze. Byłam spanikowana, a serce biło mi jak szalone. W końcu przedarliśmy się przez gęste krzewy i wybiegliśmy na oświetloną blaskiem księżyca wydmę.

— *Jacob!* — wołałam wciąż na okrągło, ale on dalej uciekał, jeszcze bardziej przyspieszając kroku. Nasze stopy grzęzły w zimnym piasku.

Czułam, że wzywa go śmierć, i rozpaczliwie płakałam. Nagle on się zatrzymał i odwrócił się do mnie przodem. Ja też stanęłam. Z jego twarzy biła trupia poświata, a on patrzył na mnie, uśmiechając się ze smutkiem. *Pożegnalny uśmiech*, pomyślałam o ułamek sekundy za późno. Gdzieś niedaleko słyszałam głośne tykanie zegara, który przypominał mi, że to już koniec. Zaraz potem Jacob rzucił się do tyłu w geście kompletnej rezygnacji. Obserwowałam jego upadek w spowolnionym tempie, zdziwiona, że nikt nie jest w stanie go złapać. Potem on zniknął, a ja zostałam sama. Panowała kompletna cisza; jakbym się znalazła w środku jakiejś kopuły pozbawionej okien.

Cisza aż dźwięczała mi w uszach. Ze łzami w oczach podeszłam do miejsca, w którym jeszcze przed chwilą stał Jacob, i wtedy sobie uświadomiłam, że balansuję na krawędzi wysokiego klifu. Spojrzałam w dół na moją gwiazdę, która spadła z nieba. Jacob patrzył na mnie pustym wzrokiem. Jego ciało leżało na skale, a ramiona ciemnoniebieskiego oceanu kotłowały się z wściekłością wokół jego zimnego, twardego grobu.

Rozdział dwudziesty drugi

Środa 16 grudnia, godz. 10.11

— Musi być panu strasznie ciężko.

George Ryan kiwa głową. Dzisiaj wygląda już lepiej. Jego twarz nabrała koloru. Ma na sobie eleganckie grafitowe spodnie i wyprasowaną białą koszulę. Na jego nadgarstku dostrzegam markowy zegarek. Porusza się powoli, a z jego błękitnych oczu bije pustka. Dobrze znam to spojrzenie. Kiedy ludzie tracą ukochaną osobę, nagle z ich oczu znika cały blask. Gdy o czymś rozmawiają albo są czymś zajęci, nie jest jeszcze tak źle, ale jak tylko skończą, ich oczy znowu robią się szkliste i nieobecne. Wiem, że ja też mam takie spojrzenie. To smutne, gdy twoje oczy informują cały świat dookoła, że myślisz o śmierci.

George stawia na stoliku dwie filiżanki z herbatą i ciężko opada na fotel, wydając z siebie cichy jęk.

— Jak się pan czuje?

Wzrusza ramionami.

— Trudno stwierdzić. Jeżeli ma pani na myśli operację, to nie wiem. Ból fizyczny zszedł gdzieś na drugi plan.

Biorę łyk herbaty i kiwam głową.

— Nie ma żadnego poradnika, który by mówił, co robić w takiej sytuacji — mówi, patrząc w jakiś przypadkowy punkt na ścianie.

— To prawda. Pan John Nicholson powiedział coś podobnego.

George patrzy na mnie niewidzącym wzrokiem.

— Dyrektor szkoły? — pyta i prostuje się w fotelu.

Jego głos nagle stał się twardszy i ostrzejszy.

Uważnie go obserwuję. Wyobrażam go sobie w pracy. Jest typem człowieka, który emanuje władzą.

— Tak.

— I pewnie ma rację — stwierdza George. — Dzwonił do nas kilka razy w sprawie uroczystości żałobnej, którą chce zorganizować w piątek w szkole.

— Tak, słyszałam o tym — odpowiadam.

George odchrząkuje, a ja widzę błysk gniewu jego oczach. Nagle czuję potrzebę, żeby stanąć w obronie Nicholsona.

— Może to dobry pomysł, żeby dać ludziom szansę się pożegnać. Zwłaszcza uczniom.

Przez chwilę oboje milczymy. Po głowie krążą mi różne myśli. Reakcja George'a była trochę zbyt ostra, ale na tym polega problem ze śledztwami w sprawie zabójstwa: ludzie mają prawo zachowywać się trochę dziwnie. Prawie każdy, z kim rozmawialiśmy, boryka się z jakimś poczuciem straty. Do tego dochodzi jeszcze strach wywołany przez bolesną świadomość nieuchronności śmierci. Dlatego tym, co wyróżnia doświadczonych detektywów, jest zdolność do odróżnienia dziwnej, lecz normalnej rozpaczy od naprawdę podejrzanego zachowania.

— Czy może mi pan powiedzieć, co to była za operacja?

George ponownie się rozluźnia, a jego wzrok łagodnieje.

— Mam raka prostaty.

— Bardzo mi przykro — mówię.

George macha ręką, bagatelizując moją odpowiedź.

— Na razie nieźle się trzymam, a choroba jest dopiero we wstępnym stadium. Nie chcę robić z tego żadnej afery. Czuję się naprawdę dobrze.

— Kiedy dokładnie poszedł pan do szpitala?

Spogląda na mnie znacząco, dając mi do zrozumienia, że wie, iż chodzi o potwierdzenie jego alibi. Odpowiada mi swobodnie:

— Zostałem przyjęty w piątek około siódmej rano. Marcus odebrał mnie ze szpitala w sobotę rano w drodze z lotniska. Myślę, że to było około dziewiątej.

— Pozostali synowie nie mogli pana odebrać?

— Oni nie lubią wcześnie wstawać — odpowiada George z grymasem. — Poza tym byłem operowany w szpitalu Our Lady, więc Marcus miał do mnie po drodze.

Jego głos rozlega się po pokoju i unosi się po ścianach aż do sufitu. George ma klasyczny głos sprzedawcy. Musi być przyzwyczajony do tego, że zawsze wszystko kontroluje. Na pewno rzadko zdarzają mu się sytuacje bez wyjścia. Takie jak zabójstwo jego córki. A może nawet i zdrada żony.

— Czy pańscy synowie zawsze tu nocują, kiedy pana odwiedzają?

— Zazwyczaj tak. Kiedyś czasami nocowali u Timothy'ego, gdy był jeszcze z Alice, ale ostatnio on mieszka u mnie.

— I nie ma pan nic przeciwko temu?

George patrzy na mnie i nie odzywa się prawie przez minutę, a ja zmuszam się do tego, żeby siedzieć prosto i nie wiercić się na krześle.

— Dom jest tak duży, że prawie nie ma różnicy. Na razie może być.

— Muszę zadać panu pytania dotyczące pana synów.

— Tak? — pyta z rezerwą w głosie.

— Potwierdziliśmy, że pan Marcus przyjechał do Gowran w sobotę rano, ale nie mamy żadnych dowodów na to, że pan Bryce był w domu przez cały wieczór, ani na to, że pan Timothy był w szkole, zanim tutaj wrócił. Zakładam, że ma pan zainstalowany monitoring?

George rzuca mi chłodne spojrzenie, ale potem macha ręką.

— Tak, przed drzwiami wejściowymi. Na nagraniach widać samochody wjeżdżające do garażu i z niego wyjeżdżające. I ulicę przed domem. Może pani je obejrzeć w dowolnej chwili.

— Dziękuję — mówię. — Przyjedziemy po nie dzisiaj po południu.

A potem zmieniam temat i pytam:

— A jak ostatnio idą panu interesy?

— Chyba powoli robię się już na to za stary, ale myślę, że biznes się kręci.

Patrzę mu prosto w oczy.

— Słyszałam o jakichś problemach. Ludzie mówią, że narobił pan sobie wrogów.

George głośno wypuszcza powietrze nosem.

— Nikogo konkretnego. To jest biznes, pani detektyw. Jeśli człowiek kogoś porządnie nie wkurzy, to znaczy, że robi coś nie tak — odpowiada, po czym splata dłonie i zaciska szczęki.

— A więc te wszystkie zawirowania związane ze zwalnianiem Australijczyków i z wynagrodzeniami dla dyrektorów w ogóle pana nie martwią?

George wzdycha i odpowiada łagodnym tonem:

— Oczywiście, że mnie martwią. Ale to nie ma nic wspólnego z Rose.

— A skąd pan to wie? — dopytuję się.

— Bo to jest sprawa polityczna. Ludzie rozgłaszają fałszywe plotki, a my musimy to wyjaśnić.

— Czy ktoś panu groził?

George kręci głową.

— Nie, nie bezpośrednio. Nigdy nie dostawałem pogróżek w związku ze swoją działalnością. Raz tylko ktoś zadzwonił, że w moim domu podłożono bombę, ale to było wiele lat temu.

— Proszę mi opowiedzieć o Rosalind — mówię, ponownie zmieniając temat.

George na sekundę podnosi dłonie, a potem kładzie je z powrotem na udach.

— Co jeszcze chciałaby pani wiedzieć?

— Jak się pan poczuł, jako ojciec trzech synów, gdy wreszcie urodziła się panu córka?

George wygląda na zaskoczonego tym pytaniem, ale odpowiada:

— Niestety nie był to dla nas radosny czas. Jak pani wie, Olivia zmarła krótko po urodzeniu Rose. Opiekowanie się noworodkiem w takich okolicznościach jest wyjątkowo trudne.

— Oczywiście — mówię cicho.

— Było bardzo ciężko. A sytuację jeszcze bardziej pogarszał fakt, że Rose urodziła się w Boże Narodzenie. Od tamtego czasu święta w naszej rodzinie już nigdy nie były radosne. Rosalind była spokojnym dzieckiem, ale chłopcy byli jeszcze mali i przerażeni tym, że stracili matkę. Doba była za krótka, żebym był w stanie to wszystko ogarnąć. Dlatego korzystałem z pomocy.

— Rodziny?

George wybucha śmiechem.

— Nie. Chociaż mama Olivii bardzo starała się pomóc. Ale ta kobieta była wściekła jak zraniony wąż. W życiu nie pozwoliłbym jej się zajmować naszymi dziećmi. Zazwyczaj zatrudniałem opiekunki. Na szczęście było mnie na to stać.

— Jaka była pana żona?

George powoli pije herbatę i spogląda na mnie, jakby się zastanawiał, jak dużo może mi powiedzieć.

— Olivia była bardzo skomplikowaną kobietą.

— I bardzo piękną — dodaję, zerkając na jej zdjęcie na kominku.

George potakuje i również spogląda na to zdjęcie.

— To prawda. Była niewiarygodnie piękna. Często przypominała mi Vivien Leigh. Ale ona o tym wiedziała. Kochałem ją na zabój, ale była bardzo trudna — mówi, po czym dodaje z uśmiechem: — Była moją własną Scarlett O'Harą.

— W jakim sensie trudna?

George ciężko wzdycha.

— W każdym możliwym. Była bardzo samolubna. Bardzo wymagająca. Miała ataki, dość poważne. W ostatnich latach przed jej śmiercią mieliśmy duże problemy. A ta ciąża chyba jeszcze bardziej pogorszyła sytuację. Pewnie przez hormony. Bardzo się starałem, żeby chłopcy nie poznali jej z tej strony.

Kiwam głową.

— Trudno jest się opiekować dziećmi, gdy człowiek zmaga się z problemami ze świata dorosłych.

— To prawda. Bycie dorosłym to coś, do czego chyba nie da się przyzwyczaić — stwierdza George z ironicznym uśmiechem i dodaje: — Domyślam się, że musi pani mieć dzieci, skoro mówi pani coś takiego.

Potem znowu ciężko wzdycha.

— Ale tu nie chodzi o Olivię, prawda?

— Nie. Ale czasem takie dodatkowe informacje mogą pomóc. Myśli pan, że brak matki jakoś wpłynął na Rosalind?

— Trudno powiedzieć. Nie znała innego życia. Była bardzo cicha i zdystansowana. Była też bystra i pewna siebie. I rzadko okazywała uczucia. Kiedy się ożeniłem po raz drugi, Rose chyba polubiła się z Lilą, ale ostatecznie to małżeństwo się rozpadło.

— Nie wiedziałam, że miał pan drugą żonę — mówię.

— Tak, ożeniłem się z Lilą Wilcox. To dobra kobieta, ale kompletnie do siebie nie pasowaliśmy.

George zaciska pięści, jakby chciał przyspieszyć krążenie krwi w swoim organizmie.

— Szczerze mówiąc, czasami nawet mi to przeszkadzało, że są tak blisko. Czułem się trochę odstawiony na bok, chociaż miałem świadomość, że Rose potrzebowała bratniej duszy. Teraz to się wydaje takie idiotyczne. Nie wiem, czy później miały ze sobą kontakt. Lila mieszka w Chinach — mówi i rozgląda się po pokoju nieobecnym wzrokiem. — Chyba powinienem ją powiadomić o tym, co się stało.

Zapamiętuję sobie, żeby również zadzwonić do Lili Wilcox.

— Wiem, że to jest dla pana trudne, ale proszę nam opowiedzieć o swoich relacjach z Rosalind.

George Ryan patrzy na połyskującą taflę wody w basenie, który widać za oknem. Z profilu wygląda bardzo dostojnie w doskonale dopasowanej koszuli i w starannie ułożonej fryzurze — podobnie jak na zdjęciu, które widziałam w internecie kilka dni temu. Pochodziło z artykułu w lokalnej gazecie, który przedstawiał ogólny zakres jego działalności. Kątem oka widzę nieruchome błękitne oczy Olivii wpatrujące się we mnie z kominka.

— Kochałem Rose, ale myślę, że mimo moich starań nie potrafiłem do końca oddzielić jej narodzin od utraty Olivii. Myślę, że czasami to wyczuwała.

Wypija ostatni łyk herbaty i odstawia filiżankę, która ze zgrzytem ześlizguje się w dół na swoje miejsce na podstawkę. Nieprzyjemny dźwięk wywołuje ciarki na moich plecach.

— Ale zawsze się o nią troszczyłem. Kochałem ją. Chyba nie do końca wiedziałem, jak powinno się wychowywać córkę.

Jego ugrzecznione odpowiedzi zaczynają mnie denerwować. Wyczuwam, że mówi prawdę, ale zważywszy na to, co się wydarzyło, jest zbyt spokojny. Przyglądam mu się uważnie.

— Jak pan myśli, czy Rosalind lubiła mieszkać w Smithson? Zakładam, że tak, skoro tu wróciła?

— Myślę, że tak.

I dodaje, marszcząc brew:

— Pod wieloma względami Rosalind nie była zbyt ambitna. Ale lubiła ciężko pracować. Nie jak moi chłopcy, którzy mają wielkie oczekiwania, ale chcieliby, żeby wszystko spadło im z nieba. Rose zawsze siedziała z nosem w książce. Lubiła czytać, pisać i inne takie rzeczy. Przez kilka lat mieszkała w Sydney, ale chyba jej się tam nie spodobało. Ja ją rozumiem, bo też nie nadaję się do życia w dużym mieście. Poza tym miała jakieś problemy w szkole, w której uczyła.

— Problemy?

— Tak. Jakiś uczeń się w niej zakochał i narobił jej kłopotów. Nie chciała o tym rozmawiać, ale wyczuwałem, że bardzo ją to frustrowało. Po całej tej aferze postanowiła wrócić i podjąć pracę tutaj.

— To musiało być dla niej bardzo stresujące — mówię.

Wczoraj razem z Felixem wykonaliśmy kilka telefonów do jej poprzedniej szkoły i teraz czekamy, aż ktoś do nas oddzwoni. Jesteśmy pewni, że coś się tam wydarzyło.

— Podeszła do tego spokojnie. Nie była typem osoby, która rozpacza, gdy ma jakiś problem. Wbrew temu, jak wyglądała, była bardzo silna.

— Byliśmy w jej domu — przerywam mu nagle.

George wygląda na nieco zaskoczonego.

— No tak, to zrozumiałe. Oczywiście.

— Kiedy już będziemy mieć wszystko, czego potrzebujemy, odezwiemy się do pana, żeby mógł pan zabrać jej rzeczy. Może będzie pan chciał sprzedać jej dom.

George robi nieokreślony ruch ręką.

— Teraz to nie ma żadnego znaczenia.

— To pan jej kupił ten dom, prawda?

George spogląda na mnie, a ja czuję, że jego nastrój znowu uległ zmianie. Mam wrażenie, że zamknął się w sobie i stał się bardziej czujny.

— Tak. Pomagam wszystkim moim dzieciom na różne sposoby, zależnie od ich potrzeb — wyjaśnia, starannie podwijając rękaw koszuli. — Rose miała niewielkie wymagania. Nie była ekstrawagancka. Uznałem, że to dobry pomysł, żeby jako jedyna dziewczyna w domu i jako moja córka dostała w prezencie trochę niezależności.

Kąciki jego ust nagle unoszą się do góry, a potem opadają, zmieniając krótki uśmiech w delikatny grymas.

— Ma pani jakieś nowe informacje o tym, co się wydarzyło tamtej nocy?

— Na razie jeszcze niestety nie mamy niczego konkretnego. Zbieramy informacje i rozmawiamy z różnymi osobami, które znały pana córkę. Wciąż jeszcze musimy sprawdzić dużo rzeczy. Robimy wszystko, co w naszej mocy.

— Czy to prawda, co mówią, że powodzenie śledztwa zależy od tego, czy policja znajdzie podejrzanego w ciągu pierwszych siedemdziesięciu dwóch godzin?

Zmuszam się, żeby spojrzeć mu w oczy.

— Oczywiście najlepiej jest mieć podejrzanego lub podejrzanych od samego początku. Zazwyczaj to przynosi lepsze rezultaty. Ale każdy przypadek jest inny. Obiecuję panu, że zrobimy wszystko, żeby się dowiedzieć, co się przydarzyło pana córce.

— Pogrzeb jest w piątek po południu.

— Tak, słyszałam — odpowiadam.

— Planowanie pogrzebu własnego dziecka jest czymś niepojętym.

— Naprawdę nie potrafię sobie wyobrazić, jak musi być panu ciężko.

— Nie jest pani w stanie — odpowiada George i kładzie dłonie na kolanach, wbijając wzrok w podłogę.

— Jest pan zamożnym człowiekiem, dlatego muszę zapytać, czy wszystkie pana dzieci mają równy udział w ostatecznym podziale pana majątku.

— Tak, tak — wzdycha. — Te sprawy mam uporządkowane.

— Czy rozmawiał pan o tym z dziećmi?

— Moje pieniądze nie są tajemnicą. Podobnie jak to, że ponad połowa mojego majątku zostanie przekazana na cele dobroczynne.

— Nie chcę być wścibska, ale czy mogę założyć, że nawet po odjęciu tej kwoty pana dzieci otrzymają spory majątek?

— Tak. Oczywiście. Druga część mojego majątku zostanie podzielona na równe części. Jeżeli dzieci sprzedadzą moją firmę, każde dostanie około miliona dolarów.

I dodaje, znów patrząc na podłogę:

— Teraz pewnie więcej.

Pozwalam, żeby ta myśl zawisła w powietrzu na kilka sekund. George siedzi spokojnie, ale zauważam, że jego lewa ręka się trzęsie.

— Pana córka… — mówię, po czym odczekuję krótką chwilę.

Najchętniej zapytałabym go wprost, czy jest ojcem Rosalind, ale jeżeli nigdy się nad tym nie zastanawiał, muszę najpierw ocenić, czy zasługuje na to, żeby stawić czoło nie tylko śmierci, ale też zdradzie.

— Tak? — pyta, patrząc na mnie wyczekująco.

— Mam wrażenie, że bardzo się różniła od pana synów. I od pana. Czy można powiedzieć, że była trochę taką czarną owcą w rodzinie?

George patrzy mi w oczy, a potem znów spuszcza wzrok na podłogę.

— Chyba tak. Tak.

Przykłada dłonie do policzków, a na jego bladej twarzy tworzą się zmarszczki.

— Była wyjątkowa. Ludzie zawsze do niej lgnęli. Kiedy była dzieckiem, patrzyłem na to z zachwytem — mówi, wycierając opuchnięte od płaczu oczy. — Tak naprawdę mało ją znałem, ale kochałem ją całym sercem.

Rozdział dwudziesty trzeci

Środa 16 grudnia, godz. 21.02

Siedzę po ciemku na kanapie, a na nogach trzymam laptop. Po raz kolejny przyglądam się niewyraźnym sylwetkom osób, wylewają się ze słabo oświetlonego holu szkoły. Dotykają się łokciami, nachylają się do siebie i rozmawiają z podekscytowaniem. Wieczór musi być ciepły, bo dziewczyny są ubrane w kuse spódniczki i krótkie koszulki. Rozmazana postać Rosalind pojawia się około dziesięciu minut po zakończeniu sztuki. W szczupłych rękach trzyma bukiety kwiatów. Jej uroda robi wrażenie mimo słabej jakości nagrań z monitoringu, które otrzymaliśmy od firmy ochroniarskiej obsługującej liceum w Smithson. Rose wygląda jak baletnica, która z gracją przyjmuje entuzjastyczne pochwały. Odwracam wzrok od ekranu komputera i przykładam do obojga oczu dno butelki, w której jest jeszcze pół piwa. Krew zaczyna napływać mi do powiek, a ja mam dziwne uczucie, jakby wewnątrz w naczyniach krwionośnych zaczęły wędrować małe robaczki. Kilka razy mrugam, żeby się przygotować do kolejnego seansu. Na razie nie udało mi się jeszcze zidentyfikować Timothy'ego Ryana; możliwe, że jest jednym z około piętnastu mężczyzn, których twarze są zbyt niewyraźne, żeby je rozpoznać.

Dzisiaj rozmawiałam z Kaiem Bracksem. Był spocony i sprawiał wrażenie nie do końca obecnego duchem; patrzył na mnie tępo spod przymkniętych powiek. Wydaje mi się, że miał problem ze skupieniem się na jednej rzeczy; kiedy odpowiadał na moje pytania, nerwowo przeskakiwał wzrokiem po całym pokoju.

Powiedział, że wie o kwiatach, które Rosalind Ryan dostała na walentynki — wszyscy o tym słyszeli — ale nie zna żadnych szczegółów. On na pewno ich nie wysłał. I nie wie, kto to zrobił. Lubił panią Ryan, była bardzo miła. I podobnie jak wszyscy, uważa, że była ładna.

Nie udało nam się niczego dowiedzieć. Kwiaty zostały kupione dawno temu, a cała sprawa stała się źródłem pomówień i plotek. Na pomoc Rosalind w rozwiązaniu tej zagadki też już nie możemy liczyć.

Piątkowy wieczór Kaia również jest pełen niejasności. Chłopak brał udział w przedstawieniu — grał w nim drugoplanową rolę — a potem poszedł na imprezę. Twierdzi, że w międzyczasie zahaczył jeszcze o dom, żeby zabrać alkohol. Jego rodzice byli u znajomych, więc nikt nie może tego potwierdzić, ale część uczniów pamięta, że był na tej imprezie. Oczywiście tak samo nie mamy żadnych dowodów na to, że poszedł (albo nie) w stronę jeziora. Nowy ślad czy ślepa uliczka? Na tym etapie nie jestem w stanie tego stwierdzić.

Po tym, jak streściłam Felixowi swoją rozmowę z George'em Ryanem, wreszcie odezwała się do nas dyrektorka szkoły średniej w Sydney, gdzie wcześniej uczyła Rosalind. Felix postanowił tam natychmiast polecieć, żeby przesłuchać dyrektorkę i niektórych nauczycieli. Chociaż formalna skarga nie została zgłoszona, nie ulega wątpliwości, że Rose miała kłopoty. Jeden z uczniów powiedział w zaufaniu nauczycielce, że między jego kolegą a Rosalind do czegoś doszło. Nauczycielka przekazała tę plotkę dyrektorce i wybuchła wielka afera, która zakończyła się odejściem Rosalind ze szkoły tuż po zakończeniu roku szkolnego.

Felix zadzwonił do mnie z lotniska w Sydney, kiedy oczekiwał na lot powrotny do Gowran.

— Co dokładnie zrobiła? — spytałam go.

— W tym tkwi cały szkopuł — odparł, a ja słuchałam, jak jego słowa przeplatają się z komunikatami na lotnisku. — Mamy same spekulacje. Rosalind do niczego się nie przyznała. Ale pomijając dyrektorkę, wszyscy chyba uważali, że ten uczeń miał obsesję na jej punkcie. Starał się stwarzać sytuacje, w których byli sam na sam. Chyba był w niej szaleńczo zakochany. To wszystko wydaje się bardzo dziwne.

— Czemu? Uważasz, że młody chłopak nie może się tak zachowywać?

— Oczywiście, że może, ale dla mnie ta cała sytuacja jest po prostu dziwna. Mimo że chłopak wyraźnie przekroczył granicę, dyrektorka chętnie pozbyła się Rose. A to oznacza, że jej nie lubiła. Chociaż oczywiście trudno jej się dziwić; każdy dyrektor szkoły stara się unikać skandali.

— A czy ktokolwiek przeprowadził oficjalną rozmowę z tym chłopakiem, żeby poznać jego wersję historii? Gdzie on jest teraz?

Felix westchnął, a ja od razu poczułam, że znowu mamy do czynienia z paradoksem Rosalind.

— Tak. Rozmawiał z dyrektorką w obecności swoich rodziców. Zrzucił całą winę na Rosalind. Twierdził, że dawała mu znaki, które zachęcały go do takich dziwnych zachowań. Szkoła zaproponowała mu spotkanie z psychologiem, ale odmówił. I na tym się skończyło. To były ostatnie dni roku szkolnego, a chłopak miał już ukończone osiemnaście lat, więc z prawnego punktu widzenia cała ta sprawa była bardzo naciągana. On twierdził jedno, a ona drugie. Chyba wszyscy uznali, że najlepszym wyjściem będzie zamieść sprawę pod dywan. Dyrektorka wyraźnie chciała się pozbyć Rose i zachęcała ją do złożenia wypowiedzenia, a ona w końcu to zrobiła. Chłopak wyjechał na studia za granicę. Od czasu tamtego skandalu nie wrócił do miasta.

— Czyli cała ta historia nie wniosła nic nowego? Wiemy, że jej pomysł wystawienia szkolnego przedstawienia wywołał pewne spięcia, i wiemy, że niektórzy nastolatkowie byli w niej zadurzeni, ale raczej wszyscy ją lubili — powiedziałam.

— Chyba tak. Ale nikt jej *nie znał*, co znacząco utrudnia nam pracę. Z kolei ta dyrektorka, z którą dziś rozmawiałem, uważa, że Rosalind oznaczała tylko kłopoty. Nawet za bardzo się nie zasmuciła na wieść o jej śmierci.

Felix zamilkł na chwilę, po czym dodał:

— Miała szczęście, że mogła wrócić do Smithson i poprosić starego, dobrego Nicholsona o pracę.

— Wielkie szczęście — zgodziłam się. — Wydaje mi się, że ta afera w ogóle mu nie przeszkadzała, chociaż możliwe, że nie zdawał sobie sprawy z powagi sytuacji.

Wyciągnęłam nogi i skrzywiłam się, prostując zesztywniałe mięśnie.

— Dzisiaj po południu rozmawiałam z Kaiem Bracksem — powiedziałam.

— I co?

Streściłam Felixowi treść tej rozmowy.

— Nawet jeśli to on wysłał jej kwiaty, to zupełnie nic to nie znaczy — stwierdził Felix.

— Wiem. Ale mielibyśmy chociaż jakiś trop. Mielibyśmy *cokolwiek* — odparłam.

— Masz rację — przyznał Felix, ziewając.

W tle usłyszałam kolejne komunikaty wygłaszane na lotnisku.

— W każdym razie oglądam po raz setny nagrania z monitoringu — powiedziałam, przecierając oczy i zerkając na ekran z zatrzymanym kadrem.

— Wciąż nie znalazłaś Timothy'ego?

— Chyba nie — odpowiedziałam. — Ale nagranie ma kiepską jakość i nie obejmuje rampy prowadzącej do holu, więc to, że nie widać Timothy'ego na nagraniu, jeszcze o niczym nie świadczy.

W tym momencie na lotnisku ogłoszono komunikat wzywający pasażerów z lotu Felixa do wejścia na pokład. Umówiliśmy się rano przed odprawą.

Wracam do laptopa i ponownie włączam niewyraźne nagranie, żeby jeszcze raz przyjrzeć się osobom, które przyszły na piątkowe przedstawienie. Szkolna kamera jest zamontowana tuż pod sufitem naprzeciwko wejścia do holu i nie pokazuje pełnego obrazu — w jednym miejscu ktoś przykleił gumę do żucia. Możemy założyć, że większość osób, które przyszły obejrzeć sztukę, została uchwycona na nagraniu, chyba że ktoś wszedł od kulis albo użył rampy dla niepełnosprawnych zamontowanej z boku.

Kilka minut przed dziewiętnastą ludzie zaczynają się gromadzić wokół wejścia na aulę Szkoły Średniej w Smithson. Część z nich rozmawia, a inni sprawdzają coś na telefonach. Większość widzów zaczyna zajmować miejsca tuż przed 19.30. Między 19.32 a 19.39 przychodzi kilku spóźnialskich, a ostatnia osoba wchodzi na widownię o 19.52; ma spuszczoną głowę i przeprasza za spóźnienie. Od tamtego momentu na ekranie widać tylko dwóch uczniów, pełniących funkcję bileterów, którzy stoją po obu stronach zamkniętych drzwi, grają w coś na telefonach i raz po raz zamieniają ze sobą kilka słów. Jeden z nich znika około 20.15 i wraca po sześciu minutach. Prawdopodobnie zrobił sobie przerwę na toaletę albo, jeśli mogę sobie pozwolić na większy cynizm, na ukradkowego papierosa.

Przerwa zaczyna się o 20.40. Z sali wychodzi niewielka grupka ludzi. Kilku z nich zapala papierosa i znika z pola widzenia kamery, a potem wraca po paru minutach, trzymając w rękach opakowania z miętowymi pastylkami. Zauważam kobietę w średnim wieku, która się z kimś kłóci — prawdopodobnie z mężem. Oboje intensywnie gestykulują, aż w końcu on odwraca się na pięcie, a ona wraca na widownię. Mężczyzna pojawia się na nagraniu jeszcze raz tuż po 21.00, gdy drzwi na widownię są już zamknięte; w ręku niesie coś, co wygląda jak damska kurtka. Podczas przerwy nie odnajduję Rosalind na nagraniu. Podejrzewam, że spędziła ten czas z aktorami za kulisami. To by się zgadzało z tym, co powiedzieli przesłuchiwani uczniowie, którzy grali w spektaklu, a także ludzie zajmujący się obsługą techniczną.

O 22.03 bileterzy otwierają drzwi na całą szerokość. Oglądam znany już mi fragment nagrania, na którym tłum ludzi wylewa się ze szkoły. Wszyscy są wyraźnie podekscytowani. Niektóre osoby rozpoznaję w taki sam dziwny sposób, w jaki rozpoznaje się tożsamość ludzi ze starych zdjęć. Jedna z sylwetek budzi we mnie wspomnienie rozmowy, o której już dawno zapomniałam. Jest to mężczyzna, którego w zeszłym roku przesłuchiwaliśmy w związku ze zgłoszeniem w sprawie przemocy domowej. Tłum szybko się przerzedza; połowa ludzi opuszcza szkołę między 22.11 a 22.19. Ci, którzy zostali, czekają na aktorów. Nerwowo drepczą w miejscu i wyciągają szyje w stronę przebieralni. Rozpoznaję wśród nich uczniów, których widziałam przed szkołą przedwczoraj rano. Sprawdziłam ich tożsamość w albumie szkolnym, który na moją prośbę udostępniła mi sekretarka.

Druga kamera, umieszczona nad główną bramą, wyświetla wykrzywiony, niewyraźny obraz ponad trzydziestu samochodów wyjeżdżających z głównego parkingu między 22.20 a 22.29. Nicholson uświadomił nam jednak, że większość osób, które przyjechały obejrzeć sztukę, zaparkowała na ulicach niedaleko szkoły albo na parkingu przy jeziorze; samochody widoczne na nagraniu to zatem tylko niewielka część wszystkich pojazdów, którymi widzowie przyjechali na przedstawienie. Rozdzielczość jest tak niska, że muszę oddać nagranie naszym technikom, żeby poprawili ostrość; w przeciwnym razie nagranie do niczego nam się nie przyda.

Chwilę później na korytarzu zostaje już tylko kilka grupek osób, które prowadzą ożywione rozmowy i intensywnie gestykulują. Włączam pauzę i szybko liczę wszystkich obecnych: na ekranie jest około sześćdziesięciu osób. Kilka z nich pali papierosy, a niektóre trzymają kwiaty dla aktorów. Rosalind pojawia się około dziesięciu minut po zakończeniu spektaklu i znika po następnych dziesięciu minutach. Nie wiadomo, dokąd poszła; wiemy tylko, że nie widać jej na nagraniu z parkingu.

Aktorzy pojawiają się w holu, gdy Rosalind jest jeszcze obecna; podchodzą kolejno z lewej strony ekranu. Maggie Archer, uczennica grająca rolę Julii, pojawia się jako pierwsza. Dzisiaj byłam u niej w domu, bo nie mogliśmy się z nią skontaktować przez telefon, ale jej mama poinformowała mnie, że Maggie wyjechała na kilka dni do cioci w Melbourne; zadzwoniłam pod podany numer, ale nikt nie odbierał, a poczta głosowa nie działała. Na nagraniu widać, jak ludzie witają Maggie oklaskami, a ona dziękuje im zgrabnym dygnięciem, a potem dołącza do niewielkiej grupy blondynek, które rzucają się jej na szyję; przypuszczam, że to jej mama i siostry. Widzę też Rodneya Masona, a także kilku innych członków obsady. Ludzie znowu klaszczą. Do grupy podchodzą Kai Bracks oraz inne osoby z obsługi technicznej, wszystkie ubrane na czarno. Zauważam Donnę Mason, która stoi na uboczu i rozmawia z Troyem Shooterem, nauczycielem WF-u. Ten podchodzi do Rosalind, obejmuje ją przyjacielsko, a potem chwilę z nią rozmawia. Potem Rosalind znika, a on wraca do grupy podekscytowanych osób. W pewnym momencie odnoszę wrażenie, że Rodney patrzy na Rosalind. Zatrzymuję nagranie, ale nie jestem w stanie stwierdzić, czy chłopak patrzy dokładnie na nią. Inne osoby prowadzą ożywione rozmowy z członkami rodziny. Większość z nich wciąż ma na głowach wymyślne fryzury granych przez siebie postaci. Kai wskakuje na jedną z niskich ławek niedaleko stołówki. Wygląda, jakby odgrywał jakąś scenę ze sztuki, a mała grupka uczniów przygląda mu się z rozbawieniem. Po zakończeniu tego krótkiego występu obejmuje za szyję jednego z kolegów i znika z pola widzenia kamery.

Grupa uczniów żegna się z rodzicami i wychodzi. Jak już wiemy, większość z nich udała się na imprezę do Jamie Klein. Widać, że adrenalina wciąż w nich buzuje — są podekscytowani po występie i cieszą się na myśl o wspólnej zabawie. Osoby, które były na imprezie u Jamie, nie powiedziały nam zbyt wiele. Najwyraźniej zabawa była udana. Jeden z uczniów najstarszej klasy doskonale to ujął: „Za dużo nie pamiętam, ale było naprawdę super".

Tamtego wieczoru rodziców Jamie nie było w domu; wyjechali na weekend do Sydney. Córka powiedziała im, że zamierza przenocować kilka koleżanek. Teraz jej ojciec, Brad, jest wściekły i zapewnia nas, że jego bezmyślna córka udzieli nam wszelkich potrzebnych informacji na temat tego, jak jej koledzy i koleżanki świętowali u niej udaną premierę spektaklu bez nadzoru dorosłych.

Ostatnie niedobitki powoli się rozchodzą, a gdy znacznik czasu na nagraniu pokazuje godzinę 22.47, nie ma już nikogo. Wracam do ostatnich kilku sekund, na których widać Rosalind, i zatrzymuję ją w połowie kroku. Anna twierdzi, że Rose została zabita o godzinie 23.00 lub później.

— Co się wydarzyło potem? — pytam cicho mój laptop.

Ziewam, rozciągam kark i obracam głowę w obie strony. Moje włosy są ciężkie od dzisiejszego brudu. Czuję, że nadchodzi atak bólu głowy.

Dzisiaj zadzwoniłam do szkoły i poprosiłam sekretarkę, żeby zebrała dla mnie wszystkie informacje, jakie posiada o biletach na premierę sprzedanych przez internet. Razem z Felixem wzięliśmy na siebie zadanie przejrzenia głównej listy widzów, ale zważywszy na to, że sprzedano prawie trzysta biletów, a większość tych, które zakupiono w sekretariacie, została opłacona gotówką, uzyskanie pełnej listy widzów jest praktycznie niemożliwe. Do tego jeszcze dochodzi fakt, że szkoła nie stosuje systemu elektronicznego, przez co nie da się stwierdzić, czy osoby, które zakupiły bilety, rzeczywiście przyszły na spektakl. Wciąż mamy wiele luk, które trzeba wypełnić. Nie możemy też zapominać, że osoba, która zaatakowała Rose, mogła w ogóle nie obejrzeć sztuki, ani nawet nie mieć z nią żadnego związku. A najbardziej frustrujące jest to, że chociaż na piątkowe przedstawienie przyszło tak wiele osób, nikt niczego nie widział.

Karly nie zdobyła żadnych informacji na temat kwiatów, które znalazłam na werandzie. Wszystkie trzy kwiaciarnie w Smithson odnotowały wzrost sprzedaży w piątek, który był dniem premiery. W sobotę z kolei odbyło się pięć ślubów, a na dwa z nich zamówiono długie czerwone róże. W kwiaciarniach ponad połowa transakcji jest gotówkowa, a my nawet nie wiemy, w której z nich kupiono te kwiaty. Wysłaliśmy karteczkę do analizy, ale jeśli jej autor nie jest znanym przestępcą, jakiekolwiek ślady w postaci odcisków palców albo DNA nic nam się nie przydadzą.

Zamykam głośno laptop, wstaję i idę do Bena. Wygląda, jakby zasnął w połowie rozmowy: ma szeroko otwarte usta i jedną rękę trzyma nad głową, a drugą wyciągnął do boku. Jest doskonały. Delikatnie głaszczę go po czole, ocierając z niego maleńkie kropelki potu, a potem przebiegam palcami po jego ustach.

Masuję sobie kark i sięgam do lodówki po następne piwo. Rozkoszując się chłodem bijącym z lodówki, odkręcam kapsel i biorę łyk. Scott obserwuje mnie zza stołu kuchennego. Wysyła e-maile i prawdopodobnie czyta jakieś informacje sportowe o krykiecie. Obok laptopa stoi miseczka z płatkami śniadaniowymi i pusta butelka po piwie.

Scott zauważa moje spojrzenie i z zakłopotaniem wzrusza ramionami.

— Zgłodniałem.

Prostuje się i wyciąga ręce do góry.

— Jak idą sprawy?

— W porządku. Na razie nie zrobiliśmy żadnych postępów.

— Mówisz o tej zamordowanej nauczycielce?

— Tak. W tej chwili prawie wszyscy pracują tylko nad tą jedną sprawą. Ludzie są spanikowani. Naprawdę musimy to rozwiązać.

— Pewnych rzeczy nie przeskoczysz. — Scott mówi o tym w taki sposób, jakby chodziło o problem z poranną dostawą gazet.

Zerka z powrotem na ekran laptopa. Blask monitora podkreśla kontury jego twarzy. Widzę, że jest zmęczony. Scottowi całkowicie odpowiada to, że wszystko się dzieje z dala od niego. Nigdzie się nie spieszy i nie czuje presji, żeby robić coś na siłę albo cokolwiek na kimś wymuszać. Ja jestem zupełnie inna: ciągle gdzieś gonię, jakby ktoś uderzał mnie z bicza. Często sobie myślę, że człowiek, który nie miał nigdy styczności ze śmiercią, nie wie, jak to jest naprawdę pragnąć żyć i desperacko brać każdy oddech. Scott wita każdy dzień ze spokojem człowieka, który wie, że czekają go tysiące podobnych dni.

Zamykam drzwi do lodówki i czuję, jak gorące powietrze natychmiast okleja moje ciało.

— Każdy z nas musi robić wszystko, co w jego mocy — mówię sztywno. — Gdzieś tutaj jest *zabójca*.

Scott patrzy mi w oczy.

— Rozumiem, Gem. Ale to nie jest twoja wina. Nawet jeśli zrobisz wszystko, co możesz, musisz pamiętać, że nie jesteś cudotwórcą.

— Wcale tak nie twierdzę. Mówię tylko, że to jest naprawdę cholernie ważne.

— Niedługo są święta i mam nadzieję, że zdołasz spędzić trochę czasu z Benem. To też jest ważne.

Biorę łyk piwa, żeby nie musieć mu odpowiadać. Scott patrzy na mnie wyzywająco.

— Muszę jeszcze popracować — mówię, odwracam się na pięcie i wracam do wypatrywania ukrytych wskazówek na niewyraźnym nagraniu z premiery sztuki Rosalind.

Rozdział dwudziesty czwarty

Czwartek 17 grudnia, godz. 12.56

Widzę, że Jonesy jest podenerwowany. Przesuwa krawat i próbuje poprawić marynarkę, która jest źle dopasowana do jego sylwetki. Ze skroni spływają mu duże krople potu, które wytyczają szlak na policzkach i lądują na podbródku. Widać, że niedawno się golił: jego twarz jest poorana czerwonymi pręgami, które wyglądają, jakby za chwilę miały wybuchnąć.

— Dobra — mówi i skinieniem ręki przywołuje do siebie Felixa i mnie. — To nie potrwa długo. Wchodzimy i wychodzimy, taki jest plan.

— Tak jest, sir — mówię, a Felix kiwa głową.

— Ograniczę się do podstawowych informacji. Nie będę wspominać o ciąży. Ani o kwestionowanym ojcostwie, rzecz jasna.

Patrzy na mnie surowo, jak gdyby to była moja wina, że ojcem Rosalind może nie być George Ryan.

— To ma być tylko ogólny apel o dostarczenie informacji i próba uspokojenia nastrojów.

Odchrząkuje przez nos, co kończy się silnym kaszlem. Mocno bije się w pierś. Felix i ja wymieniamy spojrzenia. Nie jestem pewna, czy Jonesy'emu uda się uspokoić mieszkańców, ale po pięciu dniach śledztwa, które jak dotąd nie posunęło się do przodu ani o krok, nie ma wyjścia. Musi wygłosić oświadczenie.

— No dobra.

Ktoś prosi o ciszę, a technik sprawdza mikrofon. Jonesy podchodzi do mównicy, wciąż delikatnie odchrząkując. Zorganizowaliśmy konferencję prasową na dworze, niedaleko przejścia podziemnego między komisariatem a parkingiem. Jonesy zawsze dba o to, żeby mównica stała obok głównego wejścia, tak aby kamery ujęły również australijskie godło oraz niedawno odnowiony sekretariat.

Podsłuchałam, jak mówił do naszej menedżerki od kontaktów z mediami — biednej, zlęknionej Cynthii, która, jak sądzę, do dziś do końca nie wie, czym jest internet:

— Dzięki temu wyglądamy profesjonalnie, a nie jak z prowincji.

Wydaje mi się, że jest to również jego sposób na zademonstrowanie władzy przed dziennikarzami zgromadzonymi na zewnątrz. W takich okolicznościach nie są w stanie poczuć się zbyt komfortowo.

Jonesy wchodzi na małe podium, a Felix i ja stajemy za nim po lewej stronie.

— Dziękuję wszystkim za przybycie. To będzie krótkie oświadczenie.

W tłumie dostrzegam Candy Fyfe; jej ciemna karnacja pięknie kontrastuje z delikatną jasnoróżową sukienką. Dziadek Candy był członkiem starszyzny miejscowych Aborygenów i jednym z pierwotnych strażników ziemi, na której obecnie leży Smithson. Jej babcia natomiast pochodziła z bogatej angielskiej rodzinny, a związek tych dwojga w latach pięćdziesiątych wywołał duży skandal. Candy otwiera notatnik i celuje w niego długopisem. Patrzy na Jonesy'ego, a potem nagle przenosi wzrok na mnie. Unosi cienką brew, a ja przez chwilę wytrzymuję jej spojrzenie, a potem spoglądam gdzie indziej. Uświadamiam sobie, że moje buty są podniszczone i wytarte, a na nogach mam dwie różne skarpetki, które na szczęście są niewidoczne pod spodniami. Czuję nagły przypływ gniewu na Candy i na jej nieme oczekiwanie. Candy ma mi za złe, że nie potrafię się z nią zaprzyjaźnić jak kobieta z kobietą, ale mnie nie interesuje wojna płci. Po prostu staram się jak najlepiej wykonywać swoją pracę. Nie zależy mi na tym, żeby bronić swoich praw. Chcę sobie na nie zapracować.

Candy jest bardzo zaangażowana; już trzeci raz z rzędu została poproszona o wygłoszenie mowy przewodniej na cyklicznym wydarzeniu „Wiejskie kobiety w konwersacji", którego celem jest wspieranie kobiet w biznesie. Ja wyrzuciłam swoje zaproszenie do kosza.

Jonesy rozpoczyna oświadczenie.

— Nagła śmierć zawsze jest tragedią. Zwłaszcza gdy dotyczy kogoś tak młodego i ważnego dla naszej społeczności jak Rosalind Ryan, nauczycielka z naszego liceum. Mamy jednak pewność, że szybko rozwiążemy tę sprawę, a zabójca wyląduje za kratkami.

Jedna z dziennikarek podnosi rękę, ale Jonesy kręci przecząco głową.

— Niedługo odpowiem na kilka pytań, ale najpierw chcę podkreślić jedną rzecz: tutaj, w komisariacie, robimy wszystko, co w naszej mocy, żeby pani Ryan i jej rodzina zaznali sprawiedliwości. Nad sprawą pracują nasi najlepsi detektywi. Mamy również wsparcie policjantów z regionu. Jesteśmy w stałym kontakcie z innymi komisariatami w kraju, żeby mieć pewność, że wykorzystujemy wszystkie najnowsze metody i technologie.

Jonesy patrzy na zebranych dziennikarzy i nawiązuje kontakt wzrokowy z kilkoma z nich, jakby sprawdzał, czy któryś ośmieli się uważać inaczej. Jego przysadzista sylwetka działa onieśmielająco na wszystkich obecnych, ale wielu mieszkańców Smithson odczuwa pewien dysonans wynikający z tego, że groźny szef policji występujący teraz w telewizji jest tą samą osobą, którą często można spotkać u rzeźnika, jak robi zakupy ubrany w przyciasne spodnie dresowe.

— Oczywiście nie zawsze udaje się zakończyć śledztwo tak szybko, jak byśmy tego chcieli. Ale robimy znaczące postępy. Odtwarzamy ostatnie chwile pani Ryan i poznajemy coraz więcej szczegółów na temat jej śmierci, dzięki czemu w końcu znajdziemy osobę lub osoby, które są za to odpowiedzialne. Podchodzimy do całej sprawy kompleksowo, ponieważ chcemy, żeby zakończyła się postawieniem zarzutów i skazaniem winnego — mówi Jonesy i kończy klaśnięciem dłoni, jakby zasiadał właśnie do posiłku.

Młoda dziennikarka, którą przed chwilą uciszył, odzywa się jako pierwsza.

— Panie nadinspektorze, czy mieszkańcy Smithson mają powód do strachu? Przecież morderca wciąż jest na wolności.

Jonesy patrzy na dziennikarkę tak, jakby chciał natychmiast wyprowadzić ją z błędu.

— Jak na razie nic nie wskazuje na to, że to może się powtórzyć. Wszystkim mieszkańcom radzimy, aby przedsięwzięli zwykłe środki ostrożności. Nie chodzić nigdzie samemu w nocy, mówić innym, dokąd się idzie, tego typu rzeczy.

Jonesy odgania ręką muchy i osłania oczy przed słońcem, patrząc na zebranych przedstawicieli mediów.

— Tak?

Jako drugi odzywa się młody brodaty mężczyzna.

— Dan Robuck z „Gowran Tribune". Z tego, co pan powiedział, wynika, że według policji zabójstwo pani Ryan nie było przypadkowym aktem.

— Tak, naszym zdaniem to nie był przypadek. Przesłuchujemy kilka osób, żeby potwierdzić ich alibi i skonfrontować ich zeznania z nagraniami z monitoringu, które zabezpieczyliśmy, a także z dowodami z miejsca zbrodni.

Ta odpowiedź jest mocno naciągana, zważywszy na to, jakie niewielkie skrawki informacji posiadamy, ale wywołuje szum wśród zebranych dziennikarzy. Zaczynają robić notatki i szeptać sobie coś nawzajem. Na pewno już wymyślają tytuły nagłówków, które będą sugerować winę rodziny Ryanów albo istnienie jakiegoś intrygującego trójkąta miłosnego.

Na dzisiejszej konferencji dziennikarze są zdecydowanie bardziej ożywieni niż zwykle. Sprawa Rosalind przyciągnęła nawet uwagę reporterów piszących do gazet rozdawanych w metrze. Morderca Rosalind to mokry sen każdego ambitnego dziennikarza i nikt nie chce przegapić okazji, żeby po raz kolejny zamieścić jej zdjęcie na pierwszej stronie, nawet jeśli nowe informacje tak naprawdę nic nie wnoszą.

Candy wstaje, a kamerzysta szybko się odwraca, żeby ją uchwycić podczas zadawania pytania, a potem szybko przenosi kamerę z powrotem na Jonesy'ego w oczekiwaniu na jego odpowiedź.

— Candy Fyfe z Country Tv i „Smithson Times" — mówi dziennikarka, kładąc nacisk na swoją wszechstronność i uśmiechając się z fałszywą pewnością siebie. — Wiele osób spekuluje, że pani Ryan była uwikłana w różne dziwne relacje, które mogły doprowadzić do zabójstwa. Czy mógłby pan to skomentować?

— Pani Fyfe, mogę tylko powiedzieć, że nasz zespół skupia się na znalezieniu zabójcy, a nie na analizowaniu stylu życia pani Ryan. Nikt nie zasługuje na to, żeby paść ofiarą takiej napaści jak ona. To wszystko, co mam do powiedzenia na ten temat.

Tym komentarzem Jonesy osiągnął efekt przeciwny do zamierzonego — niejako potwierdził, że Rosalind miała burzliwe życie prywatne. Wzdrygam się na myśl o tym, że po Smithson krążą różne obrzydliwe plotki, które ludzie przekazują sobie szeptem w sklepach i omawiają przy stołach podczas rodzinnych obiadów.

— Nie sugeruję, że była winna, ale śledztwo chyba obejmuje również jej życie prywatne, prawda?

— Pani Fyfe, mogę panią zapewnić, że prowadzimy śledztwo dokładnie tak, jak pani tego od nas oczekuje. Sprawdzamy wszystko. Ale powstrzymujemy się przed ocenianiem. I zachęcam, żeby pani zrobiła to samo.

— Oczywiście.

Candy wciąż stoi, a kamerzysta przeskakuje od niej do Jonesy'ego, jakby relacjonował mecz tenisa.

— Jeszcze ostatnie pytanie, jeśli można. Jak pan skomentuje fakt, że sprawę prowadzi detektyw Gemma Woodstock, która bardzo dobrze znała ofiarę?

Jestem zaskoczona. W jednej chwili wszystkie oczy są skierowane na mnie, a ja czuję, że zaczynam się rumienić. Felix mamrocze coś pod nosem. Jonesy odwraca się do mnie i mruga do mnie uspokajająco, ale widzę, że ma zaciśnięte szczęki.

— Detektyw Woodstock jest jednym z naszych najlepszych fachowców. Podobnie jak w przypadku wielu innych osób, które tutaj dorastały, łączą ją prywatne relacje z niektórymi mieszkańcami miasta, które czasami mogą kolidować z jej pracą, ale jest profesjonalistką. Wszyscy jesteśmy profesjonalistami.

— Dziękuję.

Candy siada, a na jej twarzy powoli maluje się uśmiech. Pochyla się nad kartką i zaczyna robić notatki.

Kolejny dziennikarz wstaje i pyta Jonesy'ego o to, jaki jest odsetek rozwiązywanych spraw w Regionalnym Centrum w Smithson w porównaniu z danymi dla stolicy. Jonesy podaje mu kilka liczb, a potem wspomina o trudnych politycznie czasach i o potrzebie pozyskania dodatkowych funduszy.

Cynthia wskazuje na zegarek, sugerując, że czas zakończyć konferencję.

— To wszystko — mówi Jonesy. — Bardzo państwo nam pomogą, zachęcając swoich czytelników, widzów, obserwatorów czy kogokolwiek tam jeszcze, żeby się zastanowili, czy ostatnio nie widzieli czegoś niezwykłego. Chodzi mi o takie rzeczy jak dziwna rozmowa albo coś innego, co w kontekście śmierci pani Ryan może stanowić dla nas cenną informację.

Jonesy podnosi nieco głos, co oznacza, że nadszedł czas na wielki finał.

— Jeszcze raz przypominam: zamordowano kobietę. Jej życie zostało tragicznie zakończone. Na tym się teraz skupiamy i jesteśmy wdzięczni za każdą formę wsparcia od mieszkańców Smithson i okolic. Dziękuję.

Odchodzi od mównicy. Felix i ja idziemy za nim.

— Banda dupków — mówi pod nosem Jonesy, gdy wchodzimy do komisariatu.

Gromada zimorodków siedzących na linii wysokiego napięcia zaczyna wydawać dźwięki przypominające chichot, jak gdyby właśnie usłyszała najzabawniejszy żart na świecie.

Rozdział dwudziesty piąty

Czwartek 17 grudnia, godz. 19.33

Siedzę w pubie niedaleko torów kolejowych. Anna się spóźnia, a ja już kończę pierwszą lampkę wina. Chwytam kieliszek za nóżkę i rozglądam się wokół baru. Dwóch starszych facetów zerka raz po raz w moją stronę. Przy jednym stole siedzi młoda rodzina. Dwie małe dziewczynki jedzą frytki z sosem. Rozprostowuję nogi i kopię drewniany panel, którym wyłożona jest ścianka baru. Właściciel — Artie — podnosi głowę, gotowy nakrzyczeć na klienta, ale kiedy się orientuje, że to ja jestem źródłem hałasu, tylko się uśmiecha.

— Jeszcze jeden, kochana?

— Czekam na kogoś.

Artie pije piwo z grubą warstwą piany. Prawdopodobnie sądzi, że czekam na Felixa. Czasami przychodzimy tu we dwoje.

— Jeśli zmienisz zdanie, po prostu uderz w dzwonek.

— Dobrze, Artie.

Moje mięśnie karku są tak spięte, że czuję się, jakbym miała w szyi cementowy blok. Otwieram notatnik i przeglądam swoje bazgroły. Gdyby ktoś go znalazł, pewnie miałby trudności ze stwierdzeniem, czy należy on do dobrego, czy do złego człowieka — tak nieczytelne są moje zapiski.

Śledzę niektóre wątki, które powstały przez połączenie zebranych dotąd informacji. Ojciec Rosalind: czy to możliwe, że to on jest kluczem do rozwiązania zagadki? Czy George Ryan nagle się dowiedział o zdradzie żony i wpadł w szał? Czy sam wszystko załatwił, opłacając kogoś z zewnątrz, żeby zabił Rose w dniu, w którym on sam całą noc spędził w szpitalu, co mu dało niepodważalne alibi? A może to narwany Timothy uznał, że jego przyrodnia siostra nie powinna mieć takiego samego udziału w spadku jak on i pozostali bracia, więc postanowił przyspieszyć całą sprawę? Ta opcja wydaje się dość mało prawdopodobna, zważywszy na to, że Timothy i tak dostanie ogromny spadek. Ale ludzie potrafią robić gorsze rzeczy dla mniejszych pieniędzy niż te 300 000 dolarów, o które wzrósł udział Timothy'ego w spadku po ojcu.

Chociaż kłótnia z Rosalind i nieutrzymywanie z nią kontaktów są nieco podejrzane, nie znaleźliśmy niczego, co obciążałoby Timothy'ego. W dniu przedstawienia nie dzwonił do niej ani razu, ale dane pochodzące z dwóch wież telefonicznych potwierdzają, że zrobił trasę, która mogła obejmować szkołę i jego dom rodzinny. Tamtego wieczoru nie używał karty kredytowej, a na nagraniu z monitoringu, które dostaliśmy od George'a, widać, że samochód Timothy'ego wjechał do garażu tuż przed 22.55. Sam Timothy twierdzi, że gdy wrócił do domu, Bryce siedział w swoim pokoju i miał zamknięte drzwi, dlatego w ogóle się z nim nie widział. Timothy mówi, że nie pamięta, z której strony wszedł do szkolnego holu — prawdopodobnie po prostu poszedł za tłumem. Jednak to, że nie potrafię go zidentyfikować na nagraniu z kamery przemysłowej, nie daje mi spokoju. I dlaczego poszedł sam? Nie trafia do mnie jego tłumaczenie, że zapomniał zaprosić osobę towarzyszącą. Jakoś intuicyjnie czuję, że Timothy ma coś za uszami, ale nie wiem jeszcze, czy jest niebezpiecznym zabójcą, czy tylko draniem.

A może mimo tego wszystkiego, co powiedział George Ryan, rodzina nie ma z tym nic wspólnego? Nasi śledczy, którzy badają jego sytuację finansową, odkryli kolejne problemy z inwestycjami firmy RYAN w mieście. Krążą pogłoski, że poirytowani inwestorzy planują wniesienie pozwów do sądu. Co prawda trudno mi uwierzyć, że ktoś, kto ma zatarg z Ryanem na tle finansowym, mógłby zrobić coś takiego Rosalind, ale chyba to nie jest niemożliwe.

Tak czy inaczej, wszystko, co wiem i co pamiętam o Rosalind, wskazuje na to, że to była zbrodnia w afekcie. A może zemsta.

Bezmyślnie zataczam na kartce kręgi w kształcie jeziora Sonny Lake.

Nagle przede mną staje Anna, a ja szybko wracam do rzeczywistości.

— Przepraszam, Gem. Dzisiaj miałam kocioł w pracy, wiesz, jak to jest.

Anna wślizguje się na wysoki stołek obok mnie i wita mnie krótkim uściskiem dłoni.

— Wszystko w porządku?

Dzyń, dzyń, dzyń. Anna uderza w dzwonek, jakby zamiast dłoni miała młotek.

Z zaplecza wyłania się Artie; wygląda, jakby ktoś go wybudził w środku nocy. Mruga i patrzy na Annę, a potem na mnie.

— Ach, przyszła twoja koleżanka. Dolać ci wina?

— Pewnie, kolego. Polej nam! — woła Anna, po czym zdejmuje gumkę z włosów i potrząsa głową, żeby się ładnie ułożyły. — Kurczę, co za dzień.

Anna nie jest typem kobiety o konwencjonalnej urodzie, ale jest w niej jakaś delikatność, która prawdopodobnie sprawia, że mężczyźni uważają ją za bardziej pasywną, niż jest w rzeczywistości. Jest niewysoka, ma drobne palce i małe stopy, ale jest bardzo ekspresyjna i głośna — mówi o jakieś dwa tony głośniej niż wszyscy dookoła.

Artie nalewa nam wino. Przez głowę przechodzi mi myśl, że moglibyśmy być dwiema młodymi kobietami, które spotkały się na drinku w czwartkowy wieczór, a nie dwiema kobietami, które poznały naturę człowieka od najgorszej strony i widziały niejedną okropność, kryjącą jeszcze straszniejsze rzeczy. Kiedyś spytałam Annę, czy dobrze sypia w nocy, a ona się zaśmiała i odpowiedziała:

— Śpię jak zabita, z jednym okiem otwartym.

Nagle słyszymy brzęczenie i obie zaczynamy gorączkowo szukać swoich urządzeń. Anna zagryza wargi i marszczy brwi. Dzwoni pod podany numer, żeby odsłuchać wiadomość.

— Wszystko dobrze?

— Tak. Wypadek samochodowy niedaleko Ford. Być może będę musiała tam pojechać, ale Jonesy twierdzi, że zespół z Paxton powinien sobie poradzić — wyjaśnia, po czym bierze duży łyk wina. — Wygląda na to, że nie będę mogła dzisiaj za dużo wypić.

— I tak muszę wrócić do domu w miarę wcześnie. Jutro Ben mnie obudzi przed szóstą.

— Ciągle zapominam, że masz dziecko. Twoje życie kompletnie się zmieniło.

Śmieję się.

— Przyznaję, że jest dziwnie.

— Ta sprawa zabójstwa Ryan to coś wielkiego. Jak z Robbiem.

— No.

— Dobrze, że to wy prowadzicie to śledztwo. Stanowicie z Felixem dobraną parę.

Anna kończy zdanie nieco wyższą nutą, jakby zadawała pytanie, ale udaję, że tego nie zauważyłam.

— Dotarliście do tego chłopaka z jej poprzedniej szkoły? — pyta Anna. — Tego, o którym mi mówiłaś?

— Tak jakby. Mieszka w Indiach. Tam podróżuje i naucza. Jego mama dała nam jego adres e-mail. Odpisał na naszą wiadomość, ale coś jest nie tak. Widać wyraźnie, że nie chce wracać do tamtej sprawy. Twierdzi, że nauczycielka go kusiła, ale nie ma na to dowodów. Możliwe, że to on za dużo sobie wyobrażał. Myślę, że więcej już się nie dowiemy. Zamówimy jakieś chipsy?

— Pewnie — odpowiada Anna i ponownie uderza w dzwonek. — Słyszałam, że konferencja prasowa nie była lekka.

— Tak. Ale Jonesy świetnie sobie poradził.

— Candy Cane rzuciła wam się do gardeł?

— Jak zawsze — odpowiadam.

Z przyjemnością pochłaniam solone chipsy. Przez chwilę obie się zajadamy, delektując się ich smakiem. Dziwnie jest wyjść do knajpy z kimś innymi niż Felix. Z zaskoczeniem uświadamiam sobie, że on jest moim jedynym prawdziwym przyjacielem.

— Pamiętasz, jak ostatnio cię pytałam o geny, które mają wpływ na kolor oczu?

Dostrzegam błysk w jej oku.

— Tak. Myślisz, że ojcem dziewczyny Ryanów był ktoś inny?

— Tak.

— Sprawa komplikuje się coraz bardziej, nie? — zauważa Anna.

— Rose zawsze była trochę tajemnicza. Bardzo trudno było ją rozgryźć.

Anna spogląda na mnie i przez krótki, nieuchwytny moment jej wyraz twarzy się zmienia.

— Myślałam, że nie znałaś jej zbyt dobrze.

— Bo to prawda — odpowiadam jej lekkim tonem. — Prawie nic nas nie łączyło. Ale zawsze była interesująca.

— No cóż, wystarczy raz na nią spojrzeć, żeby się tego domyślić.

Anna odrzuca włosy na plecy, nie spuszczając mnie z oczu.

— Jeżeli nie przeszkadza ci to, że prowadzisz śledztwo w jej sprawie, to w porządku.

— Oczywiście. A nawet gdybym ją dobrze znała, potrafiłabym się od tego zdystansować. Na pewno nie dopuściłabym do tego, żeby prywatne odczucia i przekonania wpłynęły na moją pracę.

— No — mówi Anna i bierze ostatni łyk wina. — Do dupy. Obie mamy taką pracę, w której przypadku życie prywatne musi iść osobnym torem. Albo łóżkowe.

Nachyla się do mnie i szeroko się uśmiecha.

— Chcesz posłuchać o najnowszym księciu z bajki?

Rozluźniam się. Nie chcę już rozmawiać o Rosalind Ryan.

— Pewnie.

Śmieję się, słuchając opowieści Anny, które są jak żywcem wzięte z tandetnych amerykańskich seriali komediowych. Czuję, że nastrój od razu mi się poprawia.

— Naprawdę przyłapałaś go na tym, że przeglądał twój portfel?

— Tak! Przysięgam, Gem. W porównaniu z facetami, których poznaję w internecie, nasi koledzy z komisariatu to prawdziwi dżentelmeni. Nawet ja widzę ironię tej sytuacji.

— Jak spotkasz wreszcie normalnego faceta, będziesz rozczarowana.

— Prawdopodobnie — odpowiada ponurym głosem, wysuwając przy tym dolną wargę.

Nie mogę się powstrzymać od śmiechu.

— Ty to masz szczęście. Masz już to wszystko za sobą — mówi Anna. — Szczęśliwa mężatka. Każdego wieczoru wiesz, kto czeka na ciebie w domu.

— Nie jestem mężatką.

— Och, wiesz, o co mi chodzi. — Anna macha ręką w odpowiedzi na moją uwagę. — Żyjecie jak małżeństwo.

— Aha. No tak.

Anna wyczuwa, że weszła na niebezpieczne terytorium, i ścisza głos.

— Gemmo? Przepraszam. Przesadziłam z żartami. Jestem ignorantką! Nie wiem, o czym mówię.

Zaczynam się pocić i robi mi się niedobrze.

— W porządku. Po prostu, no nie wiem. Ostatnio jest ciężko.

Anna patrzy na mnie zmartwiona. Wyciąga do mnie rękę, a ja pozwalam, żeby pogłaskała mnie po dłoni.

— Przez to śledztwo?

Chcę jej wyznać prawdę o Felixie. Powiedzieć to na głos i przekonać się, czy jestem w stanie jakoś sensownie to uzasadnić. Ale nie wiem, jakich słów użyć i jak to wyjaśnić.

Dlatego zamiast tego mówię:

— Poroniłam.

— Ojej.

— No.

— Dobrze się czujesz? — pyta Anna.

— Chyba tak.

— Co powiedział lekarz?

Wiercę się na krześle, marząc o tym, żeby ta rozmowa wreszcie się skończyła.

— Nic konkretnego. Że to był jeden z tych przypadków.

— Kiedy to się stało?

Patrzę na nią tępo.

— Kilka tygodni temu.

— Ach tak. Ojej. Ale dobrze się czujesz? Nie masz gorączki? Nic cię nie boli?

— Naprawdę, Anno, już wszystko dobrze. To był sam początek ciąży. Nie musiałam iść do szpitala ani nic takiego.

— Jeśli jesteś tego pewna, to dobrze.

Przez chwilę siedzimy w milczeniu. Żałuję, że jej o tym powiedziałam, ale przynajmniej moje słowa sprawiły, że ta ciąża stała się rzeczywista. Przestała już istnieć tylko w mojej głowie.

— Czy to dziecko było planowane?

— Nie bardzo.

Na chwilę wracam myślami do marzeń, których starałam się nie dopuszczać do siebie przez ostatnie kilka dni. Wyobrażam sobie siebie trzymającą na rękach moje nowo narodzone dziecko. Podaję je Felixowi, który nie potrafi wydusić z siebie słowa. Obejmuje mnie i całuje najpierw mnie, a potem dziecko, wdychając jego zapach. Odsuwam od siebie tę wizję. Czuję, że krew pulsuje mi w skroniach.

— Nie. Nie było planowane. Może to dlatego czuję się taka zagubiona. Sama nie wiedziałam, czego chcę.

— A jak zareagował Scott?

Mam wrażenie, że moje narządy wewnętrzne rozszerzają się i zajmują coraz więcej miejsca.

— No wiesz — odpowiadam wymijająco. — Niewiele mógł zrobić.

— Ciężko jest być gliną. Jesteś silną kobietą, więc Scott prawdopodobnie myśli, że go nie potrzebujesz.

— Możliwe, że masz rację.

— Poważnie! Żebyś ty widziała miny facetów, z którymi się spotykam, gdy im mówię, czym się zajmuję. Od razu cały nastrój siada. Scott musi być naprawdę fajnym gościem, skoro opiekuje się Benem i jest w stanie wytrzymać z funkcjonariuszką policji w Smithson.

Rzucam Annie krótki uśmiech i delikatnie kiwam głową.

Anna przygląda mi się uważnie, a potem szybko zjada kilka chipsów jeden po drugim.

— No cóż, takie życie. Oczywiście bardzo by mi cię brakowało, gdybyś odeszła z zespołu, ale przecież możesz urodzić drugie dziecko. To zupełnie normalne. Tylko że wtedy stracimy świetnego detektywa, a ja zostanę sama z grupą grubasów, którzy mogą mieć tyle dzieci, ile chcą, i nie muszą z niczego rezygnować! Pieprzona biologia.

Nie mogę powstrzymać śmiechu.

— Rzeczywiście jest to ironiczne, że przeciętny policjant ma więcej dodatkowych kilogramów niż ciężarna kobieta.

— No cóż, przykro mi z powodu tego, co ci się przytrafiło, Gem. Naprawdę bardzo mi przykro. Nieważne, czy ciąża była planowana, czy nie. Nie ma co tego bagatelizować. Zwłaszcza w kontekście tego wszystkiego, co się ostatnio wydarzyło.

Kiwam głową.

— Tak. Dzięki. Na pewno wszystko będzie dobrze. Jestem tego pewna.

Czuję, że moje wyznanie było dziwaczne i niepotrzebne. Żałuję, że nie mogę go schować z powrotem do torebki.

Przez chwilę jeszcze rozmawiamy o planowanym wyjeździe Anny do Nowej Zelandii, o jedzeniu, które regularnie znika ze wspólnej lodówki w komisariacie, i o braku środków oraz sprzętu. Rozmowa nie płynie już tak swobodnie jak przedtem.

— To co, prosimy o rachunek? — pytam, żeby Anna nie musiała tego robić.

Jest już prawie jedenasta, ale ja nie chcę wracać do domu. Anna obejmuje mnie krótko, ale z czułością, a potem wsiada do swojego jaskrawoczerwonego fiata i odjeżdża. Ja też wyjeżdżam z parkingu i kieruję się na Main Street. W ciemnych witrynach sklepowych nic nie widać, a lampy uliczne rzucają niewyraźne światło na drogę.

Kitanki* siedzące na dachach domów wydają głośne okrzyki. Zatrzymuję się w połowie zakrętu i patrzę na pusty odcinek drogi, na liście unoszące się na wietrze tuż nad ziemią i na hałasujące kitanki. Ale nie mam dokąd pójść. Naciskam więc pedał gazu i kieruję się w stronę domu. Kiedy mijam jezioro, w oddali nad drzewami miga mi stara wieża strzelnicza.

---

* Niewielkie torbacze zamieszkujące Australię i Nową Zelandię — *przyp. tłum.*

Rozdział dwudziesty szósty

Piątek 18 grudnia, godz. 7.37

Reggie Hope wyciera skroń ręcznikiem kuchennym i starannie wlewa spienione mleko do filiżanki. W odpowiednim momencie podrywa rękę, żeby uzyskać idealny kształt liścia. *Idealna kawa*, myśli, lawirując między stołami, żeby podać ją nieśmiałemu mężczyźnie siedzącemu przy oknie.

Pomimo upału panującego na dworze w kawiarni od rana jest głośno i tłoczno. Całe szczęście, że ludzie piją kawę przez okrągły rok. Syn Reggie często powtarza, że kofeina jest najbardziej akceptowanym społecznie uzależnieniem naszych czasów. Jackson mówi różne ciekawe rzeczy, takie jak ta, bo studiuje na uniwersytecie w Sydney. Reggie wyciera srebrny dzbanek i nalewa do niego świeże mleko. Myśli o swoim synu. Wyrósł na takiego mężczyznę! Ma ładną brodę i nosi eleganckie koszule. Ostatnio gdy się widzieli, założył nawet różową! Wendy, jedna z sezonowych pracownic, zapewniła ją, że to jest ostatni krzyk mody. Reggie nie potrafi już dostrzec w tym wysokim ciemnowłosym nieznajomym mężczyźnie małego chłopca w piżamie z Batmanem, który często wzywał ją do siebie w nocy. Kręci głową. Czas robi z nami naprawdę dziwne rzeczy.

Dzwoneczek wiszący nad drzwiami znów się odzywa. Zawsze gdy ktoś wchodzi do kawiarni, Reggie czuje falę gorąca, jak gdyby ktoś otworzył rozgrzany piekarnik. Zwykle upał jej nie przeszkadza, ale tym razem to trwa już trochę zbyt długo. Molly nie może spać w nocy i zrobiła się bardziej kapryśna. Dni wloką się niemiłosiernie; już około południa Reggie czuje, że jej głowa robi się ciężka, jak w tych kiczowatych figurkach psów, które ludzie trzymają na desce rozdzielczej w samochodzie. Reggie ma nadzieję, że do świąt fala upałów minie. Przyjeżdża do niej cała rodzina z Malezji, która będzie u niej nocować przez prawie dwa tygodnie. Reggie już sobie wyobraża te kłótnie, spotęgowane przez klaustrofobiczny upał. Z rodziną trudno jest przetrwać nawet miłe, wiosenne dni. A czterdziestostopniowe upały ze wścibską siostrą, z jej dziećmi oraz mamą, która jest już w podeszłym wieku, mogą ją zaprowadzić na skraj szaleństwa.

Drzwi znowu się otwierają, przynosząc kolejną falę upału. To ta policjantka, Woodstock. Czasami pokazują ją w wiadomościach. Reggie wiedziała, że przyjdzie, bo przy stole czeka już mężczyzna, z którym Woodstock zawsze siada w najodleglejszym kącie sali. Policjantka szybko się rozgląda po sali, a potem podchodzi do stołu, przy którym siedzi mężczyzna. Jest typem chłopczycy; w ogóle nie ma bioder i chodzi sprężystym krokiem, jakby zaraz miała ruszyć za kimś w pościg. Siada naprzeciwko mężczyzny i wita go z szerokim uśmiechem. Przychodzą tutaj od ponad roku. Zawsze spotykają się rano, nie zwracając na siebie uwagi mieszkańców miasteczka. Siedzą nachyleni do siebie, rozmawiają i się śmieją. Kiedy są razem, Woodstock zamawia latte z chudym mlekiem, ale gdy ona przychodzi jako pierwsza, wybiera zwykłe latte i delikatnie je słodzi.

Reggie śmieje się pod nosem; ludzie to dziwne istoty. Kiedy pracujesz w takim miejscu jak to, widzisz naprawdę przeróżne rzeczy. Reggie stawia na blacie dużą czarną kawę i cappuccino, a potem ponownie uderza w mały dzwoneczek. Uzupełnia brakujące produkty na wystawie i przeciera blat. Przypomina sobie, że musi włożyć do pieca kolejną partię muffinek. Matta wciąż jeszcze nie ma. To dobry chłopak, ale taki niezorganizowany. W dzisiejszych czasach młodzi ludzie nie mają już takiej etyki pracy, jaką miała ona, gdy była w ich wieku.

Ponownie zerka na parę. Mężczyzna patrzy na policjantkę i słucha jej, kiwając głową. Na chwilę dotyka jej nadgarstka, a ona rozgląda się po sali i cofa rękę. *Jest atrakcyjnym mężczyzną*, myśli Reggie. *Wysokim i silnym. Ma ładne ciemne włosy i czarujące zielone oczy.* Nawet z tej odległości Reggie widzi obrączkę na jego palcu, ale nie zamierza go oceniać. Nikt nie wie, jak wygląda od środka życie drugiego człowieka. Poza tym to dobrzy klienci. W tym klimacie głupotą byłoby zrezygnowanie z jakiejkolwiek szansy na zrobienie interesu. Kiedy otworzyli fabrykę Carling, w okolicy powstało wiele kawiarni, przez co jej obroty w dni robocze spadły. W weekendy wcale nie jest lepiej: połowa pracowników Carling wraca do domu do Sydney albo do Melbourne i wydaje zarobione pieniądze daleko od Smithson. Reggie pamięta, jak Wayne Carson z banku powiedział jej kiedyś, że dzięki fabryce wszyscy się wzbogacą i będą mogli pójść na wcześniejszą emeryturę. Ona jednak ma wrażenie, że wszystko się skomplikowało. Życie było prostsze, gdy ludzie mieli do wyboru tylko jej kawiarnię i Café Cha Cha za rogiem. To były piękne czasy, w których panowała stara, dobra, przyjazna konkurencja. Teraz rządzą karty lojalnościowe, oferty „2 za cenę 1" oraz importowane ziarna kawy. Reggie wzdycha. *Wcześniejsza emerytura, już to widzę.*

Policjantka jest dzisiaj bardzo poważna — bardziej niż zwykle. Bawi się cienkim srebrnym łańcuszkiem, który ma na szyi. Pewnie rozmawiają o tej zamordowanej nauczycielce Rosalind Ryan. Wendy ostatnio powiedziała, że ten mężczyzna też jest policjantem i że pracują razem. Zupełnie jak w tych filmach o parach policjantów. Nic dziwnego, że się w sobie zakochali. Jeśli pracowali razem nad różnymi sprawami, mieli okazję się do siebie zbliżyć. Reggie zawsze uważnie ogląda wiadomości, gdy mówią o tej dziewczynie Ryanów. Widziała ją tu w kawiarni raz czy dwa razy. Typ marzycielki. Ostatnim razem była tu z młodym chłopakiem. Może to jej młodszy brat? Był mniej więcej w wieku Jacksona. Rozmawiali przyciszonymi głosami i na zmianę pisali coś w notatniku. Dużo się uśmiechali. *Może to jej chłopak?*, spekuluje Reggie. Wyglądał na zakochanego po uszy. Biedak. Miała piękne oczy, ta dziewczyna Ryanów. Jak cukierki toffi.

Reggie zamyka na chwilę oczy i próbuje sobie wyobrazić, co musiała czuć ta biedna kobieta, gdy została zaatakowana w środku nocy. Umierała w samotności.

Molly, córka Reggie, początkowo miała chodzić do liceum w Smithson, ale szkoła St Mary's jest bliżej, a poza tym tutaj uczą się wszyscy jej znajomi ze szkoły podstawowej. Reggie cieszy się, że ta zamordowana nauczycielka nie uczyła w szkole Molly. Już i tak ma wystarczająco dużo problemów z córką, która ostatnio zrobiła się bardzo kapryśna.

Reggie wytrzepuje sitko z kawy i przemywa je silnym strumieniem gorącej wody, a potem wkłada je z powrotem na miejsce. Przez chwilę sobie wyobraża, co by było, gdyby to Molly zginęła tak jak pani Ryan, a potem siłą wyrzuca z głowy ten koszmarny obraz. Ta kobieta musiała się wpakować w niezłe tarapaty, skoro ktoś postanowił ją zabić. Może nachodził ją były chłopak, a może brała narkotyki. Molly na pewno coś takiego by się nie przydarzyło. Reggie włącza młynek do kawy i ponownie przeciera ręcznikiem skroń. Uderza w dzwonek, dając znać Mattowi, który wreszcie przyjechał, żeby zaniósł klientom zamówione kawy.

Rozdział dwudziesty siódmy

Piątek 18 grudnia, godz. 8.04

— Może być ciekawie na tej uroczystości żałobnej. Mnóstwo dzieciaków, Ryanowie, Nicholson, inni nauczyciele. Agata Christie miałaby pole do popisu.

Felix ma dobry nastrój. Kiwam głową i grzebię łyżeczką w piance na kawie. Próbuję zmienić temat.

— Ryanowie urządzają własną skromną ceremonię dzisiaj po południu. Tylko dla rodziny. George Ryan powiedział mi, że nie chce rozgłosu.

— Co o nim sądzisz?

Przypominam sobie blade, smutne oczy George'a i nagłą twardość, która bije z jego twarzy za każdym razem, gdy czuje się zagrożony.

— Naprawdę nie wiem. Czuję się przy nim nieswojo i myślę, że jego relacje z Rosalind nie należały do najprostszych. Ale może po prostu zmagał się z trudami samotnego wychowywania córki.

— Wciąż jesteś przekonana do swojej teorii o ojcostwie?

— Oczywiście. To czysta nauka. Nie jestem tylko pewna, czy on o tym wie. Podejrzewam, że może wiedzieć. Wielu mężczyzn wychowuje cudze dzieci i nie robi z tego żadnej afery.

— Nie wszyscy.

— Pewnie. Nie wszyscy.

Moje myśli znów zaczynają krążyć wokół uroczystości pogrzebowej, więc staram się wyrzucić je z głowy i mówię dalej:

— Jeżeli wie, że Rose nie jest jego córką, to wszystko sprowadza się do tego, jak dawno temu się dowiedział. Bo jeśli dopiero niedawno, to może mieć to jakiś związek z ostatnimi wydarzeniami. A jeśli wiedział od zawsze, to moim zdaniem ta informacja jest zupełnie nieistotna.

Felix patrzy na mnie sceptycznie.

— Naprawdę myślisz, że nagle się o tym dowiedział w zeszłym tygodniu, wpadł w szał i ją zabił?

Wzdycham.

— Zdaję sobie sprawę, że to jest bardzo mało prawdopodobne. Sama nie wiem. Ale może da się to jakoś powiązać. Może któryś z braci się dowiedział?

— Trudno będzie to stwierdzić. Chyba będziemy musieli zagrać w otwarte karty i zapytać ich o to wprost.

— Pewnie masz rację.

Spoglądam przez okno. Upał panujący na zewnątrz jest niewidoczny, ale wiem, że jest gorąco. Przez chwilę patrzę na wróbla, który obmywa się w kroplach wody spadających z klimatyzatora i otrzepuje sobie piórka.

— A może to Rosalind się dowiedziała. Może badała historię rodziny i natknęła się na informację, która doprowadziła ją do konfrontacji z ojcem.

— Niech śledczy się tym zajmą i sprawdzą, jakich informacji szukała ostatnio na szkolnym komputerze. Może coś znajdą.

— Mogła korzystać z publicznego komputera.

Felix wzrusza ramionami.

— Najpierw się przekonajmy, czego uda nam się dowiedzieć — mówi, po czym zerka na zegarek, a potem znów patrzy na mnie. — Ale teraz już musimy się ruszać i jechać do szkoły.

Patrzymy sobie w oczy. Wyciągam stopę i głaszczę jego nogę. Uśmiecha się, a ja przenoszę wzrok na jego usta.

— Wolałbym spędzić ten dzień z tobą sam na sam — mówi.

— Wiem — wzdycham, tłumiąc emocje.

Reggie uśmiecha się do nas zza lady. Jest zawsze taka miła i pogodna. Pewnie myśli, że jesteśmy małżeństwem. Patrzę na Felixa i zastanawiam się, jak by wyglądało moje życie, gdyby był moim mężem. Wyobrażam sobie, jak by to było, gdybym codziennie rano budziła się u jego boku na wygodnym łóżku, oświetlona przez promienie słońca. Na śniadanie pilibyśmy sok pomarańczowy i jedli tosty z jajkami na miękko, przeglądając gazetę. On czytałby najciekawsze informacje na głos z tym swoim uroczym akcentem. A potem szlibyśmy razem do pracy i prowadzili razem śledztwa. Niestety w tej sielankowej wizji nie ma miejsca dla Bena, dlatego szybko odsuwam od siebie myśl o tym, że kiedyś będę musiała dokonać wyboru.

***

Do Szkoły Średniej w Smithson jest niedaleko, ale jedziemy tam samochodem. Jest już prawie ósma trzydzieści. Ciężarówki blokują zjazd na autostradę; cała nawierzchnia pulsuje ich rytmem. Nie mogę powiedzieć Felixowi, że na samą myśl o uczestniczeniu w uroczystości pogrzebowej czuję potworne pieczenie oczu i mam wielką kluchę w gardle. Jest mi niedobrze. Wspomnienie ostatniego pożegnania z Jacobem wciąż jest jeszcze świeże; dokładnie pamiętam ogromny ból w klatce piersiowej i ucisk butów, które miałam wtedy na sobie. Pamiętam twarz Donny Mason przepełnioną żalem i cierpieniem. Zapłakane dziewczyny z mojej klasy. Górującego nad nimi Nicholsona, splatającego nerwowo dłonie. I Rosalind, spokojną i niewzruszoną, ze spojrzeniem lodowatym jak ziemia w środku zimy.

Dookoła słychać ciche rozmowy. Gorące słońce odbija się od czerwonych balonów przywiązanych do bramy wejściowej i razi mnie w oczy.

— Tędy — mówi Felix i prowadzi nas wzdłuż taśmy z kolorowymi, fluorescencyjnymi chorągiewkami.

— Pewnie uroczystość odbędzie się na boisku — mówię.

Tak samo jak po śmierci Jacoba.

Potykam się o coś i Felix chwyta mnie za ramię, a ja się z trudem powstrzymuję, żeby się do niego nie przytulić i nie schować twarzy w jego ramionach.

Dołączamy do tłumu, który wciąż rośnie. Po obu naszych stronach maszerują parady rozmaitych nakryć głowy: czapek z daszkiem, słomkowych kapeluszy oraz płóciennych dziecięcych kapelusików z motywami z bajek *Świnka Peppa* i *Tomek i przyjaciele*. Mam wrażenie, że zebrało się tu całe miasto. Podejrzewam, że dzisiejsza uroczystość jest najważniejszym wydarzeniem w Smithson ostatnich tygodni. Z pewnością będzie głównym tematem rozmów przy świątecznym indyku.

Niedaleko nas sprężystym krokiem idzie Nicholson, który trzyma plik kartek w ręce. Mruży oczy przed słońcem, ujawniając siatkę głębokich zmarszczek. Niska kobieta w krótkich blond włosach próbuje dotrzymać mu kroku.

— Zatrudnił specjalistkę od PR-u — szepcze mi do ucha Felix, gdy napierający na nas tłum przybliża nas do siebie. — Rozpoznaję ją. Ma małą agencję w Paxton zaraz obok jubilera, tego od strzelaniny, nad którą pracowałem w zeszłym miesiącu.

Patrzę na blondynkę, która z poważną miną mówi coś do Nicholsona. Mam wrażenie, że dyrektor z trudem skupia uwagę na jej słowach.

Felix rzuca mi krótki uśmiech. Ja też się do niego uśmiecham, ale w głowie słyszę tylko wrzask — ten sam głośny krzyk, który wielokrotnie słyszałam w myślach, gdy wyobrażałam sobie, jak Jacob upada na ziemię.

Powoli dochodzimy do boiska. Trawa jest nierówna i w wielu miejscach pożółkła, tak samo jak wtedy, gdy chodziłam tu do szkoły. Połowa zebranych trzyma w ręku czerwony balon wypełniony helem albo różę. Większość osób ma na sobie przynajmniej jedno ubranie w kolorze czerwonym. Dostrzegam Kaia Bracksa w jaskrawoczerwonym bezrękawniku. Stoi razem z grupą uczniów. Przymykam oczy i nagle wszystko robi się czerwone, jakby ktoś zanurzył cały świat we krwi. Czuję wilgotne ciepło, które spływa w dół po moim ciele. Szybko otwieram szeroko oczy i intensywnie mrugam.

— Chyba pójdę po wodę.

— Dobrze. Będę się tu gdzieś kręcić — odpowiada Felix, wskazując gestem kłębiący się tłum i sugerując, że zrobi wszystko, co w jego mocy, żeby nie zostać przez niego zmiecionym.

— Bez obaw, znajdę cię.

Wychodzę z tłumu i przecinam dziedziniec. Z tego co pamiętam, między salami od plastyki a biblioteką powinny się znajdować kurki. Dostrzegam je i schylam się, żeby wypić trochę wody, która ma znajomy metaliczny posmak. Ogarnia mnie nostalgia, która jest tak silna, że z trudem powstrzymuję mdłości.

Szybko się podnoszę, ciężko dysząc. Delikatnie uderzam pięścią w klatkę piersiową i robię głębokie oddechy, żeby to od siebie odsunąć. Mój mózg zaczyna wariować. Wszędzie widzę Jacoba i siebie — małą i wystraszoną. Widzę własną zaciętą minę; twarz, która skrywa ogromny ból. Włosy, które zawsze opadają mi na jedno oko. Zniszczone buty. Paznokcie obgryzione do krwi. Oczy pełne smutku. W tej chwili jestem niedaleko miejsca, w którym mi to powiedział. Wziął mnie wtedy za rękę i zabrał mnie na polanę — teraz zamiast niej jest parking przy jeziorze. Był piątkowy wieczór, trzy tygodnie przed jego skokiem. Spędzaliśmy wtedy dużo czasu osobno. Po tylu latach wspólnego życia, bycia *razem*, nagle zrobił się taki chłodny i zdystansowany. Ale ten trudny okres właśnie się kończył. Został już tylko jeden egzamin. Byłam spokojna i pewna siebie. Dobiegaliśmy już do mety. Byliśmy prawie wolni.

— Jacob! — Zaśmiałam się, *zaśmiałam*, myśląc, że chce mnie pocałować. Że za mną tęsknił.

Próbowałam go odepchnąć, ale był silniejszy. Rozgorączkowany. Po chwili zaczęłam się martwić.

— Co jest? Jacob, co się stało?

— Słuchaj… Jezu. Sam nie wiem, Gem.

Zagryzł wargi i przebiegł palcami po włosach. W tej jednej krótkiej chwili cały świat stanął w miejscu, a mój mózg zrobił wirtualne zdjęcie tego, na co patrzyłam, w delikatnej sepii. Nagle twarz Jacoba przestała być znajoma.

— Co to ma znaczyć? — spytałam, chociaż wcale nie chciałam, żeby mi to wyjaśnił.

— Po prostu... Kurwa. Nie wiem. Jest jakoś inaczej. Między nami.

Wziął mnie za ręce. Nasze palce, śliskie i wilgotne, splotły się ze sobą. Chciałam, żeby tak zostało na zawsze.

— Jesteś moją najlepszą przyjaciółką, Gem. Myślę, że to nigdy się nie zmieni. Ale... Ja po prostu... Sam nie wiem.

Słowa wylewały się z jego ust i spadały na ziemię, tworząc mały stos wokół moich stóp. Nie byłam w stanie się ruszyć. Z trudem nabierałam powietrze. Patrzyłam na jego buty. Uwielbiałam te wypłowiałe trampki Converse. Byłam razem z nim w sklepie, kiedy je kupował. Zawsze byłam razem z nim. Moje serce głośno łkało. Z boiska dochodziły dźwięki kopania piłki. Śmiech.

— Proszę, wytłumacz mi. Nie rozumiem. Chodzi ci o egzaminy?

Ponownie zagryzł wargę.

— Chyba nie. Chciałbym, żeby o to chodziło.

Poczułam przypływ fali uczuć, która narastała, aż wreszcie przekształciła się w atak paniki ogarniający całe moje ciało.

— Daj spokój, to jakieś szaleństwo. Mówimy o nas. Jesteśmy wyjątkowi, zawsze to powtarzasz. Wszyscy o tym wiedzą.

Tupnęłam nogą, wzniecając tuman kurzu. Poczułam się niebezpieczna. Szalona. Chciałam na niego nakrzyczeć i go pobić. Zacząć biec wokół boiska. Byłam gotowa zrobić wszystko, żeby tylko przestał mówić, przestał wszystko niszczyć. Pomyślałam o mamie, o jej czułym objęciu, o grejpfrutowym zapachu szamponu wymieszanym z zapachem kremu Nivea do twarzy, który wdychałam, gdy całowała mnie na dobranoc. Skrzywiłam się. Na moich policzkach pojawiły się mokre smugi; szybko wytarłam łzy. W ustach poczułam smak kremu do opalania; był ohydny.

Po wyznaniu tej straszliwej prawdy Jacob sprawiał wrażenie załamanego i pustego w środku.

— Ale dlaczego, Jacob? Dlaczego tak mówisz?

Patrzył w dół, na ziemię i na swoje dłonie; wszędzie, byle nie na mnie.

— Gem, proszę cię, nie utrudniaj mi tego jeszcze bardziej. Po prostu nie chcę cię okłamywać. Nigdy sobie tego nie robiliśmy, prawda? Zawsze wszystko sobie mówimy.

Wtarł we włosy pot z czoła, ustawiając je w pionie. Wyglądał idiotycznie. I pięknie. Wzdłuż jego nadgarstków biegły małe czarne kropki; czasami rysował sobie różne rzeczy na rękach podczas lekcji.

— Nie wiem, co się dzieje — mówił dalej. — Może rzeczywiście chodzi o presję związaną z końcem szkoły, ale czuję się jakoś inaczej. Jakbym chciał, żeby moje życie było inne.

Obok mnie przeleciała ważka; zbliżyła się do mnie tak bardzo, że wyraźnie widziałam połyskującą zieleń jej maleńkiego ciałka. I jej szalony wzrok.

— Jest ktoś inny?

Wyprostował się i kopnął butem ziemię.

— Nie. Raczej nie. Ale czasami się zastanawiam, jak by to było być z kimś innym. A ty nie?

Pokręciłam przecząco głową, mimo że to była nieprawda. Nie mówiłam mu o swoich snach z Willem Cobblerem, z Jasonem Gordonem i z Foxem. I z nią.

— Nie — wyszeptałam. — Chcę tylko ciebie.

— Dobra, słuchaj. Zdajmy wszystkie egzaminy, a potem zróbmy sobie krótką przerwę na czas wakacji. Później zobaczymy. Może po prostu potrzebujemy przerwy — powiedział i pokiwał głową w nadziei na to, że się z nim zgodzę. — Oboje.

— Ja nie chcę przerwy.

Zaczął się niecierpliwić i zerkać w stronę szkolnego boiska. Powiedział już wszystko, co miał do powiedzenia, i chciał już sobie pójść. Jego emocje opadły, a rozmowa zaczęła go męczyć. Stałam się dla niego irytująca.

— Od jak dawna to czujesz?

— Nie wiem. Od jakiegoś czasu. Ale to nie jest nic konkretnego. Rozumiesz? Jestem zagubiony, sam nie wiem, co czuję. Myślę, że to normalne. Jesteśmy młodzi. Po prostu potrzebuję trochę czasu, Gem. Nie chcę cię wciągać w swoje bagno. Dobrze?

Pociągnęłam ręką bransoletkę — tę, którą dostałam od niego. Przejechałam po niej palcami wokół nadgarstka, wykonując powolny okrąg.

— Dobrze.

— Potem do ciebie zadzwonię, dobra?

Zrozumiałam, że ze mną skończył. Przytulił mnie i odszedł. A ja stałam kompletnie nieruchomo i wyobraziłam sobie, że jestem bardzo starym drzewem, a moje korzenie wbijają się głęboko w ziemię i próbują dosięgnąć jądra planety, które jest tak gorące, że spala ich końcówki.

Po chwili ruszyłam w stronę jeziora. Usiadłam na największym kamieniu i zaczęłam wrzucać patyki do wody, patrząc przez łzy, jak kolejno zanurzają się pod wodą, a świat, który symbolizują, zamienia się w wielką, niewyraźną masę.

Rozdział dwudziesty ósmy

Piątek 18 grudnia, godz. 9.27

Wracam do Felixa. Staję obok niego i patrzę przed siebie, żeby nie zauważył szaleństwa w moich oczach.

— Wszystko w porządku? — pytam.

— Tak. Obserwuję ludzi. Patrzę, czy ktoś nie zachowuje się dziwnie.

Słońce świeci mocnym blaskiem, więc osłaniam dłonią oczy. Stoimy jakieś dwadzieścia metrów od przenośnej sceny, z lewej strony. Znowu chce mi się pić.

Prawdopodobnie szkoła używa tej samej sceny podczas uroczystości wręczania nagród oraz szkolnych dni sportu. Jeden z nauczycieli, którego przesłuchiwaliśmy — wuefista Troy Shooter — próbuje ustawić mównicę, która robi wrażenie bardzo ciężkiej. Po lewej stronie mównicy biegnie kabel, do którego są przywiązane czerwone balony wypełnione helem. Po prawej stoi kilka nierówno porozstawianych krzeseł, takich samych jak te w pokoju nauczycielskim.

— Przyjechała rodzina — mówi Felix, wskazując głową na lewo.

Zauważam braci Rose i George'a Ryana. Stoją w niewielkim półkolu. Jest z nimi dziewczyna Bryce'a, Amelia Posen. George unosi głowę wysoko, jak gdyby umówił się z samym Bogiem, że godnie przetrwa ten koszmarny dzień. Blondynka od PR-u prowadzi ich do pierwszego rzędu, a oni niezdarnie siadają na krzesłach. Wyglądają jak postacie z filmu, które zawędrowały na niewłaściwy plan. Ich włosy błyszczą z daleka granatową czernią.

— Zupełnie inna — szepczę.

— Co?

— Ona wyglądała zupełnie inaczej niż oni.

Felix spogląda na Ryanów.

— Masz rację. To przez te blond włosy. Były naprawdę cudowne.

— Jak u Roszpunki.

— No — odpowiada, tłumiąc ziewnięcie. — Cholera, ale jestem zmęczony. Tak bardzo chciałbym złapać cię teraz za rękę. I nie tylko.

Uśmiecham się do niego, ale zaraz potem czuję, że moje usta układają się w podkówkę.

— Później. — Tylko tyle jestem w stanie z siebie wydobyć.

Felix kiwa głową w kierunku sceny i prostuje się.

John Nicholson wygląda na przemęczonego. Uderza palcami w mikrofon, a potem mówi coś do blondynki, która rzuca mu zachęcające spojrzenie.

Ludzie zaczynają uciszać się nawzajem, aż w końcu jedyne dźwięki, jakie słychać, to śpiew cykad i nierówny płacz zmęczonego niemowlęcia.

— Dziękuję wszystkim za przybycie — mówi Nicholson i głośno przełyka ślinę. — Rosalind Ryan była...

Robi pauzę i mocno opiera się dłońmi o mównicę. Przez chwilę patrzy w niebo, jakby się modlił, a potem powoli wraca do rzeczywistości.

— Rosalind Ryan była utalentowaną nauczycielką, cudowną uczennicą i niezwykłą osobą. Wszyscy o tym wiemy. Dlatego tak licznie się tutaj zebraliśmy.

Grupka dziewczyn stojących niedaleko nas chwyta się mocno za ręce. Wszystkie mają twarze mokre od łez. Nagle jedna z nich wybucha głośnym płaczem, a pozostałe zaczynają głaskać ją po plecach i szeptać jej coś do ucha.

Nicholson patrzy na nią ze współczuciem.

— Dzisiaj pragniemy uczcić jej cudowne życie i niesamowitą pasję, z jaką nauczała tutaj, w Smithson. Rosalind była bardzo dumna z was wszystkich i z tego, co tutaj osiągnęła.

Głos mu się załamuje, więc odsuwa się na chwilę od mikrofonu. Mimo to słyszę płacz, który wydobywa się z jego gardła. Wkłada ręce do kieszeni i robi kilka głębokich oddechów, żeby się uspokoić, a potem odzywa się ponownie:

— W zeszłym tygodniu wydarzyła się tragedia. Coś, czego nigdy do końca nie zrozumiemy. Rosalind nie chciałaby jednak, żebyśmy nad tym rozpaczali. W jej krótkim życiu było wiele rzeczy, które możemy celebrować, dlatego nie ma sensu snuć spekulacji. To jest zadanie policji, a ja wiem, że śledczy robią wszystko, co w ich mocy, żeby Rosalind i jej rodzina zaznali sprawiedliwości.

Nicholson niezbyt subtelnie kiwa głową w naszą stronę i w tym momencie setki oczu spoglądają na nas. Czuję, że zaczynam się lekko rumienić, i delikatnie odsuwam się od Felixa.

— Ludzie radzą sobie z takimi rzeczami na różne sposoby. To zupełnie normalne. Tutaj nie ma żadnych właściwych ani niewłaściwych uczuć. Dzisiaj kilkoro uczniów wystąpi przed nami w hołdzie dla pani Ryan. Inni podzielą się historiami o niej i przypomną nam, ile dla nas znaczyła.

Nicholson głośno chrząka.

— Rodzina Rosalind też jest tu dzisiaj z nami.

Odwraca się w stronę Ryanów. Mam wrażenie, że George Ryan kiwa delikatnie głową do Nicholsona, ale jego szczęki są mocno zaciśnięte. Bracia siedzą wyprostowani i nieruchomi. Przez tłum przebiega fala szeptów. Znowu patrzę na Nicholsona, który kołysze się na stopach.

— Dziękuję wam za przybycie. Wasza Rosalind była bardzo ważna w naszym życiu. Nie jesteśmy w stanie sobie nawet wyobrazić waszego cierpienia. Zapewniam was, że Smithson będzie zawsze o niej pamiętać.

— Tak. Dziękuję. — Ochrypły głos George'a nawet bez mikrofonu zagłusza śpiewające cykady.

Nicholson kontynuuje:

— Najpierw dwie uczennice przeczytają tekst, który przygotowały na cześć pani Ryan. Potem zaśpiewa dla nas Camille Hollback, utalentowana uczennica drugiej klasy. Na końcu dwoje uczniów ostatniej klasy wygłosi specjalny komunikat ku pamięci pani Ryan.

Kiwa głową i robi kilka kroków do tyłu, żeby usunąć się ze sceny.

Nachylam się do przodu, żeby spojrzeć na ludzi siedzących w pierwszych rzędach. Za rodziną, nieco po lewej stronie, siedzą nauczyciele. Większość z nich kojarzę z przesłuchania w pokoju nauczycielskim. Szerokie barki wuefisty tworzą duży kwadrat pomiędzy dwiema drobnymi kobietami. Rozpoznaję Izzy po jej czerwonych włosach i starszą panią, która z takim przejęciem gniotła chusteczkę w rękach, gdy opowiadała nam o Rosalind.

Nagle dostrzegam Candy Fyfe. Ma na sobie czerwoną bluzkę bez rękawów i mówi coś przyciszonym głosem do kamery. Robi dramatyczny ruch głową i przez chwilę wpatruje się w soczewkę kamery, a potem gestem daje znać kamerzyście, żeby przeniósł obraz na scenę.

— Widać, że ciężko to przeżywa, nie? — pyta Felix, patrząc na Nicholsona.

— Chyba ma do tego prawo?

Na scenę wchodzą dwie dziewczyny, które trzymają się za ręce. W drugiej dłoni każda z nich trzyma jedną różę. Nicholson zachęca je skinieniem głowy. Dziewczyny wyglądają jak elfy nie z tego świata. Mają długie włosy przypominające pióra i duże oczy w kształcie migdałów. Wymieniają spojrzenia i uśmiechają się smutno, jak gdyby zbierały w sobie siłę do tego, co zaraz mają zrobić.

— Pani Ryan była niesamowitą nauczycielką — mówi pierwsza dziewczyna zduszonym szeptem.

Druga ściska jej dłoń nieco mocniej.

— Była pełna pasji. Chciała, żebyśmy pokochali książki i czytanie tak samo jak ona. Pomagała nam się uczyć. *Naprawdę* uczyć.

— To prawda. Każda jej lekcja była wielką przygodą. Chciała, żebyśmy poznawali nowe światy, nie ruszając się z miejsca. Pokazała nam, że wszystko jest możliwe.

Pierwsza dziewczyna zaczyna płakać, a druga mówi dalej:

— Chcemy pani za to podziękować. Nigdy pani nie zapomnimy.

Pierwsza dziewczyna kiwa głową i zaczyna mówić mimo płynących łez:

— Oto fragment jednej z naszych ulubionych książek. Pani Ryan zawsze mówiła, że ta książka to dowód na to, że wielkie historie miłosne mogą zmienić nasze spojrzenie na świat.

— Tekst pochodzi z *Aksamitnego Królika* — mówi druga dziewczyna.

Obie biorą głęboki oddech, a potem na zmianę czytają kwestie bohaterów.

— Co to znaczy być PRAWDZIWYM? — zapytał pewnego dnia Królik, gdy leżeli obok siebie przy szafce, zanim Babcia przyszła posprzątać pokój. — Czy to znaczy, że ma się w środku coś co brzęczy oraz wystający kluczyk?

— Bycie PRAWDZIWYM nie ma nic wspólnego z tym, jak jesteś zrobiony — odpowiedział Zamszowy Koń. — To coś, co może ci się przytrafić. PRAWDZIWYM stajesz się, gdy dziecko bardzo mocno cię kocha, ale nie tylko dlatego, bo chce się z tobą bawić, ale dlatego, że kocha cię NAPRAWDĘ.

— Czy bycie prawdziwym boli? — zapytał Królik.

— Hmm, czasami — rzekł Zamszowy Koń, bo zawsze mówił zgodnie z prawdą. — Ale gdy jesteś prawdziwy, nie przejmujesz się aż tak, gdy ktoś cię rani.

— A czy to się dzieje w jednej chwili, tak jak gdy ktoś cię nakręci kluczykiem, czy stopniowo, kawałek po kawałku? — zapytał.

— To nie dzieje się w jednej chwili — odpowiedział Zamszowy Koń. — PRAWDZIWYM stajesz się stopniowo. Taka przemiana zajmuje dużo czasu, dlatego zwykle nie przydarza się to zabawkom, które łatwo zepsuć lub z którymi trzeba się ostrożnie obchodzić. Zwykle, do czasu gdy staniesz się

PRAWDZIWY, stracisz już większość sierści, odpadną ci oczy, a twoje szwy będą już bardzo poluzowane. Będziesz już bardzo zużyty. Ale wtedy to wszystko jest nieważne, bo gdy jesteś PRAWDZIWY, to w oczach tego, kto cię kocha nie możesz być brzydki. Tak mogą cię nazywać tylko ci, którzy niczego nie rozumieją, którzy nie wiedzą, co to znaczy być PRAWDZIWYM[*].

Czuję, że do oczu napływają mi łzy. Patrzę na Felixa, którego jabłko Adama porusza się w górę i w dół. Wszędzie słychać szlochanie.

Dwie dziewczyny żegnają się skinieniem głowy, a potem schodzą ze sceny.

Dostrzegam Rodneya Masona i nagle tracę grunt pod nogami. Duchy przeszłości natychmiast powracają. Chłopiec stoi przy scenie; wygląda na starszego niż Jacob przed śmiercią. Obok niego stoi Donna Mason, która sięga mu do ramienia. Ma widoczne zmarszczki na twarzy, a brodę uniosła do góry, jakby rzucała wyzwanie wszystkim tu zebranym. Zastanawiam się, czy — tak samo jak ja — wspomina teraz uroczystość żałobną Jacoba, która odbyła się tu przed laty. Zapłakani uczniowie. Nauczyciele targani poczuciem winy. Nieustępujący deszcz. Szok, z którego nikt nie potrafi się otrząsnąć. Wielka pustka przed nami. Donna wygląda, jakby tamtego dnia została zamrożona i już nigdy nie roztajała.

Teraz na scenę wychodzi inna dziewczyna. Ma długie jasne włosy, spięte w niedbały kucyk. Chwyta mikrofon bladymi palcami.

— Zaśpiewam piosenkę, która jest dla mnie wyjątkowa. Napisałam ją w zeszłym roku, a pani Ryan pomogła mi ją dopracować, gdy przygotowywałam się do przesłuchania do szkolnego przedstawienia. Nigdy nie zapomnę, jaka była cierpliwa i ile wsparcia od niej dostałam. Dedykuję jej tę piosenkę.

---

[*] Fragment książki *Aksamitny Królik* Margery Williams w tłumaczeniu Daniela Dudka — *przyp. tłum.*

Dziewczyna rozgląda się po publiczności i patrzy w górę, na rozpalone do białości słońce. Powoli zamyka oczy i bierze kilka powolnych oddechów, a potem zaczyna śpiewać. Jej głos, niski i lekko zachrypnięty, owija się wokół słuchaczy i oczarowuje ich nutami. Powietrze jest naelektryzowane. Dziewczyna śpiewa melancholijny poemat w rytmie bluesa. Przez cały czas ma zamknięte oczy. Felix zerka na mnie i z podziwem unosi brwi. On też czuje tę elektryczność. Ja czuję Rosalind wszędzie wokół siebie — jej zmysłową, uzależniającą obecność. Dobrze wiedziałam, dlaczego Jacob się w niej zakochał. Była pełna magnetyzmu. Taka piękna, taka *wyjątkowa*. W jej towarzystwie nikt nie był w stanie myśleć o niczym innym niż o jej twarzy i aksamitnym spojrzeniu. Wszystko inne stawało się blade i nijakie.

Ostatni dźwięk piosenki zlewa się ze śpiewem cykad. Dziewczyna otwiera oczy, jak gdyby właśnie się przebudziła. Patrzy w niebo i niemo porusza ustami, a potem szepcze do mikrofonu „Dziękuję".

John Nicholson nie próbuje już ukryć łez, które spływają mu po twarzy. Kobieta od PR-u obserwuje go zaniepokojona. Na pewno wolałaby, żeby nie okazywał tak otwarcie swoich emocji.

Rodney i Maggie Archer odłączają się od grupy nastolatków i wychodzą na scenę. Dostrzegam Kaia; ma spuszczoną głowę i wyciera nos w nadgarstek. Wczoraj udało nam się wreszcie przesłuchać Maggie, która wróciła z Melbourne. Odpowiadała na nasze pytania uprzejmie, ale wyglądała na nieco znudzoną. Wciąż powtarzała słowa „tragedia" i „straszne". I chociaż szczegółowo opisała przebieg premierowego wieczoru, włącznie z tym, jak poszła na imprezę z dużą grupą znajomych, ogólny ton jej wypowiedzi wzbudził we mnie spory niepokój.

Maggie, która jest niższa niż większość uczniów, wyciąga głowę i przestępuje z nogi na nogę. Ja wciąż jestem pod wpływem silnych emocji po wysłuchaniu piosenki; mam wrażenie, że jej melodia wniknęła do mojego krwiobiegu. Zaczyna mi się kręcić w głowie.

Jest mi strasznie gorąco; przed oczami pojawiają mi się białe plamki i nagle nic nie słyszę. Chwytam krzesło, żeby nie zemdleć.

Po kilku sekundach wszystko powraca: widzę scenę w pełnych kolorach i znowu słyszę ludzi. Patrzę na Felixa, który nie zauważył mojego nagłego zasłabnięcia. Maggie właśnie kończy swoje oświadczenie.

— Tego właśnie by chciała, więc mamy nadzieję, że spotkamy się drugiego stycznia w jak największym gronie. A wszystkie zyski zostaną przekazane na sfinansowanie programu artystycznego realizowanego tutaj, w Smithson.

Rodney kopie butem podłogę.

— To bardzo ważne, żebyśmy byli teraz razem. Opowiadania, muzyka i sztuka pomogą nam wyleczyć rany. Proszę, zróbcie dla niej tę ostatnią rzecz. Dla pani Ryan.

Przy tych słowach jego głos nagle się załamuje. Przypominam go sobie, jak był mały — samotny, zdruzgotany i rozpaczający po śmierci brata. Rodney spogląda z góry na Ryanów, a potem znowu wbija wzrok w ziemię. Maggie odchodzi od mikrofonu i z delikatnym uśmiechem wita kolegów i koleżanki z klasy. Rodney uświadamia sobie, że stoi sam na scenie, więc zaczyna niezdarnie się wycofywać, nie podnosząc wzroku. Kiedy wreszcie schodzi ze sceny, Donna rzuca mu krytyczne spojrzenie. Ryanowie siedzą nieruchomo. Jestem przekonana, że byliby wspaniałymi pomnikami.

Zmuszam swój mózg do pracy. Chcę wreszcie zejść z tej szalonej karuzeli Rosalind i uciec przed czerwoną plamą przeszłości. Powoli odwracam się do Felixa. Jest prawdziwy i stabilny. Jest tutaj. Nasze spojrzenia spotykają się.

— Wydaje mi się, że ten dzieciak coś wie — mówi, nachylając się do mnie.

— Może — odpowiadam, patrząc, jak Rodney obejmuje przyjaciół.

— No nic — mówi Felix — wygląda na to, że idziemy do teatru.

Rozdział dwudziesty dziewiąty

Piątek 18 grudnia, godz. 13.48

— Tak? — mówię krótko do słuchawki.

Sięgam ręką za plecy, żeby rozmasować sobie mięśnie. Jestem zmęczona, a uroczystość żałobna była dla mnie trudnym przeżyciem. Twarz piecze mnie od słońca. Moje wspomnienia grają w tetrisa, podczas gdy ja przeglądam raporty policyjne, próbując znaleźć w nich coś wartościowego. Felix miał tu być o wpół do drugiej, ale jeszcze nie przyszedł. Nie zrobiliśmy żadnych postępów w sprawie zabójstwa Rosalind i zaczynamy odczuwać coraz większą frustrację.

— Woodstock, telefon do ciebie — mówi w słuchawce Kenny Prosie.

Jego głos jest jednocześnie charakterystyczny i pospolity. Ojciec Kenny'ego pracował kiedyś tu, w komisariacie, dlatego Kenny uważa, że przełączanie rozmów to praca poniżej jego godności. Prawdę mówiąc, Kenny uważa, że prawie każde zadanie, które musi wykonywać, jest poniżej jego godności.

— Kto dzwoni?

— Jakaś wytworna angielska ptaszyna. Chce rozmawiać z detektywem prowadzącym sprawę Ryan. Lila jakaś tam.

Macocha Rosalind. Nagrałam jej kilka wiadomości po mojej środowej rozmowie z George'em Ryanem.

— Przełącz ją, Kenny — mówię.

— Tak jest, sir — odpowiada Kenny sarkastycznym tonem.

Słyszę kliknięcie, a potem zapada cisza. Nagle w słuchawce słyszę delikatne „halo".

— Tu detektyw Woodstock. Czy rozmawiam z Lilą Wilcox?

— Tak. Przepraszam, że dopiero teraz dzwonię. Dopiero dziś odebrałam pani wiadomości. Byłam w podróży.

Jej dykcja jest doskonała jak u spikerki telewizyjnej. Wyobrażam sobie, że ma długą, gładką szyję i starannie ułożoną fryzurę. Włączam słuchawki z mikrofonem i szybko wpisuję jej dane w Google. Zgadłam. Na ekranie pojawia się zdjęcie eleganckiej kobiety o czarnym, przeszywającym spojrzeniu i alabastrowej cerze.

— Cieszę się, że pani oddzwoniła. Chciałabym porozmawiać z panią o Rosalind.

— Rose — poprawia mnie natychmiast.

Słyszę, że bierze krótki oddech.

— Proszę przyjąć moje wyrazy współczucia. Była pani jej macochą? — pytam, wciąż przeglądając stronę z wynikami wyszukiwania dla zapytania „Lila Wilcox". Wygląda na to, że jest znaną specjalistką od kadr.

— Tak. Wyszłam za George'a w dziewięćdziesiątym siódmym roku. Rozwiedliśmy się po czterech latach.

To oznacza, że kiedy się rozstali, Rosalind miała jakieś czternaście lat. W takim wieku człowiek może bardzo przeżywać utratę ważnej osoby w swoim życiu. Wiem coś o tym.

— Jakie miała pani relacje z Rose? — pytam, pamiętając o tym, co mówił George o ich silnej więzi.

— No cóż, była jedną z Ryanów — zaczyna Lila, po czym nagle przerywa, jakby nie zgodziła się z tym, co sama przed chwilą powiedziała.

Jestem pewna, że w tej chwili kręci przecząco głową.

— Nie, tak naprawdę była urocza. Na pewno zbliżyłam się do niej bardziej niż do chłopców. Wiadomość o jej śmierci kompletnie mnie zszokowała, ale nie widziałam jej od ponad dziesięciu lat, więc to wszystko wydaje się bardzo odległe. Moje życie przeniosło się tutaj.

— A „tutaj" to gdzie?

— Mieszkam w Szanghaju. Przeprowadziłam się tu w dwa tysiące czwartym.

— I nie utrzymywała pani kontaktu z Rose?

— Utrzymywałam, zwłaszcza na początku. Dzwoniłyśmy do siebie, a czasami pisałyśmy. Chyba miałam wyrzuty sumienia, że ją zostawiłam. To była taka bystra dziewczyna.

— A potem?

— Potem, no... — Lila zawiesza głos, a ja słyszę tylko jej cichy oddech. — Potem ja się skupiłam na swoich sprawach, a ona wydoroślała. Wyprowadziła się. Zapraszałam ją do siebie, ale Rose nie jest miłośniczką podróży. Była typem domatorki, już jako nastolatka.

Przed oczami staje mi jej skromne mieszkanko. Felix miał rację; wyglądało, jakby należało do starszej pani.

— Dlaczego miała pani wyrzuty sumienia? Chyba od początku było wiadomo, że Rose zostanie z ojcem? — pytam, podkreślając słowo „ojciec", żeby sprawdzić, czy wywołam tym jakąś reakcję.

— No sama nie wiem. Młoda dziewczyna skazana na towarzystwo chłopaków. Zwłaszcza tych chłopaków. Marcus był w porządku, ale pozostali byli trochę agresywni. Pewnie to kwestia wieku, ale i tak się o nią martwiłam. Z jej ojca nie było żadnego pożytku — dodaje, a ja wyczuwam w jej głosie złość i rozgoryczenie.

— W jakim sensie?

Lila wzdycha.

— Nie mam na myśli niczego złego ani niepokojącego. Ta cała sytuacja była tak podręcznikowa, że aż żenująca.

— Podręcznikowa? — dopytuję się.

— No wie pani, ładna, młoda bezdzietna kobieta zakochuje się w przystojnym, bogatym wdowcu z gromadką dzieci. Zasadniczo byłam Marią z *Dźwięków muzyki*. A przynajmniej George chciał, żebym nią była.

— A pani to nie odpowiadało?

— Nie! Jeszcze przed ślubem mu powiedziałam, że bardzo poważnie traktuję swoją karierę. Chyba miał nadzieję, że to się zmieni, gdy poczuję instynkt macierzyński.

— Ale nie poczuła go pani.

W głosie Lili słychać dużą zawziętość. Wyobrażam sobie ją i młodszego George'a Ryana, jak się ze sobą kłócą. Ciekawie byłoby być świadkiem takiej awantury.

— Nie bardzo. No może trochę przy Rose. Ta dziewczyna naprawdę skradła mi serce, ale ja nie jestem stworzona do macierzyństwa.

Lila robi krótką pauzę, a jej głos się załamuje.

— Nie sprawiała żadnych kłopotów. Była niezwykłym dzieckiem, miała w sobie jakiś magnetyzm. Naprawdę chciałam się nią opiekować. Martwiłam się o nią, chociaż sama nie wiem dlaczego. Mam wrażenie, że to przeszkadzało George'owi.

— Kiedy ostatnio rozmawiała pani z Rose?

Lila delikatnie odchrząkuje. W słuchawce słyszę szelest chusteczki do nosa.

— Właśnie dlatego do pani dzwonię. Rozmawiałyśmy w zeszłym tygodniu. Zwykle dzwoniłyśmy do siebie co parę miesięcy. Tym razem była niezwykle rozgadana. Rozmawiałyśmy o jej sztuce. Zadzwoniła do mnie tuż przed próbą generalną. Chyba ze szkoły. Była bardzo podekscytowana.

— To wszystko?

— Nie, nie. Powiedziała, że kogoś poznała.

— Mężczyznę?

— Tak, mężczyznę. Mówiła, że traktuje to bardzo poważnie. Ale była jakaś nerwowa. Nie chciała nic więcej o nim powiedzieć.

— A pytała ją pani?

— Oczywiście, że tak! Mówimy sobie wiele rzeczy, ale w tych sprawach Rose jest bardzo skryta. Ucieszyłam się, że sobie kogoś znalazła. Mówiła o nim z dużym entuzjazmem, ale gdy spytałam, jak ma na imię i czym się zajmuje, wie pani, takie normalne rzeczy, nie chciała nic powiedzieć — mówi Lila i cicho szlocha. — Ten biedny człowiek zapewne teraz odchodzi od zmysłów, kimkolwiek jest. Pewnie pani z nim rozmawiała?

Stukam palcami w blat biurka. Ktoś włączył mecz krykieta i słychać podniesione głosy po strzeleniu bramki. Felixa wciąż jeszcze nie ma.

— Jesteśmy w kontakcie ze wszystkimi przyjaciółmi i z rodziną — odpowiadam Lili naturalnym tonem. — Czy Rose mówiła coś jeszcze?

— Tylko tyle, że chcą razem zamieszkać po nowym roku. Powiedziała, że już wszystko mają załatwione.

Rozdział trzydziesty

Wtedy

Patrzyłam, jak litery skaczą po kartce. Próbowałam przeczytać, co na niej napisałam, i przetworzyć te słowa w mózgu, ale miałam wrażenie, że zmieniły się w ciągi cyfr. To był mój ostatni egzamin. Lato już na mnie czekało, puste i ponure. Ktoś zapomniał obudzić słońce. Jacob zadzwonił do mnie, tak jak obiecał. Rozmawialiśmy tak jak zawsze: o szkole, o jego pracy, o moim tacie i o *Archiwum X*, ale teraz między nami była przepaść, niebezpieczny uskok, przy którym ostrożnie stąpaliśmy, żeby przypadkiem nie spaść w dół. Czułam, że z Jacobem jest coś nie tak, ale nie wiedziałam co ani jak go o to zapytać. Byłam zbyt skupiona na własnej rozpaczy.

Wieczorem tata chciał mnie zabrać na obiad, żeby uczcić zakończenie szkoły przez jego małą córeczkę. „Brawo", powiedział tamtego dnia rano, ale ja wiedziałam, że tak naprawdę miał na myśli „*udało ci* się". Kiedy człowiek staje twarzą w twarz z tak wielką rozpaczą, jest przekonany, że będzie ona powracać w losowych momentach, zabierając mu to, co tak starannie odbudował i co jeszcze utrzymuje go przy życiu. Od kiedy mama odeszła, taty nie opuszcza strach, że ja też umrę, który przejawia się w każdym niewinnym „uważaj na siebie" albo „w razie czego zadzwoń do mnie".

Tata zauważył, że między mną a Jacobem coś się popsuło, ale zbyłam go, gdy mnie o to zapytał, zrzucając winę na egzaminy i nagłe wejście w dorosłość. Już więcej nie poruszał tego tematu, zadowolony, że nie musi stąpać po grząskim gruncie dziewczęcych emocji.

Do końca egzaminu zostało dwadzieścia minut. Patrzyłam na linijki tekstu. Było tam tak dużo słów. Nie potrafiłam sobie przypomnieć, co napisałam, ale ufałam, że mój mózg znał odpowiedzi, a dłonie tak pokierowały długopisem, żeby napisał to, co trzeba. Z arkusza egzaminacyjnego krzyczało do mnie pytanie: *Jak prawdziwa była Twoim zdaniem miłość Romea i Julii? Uzasadnij swoją odpowiedź, uwzględniając realia epoki, w której żyli.*

Poczułam, że mam łzy w oczach, więc odchyliłam głowę nieco do tyłu, żeby nie spadły mi na policzki. Rozejrzałam się po sali. Wszyscy inni siedzieli pochyleni nad stołami i z wielkim zapałem pisali odpowiedzi na kartkach. Kevin Whitby upuścił długopis, który z hałasem potoczył się po podłodze. Jedna z pilnujących nas nauczycielek wydęła wargi, dając upust swojej irytacji, po czym podeszła do niego i podniosła długopis. Kilka rzędów przede mną siedziała Rosalind, której długie włosy opadały miękko na jej ramiona. Promień światła wpadający przez okno sufitowe oświetlał jej włosy, sprawiając, że nabrały jeszcze bardziej złotej barwy. *Najpierw to skończ*, pomyślałam, *po prostu skończ.*

Odłożyłam na bok myśli o niekończącym się, ciężkim lecie, które na mnie czekało, i wróciłam do pisania. Starannie argumentowałam, dlaczego miłość dwojga bohaterów dramatu Szekspira była prawdziwa — do tego stopnia, że wykroczyła poza rzeczywistość, która wydawała im się twarda i pewna, dopóki się nie poznali. *Była prawdziwa*, napisałam, *ponieważ szybko stała się wszystkim, a oni mieli świadomość, że gdyby ją stracili, zostaliby z niczym.*

Rozdział trzydziesty pierwszy

Piątek 18 grudnia, godz. 15.46

Na odprawie relacjonuję rozmowę z Lilą Wilcox po tym, jak dołącza do nas Jonesy. Powietrze w komisariacie jest parne i wilgotne; dwa sufitowe wiatraki dzielnie przesuwają je tam i z powrotem nad naszymi głowami. Czuję, że moja koszula jest mokra na plecach. Felixa wciąż jeszcze nie ma; napisał do mnie, że pracuje nad czymś, co ma związek z finansami Rosalind, i że znajdzie mnie później.

— Kim jest ten tajemniczy mężczyzna, Woodstock?

— Nie wiem, sir.

Jonesy prycha.

— Ale chyba masz jakieś podejrzenia?

Do sali wpada Felix. Daje mi znak ręką, żebym mówiła dalej, i zajmuje miejsce z tyłu.

Patrzę Jonesy'emu prosto w oczy.

— W pierwszej kolejności biorę pod uwagę nauczycieli. A dokładnie dyrektora Nicholsona. No i jeszcze są uczniowie — mówię i zerkam na Felixa, który unosi brwi, a potem dodaję z wahaniem — w poprzedniej szkole podejrzewali ją o romans z jednym z uczniów, więc może miała słabość do młodszych mężczyzn. Na pewno spędziła dużo czasu z Rodneyem Masonem, który grał główną rolę w jej przedstawieniu. Po szkole krążą plotki, że inny uczeń ostatniej klasy, Kai Bracks, był w niej zakochany. On z kolei zajmował się obsługą techniczną przedstawienia. Na walentynki dostała od kogoś kwiaty i wiele osób uważa, że były od niego.

Przypominam sobie róże na mojej werandzie i robię krótką pauzę.

— Jedna z sąsiadek powiedziała, że kilka tygodni temu do Rose przyjechał mężczyzna w luksusowym samochodzie, ale jak dotąd nie mamy żadnego tropu. Może po prostu poznała zwykłego, normalnego faceta — mówię, popijając łyk zimnej kawy. — Musimy też wziąć pod uwagę możliwość, że nie była z nikim związana i okłamała Lilę. Mieszka tak daleko, że nigdy nie dowiedziałaby się prawdy. W każdym razie jeśli kogoś miała, ten mężczyzna się nie ujawnił, co samo w sobie wydaje się bardzo podejrzane. Warto zauważyć, że historia jej rozmów telefonicznych nie wskazuje na to, żeby z kimś się spotykała. Rzadko gdzieś dzwoniła i równie rzadko odbierała telefony. Podejrzenia budzą tylko dwa połączenia z telefonu na kartę, którego numeru nie potrafimy zidentyfikować. Może Rosalind po prostu chciała, żeby jej życie wydawało się bardziej ekscytujące, i wymyśliła sobie ten romans.

Jonesy kaszle, a dźwięk, który z siebie wydobywa, przywodzi mi na myśl papier ścierny.

— Rzeczywiście można odnieść wrażenie, że żyła w swoim świecie. Tak to nazywasz, Ditzy, nie? Czyli na razie same przypuszczenia. Mamy coś konkretnego? Na czym stoimy?

Podchodzę do dużej tablicy, do której poprzypinane są różne kartki. Rosalind patrzy na mnie z wielu zdjęć.

— Nadal niczego nie mamy, sir — mówię, patrząc Jonesy'emu prosto w oczy. — Wciąż nie można wykluczyć możliwości, że to była przypadkowa napaść. Wtedy mielibyśmy odpowiedź, dlaczego nic tu nie pasuje.

— Myślisz, że tak było?

— Nie. Wciąż nie wiemy, dlaczego zabójca porzucił jej ciało w jeziorze. Nadal uważam, że chodziło mu konkretnie o nią.

Robię krótką przerwę, a potem dodaję:

— Możliwe, że motywem zbrodni była ciąża.

— Myślisz, że ojciec dziecka nie chciał, żeby się urodziło?

— Mogło tak być. Albo ogólnie chodzi o mężczyznę, z którym była związana, jeśli rzeczywiście było tak, jak twierdzi Lila Wilcox, Może był wobec niej brutalny. Może się o coś pokłócili. A może wszystko między nimi dobrze się układało, ale gdy powiedziała mu o ciąży, wpadł w panikę.

Jonesy odchrząkuje.

— Możliwe, że wpadła z nieznajomym. Z kimś, kogo dopiero poznała.

— To prawda — przyznaję — ale nie sądzę, żeby tak było. Jest to bardzo mało prawdopodobne, zważywszy na jej charakter i na stopień zaawansowania ciąży. Wszystko wskazuje na to, że chciała urodzić to dziecko.

— Co masz na myśli, mówiąc o jej charakterze?

Biorę wdech i nadymam policzki.

— Szczerze mówiąc, niełatwo to zdefiniować. Trudno jest opisać jej osobowość. Ogólnie była lubiana, ale całkiem spora grupa osób za nią nie przepadała. Wydaje się, że nie była z nikim szczególnie zżyta.

— A o co chodzi z tą aferą z poprzedniej szkoły? — pyta Jonesy.

Kiwam głową.

— Ten incydent wydaje się anomalią, ale może wskazywać na jej skłonność do manipulowania ludźmi. Na pewno narobiła sobie wrogów tym, że tak uparcie forsowała pomysł szkolnego przedstawienia. Nie była hazardzistką, nie brała ciężkich narkotyków, nie miała kryminalnej przeszłości i nie odnotowano żadnych incydentów publicznych z jej udziałem. Kompletnie nic z tych rzeczy — mówię, zerkając na tablicę. — Poza tym, jeśli rzeczywiście z kimś się *spotykała*, dlaczego utrzymywała to w tajemnicy? Dlaczego kryła się z tym przed rodziną i znajomymi? Prawdopodobnie powiedziała o tym Lili tylko dlatego, że mieszka tysiące kilometrów stąd, więc jej tajemnica pozostawała bezpieczna. To jednak świadczy o tym, że Rose *chciała* rozmawiać o tym człowieku. Wydaje mi się, że ten związek, jeśli rzeczywiście istniał, był pod jakimś względem problematyczny. Może mógłby wywołać skandal. Może ten mężczyzna był żonaty. Musiało być coś, co sprawiało, że Rosalind wolała to ukrywać.

Jonesy sapie z rozdrażnieniem.

— Potrzebujemy konkretów, a nie luźnych rozważań. Widzę, że macie jeszcze mnóstwo pracy. Dowiedzcie się czegoś więcej od uczniów. Każdy zna jakąś historię nieszczęśliwej miłości, która zakończyła się tragedią. Spróbujcie zidentyfikować mężczyznę, którego widziała sąsiadka. Tego w luksusowym samochodzie. Może uda wam się jeszcze zdobyć jakieś informacje z poprzedniej szkoły Rosalind. Te sprawy mogą być w jakiś sposób ze sobą powiązane — mówi, ocierając pot z czoła. — Pamiętajcie tylko: żadnych cholernych nadgodzin. Strasznie się tego czepiają.

Rozdział trzydziesty drugi

Sobota 19 grudnia, godz. 5.42

Sprawa zabójstwa Rosalind tak bardzo mnie pochłonęła, że prawie nie myślę o nadchodzącym Bożym Narodzeniu. Do świąt został już niecały tydzień, o czym stale przypominają mi głośne reklamy w radiu. W sklepach panuje atmosfera cichej paniki. Mieszkańcy Smithson zawsze ochoczo świętują Boże Narodzenie. Wzdłuż głównych ulic wywieszają nieco podniszczone plastikowe dekoracje, które wydają nieprzyjemny szelest pod wpływem wiatru. O tej godzinie na ulicach nie ma prawie nikogo; od czasu do czasu można tylko spotkać jakiegoś biegacza albo osobę wyprowadzającą psa na spacer. Zastanawiam się, czy od momentu, gdy znaleziono Rose na brzegu jeziora, ludzie przestali biegać w tamtej okolicy i przenieśli się na chodniki. To zabawne, jak paranoja potrafi zaatakować nasze umysły; sprytnie zadomawia się w naszych myślach, wywołując przyspieszenie kroku i staranniejsze zamykanie drzwi na klucz.

Piekarnia na Hopkins Street, oświetlona niczym choinka, kontrastuje z delikatnymi barwami świtu. W środku widzę Nicka Goulda, który zdejmuje puste druciane tacki z półek na wystawie sklepowej. Nick chodził ze mną do klasy, tak samo jak Rosalind. Słynął z tego, że potrafił zjeść cztery duże pizze naraz. Moja koleżanka Janet zrobiła mu laskę po jednym z takich popisów męskości na domowej imprezie. Przysięgała, że jego sperma smakowała jak pomidory z bazylią.

Duże ciężarówki blokują wjazd na parking przy supermarkecie Woolworths. Z okna samochodu, który stoi najbliżej mnie, wylatuje papieros i niebezpiecznie ląduje przy porzuconej gazecie. Tuż za tlącym się żarem dostrzegam imponującą obwódkę z flegmy. Z boku ciężarówki widnieje powtarzający się tekst *Jill's Turkeys*. Wyobrażam sobie gigantyczne puste ścierwa indyków bez głów wiszące bezwładnie na hakach i podskakujące delikatnie na drodze. Pewnie wyglądają, jakby prowadziły luźną rozmowę o pogodzie.

Parkuję samochód i biorę torby na zakupy w nadziei, że to nie potrwa długo.

— Gemma!

— Cześć, Sydney.

Zawsze muszę kogoś spotkać, gdy idę na zakupy, ale tym razem miałam nadzieję, że jeśli pojadę tak wcześnie, cudem zdołam uniknąć niechcianej pogawędki.

— Przykra sprawa z tą nauczycielką.

Kiwam głową. Sydney jest właścicielką jedynej bawialni dla dzieci w Smithson. Jej ulubiony kolor to różowy i w takim stylu właśnie urządziła całe to miejsce. Nigdy nie zabrałam tam Bena; gdybym tam poszła, poczułabym się jak we wnętrzu gigantycznego brzucha. Sydney ma zaczerwienioną skórę i małe krostki na twarzy, a włosy ściągnęła w ciasny kucyk. Przypomina mi ulubioną zabawkę do kąpieli Bena, która pluje wodą.

— Peeling chemiczny — wyjaśnia, klepiąc się po policzkach. — Do świąt powinno zniknąć. Jest dobry na cerę naczynkową.

Sydney kłuje się w policzek ostrym pomarańczowym paznokciem i dodaje:

— Powoli się starzejemy, Gemmo.

Ponownie kiwam głową, zakładając, że powinnam się z nią zgodzić, i zaczynam iść nieco szybciej w stronę supermarketu. Sydney prawie się potyka na swoich wysokich obcasach, próbując dorównać mi kroku.

— I co, wiecie już, kto to zrobił?

— Jeszcze nie.

— Hm. Mam nadzieję, że rozwiążecie tę sprawę do świąt. Ludzie plotkują o seryjnym mordercy. Słyszałaś, że radni postanowili zorganizować śpiewanie kolęd nad jeziorem? Wyobrażasz to sobie? Bo przecież... Brr — wzdryga się.

Mam wrażenie, że słowa same z niej wypadają, bez żadnej kontroli z jej strony. Duża plastikowa torebka Sydney uderza o jej gołe udo, wydając dźwięk przypominający ssanie.

— To chyba nie jest najlepszy pomysł.

— Oj, nie. Jest koszmarny.

Sydney chwyta rączkę wózka sklepowego i agresywnie ją szarpie, żeby wydostać wózek z długiego rzędu. Nagle jej twarz się rozjaśnia, jakby zza chmur wyszło słońce.

— A tak w ogóle to co robisz w te święta? Z małym Joem?

— Z Benem.

— A tak, racja, z *Benem*. Chyba Georgia ma Joego. *Nieważne*. Jakie masz plany?

— Pewnie spotkam się z tatą, z bratem Scotta i z jego żoną. Nic szczególnego.

— Cudownie, cudownie.

Jej umysł najwyraźniej postawił listę zakupów nad naszą rozmowę i skupił się na zawartości półek.

— Niestety muszę lecieć. Dzisiaj urządzam kolację dla dziesięciorga gości.

— Trzymaj się, Sydney. I pozdrów ode mnie Maxa.

Sydney macha mi palcami na pożegnanie i znika w alejce, manewrując wózkiem z ogromną wprawą.

Mój wózek ma zepsute kółko i muszę się mocno namęczyć przy każdym zakręcie.

Nienawidzę robić zakupów w supermarkecie. Setki produktów ułożonych starannie na półkach gapią się na mnie, a ja nie wiem, co mogłabym z nich przyrządzić. Jestem beznadziejną kucharką. Zanim poznałam Scotta, żywiłam się głównie makaronem, jajkami i ryżem. Często zdarzały mi się dni, w których prawie nic nie jadłam;

po powrocie z pracy piłam wino i zasypiałam na kanapie. Przez pewien czas mieszkałam z Włoszką, aktorką pracującą na pół etatu, która dorabiała sobie wieczorami jako szef kuchni. Próbowałam naśladować jej wyszukane dania, ale nie miałam do tego ręki. Wciąż pamiętam jej histeryczny śmiech na widok mojego nieudanego crème brûlée.

Powiedziałam Sydney prawdę. Święta spędzimy z moim tatą. Brat Scotta Craig i jego żona Laura też do nas przyjadą. I jeszcze będzie ciocia Megan. Rodzice Scotta mieszkają w Wielkiej Brytanii i opiekują się jego babcią od strony mamy. Rzadko przyjeżdżają do Australii. Mają mało pieniędzy, a my nie jesteśmy z nimi jakoś szczególnie zżyci. Ben ze swoją szczerą, dziecięcą radością ze świąt będzie w tym dniu jedynym elementem, który nas wszystkich połączy. Craig i Laura starają się o dziecko od ponad pięciu lat. Nie potrafię spojrzeć im w oczy, gdy wręczają Benowi prezenty.

Wrzucam do wózka paczkę chipsów i chwytam rączkę w ostatniej chwili, zanim uderzy mnie w brzuch. Dzisiaj idziemy na świątecznego grilla do znajomego Scotta, Pete'a. To będzie przebierana impreza. Dziewczyna Pete'a, Fee, ma niewytłumaczalnie duży zbiór strojów seksownych elfów i Świętych Mikołajów, dlatego wymyśliła, że wszyscy goście się przebiorą. Tata zajmie się w tym czasie Benem. Nie mam ochoty tam iść. Wczoraj rano pokłóciłam się o to ze Scottem.

— Mogłabyś czasami dać coś od siebie, Gem — powiedział cicho, jakby mówił do kogoś innego.

— Dobrze, dobrze. Pójdę.

— Lubisz Pete'a — dodał Scott, nie spuszczając oczu z ekranu telewizora. — Lubisz Fee. Lubisz tę ekipę. Więc w czym problem?

Mimo że to, co powiedział, tylko częściowo było prawdą, odpowiedziałam sztywno:

— Nie ma problemu. Powiedziałam przecież, że pójdę.

Wcześniej umówiłam się z Felixem, że spotkamy się dziś wieczorem. Wczoraj napisał, że musi to odwołać, na chwilę przed tym, jak Scott przypomniał mi o imprezie, która kompletnie wyleciała mi z głowy. Byłam tak rozczarowana tym, że nie spędzę czasu sam na sam z Felixem, że miałam ochotę rzucić w Scotta kubkiem, który trzymałam w ręce. Ostrożnie odłożyłam kubek do zlewu, żeby nie kusić losu.

Biorę do ręki pudełko płatków śniadaniowych i bez większego zainteresowania przeglądam listę składników. Wiem, że nie powinnam karmić Bena tym syfem, ale prawdopodobieństwo, że zdołam przygotować coś innego, co będzie chciał zjeść, jest bliskie zeru. Wrzucam słodzone płatki do wózka obok chipsów.

— Gemma Woodstock, *tak myślałam*, że to ty.

Zamieram w połowie kroku.

— No dzień dobry!

Candy Fyfe staje na wprost mnie i macha do mnie palcami.

— Wcześnie robisz zakupy. To śledztwo nie daje ci spać, co?

Jej słowa, które aż się kleją od słodkiej empatii, uciskają w moim kręgosłupie nerw specjalnie zarezerwowany dla tonu jej głosu.

— Nienawidzę robić zakupów. Po prostu chcę mieć to z głowy.

Candy kiwa głową, jakby się ze mną zgadzała.

— Hm. Nie wyglądasz mi na kogoś, kto uwielbia Boże Narodzenie. Te święta są dla ciebie zbyt rodzinne i radosne.

— Idź już, Candy.

— Daj spokój. W pracy nie odbierasz moich telefonów. Wyraźnie los mnie sprowadził do piątej alejki o tej barbarzyńskiej godzinie, żebyśmy mogły wreszcie porozmawiać. Wiesz — mówi dalej, nie zważając na to, czy chcę wiedzieć, czy nie — że w zeszły piątek miałam wolne? Po raz pierwszy od chyba dwóch lat dostałam wolne i akurat wtedy zdarzyło się to morderstwo. Mało brakowało, a nie zrobiłabym o nim reportażu. Wyobrażasz to sobie?

Skręcam wózkiem i popycham go do przodu, żeby się od niej oddalić.

— Byłam wtedy na weselu w Sydney. Było cudownie, dziękuję, że pytasz. Wróciłam w sobotę rano i ledwo zdążyłam pojechać nad jezioro. Od tamtego czasu pracuję pełną parą, żeby rozwiązać tę zagadkę.

Przewracam oczami i mówię:

— Wydaje mi się, że nie powinnaś się zamartwiać takimi rzeczami. Na pewno jest jakiś świąteczny temat, w którym mogłabyś zatopić swoje szpony.

— Oj, nie bądź taka. Chodź, zapraszam cię na kawę. Porozmawiamy na spokojnie. Wczorajsza konferencja prasowa była tylko stratą czasu. Chcę usłyszeć od *ciebie*, jak wam idzie to śledztwo. Dzięki temu nie będę musiała robić *kolejnego* reportażu o tym, że nadal nic nie wiecie.

— Candy, nie idziemy na żadną kawę. Wygłosiliśmy oświadczenie. Codziennie robimy postępy.

— Jak chcesz — odpowiada i zaczyna ostentacyjnie przeglądać produkty na półkach.

Oddalam się od niej. Jestem wściekła bardziej, niż jestem skłonna przyznać.

— Wiesz, co mówią ludzie?

Uparcie patrzę na masło na końcu alejki. *Idź dalej, nie pozwól, żeby cię dopadła.*

Candy melodyjnym głosem rzuca ostatni pocisk w moją stronę.

— Dyrektor szkoły bardzo się przyjaźnił z piękną panią Ryan. Przynajmniej takie krążą plotki.

Obracam się wściekła, a potem zmuszam się do zrobienia kilku głębokich oddechów, żeby stłumić w sobie pragnienie wygłoszenia jakiejś kąśliwej riposty, a Candy, kręcąc zgrabnym dupskiem, odchodzi na drugi koniec alejki.

Rozdział trzydziesty trzeci

Sobota 19 grudnia, godz. 10.34

— Wydaje mi się, że to jest tylko wysypka, ale nigdy nie wiadomo. Zawsze panikuję w takich sytuacjach. W zeszłym miesiącu byłam z nią u lekarza co najmniej cztery razy!

Śmiech Carol rozbrzmiewa w salonie. Carol nazywa to pomieszczenie pokojem słonecznym, mimo że nie ma tu dużego okna, które uprawniałoby je do tej nazwy. Ben wreszcie się uspokoił i bawi się grzecznie na podłodze z synkiem Carol, Jackiem. Carol karmi piersią swoje maleństwo, Olive. Gdzieś w głębi domu gra radio i słyszę znany dżingiel zapowiadający wiadomości. Niemowlę wydaje głośny dźwięk ssania, a Carol cmoka z łagodną dezaprobatą.

— Taka jesteś głodna? Biedactwo.

Carol odgarnia z oczu kręcone włosy i patrzy na mnie przepraszająco.

— Gem, mogłabyś przynieść ciastka z kuchni? W tej chwili jestem uziemiona.

— Jasne, oczywiście.

Zerkam na nią, wstając z kanapy, jak wpatruje się z czułością w Olive, która trzyma ją za kciuk. Odnoszę wrażenie, że Carol jest szczęśliwa w tym stanie uwięzienia.

Idę do kuchni, z której widać salon w całej okazałości. Jasnoszara kanapa robi wrażenie niewiarygodnie miękkiej. Na stosie poduszek leży złożony moherowy koc. Rolety są zasłonięte, a w pokoju panuje chłód od klimatyzacji. Lodówka mruczy miarowo, a kwiaty w donicach, ustawione w równym rzędzie, z pewnością są regularnie podlewane. W pokoju stoi wysoka sosna, na której wiszą czerwone kokardy. Na samym jej czubku znajduje się duża złota gwiazda. Pod świątecznym drzewkiem leżą prezenty opakowane w kolorowe papiery. Najwyraźniej Jack jest posłusznym dzieckiem i Carol nie musi się obawiać, że popsuje tę doskonale wystylizowaną świąteczną scenę. Podchodzę do blatu kuchennego. Do lodówki przyczepione są radosne zdjęcia Carol i jej męża. On ją obejmuje, a ona uśmiecha się do aparatu. Widzę zdjęcia Jacka, Olive i innych małych dzieci. Podejrzewam, że są to siostrzeńcy Carol; kiedyś wspomniała, że jej siostra też ma dzieci. Oprócz zdjęć do lodówki jest przyczepionych kilkanaście zaproszeń na dziecięce urodziny i chrzciny. Dostrzegam też dwa zaproszenia na ślub i jedno na miłosną ceremonię — jest owinięte w srebrną folię i przyklejone do małego wachlarza.

Zawsze gdy odwiedzam Carol, mam ogromną nadzieję, że wreszcie też to poczuję — że radość Carol przeniesie się na mnie. Ale już po kilku minutach czuję znajome rozczarowanie. Po prostu nie pasuję do tego świata. Zwykle kończę spotkanie wcześniej, niż muszę.

Zdejmuję ściereczkę przykrywającą ciastka i idę z talerzem do salonu.

— Wyglądają wyśmienicie — mówię, marząc o tym, żeby czas zaczął płynąć szybciej.

— Zaraz się przekonamy. Lubię wypróbowywać nowe przepisy, ale ostatnio mam pecha. Mam nadzieję, że będą lepsze niż te ciastka z dżemem, które zrobiłam w zeszłym tygodniu na spotkanie matek!

Bierze kęs ciastka. Kilka okruszków spada na Olive, która poirytowana krzywi swoją maleńką buzię, ale Carol tego nie zauważa.

— Często się z nimi spotykasz? — pytam.

— Och, czasami — mówi lekko Carol, jak gdyby nie chciała sprawić mi przykrości. — Wiesz, jak to jest, każdy jest zajęty domem, ale jak tylko możemy, staramy się spotkać i trochę pogadać.

— A co u Casey?

— Chyba dobrze. — Carol kiwa głową, jak gdyby chciała się utwierdzić we własnej odpowiedzi. — Tak, wygląda dobrze.

Mąż Casey, Bill, dostał udaru, gdy ich córeczka Zoe miała roczek. Teraz trzeba się nim stale zajmować. Jedynym miejscem, które oferuje taką opiekę, jest dom spokojnej starości, który znajduje się jakieś trzydzieści minut drogi stąd. Casey odwiedza tam Billa codziennie.

— Myślę, że często płacze w nocy. Ja na jej miejscu na pewno bym płakała. Ale mam wrażenie, że coraz lepiej sobie radzi z tym wszystkim. Zoe wnosi dużo radości do jej życia.

Zastanawiam się, czy ja bym płakała każdej nocy, gdyby Scott dostał udaru. Nie potrafię sobie tego wyobrazić.

Carol kręci głową.

— A wiedziałaś, że Sasha znowu jest w ciąży?

— To cudownie.

— Tak. Teraz już wszyscy oprócz ciebie i Casey będą mieli dwójkę.

Kiwam głową i przypominam sobie krew pod prysznicem w zeszłą sobotę. Nieświadomie chwytam się za brzuch, a potem szybko opuszczam rękę. Carol tego nie zauważa; jest zbyt zajęta głaskaniem delikatnych włosków na główce Olive. Za maleńkim uszkiem dziecka dostrzegam niewielkie zaczerwienienie: to pewnie ta wysypka, o której wspominała Carol. Nagle budzi się we mnie jakieś odległe wspomnienie. Wydaje mi się, że pamiętam, jak mama głaskała mnie po głowie w taki sam sposób. Wiercę się na krześle i próbuję się skupić na jedzeniu ciastka. Kości zaczynają mnie swędzieć od siedzenia w jednej pozycji.

— A ty i Scott wolicie zostać przy jednym dziecku? — pyta Carol obojętnym tonem, ale ja wiem, że chciałaby usłyszeć odpowiedź przeczącą.

Wszyscy by tego chcieli. Najwyraźniej posiadanie jednego dziecka jest bez sensu. W zeszłym roku miałam okazję przyjrzeć się z bliska instynktownemu pragnieniu, jakie odczuwa wiele osób chcących, żebym naprawiła ten błąd. Ben potrzebuje rodzeństwa. Za jakiś czas będę żałować, że mam tylko jedno dziecko. Scott zasługuje na to, żebym mu urodziła drużynę piłkarską. Powinnam mieć córkę, którą będę rozpieszczać. Macierzyństwo da mi większą radość, jeśli będę miała dwoje dzieci. Z drugim dzieckiem będzie już łatwiej. Jestem egoistką.

— Tak — odpowiadam stanowczo. — Ben to dla mnie idealna liczba dzieci. Dla nas obojga.

— Dobrze, że się zgadzacie pod tym względem — mówi Carol wibrującym głosem i patrzy z czułością na Olive.

— Taa — potwierdzam, odkopując zabawkę do Bena.

Zmieniam pozycję. Zawsze tak robię, gdy rozmowa staje się zbyt intymna. Nie lubię się tłumaczyć ze swoich decyzji. Nie lubię też rozmawiać o Scotcie. Nigdy nie zwierzam się ludziom z naszych problemów, a zwłaszcza matkom z naszej grupy, które ledwie go znają. To wszystko jest zbyt skomplikowane, a tego typu rozmowy dużo lepiej się prowadzi przy winie niż przy ciastkach.

Carol wkłada palec do ust Olive i odsuwa ją od piersi z głośnym cmoknięciem. Olive mruga i wygląda na nieco otępiałą. Carol unosi ją do pionu, żeby się jej odbiło, a gdy słyszy odpowiedni dźwięk, odkłada ją z powrotem.

— No, kochanie, teraz czas dla brzuszka.

Olive patrzy na mnie jak bezradny żuczek. Po bokach zwisają jej ręce i nogi, z których na razie nie ma jeszcze żadnego pożytku. Ben i Jack zerkają na nią i cicho chichoczą, a ona odwzajemnia się im szerokim bezzębnym uśmiechem. Ciężko wzdycham; mam wrażenie, że cały świat zmówił się przeciwko mnie.

— Na pewno cudownie jest czasami mieć tylko jedno dziecko! — mówi Carol, uśmiechając się do mnie, a potem opiera się o kanapę i na krótką chwilę zamyka oczy. — I co, dobre te ciastka?

Kiwam głową.

— Mnie też smakowały. No to mam kolejny przepis do kolekcji. Może je upiekę na piknik firmowy Setha.

Carol znika na chwilę w bańce domowej listy spraw do zrobienia.

— A więc... — odzywa się wreszcie i nachyla się do mnie, a oczy jej się rozszerzają. — Jak idzie śledztwo? W tym tygodniu widziałam cię w wiadomościach.

Patrzy na dzieci z poczuciem winy, jak gdyby mroczny charakter mojej pracy mógł zakłócić ich radosną zabawę.

— To dopiero pierwsze dni. Zdobyliśmy wiele informacji, ale wciąż jest jeszcze dużo do zrobienia.

— Myślisz, że go znajdziecie?

Carol mocno chwyta brzeg kanapy, domagając się szczegółów. Ma takie samo spojrzenie jak nowicjusze w komisariacie, którzy pragną, żeby wydarzyło się coś złego, dzięki czemu będą się mogli poczuć jak prawdziwi policjanci.

— Mam nadzieję. Ale to nie jest prosta sprawa.

— Ale co ty o tym myślisz? Że to sprawka psychopaty? Czy raczej zazdrosnego kochanka?

Carol bierze poduszkę i obejmuje ją rękami.

— Słyszałam, że spotykała się z jakimś nauczycielem. Może był żonaty? To by miało sens. Była taka piękna.

Carol patrzy rozmarzonym wzrokiem na podłogę, jak gdyby śmierć w tragicznym trójkącie miłosnym była czymś cudownym i romantycznym.

A ja mam wrażenie, że kości zaczynają mi się przesuwać pod skórą. Muszę się ruszyć. Wstaję i rozglądam się za torebką.

— Niestety na mnie już czas. Muszę jeszcze podrzucić Bena Scottowi i załatwić parę spraw.

— Szkoda. Pracujesz dzisiaj?

Carol wyrównuje fałdki na turkusowej poduszce, a potem wygładza drugą, w kolorze limonkowym. Jestem pewna, że czymś je dodatkowo wypycha.

— Tak. Muszę kogoś przesłuchać — odpowiadam i kiwam ręką do Bena. — Chodź, kochanie, idziemy.

— Ojej — mówi Carol. — Powodzenia. Nas czeka tylko nudny dzień przy filmach Disneya.

Rozdział trzydziesty czwarty

Sobota 19 grudnia, godz. 12.05

— Uważam, że wczorajsza uroczystość pogrzebowa była piękna. Naprawdę cudowna. — Felicity Shooter przytakuje sama sobie, wsypując do kawy pierwszą, a potem drugą łyżeczkę cukru. — Nie sądzisz, kochanie? Naprawdę cudowna.

Troy Shooter kiwa potakująco głową. W ciągu ostatniego tygodnia postarzał się o jakieś dziesięć lat. Wciąż jeszcze nie otrząsnął się do końca z szoku po tym, co się stało. Patrzy na żonę, która popija latte. Przygląda się piance, która została jej na ustach, błyszczącym włoskom nad górną wargą i warstwie czerwonej szminki wychodzącej poza linię ust. Felicity trochę przypomina małą Jacqui z czasów, gdy lubiła się przebierać.

— Tak, tak. — Felicity gdacze jak kwoka. — Było pięknie.

Dzisiaj obudziła się w dobrym nastroju.

— Pojedźmy do tego nowego hotelu, tego z balkonem na froncie. Paula mówiła, że tam jest cudownie. To był dla nas ciężki czas. Myślę, że zasługujemy na odpoczynek.

Troy wzrusza ramionami. Jego zdanie już od dawna się nie liczy.

Przejechali całe miasto w milczeniu. Zimne powietrze klimatyzacji, które dmuchało mu prosto w twarz, silnie kontrastowało z gorącem uwięzionym pod jego marynarką.

— Cudownie, cudownie — powiedziała Felicity, rozglądając się po słonecznym balkonie, gdy kelner zaprowadził ich do stołu. — Spójrz na ten widok. Przepiękny!

Troy rzucił okiem na rozległą dolinę i na niebo zlewające się z zielenią trawy. Krajobraz wyglądał tak, jak gdyby ktoś namalował go akwarelą. Nagle Troy poczuł, że zaraz się rozpłacze, więc szybko usiadł i odchrząknął, starając się wzbudzić w sobie bardziej pozytywne emocje.

A teraz walczy z narastającą paniką i nerwowo rozgląda się po innych stołach. Wielcy mężczyźni o czerwonych twarzach z zaciekłością kroją swoje steki, a kobiety siedzące w rogu śmieją się histerycznie, popijając półprzezroczyste wino. Troy czuje, że kompletnie tu nie pasuje. Kim są ci szczęśliwi, hałaśliwi biesiadnicy? Smithson zmieniło się w ciągu ostatnich kilku lat tak bardzo, że coraz trudniej jest tu spotkać znajomą twarz.

— Miło było zobaczyć wszystkich twoich znajomych z pracy. To bardzo sympatyczni ludzie. Powinniśmy ich kiedyś zaprosić. Założę się, że nikt inny na to nie wpadł. Mille na pewno nie zorganizowałaby takiej kolacji, prawda? To taka introwertyczka. Nawet ta młoda dziewczyna ze śmiesznymi włosami była miła. Kolor wybrała sobie koszmarny, ale wygląda na sympatyczną. I bardzo bystrą. John Nicholson chyba za dobrze sobie z tym wszystkim nie radzi, co? Od razu to po nim widać. Ale kwiaty były piękne, naprawdę piękne. Uwielbiam róże. Oczywiście wolę różowe od czerwonych, ale podobno ona lubiła właśnie czerwone, więc to chyba ma sens.

Troy patrzy na żonę. Mówiła tak długo, że zabrakło jej tchu, i teraz robi głębokie wdechy. Na szyi ma naszyjnik z opalem, który dostała od niego w zeszłym roku z okazji rocznicy ślubu. Troy wyobraża sobie szyję Rosalind. W gazetach napisali, że została uduszona. I uderzona kamieniem. Próbuje sobie wyobrazić Rosalind siedzącą przy swoim biurku w pokoju nauczycielskim albo mijającą go na korytarzu, ale jedyne, co potrafi sobie przypomnieć, to zdjęcie wydrukowane na ulotce z zaproszeniem na uroczystość żałobną. Rosalind w ogóle nie przypominała siebie na tym zdjęciu: miała zbyt ostry makijaż i dziwaczny uśmiech. Jakby osoba, która wybrała to zdjęcie, w ogóle jej nie znała.

Troy pamięta, jak kiedyś wszedł do gabinetu Nicholsona i natknął się w nim na Rosalind. Jej oczy błyszczały gniewem, a z twarzy Nicholsona bił smutek. Nagle pokój się skurczył, a Troy zapomniał, z czym przyszedł.

— W porządku, Troy, wejdź. My już skończyliśmy — powiedział ciężko Nicholson.

Rosalind mocno tupnęła nogą o ziemię, a potem znowu rzuciła Nicholsonowi ogniste spojrzenie i wyszła szybkim krokiem z gabinetu. Troy przypuszcza, że w tamtej chwili mogło się wydarzyć coś ważnego, ale nie ma pojęcia, co o tym myśleć.

— To chyba dobrze, że idą święta. Wszyscy będą mieli okazję, żeby spędzić trochę czasu z rodziną i nie myśleć o całej tej sprawie — mówi Felicity, kiwając głową i wyraźnie ciesząc się na nadchodzące wolne dni — Tak. Mam nadzieję, że policja szybko zakończy to śledztwo i wszyscy będą mogli wrócić do normalnego życia — dodaje, po czym otwiera menu i przegląda listę dań. — Muszę wreszcie się zabrać do planowania świątecznego obiadu. Nie mogę uwierzyć, że to już za tydzień!

Troy prostuje nogi, a potem znowu krzyżuje je w kostkach. Czuje drobne igiełki w lewej stopie. Ostatnio często mu się to przydarza, na przykład w nocy, gdy próbuje zasnąć: zaczyna go dręczyć dziwne uczucie, a wtedy rusza nogami i rozprostowuje stopy, żeby tylko rozproszyć myśli. *Tutaj! Pomyśl o tym! Albo się zastanów! Wyniki meczów, słowa piosenki, stolice. Dokładny kolor oczu Rosalind Ryan.*

— Mówiłam ci, że Jacqui przyprowadzi w święta swojego nowego chłopaka? Poznała go na uczelni. I oczywiście wiesz, że Sophie zdołała przekonać Dave'a, żeby nie szedł na obiad do swojej rodziny, więc będą u nas oboje. Razem z dziećmi.

Felicity cmoka niegrzecznie na kelnerkę i macha ręką, żeby ją przywołać.

— Nie jestem pewien, jak długo jeszcze będę uczyć.

Nie zamierzał tego ogłaszać tak nagle. Nie zdawał sobie nawet sprawy, że ta myśl kołacze mu w głowie, ale gdy tylko wypowiedział te słowa, poczuł, że ogarnia go błogi spokój. Chce jeździć na ryby i na plażę, chce czytać klasykę literatury.

— Troy! Zastanów się. Gadasz bez sensu. Przecież masz dopiero pięćdziesiąt sześć lat!

— I to nie jest mało, Felicity. Jestem zmęczony. Mam dość nauczania. Myślę, że ta cała sytuacja uświadomiła mi, jak bardzo mam tego dosyć.

— Oczywiście, wydarzyła się straszna rzecz, ale to był jednorazowy incydent. Straszliwa, potworna rzecz, ale to nie ma nic wspólnego z nami.

— Wszystko się zmieniło.

— Ale czemu? Rozumiem, że z nią pracowałeś. Na pewno jest ci bardzo ciężko, ale…

Felicity ściska pobladłymi palcami krawędź stołu, a jej czerwone paznokcie wyglądają jak szpony. Spod jej ściągniętych ust wystają pożółkłe zęby. Jest potworna i przerażająca, ale w mgnieniu oka jej twarz powraca do normalności.

Troy szybko mruga i zaczyna się zastanawiać, czy postradał zmysły.

— Ona na pewno była w coś zamieszana. W coś złego. Nie pozwól, żeby to zrujnowało ci życie. Kto wie, w co mogła się wpakować.

Felicity powoli się cofa na krześle i do końca wypija gazowaną wodę.

— Nie przesadzaj, Troy.

To znak, że dyskusja się skończyła.

Troy zmusza się, żeby usiąść prosto i skupić się. Potrząsa nogą, która wciąż mu pulsuje, jak gdyby ktoś przecinał kość piłą. Felicity zaczyna planować świąteczny obiad: danie po daniu, składnik po składniku. Jest tyle do zrobienia. Troy czuje, że pulsowanie przesuwa się w górę jego ciała i idzie aż do mózgu.

Rozdział trzydziesty piąty

Sobota 19 grudnia, godz. 13.48

Podjeżdżam do domu, podrzucam Bena Scottowi, a potem jadę do centrum handlowego. Po drodze dzwonię do Felixa, który wspólnie ze śledczymi badającymi finanse Ryanów przesłuchał kilkunastu pracowników i współpracowników firmy RYAN, żeby wybadać, jak silny jest ich gniew i czy kiedykolwiek grożono George'owi albo całej firmie.

— Niewiele się dowiedzieliśmy — mówi Felix. — Nikt mu nie groził. Wiele lat temu ktoś rzeczywiście zadzwonił do George'a, że w jego domu podłożono bombę, ale to był fałszywy alarm. Stawiam na wygłup dzieciaków.

Słońce pali mnie w oczy. Skupiam się na linii pośrodku drogi.

— Dobra, w takim razie pogadamy później.

— Czekaj, czekaj — mówi Felix. — Nie wiesz jeszcze o moim wielkim odkryciu.

— Czego się dowiedziałeś?

— Pamiętasz, że czekaliśmy na wyciągi z jej kont?

— Tak, i co?

— Miała zwykłe konto osobiste, ale poza tym założyła lokatę terminową w kasie pożyczkowej, na której zgromadziła ponad sto tysięcy dolarów.

Myślę o własnym żałosnym koncie oszczędnościowym, którego saldo od dawna utrzymuje się na poziomie dwóch tysięcy dolarów.

— O kurczę. Po co jej takie pieniądze?

— Nie mam pojęcia. Od kiedy zaczęła pracować, regularnie co miesiąc odkładała mniej więcej połowę pensji. I tak zgromadziła niezłą sumkę. Nigdy nie ruszyła tych oszczędności. Ani razu nic nie wypłaciła. Widać na coś zbierała.

— Może — odpowiadam w zamyśleniu. — A może po prostu nie wiedziała, co zrobić z tymi pieniędzmi. Miała przecież własne mieszkanie, a jej wydatki ograniczały się do zaspokajania podstawowych potrzeb.

— Oprócz wina — przypomina mi Felix. — I kosmetyków do makijażu.

— No tak — wzdycham. — Ale już wcześniej założyliśmy, że to mogły być dwa obszary, w których pozwalała sobie na rozrzutność.

— Kto wie? Ona naprawdę była dziwna. Ale będziemy szukać dalej, może jeszcze coś znajdziemy. Może chciała stąd wyjechać?

— Fundusz ucieczkowy? — zastanawiam się i próbuję odnaleźć w tym wszystkim jakiś głębszy sens.

— Nadal zamierzasz porozmawiać dzisiaj z Maggie? — pyta Felix.

— Tak, właśnie jadę do centrum handlowego.

Uzgodniliśmy, że tym razem spróbuję porozmawiać z Maggie nieformalnie. Jestem przekonana, że wie coś więcej, dlatego chcę ją wziąć z zaskoczenia.

— Ja pewnie spędzę tu z nimi cały dzień, więc zdzwonimy się jakoś później.

Wydaje mi się, że się rozłączył, ale po chwili słyszę ciche „kocham cię".

— Ja ciebie też — odpowiadam i wjeżdżam z niechęcią na parking przed centrum handlowym Ronson, na którym czuć już panującą świąteczną gorączkę.

* * *

— Cześć, Maggie.

Maggie Archer patrzy na mnie zdziwiona i szybko mruga rzęsami pokrytymi grubą warstwą tuszu. Uśmiecha się do mnie ze sztuczną, wyuczoną uprzejmością.

— Ach, tak. Dzień dobry.

Wraca do swoich zajęć i kontynuuje wkładanie par kolczyków na małe srebrne haczyki na wystawie. Głośna muzyka dudni mi w uszach. Maggie ma przypiętą do bluzki plakietkę z imieniem *Emily*.

— Detektyw Woodstock — przedstawiam się głośno.

Maggie z irytacją wiesza ostatnią parę kolczyków, po czym staje wyprostowana.

— O czym chce pani ze mną rozmawiać? — pyta oficjalnym tonem.

Z bliska jej włosy są prawie białe. Po bokach głowy ma upięte małe kosmyki, a reszta włosów opada jej luźno na ramiona. Jest jak oddech lata. Bardzo przypomina mi Rosalind z czasów, gdy chodziłyśmy do szkoły, tylko jej oczy są szklanoniebieskie, a nie brązowe.

Od razu przechodzę do rzeczy, nie zwracając uwagi na jej ton.

— To miłe, że chcecie dalej wystawiać tę sztukę. Jestem pewna, że pani Ryan by tego chciała.

Maggie delikatnie tupie nogą o podłogę. Rozgląda się nerwowo po sklepie, jakby kogoś wyczekiwała. Jaskraworóżowe paznokcie u jej nóg przyciągają moją uwagę; widzę je kątem oka. Ja miałam swój pierwszy pedicure, gdy byłam już dorosła, ale te dzieciaki wychowały się przecież na *Seksie w wielkim mieście*. Nieustannie dziwi mnie to, jak szybko dziewczyny zaczynają dzisiaj dbać o urodę. Pewna ofiara przemocy, którą przesłuchiwałam w zeszłym miesiącu, miała lekkie poparzenia na nogach od wosku. Miała dziewięć lat.

Maggie uparcie patrzy na podłogę.

Pracuje w sklepie z odzieżą, który znajduje się w samym środku centrum handlowego. Jej siostra też jest zatrudniona w tym centrum. Tak naprawdę połowa dzieciaków ze Smithson tutaj sobie dorabia; ja też tu pracowałam, gdy chodziłam do szkoły. Usmażyłam niezliczoną ilość kotletów do hamburgerów, a ich wilgotny, tłusty zapach otaczał mnie jeszcze przez wiele lat, mimo że podczas każdego prysznica z zacięciem szorowałam skórę żelem o zapachu mango.

Do sklepu wchodzi grupka rozgadanych dziewcząt, a Maggie rzuca mi wymowne spojrzenie.

— Przepraszam — mówi cicho i podchodzi do klientek.

Rzucam okiem na ubrania na stojakach. Stosy wyblakłych krótkich jeansów z celowo postrzępionymi nogawkami przywodzą mi na myśl rośliny z poobrywanymi korzeniami tuż przed wsadzeniem do ziemi. Maggie kasuje jedną z dziewcząt, która kupiła pasek, a drugą prowadzi do przebieralni.

— Pani detektyw... — zwraca się do mnie z pewnością siebie, której dotychczas jej brakowało. — Ja jestem w pracy. Możemy porozmawiać kiedy indziej?

— Nie, nie bardzo.

W jej oczach widzę wahanie. Wystawia swoje drobne biodro do przodu i patrzy na mnie umęczonym wzrokiem, jak gdyby nasze role się odwróciły.

— Ja też teraz pracuję — dodaję — a znalezienie osoby, która zabiła twoją nauczycielkę, jest dla mnie priorytetem.

— No *dobrze*. Co chce pani wiedzieć?

— Najpierw powtórzmy podstawowe informacje. Tym razem już bez żadnych prób generalnych. Grałaś Julię w tej sztuce, prawda?

— Tak, ale ta rola zupełnie nie przypomina oryginału. To taka autorska wersja Julii. Gram jej postać, ale mam na imię Jasmine.

— Brałaś udział w castingu?

— Oczywiście. Tak samo jak wszyscy pozostali.

— Rodney Mason też?

Zauważam, że Maggie się czerwieni.

— Tak, powiedziałam już, że wszyscy.

— Pewnie bardzo się ucieszyłaś, że dostałaś główną rolę?

— Oczywiście. Ale ciężko na to pracowałam. Aktorstwo to mój ulubiony przedmiot. Mam nadzieję, że w przyszłym roku dostanę się do Akademii Filmowej. W lutym będę grała małą rolę w sztuce w Sydney, a jako dziecko wystąpiłam w kilku reklamach — mówi i wzruszając ramionami, dodaje: — Jestem w tym dobra.

— Gratuluję.

Maggie patrzy na mnie krzywo i pokazuje gestem dziewczynę, która czeka przy kasie, żeby kupić spódnicę.

— Niech pani chwilę poczeka.

Szybkim krokiem podchodzi do kasy, a ja przyglądam się jej miodowo-świetlistej postaci, gdy żartuje z klientką, komplementuje jej kolczyki i dorzuca darmową próbkę szminki do torebki z zakupami.

Wraca do mnie.

— Przepraszam, na czym stanęłyśmy?

Nim zdążę się odezwać, słyszę brzęczenie jej telefonu. Wyciąga go z kieszeni i powoli się uśmiecha, przelatując palcem po ekranie.

— Przepraszam?

— Chwileczkę — odpowiada.

Patrzę na jej doskonałą twarz i zgrzytam zębami. Ta dziewczyna jest z innego świata.

— Czy Kai Bracks kochał się w pani Ryan?

Maggie prycha.

— Nie mam pojęcia. Pewnie chciał ją przelecieć, ale moim zdaniem to nie była miłość.

— A co z Rodneyem? Czy on ją kochał?

— Tak samo jak Kai.

— Czy ty i Rodney jesteście parą? Na uroczystości żałobnej odniosłam wrażenie, że coś was łączy.

— Parą? Nie. Chodziliśmy ze sobą rok temu latem. Ale bardzo krótko. Jest przystojny, ale potwornie nudny.

— A więc nie jesteście razem?

— Nieeee — odpowiada, przeciągając to słowo. — Przecież powiedziałam, że nie jesteśmy parą.

— A przyjaciółmi? Oboje graliście główne role; nie czuliście się niezręcznie, skoro kiedyś ze sobą chodziliście?

Maggie wykręca szyję w lewą i w prawą stronę jak kot, nie spuszczając mnie z oczu.

— Tak, jesteśmy przyjaciółmi. I profesjonalistami. Ale to wszystko. Zresztą ja teraz wolę dziewczyny.

— Jesteś lesbijką?

Jej telefon znowu brzęczy, a ona spogląda na ekran, po czym uroczo ziewa.

— Pewnie. Można to tak nazwać. Ja wolę unikać konkretnych określeń. Jestem młoda i wszystko jeszcze przede mną.

Walczę z pokusą, żeby chwycić ją za gardło i pchnąć na stojak z biżuterią.

— Zabójstwo pani Ryan na pewno tobą wstrząsnęło. Twoje wczorajsze oświadczenie było bardzo poruszające.

Mam wrażenie, że przez chwilę zastanawia się nad odpowiedzią.

— Kiedy się o tym dowiedziałam, oczywiście bardzo się przejęłam. Morderstwo to coś takiego... *ekstremalnego*. Kompletnie szalonego. Lubiłam ją, mimo że była trochę dziwna. Pan Nicholson mnie poprosił, żebym wygłosiła krótką mowę na uroczystości, a Rodneyowi też na tym zależało, więc się zgodziłam. Wykorzystam okazję, żeby wystąpić przed dużą publicznością. A to akurat było interesujące wydarzenie.

Czuję, że opada mi szczęka; szybko z powrotem zamykam usta.

— Trudno to nazwać wydarzeniem.

Maggie mruga, nie rozumiejąc.

— A pani jak by to nazwała?

Kręcę głową. Nagle brakuje mi słów.

— Ale — kontynuuje Maggie — to wszystko już wcześniej pani mówiłam.

Wydyma wargi i kręci głową, sprawiając, że czuję się przy niej staro.

— Czasami ludzie przypominają sobie rzeczy, o których zapomnieli nam powiedzieć za pierwszym razem — wyjaśniam.

Na ustach Maggie rysuje się delikatny uśmiech.

— Ja niczego sobie nie przypomniałam. Jak pani powiedziałam, przedstawienie się udało. Było fantastycznie. Wszyscy byliśmy bardzo podekscytowani. Pani Ryan też. Była zachwycona tym, że tak dobrze nam poszło. Widziałam ją po spektaklu z bukietem kwiatów w rękach. Podczas przerwy wypiła nawet szampana. Wciąż się uśmiechała i wyglądała na bardzo szczęśliwą.

Staram się oddychać spokojnie.

— Mówiłaś, że po przedstawieniu z nią nie rozmawiałaś. Czy to prawda?

— Mhm. Mignęła mi tylko gdzieś w tłumie. Wszędzie było mnóstwo ludzi, w holu i w auli, a my wszyscy spieszyliśmy się na imprezę.

— U Jamie Klein?

— Tak. Jamie ma idealny dom do urządzania imprez, a jej rodzice wyjechali, więc przyszło mnóstwo ludzi.

— Większość z was tam była, prawda? Większość aktorów?

Maggie pokazuje dwóm dziewczynom drogę do przebieralni i znowu zerka na telefon.

— No tak. Większość z nas. I jeszcze kilkoro uczniów młodszych klas. A nawet kilku absolwentów z zeszłego roku. Zawsze się znajdzie ktoś, kto nie przyjdzie. Na przykład ci, którzy mają hopla na punkcie sportu czy coś takiego. Miles nie przyszedł, bo wcześniej chyba pobił się z Salem. Rodneya też miało nie być, bo następnego dnia miał grać mecz koszykówki, ale ostatecznie przyszedł, mecz został odwołany. Było mnóstwo ludzi. Chyba z setka.

— O której przyszedł Rodney? — pytam ostro.

— Nie wiem. Przecież go nie śledzę. Widziałam go chyba jakieś pół godziny po północy, ale długo byłam na dworze, więc możliwe, że przyszedł dużo wcześniej.

— A co z Kaiem?

— Hm… — zastanawia się Maggie, kręcąc w palcach kosmyk włosów. — Myślę, że gdy przyjechałam na miejsce, już tam był. Czyli koło jedenastej?

Tłumię w sobie rosnącą irytację. Określanie czasu jest koszmarnym zadaniem nawet w dużo bardziej sprzyjających warunkach, a co dopiero, gdy trzeba się opierać na wspomnieniach pijanych nastolatków.

— Na pewno żaden z nich jej nie skrzywdził, jeśli o to pani chodzi.

— Naprawdę? — pytam, z trudem zachowując spokój, gdy patrzę na jej zadziornie uniesiony podbródek. — Bo ty to wiesz na pewno, tak?

— Pewnie. Oni nie są *prawdziwymi* mężczyznami. Wie pani, co mam na myśli? Nie ma takiej możliwości. To są jeszcze dzieci.

Mierzę ją wzrokiem — jej wywoskowane, opalone, kształtne ciało, wystającą kość biodrową i spojrzenie osoby umęczonej życiem — i nagle czuję niespodziewaną falę smutku.

— No dobrze. A gdzie byłaś, gdy się dowiedziałaś o śmierci pani Ryan?

Wzrusza ramionami.

— Mama mi powiedziała. Nocowałam u Jamie, jak wiele innych osób, a mama zadzwoniła jakoś w porze lunchu i mi o tym powiedziała. Miałam takiego kaca, że cała ta historia wydawała mi się kompletnie nierealna. Wszyscy wpadliśmy w panikę. Od domu Jamie do jeziora jest tylko pięćset metrów, więc poczuliśmy się dość nieswojo. Zaczęliśmy się zastanawiać, czy wieczorne przedstawienie się odbędzie, czy nie. To wszystko było naprawdę dziwne.

Przejeżdża palcami pod oczami i wyciera małe czarne smużki pod dolnymi powiekami.

— Potrafiliśmy mówić tylko o tym.

— Kto jeszcze tam nocował?

Maggie patrzy na mnie umęczonym wzrokiem.

— *Mnóstwo* ludzi. Nie wiem. Amy, Jess… Oczywiście Jamie.

— Kai?

— Tak, Kai, Jono, Joel. Część chłopaków spała w namiotach w ogrodzie, więc nie wiem, kto dokładnie został.

— Rodney?

— Nie, on chyba poszedł do domu — mówi Maggie i szybkim krokiem idzie do kasy, żeby obsłużyć klientkę.

Potem wraca do mnie.

— Muszę tu posprzątać. Czy my już…

— Tak, skończyłyśmy — odpowiadam i odchodzę parę kroków, ale odwracam się jeszcze na chwilę. — Aha, jeszcze jedno. Czy ktokolwiek był załamany śmiercią pani Ryan? To znaczy bardziej załamany, niż ty uważałabyś za normalne w takiej sytuacji?

— Hm — zastanawia się Maggie, stukając palcami w brodę. — Trudno stwierdzić. Każdy jest inny. Joel Perkins płakał. To było trochę dziwne, ale dzień wcześniej zmarła jego babcia, więc pewnie dlatego tak to przeżył. Oczywiście wszystkie dziewczyny były załamane. I Rodney. Kiedy go spotkałam w szkole, był bardzo przygnębiony. Ale on zawsze podchodzi do wszystkiego emocjonalnie. Jest bardzo wrażliwy. Pewnie przez tę historię z jego bratem.

Maggie uśmiecha się do mnie uroczo, a ja zaczynam intensywnie się wpatrywać w mały fragment skóry pomiędzy jej oczami.

— A ty, Maggie, nie jesteś wrażliwa? Przecież jesteś aktorką. Taka osoba chyba powinna być szczególnie uczuciowa.

Maggie nachyla się do mnie i odpowiada konspiracyjnym szeptem:

— *Jestem*. Bardzo *intensywnie* wszystko odczuwam, ale chcę być szczera wobec pani. Ta cała sytuacja z panią Ryan jest strasznie smutna, ale jednocześnie jest to najbardziej ekscytująca rzecz, jaka się *kiedykolwiek* wydarzyła w historii tego miasta.

Rozdział trzydziesty szósty

Sobota 19 grudnia, godz. 20.45

Fee wygląda jak aktorka z niskobudżetowego filmu porno. Jej piersi unoszą się i opadają, jakby chciały się wyrwać z puchatego kostiumu pani Mikołajowej. Trzymam przed sobą butelki, które przynieśliśmy, żeby uniknąć żenującego uścisku na powitanie.

— Scotty! — woła Fee, chwytając Scotta i przyciskając swoje obfite piersi do jego ciała. — Super, że jesteś!

Mnie natomiast wita niedbałym machnięciem ręką.

— Cześć, Gem.

— Cześć, Fee. Wesołych świąt.

Wyciągam ręce z butelkami, żebyśmy mogły się na nich skupić.

— O, super, to miło, że przynieśliście coś do picia. Niech pomyślę... Mam turystyczną lodówkę, więc najlepiej tam to zaniosę. Lodówka w kuchni jest już pełna.

Zostawiam Scotta, który rozmawia z Fee i z jakąś inną dziewczyną, przebraną za świąteczny pudding. Lustruję własny kostium: brązowe buty, czerwone pończochy i ciemnozieloną aksamitną sukienkę, która kiedyś należała do mojej mamy. Skądś wygrzebałam starą opaskę na włosy i wplotłam w nią gałązkę bluszczu z naszego płotu, a usta pomalowałam czerwoną szminką. Ostateczny efekt jest taki, że wyglądam jak oprawa świątecznego stołu. Albo jak zbyt zaangażowana przedszkolanka.

Wyjmuję butelki z plastikowej torby i przekładam je do lodówki turystycznej. Większość lodu już się roztopiła; w wodzie pływają jeszcze nieliczne kostki. Wkładam kilka z nich do dużego plastikowego kubka i zalewam je białym winem. Marzyłam o nim przez cały dzień.

Zaraz po rozmowie z Maggie pojechałam na odprawę, a potem wróciłam do domu, żeby spakować Bena, który nocuje dziś u mojego taty. Policjanci po raz drugi przesłuchali dzisiaj około trzydziestu dzieciaków, które były na imprezie u Jamie. Uczestnicy imprezy potwierdzili, że Rodney i Kai też tam byli, a kilka osób przypomniało sobie, że Kai poszedł gdzieś po dodatkowy alkohol, ale żadna z nich nie pamiętała, o której wyszedł ani kiedy wrócił. Kilka dziewczyn, podobnie jak Maggie, widziało Kaia około wpół do dwunastej. Jeden z chłopaków z całą pewnością stwierdził, że Rodney dotarł na imprezę około jedenastej. Kilka innych osób ponoć rozmawiało z nim tuż przed północą, ale większość uczestników przyszła na imprezę już porządnie wstawiona, nic więc dziwnego, że kolejne wersje ich zeznań różniły się od poprzednich. Mało czego możemy być pewni.

Czuję, że nadchodzi kolejna fala bólu głowy, a mały, lecz bolesny pęcherz, który mam na stopie, coraz bardziej daje mi się we znaki. Piję wino i rozglądam się po ogrodzie. Jest tu jakieś dwadzieścia osób. Po lewej stronie domu stoi grill w kształcie misy, w którym pali się niewielki, acz uparty ogień. Większość gości zebrała się wokół dużego dmuchanego basenu, w którym chłodzą się kolejne butelki, a także dwaj Święci Mikołaje o tępych spojrzeniach. Rozmowy i śmiech brzęczą mi w głowie, jakbym była wewnątrz ula. Jedna z dziewczyn — z tego co pamiętam, ma na imię Jennifer — robi zszokowaną minę i trąca Grega Samuelsa w ramię, mówiąc:

— Nie, *nie*! Greg, to *nieprawda*!

Większość osób znam, ale tylko przelotnie. Głównie są to znajomi Scotta. Kiedy staram się połączyć poszczególne osoby z konkretnymi życiorysami, szczegóły zaczynają się ze sobą mieszać, tworząc chmurę słów i faktów. Żonaty, samotny, niesympatyczny, bystry, bogaty. Remontuje dom, podróżuje, gotuje, studiuje. Mam wrażenie, że nie jestem w stanie wykrzesać w sobie wystarczająco dużo siły na to, by poprowadzić niezobowiązujące rozmowy z tymi ludźmi.

— Cześć, Gemmo.

Przede mną staje Doug; bierze puszkę piwa, otwiera ją i szybko wypija kilka łyków. Na głowie ma miękką opaskę z rogami renifera, a jego koszulka przedstawia Świętego Mikołaja na desce surfingowej ciągniętej przez Rudolfa.

Biorę kolejny łyk wina.

— Cześć, Doug — odpowiadam.

— Co słychać?

— W porządku. A co u ciebie? Jak się ma Tyson? Dobrze pamiętam, że poszedł do przedszkola w zeszłym roku?

— Tak. W tym tygodniu minie pierwszy rok. A mała Phoebe ma już dwa lata, wiesz? Nie ma co, dzieci naprawdę szybko rosną. Zresztą sama wiesz to najlepiej. Masz Bena.

Kiwam głową i zastanawiam się, jak zmienić temat.

— A jak wam idzie budowa?

— Świetnie. Nowy dom ma większy metraż, więc znalazło się nawet miejsce na spa, mówię ci, coś wspaniałego. Teraz staram się ciąć koszty, więc resztę malowania zrobię sam. To będzie moje główne zadanie na lato. Ciągle powtarzam Julce: „Zrobię to w wakacje". Nawet mi to pasuje, bo w tym czasie będę mógł sobie posłuchać transmisji meczu krykieta.

— Brzmi wspaniale.

Dostrzegam Julię, żonę Douga, która do nas podchodzi, bierze męża za rękę i opiera głowę na jego piersi.

— Cześć, Gemmo.

— Cześć.

Mój kubek jest już pusty, więc dolewam sobie wina i gestem proponuję to samo Julce.

— Chcesz trochę?

Kręci nieśmiało głową i głaszcze się po brzuchu.

— Nie mogę.

— Jesteś w ciąży?

— Aha — odpowiada Doug, całując żonę w czubek głowy.

— Ojej, to wspaniale. Gratuluję.

— Dzięki.

Stoją przede mną rozpromienieni, jakby przed chwilą dostali pokojową Nagrodę Nobla.

— Wspaniale — powtarzam bezmyślnie i znów dolewam sobie wina.

— Myślałam, że do tego czasu ty też już będziesz w ciąży.

— Daj spokój, Julka — szepcze Doug, jednak ona go ignoruje.

— No co, tak myślałam. Ile Ben ma lat? Dwa, trzy?

— Dwa i pół roku.

— Widzisz? To jest najlepszy wiek. Dobrze, jak dziecko ma rodzeństwo, którym może się opiekować.

— Może masz rację.

Julia ponownie głaszcze się po brzuchu.

— Pewnie jesteś bardzo zajęta pracą. To musi być bardzo trudne — zajmować się takimi sprawami, a potem wracać do domu i do rodziny. Ja nie potrafię sobie tego wyobrazić — oznajmia Julia, sugerując jednoznacznie, że nawet nie zamierza sobie tego wyobrażać.

— Ta cała historia z zabójstwem nauczycielki wydaje się dziwna — mówi Doug, nachylając się do mnie i chuchając mi prosto w twarz. — Słyszałem, że należała do grupy internetowej, która czciła diabła. To by mi nawet pasowało. Miała szaleństwo w oczach. Była piękna, ale szalona. Czy to prawda?

Przez chwilę się zastanawiam, czy jego pytanie dotyczy jej urody, i nie wiem, co odpowiedzieć. Oboje się we mnie wpatrują. Julia przechyliła głowę na bok, a z jej twarzy bije cierpliwość — pewnie w taki sam sposób patrzy na swoje dzieci. *Chyba jesteś trochę zmęczona, co, kochanie? Myślę, że już czas na drzemkę. A teraz opowiedz mi o tej grupie czczącej szatana.*

— A, pytasz o tych wyznawców diabła? Nie, nie badamy tego wątku. Szczerze mówiąc, nikt na razie o tym nie wspomniał.

— To dziwne. Ja usłyszałem o tym wczoraj. Ona musiała być w coś zamieszana. Przecież takie rzeczy nie przytrafiają się normalnym ludziom.

Doug wygląda na zagubionego, jakby się zastanawiał, czy to w ogóle jest możliwe, żeby komukolwiek przytrafiło się coś tak strasznego bez żadnego udziału z jego strony. Wypite wino rozlewa się wokół moich myśli. Julia i Doug patrzą na mnie z góry, jakby przyłożyli oczy do niewłaściwego końca teleskopu.

— Nie mogę o tym rozmawiać, ale w tej chwili badamy kilka możliwych scenariuszy. Na razie jeszcze mamy wiele znaków zapytania.

Wiem, że chcą mi zadać więcej pytań, ale udaję, że jestem zajęta nalewaniem wina do kubka, i mam nadzieję, że któreś z nas zmieni temat rozmowy.

— Cześć — mówi Scott, który nagle staje obok mnie.

Jest ubrany cały na biało; przebrał się za płatek śniegu. Drapie się w stopę, napinając przy tym mięśnie swoich krótkich, masywnych nóg.

— Pieprzone komary. Już mnie jakiś dziabnął.

Uśmiecham się do niego i widzę, jak przeskakuje wzrokiem z mojego kubka na opróżnioną do połowy butelkę wina, która stoi obok mnie na ziemi.

— Julka znowu jest w ciąży — mówię.

Scott uśmiecha się do nich, a potem odpowiada:

— Tak, wiem. Chyba ci o tym mówiłem.

Czuję, że moją twarz oblewa rumieniec.

— Nie, na pewno nie.

Julia chyba się zmartwiła, że informacja o jej ciąży nie wstrząsnęła naszym życiem domowym. Doug macha ręką i zamyka temat:

— Nie przejmujcie się. To już trzecie dziecko. Nie zdziwię się, jak niedługo stracicie rachubę!

Julia patrzy na niego wymownie.

— Pójdę po wodę.

— Hej, ludziska.

Do naszego półkola dołącza Murray Evans, a także Paul James i Fox, obaj owinięci w pasie ręcznikami. Fox przygląda mi się tak uporczywie, że uciekam wzrokiem i zaczynam oplatać rąbek sukienki wokół palca. Ostatnio rzadko widuję Foxa, ale gdy się spotykamy, momentalnie zamykam się w sobie — tak mocno mi się kojarzy z tym okresem w moim życiu, w którym wszystko się popieprzyło.

— Hej wszystkim! Wesołych świąt — odpowiada Scott i klepie przybyłych po plecach, a potem wita się z nimi mocnym uściskiem dłoni.

Fox jest już chyba pijany, ale rzadko kiedy widzę go trzeźwego. Ma szeroko otwarte oczy i nieobecne, zamyślone spojrzenie. Górna połowa jego ciała zatacza delikatne kręgi, ale stopy trzymają go mocno na ziemi, jakby były do niej przytwierdzone. Murray uśmiecha się szeroko i klepie go po plecach. Murray chodził do szkoły ze Scottem. Mają urodziny w ten sam dzień, a Simon, synek Murraya, jest w wieku Bena. Murray jest bliskim przyjacielem Scotta i zawsze traktował mnie z dystansem.

Paul James daje mi szybkiego całusa w policzek.

— Świetnie wyglądasz, Gemmo. Wesołych świąt.

— Dzięki, Paul, nawzajem.

Czuję delikatne zawroty głowy.

— Idę do toalety — informuję Scotta, który jest zbyt zajęty pokazywaniem na telefonie najnowszych zdjęć Bena Murrayowi i Dougowi, żeby to zauważyć.

Zamykam drzwi do łazienki na zamek, a potem opieram się o nie po wewnętrznej stronie i patrzę na sufit, na którym hałaśliwy wentylator zatacza powolne kręgi. Jestem już pijana. Siadam na toalecie i po chwili czuję się odrobinę lepiej. Uświadamiam sobie, że nic nie jadłam od czasu wizyty u Carol, która poczęstowała mnie ciastkiem. Pas do pończoch mocno odcisnął mi się na brzuchu. Zdejmuję pończochy i zakładam buty na gołe stopy. Mam nieogolone nogi, ale po ciemku raczej nikt tego nie zauważy. Przejeżdżam palcami pod oczami, żeby wytrzeć czarne ślady po kreskach, które namalowałam sobie na powiekach. Suszę twarz papierem toaletowym i sprawdzam, czy nie mam czegoś między zębami, a potem wkładam włosy za uszy. Korona z bluszczu, którą sobie uplotłam, wygląda biednie i tandetnie w ostrym świetle łazienki. Myję ręce i z pewną satysfakcją zauważam, że zapach mydła nie pasuje do opisu na luksusowej butelce.

Idę przez trawnik w stronę Scotta.

Nagle obok mnie pojawia się Fee z butelką wina.

— Co u ciebie słychać, Gemmo? Jak tam w pracy?

Fee ostrożnie dobiera słowa, jakby ważyła każde z nich i zastanawiała się, czy może je wypowiedzieć na głos. Sukienka trochę jej się zsunęła z lewej piersi, odkrywając wyraźną linię sztucznej opalenizny.

— Takie sprawy jak zabójstwo tej nauczycielki muszą cię kosztować *mnóstwo* siły. Nie potrafię sobie tego nawet wyobrazić.

Nachyla się do mnie tak bardzo, że widzę na jej nosie małe pory przykryte warstwą podkładu.

— Pozwalają ci oglądać zwłoki? — pyta, wzdrygając się. — To musi być okropne.

Biorę kilka łyków wina, które nalała mi do kubka. Zaczynam się dusić w swojej aksamitnej sukience, więc pociągam jej wysoki kołnierz do góry. Fee otwiera szeroko oczy, żądna krwawych szczegółów.

— To moje śledztwo. Robię to, na co mam ochotę.

Nagle biodro gdzieś mi ucieka i tracę równowagę, mimo że stoję w miejscu.

— Ooj.

Fee wybucha śmiechem.

— Aha. No to dobrze.

— Chodzę na siłownię z facetem, który ją znalazł na brzegu jeziora — odzywa się niezbyt głośno Fox, który właśnie stanął za moimi plecami. — To wszystko bardzo nim wstrząsnęło.

Pamiętam ten głos sprzed milionów lat: łagodny, ale zawsze bardzo poważny.

— Cześć, Fox — mówię.

Fox stoi tak blisko mnie, że czuję na uchu jego oddech.

Fee poprawia sobie górną część sukienki i patrzy na nas, unosząc brwi.

— Pójdę tylko zmienić muzykę.

Scott macha do mnie z drugiego końca ogrodu. W tym świetle wygląda na grubszego, niż jest w rzeczywistości; jego sylwetka przypomina mi koła ułożone jedno na drugim, z chwiejącą się głową na czubku. Dopiero teraz widzę, jak bardzo przytył. *Wszyscy przytyliśmy*, myślę, rozglądając się dookoła. Moje uda są spocone i nieprzyjemnie ocierają się o siebie. Moja bielizna jest wilgotna. Czuję, jak cierpnie mi skóra. Ciekawe, czy w tym świetle Fox widzi plamy pod moimi pachami.

— Mm.

— Co? — pyta Fox ze śmiechem.

Powoli wydycham powietrze ustami, wprawiając je w wibrację.

— Nie wiem.

— Co słychać?

— Jestem pijana — odpowiadam.

Fox zapala papierosa.

— Widzę.

— To był wypadek.

— Ojej.

— Tak.

— W takim razie powiedz mi jedną rzecz. Czy to nie jest dziwne? — pyta, a jego oczy zamieniają się w wąskie szparki.

— Co jest dziwne?

— Poszukiwanie jej mordercy?

Rzucam mu surowe spojrzenie. Stoi w półświetle i przez chwilę mam dziwne wrażenie, jakby lewa strona jego twarzy zniknęła. Zerkam na resztę towarzystwa.

— To było głupie pytanie.

— Może. Przepraszam — odpowiada, machając ręką, jakby chciał wymazać swoje słowa. — Po prostu pamiętam czasy, w których sama chętnie byś ją zabiła. Dlatego uznałem, że to musi być trochę dziwne.

— To nieprawda — syczę na niego. — Nie mów tak.

Fox wzrusza ramionami.

— To było dawno temu.

Proponuje mi swojego wypalonego do połowy papierosa. Kręcę głową, a on znów wzrusza ramionami.

— Wolę własnego — mówię, a on rzuca mi szelmowski uśmiech.

— Jasne.

Zapala nowego papierosa i podaje mi go, delikatnie muskając moją dłoń palcami.

Pamiętam, jak przyszedł do mnie do domu po śmierci Jacoba. Wziął mnie za rękę i siedzieliśmy tak razem na kanapie. O mały włos wszystko bym mu wtedy wyznała, ale słowa utknęły mi w gardle. Nie wiedziałam, od czego zacząć — jak mu wyjaśnić dziwaczność całej tej sytuacji i to, co zrobiłam. Dlatego nie przerywałam tej krępującej ciszy. W końcu powiedziałam mu, że chcę się przespać. Objął mnie trochę zbyt mocno, a potem pocałował mnie w czoło, w ramię i w twarz. Wyszarpnęłam mu się, a wtedy sobie poszedł. Od tamtego czasu wszystko między nami się zmieniło. W jego towarzystwie czuję się niespokojna. Zestresowana.

Podnoszę wzrok, żeby mu się przyjrzeć, i widzę znajome lekko kręcone jasne włosy, delikatną opaleniznę i ciemne oczy. Chyba jest trochę grubszy i większy niż wtedy; jego łagodne rysy twarzy trochę się wyostrzyły, a jasna szczecina na brodzie skręciła się i zagęściła. Bezmyślnie otwieram usta. Chcę, żeby w tej chwili mnie zapragnął.

Fox długo zaciąga się papierosem i uważnie mnie obserwuje.

Przypominam sobie zapach szkolnych śniadaniówek, odcinki *Przyjaciół* i soki z kruszonym lodem. Jacoba.

Słyszę piski dobiegające z drugiego końca ogrodu. Fee urządziła zabawę w przechodzenie pod tyczką. Jej piersi falują, gdy odchyla się do tyłu i idzie powoli do przodu w kierunku kija od miotły trzymanego przez Julię i Scotta. Kij jest trochę wykrzywiony i Fee go trąca, a wtedy zaczyna się histerycznie śmiać i upada na plecy. Z miejsca, w którym stoję, można odnieść wrażenie, że Scott patrzy prosto na jej dekolt. Bierze ją za rękę i podciąga ją do góry, delikatnie ją podtrzymując. Oboje się śmieją. Dym papierosa przykleja mi się do skóry. Nie paliłam od lat, dlatego gdy się zaciągam, mam lekkie zawroty głowy.

— Przyniesiesz mi piwo?

— Pewnie — mówi Fox, kiwając głową.

Wraca z butelką Carlton Draught.

— Wspomnienie starych czasów. Klasyka.

Kiedy zimny napój wnika w moje ciało, moje komórki nerwowe zaczynają śpiewać.

— Boże, jak ja tego potrzebowałam.

— Chodź ze mną — mówi Fox i idzie w stronę bocznej ściany domu.

— Co?

Nie zatrzymuje się.

— Dobra, idę. Ale co? O co chodzi, Fox?

Stajemy w miejscu, do którego nie dociera żadne światło.

— Nie wiem… Słuchaj.

Chwyta mnie za ręce.

— Ostatnio dużo myślałem o Jacobie. Nie wiem dlaczego. Może przez to, co się stało z Rose Ryan, a może dlatego, że minęło dziesięć lat. Nie wiem.

Fox przestępuje z nogi na nogę, a ja zerkam na ogród. Na płocie widzę tańczące cienie imprezowiczów, którzy kolejno przechodzą pod tyczką. Ktoś pogłośnił muzykę, a ludzie śpiewają hymn świąteczny Mariah Carey, straszliwie przy tym fałszując.

— Nawet w zeszłym tygodniu odwiedziłem jego grób — mówi Fox.

— Serio?

— Nigdy tam nie byłaś, co?

Biorę duży haust piwa, a bąbelki momentalnie uderzają mi do nosa.

— Nie wiem, po co miałabym to robić.

Fox wybucha śmiechem.

— Och, Gem. Jesteś taka twarda. Twardsza niż my wszyscy. Bardzo mi na tobie zależało, wiedziałaś o tym? Na Jacobie też, ale na tobie bardziej. Nadal uważam, że to, co się stało, nie ma sensu. Ciągle o tym myślę. To nie miało żadnego sensu, prawda? To, co zrobił. A jak się dowiedziałem, że *ona* nie żyje, poczułem... Sam nie wiem. Chyba że od początku miała z tym coś wspólnego. Że była czarownicą.

Mam wrażenie, że ktoś zaciska moje serce w pięści coraz mocniej i mocniej. Jeszcze trochę i eksploduję.

— Nie gadaj głupot, Fox. Ona nie uprawiała magii!

Fox zapala następnego papierosa, a dym odnajduje drogę do moich płuc. Tęsknota za przeszłością wypełnia całą moją klatkę piersiową. Walczę, żeby zdystansować się od tego uczucia.

— Słuchaj, Fox, to było wtedy, a teraz jest teraz. Nie lubię wracać myślami do tamtych wydarzeń. To w niczym nie pomaga.

Fox patrzy na mnie przez chmurę dymu.

— Czy ktoś o ciebie dba, Gem?

Przewracam oczami.

— Jesteś szczęśliwa? Widzę, że nie jesteś.

Nagle mnie obejmuje i przykłada swoje usta do moich. Czuję smak dymu, przypraw i trawki. Ocieram głową o szorstką ścianę cegieł i znów jestem w liceum.

— Przestań!

Odpycham go od siebie, najpierw łagodnie, a potem bardziej stanowczo.

— Daj spokój, Gem, to nic takiego.

— Nie, przestań.

Stoimy tak zablokowani i patrzymy na siebie przez chwilę, a potem w mojej głowie zapada czarna pustka.

— E, cześć.

Na końcu ciemnego przejścia pojawia się Scott, wyraźnie widoczny w świetle lampy.

Odsuwam się od Foxa.

— O, cześć. Wszystko w porządku? Gem jest trochę zdenerwowana. To był stresujący tydzień. Wspominamy stare czasy, wiesz? — odzywa się Fox, zupełnie nieporuszony nadejściem Scotta. — Prawda, Gem?

Kiwam głową i uśmiecham się do Scotta, który wygląda dziwnie blado; może to sprawka lampy ogrodowej, która oświetla go jak reflektor.

— Taa. Dzięki, Fox. Muszę się napić. Boże, ten upał nie chce odpuścić.

Zostawiam ich samych i wracam do ogrodu. „Cześć, hej", witam osoby, które mijam po drodze, i idę w stronę stołu z napojami. Muzyka pulsuje w moim ciele. Nie mogę znaleźć żadnego wina, więc nalewam do kubka gin i dodaję do niego odrobinę toniku, który uchował się jeszcze w butelce.

Przy dmuchanym basenie tańczy grupka ludzi, którzy trzymają ręce uniesione w górę. Scott chwyta mnie za łokieć.

— Chcę zatańczyć — mówię i odpycham go od siebie, unikając kontaktu wzrokowego.

Biorę łyk drinka i dołączam do tancerzy. Większości z nich nie rozpoznaję; tylko Doug przybija mi piątkę tak mocno, że mam igiełki w dłoni.

— Dajesz, Gem! — mówi, a ja uśmiecham się w odpowiedzi.

Wszyscy się do mnie uśmiechają. Miło jest potańczyć. Zastanawiam się, czy Scott albo Fox mnie obserwują, ale nie zatrzymuję się, żeby na nich spojrzeć. Macham rękami, gdy zaczyna się nowa piosenka. Wszystkie kobiety piszczą i skaczą, jakby dostały zastrzyku nowej energii. Poruszam ciałem w rytm muzyki. Muszę zdjąć buty, bo stopy mnie palą. Podskakuję w miejscu i zrzucam obuwie. Rozprostowuję palce u nóg i wracam do tańca, kręcąc się w szalonym tempie. Jacob, Scott, Felix, Fox. Mam dość myślenia o nich wszystkich. Gra piosenka za piosenką, a ja wciąż tańczę. Jest tak *gorąco*. Pozostałe kobiety cieszą się, że jestem tu z nimi. Chwytają mnie w talii i kręcą mną dookoła, a ja czuję się jak gimnastyczka albo balerina, która zatacza idealne kręgi na parkiecie.

Jest mi za gorąco. Muszę usiąść. Zerkam na zegarek. Która to godzina, pierwsza czy druga? Cholera, jutro rano idę do pracy. I znowu będę próbowała się dowiedzieć, kto zabił doskonałą, cudowną Rose Ryan. Idealną dziewczynę, która wszystko zniszczyła. Włosy przyklejają mi się do karku. Może wejdę do basenu i postoję chwilę w wodzie? Robię duży krok nad dmuchanym brzegiem basenu. Cały lód już się roztopił, ale woda jest jeszcze zimna. Zupełnie jak w jeziorze. *Rosalind nie żyje, Jacob nie żyje. Nie żyje, nie żyje, nie żyje, ale nie ja, ja wciąż tutaj jestem, zupełnie sama.* Ta myśl jest tak szalona, że prawie wybucham śmiechem. Wciąż jeszcze nie mogę złapać tchu po szalonym tańcu. Muszę usiąść. Robię kilka kroków do tyłu i próbuję usiąść na brzegu basenu, który natychmiast ustępuje pod moim ciężarem, a ja zanurzam się w lodowatej wodzie. Upadając, słyszę wokół siebie śmiechy i piski.

Rozdział trzydziesty siódmy

Sobota 20 grudnia, godz. 7.57

Otwieram oczy i pierwszą rzeczą, jaką widzę, jest wiadro stojące przy łóżku. Z tego miejsca nie potrafię ocenić, czy jest puste, czy nie, ale dobrze pamiętam, jak nad nim wisiałam, gdy Scott przywiózł mnie do domu. Za sobą słyszę jego oddech przerywany delikatnym chrapaniem. Krew w skroniach pulsuje mi tak mocno, że zamykam oczy. Muszę wstać i uszykować się do pracy. Wcześniej planowałam, że rano odbiorę Bena od taty, żeby Scott nie musiał tego robić, ale teraz już nie ma na to czasu. Powoli wstaję i zerkam na śpiącego Scotta. Jego mięśnie twarzy są rozluźnione, a powieki gładkie jak u dziecka. Wygląda tak spokojnie. Ma lekko rozchylone usta, których kąciki delikatnie unoszą się w górę. Stał się dla mnie obcym człowiekiem.

Wstaję. Myję przepłukane już wcześniej wiadro i po cichu odstawiam je do pralni. Bez Bena ten dom jest jak pusta muszla; jakbym zanurzyła uszy pod wodą. Cisza wokół mnie aż krzyczy. Włączam radio, ale głosy i śmiech roznoszące się echem po całej kuchni sprawiają, że przechodzi mnie fala mdłości. Biegnę do toalety i kilka razy wymiotuję. Moja twarz oblewa się potem, a kwaśny zapach wina sprawia, że mdłości jeszcze bardziej się nasilają. Kiedy mój żołądek wreszcie się uspokaja, spłukuję wodę w toalecie i osuwam się na podłogę. Opieram głowę o chłodną muszlę klozetową i płaczę, a łzy płyną mi po policzkach. W końcu biorę się w garść, myję twarz i kark, szczotkuję zęby, a włosy związuję w niedbały kok. Biorę do ręki telefon komórkowy i wychodzę na taras, żeby zadzwonić do taty. Rozmawiam przyciszonym głosem z Benem, który z ekscytacją opowiada mi o tym, jakie płatki dostał właśnie na śniadanie. Potem proszę go, żeby przekazał telefon dziadkowi.

— Muszę jechać do pracy. Scott podjedzie do ciebie trochę później i odbierze Bena, dobrze?

— Oczywiście. Przecież wiesz, że lubię się nim zajmować.

— Dzięki, tato.

— Jak było wczoraj? Dobrze się bawiliście?

— Tak, było super.

— To dobrze, kochanie. Oboje ciężko pracujecie i musicie się czasami zabawić. Jesteście jeszcze tacy młodzi.

Kiwam głową, walcząc ze łzami, które napływają mi do oczu.

— Muszę kończyć. Powiedz Benowi, że zobaczymy się później.

Kończę rozmowę i zbieram się do wyjścia. Piszę do Scotta liścik, w którym informuję go, że załatwiłam wszystko z tatą i może odebrać Bena później, a ja sama będę w domu około dziewiętnastej. Jak dobrze, że jeszcze śpi. Za nic bym nie chciała, żeby teraz mnie widział. Myślę tylko o Felixie. Jedyne, czego pragnę, to wskoczyć z nim do łóżka i przez kilka godzin cieszyć się dotykiem jego dłoni na całym moim ciele. Wsiadam do auta. Moja frustracja rośnie tak bardzo, że z całej siły uderzam dłońmi o kierownicę. Znowu zaczynam płakać, a moje oczy robią się czerwone, gdy myślę o Foxie, o moim tańcu i o tych wszystkich momentach z wczorajszego wieczoru, których nie pamiętam. Felix, Scott, Ben, Jacob, Rose. Zaciskam usta i staram się wziąć kilka uspokajających oddechów. Znalazłam się w stanie nieważkości, który jeszcze bardziej nasila mój niepokój, bo nie mam żadnego punktu zaczepienia. Linka się zerwała, a ja podryfowałam zbyt daleko. Mam wrażenie, że moja rzeczywistość to permanentny stan surrealizmu.

Myślę o tacie, który w tej chwili szykuje Benowi śniadanie, przytula się z nim na kanapie, a może układa razem z nim puzzle albo czyta mu książkę. Urodzenie Bena to najlepszy prezent, jaki kiedykolwiek mu dałam. Dzięki temu nastała nowa era w rodzinie Woodstocków, a śmierć mamy zyskała oficjalny status czegoś, co się wydarzyło jedno pokolenie wcześniej. Wreszcie mogliśmy zamknąć ten rozdział i zostawić go w przeszłości. W ostatnich tygodniach mojej ciąży tata chodził wokół mnie na paluszkach; prawie bał się przy mnie oddychać. Gdy na mnie patrzył, zawsze miał łzy w oczach. Przeraźliwie się bałam, że wydarzy się coś złego. Prawie uwierzyłam, że nie zdołam utrzymać tej ciąży. Byłam przekonana, że szczęście, które za bardzo się do mnie zbliżyło, zostanie mi nagle i szybko odebrane.

Ostatecznie Ben urodził się przedwcześnie. Poród zaczął się niespodziewanie trzy tygodnie przed terminem w zimny czerwcowy poranek. Spałam na kanapie w salonie otulona cichymi dźwiękami płynącymi z telewizora i nagle obudziłam się z mocnym szarpnięciem. Czy to był jakiś hałas na zewnątrz? A potem to się powtórzyło: cichy jęk. Potrzebowałam chwili, żeby zrozumieć, że ten dźwięk pochodzi ze mnie. Dziecko się rodziło. Moje dziecko przychodziło na świat. Nie poruszyłam się, tylko dalej leżałam nieruchomo. W pokoju migotało światło telewizora, a z dużego zdjęcia stojącego na podniszczonym drewnianym gzymsie nad kominkiem patrzyła na nas mama. Ścisnęłam gardło, żeby powstrzymać falę bólu, a potem przykucnęłam na podłodze i pozwoliłam, by ta fala mnie ogarnęła. Wypłynęło ze mnie coś mokrego, ale ja się nie poruszyłam. Pomyślałam wtedy, że to jest ostatnia chwila, w której jestem całkowicie sama. Instynktownie to wiedziałam. Byłam ciężarną kotką, dzikim zwierzęciem. Prawie matką. Napięta skóra na moim brzuchu poruszyła się pod naporem małych rączek i nóżek. Mojego syna. Ból ciągle powracał. Wreszcie się uspokoił, a wtedy wstałam i szybko wytarłam podłogę ręcznikiem. Materiał wchłonął wodę, która przez cały ten czas zapewniała mojemu synowi bezpieczeństwo. Powłócząc nogami, poszłam do sypialni. Deski podłogowe pod moimi bosymi stopami były lodowato zimne. W świetle księżyca zobaczyłam Scotta, który spał, obejmując rękami moją poduszkę i miarowo oddychając.

— Scott — powiedziałam i znowu poczułam narastający ból, który tak mocno napierał na moje serce, że z trudem wypowiedziałam następne słowa. — Scott. Musimy jechać do szpitala.

Wyskoczył niezdarnie z łóżka, pobudzony przez przypływ adrenaliny. Jego oczy błyszczały.

W tym momencie jedyną rzeczą, o której potrafiłam myśleć, było: *Rodzę dziecko i to nie jest dziecko Jacoba. To wszystko jest bez sensu.*

Rozdział trzydziesty ósmy

Sobota 20 grudnia, godz. 9.11

W komisariacie panuje cisza. Jonesy, naciskany przez górę, bardzo pilnuje, żeby jego ludzie nie spędzali wolnych dni w pracy, więc dzisiaj w komisariacie jest tylko garstka pracowników. Nie słychać codziennego gwaru typowego dla pracy biurowej. Przy biurku policjanta dyżurującego stoją dwie osoby; może chcą zgłosić kradzież portfela albo zniszczenie skrzynki pocztowej. Dzisiaj jest tu zupełnie inaczej niż przez cały ostatni tydzień, gdy w komisariacie aż wrzało. Ściany jęczą od gorąca. Na moim biurku leżą porozrzucane papiery i długopisy. Spoglądam na uporządkowane biurko Felixa i na gliniany kubek z długopisami ustawionymi równo niczym mali żołnierze. To prezent od jednej z jego córek. Zaczynam błądzić myślami i zastanawiać się, czy nasze dziecko byłoby bardziej podobne do niego, czy do mnie. Czy byłoby chłopcem, czy dziewczynką. Moje serce ciężko bije po wczorajszym winie i upokorzeniu. Marzę o dniu, w którym nie zobaczę żadnego człowieka. O takim, w którym nie będę musiała ani razu otworzyć ust. Z trudem przełykam ślinę, która wciąż ma kwaśny posmak alkoholu i wymiocin.

Anna zostawiła mi na biurku czekoladowe serce z przyczepioną karteczką, na której napisała: *Przekazuję Ci prezent — pamiątkę po kolejnej nieudanej randce. Smacznego!*. Wrzucam czekoladkę do szuflady, starając się pokonać falę mdłości. Mój telefon ożywa i zaczyna wibrować na biurku tak nagle, że aż podskakuję.

— Woodstock — mówię do słuchawki, a gardło aż mnie piecze od wysiłku.

— Dzień dobry. Pozwoliłam sobie do pani zadzwonić, bo prosiła pani, żebym się odezwała, jeżeli coś sobie przypomnę. W sprawie Rosalind Ryan.

Staram się połączyć swoje myśli w logiczną całość.

— Oczywiście. Interesuje nas każda informacja, która może nam w czymś pomóc. Z kim rozmawiam?

Moja rozmówczyni wybucha nerwowym, krótkim śmiechem, a potem bierze szybki oddech.

— Och, przepraszam. Mówi Isabel Mealor. Izzy. Jestem nauczycielką w Smithson. Dostałam od pani wizytówkę.

Przypominam sobie jej czerwone włosy i ostry makijaż.

— Tak, oczywiście. Słucham panią.

— No więc nie jestem pewna, czy to może mieć jakieś znaczenie, ale jest taka jedna rzecz, która ciągle chodzi mi po głowie, a po wczorajszej uroczystości żałobnej uznałam… Sama nie wiem, chyba lepiej powiedzieć, niż milczeć, prawda?

— Oczywiście. W takich sytuacjach każda informacja jest cenna. Nawet nieistotne szczegóły mogą się okazać bardzo ważne.

— Tak. Też tak uważam. No więc kilka tygodni temu zostawiłam portmonetkę w pokoju nauczycielskim. Uświadomiłam to sobie podczas kolacji w restauracji i postanowiłam podjechać po portmonetkę w drodze do domu. Czasami sprzątaczki przychodzą do szkoły wcześnie rano i nie chciałam kusić losu.

— Kiedy dokładnie to było?

— Trzy tygodnie temu w czwartek. Specjalnie sprawdziłam w kalendarzu, żeby się upewnić.

— Dobrze, czyli wróciła pani do szkoły. O której to mogło być mniej więcej?

— Tak koło dziewiątej? Dziwnie się czułam, chodząc po pustej szkole, więc szybko poszłam do pokoju nauczycielskiego, wzięłam portmonetkę i wróciłam do samochodu.

— I co było potem?

— Zobaczyłam dwie osoby wychodzące ze szkoły, niedaleko Forrest Wing, tam gdzie stoją kontenery szkolne. Schowałam się za samochodem, żeby mnie nie zobaczyły. To była Rosalind. A razem z nią był jakiś uczeń.

— Wie pani, kto to był?

— Nie jestem pewna. Wiem tylko, że uczeń. Wysoki mężczyzna, ale młody. Wie pani, młodzi chodzą w charakterystyczny sposób.

Moje serce zaczyna niekomfortowo przyspieszać.

— Czyli nie widziała pani, kto to był?

— Nie, było ciemno, a ja nie chciałam, żeby pomyśleli, że ich szpieguję albo coś takiego — odpowiada Izzy.

— Czy wydarzyło się coś jeszcze?

— To wszystko było trochę dziwne, ale potem sobie przypomniałam, że ona po lekcjach robiła próby do tego swojego przedstawienia. Pomyślałam, że pewnie skończyła jedną z tych prób i dlatego tu byli.

Wypuszczam powietrze, nieświadoma tego, że wstrzymywałam oddech.

— Czyli uważa pani, że to była próba?

— Prawdopodobnie. To miałoby sens. Ale…

— Jest coś jeszcze?

— Wsiedli do jej samochodu i to też mnie trochę zdziwiło. Potem sobie pomyślałam, że może chce go podwieźć do domu, co byłoby całkowicie zrozumiałe. Ale oni siedzieli w tym samochodzie po ciemku. Pewnie rozmawiali.

Izzy przez chwilę nic nie mówi i robi kilka głębokich oddechów. Wreszcie się odzywa:

— Proszę mnie dobrze zrozumieć. Było ciemno, a ja stałam pomiędzy dwoma samochodami. Ale chociaż patrzyłam na nich przez okna samochodu, wyraźnie widziałam, że ich głowy były blisko siebie. Jestem prawie pewna, że się całowali.

***

— Bardzo interesujące — mówi Felix, gdy relacjonuję mu rozmowę z Izzy.

Rano wziął sobie wolne, żeby obejrzeć występ taneczny Melissy. Gdy go spytałam, jak było, wzruszył tylko ramionami i powiedział: „Byłem na występie tanecznym dla trzynastolatek". Nie pyta mnie, jak mi minął wieczór, i mam wrażenie, że nie zauważył moich zaczerwienionych oczu i zmarnowanej cery. Obserwuję go, jak krząta się przy biurku. Otwiera i zamyka szuflady, unikając mojego spojrzenia. Ma wyrzuty sumienia. Wiem o tym, bo gdy ze mną rozmawia, nie patrzy mi prosto w oczy, tylko lekko na lewo. Tak dobrze go znam. Oboje zdajemy sobie sprawę z rywalizacji, jaka panuje między różnymi kawałkami naszych światów. Dobrze znamy stan rozdarcia między obowiązkami a uzależniającą przyjemnością towarzyszącą chwilom, w których on jest we mnie. Nagle skóra na mojej twarzy robi się twarda jak plastik i boję się, że zaraz znowu zwymiotuję. Robię powolne oddechy, pozwalając, aby sekundy zamieniły się w minutę.

— Może spotkamy się po pracy? — pytam.

— Nie mogę — odpowiada. — Muszę wracać do domu. Mamy dzisiaj gości.

Czuję narastający gniew, ale zapanowuję nad nim. Złość w niczym nam teraz nie pomoże. Samotny łańcuch zwisający z lampy trzepocze za każdym razem, gdy wiatrak odwraca się w jego stronę. Wczoraj wreszcie naprawili klimatyzację, ale wieczorem znów przestała działać. Jonesy pewnie wpadł w szał.

Myślę o świętach, które są już za kilka dni. Wyobrażam sobie Felixa, jak siedzi razem z żoną przy pięknie ozdobionej choince z kubkiem kawy w dłoni. Starannie uczesane blond włosy pani domu błyszczą w delikatnym wieczornym świetle, a trzy córki otwierają prezenty i wydają z siebie okrzyki radości. Czuję coraz silniejsze pulsowanie w skroniach. Zamykam oczy.

— No tak — mówię w końcu i siadam na krawędzi jego biurka. — Wróćmy do Izzy. Pewnie myślisz, że Rose była wtedy z Rodneyem, nie? Ale Izzy go nie rozpoznała. To mógł być ktokolwiek.

— Daj spokój, Gemmo. Ten dzieciak coś wie, tylko ty tego nie widzisz — mówi Felix, szorstkim ruchem przeczesując palcami włosy. — To jest najsensowniejsze rozwiązanie. Rosalind była samotna, a może po prostu była dziwaczką. Tak czy inaczej, to przedstawienie miało jej pomóc poprawić samoocenę. Chciała przyciągnąć uwagę mężczyzn. Rodney grał przecież Romea, nie? Wszystko idealnie pasuje.

Rozchylam usta, licząc na to, że na mnie spojrzy, ale on intensywnie wpatruje się w ekran monitora. Miarowo stuka butem w podłogę, wywołując wibracje stołu, na którym siedzę.

— A co z Kaiem Bracksem? — pytam. — Jeżeli to on wysłał jej te kwiaty w walentynki, to chyba jest jakiś trop, nie?

— Pewnie. Nie mam wątpliwości, że był w niej zadurzony, ale oboje wiemy, że zaraz po przedstawieniu pojechał na imprezę, gdzie przez cały czas widziały go inne osoby. Może jest świrem albo po prostu zakochanym nastolatkiem, ale moim zdaniem nie jest osobą, której szukamy.

— No a co z Nicholsonem? Cały czas nie wiemy, jakie relacje łączyły go z Rosalind.

Felix wzdycha. Rzuca mi krótkie spojrzenie, a potem znowu odwraca wzrok.

— Moim zdaniem Rodney najbardziej pasuje do profilu i tyle. To wszystko ma sens: atrakcyjny młody uczeń zakochał się w czarującej nauczycielce. Myślałem, że jesteśmy zespołem i nie próbujemy kwestionować tego, co oczywiste.

Odchrząkuję i czuję potworny ból w gardle, kiedy znów się odzywam:

— W porządku. Ale moim zdaniem to wcale nie oznacza, że powinniśmy wykluczyć Nicholsona z kręgu podejrzanych. Równie prawdopodobna jest teza, że starszy mężczyzna poczuł się samotny i zapałał uczuciem do pięknej młodej kobiety. Na pewno poczułaby się dowartościowana. I wciąż jeszcze nie wykluczyliśmy tezy, że to może mieć jakiś związek z problemami w firmie RYAN. No i mamy jeszcze Timothy'ego Ryana.

— Gemmo, przecież nie mówię, że to na pewno on. Po prostu uważam, że to ważny trop. Największy, jaki dotąd mieliśmy. To by tłumaczyło, dlaczego Rosalind była taka tajemnicza, gdy opowiadała Lili o swoim nowym związku. Zauważ, że wciąż nie wiemy, co robił Rodney w ciągu godziny, która minęła między zakończeniem przedstawienia a chwilą, kiedy wreszcie się pojawił u Jamie Klein.

— Nie wiemy, czy to była pełna godzina. On twierdzi, że poszedł prosto na imprezę.

Felix przewraca oczami.

— Taa, jasne. Sam. Bardzo wygodnie. Nieważne. Musimy to sprawdzić.

— Równie dobrze John Nicholson mógł wyjść z domu i poczekać do końca przedstawienia — mówię. — Musisz przyznać, że twoja teoria nie jest bardziej przekonująca niż to, co mamy na Nicholsona. Albo na Timothy'ego, bo o nim też nie możemy zapominać.

Spoglądam na Felixa, ale on uparcie wpatruje się w ekran. Jego ciało jest kwadratowe, zupełnie jak jego komputer, a ja nie potrafię go rozszyfrować.

— Co ci jest? — pytam.

— Nic — odpowiada zdziwiony.

— Traktujesz mnie obcesowo — mówię szybko, patrząc w ziemię, i od razu mam wyrzuty sumienia.

Staramy się nie obciążać siebie nawzajem uczuciami, bo mamy świadomość, że i bez tego dźwigamy na swoich barkach ogromną odpowiedzialność za nasze odrębne światy.

Felix wstaje i przez chwilę jego głowa zasłania ostre fluorescencyjne światło, przez co mam wrażenie, że ściany się pochyliły. Nie mogę dostrzec rysów jego twarzy; widzę tylko ciemną, nieokreśloną plamę.

— Przepraszam. Nie chciałem ci zrobić przykrości. Jest mi ciężko, Gem. Naprawdę ciężko. Do tego jeszcze te cholerne święta.

— Wiem. Mam tak samo.

— Jest ciężko, gorzej niż zazwyczaj. W przyszłym tygodniu przyjeżdżają do nas moi rodzice i zostaną na kilka dni. A wtedy jeszcze trudniej będzie mi się z tobą spotkać. Nie wiem, czy będę w stanie spędzić radosne święta z rodziną.

Felix patrzy na mnie, a potem rozgląda się po sali, jak gdyby ktoś mógł go usłyszeć, mimo że jesteśmy sami. Zaciska usta i przez chwilę mam wrażenie, że zaraz się rozpłacze. Mówi tak cicho, że ledwo go słyszę.

— Czasami mam dość całej tej naszej sytuacji, Gem.

Odpowiadam mu szybko, marząc o tym, żebym powiedziała właściwe słowa.

— Wiem, że jest ciężko. Bardzo ciężko. Ale jesteśmy w tym razem. Oboje dobrze to rozumiemy. Święta zawsze są szczególnie trudne. Dla mnie też. Ale damy radę.

Felix otwiera usta, ale zaraz potem znowu je zamyka.

— Chodź, musimy porozmawiać z młodym panem Masonem — mówi w końcu.

Rozdział trzydziesty dziewiąty

Sobota 20 grudnia, godz. 9.55

Dom Jacoba wygląda prawie tak samo, jak go zapamiętałam. Jest niski i ciemny, obsadzony dookoła gęstymi paprociami, które dosięgają okien. Drzwi do garażu są zamknięte, a przed domem stoi zaparkowany stary ford falcon z literą L, oznaczającą, że osoba jeżdżąca tym samochodem dopiero uczy się prowadzić. Nagle, nie wiadomo czemu, uświadamiam sobie, że Rodney ma urodziny w styczniu. Przypominam sobie gorącą wietrzną noc w pokoju pod schodami. Chłopcy oglądali filmy o duchach na starym telewizorze i zajadali się hot dogami, a ja i Jacob siedzieliśmy w rogu kanapy, trzymając się za ręce. Pilnowaliśmy Rodneya i jego kolegów, którzy nocowali u niego w dniu jego urodzin. Oboje się śmialiśmy, widząc przerażenie malujące się na twarzach tych dzieciaków.

Przy domu wciąż stoi wysoki eukaliptus, którego gałęzie znikają gdzieś za dachem. Nim zdążymy wysiąść z samochodu, na werandzie staje Donna Mason z miotłą w ręku. Wygląda jak sprężyna, którą ktoś mocno ścisnął. Jej ruchy są nierówne, jak u marionetki pociąganej za sznurki. Felix opuszcza okno w samochodzie.

Donna podchodzi na skraj werandy.

— Dzień dobry — wita uprzejmie Felixa i delikatnie kiwa głową w moją stronę.

— Dzień dobry, pani Mason. Przepraszam za to nagłe najście, ale chcielibyśmy porozmawiać z Rodneyem, jeżeli jest w domu. Na temat pani Ryan.

— On już był przesłuchiwany — zauważa Donna.

— Tak, ale mamy kilka dodatkowych pytań — wyjaśnia Felix.

Przez ułamek sekundy widzę błysk w oku Donny i mam wrażenie, że zaprotestuje, ale ten błysk szybko znika, a Donna opuszcza ramiona i lekko kiwa głową.

— Jest w ogrodzie za domem, gra w kosza.

Kiedy otwieramy drzwi samochodu, wita nas chór cykad. Piłka do kosza uderza o ziemię jak bęben, który wyznacza rytm dla tej melodii. Jacob też lubił grać w kosza. Miał długie nogi, dzięki którym był mistrzem uników, zwodów i wsadów. Uwielbiałam go oglądać w akcji.

— Tędy proszę — mówi Donna i opiera miotłę o ścianę, po czym prowadzi nas przez ciemny dom.

Rolety są zasłonięte, a gorące powietrze jest nasycone zapachem sosny, świątecznego drzewka. Wychodzimy przez drzwi ze stalowej siatki i ponownie czujemy uderzenie upalnego, dusznego powietrza. Donna schodzi po skrzypiących drewnianych schodach, a my idziemy tuż za nią.

— Rodney!

Chłopak się odwraca. Kształt jego kości policzkowej jest mi tak dobrze znany, że mogłabym go narysować z pamięci. Zerkam na Donnę i zastanawiam się, jak ona sobie z tym radzi — jak to jest mieszkać z duchem. Donna krzyżuje ręce na zapadniętej klatce piersiowej i delikatnie tupie prawą nogą. W tym nerwowym ruchu skrywają się długie noce, zniszczone marzenia i bezsilny płacz — jestem przekonana, że tak właśnie wygląda jej życie od ostatnich dziesięciu lat. Piłka toczy się na skraj betonowego boiska i zatrzymuje się przy drzewie. Rodney ciężko oddycha, a na jego twarzy błyszczą kropelki potu. Kiedy do nas podchodzi, zauważam, że jego oczy znajdują się na poziomie oczu Felixa. Jest wyższy, niż był Jacob. Szerszy. Wciera we włosy pot z czoła, stawiając je w pionie. Jest olśniewający. Przez krótką chwilę chmura zakrywa słońce, a my wszyscy stoimy w cieniu.

— Dzień dobry — mówi, wzruszając ramionami. — Co tam?

Wydaje się rozluźniony, ale przeskakuje wzrokiem to na mnie, to na Felixa i drapie się po karku.

— Państwo chcą z tobą porozmawiać o tej nauczycielce. To nie potrwa długo.

Donna rzuca znaczące spojrzenie Felixowi, a mnie kompletnie ignoruje. Pewnie za bardzo jej się kojarzę z Jacobem i z tymi wszystkimi strasznymi wydarzeniami. Mam wrażenie, że Donna należy do osób, które zrobiłyby wszystko, co w ich mocy, żeby nikt nie poznał ich uczuć. Przypominam sobie o moim liście i znów zaczynam się zastanawiać, gdzie Jacob mógł go schować. Spoglądam do góry na okno jego dawnego pokoju. Ciekawe, czy zmieniła go w miejsce kultu i zostawiła tam moje zdjęcia, czy raczej pozbyła się ich, zdezynfekowała pokój i wszystko zniszczyła, żeby oczyścić dom ze swojego chorego, martwego syna.

— W porządku. Tutaj? — pyta Rodney i ręką pokazuje miejsce, w którym stoimy.

— Może lepiej tam? — proponuje Felix, wskazując podniszczony zestaw mebli ogrodowych, które stoją przy płocie z tyłu ogrodu.

Rodney znowu wzrusza ramionami. Uniwersalny język młodych ludzi.

— Jasne.

Siadamy. Nie mamy czym zająć rąk. Rodney i ja przebieramy palcami, rozciągamy nogi, poprawiamy włosy. Felix natomiast mocno splata obie dłonie i pochyla się do przodu. Donna obserwuje nas z odległości kilku metrów. Jej oczy błyszczą, jakby były z marmuru.

— Wiemy, że w zeszłym tygodniu przesłuchiwali cię policjanci — zaczynam — ale mamy do ciebie jeszcze kilka pytań, dobrze?

— Dobrze — odpowiada.

— Prawdopodobnie wiele z nich się powtórzy, ale to bardzo ważne, żebyś odpowiadał szczerze — wyjaśniam. — Wiesz o tym, prawda?

Rodney przełyka ślinę i kiwa głową.

— Dobrze — mówię. — Opowiedz nam o swojej relacji z panią Ryan.

Rodney drapie się po nadgarstku i patrzy uważnie na Felixa.

— Była miła. Była dobrą nauczycielką.

— Tylko miła? — pyta Felix.

Ciemne oczy Rodneya patrzą na mnie, a potem znów na Felixa. Zabijam komara, który pozostawia na mojej ręce smużkę krwi.

— Lubiłem mieć z nią lekcje. Chyba była trochę inna. Czasami czuliśmy się tak, jakbyśmy w ogóle nie byli w szkole.

— Co masz na myśli? Było tak wesoło?

— No tak. Umiała sprawić, że wszystko wydawało się ważne. Sam nie wiem. To brzmi bez sensu.

— Wcale nie. Zajęcia z aktorstwa wymagają pewnej wyobraźni, prawda? — zauważa Felix.

— Tak. Wszyscy chcieli mieć z nią lekcje. Była naprawdę dobra.

— Czyli przeszliśmy od „miłej" do „naprawdę dobrej"?

Rodney opiera się ciężko na krześle.

— Nieważne.

— Czy spotkałeś się z nią kiedyś poza szkołą? — pytam, a mój głos, wyższy niż głos Felixa, prawie ginie w dusznym upale.

Rodney wypuszcza powietrze ustami, zupełnie jak Ben.

— Czasami. W związku z przedstawieniem.

— Masz ma myśli próby i tego typu rzeczy? — pytam.

— Tak. Czasami zostawaliśmy w szkole po lekcjach. Jeśli było trzeba, spotykaliśmy się nawet w weekendy. Wszyscy bardzo się w to zaangażowaliśmy. I to się nie zmieniło. Dzisiaj wieczorem umówiliśmy się na próbę przed spektaklem, który wystawiamy w nowym roku. Chcemy w ten sposób uczcić jej pamięć.

— Wiem, byliśmy na uroczystości żałobnej. I słyszeliśmy twoją mowę. To bardzo miły gest — mówi Felix.

— Czy jesteś blisko z Maggie? Wygląda na miłą dziewczynę.

Czuję znajome ukłucie zazdrości, gdy wyobrażam sobie Rodneya, tak podobnego do Jacoba, jak dotyka twarzy Maggie i jej jędrnego młodego ciała; jak przeczesuje swoimi długimi palcami jej jasne, jedwabiste włosy.

— Od lat chodzimy do tej samej klasy. Przyjaźnimy się.

— Czy kiedykolwiek łączyło was coś więcej?

Rodney powoli przewraca oczami.

— Można powiedzieć, że chodziliśmy ze sobą w zeszłe wakacje. Ale to się szybko skończyło. Uznaliśmy, że lepiej będzie, jeśli zostaniemy przyjaciółmi.

— Kto tak zadecydował?

Donna podchodzi do piłki i wrzuca ją z hukiem do dużego plastikowego pudła. Z oddali dobiega nas złowrogi grzmot pioruna.

— Rodney podchodził do nauki i do treningów bardzo poważnie — odzywa się Donna. — Nie miał czasu na inne rzeczy.

Rodney odpowiada na nasze pytanie, jak gdyby jego mamy tu nie było.

— Głównie ja, ale to naprawdę nie było nic wielkiego. Po prostu wyszliśmy kilka razy jako para. Do kina, na jakieś domowe imprezy. Powiedziałem już, że to nie trwało długo.

— Czy Maggie się załamała, gdy się rozstaliście? — pytam łagodnie.

Chcę się dowiedzieć, czy zerwał z nią tak samo jak Jacob ze mną. Ciekawi mnie, czy po tym rozstaniu jej świat roztrzaskał się na milion kawałków.

— Nie sądzę. Już tydzień później spotykała się z Mattem.

— Miłość nie lubi czekać, co? — śmieje się Felix i rzuca mi łagodne spojrzenie. — Może chciała, żebyś był zazdrosny? Może poczuła, że wolisz coś lepszego? Że wybrałeś kogoś dojrzalszego?

Rodney patrzy na niego z ukosa jak obrażone dziecko.

— Musiałby pan sam ją o to zapytać. Nie wydaje mi się. Zresztą teraz chyba spotyka się z dziewczynami.

Kątem oka widzę, że Donna unosi ze zdziwieniem brwi.

— Dobra, dobra — mówi Felix. — Opowiedz nam o sztuce. Ty grasz Romea, tak? To ważna rola.

— Tak — odpowiada Rodney, znów wzruszając ramionami. — Lubię aktorstwo. Uwielbiam grać w kosza, ale po szkole chciałbym pójść do szkoły filmowej albo czegoś takiego, więc uznałem, że warto wziąć w tym udział. Ta sztuka bardzo się różni od oryginału. Akcja dzieje się w Australii w latach siedemdziesiątych, w dużym mieście, takim jak Sydney. Jasmine to współczesna wersja Julii. Pochodzi z bardzo bogatej rodziny. Ma surowych rodziców, z którymi nie ma za dobrych relacji. A ja gram Ricky'ego, czyli Romea. Jest biedny i dużo młodszy od niej.

— Młody mężczyzna ze starszą kobietą? Bardzo postępowo. Brzmi fajnie. Inaczej — stwierdza Felix, unosząc brew.

— Pani Ryan napisała cały scenariusz. Myślę, że mógłby się spodobać niejednej wytwórni filmowej. Jest dużo lepszy niż te typowe do szkolnych przedstawień.

— Z tego, co mówisz, wnioskuję, że uważałeś panią Ryan za niezwykłą osobę.

Rodney spuszcza wzrok.

— Tak jak powiedziałem, była wspaniałą nauczycielką.

— Czy widziałeś kiedyś, żeby kogoś rozgniewała? Czy kiedykolwiek mówiła ci, że się kogoś boi?

— Hm, nie. To znaczy, wie pan, my za dużo nie rozmawialiśmy — dodaje i znów przeczesuje włosy palcami. — Wiem, że miała jakieś problemy w poprzedniej szkole. Nicholson, nasz dyrektor, chyba chciał, żeby wystawiła tę sztukę, ale były jakieś problemy z pieniędzmi. Kilka razy widziałem, jak o tym rozmawiali, a może nawet się kłócili. Rose bardzo się tym przejmowała.

— Rose?

Rodney natychmiast się rumieni, jakby został przyłapany na kradzieży sklepowej.

— Na lekcjach wszyscy mówiliśmy do niej po imieniu. Twierdziła, że na scenie wszyscy są równi.

— Nie tak do końca, bo przecież ona nadal była waszą nauczycielką. A ty jeszcze nie jesteś dorosły — zauważa Felix.

— Już prawie jestem.

— Masz urodziny piętnastego stycznia. Sprawdziłem — mówi Felix, po czym prostuje się i przechyla głowę, patrząc Rodneyowi w oczy.

Rodney otwiera usta, jakby chciał coś powiedzieć, ale potem szybko je zamyka.

— Rodney — mówię — z prawnego punktu widzenia wciąż jeszcze jesteś dzieckiem, więc jeśli pani Ryan wymagała od ciebie, żebyś robił coś poza godzinami lekcyjnymi, albo spędzała z tobą czas poza szkołą, postępowała niewłaściwie. Była za ciebie odpowiedzialna. Rozumiesz to, prawda? Nie będziesz mieć z tego powodu żadnych kłopotów, ale musisz zdawać sobie z tego sprawę.

Rodney znów wbija wzrok w ziemię, a potem się odzywa:

— Już to mówiłem innym policjantom. Nic między nami nie było.

— A jak to w końcu było z tym meczem koszykówki? — pyta Felix.

— Co?

— Miałeś grać mecz w sobotę rano po piątkowej premierze. Został odwołany?

— A, nie. To nie był mecz. Umówiłem się z kilkoma chłopakami, żeby razem potrenować, ale było tak gorąco, że sobie odpuściliśmy.

— I dlatego poszedłeś na imprezę do Jamie — mówię, chyba po raz pierwszy uświadamiając sobie, jak bardzo pragnę, żeby Rodney nie miał z tym nic wspólnego.

— No tak.

— Dobrze się bawiłeś?

— Było okej. Byłem zmęczony po przedstawieniu, ale tak, dobrze się bawiłem.

— Poszedłeś tam sam? — dopytuję się.

— Tak. Po spektaklu oddzieliłem się od reszty. Mama już poszła do domu, a ja miałem, ehm, trochę piwa w plecaku, więc poszedłem bocznymi uliczkami i wypiłem sobie jedno piwko po drodze.

Rodney zerka na Donnę, która stoi niewzruszona.

— O której dotarłeś na miejsce?

— Jakoś koło jedenastej?

— Dobrze — mówi Felix, chociaż widzę, że jest nieprzekonany. — A o której wyszedłeś?

— Nie wiem. O drugiej?

— Jak się dostałeś do domu? — pytam.

Rodney rzuca mi kolejne szybkie spojrzenie.

— Wróciłem pieszo.

— Skrótem przez most na jeziorze?

Rodney zerka na mnie, a potem patrzy na swoje dłonie.

— Nie, to by było bez sensu. Poszedłem wzdłuż Drummond aż do końca naszej ulicy. Po powrocie do domu położyłem się spać. Byłem wykończony.

— Czy to już wszystko? Mówiłam już tamtym policjantom, że mogę poświadczyć, że Rodney wrócił do domu kilka minut po drugiej. Słyszałam, jak wszedł. Powiedział wszystko, co wie, a teraz musi dalej trenować.

Cała nasza trójka ignoruje Donnę. Na moje gołe ramię spada mała kropla deszczu. Nie sądzę, żeby Rodney miał zamiar trenować w ulewie.

— A czy *ty* kiedykolwiek pokłóciłeś się z panią Ryan, Rodney? — pytam. — Może chciałeś, żeby coś zrobiła, a ona tego nie chciała? A może sprzeczaliście się o jakieś sprawy związane z przedstawieniem?

— Nie — odpowiada, patrząc na mnie niemalże błagalnym wzrokiem. — Nic z tych rzeczy.

Z nieba spadają coraz większe krople, które rozpryskują się na stole, łącząc się w niewielkie kałuże.

— Nie wiem, kto ją zabił — dodaje Rodney.

Ma przekrwione oczy i udręczone spojrzenie człowieka, który ma złamane serce. Kogoś, kto nie jest pewien, czy ma siłę walczyć o przyszłość.

— Naprawdę nie mam pojęcia — mówi dalej. — Przedstawienie się udało, wszyscy byli zachwyceni. Myślę, że była bardzo szczęśliwa.

Chłopak odchrząkuje. Domyślam się, że próbuje powstrzymać łzy, po charakterystycznym drżeniu jego ust.

Jest załamany, co do tego nie mam wątpliwości, ale nie potrafię stwierdzić, czy jest to ból połączony z poczuciem winy, czy czysta, niewinna rozpacz, czy może strach przed tym, że zostanie złapany. Patrzę na niego i po raz kolejny pragnę, żeby nie miał z tym nic wspólnego. Nagle z nieba spada twardy owoc eukaliptusa i ląduje na jego zaciśniętej pięści. Rodney odrzuca go i pociera obolałe kłykcie.

Wstajemy.

— No nic, dziękuję, że poświęciłeś nam swój czas — mówi Felix. — Możliwe, że będziemy musieli jeszcze z tobą porozmawiać, ale następnym razem już zadzwonimy, żeby cię uprzedzić. Powodzenia na próbach. Na pewno przyjdziemy na to przedstawienie, prawda, Woodstock?

Kiwam głową. Chciałabym wyciągnąć rękę do Rodneya, przytulić go i powiedzieć mu, że wszystko rozumiem.

— Odprowadzę państwa — mówi szybko Donna, wycierając ręce w uda, jakby miała na sobie fartuch.

Znowu idziemy po drewnianych schodach, a z nieba leje się na nas deszcz. Cienkie włosy Donny zaczęły się skręcać; kolejne małe loczki formują się w jej mizernym kucyku. Zaczesuję dłońmi własne włosy — gęste i kręcone — i próbuję jakoś nad nimi zapanować. Za nami Rodney trenuje rzuty. Dźwięk piłki uderzającej o mokry beton przypomina poklepywanie dłonią gołej skóry.

Rozdział czterdziesty

Poniedziałek 21 grudnia, godz. 18.06

Jadę po Bena i oczywiście jestem już spóźniona. Scott musiał wieczorem pójść do pracy, żeby nadrobić opóźnienie spowodowane ulewą, i poprosił mnie, żebym odebrała Bena, a ja wiedziałam, że nie mogę mu odmówić po tym, jak się zachowałam na sobotniej imprezie. Wymknęłam się chyłkiem z odprawy i pobiegłam do samochodu. Włączyłam silnik i zaczęłam się niecierpliwie przebijać przez popołudniowe korki aż do Martha, małego miasteczka na przedmieściach, gdzie zawozimy Bena do żłobka. Cloud Hill for Children to standardowa plastikowa forteca zbudowana na działce o powierzchni dwóch tysięcy metrów kwadratowych na tyłach szkoły podstawowej w Martha. Placówka stara się zrównoważyć krzykliwy plastik małym kurnikiem i ogródkiem warzywnym, które są nieco zaniedbane, ale dzieci na pewno nie zwracają na to uwagi. Posyłamy tam Bena, od kiedy skończył trzy miesiące. Wydaje mi się, że lubi to miejsce. Parkuję byle jak samochód i wybiegam na zewnątrz. Jest już po osiemnastej, a żłobek sztywno przestrzega reguł dotyczących godzin odbioru dzieci. Na razie jednak nikt do mnie nie dzwonił, więc chyba nie jest jeszcze tak źle.

Wbiegam przez główne wejście. Starsza kobieta, której nie kojarzę, siedzi przy biurku nad jakimiś papierami i spogląda na mnie zdziwiona.

Spokojnie zdejmuje okulary, ale widzę, że uważnie mnie obserwuje.

— Tak?

— Przepraszam za spóźnienie. Przyjechałam po Bena. Bena Harpera.

Kobieta delikatnie marszczy brwi.

— Aha. Proszę chwilę poczekać. Zaraz wrócę.

W budynku panuje kompletna cisza. Dokładnie tak samo jak w naszym domu, gdy nie ma Bena. Jest pusto. Zaczynam wpadać w delikatną panikę. Może Ben jest na dworze.

Do sali wchodzi Madeleine Phillips, dyrektorka placówki. Uśmiecha się do mnie serdecznie, ale widzę, że jest zaniepokojona.

— Dzień dobry, pani Gemmo. Dawno się nie widziałyśmy. Co u pani?

— Gdzie jest Ben? — pytam drżącym głosem.

— Proszę usiąść.

Pozwalam, żeby zaprowadziła mnie do krzesła, i siadam, ale cała jestem spięta. Wpatruję się w nią intensywnie.

— Gdzie on jest?

— Na pewno nic się nie stało. Sprawdziłam w rejestrze wyjść, że Bena dzisiaj odebrała babcia. Może zaszło jakieś nieporozumienie odnośnie do tego, kto miał go odebrać?

— Babcia Bena?

— Tak. Taka informacja widnieje w rejestrze. Zadzwoniłam do Grace, która miała wtedy dyżur. Jest nowa, więc może… W każdym razie była wtedy tutaj. Jestem pewna, że zaraz do mnie oddzwoni.

— Ale Ben nie ma babci.

Moje słowa zawisają w powietrzu. Madeleine i druga kobieta patrzą na siebie, nie wiedząc, co robić dalej. Nikt nie wie, jak należy reagować w takich sytuacjach. W pierwszej chwili myślę, żeby zadzwonić na policję, ale potem sobie uświadamiam: *to ja*. Muszę tylko porozmawiać z Felixem. Nie, nie, ze Scottem. Muszę zadzwonić do Scotta. I do taty. Potrzebuję go. Moje myśli wirują w głowie.

— O, to dziwne. Spróbuję jeszcze raz zadzwonić do Grace. Na pewno da się to jakoś sensownie wyjaśnić.

Madeleine zaczyna przerzucać papiery na biurku, żeby tylko zająć czymś ręce.

— A może chodziło o dziadka? — pytam z nadzieją w głosie.

Może to tata odebrał Bena? Może rzeczywiście źle się zrozumieliśmy? Jestem bardzo przemęczona, a rozmowa ze Scottem o tym, kto pojedzie po Bena, miała miejsce wczoraj późnym wieczorem. Może to wszystko mi się przyśniło?

— To miałoby sens. Zadzwonię jeszcze raz do Grace ... — mówi Madeleine, wstając z krzesła.

Nagle dzwoni telefon i wszystkie trzy podskakujemy. Czuję mrowienie na skórze i robi mi się gorąco.

— Grace, kochana, dzięki Bogu.

Ton głosu Madeleine uświadamia mi, że ona też jest bardzo zaniepokojona. Zalewa mnie kolejna fala paniki. Staram się głęboko oddychać.

— Tak, Ben Harper. W rejestrze napisałaś „babcia". Kto go odebrał?

Mam wrażenie, że wskazówka sekundowa na tanim zegarze po drugiej stronie sali porusza się w jakimś dziwacznym tempie. W uszach mi dzwoni; patrzę tępym wzrokiem na poruszające się usta Madeleine. W końcu telefon zwisa bezradnie w jej dłoni. Przed oczami staje mi martwe, blade ciało Rosalind. Potrzebuję chwili, żeby skupić się na tym, co mówi Madeleine, która ma teraz szeroko otwarte oczy.

— Kobieta, która powiedziała, że jest babcią Bena, odebrała go około wpół do piątej. Powiedziała, że wszystko jest uzgodnione. Wiedziała o pani wszystko. Powiedziała Grace, że przyjechała do was na święta. A Grace twierdzi, że Ben ucieszył się na jej widok. Nie miał nic przeciwko, żeby pójść razem z nią. Oczywiście powinniśmy mieć wcześniej pani zgodę na piśmie, ale Grace jest tutaj nowa, a ta kobieta była taka pewna siebie...

Zrywam się na równe nogi. Rozglądam się nerwowo na wszystkie strony i ciężko oddycham. Próbuję wymyślić, co teraz zrobić.

— Wpół do piątej? To było prawie dwie godziny temu!

Nie dopuszczam do siebie myśli o tych wszystkich minutach, o całym tym czasie, który Ben spędził nie wiadomo gdzie. Ta myśl sprawia mi większy ból, niż kiedykolwiek bym przypuszczała, że to jest możliwe. Mam wrażenie, że za chwilę obrócę się w nicość.

Madeleine przykłada dłoń do ust i zaczyna płakać.

— Mój Boże. Kim jest ta kobieta? I dlaczego zabrała Bena?

Nie odpowiadam jej; wybiegam z budynku i wskakuję do samochodu. Po głowie krąży mi tylko jedna myśl, która atakuje mój mózg.

Muszę znaleźć mojego syna.

Przełączam telefon na tryb głośnomówiący i uderzam palcami w ekran, aż wreszcie słyszę dźwięk połączenia. Opieram dłonie mocno na kierownicy i wyjeżdżam z podjazdu Cloud Hill, ale gdy tylko słyszę Felixa, głos mi się załamuje i nie jestem w stanie nic powiedzieć.

— Gem? Gemma?

Kiwam głową, usiłując złapać oddech, ale powietrze grzęźnie mi w gardle i nie mogę wydobyć z siebie głosu. W szybkim tempie mijam drzewa przy drodze; muszę zwolnić.

— Gemma? Halo? Nic ci nie jest?

— Chodzi o Bena — mówię, z trudem wypowiadając każde słowo.

— O Bena? Co z nim? Co się stało?

Ostro skręcam w Neil Road i wycieram łzy.

— Ktoś go porwał.

— Cholera. Co? Skąd? Gdzie jesteś?

Boli mnie gardło, jak po długim krzyczeniu. Łapię się ręką za szyję, przez cały czas starając się skupić na drodze. *Ben*, myślę, *mój synuś*. Ręce zaczynają mi się trząść, a ja nie potrafię nad tym zapanować.

— Gemma! Gdzie jesteś?

— W samochodzie. Niedaleko domu. Ktoś go odebrał z przedszkola. Jakaś kobieta. Nie wiem, kto to był. Powiedziała, że jest jego babcią.

— Dobra, to... Nie wiem. Kurwa. Zaraz ogłoszę alarm.

Biorę oddech. Mój histeryczny płacz roznosi się echem po całym samochodzie. Szum silnika drażni mi uszy. Wszędzie widzę twarz Bena. Chwytam mocno kierownicę i skręcam w swoją ulicę.

— Znajdziemy go, Gem. Zaraz będę, dobra? Jadę do ciebie. Kocham cię.

***

Mama zmarła nagle, gdy miała trzydzieści osiem lat, w dziale z warzywami i owocami w pobliskim sklepie Woolworths. Tętniak mózgu. Coś, czego nikt nie był w stanie przewidzieć. Pamiętam, jak jeden z wielu lekarzy, z którymi potem kazał mi porozmawiać tata, powiedział, że mama była chodzącą bombą zegarową. Na jej pogrzebie podszedł do mnie mężczyzna, który stał obok niej w supermarkecie i wybierał awokado, gdy straciła przytomność — sympatyczny dwudziestokilkulatek. Powiedział mi, że gdy podtrzymywał moją mamę przygnieciony do drewnianej skrzyni z awokado, a ludzie dookoła wołali po pomoc, spojrzała na niego tak, jakby chciała mu powiedzieć, że mnie kocha. Już wtedy wiedziałam, że to jest bardzo mało prawdopodobne, ale czułam, że dla niego to jest ważne, więc ścisnęłam mu dłoń i podziękowałam za przekazanie tej wiadomości. Powiedziałam, że to dobrze, że miała przy sobie kogoś takiego jak on w chwili śmierci. Wtedy zaczął płakać, a ja ze skrępowaniem poklepałam go w ramię, patrząc, jak wkładają trumnę mamy do karawanu.

Bardzo dziwnie jest nie mieć mamy. Człowiek traci poczucie kontroli nad życiem. Mama nie była szczególnie uczuciowa ani opiekuńcza, ale była moja, a ja przez trzynaście lat miałam ją tylko dla siebie. Wiedziałam, że już nigdy nie poczuję takiej miłości — uczucia córki do matki, dla której ona sama jest wszystkim — a ta świadomość sprawiała mi fizyczny ból. Jej śmierć pozostawiła wielką, tragiczną pustkę w moim świecie, a tata nie był w stanie jej zapełnić, chociaż bardzo się starał. Byliśmy dwiema duszami, które snuły bez celu się po domu. Traktowaliśmy się z życzliwością i byliśmy pełni szacunku dla żałoby, którą każde z nas przeżywało na swój sposób, ale nie potrafiliśmy nawiązać kontaktu na głębszym poziomie. Nie byliśmy w stanie przebić się przez tę mroczną warstwę, która nas otoczyła w chwili, gdy mama od nas odeszła. Jego smutek budził we mnie dyskomfort; z jakiegoś powodu był jeszcze straszniejszy niż mój. Ja straciłam osobę, która kochała mnie bardziej niż własne życie. To było okropne i niepojęte, ale jednocześnie wydawało się nieistotne, a nawet egoistyczne w porównaniu z utratą osoby, którą samemu się wybrało ze wszystkich innych osób na świecie, żeby spędzić z nią życie. Nie potrafiłam dopuścić do siebie myśli, że tata może w ogóle rozważać zastąpienie mamy kimś innym. Nie umiałam dostrzec złożoności tej sytuacji. Moja miłość i moja tęsknota za mamą były tragicznie proste.

Przypomniałam sobie o tym wszystkim w chwili, gdy po raz pierwszy wzięłam Bena na ręce. W ciągu tych pierwszych kilku dni brakowało mi mamy, a w mojej głowie wciąż pulsowała jedna myśl, której nie byłam w stanie zagłuszyć: że ona przynajmniej nie doświadczyła bólu utracenia mnie. Tuląc do siebie Bena, nagle uświadomiłam sobie, że chociaż bardzo przeżyłam śmierć mamy, gdyby ona straciła mnie, jej tragedia byłaby dużo większa.

Rozdział czterdziesty pierwszy

Poniedziałek 21 grudnia, godz. 18.37

— Powtórz jeszcze raz. Nie rozumiem.

W głosie Scotta słyszę znajomą frustrację; od sobotniej imprezy odzywa się do mnie tylko takim tonem. Oczyma wyobraźni widzę zmarszczkę pomiędzy jego oczami i zaciśnięte usta. Znam tę minę zbyt dobrze. Scott nie okazuje długo złości, ale tłumi ją w sobie jeszcze przez wiele dni. Chyba mam jakiś szczególny talent do rozpalania w nim tego ognia.

— Ktoś zabrał Bena! Ze żłobka.

— Przecież ty miałaś go odebrać. Rozmawialiśmy o tym wczoraj przed pójściem spać.

W telefonie słyszę stłumiony okrzyk kibiców. Scott jest w pubie.

Mocno uderzam dłońmi o kierownicę.

— Scott, do jasnej cholery! Słuchaj, co do ciebie mówię. Ktoś zabrał Bena. Jakaś kobieta. Przed chwilą byłam w Cloud Hill i powiedzieli mi, że ktoś go odebrał przede mną. Mają nową opiekunkę, a ona nie wiedziała... Ta kobieta powiedziała, że jest jego babcią — próbuję mu wyjaśnić i zaczynam płakać. — Nie wiem, gdzie on jest.

— Co? Mówisz serio?

Domyślam się, że wyszedł na zewnątrz, bo dźwięki dookoła przycichły.

— Gdzie jesteś?

— W domu. Przyjechałam tu prosto ze żłobka. Nie wiem, co robić.

Na linii słychać jakiś dziwny skrzek.

— Jadę, Gem. Już jadę. O Boże.

Upuszczam telefon na kolana. Łzy płynące po mojej twarzy mieszają się z potem i z makijażem i nabierają konsystencji śluzu. Silnik cicho pracuje na wolnym biegu. Wyłączyłam klimatyzację. Samochód stoi cierpliwie i jest dziwnie pusty. Nagle dzwoni telefon, a ja lekko podskakuję. Dźwięk dzwonka jest ostry jak strzał z pistoletu.

— Pani Gemmo, pani Woodstock, tak nam przykro. — To Madeleine dzwoni do mnie ze żłobka. — To jakaś koszmarna historia. Niewiarygodna. Ja... Ja nie wiem, co robić.

— Musi pani nam wszystko powiedzieć. Musimy stworzyć rysopis tej kobiety i dowiedzieć się wszystkiego, co pani i ta opiekunka jesteście w stanie sobie przypomnieć. Potrzebujemy szczegółów. Nagrań z monitoringu, wszystkiego, co macie. Musimy ją namierzyć. Znaleźć Bena.

Momentalnie wchodzę w znajomy, rutynowy tryb. Wiem, co robić. Wiem, jak reagować w nagłych sytuacjach. Wiem, jak łapać przestępców i naprawiać to, co zrobili. Ale zaraz potem widzę przed oczami twarz Bena i czuję narastającą panikę. Nie wiem, co robić *teraz*.

— Tak, tak, oczywiście — odpowiada Madeleine z płaczem.

— Powiadomiłam policję. Niedługo do pani ktoś przyjedzie, żeby z panią porozmawiać. Proszę się nigdzie nie ruszać. Niech pani zacznie spisywać wszystko, co pani pamięta.

Rozłączam się. Wyłączam silnik i wysiadam z samochodu.

Dom wygląda inaczej. Wszystko znieruchomiało w gęstym upale, a jedynym świadectwem życia jest niemilknący śpiew cykad. Ich cykanie wwierca mi się w mózg. Niebo jest zbyt błękitne. Trawa zbyt zielona. Zaczynam słyszeć upał. Pytanie *Gdzie jest Ben*? rozbrzmiewa w mojej głowie jeszcze głośniej niż brzęczenie cykad. Znowu chwytam się za gardło, które pulsuje mi tak mocno, że mam ochotę wyszarpnąć je sobie z szyi. Przecieram palcami twarz pod oczami, żeby wytrzeć łzy — płynny strach. *Po prostu wejdź do środka, wejdź. A potem się zastanów, co robić.*

Trzęsącymi się dłońmi próbuję włożyć klucz do zamka. Nie mogę trafić do dziurki.

— Kurwa. Boże.

Ze wściekłością kopię drzwi, a potem zwijam się w kłębek na wycieraczce i płaczę. Po chwili biorę długi, przerywany oddech i zaczynam sobie wyobrażać życie bez Bena. Bez jego małych, tłuściutkich paluszków i maleńkich dłoni. Bez jego ciepłego oddechu na mojej szyi. Bez jego pięknych oczu, które mają dokładnie taki sam odcień bladej mięty jak moje. Wydaję z siebie kolejny rozpaczliwy jęk. Zastanawiam się, gdzie może być teraz Ben i co się z nim dzieje. Część mojego mózgu się blokuje.

Wreszcie wchodzę do środka. Gorące powietrze otacza moje ciało, a ja próbuję się wyrwać z jego klejących paluchów. Wszystko jest puste i nieruchome. Płaskie. Zaglądam do każdego pokoju. Jestem jak dzika bestia, która szuka swojego dziecka. Swojego maleństwa. Każda moja komórka pulsuje ze strachu. Każdy oddech to walka, a ja zaczynam się targować z Bogiem, w którego nie wierzę. *Jeśli znajdę Bena, już nigdy nie będę na niego narzekać. Będę mniej pracować. Będę milsza dla Scotta. Będę spędzać więcej czasu z tatą. Przestanę się spotykać z Felixem. Tylko proszę, pomóż mi go znaleźć.*

Pokój Bena jest ładnie wysprzątany, tylko na krześle leży kupka ubrań z wczoraj, które miałam posprzątać dziś rano. Z półki patrzą na mnie poważne guzikowe oczy misia. Na podłodze leży otwarta książeczka *Gdzie jest zielona owca?*, która prześlizgnęła się między szczebelkami łóżeczka. *Gdzie jest moje dziecko?*, krzyczę niemo w pustym pokoju. Moją klatkę piersiową wypełnia znajome uczucie strachu. Takie samo jak wtedy, gdy tata powiedział mi o mamie. I wtedy, gdy powiedział mi o Jacobie. Biedny, kochany tata, musiał zniszczyć cały mój świat i rozbić go na kawałki, i to nie raz, a dwa razy. Nie wyobrażam sobie, żebym teraz ja musiała mu powiedzieć, że Ben zniknął. Splatam palce dłoni. Nie potrafię ich uspokoić, jakby ktoś przyczepił do moich rąk sprężyny. Chcę uderzyć pięścią w ścianę. Chcę mieć inne życie. Chcę, żeby Ben był tutaj teraz i spał w swoim łóżeczku.

Słyszę, że drzwi się otwierają. Wszystkie moje nerwy zaczynają brzęczeć.

— Gemma!

Wpadam mu w ramiona. Łzy płyną z moich oczu jak krew z rany. Nie mogę wydobyć z siebie słowa.

— Cicho już, ciiii. Nie wierzę. Musisz być… Gem, powiedz, co się stało.

Felix pomaga mi zejść na dół do salonu, prawie niosąc mnie na rękach. Sadza mnie na kanapie i obejmuje. Jego obecność tutaj jest drażniąca. Czuję potworne mdłości. Nad ramieniem Felixa widzę nasze sylwetki odbijające się w ekranie telewizora. To mogłabym być ja ze Scottem, jak zasiadamy do obiadu. Felix nigdy wcześniej tu nie był. Kilka razy podrzucił mnie pod dom, a raz odprowadził mnie pod drzwi, ale teraz jest w środku, w moim salonie, bo Ben został porwany.

Felix delikatnie odsuwa mnie od siebie i głaszcze mnie po twarzy, odgarniając z moich oczu włosy, które są mokre od łez. Mam wrażenie, że się nagle zestarzał. Wyblakną. Jego luźny biały T-shirt pomarszczył się i poprzyklejał w niektórych miejscach do ciała, tworząc zielonkawe pasy.

Znowu zaczynam głośno szlochać.

— Nie wiem, gdzie jest. Pojechałam go odebrać, a gdy przyjechałam do żłobka, nie było już żadnych dzieci. Spóźniłam się, ale tylko pięć minut. Myślałam, że na mnie czekają, ale byli tak zaskoczeni na mój widok, że od razu wiedziałam, że coś jest nie tak.

— Rozumiem. Mówiłaś, że odebrała go jakaś kobieta?

Oczy zaczynają mnie piec.

— Tak, ponad dwie godziny temu. Powiedziała, że jest jego babcią — dodaję i znów zaczynam płakać. — Ale Ben nie ma babci. Gdzie on jest, do cholery?

— Dzwoniłem do Jonesy'ego. Razem z Matthewsem są już w drodze do żłobka. Chcesz, żebym cię teraz tam zawiózł?

— Chcę odzyskać mojego syna. *Teraz*. Felix, ja go potrzebuję.

— Znajdziemy go. Na pewno. Cholera, Gem. Od razu wiedziałem, że te róże, które dostałaś, nie wróżą niczego dobrego. To wszystko jest ze sobą powiązane. Ktoś z tobą pogrywa.

Delikatnie odpycha mnie od siebie i prostuje ręce, a potem schyla głowę, zmuszając mnie, żebym spojrzała mu w oczy.

— Czy ty coś wiesz? O tej Ryan? Co wiesz?

Jestem zszokowana. Czuję nagły atak wściekłości. Wstaję na nogi i przystępuję do ataku.

— Nic nie wiem! Jak śmiesz? Uważasz, że to *moja* wina?

— Dobrze, już dobrze. Ciii… Przepraszam. Po prostu nie rozumiem, Gem. Dlaczego ty? Dlaczego Ben?

— Nie wiem.

Obraz znowu mi się zamazuje.

— Nie wiem, dlaczego to się stało.

Przypominam sobie swój pijacki taniec u Fee na sobotniej imprezie. Pocałunek Foxa. Te wszystkie potajemne spotkania z Felixem. Myślę o tym, co zrobiłam wtedy, przed laty. Ben na to nie zasługuje. Nie zasługuje na to, co mu się przytrafiło.

Felix bierze mnie za rękę i ciągnie w dół do siebie. Opieram głowę we wgłębieniu jego łokcia. Czuję się tak, jakby ktoś mnie wywrócił na lewą stronę. Jakbym stanęła na głowie. Jestem twarda jak kłębek wełny.

Słyszę kroki w korytarzu. To Scott. Podnoszę głowę dokładnie w chwili, w której wpada do pokoju.

Rozdział czterdziesty drugi

Marzec (trzy lata wcześniej)

— Jesteś taką egoistką!

Przewróciłam oczami.

— Serio, Gemmo, ja chcę ci pomóc. Chcę być przy tobie, gdy mnie potrzebujesz. Ja cię naprawdę *kocham*, a ty robisz takie dziwne rzeczy — powiedział Scott.

Dziecko jakoś dziwacznie nacisnęło mi na miednicę. Byłam już mocno zaokrąglona i miałam przesunięty środek ciężkości w stosunku do normalnej wagi, ale mimo to weszłam na blat, żeby zdjąć wok z górnej półki. Kiedy ciągnęłam go do siebie, w pewnym momencie większość jego ciężaru zaczęła się opierać na moich rękach. Szybko spróbowałam wsunąć go z powrotem, ale poślizgnęłam się. Złapałam się uchwytów szafki, a wtedy wok z całą siłą uderzył mnie w czoło, a potem spadł z hukiem na podłogę. Scott szybko przybiegł z ogrodu i zobaczył mnie skuloną na blacie, z ciemnoczerwoną pręgą zarysowującą się na czole.

— Byłem przed domem, Gemmo. *Przed domem.* Nie w pracy, nie w sklepie, tylko *przed domem*. Na miłość boską, *proś* mnie o pomoc. Co ty chcesz udowodnić? — pytał Scott, czerwony ze złości.

A ja ponownie przewróciłam oczami. Miejsce po uderzeniu piekło mnie tak bardzo, że aż krzywiłam się z bólu.

— Niczego nie chcę udowodnić. Robię dokładnie to, czego chciałeś, i jestem w ciąży z twoim dzieckiem.

Scott uderzył pięścią w blat, który wydał z siebie głuchy jęk.

— Nie rób tego. Nie odwracaj kota ogonem. Ty też tego chcesz. Wiem, że to prawda. Ustaliliśmy przecież, że jeśli oboje nie będziemy stuprocentowo pewni, nie zrobimy tego. Nie bądź niesprawiedliwa.

Scott już nie był rozgniewany. Pokręcił głową i spojrzał na mnie zasmucony. Przesadziłam.

Westchnęłam. W tym samym czasie poczułam ruchy dziecka w brzuchu. Bolały mnie nogi, a rana na czole pulsowała w dół aż do opuchniętych stóp.

— Przepraszam, Scott. Nie cierpię tego stanu. Czuję się taka bezużyteczna.

Moje długie, gęste loki spływały mi po plecach. Miałam gęstsze włosy niż normalnie, ale ich końcówki się rozdwajały. Uparcie się nie zgadzałam, żeby je ściąć. Nie dalej jak dzień wcześniej Matthews troskliwie zaproponował, żebym zaczęła się czesać w kucyki.

— Już niedługo koniec, Gem. Wiem, że jest ci ciężko, ale ludzie ciągle rodzą dzieci.

Zaczęłam intensywnie wpatrywać się w punkt na ścianie, w którym światło wnikało w wypłowiałą beżową farbę, sprawiając, że wszystko dookoła wydawało się ciemne i brudne. Kuchnia nagle zrobiła się mniejsza; mogłabym przysiąc, że się skurczyła. Blat był zbyt blisko. I ściany też.

— Tak, wiem. Ale ja nigdy wcześniej tego nie robiłam.

Rozdział czterdziesty trzeci

Poniedziałek 21 grudnia, godz. 19.12

Klatka piersiowa Scotta unosi się i opada, a krew na szyi mu pulsuje. Uświadamiam sobie z przerażeniem, jak wiele Ben dla niego znaczy. Bardzo silnie odczuwam jego pragnienie, aby mieć teraz syna przy sobie. Nie mogę się ruszyć z miejsca. Felix wciąż obejmuje ramieniem, ale ja mam wrażenie, że moje ciało unosi się nad naszą trójką. Spoglądam na nas w dół z sufitu i widzę linię pomiędzy mną i Felixem a Scottem. Moja przyszłość i moja przeszłość krążą wokół siebie jak śliniące się psy.

— Gdzie on jest? — pyta Scott słowami ostrymi jak noże.

Felix szybko wstaje i rozkłada ręce, jak gdyby Scott był dzieckiem, które trzeba uspokoić. Potem powoli opuszcza dłonie i robi krok do przodu.

— Gemma do mnie zadzwoniła. Powiadomiłem ludzi w komisariacie i wszyscy zaangażowali się w poszukiwania. Znajdziemy go.

Scott kompletnie go ignoruje.

— Gdzie on jest, Gem? Gdzie jest Ben?

Powoli wstaję. Nogi mam jak z waty. Kręcę głową.

— Nie wiem.

— Czy to ma jakiś związek z twoją pracą, z tą zamordowaną nauczycielką?

Znowu kręcę głową, a obraz mi się rozmywa.

— Nie wiem.

Scott wydaje z siebie ni to kaszel, ni to prychnięcie, a potem opiera dłonie na udach i bezradnie spuszcza głowę.

— Przepraszam — mówię szeptem i wyciągam do niego rękę.

Scott odpycha mnie i idzie przed siebie, ale zaraz się zatrzymuje. Wplata palce we włosy i powoli się odwraca. Stoimy w pokoju, cała nasza trójka. Nasze oddechy łączą się w rytmicznym pulsowaniu, tworząc fale, które uderzają w nas jedna po drugiej. Scott wydaje z siebie jęk, a ja zamykam oczy, żeby nie widzieć bólu na jego twarzy. Pokój zaczyna wirować. Kręcę się coraz szybciej, aż nagle słyszę płacz Bena i znów wybucham płaczem. Moje ręce chcą go przytulić. Do bólu pragnę dotknąć jego małe ciałko. Podnoszę głowę i widzę Scotta, jak biegnie do kuchni. Zaraz potem słyszę głośne uderzenie tylnych drzwi o ścianę. Ja też zaczynam biec, bo uświadamiam sobie, że dźwięk, który słyszę, jest prawdziwy. Ben, nasz mały chłopczyk, stoi w ogrodzie za domem i woła nas, żebyśmy do niego przyszli.

***

Komisariat policji w Smithson długo czekał na Felixa — policjanta nie tylko spoza naszego miasta, ale też z innej części świata. Starsi funkcjonariusze całymi tygodniami stroili sobie żarty, nawiązując do odcinków brytyjskiego serialu o policji *The Bill*. Ich nieudolne próby naśladowania brytyjskiego akcentu z czasem zrobiły się bardzo męczące. Ale ich ciekawość była zrozumiała; od roku nie mieliśmy nowego pracownika. Ostatnią osobą, która do nas dołączyła, była Amy z księgowości. Jonesy powiedział mi, że Felix będzie moim partnerem. Nie miałam nic przeciwko. Akurat wróciłam z urlopu macierzyńskiego i chciałam rzucić się w wir pracy. Mój i tak już niepewny status kobiety został dodatkowo osłabiony przez to, że zostałam matką.

„Szybko wróciłaś" to standardowy komentarz, jakiego często musiałam wysłuchiwać w ciągu pierwszego tygodnia po powrocie do pracy. Zwykle towarzyszyło mu pełne potępienia spojrzenie, które mówiło, że „szybko" tak naprawdę oznacza „za szybko".

„Ojej, już nie karmisz małego?" to moje drugie ulubione pytanie, sugerujące, że Ben to dziecko, któremu należy współczuć, bo nie dość, że nie jest wychowywany w należyty sposób, to jeszcze nie poszczęściło mu się na genetycznej ruletce.

— Chodzi o to — powiedział Jonesy, odciągając mnie na bok i opryskując moją twarz maleńkimi kropelkami śliny — że teraz może być trochę inaczej.

Niezdarnie klasnął w dłonie i dodał:

— Wiesz, czasami może ci zabraknąć sił. I nie ma w tym nic złego.

Odchrząknął potężnie, jakby w jego gardle skrywał się cały ocean.

— Dzieci sprawiają, że życie nabiera rzeczywistego wymiaru. Nawet chłopcy.

Klepnął mnie w ramię i zakończył swoją wypowiedź słowami:

— Rzadko mam do czynienia z pracującymi matkami, ale przypuszczam, że im jest jeszcze trudniej.

— Dziękuję, sir.

To chyba była prawidłowa odpowiedź, bo w jego oczach zobaczyłam wyraźną ulgę.

— Jesteś dobrą dziewczyną, Gemmo.

I kolejne klepnięcie w plecy.

W dniu, w którym Felix po raz pierwszy pojawił się w naszym komisariacie, akurat spóźniłam się do pracy. Z powodu jakichś problemów formalnych wszystko trochę przesunęło się w czasie, przez co nasza poniedziałkowa ekscytacja związana z przybyciem nowego pracownika zdążyła do czwartku przygasnąć. W połowie drogi do Cloud Hill przypomniałam sobie, że nie wzięłam butelki dla Bena, więc zawróciłam do domu, przez co moja i tak już długa poranna rutyna wydłużyła się o dodatkowe dwadzieścia minut.

Wparowałam do sali odpraw i pospiesznie odgarnęłam niesforne włosy z oczu. Wszyscy policjanci stali zebrani w dziwacznym kręgu wokół Felixa. Jonesy klepał go po plecach, a inni się temu przyglądali.

Kiedy dołączyłam do tego kręgu, Matthews i Kingston zachichotali. Jonesy na mój widok wyraźnie się ucieszył. Chyba uznał, że moje przybycie to sygnał do zakończenia tego zgromadzenia.

— O, Gemma. Wspaniale. Felixie McKinnonie, to detektyw sierżant Gemma Woodstock, twoja partnerka. Powie ci wszystko, co musisz wiedzieć. Gemma to prawdziwe cudowne dziecko.

Marty Pearson wyszczerzył zęby, a co najmniej pięciu innych policjantów przewróciło oczami.

— Cześć — powiedziałam, poprawiając włosy i próbując się uśmiechnąć.

Poczułam bolesną świadomość swojej pełniejszej sylwetki i niedopasowanej, podniszczonej marynarki.

— Gemma niedawno urodziła dziecko — powiedział Jonesy, jakby usłyszał moje myśli.

— Miło cię poznać, Gemmo — przywitał się Felix, wpatrując się we mnie nieruchomo swoimi szmaragdowymi oczami.

Jego akcent był jak melodia. Nigdy nie słyszałam czegoś takiego.

— Tak — odpowiedziałam, bo nic innego nie przyszło mi do głowy.

Poczułam delikatny zapach wymiotów Bena unoszący się gdzieś z mojego ubrania i momentalnie zapragnęłam uciec do łazienki, żeby się odświeżyć. Albo schować.

— No dobrze. Zaraz będzie kawa — powiedział Jonesy i wskazał ręką aneks kuchenny, po czym zniknął w swoim gabinecie.

Wszyscy powoli wrócili do swoich biurek. Niektórzy jeszcze rzucili mi kilka ironicznych uśmiechów.

— Czyli… — powiedział Felix McKinnon.

— Czyli… — powtórzyłam.

— A może… — odezwaliśmy się równocześnie.

— Znam miejsce, w którym podają dobrą kawę — powiedziałam. — Może tam pójdziemy, a ja ci opowiem o naszym komisariacie. Daj mi tylko chwilkę.

Skinął głową, a ja udałam się do łazienki. Serce biło mi jak szalone, a w uszach tętniła mi krew.

Rozdział czterdziesty czwarty

Poniedziałek 21 grudnia, godz. 21.47

Dziwnie jest tak stać we własnej kuchni i patrzeć, jak połowa ludzi z mojego komisariatu buszuje po moim ogrodzie w bladym świetle lamp. Widząc, że jeden ze śledczych wkłada coś do torby, z trudem się powstrzymuję, żeby do niego nie podejść i nie zapytać, co tam ma. Wiem, jaka jest procedura w takich sytuacjach; pracowałam nad kilkunastoma takimi sprawami, ale w tej chwili się cieszę, że nie muszę nic robić. Bolą mnie nogi. To cud, że jeszcze stoję. Kiedy próbuję się skoncentrować, przed moimi oczami pojawiają się plamki, które wirują jak nieuformowane kijanki. *Dzięki Bogu, dzięki Bogu, dzięki Bogu.* Zerkam na synka. Scott nie go chce puścić; zgodził się tylko na standardowe badanie lekarskie, na które nalegał Jonesy.

Ben nie powiedział nam nic, co mogłoby nam pomóc. Opowiedział o miłej pani, którą nazwał babcią, ale nic ponad to. Kiedy nas zobaczył, od razu się uspokoił i rzucił nam się w ramiona. Był tylko zmęczony. Teraz śpi na kolanach u Scotta, który siedzi przy stole kuchennym na jednym z naszych starych wysokich krzeseł i głaszcze go po głowie, patrząc gdzieś nieobecnym wzrokiem. Oni dwaj są białymi pionkami na szachownicy, a ja czarnym. Czerwona róża, którą Ben miał przypiętą do bluzy, leży zapakowana w folię na moim stole.

Rose nie żyje, a ja wciąż nie mogę od niej uciec.

Jonesy wpada do kuchni i głęboko wzdycha. Jest zmęczony.

— Dobra, z tego co wiemy, Ben przyszedł tutaj od strony rezerwatu przyrody, z którym graniczy twój dom, i został wprowadzony przez otwartą tylną bramę. Zakładamy, że kobieta, która zabrała

Bena ze żłobka, i ktoś, kto podrzucił go potem w twoim ogrodzie, to ta sama osoba.

— Opis? — pytam.

Scott patrzy na mnie po raz pierwszy, od kiedy znaleźliśmy Bena.

— Jeden z naszych chłopców rysuje teraz portret pamięciowy na podstawie zeznań pracownicy żłobka, ale z tego, co nam powiedziała, wynika, że szukamy kobiety w średnim wieku, prawdopodobnie koło pięćdziesiątki, chociaż może być młodsza. Ma długie kasztanowe włosy. Jest szczupła. Ma łagodny głos. Nie ma żadnego charakterystycznego akcentu. Jest średniego wzrostu. Dobrze ubrana. Miała na sobie damską marynarkę. Nic więcej godnego uwagi.

— A nagrania z monitoringu?

Jonesy uśmiecha się ironicznie.

— Oczywiście nie mają żadnych kamer. Myślisz, że ktokolwiek tutaj poważnie traktuje kwestie bezpieczeństwa? Jest jeszcze gorzej niż w tej cholernej szkole. Mają tylko jedną kamerę, przy parkingu dla pracowników z tyłu budynku. Bez obaw; po tym, co się dzisiaj wydarzyło, czeka ich drobiazgowa kontrola bezpieczeństwa.

— Czyli nie mamy filmów, żadnych nagrań, niczego. Podpisała coś? Powiedziała coś istotnego?

Jonesy odchrząkuje, a ten dźwięk wyjątkowo działa na mnie uspokajająco. Ben unosi lekko głowę, a potem znowu opiera ją na klatce piersiowej Scotta. Dostrzegam małą plamę potu na koszulce Scotta tuż pod głową Bena. Mały jest zawsze taki rozgrzany, kiedy śpi.

— Podpisała się w rejestrze zgodnie ze standardową procedurą. Ale to tylko nic nieznaczące bazgroły. Podpisała się jako Edith Bower, ale zakładam, że to nie są jej prawdziwe dane. Mówi ci coś to nazwisko?

Kręcę głową.

Jonesy patrzy na Scotta, ale on również zaprzecza:

— Nie. Na pewno nie znam nikogo takiego.

Jonesy krzywi się.

— No nic, może coś zobaczymy na nagraniach z kamer ulicznych. Sprawdzamy nagrania z tego popołudnia ze wszelkich możliwych miejsc. Niestety jeśli kierowca dotarł do podnóża zbocza, nie jesteśmy w stanie stwierdzić, dokąd pojechał dalej.

Jonesy pokazuje ręką nasz ogródek.

— W rezerwacie też nie ma żadnych kamer, sprawdziliśmy to już.

Do domu wchodzi Matthews.

— Chyba skończyliśmy. Przeszukaliśmy ogród i duży fragment rezerwatu, ale nic nie znaleźliśmy. Szukamy odcisków palców na bramie, ale jest tak sucha, że raczej nic z tego nie będzie. Jeżeli ten, kto go tutaj podrzucił, miał rękawiczki albo wytarł bramę, to nie zostawił żadnych śladów. Ciężka sprawa.

— Rozmawialiście z sąsiadami? — pytam.

— Oczywiście. Phil jeszcze chodzi po okolicy. Kobieta, która mieszka po lewej stronie, nic nie widziała, ale przesłuchujemy jeszcze mieszkańców dalszych domów.

Znowu patrzę na Bena. Ma lekko rozchylone usta i uroczo oddycha. Próbuję wziąć się w garść, żeby znów się nie rozpłakać.

— Dziękuję.

Matthews kiwa głową z niespotykaną dla niego życzliwością.

— Najważniejsze, że się znalazł. Teraz na pewno przez jakiś czas nie będziesz spuszczać go z oczu.

Nagle robi mi się wstyd, gdy sobie uświadamiam, że wszyscy patrzą na nasz brzydki, wytarty dywan, na tanie meble i na nieskoszony trawnik. Zapomniałam nawet zaproponować im coś do picia.

— Chcecie wody albo…

Jonesy przerywa mi w pół słowa.

— Teraz zostawimy cię samą z rodziną.

Poprawia spodnie w pasie i dodaje:

— Woodstock, daj mi znać, jeśli potrzebujesz trochę wolnego. Jutro się zastanowimy, jaki to może mieć wpływ na nasze śledztwo. Prawdopodobnie będziemy musieli jeszcze raz z wami porozmawiać. Ale teraz się prześpijcie.

Czuję narastającą falę paniki na myśl o tym, że mogą mi odebrać to śledztwo.

— Ale sir…

— Nie, Woodstock. Nie będziemy teraz o tym rozmawiać. Odpocznij. Mówię poważnie. Pogadamy jutro.

Kiwam głową i zapadam się w sobie. Jestem wycieńczona. Nie mam już siły do walki. Felix jest na zewnątrz i chodzi po ogrodzie. Zatrzymuje się na mój widok, a potem spuszcza głowę i idzie dalej. Odwracam się do Scotta.

— Cieszę się, że Ben jest bezpieczny i że wrócił do domu — mówi Jonesy. — A wy dwoje dbajcie o siebie nawzajem, dobrze?

— Tak, sir — odpowiadam.

Scott kiwa głową i uśmiecha się słabo do Jonesy'ego.

Policjanci powoli opuszczają mój ogród. Spuszczam rolety. Chcę porozmawiać z Felixem, ale dzisiaj nie ma szans na spotkanie. Nie mam pojęcia, co miałabym mu napisać w SMS-ie albo w e-mailu.

Scott siedzi nieruchomo.

— Chcesz coś do jedzenia? Mogę ugotować makaron.

Kątem oka widzę, jak na zegarze na mikrofalówce zmienia się godzina. Scott chyba mnie nie usłyszał.

— Jesteś głodny?

— Myślę, że Ben powinien spać dzisiaj w naszym łóżku — mówi.

— Oczywiście. To dobry pomysł.

Zmienia delikatnie pozycję, żeby nie obudzić Bena.

— Muszę coś zjeść. Nie powinienem był prowadzić samochodu. Wypiłem cztery czy pięć piw, a potem wsiadłem do samochodu od razu, jak do mnie zadzwoniłaś. Chciałem posiedzieć dłużej i wytrzeźwieć — mówi i wybucha głupkowatym śmiechem. — Niezłe, co? W moim domu roi się od policjantów, a ja przyjeżdżam wstawiony.

Nie odzywam się. Słowa grzęzną mi w gardle i zaczynam się dusić. Zegar na ścianie się zatrzymał. Mrużę oczy, żeby zobaczyć godzinę, i aż podskakuję, gdy wskazówka sekundowa znów zaczyna się ruszać.

— Możesz mi zrobić kanapkę albo coś? Ja posiedzę tu z Benem na kanapie.

— Jasne.

Trzęsącymi się dłońmi wyjmuję chleb, pomidory, ser i sałatę. Włączam czajnik i obserwuję gotującą się wodę, a całe moje ciało drży. Patrzę na własne odbicie w kuchennym oknie. Zaciskam szczęki. *Pierdol się*, myślę. *Jak śmiałaś zabrać moje dziecko?* Przecinam kanapkę Scotta na pół. Robię sobie kakao i dolewam do niego trochę burbona. Muszę jakoś dzisiaj zasnąć.

— Proszę.

— Dzięki.

Ben leży skulony na kanapie. Jego twarz wygląda blado na tle czerwonej poduszki. Patrzę na maleńkie żyłki, które znikają pod linią jego włosów. Siadam obok niego i obejmuję dłońmi jego główkę. Jest taki delikatny.

— Gemmo, wiem, że ty jesteś do tego przyzwyczajona, to nie jest mój świat. Ci wszyscy policjanci przeglądający nasze rzeczy... Czułem się, jakby mnie oskarżali za to, co się stało. Bardzo się dzisiaj bałem. Byłem cholernie przerażony, a przecież wielu myśli w ogóle do siebie nie dopuszczałem.

Scott nie patrzy na mnie, tylko na brodatego mężczyznę w telewizorze, który głaszcze korzenie małego drzewa, a później wsadza je do wcześniej przygotowanego dołka.

— Też się bałam. Nie potrafiłam myśleć. Nie miałam pojęcia, co robić. Dlatego zadzwoniłam do Felixa, żeby się wszystkim zajął. Sama nie byłam w stanie nic zrobić.

— No tak.

Zaczyna się przerwa reklamowa, a dźwięki dobiegające z telewizora robią się głośniejsze. Ben wierci się na kanapie. Scott zmniejsza głośność pilotem.

— Myślę, że jesteśmy kompletnie różni od siebie — mówi.

Burbon wywołuje przyjemne brzęczenie w moich uszach. Szybko dopijam swój napój i głośno odkładam kubek na stolik. Zamykam oczy, żebym nie musiała odpowiadać Scottowi, ale gdy zerkam na niego spod przymkniętych powiek, wcale nie jestem pewna, czy oczekuje ode mnie jakiejś odpowiedzi.

Rozdział czterdziesty piąty

Wtorek 22 grudnia, godz. 6.02

Mam koszmarny sen. Jestem w kwiaciarni i ilekroć wybieram bukiet kwiatów i biorę go do ręki, tylekroć zauważam, że w wiadrze zamiast wody jest krew. Kwiaciarka jest wyraźnie rozbawiona moją reakcją. „Co zrobić, kochana? Kwiaty są przepiękne. Kupujesz czy nie?”. Zaczynam płakać. Wycieram łzy i czuję na ustach smak miedzi — moje palce są całe we krwi. Kwiaciarka śmieje się do rozpuku.

Otwieram oczy i widzę buzię śpiącego Bena. Powoli rozluźniam mięśnie. Śledzę wzrokiem delikatny zarys jego nosa. Patrzę na jego ciemne rzęsy i na urocze blade piegi. Ten widok zapiera mi dech w piersiach.

Tuż za Benem leży Scott, który też śpi, oddychając głęboko i miarowo. Obejmuje Bena, delikatnie ściskając dłonią jego ramię.

Ostrożnie wychodzę z łóżka i zakładam szarą bluzę z kapturem. Bywają dni, że czuję się zmanipulowana własną biologią i oszukana tym, co czuję do Bena, ale dzisiaj moje uczucia macierzyńskie są bardzo silne. Chcę go mocno przytulić. Chcę, żeby mnie potrzebował. W łazience łykam kilka tabletek przeciwbólowych i myję zęby. Jestem taka pusta. Nie ma we mnie żadnego światła. Zastanawiam się, czy kiedykolwiek było. Myślę o doskonale umalowanych oczach Maggie i o jej wystających kościach policzkowych. Ja pewnie wyglądam, jakbym była o dwadzieścia lat starsza od niej, a nie o dziesięć. Jakbym była w wieku jej mamy. Ze złością zamykam drzwiczki od szafki w łazience.

Idę do kuchni i odłączam telefon od ładowarki. Jonesy nic do mnie nie napisał, ale dostałam wiadomość od Felixa. Wstrzymuję oddech i dotykam ekran telefonu, żeby ją odczytać.

Cieszę się, że Ben jest bezpieczny. Mam nadzieję, że jakoś się trzymasz.

Wkładam telefon do kieszeni i zaczynam chodzić po domu. Panuje cisza, którą zakłóca tylko świergot ptaków za oknem. Myślę o wczorajszym dniu i o godzinach, które Ben spędził bez nas. Przypominam sobie dziwny kłujący ból, który przeszył całe moje ciało. A potem zaczynam się zastanawiać, co bym robiła w tej chwili, gdyby Ben się nie odnalazł. Czy Scott i ja siedzielibyśmy teraz na kanapie, obejmując się i rozpaczając? Czy raczej kłócilibyśmy się i obwiniali z nienawiścią w głosie? Patrzę na zdjęcie Scotta na lodówce. Uśmiecha się, a w ręce trzyma rybę o wyłupiastych oczach. Bardzo dobrze znam tę twarz, ale przestałam już ją widzieć. Od dawna nie spojrzałam na niego w taki sposób, jak powinnam. Przed moimi oczami staje twarz Felixa. Jest taka znajoma. Przypominam sobie strukturę jego szmaragdowych tęczówek. I to, jak delikatnie przełyka ślinę, gdy zaczynam go dotykać. Czy Felix i ja mielibyśmy szansę, gdyby Ben już się nie odnalazł? Bo mój związek ze Scottem bez Bena na pewno by się rozpadł. Nie jestem nawet pewna, czy zdołamy przetrwać, mając go przy sobie.

Nie mam pojęcia, co wczoraj chodziło po głowie Felixowi, ale na pewno dziwnie się poczuł, gdy stanął twarzą w twarz ze Scottem, zwłaszcza w takich nietypowych okolicznościach. Widziałam, jak patrzył na zdjęcia na ścianach. Na pewno zwrócił uwagę na nasz postrzępiony dywan i podniszczone meble. Obserwował nas, jak razem przytuliliśmy Bena, płacząc z radości.

Otwieram lodówkę, a moją twarz owiewa przyjemna fala chłodu. Jak ja w ogóle mogę mieć takie myśli? Jestem potworem. Rosalind doprowadziła mnie do szaleństwa, już nie pierwszy raz. Lodowate powietrze szczypie mnie w oczy. Zęby zaczynają mnie boleć od zimna.

— Cześć, mamo.

— Ben!

Zamykam lodówkę z głośnym trzaśnięciem i biegnę, żeby go przytulić. Kiedy biorę go na ręce, jego ciało wydaje mi się takie małe; jego kość biodrowa wbija mi się w bok.

— Wszystko dobrze, kochanie?

Kiwa głową.

— Chcę tosta.

Łzy napływają mi do oczu.

Ben patrzy na mnie zmartwiony i szybko dodaje:

— Proszę.

Uśmiecham się do niego.

— Jasne, kochanie, usiądź sobie, a ja ci zrobię tosta.

Wkładam chleb do tostera, a potem biorę kartkę i kilka kredek. Ben wybiera niebieską i zaczyna coś rysować. Zatacza duże pętle. Smaruję tosta masłem i podaję go Benowi. Mały pochłania kromkę, rozsypując wokół siebie mnóstwo okruszków.

— Dzień dobry — mówi Scott, który właśnie wszedł do kuchni.

Idzie prosto do Bena i wita go:

— Cześć, mały człowieku.

— Tata! — woła Ben, uśmiechając się radośnie do Scotta. — Patrz, co narysowałem!

— Cudowne. Bardzo mi się podoba — mówi Scott i sadza sobie Bena na kolanach.

Wstaję i nalewam wody do szklanki. Patrzę przez okno na srokę, która ostrzy sobie dziób o wierzchołek płotu. Aż trudno uwierzyć, że niecałe dwanaście godzin temu myślałam, że mogę już nigdy nie zobaczyć mojego chłopczyka. Teraz wszystko znowu wygląda tak samo jak kiedyś.

— Pójdę się przejść.

— Okej — odpowiada Scott, wzruszając ramionami.

Na dworze jest już ciepło. Rozpinam bluzę i idę do bramy z tyłu ogrodu. Ostrożnie stawiam kroki, żeby się nie poślizgnąć, bo trawa wciąż jest jeszcze pokryta rosą. Sroka przygląda mi się przez chwilę, a potem przykuca i odlatuje na pobliski eukaliptus. Podnoszę haczyk — jedyne zabezpieczenie bramy — i wychodzę na polanę.

Za naszym domem znajduje się pas ziemi szeroki na kilkaset metrów, który ciągnie się jakiś kilometr. Rosną tu stare drzewa, przysadziste krzewy oraz duże połacie niekoszonej trawy. Rzadko ktoś tutaj zachodzi. Ci, co nie mieszkają w pobliżu, w ogóle nie wiedzą o istnieniu tego miejsca. *Chyba że obserwują dom*, myślę. Czy kobieta, która porwała Bena, to ta sama osoba, która zabiła Rosalind? Czy próbuje mnie ostrzec? A może te róże oznaczają zupełnie coś innego? Może ona dla kogoś pracuje? Może ktoś jej płaci za to, żeby mnie wystraszyła i doprowadziła do tego, że zostanę odsunięta od śledztwa? Ryanowie są bogaci; mogliby coś takiego zaaranżować. Staram się nie dopuszczać do siebie myśli, że to może być robota kogoś z wewnątrz, kto chce, żebym się poddała i przyznała do porażki. Popadanie w paranoję na pewno mi teraz nie pomoże.

Przypominam sobie ślady na szyi Rosalind. Nie sądzę, żeby zrobiła je kobieta. *Ostrożnie*, ostrzegam sama siebie. Jak mało kto wiem, do czego zdolna jest kobieta, gdy zostanie doprowadzona do ostateczności. Może to są dwie osoby, które ze sobą współpracują? Ale to nadal nie wyjaśnia, *dlaczego* ją zabiły. Co zyskały na jej śmierci? I skąd ta kobieta wiedziała o bramie za moim ogrodem? W czasach liceum często tu przychodziłam: wspinałam się na drzewa i urządzałam pikniki. Raz nawet nocowałam tu razem z mamą. Ale to wszystko było dawno temu, a ja nie byłam tu już od wielu lat. Opieram dłonie na biodrach i spoglądam w niebo. Patrząc na jego błękit, próbuję dopasować do siebie różne kawałki układanki. Nic. Nic się nie trzyma kupy.

Zerkam na swój dom. Brama jest otwarta, a przez okno widzę Scotta i Bena. Scott się śmieje i całuje Bena w czubek głowy. Przebiegam wzrokiem wzdłuż linii płotu. Przypominam sobie, jak Jacob rzucał mnie na drewniany płot i całował, mając pełną świadomość, że tata jest w domu tylko kilka metrów dalej. Mimo panującej ciemności czułam się całkowicie bezpieczna w jego silnych ramionach.

Uświadamiam sobie, że kobieta, która porwała Bena, prawdopodobnie stała tutaj wczoraj wieczorem i słuchała jego płaczu. A później usłyszała, jak wybiegamy z domu i odnajdujemy go. Potem rozpłynęła się w powietrzu. Obracam się dookoła, jakby w nadziei na to, że gdzieś między drzewami mignie mi jakaś twarz. Uważnie przyglądam się krzewom. Słońce przebija się przez gałęzie z drugiej strony rezerwatu. Mały motyl powoli przelatuje od jednego krzaka do następnego. Mam gęsią skórkę na rękach i na nogach. Nagle mój dom wydaje się bardzo widoczny na tle tego kawałka spokojnej, nietkniętej natury.

Rozdział czterdziesty szósty

Wtorek 22 grudnia, godz. 9.25

— Nie przypominam sobie, żebym do ciebie dzwonił, Woodstock — mówi Jonesy.

— Wiem, sir, ale chciałam tu być. Chcę wiedzieć, czy są jakieś nowe informacje.

— Przecież bym do ciebie zadzwonił — mówi Jonesy szorstkim tonem, ale w jego głosie słyszę nutkę życzliwości. — Jak się czuje Ben?

W jednej chwili wszyscy patrzą na mnie, a ich wzrok przeszywa mnie na wskroś. Cichy pomruk prowadzonych rozmów drażni mnie jak swędząca skóra.

— Dobrze. Jest jeszcze mały i nie rozumie, co się wczoraj wydarzyło. Jest bardzo ufny. Najwyraźniej za bardzo.

— Całe szczęście, że się odnalazł. Ale chyba rozumiesz, że to wszystko zmienia.

Z jednej z sal wychodzi Felix, a moje serce od razu zaczyna szybciej bić. Kontynuuję rozmowę z Jonesym i staram się skupić na ruchu jego warg, ale jedyne, co widzę, to czubek głowy Felixa za jego plecami. Zaraz potem Felix siada przy swoim biurku i znika z zasięgu mojego wzroku.

— Woodstock?

— Tak, wiem. Ale muszę zamknąć to śledztwo. Teraz to już jest sprawa osobista.

— Ale właśnie o to chodzi, to…

— Osobista w dobrym znaczeniu. Muszę to zrobić. Muszę się dowiedzieć, kto porwał Bena. Proszę.

— Dobra, dobra. Tylko na razie się nie wychylaj. Nie ruszaj niczego, co ma związek z twoim synem. Niech Matthews się tym zajmie. Ty skup się na nauczycielce. Musimy ruszyć to śledztwo do przodu, a wcale nie mamy pewności, czy te dwie sprawy są ze sobą powiązane.

Kiwa dłonią, żebym się do niego przybliżyła, i mówi mi na ucho:

— Zaraz zaczną do mnie wydzwaniać dziennikarze. Ta twoja znajoma Candy Cane to prawdziwy wrzód na tyłku. Jest gorsza niż moja żona, która wierci mi dziurę w brzuchu, żeby przed świętami pomalować taras.

— Dobrze pan wie, że to nie jest moja znajoma.

— Nieważne. Ma rację. Wszyscy chcą, żeby ta sprawa została rozwiązana przed świętami. Tak już po prostu jest.

— Robimy wszystko, co w naszej mocy, sir. Dzisiaj planujemy następne przesłuchania. Sprawdzimy kolejne tropy. Rozwiążemy to.

Jonesy odsuwa się ode mnie i typowym dla siebie gestem klepie mnie po ramieniu.

— Dobra, w takim razie do roboty.

Kiedy podchodzę do swojego biurka, Felix rzuca mi ostrożny uśmiech.

— Jak tam Ben?

— Wszystko dobrze.

— Scott nie miał nic przeciwko temu, żebyś poszła dzisiaj do pracy?

— Nie.

Felix kiwa głową i wraca do pisania na komputerze. Czuję, że żołądek mi się skręca. Coś się między nami zmieniło. Nie patrzy na mnie.

— Dzisiaj Scott będzie cały dzień z nim w domu.

— To dobry pomysł. Mały powinien być dzisiaj z wami. Poczuć, że jest bezpieczny.

— A więc uważasz, że nie powinnam dzisiaj tu przychodzić?

Wreszcie patrzy mi w oczy.

— Tego nie powiedziałem, Gem. Ben na pewno jest w dobrych rękach. Nie byłem tylko pewien, czy ty chcesz dzisiaj tu być.

— Otóż chcę.

— W porządku. Rozumiem.

Kończy pisać notatkę, a potem rozprostowuje nogi. Czubek jego buta wystaje pod moim biurkiem.

— Ale jestem zmęczony — mówi i pociera oczy dłońmi, a ja obserwuję, jak zmarszczki na jego twarzy powoli wracają na swoje miejsce. — No dobra, do odprawy zostało dwadzieścia minut. Przesunąłem ją na późniejszą godzinę, bo wczoraj wszyscy byli długo na nogach. Jeśli chcesz, mogę ci w skrócie opowiedzieć, czego się wczoraj dowiedziałem.

Zgrzytam zębami. Nie, nie interesuje mnie to. Chcę pocałować jego powieki i delikatną skórę pod oczami.

— Jasne — odpowiadam.

— Sprawdzałem nagrania na poczcie głosowej Rosalind. Wczoraj ktoś do niej zadzwonił w sprawie zapytania o wynajem, które złożyła kilka tygodni temu. Oddzwoniłem na ten numer. Kierunkowy do Brisbane. Chciała wynająć tam dom od dwudziestego piątego stycznia. Zaoferowała kwotę wyższą o dwadzieścia dolarów tygodniowo, niż wynosiła proponowana stawka.

— Chciała się wyprowadzić do Brisbane?

— Tak jest.

Przez chwilę przetwarzam tę informację.

— A co z jej pracą?

— Też się nad tym zastanawiałem, więc poszperałem trochę i dowiedziałem się, że Rosalind Ryan dostała pracę jako nauczycielka angielskiego i aktorstwa w liceum w Waterford. W Brisbane. Użyła starego konta na hotmailu. Od razu kazałem chłopakom je sprawdzić.

— Jezu.

— Dokładnie. Okazało się, że wysłała kilka zapytań w sprawie wyceny jej domu. I mamy rozwiązanie naszej zagadki z luksusowym samochodem, który widziała jej sąsiadka na podjeździe kilka tygodni temu. To był agent nieruchomości z Gowran, który przyjechał, żeby oszacować wartość domu. Rosalind nie planowała nauczania w Smithson w przyszłym roku szkolnym.

Moje serce zaczyna bić w szalonym tempie.

— Zrezygnowała? Czy Nicholson o tym wie? A jej rodzina? Nie wierzę, że nikt nam o tym nie powiedział. Czy szkoła w Brisbane nie chciała żadnych referencji?

— Tego jeszcze nie wiemy. Wczoraj chciałem zadzwonić do Nicholsona, ale w tym samym momencie ty zadzwoniłaś w sprawie Bena. No i oczywiście musimy złożyć kolejną wizytę Ryanom.

— Moim zdaniem zaraz po odprawie powinniśmy pojechać do Nicholsona.

Felix uśmiecha się do mnie szeroko. Nagle, w tej jednej chwili, wszystko wraca do normy.

— Wielkie umysły myślą podobnie. Właśnie zadzwoniłem do sekretarki, żeby zapowiedzieć swoją wizytę.

Rozdział czterdziesty siódmy

Wtorek 22 grudnia, godz. 11.37

Johna Nicholsona nie ma w szkole. Zapracowana sekretarka patrzy na nas nieobecnym wzrokiem, a potem uderza dłonią o głowę, jakby nagle sobie coś przypomniała.

— Ojej! Rzeczywiście pan dzwonił, przepraszam. Był tu jeszcze, gdy z panem rozmawiałam, ale zapomniałam, że wziął sobie dzisiaj pół dnia wolnego. Jutro zaczyna się przerwa świąteczna, a dziś nie ma już prawie żadnych lekcji. Chyba zamierzał popracować w domu. Trochę to dziwne, naprawdę, zważywszy na to, że… Sami państwo wiedzą… Mówiłam mu, że pan chce z nim porozmawiać, ale ostatnio jest nieobecny duchem.

— Czyli jest w domu?

— Chyba tak. Tak sądzę.

— Dziękuję. W takim razie poprosimy o jego adres.

— Nie trzeba — wtrącam się. — Wiem, gdzie mieszka.

Felix idzie do samochodu i myśli o czymś w skupieniu. Staram się dorównać mu kroku i irytuję się jak małe dziecko. Nie potrafię go rozszyfrować. Mam mętlik w głowie. Żadna myśl nie pozostaje w niej na dłużej, a ja coraz bardziej tęsknię za Benem. Piszę do Scotta krótką wiadomość, żeby się dowiedzieć, co u nich słychać.

— Znasz drogę? — pyta Felix.

— Tak, mieszka niedaleko mnie.

Przez kilka minut jedziemy w zupełnej ciszy.

Mam wrażenie, że zaraz eksploduję, więc w końcu wyparowuję:

— Chcę się z tobą spotkać. Chcę spędzić z tobą czas. Chcę, żebyś był ze mną.

Mam wrażenie, że jestem marudna jak mała dziewczynka, i strasznie mnie to wkurza.

Felix nie odrywa wzroku od ulicy, ale widzę, że ciężko przełyka ślinę. Wydycha ze świstem powietrze.

— Ja też tego chcę, Gem, tylko... Sam nie wiem. Mówiłem ci już, że nie wiem, co o tym myśleć. Ostatnio coś się między nami zmieniło. Nie współpracujesz ze mną podczas tego śledztwa tak, jak powinnaś. A to, co się stało z Benem, i moje wczorajsze spotkanie ze Scottem... To było takie rzeczywiste. Myślę, że to jeszcze bardziej namieszało mi w głowie.

Czuję nadchodzący atak paniki. Kładę Felixowi rękę na nodze.

— Proszę, Scott, *proszę*. Wiesz, że cię pragnę. Zwłaszcza po tym, co się wczoraj stało. Potrzebuję cię.

Tymczasem on wydaje z siebie krótki, wymuszony śmiech.

— Gem, właśnie nazwałaś mnie Scott — mówi i lekko uderza pięścią w kierownicę. — Jezu, co za burdel.

— Niemożliwe. Naprawdę?

Chowam głowę w dłoniach i mam wrażenie, że zaraz się rozpłaczę, ale jestem na to zbyt zmęczona i zbyt pusta. Chcę, żeby cały świat zostawił mnie w spokoju. Oprócz Felixa.

Mijamy kolejne domy. Widzę starszego pana w czapce z daszkiem, który wyprowadza na spacer swojego spasionego psa. Idą powoli, krok za krokiem, zmęczeni upałem. Nogi mężczyzny wyglądają jak białe pnie sadzonek drzew.

Felix poprawia kołnierzyk, jakby się dusił.

— Dobra. Słuchaj. Ja też chcę się z tobą spotkać. Naprawdę. Tęsknię za tobą. I chciałbym cię przytulić. Ale czy ty nie jesteś teraz potrzebna w domu? Po tym wszystkim, co się stało z Benem?

Moje tętno spowalnia, a wzrok się wyostrza. On nadal mnie pragnie. Otwieram zaciśnięte pięści i kładę spokojnie dłonie na udach, patrząc, jak moja skóra powoli nabiera koloru.

— Wątpię, czy Scott odstąpi go chociaż na krok. Dam radę się z tobą spotkać, już się o to nie martw.

— No i wreszcie do czegoś doszliśmy.

Nagle jego palce obejmują moją dłoń.

— To może spotkamy się w czwartek wieczorem? — pyta.

Mówi szorstkim głosem, z silnym brytyjskim akcentem.

— Tak — szepczę i mocno ściskam jego dłoń.

Zatrzymujemy się przed domem Nicholsona. Elewacja budynku jest obudowana ładnymi ceglanymi płytkami, a dom sprawia wrażenie, jakby siedział. Mój tata określiłby go jako „przysadzisty". Z przodu rosną kwiaty, a z boku stoi drzewo akacjowe. Ogród wygląda na zadbany. Trawnik jest równo skoszony i imponuje soczystą zielenią. Leniwy zraszacz obraca się w jedną stronę, a potem wraca do swojej pierwotnej pozycji i wyrzuca z siebie strumień wody na trawę. Drzwi wejściowe są otwarte, tak samo jak wewnętrzne drzwi z siatką na owady. Widzę czarny prostokąt wąskiego korytarza oraz — jak sądzę — róg ramki ze zdjęciem, która wisi na ścianie.

Felix zabiera rękę i wyłącza światła samochodu. Dokładnie w tej samej chwili z domu wychodzi John Nicholson. Jest tak wysoki, że staromodny frotowy kapelusz, który ma na głowie, prawie dotyka górnej framugi drzwi. Mruży oczy na widok ostrego słońca i idzie do ogrodu z sekatorem w ręce. Zaczyna przycinać wystające łodygi bluszczu, wykonując stanowcze, mocne ruchy.

— No dobra, miejmy to za sobą.

Kiwam głową i wysiadam z samochodu. Upał atakuje moje gardło, a na moje czoło występują kropelki potu. Mam na sobie ciemne buty, więc moje stopy dosłownie płoną. Budynki, drogi i całe miasto oblewają się potem i pytają nas uparcie: *Kto ją zabił? Kto ją zabił?*. Pytanie wisi na poziomie moich oczu, w gęstym, lepkim powietrzu, domagając się odpowiedzi.

— Panie Nicholson! — woła Felix.

Nicholson obraca się powoli z wyciągniętymi rękami. Nawet jeśli nasz widok go zaskoczył, nie daje tego po sobie znać.

— O, dzień dobry.

Robi kilka kroków w naszą stronę, a potem chyba przypomina sobie, że trzyma w rękach łodygi roślin.

— Tylko to wyrzucę i zaraz będziemy mogli porozmawiać.

Odchodzi na bok i rzuca gdzieś poodcinane łodygi, a potem idzie w stronę otwartych drzwi i zaprasza nas gestem do środka. Felix i ja spoglądamy na siebie. Felix daje mi ręką znak, żebym poszła pierwsza. Patrzę na nisko zawieszone sufity, zupełnie takie same jak u mnie w domu. Na ścianie wzdłuż całego korytarza wiszą zdjęcia portretowe. Większość z nich przedstawia atrakcyjną kobietę o różowych policzkach i blond włosach ułożonych w praktyczną, krótką fryzurę. Na niektórych zdjęciach widać też uśmiechniętego Nicholsona, który spogląda znad jej ramienia. Kobieta ma na sobie całą gamę pastelowych bluzek.

— Tędy proszę — mówi.

Idę za nim korytarzem do jasno oświetlonej kuchni, która jest zadziwiająco nowoczesna. Światło słoneczne odbija się od urządzeń ze stali nierdzewnej.

— Chodźmy na dwór, tam będzie przyjemniej. Tylko przygotuję wodę. Te upały nie chcą ustąpić, co?

Wychodzę na małe kwadratowe podwórko. Na trawniku stoi stół z kutego żelaza. Duża osłona przeciwsłoneczna rzuca przyjemny cień na ogródek. Wzdłuż płotu rosną róże, które nieco dalej łączą się z bardziej dziką i liściastą winoroślą. Jej łodygi wiją się po deskach parkanu i znikają w odległym kącie ogrodu za drzewem, które aż się ugina pod ciężarem cytryn.

— Wiosną róże wyglądają przepięknie. Tworzą cudowną, kolorową ścianę. Ale ich pielęgnacja latem to już ciężka robota. Zwłaszcza gdy jest tak upalnie jak w tym roku.

— Zupełnie jakbym się znalazł z powrotem w domu — mówi Felix, rozglądając się po ogrodzie z szeroko otwartymi oczami.

— Moja żona uwielbiała pracować w ogrodzie. Jej rodzina pochodziła z Anglii, więc stwierdziła, że ma to we krwi. Spędzała tu każdą chwilę. Na końcu to była jedyna rzecz, która wywoływała uśmiech na jej twarzy.

Nicholson stawia na stole dzbanek z wodą z lodem oraz kilka szklanek. Zauważam, że ręka mu się trzęsie. Siadam na krześle.

— Była chora?

Nicholson uśmiecha się do mnie.

— Oj, tak. Ciężko chora. Rak i problemy z sercem. Moja Jessica była cudowną kobietą. Bardzo porządną. Umieranie bardzo ją irytowało. Nie mogła pogodzić się z tym, że jest słaba i potrzebuje pomocy. To dla niej dbam o ten ogród. Byłaby na mnie wściekła, gdybym go zapuścił. Ale nawet to polubiłem. Praca w ogrodzie jest jak medytacja.

— Panie Nicholson...— Wiem. Chcecie ze mną porozmawiać o Rosalind. Nie próbuję was zagadywać. Rzadko miewam gości i może dlatego gadam jak najęty.

— Jak pan się trzyma?

Nicholson patrzy na mnie z wdzięcznością.

— W sumie całkiem nieźle. To trudny czas. Czuję na sobie ogromną odpowiedzialność za uczniów. I za nauczycieli. Do każdego trzeba podejść inaczej. Ciężko jest tutaj bez niej.

Podnosi obie dłonie do góry. Wygląda na zagubionego.

— To bardzo trudna sytuacja. Wręcz nieprawdopodobna.

Kiwam głową i przez chwilę nic nie mówię. Wokół panuje taka cisza, że słyszę brzęczenie pszczół.

— Ludzie plotkują, że coś pana łączyło z panią Ryan.

Felix spogląda na mnie zaskoczony. Ja sama też jestem zdziwiona; początkowo zamierzałam powoli wprowadzać temat możliwego romansu Nicholsona z Rosalind, ale nagle uznałam, że lepiej jest powiedzieć to wprost — wystrzelić słowami jak kulą z pistoletu i zobaczyć, w co trafi.

Nicholson bierze długi łyk wody i robi głęboki wdech. Patrzy na mnie i na Felixa, a z jego twarzy bije cierpienie.

— Ach, tak. No cóż. Pewnie tak było.

Staram się zachować kamienną twarz, ale otwieram szeroko oczy ze zdziwienia. Czuję dziwną ulgę na myśl o tym, że może będziemy mogli skreślić Rodneya z listy podejrzanych.

— Byliście związani?

Nicholson patrzy na drzewo cytrynowe, które rośnie za nami.

— Tak jakby.

Felix szybko oddycha. Tuż obok mnie przelatuje motyl. Wydaje mi się, że słyszę trzepotanie jego maleńkich skrzydełek.

— Czy utrzymywał pan kontakty seksualne z panią Ryan? — pyta Felix. — Musimy to wiedzieć.

Nicholson obrzuca Felixa spojrzeniem, które wyraża coś pomiędzy politowaniem a smutkiem.

— Nie, nie. Powiedziałbym, że wręcz na odwrót.

Nachylam się do przodu, zmuszając Nicholsona, żeby spojrzał mi w oczy.

— Proszę pana, musi pan nam dać jasną odpowiedź. To jest śledztwo w sprawie zabójstwa, więc musimy dokładnie wiedzieć, jakie relacje łączyły pana z panią Ryan.

— Była moją córką — mówi Nicholson, patrząc mi prosto w oczy.

Nagle ogarnia mnie dziwne uczucie spokoju.

Felix unika mojego wzroku.

— Pana córką! — mówi.

Czuję się, jakbym była w tunelu. Wiatr muska moją twarz, a ja, patrząc na Nicholsona, wreszcie to widzę: ten sam zarys kości policzkowych, podobny kształt oczu.

— Pana córką — powtarzam bezmyślnie.

— Tak.

Wzdycha, jakby ujawnienie tej tajemnicy go wyczerpało. Trzęsącą się dłonią podnosi szklankę do ust i bierze kolejne łyki wody.

— Nie wiem, do czego mogłaby się przydać ta informacja. Co państwo chcą wiedzieć?

— Proszę nam opowiedzieć wszystko.

Za kurtyną liści ćwierkają ptaki, a my słuchamy Johna Nicholsona, który opowiada nam historię o tym, jak został ojcem Rosalind Ryan.

— Jak wiecie, miałem żonę, Jessicę. Jakieś trzy lata po naszym ślubie poznałem Olivię Ryan. Byliśmy szczęśliwi z Jessicą, ale... Trudno to wyjaśnić, ale ona mnie *nie potrzebowała.* Wiem, że mnie kochała, ale była bardzo silna, samowystarczalna. Wtedy pojawiła się Olivia, która bardzo potrzebowała bliskiej duszy. Miała trzech synów, ale była bardzo nieszczęśliwa. W małżeństwie jej się nie układało i miała skłonność do wpadania w silne stany depresyjne. Z perspektywy czasu wiem już, że miała poważne problemy emocjonalne, ale wtedy po prostu dałem się oczarować.

— Gdzie się poznaliście?

Nicholson uśmiecha się na wspomnienie tamtych czasów.

— W bibliotece. Była tam ze swoimi trzema chłopcami, którzy bardzo dawali jej w kość. Widziałem, że jest jej ciężko, więc zaproponowałem, że zaniosę jej książki do samochodu. Kiedy wsadziliśmy chłopców do auta, rozpłakała się. Pocieszałem ją najlepiej, jak potrafiłem, i od razu wiedziałem, że chcę ją jeszcze zobaczyć.

Nicholson bawi się swoim zegarkiem, rozpinając go, a potem delikatnie zapinając z powrotem.

— Nigdy nie czułem tak silnego pociągu do kobiety.

W jego oczach jest tyle emocji, że w końcu odwracam wzrok. Staram się nie patrzeć na Felixa, bo nagle zaczynam się bać, że nasze wzajemne pożądanie w końcu nas zdradzi.

— Kiedy to było? — pytam cicho.

— Jakiś rok przed narodzinami Rosalind.

— A co się stało potem?

Nicholson wzrusza ramionami.

— Zaczęliśmy się spotykać. Dzwoniła do mnie do szkoły albo w niedzielę rano, gdy wiedziała, że Jessie jest w kościele, i umawialiśmy się na spotkanie. Organizowaliśmy przejażdżki, spotykaliśmy się na kawie w Gowran. Ona miała nianię do chłopców, a ja z Jessicą nie mieliśmy dzieci, więc nie mieliśmy problemów ze znalezieniem czasu na spotkanie. Ale ona była chora. Dobrze to skrywała, ale w końcu się zorientowałem. Chyba nie chciałem się przyznać sam przed sobą, w jak kiepskim jest stanie, bo to by oznaczało, że muszę przestać się z nią widywać.

— A potem zaszła w ciążę? — pyta Felix.

Nicholson patrzy przed siebie nieobecnym wzrokiem.

— Tak. Nie planowaliśmy tego. Kilka miesięcy po tym, jak zaczęliśmy się spotykać, powiedziała mi, że jest w ciąży. Spytałem, czy to moje dziecko, a ona odpowiedziała, że raczej tak, ale nie jest pewna. Rzadko rozmawialiśmy o jej małżeństwie, chociaż ona była zafascynowana moim związkiem z Jessicą. Wiedziałem, że czuje się jak więzień we własnym domu i że George Ryan jest niebezpiecznym człowiekiem. Wiedziałem też, że kocha swoje dzieci. Jej relacje z mężem do dziś pozostają dla mnie tajemnicą. Nie wiem, czy sypiali ze sobą, czy nie. Ona nie poruszała tego tematu. A gdy Olivia nie chciała o czymś rozmawiać, to po prostu tego nie robiła.

Nicholson próbuje odchrząknąć i natychmiast zanosi się ciężkim kaszlem. Uderza się pięścią w klatkę piersiową.

— Pomyślałem, że dziecko pewnie jest moje, i ze wstydem przyznaję, że wpadłem w panikę. Nie chciałem zranić Jessie i bałem się, że mogę ją stracić. Nie wiedziałem, co robić. Dla Olivii wizja kolejnej ciąży była przerażająca, ale mimo wszystko uznała, że najlepszym rozwiązaniem będzie zostać z George'em. Nie miała zbyt silnego instynktu macierzyńskiego, ale bardzo kochała swoich synów.

— Widywaliście się w czasie, gdy była w ciąży? — pytam, wyobrażając sobie Olivię Ryan z wielkim brzuchem uwięzioną w swoim pałacu i tęskniącą za ukochanym.

— Tak, ale rzadziej. Stała się agresywna, bardzo trudna. Umawialiśmy się na spotkanie, a ona potem nie przychodziła. Albo dzwoniła do mnie o dziwnych porach i płakała do słuchawki. Jessica zaczęła coś podejrzewać, a ja nie wiedziałem, co robić. Myślałem, że oszaleję. Niedługo potem Jessica zaproponowała mi, żebyśmy zaczęli się starać o dziecko. Wtedy zrobiło się jeszcze trudniej.

Nie mogę przełknąć śliny, więc prostuję się na krześle i próbuję wziąć głębszy oddech. Ciężar poprzednich kilku tygodni zaczyna mnie przygniatać.

— Kiedy po raz ostatni rozmawiał pan z Olivią? — pytam, z trudem wypowiadając słowa.

— Oczywiście nie miałem pojęcia, że to się tak skończy. Widziałem się z nią jakieś cztery dni przed tym, jak urodziła Rose. Wciąż nie była stabilna emocjonalnie, ale cieszyła się, że urodzi dziecko. Powiedziała mi, że jeśli to będzie dziewczynka, da jej na imię Rosalind. I oczywiście tak zrobiła. O jej śmierci dowiedziałem się z gazety zaraz po świętach. To było prawie trzydzieści lat temu... — mówi i odpływa gdzieś myślami.

Z jakiegoś powodu jego historia wydaje się dziwnie surowa, a po jego minie wnioskuję, że jeszcze wielu rzeczy nam nie powiedział.

— Czy George Ryan kiedykolwiek się z panem kontaktował? — pytam go. — Widział pan dziecko, gdy się urodziło?

— O nie, nie. Nie miałem pojęcia, ile on wie, i nie zamierzałem się wtrącać w jego życie. No i miałem Jessicę, którą musiałem się zająć. Lekarz jej powiedział, że nie może mieć dzieci, co było okrutnym zrządzeniem losu. Często się potem zastanawiałem, czy opatrzność mnie w ten sposób ukarała.

— Pewnie było panu bardzo ciężko z tym, że musiał się pan kryć ze swoją żałobą — zauważam. — Z nikim nie mógł pan o tym rozmawiać.

— Och, moja droga, to miłe z pani strony. Tak, było mi bardzo ciężko. Miałem wyrzuty sumienia, że użalam się nad sobą. Przecież wyrządziłem tyle zła. Ale prawda jest taka, że bardzo kochałem Olivię i do dziś bardzo żałuję, że nie mogłem prawdziwie przeżyć żałoby po jej śmierci. Może nie była moją prawdziwą miłością, ale ją kochałem.

— Czyli podejrzewał pan, że Rosalind jest pana dzieckiem, ale trzymał się pan z daleka — podsumowuje Felix. — A potem nagle ona przyszła do pana z pytaniem, czy zatrudni ją pan u siebie szkole?

— Najpierw sama się tu uczyła.

Kiwam głową, przypominając sobie te wszystkie sytuacje, w których przyłapywałam go na tym, że się w nią wpatruje. Wtedy sądziłam, że po prostu jest nią oczarowany, tak samo jak wszyscy inni.

— No tak, oczywiście. A zatem najpierw uczennica, potem nauczycielka — mówię. — I nigdy pan z nią o tym nie rozmawiał?

— Nie, ani razu. Na pewno nie wtedy, gdy się tu uczyła. To by ją kompletnie zdruzgotało. Od początku wychodziłem z założenia, że nic nie wie.

— A w ostatnim czasie? — pyta Felix. — Czy zaczął pan podejrzewać, że może coś wiedzieć?

— Nie, nie bardzo. W każdym razie nie miałem żadnych solidnych podstaw, żeby tak sądzić. Kiedy powiedziała, że chce tutaj uczyć, byłem zaskoczony. Nie sądziłem, że wróci do Smithson. Była świetną uczennicą, uwielbiała sztukę i miała dar do języków. Wiedziałem, że będzie wspaniałą nauczycielką, ale obawiałem się… Bliskości. Rok wcześniej zmarła Jessie i nie byłem pewien, jak sobie z tym wszystkim poradzę. Praca z Rose w jednym miejscu wydawała się ryzykowna.

— Czy jest pan pewien, że była pana córką? Zgodzi się pan na przeprowadzenie badania genetycznego?

Pytania Felixa są okrutne, ale mam wrażenie, że Nicholsonowi to nie przeszkadza. Podejrzewam, że zadawał sobie te same pytania niezliczoną ilość razy.

Nicholson wygląda, jakby poczuł ulgę, że wreszcie wyjawił swój sekret.

— Tak. Jestem tego pewien. Jeśli będzie taka potrzeba, mogę poddać się badaniu. Wydaje mi się, że była do mnie trochę podobna. Mieliśmy podobne zainteresowania i pasje. Z wielką radością obserwowałem ją, jak naucza i wystawia te swoje sztuki. Była bardzo utalentowana.

— A nie poczuł pan nagłej potrzeby, żeby jej to wszystko wyznać? A może pan to zrobił, a potem się pokłóciliście? A ona się zdenerwowała? To byłby dla niej wielki szok, jeżeli rzeczywiście nic nie wiedziała — sugeruję.

— Nie. Nigdy nie wspomniałem o tym ani słowem. Czasami miałem wrażenie, że wie. Chyba czuła, że jest mi bliska, ale raczej traktowała mnie jak mentora. Byłem ostrożny, przynajmniej tak mi się wydaje. Wiem, że moje zachowanie mogło zostać niewłaściwie odebrane.

— Myśli pan, że George Ryan wie? — pyta Felix.

Nicholson poprawia pozycję.

— Tego nie wiem. Nie sądzę, żeby Olivia mu coś powiedziała. Odniosłem wrażenie, że bardzo się go boi. Nie chciała, żeby się o nas dowiedział. Ale mógł podejrzewać, że Rose nie jest jego dzieckiem. Wszystko zależy od tego, jakie wtedy łączyły ich relacje. Ona kompletnie nie przypomina swoich braci.

— A czy mogła być dzieckiem innego mężczyzny? — pytam.

Nicholson smutno wzrusza ramionami.

— To jest możliwe. Ale moim zdaniem mało prawdopodobne. Olivia była nieprzewidywalna i zagubiona, ale spędzaliśmy ze sobą dużo czasu. Trudno mi sobie wyobrazić, żeby mogła spotykać się jeszcze z kimś innym.

— Dlaczego nie poszedł pan na premierę przedstawienia? — zmieniam temat.

Nicholson podnosi głowę i widzę, że ma ogromne wyrzuty sumienia.

— Zapewniam panią, że moje intencje nie były złe. Nie czułem się zbyt dobrze. I przyznaję, że byłem trochę podenerwowany. Rose powiedziała mi, że chce się wyprowadzić. Dostała ofertę pracy w Brisbane i zamierzała tam wyjechać po świętach. Powiedziała mi o tym wszystkim w dniu przedstawienia. Potrzebowała referencji, które oczywiście mogłem jej napisać bez problemu. Cieszyłem się, że dostała tę pracę, ale to był dla mnie cios. Chyba zdążyłem się przyzwyczaić do tego, że mam ją blisko siebie. A teraz i tak już jej nie ma — stwierdza smutno Nicholson, wpatrując się w gęstwinę zieleni w ogrodzie. — Wiem, że powinienem był wcześniej to państwu powiedzieć, ale nie chciałem poruszać tematu jej wyprowadzki, a poza tym wtedy nie wydawało mi się to ważne.

— Nie powinien był pan tego ukrywać. Musimy naprawdę wiedzieć wszystko — odpowiadam łagodnie.

Nicholson kiwa głową, ale wciąż nie patrzy na nas, tylko na ogród.

— Pokłóciliście się o to? Że odchodzi? — wraca do tematu Felix.

— Nie, nie, skądże. Pytałem ją, dlaczego się wyprowadza, ale ona tylko powiedziała, że potrzebuje odmiany. Odpracowała już swoje w Smithson, co do tego nie ma wątpliwości. Chciała się zatrudnić w innej szkole, która bardziej stawiała na kreatywność. Wydaje mi się, że cała ta walka o fundusze ją wykończyła. Rozmawialiśmy chwilę o jej nowej szkole. Chciałem, żeby wiedziała, że ma moje błogosławieństwo. Ale gdy wyszła z mojego gabinetu, źle się poczułem, więc wróciłem do domu.

— I tamtego wieczoru był pan zupełnie sam? — pytam.

— Tak. Już to mówiłem, jak rozmawialiśmy w zeszłym tygodniu. Obejrzałem film, a około siódmej nakarmiłem kota sąsiadów, którzy wyjechali z miasta. Około dziesiątej wypiłem herbatę, a potem poszedłem spać.

— I następnego dnia usłyszał pan, że znaleziono jej ciało? — pyta Felix.

— Tak. Zadzwonił do mnie Colin, nasz ochroniarz. Dostał wiadomość z waszego komisariatu i zadzwonił, żeby mi ją przekazać. To standardowa procedura. Nie żeby coś takiego działo się często.

— Czy uwierzył jej pan, gdy wyjaśniła, dlaczego chce zmienić pracę? — pytam.

Nicholson wygląda, jakby cierpiał.

— Nie jestem pewien. Zaskoczyła mnie tą informacją, ale uznałem, że po prostu potrzebuje odmiany. Uczyła w Smithson kilka lat. Ale ta decyzja wydała mi się trochę nagła. Pomyślałem, że może coś się stało, ale nic takiego nie zasugerowała. Wyglądała na szczęśliwą. Często się zastanawiałem, czy jest szczęśliwa. Myślę, że tak było. Mam nadzieję.

— Wszyscy twierdzą, że przedstawienie okazało się wielkim sukcesem — zauważam. — Każdy, z kim rozmawialiśmy, mówił, że Rose była zachwycona.

— Na pewno tak było — potwierdza Nicholson. — Widziałem próby i to przedstawienie naprawdę zapowiadało się wspaniale. Cieszę się, że dzieciaki chcą je wystawić jeszcze raz.

— Pójdzie pan na ten spektakl? — pyta Felix.

— Tak, oczywiście. W tej chwili mało czego jestem pewien, ale to wiem na pewno, że pójdę i obejrzę jej sztukę.

— Dlaczego powiedział pan nam to wszystko? — pytam. — Nie musiał pan. Prawdopodobnie nigdy byśmy się tego nie dowiedzieli.

Oczy Nicholsona wpatrują się we mnie — dwa ciemnogranatowe jeziora.

— Przede wszystkim nie chciałem, żeby ktokolwiek pomyślał, że łączyły nas jakieś niestosowne relacje. A poza tym jej śmierć wszystko zmieniła. Chyba lubię o niej mówić. Może poczułem, że wreszcie nadszedł czas, żebym oficjalnie uznał ją za swoją córkę. Wiecie, byłem z niej taki dumny.

Telefon wibruje mi w kieszeni. Wiadomość od Scotta: *O której będziesz w domu?*.

Zerkam na Felixa, dając mu znak, że muszę już iść.

— Dobrze, w takim razie zróbmy to badanie — mówi Felix i wyciąga z torby zestaw medyczny.

Pobiera próbkę. Nicholson wygląda na wyczerpanego, jakby złapał wirusa.

— Bardzo dziękujemy — mówi Felix. — Zajęliśmy panu już wystarczająco dużo czasu.

Nicholson wzrusza ramionami.

— Dla mnie czas nie ma już dużej wartości.

Znowu idziemy korytarzem przez cały dom. Nicholson prowadzi, stawiając duże kroki, a ja idę za nim. Widzę, jak koszula na jego plecach ociera się o kręgi, które wystają mu z kręgosłupa.

— Możliwe, że będziemy jeszcze mieli jakieś pytania — mówię. — Będziemy w kontakcie w sprawie tego badania DNA.

— Tak. Oczywiście.

Zatrzymujemy się na chwilę w przejściu. Słyszę głośne tykanie zegara, który wisi obok mnie na ścianie.

— Czy ma pan jakiś pomysł, kto mógł jej to zrobić? — pyta Felix wprost.

— Dużo się nad tym zastanawiałem, ale nikt nie przychodzi mi do głowy. Nie mogę się pogodzić z tym, że przez całą noc leżała tam sama w wodzie. Może się z kimś pokłóciła? Była bardzo emocjonalna. Moim zdaniem to musiał zrobić ktoś obcy. Jakiś straszny człowiek. Naprawdę nie wiem.

— No nic, dziękujemy — mówię.

Wsiadamy do samochodu. Cała ta historia bardzo mnie przygnębiła. Na myśl o tych wszystkich latach, kiedy Nicholson musiał ukrywać swoją żałobę i tęsknotę, odczuwam fizyczny ból i silne emocje, które mieszają się z moim własnym smutkiem i dotykają mnie do żywego.

Kiedy wyjeżdżamy z ulicy, w samochodzie odzywa się radio policyjne. Wypadek na Holmesglen Road. Jakiś pacjent szpitala psychiatrycznego groził komuś nożem. Uratowano dziecko z samochodu zaparkowanego pod supermarketem, ale nie odnaleziono jeszcze jego rodziców.

— No i miałaś rację — odzywa się Felix. — W sprawie ojcostwa.

— No, miałam.

— Niezła historia — stwierdza.

— Myślisz, że ściemniał? — pytam, patrząc na postrzępione chmury płynące po niebie.

— Nie. Myślę, że był z nami szczery. Oczywiście istnieje możliwość, że Olivia Ryan sobie z nim pogrywała, dlatego jestem ciekaw wyników badań. Dopiero wtedy będę mieć całkowitą pewność. Moim zdaniem jednak on jest przekonany, że jest jej ojcem.

— Czyli uważasz, że powinniśmy go skreślić z listy podejrzanych?

— Instynkt podpowiada mi, że tak, ale musimy pamiętać, że on nie ma żadnego alibi. A do tego ma motyw. Zdenerwował się, gdy mu powiedziała, że się wyprowadza. Może chciał, żeby została. Może załamał się na wieść o tym, że znowu ją straci. W takich sytuacjach człowiek czasami podejmuje desperackie kroki.

Przypominam sobie twarz Nicholsona opowiadającego o swojej córce, która przez cały ten czas była tak blisko, a jednocześnie tak daleko.

— Tak. To chyba jest możliwe.

Rozdział czterdziesty ósmy

Środa 23 grudnia, godz. 10.04

Curtis Smythe patrzy na chłopca, który kręci się przy maszynie z sokami z kruszonym lodem. Zawsze uważnie obserwuje dzieci, zwłaszcza chłopców, bo gdy tylko spuści ich z oka, zaraz próbują coś zwędzić. Wystarczy chwila nieuwagi, żeby stracić cały towar. W zeszłym roku jakiś punk ukradł mu kartonowy stojak z chipsami. Curtis był akurat wtedy przed sklepem i pomagał jakiejś starszej pani zapakować torby do samochodu, gdy ten drań wyszedł z zaplecza ze stojakiem w ręku, robiąc wymowny gest do kamery monitoringu. Kiedy policja przyjechała wreszcie na miejsce, nic nie była w stanie mu zrobić. Funkcjonariusze wykonali jakieś pomiary i pstryknęli kilka zdjęć, ale Curtis wiedział, że już nigdy nie zobaczy tego stojaka. Od tamtego czasu zamyka drzwi do zaplecza na klucz. Zamontował też dodatkową kamerę. Strzeżonego Pan Bóg strzeże. Ale Curtis — przedsiębiorca prowadzący własny sklep — stara się zachować otwarty umysł i chce wierzyć, że ludzie z natury są dobrzy. Dolar jednego klienta ma taką samą wartość jak dolar drugiego. Oczywiście ludzie są różni, ale Curtis wyznaje zasadę, że dopóki są dla niego w porządku, on nie wtrąca się w to, jak spędzają czas.

Jednak prawdą jest to, co mówią — że upał wyzwala w ludziach szaleństwo. Zaledwie dwa dni temu, gdy wracał wieczorem do domu, zobaczył kobietę odkurzającą samochód na parkingu niedaleko zjazdu na Fyson. Używała jednego z tych zgrabnych, małych ręcznych odkurzaczy, które tylko przedmuchują powietrze z jednego miejsca na drugie. Kobieta była bardzo zajęta sprzątaniem samochodu, a jej twarz zasłaniały długie brązowe włosy. Może pożyczyła od kogoś ten samochód i niechcący rozlała coś na tylnym siedzeniu? Curtis pomyślał, że takie rzeczy często się zdarzają.

Powinna była przyjść do niego i oddać samochód do porządnego czyszczenia. Przecież to nie potrwałoby długo. Curtis oferuje lepszy standard usług niż sklepy sieciowe, które otwierają się jeden po drugim w pobliskich miejscowościach. Mógł zaproponować kobiecie szlifowanie i polerowanie, które nadałyby czerwonej farbie nowy blask. Dałby jej zniżkę na tankowanie i na kawę na wynos — czego więcej mogłaby potrzebować? Tablice rejestracyjne w jej samochodzie jakoś śmiesznie wyglądały; mógłby przysiąc, że zostały przemalowane.

Ale Curtis nie zatrzymał się przy tej kobiecie. Nie było powodu, żeby się w to angażować. Już od dawna nie zadaje pytań. Woli postępować zgodnie z maksymą jego babci: świat jest lepszym miejscem, gdy każdy pilnuje swojego nosa.

Curtis dostrzega pustą dziurę na półce w miejscu, w którym zawsze stało pudełko z bateriami. Zaciska pięści i wściekły rozgląda się po sklepie. Nie ma sensu dzwonić po te bezmyślne gliny. Wszyscy na pewno teraz szukają zabójcy tej nauczycielki. Z tego, co piszą gazety, wynika, że na razie jeszcze nie dokonali żadnego przełomu.

Curtis patrzy na młodego mężczyznę w bezrękawniku, który częściowo zasłania tatuaż w kształcie róży. Mężczyzna się uśmiecha i podnosi brodę w geście powitania, a potem znika na zapleczu. Curtis zaraz do niego dołączy, ale najpierw jeszcze rozprasowuje rękami gazety na ladzie. Z pierwszej strony gazety uśmiecha się do niego Rosalind Ryan. Curtis wykrzywia usta w grymasie. Co za pech, że takiej miłej dziewczynie przytrafiło się coś tak okropnego.

Rozdział czterdziesty dziewiąty

Czwartek 24 grudnia, godz. 20.47

— Tęskniłem za tobą — mówi Felix, po czym delikatnie obejmuje moją twarz dłońmi i całuje mnie.

Nie wierzę ci, krzyczy każda komórka mojej skóry, reagując agresywnie na jego dotyk. Ale zaraz potem myślę sobie: *Uspokój się. Nie wymyślaj sobie problemów*. Wciąż jednak mam wrażenie, że jego dotyk jest wymuszony, a ja za bardzo się staram i nie potrafię się rozluźnić. *Przestań myśleć*, myślę. Muszę się upić; chcę, żebyśmy upili się razem i leżeli w swoich objęciach aż do jutra, ale to jest niemożliwe, bo dziś jest Wigilia, a ja muszę wrócić do domu, żeby zobaczyć się z Benem. Udało nam się wyrwać wcześniej z firmowej imprezy świątecznej. Nie było to trudne; rodzice małych dzieci rzadko uczestniczą w tego typu spotkaniach, a mnie już szczególnie tam nie ciągnęło po ostatniej wigilii, kiedy to miałam nieszczęście natrafić w kuchni na jednego z młodszych funkcjonariuszy, jak próbował związać swojego fiuta w supełek. No i wszyscy oczywiście uważają, że powinnam być teraz z Benem.

Felix znowu obejmuje moją twarz dłońmi, a do mnie nagle dociera, jak łatwo byłoby to wszystko rozpieprzyć: wziąć mój telefon i pstryknąć nam fotkę, a potem wysłać ją do Scotta, do żony Felixa i na komisariat. Wkładam ręce pod kołdrę, jakbym się bała, że zrobią to same, bez mojej zgody, zanim zdążę się zorientować. Upewniam sama siebie, że nie roztrzaskam naszych światów kilkoma stuknięciami palca w ekran.

Mam wrażenie, że każda minuta dzisiejszego dnia została wyciśnięta jak cytryna; że każdą sekundę spędziłam na pracy. Często tak się czuję, gdy wiem, że wieczorem mam się spotkać z Felixem. Na całym ciele mam ciarki. Nagle staję się świadoma milimetrów skóry, które zaniedbywałam albo których w ogóle nie zauważałam.

Pierwsza połowa dnia minęła powoli: najpierw niesatysfakcjonująca odprawa, a potem nużące przeglądanie nagrania z monitoringu z jakiejś prywatnej rezydencji niedaleko szkoły, gdzie kamera uchwyciła dwoje migdalących się uczniów po przedstawieniu w dniu, w którym zginęła Rosalind. Wczesnym popołudniem udało nam się zrobić pewne postępy. Na naszą specjalną linię zadzwoniła trzydziestoośmioletnia Moira Foss, która mieszka w domu wychodzącym na jezioro Sonny Lake. Moira twierdzi, że tamtej nocy, gdy Rose została zabita, słyszała kłótnię jakiejś pary.

Nie spała, bo zajmowała się swoją półroczną córeczką; która wtedy ząbkowała. Moira wyszła na balkon po ubranka, które suszyły się na prowizorycznej lince na pranie, gdy nagle usłyszała rozgniewane głosy. To było około wpół do jedenastej. Moira nie zwróciła uwagi na tę sprzeczkę, bo nieraz się zdarzało, że pary kłóciły się w parku pod jej balkonem. Jedyne, co ją zdziwiło, to fakt, że kłócące się osoby nie brzmiały, jakby były pijane. Mówiły do siebie szeptem, sycząc, co było dość nietypowe; zazwyczaj w takich sytuacjach ludzie są hałaśliwi i wrzeszczą na siebie — pod wpływem alkoholu puszczają im hamulce.

Z tego co pamięta Moira, tym razem było inaczej. Rozmowa była bardziej dojrzała, kontrolowana. „To nie brzmiało jak dziecięce głosy, więc nie myślałam o tym za bardzo", powiedziała nam. „Tak naprawdę słyszałam tylko głos kobiety. Nie potrafiłam rozróżnić słów, ale mówiła przyciszonym tonem i była wyraźnie poirytowana".

Niedługo później Felix i ja siedzieliśmy na skraju kanapy Moiry otoczeni stosem prania.

— Przepraszam, że zadzwoniłam dopiero dzisiaj, ale myślałam, że to nic ważnego. A ostatnio dużo śpię w ciągu dnia — powiedziała, wskazując ręką bałagan panujący w pokoju oraz ścianę, zza której dochodził cichy płacz dziecka.

Wyszłam na mały balkon. Jednostajny śpiew cykad utrudniał mi myślenie. Z balkonu było widać górę wieży, której większość zasłaniały kiwające się na wietrze eukaliptusy.

— Coś się wtedy wydarzyło na tym przedstawieniu — powiedział Felix, stając za mną. — Albo ona kogoś wkurzyła, albo coś zrobiła.

— Wiem. Pewnie stała tam i z kimś się siłowała, ale nie chciała przyciągać niczyjej uwagi. Coś ukrywała. Nie chciała, żeby druga osoba to wykrzyczała i żeby ludzie się o tym dowiedzieli.

— Ale po co poszła nad jezioro? — zastanawiał się Felix. — Dlaczego chciała być sama z kimś, kto był niebezpieczny?

— Myślę, że na początku się nie bała — odpowiedziałam. — Może to był ktoś, komu ufała. Moim zdaniem Rose nie wiedziała, że ma kłopoty, dopóki nie było już za późno. To nie było zaplanowane. Kamień to narzędzie oportunistów.

Dziecko znów zaczęło płakać, a ja przypomniałam sobie Bena w jego wieku i zaczęłam się zastanawiać, czy byłabym w stanie zajmować się teraz taką maleńką istotką, rezygnując z siebie na rzecz jej podstawowych potrzeb. W akompaniamencie coraz głośniejszego płaczu dziecka ponownie spojrzałam na wieżę i wyobraziłam sobie Jacoba spadającego z samej góry i krzyczącego podczas lotu.

* * *

Kończymy pić wino. Z głośników płynie muzyka jazzowa. Felix zdejmuje ze mnie ubrania. Jest we mnie. Wszystko nagle staje się jasne i zrozumiałe: jego ręce na mojej twarzy, na piersiach i na nogach, które przyciąga do siebie. Wciąż nie ma mnie dosyć, a ja chcę mu dać wszystko, czego potrzebuje. Przez kilka minut nic oprócz nas się nie liczy. W końcu czuję, że przechodzi go fala rozkoszy, a gdy mój oddech wreszcie spowalnia, uświadamiam sobie, że jest mi zimno. Klimatyzacja jest ustawiona na zbyt niską temperaturę. Słyszę uporczywy dźwięk kapania, *kap, kap, kap*, który nagle staje się przeraźliwie irytujący. Mój synek *zaginął* zaledwie kilka dni temu. Jezu. Co się ze mną dzieje?

— Coś jest nie tak.

Jestem jak dziecko, które skubie strupek albo próbuje rozruszać luźny ząb.

Felix opiera się na łokciach, zasłaniając ciałem światło lampy. W cieniu jego miękkie, kręcone włosy na klatce piersiowej wydają się ciemniejsze, niż są w rzeczywistości. Wstaję i owijam się ręcznikiem. Mam gęsią skórkę na całym ciele i czuję każdy wystający guzełek. Craig i Laura przyjechali na święta do domku na wsi, więc spotkałam się z Felixem w hotelu za pubem, ulubioną noclegownią turystów podróżujących z plecakami, jakieś pół godziny drogi od Smithson. Miejsce jest dość ryzykowne, ale dzisiaj jest Wigilia, więc wszyscy zakładają, że każde z nas jest w domu ze swoją rodziną.

— Myślałam, że było ci wspaniale — śmieje się Felix, a lekkość jego tonu trafia na mur z mojej strony i natychmiast znika. — Przepraszam, Gem — dodaje już z poważną miną, opierając się na puchowych poduszkach. — Nie wiem, co chcesz ode mnie usłyszeć.

— Prawie kogoś pocałowałam — mówię, przypominając sobie usta Foxa na moich. — Wtedy, na tamtej imprezie, prawie kogoś pocałowałam. Starego znajomego.

Felix unosi prawą brew.

— Okej — mówi i wkłada ręce za głowę, jakby miał zaraz zacząć robić brzuszki. — Chcesz o tym porozmawiać?

Mam dziwne uczucie w nogach. Zaczynam chodzić, żeby się go pozbyć.

— Nie, ale chciałam ci o tym powiedzieć. Pomyślałam, że powinnam.

Kąciki ust zaczynają mi opadać, ale potem przychodzi mi do głowy myśl tak jasna, że widzę poszczególne słowa, jak gdyby były napisane na kartce: *Nie, nie, nie będę już płakać z tego powodu.* W ostatniej chwili powstrzymuję łzy.

— No wiesz, mam świadomość tego, że jesteś z innymi facetami. Zasadniczo *jesteś* mężatką.

— Zaraz, zaraz. Twierdzisz, że nie miałbyś nic przeciwko, gdybym była blisko z kimś innym?

Mój głos brzmi jak głos zmęczonej kobiety w średnim wieku, która wrzeszczy na swoje dzieci w parku.

— Czyli dla ciebie to by było zupełnie w porządku? — pytam nieco ciszej.

— Gem, daj spokój. Usiądź — mówi Felix, zerkając na zegarek. — Zaraz muszę iść, a już cię znowu pragnę.

Ja też go pragnę, ale chcę, żeby mi odpowiedział na pieprzone pytanie.

— No?

Felix wzdycha.

— To nie jest tak, że nie mam nic przeciwko, ale … Na pewno czasami kochasz się ze Scottem i jakoś oswoiłem się z tą myślą. I to jest dla mnie podobna kategoria.

— Nie spałam ze Scottem od maja.

Felix jest zaskoczony, wyraźnie to widzę; wygląda, jakby miał poczucie winy.

— A ty wciąż sypiasz z Mary? — dopytuję się.

— Gemmo — mówi Felix ostrzegawczym tonem.

— No, odpowiedz.

— Gemmo — powtarza ostrzej, a ja mam wrażenie, że coś mnie od niego odpycha.

A potem kręci głową i mówi nieco łagodniej:

— Nie wiem, co miałoby dać takie porównywanie wszystkich aspektów naszego życia. Oboje wiemy, że jest ciężko. Zwłaszcza ostatnio. Oboje robimy, co w naszej mocy. Wiesz, o co mi chodzi?

Wiem, o co mu chodzi, i zdaję sobie sprawę, że w tej chwili mogę podjąć decyzję o zarzuceniu tego tematu i odłożeniu go z powrotem na półkę. Mogę wciągnąć Felixa na siebie, zatracić się w jego zapachu, poczuć go w sobie i pozwolić, żeby to wszystko odeszło w niepamięć.

— Chyba sądziłam, że macie inne relacje. Jak często się kochacie? — nie odpuszczam, domagając się konkretów.

Wyobrażam sobie ich dwoje razem. Zastanawiam się, czy Felix, będąc z nią, zachowuje się tak samo jak wtedy, gdy jest ze mną. Czy przyciska ją do łóżka z całej siły i czy patrzy na nią z takim samym zachwytem, gdy w nią wejdzie.

— Gemmo, proszę. Nie będę ci tego robić. To głupie.

Wstaje i zaczyna się ubierać. Pociera oczy, a potem patrzy na mnie umęczonym wzrokiem.

Przeze mnie się tak starzeje, myślę.

— Musimy wracać do domu. Ben na pewno na ciebie czeka. Pewnie musicie uszykować skarpetę dla Świętego Mikołaja czy coś takiego.

— Wiem, co powinnam robić. Nie mów do mnie protekcjonalnym tonem.

Felix unosi ręce do góry w geście rezygnacji.

— Gemmo! Ja wcale tego nie robię. Mówię normalne rzeczy. Nie traktuj wszystkiego jak atak na ciebie.

Jego głos wchodzi na wyjątkowo wysokie tony i rozcina powietrze jak nóż.

— Dobrze, dobrze. Zapomnijmy o tym.

Szybko się ubieram. Pamiętam, żeby wziąć zegarek i bransoletkę, które odłożyłam na niewielkie biurko. Przeczesuję włosy dłońmi i związuję je gumką. Ciężko przełykam ślinę; cały mój ból skumulował się w gardle.

Klimatyzator na ścianie cicho warczy, a jego dźwięk wwierca mi się w mózg.

— No już — mówi Felix.

Bierze moją rękę i na chwilę przykłada ją do swojego serca, patrząc na mnie udręczonym wzrokiem. Nie zostało nic do powiedzenia, a nawet gdyby coś było, to nie ma już czasu. Dzisiaj na pewno nie zadecydujemy o naszej przyszłości. Po wyjściu z pokoju Felix nadal trzyma mnie za rękę, również wtedy, gdy idziemy po schodach do małego brązowego holu. Brązowe ściany, brązowy dywan.

— No dobrze — mówi, puszczając moją dłoń. — W takim razie wesołych świąt.

— Cześć.

Felix odchodzi, a ja w tej chwili zrobiłabym wszystko, żeby wrócić do pokoju i cofnąć to, co powiedziałam. Chciałabym, żeby znów mnie dotykał. Jestem jak kawałek drewna unoszący się na wodzie. Wychodzę z hotelu, starając się nie trzaskać drzwiami wejściowymi, i idę na parking. Na dworze wieje, a powietrze jest gorące i suche. Liście, które spadły z drzew, tańczą na asfalcie i znikają pod samochodami. Zaraz po mnie z hotelu wychodzi Felix. Obserwuję go przez przednią szybę, jak pokonuje krótką drogę do swojego samochodu. Przez chwilę grzebie w kieszeni; szuka kluczyków. Włączam silnik i ustawiam wentylator na największą moc. Tuż przed włączeniem świateł zauważam dziewczynę, która obserwuje Felixa z samochodu zaparkowanego na stacji benzynowej naprzeciwko hotelu, jakieś pięćdziesiąt metrów dalej. W świetle lamp ulicznych jej twarz jest prawie żółta. Widzę, jak wpatruje się w Felixa z otwartymi ustami. Nagle spogląda w moją stronę, więc szybko zapalam światła, żeby schować się przed jej wzrokiem. To pewnie jedna z uczennic liceum Smithson. Jej młoda, mocno wymalowana twarz kojarzy mi się z teledyskami puszczanymi w MTV.

W połowie drogi do domu uświadamiam sobie, że ta dziewczyna to ktoś, kogo uśmiech widzę niemalże codziennie w drewnianej ramce na biurku Felixa. To jego najstarsza córka Maisie.

Rozdział pięćdziesiąty

Wtedy

— Czy to prawda? Zerwaliście z Jacobem? — spytała Janet i włożyła mi do ręki plastikowy kubek z taką siłą, że czerwony klejący napój rozlał mi się po palcach.

Janet używała zbyt ciemnego eyelinera. Miała szeroką twarz i świńskie oczka.

Wzruszyłam ramionami, starając się ukryć swoje cierpienie.

— Zrobiliśmy sobie przerwę — powiedziałam i wzięłam łyk napoju; ostry smak wódki natychmiast zaatakował moje podniebienie.

Janet otworzyła szeroko oczy.

— Ojej! Nie gadaj! A więc to prawda? Myślałam, że wy już zawsze będziecie parą... Chodź na dwór, tutaj jest za głośno — powiedziała i pociągnęła mnie za rękę.

Poszłam za nią przez ciemną kuchnię wyłożoną drewnianymi panelami. Wszędzie byli ludzie — uczniowie liceum Smithson oraz innych okolicznych szkół. Wszyscy byli upojeni wolnością i alkoholem. Cieszyli się przyszłością, która ich czekała. A mnie oddzielała od nich szklana ściana. Zastanawiałam się, czy oni też ją widzą. Jakiś chłopak przepchnął się między nami, trącając mnie rondem swojego sombrera.

— Przepraszam! — zaśmiał się, a zapach wypitego piwa wydobywający się z jego ust podrażnił mi nos.

— Ech. Wszyscy powariowali — powiedziała Janet ze śmiechem, ale gdy na mnie spojrzała, od razu spoważniała. — To co dokładnie zaszło między wami?

Co zaszło między nami? Co zaszło między nami? Od tygodnia na okrągło zadaję sobie to pytanie — od dnia, w którym Jacob wziął mnie na stronę podczas szkolnej przerwy i roztrzaskał mój świat na drobne kawałki.

— Nie wiem. Chyba przez te egzaminy zaczęliśmy inaczej patrzeć na świat. W sumie jesteśmy już dorośli, więc to brzmi sensownie, żebyśmy spędzili trochę czasu oddzielnie. Nie?

Janet spojrzała na mnie nierozumiejącym wzrokiem. Miałam ochotę uderzyć ją w te czerwone policzki. Wybić jej tę głupotę z głowy.

— Bardzo spokojnie do tego podchodzisz — zauważyła.

Wzruszyłam ramionami. Powinnam coś zjeść. Dawno nie miałam niczego w ustach. Wódka uderzyła mi prosto do głowy, a ja wyobraziłam ją sobie, jak siada pod moimi powiekami i strzela srebrzystymi gwiazdkami. Poczułam, że muszę usiąść. Pociągnęłam Janet w dół na huśtawkę na werandzie. Zapaliła papierosa i zaciągnęła się w dziwaczny sposób. Zauważyłam Foxa, który obserwował nas z tyłu ogrodu. Szara nitka ciągnąca się za jego papierosem rozpływała się w ciemności.

— Chyba myślałam, że ty i Jacob zawsze będziecie razem. To nie wyglądało na szczeniacką miłość, tylko na coś bardziej… prawdziwego.

Miałam ochotę krzyknąć: *Bo tak było. Jest!*.

— No, zobaczymy. Nie wiem, czy to jest taki *prawdziwy koniec*. Powiedziałam ci już, że zrobiliśmy sobie przerwę.

Janet zagryzła wargę. Mocno się zaciągnęła, a potem wykaszlała chmurę dymu z papierosa. Odepchnęłam się stopą od ziemi i zaczęłam delikatnie kołysać huśtawkę. Serce zapadło mi się gdzieś w klatce piersiowej. Kiedy wreszcie się odezwałam, mój głos zabrzmiał dziwacznie:

— O co chodzi, Janet?

Usłyszałyśmy dźwięk szkła rozbitego o podłogę, który przyprawił mnie o ciarki.

— No... — zaczęła Janet, po czym głośno przełknęła ślinę. Wyciągnęła stopę, żeby zatrzymać naszą huśtawkę.

— Bo Lauren mi powiedziała, że wczoraj Jacob całował się z Rose Ryan na imprezie u Marka. Ale może to nieprawda. A może to głupota, nic ważnego.

Z domu dobiegły nas piski i śmiech. Ktoś włączył taneczną piosenkę. Podłoga pulsowała jej rytmem, a krew w moich żyłach zaczęła krążyć szybciej. Janet oparła głowę na moim ramieniu. W tamtej chwili zatęskniłam za mamą tak bardzo, że o mało co nie zemdlałam.

Moje myśli zaczęły krążyć wokół Jacoba i Rosalind. To, co powiedziała Janet, wydawało się niemożliwe, a jednocześnie było sensowne i oczywiste. Jak on śmiał? Jak ona śmiała? Była wszystkim, czym zawsze chciałam być, a on był wszystkim, czego pragnęłam. Wyobrażałam sobie ich dwoje, jak się obejmują i całują.

— Chcesz jeszcze? — spytała Janet.

— Tak — odpowiedziałam. — Pewnie.

Wstała i zostawiła mnie samą na huśtawce. Z domu znowu dobiegł mnie głośny śmiech. Spojrzałam na brudną smugę na ziemi po papierosie, z którego rozbłysnęło jeszcze kilka iskierek, zanim całkowicie zgasł.

Rozdział pięćdziesiąty pierwszy

Czwartek 24 grudnia, godz. 21.52

Nie wiem, czy powinnam powiadomić Felixa, że widziałam Maisie, i nie mam pojęcia, czy ona cokolwiek mu powie. Denerwuję się, bo jestem już spóźniona. Obiecałam Scottowi, że wrócę przed dziewiątą trzydzieści.

— No dalej, dalej — ponaglam kierownicę.

Serce mocno mi bije, a myśli krążą szaleńczo wokół Maisie, Felixa i Bena, a także Johna Nicholsona i jego niedawnego wyznania. Czy wpadł w szał na myśl o tym, że może znów stracić swoją córkę? Czy Rose wyjawiła mu jakiś sekret? A może powiedziała mu, że jest w ciąży? Albo wyznała, kto jest ojcem dziecka? Dla niego to dziecko byłoby jego wnukiem. A może Felix ma rację, mówiąc, że nie dopuszczam do siebie myśli, że Rodney może mieć coś na sumieniu?

Zaciskam dłonie na kierownicy i skręcam w swoją ulicę. Czuję się jak na haju; jakby mój samochód prowadził ktoś inny.

* * *

Kiedy wchodzę do domu, czuję, że ciężar wyrzutów sumienia mnie przygniata. Ben, który wyjątkowo jeszcze nie śpi o tej porze, słyszy moje kroki i biegnie do mnie wzdłuż korytarza, piszcząc z radości. Tuż za nim pojawia się Scott. Kątem oka widzę w ciemności jego wysoką sylwetkę, ale patrzę na Bena.

— Mama!

— Kochanie! Czekałeś na mnie? Przepraszam. Cieszysz się, że już jutro są święta?

Schylam się, żeby Ben mógł mnie objąć swoimi rączkami. Zamykam oczy i mocno go przytulam.

— Święty Mikołaj, Święty Mikołaj! — woła.

— Tak, Święty Mikołaj! — odpowiadam mu ze śmiechem. — Musimy przygotować dla niego ciasteczka i mleko.

Mój głos jest pozbawiony wyrazu, jakbym stanęła na scenie i zapomniała swojej roli. Próbuję sobie przypomnieć, jak należy funkcjonować w rodzinie, jakie rekwizyty brać do ręki i jak lawirować pomiędzy meblami; jak powinnam się czuć w obecności tych osób. Jak przez mgłę pamiętam święta ze swojego dzieciństwa, gdy pomagałam mamie pakować prezenty, a tata szykował butelkę czerwonego wina dla Świętego Mikołaja. Następnego dnia mama robiła mi zdjęcia podczas otwierania prezentów. Zawsze bardzo się starałam, żeby nie podrzeć papieru.

— Dobrze — mówię pogodnym głosem. — No to do roboty. Zobaczmy, co tam mamy.

Idę do kuchni, a Ben podskakuje radośnie obok mnie. Scott do nas nie dołącza, ale czuję, że wciąż mnie obserwuje. Wszędzie czuć aromat sosny, którego słodycz zaczyna mnie mdlić. Zapach drzewka świątecznego miesza się z upałem. Zapalam światło i widzę, że na blacie leży już uszykowany talerzyk z ciasteczkami, z marchewką i ze szklanką mleka.

Rozdział pięćdziesiąty drugi

Piątek 25 grudnia, godz. 6.27

W czasie gdy my wszyscy śpimy, wokół Smithson wybuchają pożary. Niesłabnący upał wreszcie osiągnął temperaturę wrzenia i plunął na całą okolicę wściekłym żarem. Ogień szybko rozprzestrzenia się po bujnych krzewach, atakując domy i radośnie tańcząc wokół sadzawek.

Ogniska pożarów rozświetlają ciemną noc.

Tuż po piątej rano pożar strawił małe miasteczko około dwustu kilometrów na północ od Smithson. Zginęły trzy osoby. Wiele innych zostało rannych.

Ogień zbliża się do nas coraz bardziej.

Moje sny są czerwone i granatowe.

Krwawe płomienie mieszają się z ciemnością nocy i stapiają się z nią w jedną całość.

***

Budzi mnie Ben uderzający rękami o szczebelki łóżeczka. Chwilę potem słyszę wibrowanie telefonu sygnalizujące nadejście wiadomości. Zerkam na Scotta; on też już nie śpi. Patrzy na mnie i na mój telefon, a potem wygrzebuje się z łóżka. Przecieram zaspane oczy i szybko odczytuję wiadomość od Jonesy'ego: *znaleziono ciało na Westley Reserve. Mężczyzna 20 lat. prawdopodobnie samobójstwo, ale chodził do liceum w Smithson, więc to sprawdzamy chciałem żebyś to usłyszała ode mnie ale nie przyjeżdżaj. Ciesz się świętami z Benem. Uważaj na pożary.*

Oczyma wyobraźni widzę zmęczone niebieskie oczy Johna Nicholsona. Przynajmniej tym razem to nie stało się w szkole. Ani na wieży.

Odpisuję: *Na pewno pan mnie nie potrzebuje? Proszę mnie informować na bieżąco.*

Wiem, że Jonesy nie odpisze. Słyszę Scotta, który rozmawia z Benem w salonie. Mały aż piszczy na widok stosu prezentów. Wstaję i przebieram się z postrzępionego bezrękawnika w szeroki T-shirt.

Upał zagląda do naszego domu niczym biała mgła. Idę do łazienki i obmywam chłodną wodą twarz, ręce i nogi, ale czuję się opuchnięta, jakby od zeszłej nocy moje kości zdążyły się powiększyć. Zapach sosny kojarzy mi się ze świeżo upieczonym ciastem. Przypominam sobie pierwsze święta po śmierci mamy, a także inne Boże Narodzenie, po skoku Jacoba. Te drugie święta były gorsze; od śmierci Jacoba nie minęły nawet trzy tygodnie, a dziura, jaką pozostawił w moim świecie, stawała się coraz wyraźniejsza. Pamiętam, jak razem z tatą niechętnie poddawaliśmy się znajomemu rytuałowi świąt, który tym razem wyjątkowo nas irytował. Pamiętam krzątającą się po domu ciocię Megan, która z jakiegoś powodu doszła do wniosku, że jeśli tylko zjem odpowiednią ilość indyka i szynki, na pewno poczuję się lepiej. Pamiętam, że nawet włączyła kolędy, ale ja słyszałam jedynie dźwięk wody uderzającej o ściany tunelu.

— Mamo, patrz! Prezenty!

Biorę Bena na ręce.

— Wesołych świąt, kochanie.

— Wesołych świąt — mówi Scott nieswoim głosem, patrząc w podłogę. — Chcesz kawy?

— Tak, poproszę.

Czekając na Scotta, liczę razem z Benem prezenty. Mały klaszcze w dłonie przy każdej liczbie. Myślę o Felixie i zastanawiam się, jak wygląda jego świąteczny poranek. Czy Maisie powiedziała mu, że widziała nas razem? Czy on w ogóle wie, gdzie ona była wczoraj wieczorem? Prawdopodobnie jest w stanie wymówić się pracą. *To było związane ze śledztwem, kochanie. Sprawdzaliśmy nowy trop.* Ale to wyjaśnienie brzmi niewiarygodnie nawet w moich myślach. Jeżeli widziała nas kiedykolwiek razem, na pewno wszystkiego się domyśliła. Między Felixem a mną jest silna chemia. Może Scott też to zauważył, gdy wtedy zastał Felixa w naszym domu. Może zobaczył te iskierki. Zastanawiam się, co by się stało, gdyby Maisie powiedziała o tym swojej mamie, i nagle zdaję sobie sprawę, jacy byliśmy nieuważni. Jacy niedbali. Tak bardzo go potrzebuję, że nie potrafię myśleć. Moja lekkomyślność sprawiła, że zadowalam się strzępkami wspólnych chwil i wypatruję światła w ciemności. Naiwnie zakładam, że wszechświat nas ochroni.

Przede mną podskakuje główka Bena. Przestałam liczyć, a on zaczyna się niecierpliwić. Chce wreszcie otworzyć swoje prezenty.

— Proszę — mówi Scott i podaje mi kubek wypełniony kawą z mlekiem po sam brzeg.

— Dzięki.

— Słyszałaś o pożarach?

Przypominam sobie wiadomość od Jonesy'ego i odpowiadam:

— Nie.

— Są ogromne. Jak wtedy w latach osiemdziesiątych. Tak piszą w gazetach.

— Prezenty, prezenty! — woła Ben, który wygląda, jakby zaraz miał wybuchnąć.

— A to wcześniej to było z pracy? — pyta Scott, wskazując głową mój telefon.

— Tak — potwierdzam.

— Musisz tam dzisiaj iść?

— Nie — odpowiadam, popijając łyk kawy. — Znaleziono ciało, ale podejrzewają, że to samobójstwo. Jonesy się tym zajmie.

Scott kiwa głową.

— To dobry człowiek.

— Tak.

Widzę, jak Scott uśmiecha się do Bena i za wszelką cenę chcę utrzymać tę poranną świąteczną równowagę, którą z takim trudem udało nam się osiągnąć. Scott i ja jesteśmy jak dwa poziomy zasadowe w basenie, które dbają o bezpieczeństwo wody. Jesteśmy wystarczająco neutralni, żeby przepłynąć koło siebie, nie osiągając stanu toksyczności.

— Dobrze — mówię głosem jaskrawym jak odcień fuksji. — Prezenty?

— Zacznijmy od tego małego chłopca. Ben, masz.

Scott podaje mu pakunek, a Ben rozdziera papier z niecierpliwością typową dla wszystkich dzieci w Boże Narodzenie. Jego twarz wyraża czystą radość, a policzki są zarumienione. Moje serce jest miękkie jak papka.

— Mamo, patrz! Pociągi!

Uśmiecham się i patrzę na tego małego karzełka, który jest moim synem.

— Proszę, to dla ciebie — mówi Scott i wręcza mi prezent, nie patrząc mi w oczy.

— Dziękuję — odpowiadam cicho. — Proszę — dodaję i sięgam pomiędzy dwie butelki wina stojące pod choinką, gdzie ukryłam małą kopertę. — To bon podarunkowy.

Scott macha ręką, sugerując, że nie mam się przejmować, po czym otwiera kopertę i dziękuje krótkim skinieniem głowy.

Wkładam palce pod zagięcia krwistoczerwonego papieru. W pudełku znajduje się mały komplet wietrznych dzwoneczków.

— Pamiętam, że lubiłaś ich dźwięk, jak byliśmy w tym hotelu, zaraz po twoich urodzinach. Kupiłem je już dawno temu.

— Pokaż, mamo, pokaż! — krzyczy mi Ben prosto w twarz.

Wyciągam dzwoneczki i pozwalam mu ich dotknąć. Wydają z siebie cichy brzęk. Ben patrzy na nie zafascynowany.

— Dziękuję — powtarzam.

Dźwięk dzwonków roznosi się po salonie, aż wreszcie Scott klaszcze w dłonie i bierze do ręki jeden z nowych pociągów Bena.

— Hej, mały, pokaż, jak on jeździ. Chodźmy tutaj.

Ben, który wciąż kipi od emocji, podchodzi do Scotta i obaj zaczynają się bawić w skomplikowaną zabawę w pociągi. Ich pogodne świergotanie wypełnia cały dom, a ja myślę, że powinnam wstać i zrobić im zdjęcie. To by była doskonała świąteczna fotografia. Ale zamiast tego po prostu na nich patrzę. Przez chwilę się zastanawiam, czy ja istnieję naprawdę. Biorę do ręki idealnie okrągłe srebrne dzwoneczki. Są chłodne i gładkie. Mocno ściskam je w dłoni tak długo, jak długo potrafię, aż moja skóra robi się biała, a ja już nie potrafię stwierdzić, czy odczuwam ból, czy nie.

Rozdział pięćdziesiąty trzeci

Wtedy

Jacob szedł szybkim krokiem, popijając sok z kruszonym lodem z gigantycznego kubka. Miał na sobie czapkę z daszkiem, której nie znałam. Odłożyłam niedokończoną kanapkę, wzięłam do ręki plecak i poszłam za nim, dbając o zachowanie odpowiedniej odległości. Przyglądałam mu się, jak stawia kolejne kroki. Tak dobrze znałam ten chód i te ciemne włosy, które wystawały mu z czapki. Wydawał się większy i wyższy, jakby urósł od czasu naszego rozstania. Minął stoisko z jedzeniem i zdjął czapkę, a potem włożył ją do plecaka. Na jego ręce zobaczyłam skomplikowany wzór narysowany czarnym tuszem, który zaczynał się na dłoni i ciągnął się wzdłuż przedramienia. Rysunek był tak dopracowany, że przez chwilę myślałam, że Jacob zrobił sobie tatuaż, ale potem uświadomiłam sobie, że pewnie sam go narysował. Przeczesał włosy palcami. Wyglądał inaczej. Bardziej elegancko. Nagle moje serce zaczęło bić wolniej. Tak bardzo chciałam go dotknąć. Weszłam do sklepu muzycznego naprzeciwko kompleksu kinowego i obserwowałam go, jak stoi obok dużej paproci, pisząc coś z zapałem na telefonie.

Po kilku minutach zrobił parę kroków i spojrzał w górę, gdzie stała Rose, oświetlona od tyłu. Miała olśniewający uśmiech. Jacob przyłożył na chwilę dłonie do piersi w uroczym geście, a potem skinął na nią, żeby zeszła na dół. Pokręciła głową, jakby się z nim droczyła, aż w końcu odeszła od szklanej bariery i zeszła po schodach do miejsca, w którym na nią czekał.

Miała na sobie dziwaczny strój: niemodną wieśniacką bluzkę z odkrytymi ramionami i długą spódnicę, która owijała jej się wokół nóg. Była bardzo kobieca — dorosła w porównaniu z Jacobem, który miał na sobie wypłowiałą szarą koszulkę i luźne jeansy zwisające z jego szczupłej talii. Jego twarz nie straciła jeszcze do końca chłopięcego wyglądu, jakby została przyłapana między dzieciństwem a dorosłością. Oboje pochodzili z dwóch różnych światów, a ich bliskość była drażniąca. Nagle ona rzuciła mu się w ramiona jak małe dziecko, a jej blond włosy podskoczyły w górę. Objął ją w talii, a ona oparła mu głowę na ramieniu. Miałam wrażenie, że szpieguję samą siebie. *To powinnam być ja.*

Obserwowałam ich zza wystawy płyt CD, aż nagle zobaczyłam, że Rose na mnie patrzy. Gapiłyśmy się tak na siebie — ja i ona, wtulona w Jacoba — aż nagle Rose rozszerzyła usta w szerokim, wymownym uśmiechu. Nie potrafiłam odwrócić od niej wzroku. Patrzyłam na nich, jak znikają w pluszowej czerwieni kina. Czułam się, jakby przez głowę przejechał mi pociąg towarowy.

Rozdział pięćdziesiąty czwarty

Piątek 25 grudnia, godz. 12.36

— Chciałabym, żebyśmy teraz się pomodlili.

Ciocia Megan siedzi u szczytu stołu i patrzy na nas z poważną miną. Wymienia kilka rzeczy, za które powinniśmy być wdzięczni, a potem prosi moją mamę, żeby czuwała nad nami z góry, zwłaszcza nad Benem.

— Amen — mamroczemy.

— Nie chcę sosu — mówi głośno Ben. — Jest fuj.

Wszyscy wybuchamy śmiechem i patrzymy na Bena, licząc na dalszą rozrywkę. Dziwnie się czuję z tym, że nie powiedzieliśmy tacie i innym, że Ben został porwany, ale wspólnie ze Scottem uzgodniliśmy, że tak będzie najlepiej. Nie chcemy ich wprowadzać w naszą ponurą rzeczywistość. Na szczęście tamtego felernego wieczoru tata nie odebrał mojego telefonu, a gdy oddzwonił, Ben już był z powrotem, więc jakoś go zbyłam.

— Straszne te dzisiejsze pożary — mówi Craig, sprawdzając coś w telefonie.

Megan rzuca mu karcące spojrzenie, a Laura daje mu kuksańca w żebra.

— Co? Przepraszam. Martwię się o farmę mojego kolegi.

Zabieramy się do otwierania strzelających bożonarodzeniowych cukierków, które Laura i Craig kupili w domu towarowym David Jones w Sydney. Wyglądają na drogie. Za każdym razem, gdy któryś z nich wybucha, Ben śmieje się histerycznie, a potem z radością zbiera małe bezużyteczne przedmioty, które były w nich ukryte.

— Pewnie ostatnio masz kupę roboty — zagaduje mnie Craig. — Od dwóch tygodni w telewizji trąbią na okrągło o tej nieszczęsnej kobiecie.

— Tak — odpowiadam, odcinając kawałek indyka i maczając go w sosie żurawinowym. — To wyjątkowo trudna sprawa.

— Jej ojciec to jakaś gruba ryba, tak? — pyta Craig i otwiera usta, żeby włożyć do nich solidną porcję mięsa.

— Tak, ma dużą firmę zarządzającą nieruchomościami. Założył ją od zera i sam ją rozwinął. Widać, że ma smykałkę do sprzedaży.

— Z tego co pamiętam, nigdy nie ufałaś ludziom, którzy mają tyle pieniędzy — zauważa Craig.

Ben nagle gryzie się w język i zaczyna krzyczeć. Na jego wardze pojawia się rozwodniona krew. Przykładam mu serwetkę do ust i uśmiecham się przepraszająco do Craiga, licząc na to, że potraktuje to jako znak, żeby zmienić temat. Jednak on kontynuuje:

— Chyba chodziłaś z nią do szkoły? Właśnie ostatnio mówiłem Laurze, że musisz ją znać.

— Tak, to wielka tragedia — ożywia się nagle tata. — Ale Gemma ma dzisiaj wolne od pracy.

Craig unosi brwi.

— Oczywiście, jasne.

Ben powoli się uspakaja. Opiera się z powrotem na swoim krześle i wraca do jedzenia. My też jemy, słuchając wesołych kolęd, które włączyła Megan. Radosne melodie sprawiają, że żołądek wywraca mi się na drugą stronę.

— Czy ktoś chce jeszcze wina? — pytam i wstaję tak szybko, że uderzam mocno kolanem w stół.

Tata uśmiecha się do mnie.

— Tak, kochanie, ale tylko odrobinę. Dziękuję.

Laura też potakuje.

— Myślisz, że to dobry pomysł? — pyta Scott.

Patrzę na niego. Wszyscy na niego patrzą.

— Nieważne — mówi i odwraca wzrok, a potem odkrawa kolejny kęs indyka, skrobiąc nożem po talerzu.

— Super — mówię i biorę kieliszek do ręki. — Otworzę to drogie chardonnay, które dostałeś od Jacksonów.

W kuchni robię kilka głębokich oddechów, żeby się uspokoić, a potem nalewam sobie wino do kieliszka. Piję z zamkniętymi oczami, marząc o tym, żeby był już wieczór. Patrzę na swoją sukienkę, którą kupiłam wiele lat temu na jakieś wesele. Sięga mi za kolana. W jednym miejscu o coś zahaczyłam i teraz brzeg sukienki jest nierówny. A w talii zrobiła się przyciasna.

Zerkam na telefon: życzenia świąteczne od Anny i drugie od Carol ze zdjęciem jej dzieci w czapkach Mikołaja; nieodebrane połączenie od Foxa i kilka alarmów z ostrzeżeniem dotyczącym pożarów. Nic od Felixa. Rzucam telefon z powrotem na blat i wyglądam przez okno. Wymęczone drzewa prawie nie ruszają się na wietrze.

Wracam do jadalni. Na końcu stołu leży imponująca sterta papierków po strzelających cukierkach.

Nalewam wszystkim wina.

— Ja chcę SOK! — krzyczy Ben.

— Cii. Spokojnie, mały, dobrze — mówi Scott. — Przyniosę ci sok, tylko siedź tutaj grzecznie.

Ben zaciska pięści i robi się czerwony na twarzy. Z drugiego końca stołu podchodzi do niego Laura i próbuje go wziąć na kolana, ale on się wyrywa. Laura odchodzi i zaczyna zbierać talerze ze stołu, starając się nie pokazać po sobie, że jest jej przykro.

— Te pożary są straszne — mówi Craig, znowu zerkając na telefon. — Ponoć strawiły połowę Felton. Ale mówią, że raczej nie dojdą do Smithson.

— Pan się zlitował nad tymi biednymi ludźmi — szepcze Megan.

Wraca Scott z sokiem dla Bena.

Ben spogląda na sok i zaczyna płakać.

— Nie *ten* sok!

— Oj, Ben, nie przesadzaj. Na pewno ten soczek jest pyszny — mówi Laura.

— Nie. NIE JEST! — woła Ben i rzuca się na podłogę.

Laura śmieje się z zażenowaniem.

— No chyba rzeczywiście nie jest — mówi.

Siada z powrotem na swoim krześle i wbija wzrok w swój talerz.

Craig dalej komentuje bieżącą sytuację.

— Spaliła się też część Karadine, ta przy rzece. Co za żywioł.

Tata odchrząkuje.

— Wiem, że jest upał, ale może moglibyśmy włączyć zraszacz i zagrać razem w krykieta? W ogrodzie znajdzie się trochę cienia.

Patrzy na nas z nadzieją. Desperacko chce odczarować klaustrofobiczną atmosferę, która zapanowała przy tym stole. Scott i ja patrzymy na siebie i zawieramy nieme przymierze.

— Pewnie, Ned — mówi Scott.

— Świetny pomysł, tato — dodaję, a on dziękuje mi krótkim uściskiem, gdy przechodzę obok niego. — Pójdę po sprzęt.

Po pół godzinie mało entuzjastycznej gry w upale i pocie wracamy zmęczeni do domu na kolejny kieliszek wina.

Craig chce włączyć telewizor.

— Zobaczę tylko, co mówią w wiadomościach o pożarach...

Megan mamrocze coś pod nosem i znika w kuchni. Otwieram następną butelkę wina i zajmuję się napełnianiem kieliszków. Na ekranie telewizora widzę języki ognia i nieco spanikowanego reportera, który zdaje relację ze skali zniszczeń.

— Jasna cholera — mówi Craig. — Ten ogień jest już wszędzie.

Laura przynosi pucharki z zimnym puddingiem z polewą o smaku brandy.

Znowu zerkam na telefon. Ciągle żadnych wiadomości od Felixa. W myślach widzę jego odbicie w błyszczącej bombce, jak siedzi razem z córkami uczesanymi w schludne blond warkocze, podczas gdy jego żona podaje do stołu tradycyjną świąteczną kolację, którą sama ugotowała. A może Maisie wszystko wygadała i teraz Felix i jego żona kłócą się ze sobą przy akompaniamencie kolędy *Jingle Bells*? Omawiają wszystkie wątpliwości, jakie kiedykolwiek mieli w stosunku do siebie, rozkładając je na części pierwsze niczym świątecznego indyka?

Scott sadza mi na kolanach Bena, który wije się niemiłosiernie, przerywając moje rozmyślania. Zasłaniam telewizor swoim ciałem, żeby nie narażać Bena na widok pożarów trawiących okolice. Cichutko śpiewam mu do ucha. Jego ciało robi się ciężkie, co oznacza, że jest senny. Tata klepie mnie w ramię i całuje Bena w czoło, a potem rozsiada się na fotelu. Laura i Craig siedzą na kanapie. Scott zbiera porozrzucane papiery po prezentach i wkłada je do worka na śmieci. Ciocia Megan siedzi wyprostowana na starym fotelu mamy niedaleko sprzętu stereo, z którego wciąż dobiegają dźwięki kolęd. Dzisiaj Rosalind skończyłaby dwadzieścia dziewięć lat, myślę sobie i czuję, że powieki mi opadają, a płomienie na ekranie telewizora zamieniają się w wirującą masę szkarłatnych płatków róż.

Rozdział pięćdziesiąty piąty

Sobota 26 grudnia, godz. 9.30

W komisariacie jest głośno; wszyscy dzielą się wrażeniami ze świąt. Ruch jest większy niż zwykle z powodu wczorajszych pożarów. Grupa interwencyjna zrobiła sobie bazę w jednej z sal konferencyjnych. Każdy zna kogoś, kto stracił dom w świątecznym pożarze. W nocy wiatr przywiał ogień na zachód. Dzikie pożary trawią ogromne połacie australijskich stepów. Smithson odetchnęło z ulgą. Na razie jesteśmy bezpieczni.

Nagłówek w gazecie krzyczy: ŚWIĄTECZNY CUD. Pod spodem widać zdjęcia przedstawiające pierścień ognia wokół naszego miasta. Przewracam stronę i widzę twarz Rosalind. Candy zatytułowała swój artykuł: ZABÓJCA ANIOŁA ZE SMITHSON WCIĄŻ NA WOLNOŚCI. Otwieram na komputerze stronę internetową Smithson Today i przeglądam artykuły. Po kilku minutach odsuwam się z krzesłem od biurka. Czuję silny niepokój. Chciałabym już wiedzieć, czy Maisie się wygadała. Gdzie, do cholery, jest Felix?

— Woodstock, do mnie — mówi Jonesy, który właśnie przechodzi obok mojego biurka, nie zatrzymując się.

Idę do jego biura i siadam, czekając na polecenia. Jonesy spaceruje po pokoju.

— Tracimy funkcjonariuszy. Przez te pożary.

Mam wrażenie, że zapadam się w kanapie. To śledztwo wymyka mi się z rąk.

— Wszystkich?

— Nie, na to się nie zgodziłem. My też mamy mnóstwo roboty. Ale nie jesteśmy w stanie zatrzymać tu ich wszystkich, gdy w tylu miejscach są potrzebne ręce do pracy.

— McKinnon o tym wie?

— Tak, rozmawiałem z nim wczoraj wieczorem.

— A dlaczego nie powiadomił pan mnie? — pytam, wpatrując się w niego z żarem w oczach.

Jonesy wytrzymuje moje spojrzenie.

— Chciałem, żebyś spędziła ten dzień z rodziną. Odpoczęła od tego wszystkiego. Pasuje?

— Pasuje — odpowiadam, starając się ukryć irytację.

— To dobrze. Policjanci, którzy ci pomagają, pracują dzisiaj w terenie i to będzie ich ostatni dzień tutaj. Przeprowadź z nimi popołudniową odprawę, a potem się zastanów, jak będziesz dalej prowadzić to śledztwo, gdy będziesz miała do dyspozycji mniej ludzi.

— A co potem?

— Nie wiem. Liczę na to, że rozwiążemy tę sprawę.

Wstaję i odwracam się do wyjścia. Czuję się dziwnie pusta.

— To wszystko?

— Prawie. Powiedz mi, Woodstock, dlaczego dopiero teraz się dowiaduję, że dostałaś kwiaty?

Zamarzam.

— Kwiaty?

— Tak, kwiaty. A dokładnie wielki bukiet czerwonych róż. Dostarczono je do twojego domu, gdy zaczęłaś prowadzić śledztwo w sprawie zabójstwa Ryan.

Jonesy ciężko oddycha. Patrzę na grube włoski, które wystając z jego nozdrzy niczym pająki chowające się pod rynną.

— Na pewno pamiętasz tę przesyłkę. Chyba że regularnie dostajesz takie bukiety.

— Nie wiemy, czy to ma związek ze sprawą.

— Ja do dzisiaj w ogóle o nich nie wiedziałem! — mówi dobitnie, patrząc mi w oczy. — Nie popisałaś się i dobrze o tym wiesz.

— Kto panu o tym powiedział? McKinnon?

— To akurat jest najmniejszy z twoich problemów. *Ty* powinnaś była to zrobić. Chcę, żebyś prowadziła to śledztwo, Woodstock, ale bardzo mi to utrudniasz.

— Przepraszam, sir. Powinnam była panu powiedzieć.

— Tak, powinnaś. Porozmawiamy o tym później. Na razie staraj się nie pakować w żadne kłopoty. To rozkaz.

— Tak jest, sir.

Jonesy przeczesuje dłonią swoje tłuste włosy i odchodzi.

A ja wracam do swojego biurka. Bezmyślnie sprawdzam e-maile i robię notatki. Palce same zaciskają mi się w pięść. Mam ochotę uderzać w klawiaturę tak długo, aż się roztrzaska, a klawisze rozsypią się po podłodze jak zęby. Patrzę na biurko Felixa, ale jego ciągle jeszcze nie ma.

***

Wciąż poirytowana próbuję nadrobić zaległości w sprawie bożonarodzeniowego samobójstwa. Wszystko wskazuje na to, że nie jest w żaden sposób związane ze śmiercią Rosalind. Dwudziestoletni sprzedawca ze sklepu z grami wideo wprawdzie skończył szkołę średnią w Smithson, ale nigdy nie miał lekcji z Rosalind i nic nie wskazuje na to, że ją znał. W Wigilię rano pokłócił się ze swoją dziewczyną i niedługo potem postanowił odstawić leki. Biedulka będzie analizować tę kłótnię do końca swojego życia.

W połowie dnia odbieram telefon z informacją, że u Ryanów dzieje się coś dziwnego: w ogrodzie stoi zakrwawiony mężczyzna i coś wykrzykuje w stronę domu. Szybko biorę kilka kęsów kanapki, a potem dzwonię do Felixa, nagrywam się na jego poczcie głosowej i wskakuję do samochodu.

Kiedy docieram do domu Ryanów, na miejscu są już dwaj policjanci. Na schodach przed wejściem siedzi zakrwawiony Bryce. Wygląda żałośnie. Wysiadam z samochodu. Światło słoneczne mocno się odbija od aut zaparkowanych na podjeździe, aż muszę zmrużyć oczy.

Na werandzie stoi Timothy, który rozmawia z jednym z policjantów. Patrzy z daleka na grupkę ludzi, którzy zebrali się po drugiej stronie ulicy. Wśród nich dostrzegam kierownika lokalnego banku i dewelopera, którego nazwiska nie mogę sobie przypomnieć. Pamiętam tylko, że pisze artykuły do gazety Candy na temat inwestycji. Ten nieoczekiwany spektakl u Ryanów wyciągnął z łóżek całą śmietankę Smithson, która dzisiaj leczy poświątecznego kaca.

Zakładam okulary słoneczne i podchodzę do drzwi wejściowych.

— Dzień dobry, panowie.

Ryanowie patrzą na mnie z rozdrażnieniem.

— Co się stało?

— Nic — mówi Timothy. — To tylko małe nieporozumienie.

Bryce kiwa głową, potwierdzając słowa brata.

— Mnie to wygląda na coś więcej. Urządziliście niezłą scenę.

Timothy krzywi usta w grymasie.

— To była głupia kłótnia. Nic wielkiego.

— O co się pokłóciliście? — pytam.

— O nic. Wygłupialiśmy się tylko.

— W takim razie zrobimy sobie małą wycieczkę do komisariatu. Może wtedy uchylicie nam rąbka tajemnicy? — pyta jeden ze starszych policjantów, a ja staram się zapanować nad uśmiechem, widząc skrzywioną minę Timothy'ego.

— A gdzie jest wasz ojciec? — pytam, gdy idę razem z nimi do radiowozu.

— Wrócił do szpitala — odpowiada Bryce, po czym spluwa na dłoń, żeby wytrzeć krew z policzka.

Rozdział pięćdziesiąty szósty

Wtedy

W biurku mamy znalazłam stare wieczne pióro. Lubiłam patrzeć, jak mama siedzi przy tym biurku i pisze. Jej staranne pismo było dla mnie jak kołysanka. Miałam wrażenie, że bez względu na treść tekstu litery zawsze są piękniejsze, gdy są napisane wiecznym piórem. Nie wiem, kiedy postanowiłam wysłać Jacobowi ten list. Może wtedy, gdy zobaczyłam ich razem w centrum handlowym. A może później. Wiem tylko z całą pewnością, że po dwudziestu samotnych dniach bez Jacoba zaczęłam odchodzić od zmysłów. Czasami ze sobą rozmawialiśmy, ale nasz prywatny świat rozpadł się na dwie połowy, a moja strona została rzucona w miejsce, gdzie panowały ciemność i chłód. Bez swojej drugiej połowy byłam kompletnie zagubiona. Nie mogłam spać. Nie mogłam jeść. Zatrzymałam się w miejscu i nie widziałam niczego przed sobą. Byłam całkowicie pogrążona w rozpaczy. Jacob nic nie mówił o Rosalind, a ja wiele razy chciałam zapytać go wprost, czy się z nią spotyka, ale nie potrafiłam z siebie tego wydusić. A potem wreszcie zobaczyłam ich razem i poczułam nieodpartą potrzebę działania. Czułam, że nie mam wyjścia. Zawsze tak do niej ciągnęłam, a ona mnie zostawiła i zabrała ze sobą moją przyszłość. To było takie niesprawiedliwe: przecież miała wszystko, a Jacob był wszystkim, co ja miałam. Za bardzo mu zaufałam, a on dał się jej oczarować.

Usiadłam przy biurku w swoim pokoju i położyłam na blacie kremowy papier listowy, a obok niego kartkę wyrwaną z zeszytu. Napisałam treść listu, zastanawiając się nad każdym słowem tak długo, aż wreszcie całość brzmiała tak, jak powinna. Potem przepisałam cały tekst na papier listowy i podpisałam się na dole. Moja dłoń unosiła się nad kartką. Ściskałam grube pióro tak mocno, że aż bolały mnie palce. Przy pierwszych słowach ręka mi drżała, ale potem odnalazłam swój rytm i zaczęłam pisać równo, z odpowiednim naciskiem, zakręcając stalówką we właściwych miejscach i wymachując nadgarstkiem, żeby zaokrąglić poszczególne słowa. Moje litery ułożyły się w przepiękną chmurę nienawiści. Wieczne pióro zmieniło moją prozę w poezję, przyozdabiając ją światłem i cieniem. Podpisałam się ozdobnymi literami jako Rosalind, po czym oparłam się na krześle i spojrzałam na swój list. Był piękny. Pomyślałam sobie, że Jacobowi trudno będzie zignorować te okrutne słowa, które napisałam w jej imieniu.

(...) Przykro mi, ale nic dla mnie nie znaczysz. To wszystko była gra. Chciałam sprawdzić, czy jestem w stanie polubić kogoś takiego jak ty, chociaż na chwilę. To był trochę eksperyment, a trochę wyzwanie. Chciałam się przekonać, czy zdołam sprawić, że mnie polubisz. I udało mi się. Ale teraz to już zaszło za daleko. Wstydzę się, kiedy ludzie widzą nas razem. Nie chcę się już z tobą spotykać i nie chcę, żebyś mnie dotykał (...).

Po raz pierwszy od tygodni poczułam, że żyję. Mój oddech przyspieszył, a całe moje ciało znalazło się w stanie maksymalnej czujności, jakbym bawiła się w chowanego i czekała, aż mnie znajdą. Nagły hałas w pokoju obok aktywował w moim ciele nerw biegnący od karku aż do koniuszka kręgosłupa. To pewnie tata się obudził. Dotknęłam delikatnie podpisu Rosalind, żeby się upewnić, że tusz już wysechł, a potem złożyłam list równo na pół. Za kilka godzin Jacob będzie trzymał ten list w ręku i zacznie w nią wątpić. Zrozumie, że nie może już jej ufać. Uświadomi sobie, że ona nie jest tym, za kogo się podaje. Nie chciałam, żeby z nią rozmawiał po przeczytaniu tego listu.

Chciałam, żeby pomyślał, że między nimi koniec.

Żeby sobie uświadomił, że popełnił błąd.

Żeby zrozumiał, co nas łączyło.

Musiałam ich rozdzielić. Nie chciałam, żeby go błagała o drugą szansę i zaprzeczała, że napisała ten list.

Zagryzłam wargę, dopracowując w myślach końcowy etap mojego planu.

Rozdział pięćdziesiąty siódmy

Sobota 26 grudnia, godz. 21.09

Dzwonię do Our Lady Private Hospital, żeby porozmawiać z George'em Ryanem, ale dostaję odpowiedź, że w tej chwili nie może ze mną rozmawiać. „Tylko rodzina", mówi szorstko pielęgniarka.

Felixa nigdzie nie ma. Przypominam sobie reprymendę Jonesy'ego i znów ogarnia mnie fala wściekłości. Jestem wykończona i robię wszystko, żeby nie myśleć o tym, że Felix zdradził moją tajemnicę.

Timothy i Bryce Ryanowie zostali zwolnieni bez postawienia zarzutów w związku z bójką. Żaden z nich nie chciał wnieść oskarżenia, ale coś wyraźnie między nimi zaszło. Jestem ciekawa, czy to miało coś wspólnego z Rosalind.

Dzwonię do Lili Wilcox; w Szanghaju jest teraz kwadrans po trzynastej. Kiedy odbiera telefon, niemalże słyszę w słuchawce brud i kolor egzotycznego miasta tętniącego życiem. Mam wrażenie, że Lila jest gdzieś dużo dalej niż na drugiej połowie kuli ziemskiej.

— Pani Wilcox? Mówi detektyw Woodstock — witam się.

— Ach — odpowiada z wahaniem. — Ma pani jakieś nowe wieści?

— Niestety nie. Ale zebraliśmy dużo informacji i wciąż nad nimi pracujemy.

— Rozumiem — odpowiada.

Bierze długi wdech, jakby poczuła ulgę. Jednak zaraz potem zaczyna szybko oddychać; może uświadomiła sobie, że niewiedza jest jeszcze gorsza.

— W czym mogę pani pomóc? — pyta.

— Mam kilka pytań dotyczących okresu, gdy pani i George Ryan byliście małżeństwem.

— Oczywiście.

Rozmawiając z Lilą, układam sobie na monitorze zdjęcia Ryanów.

— Czy George kiedykolwiek był brutalny?

— Nie. Był arogancki. Może dominujący. Miewał huśtawki nastrojów, ale nie był brutalny.

— Nigdy pani nie uderzył? Albo chłopców?

— Nie, nigdy nie byłam świadkiem takiej sytuacji. Był dla nich bardzo surowy, moim zdaniem nawet zbyt surowy, ale w jego domu nie było przemocy. Nigdy nie podniósł na mnie ręki.

— A na Rosalind?

Lila przez chwilę waha się z odpowiedzią.

— Pani Wilcox — mówię. — To bardzo ważne. Wolałabym nie zapraszać pani tutaj, do komisariatu. To byłby długi lot.

— Nie. Na nią też nigdy nie podniósł ręki. Nie zgodziłabym się na to. Ale jego stosunek do niej był trochę niewłaściwy.

— Niewłaściwy?

— Nic z tych rzeczy — dodaje szybko. — Naprawdę. Po prostu był przy niej jakiś nerwowy. Proszę mnie źle nie zrozumieć. Rozpieszczał ją, dawał jej różne prezenty. Kochał ją. Ale mam wrażenie, że w jej obecności czuł się nieswojo.

— Może to przez jej wiek? Może czuł, że nie powinien być z nią zbyt blisko?

— Możliwe. Nigdy tego nie rozumiałam. Trochę miałam wrażenie, że się jej bał — śmieje się Lila, a dźwięk jej głosu jest bardzo przyjemny. — Wiem, że to głupie. Próbowałam z nim o tym rozmawiać, ale on twierdził, że mam wybujałą wyobraźnię. Sama nie wiem. Może miał rację. Jej to nie przeszkadzało. Była samowystarczalna.

— A chłopcy? Czy któryś z nich ją uderzył? Mieli skłonność do przemocy?

— Nie. Przynajmniej ja niczego takiego nie zauważyłam.

Ponownie patrzę na ekran monitora. Jestem gdzieś głęboko w sieci króliczych norek, a króliki są wszędzie poza miejscem, w którym szukam.

Słyszę dźwięk klaksonu. Lila przechodzi właśnie przez ulicę.

— Była jedna rzecz — mówi z wahaniem.

— Tak?

— Nie wiem, czy to traktować poważnie. W końcu wszyscy byli wtedy jeszcze dziećmi.

— Co się stało?

— Poczułam, że coś jest nie tak. To było jakieś dwa lata przed moim odejściem. Rosalind miała z dwanaście lat.

— I co takiego się wydarzyło?

— Zaczęło się od głupich komentarzy i podkradania się. Normalne dziecięce zagrywki.

— A co było potem?

— Robili zdjęcia.

— Czego?

— Rose.

— Jakie to były zdjęcia?

— Wie pani. *Takie* zdjęcia. W jej pokoju w suficie był otwór, a Tim i Bryce włożyli do niego jeden z aparatów George'a. Robili jej zdjęcia w jej własnym pokoju. Jak się rozbierała i tak dalej.

— A Marcus w tym nie uczestniczył?

— On wiedział o tych zdjęciach, ale wydaje mi się, że nie brał w tym udziału. Był zbyt mocno związany z Rose. Tim i Bryce zawsze byli liderami, mimo że byli młodsi. A Marcus był uroczym chłopcem. Nigdy nie chciał sprawiać kłopotów.

— Powiedziała pani o tym mężowi?

— Nie. Uznałam, że szkoda zachodu. Myślę, że oni nie chcieli robić zdjęć pornograficznych, tylko po prostu postanowili wykorzystać okazję. Nakrzyczałam na nich i kazałam im zniszczyć wszystkie zdjęcia. Dostali szlaban. Twierdzili, że ona wiedziała o tych zdjęciach i że to był jej pomysł. Poskarżyłam się George'owi, że jego chłopcy pyskują. Wyjechał gdzieś wtedy w interesach.

— Czy Rosalind o tym wiedziała?

— Moim zdaniem nie. I nie chciałam, żeby się dowiedziała. Tak jak mówiłam, to były dziecięce wygłupy. Oczywiście nie było to właściwe zachowanie, ale myślę, że chłopcy po prostu sprawdzali swoje granice. Nie było łatwo ich wychowywać. Ostatecznie uznałam, że nie warto robić z tego afery. Po prostu się wygłupiali. O Boże.

— Pani Wilcox? Pani Lilo? — pytam po dłuższej chwili ciszy.

— Byli dziećmi… — odpowiada drżącym głosem. — Chyba nie sądzi pani, że mieli coś wspólnego z jej zabójstwem? Boże.

Stukam długopisem o zęby i próbuję to sobie wyobrazić.

— Naprawdę nie mam pojęcia — odpowiadam.

Rozdział pięćdziesiąty ósmy

Sobota 27 grudnia, godz. 15.02

— Dziwnie tak tutaj przychodzić — mówi Melanie Cousins, zerkając ukradkiem w lewo, a potem w prawo.

Mały kolczyk w górnej części jej ucha błyszczy w słońcu.

— Przez to, co się stało z panią Ryan?

Tara Boffin osłania oczy w reakcji na ostry błysk i zauważa kolczyk Melanie. Szkoda, że jej mama się nie zgadza, żeby tak samo przebiła sobie ucho.

— Tak — odpowiada Melanie. — Moja mama wciąż jest w wielkim szoku.

— Moja też. Ma obsesję na tym punkcie. Zawsze każe nam siedzieć cicho, gdy mówią o niej w wiadomościach.

Ale Tarze to nie przeszkadza; z zainteresowaniem słucha wszystkich informacji związanych z zabójstwem pani Ryan, a gdy w domu wszyscy już śpią, szuka artykułów na ten temat w internecie. Pod jednym z nich kilka osób napisało tak okropne komentarze, że chyba nigdy w życiu nie widziała czegoś bardziej paskudnego.

— Myślisz, że zabójca wciąż gdzieś tu jest?

— Pewnie tak. Jeszcze go nie złapali.

Dziewczyny idą po dużych kamieniach na lewo od placu zabaw. Ostatnie upały sprawiły, że woda całkowicie wyparowała z kałuż. Tara skupia się na tym, żeby utrzymać równowagę. Jest większa od Melanie i mniej stabilnie trzyma się na nogach. Szczuplejsza Melanie bez trudu przeskakuje po kamieniach.

— Chcesz? — pyta Melanie i wyjmuje z paczki papierosa.

— Pewnie — odpowiada Tara, ukradkiem łapiąc oddech.

Siedzą razem w milczeniu i palą papierosy.

— Myślisz, że to bolało? — pyta Melanie.

— Jak umierała?

— No.

— Pewnie tak. Czytałam, że morderca najpierw ją zgwałcił — mówi Tara, wzdrygając się.

— A ja słyszałam, że zrobił to potem, kiedy już nie żyła.

— Ale to obleśne — mówi Tara.

— No.

Niedaleko placu zabaw jakaś kobieta wyprowadza psa na spacer. Nagle zatrzymuje się pośrodku ścieżki i podnosi rękę, żeby osłonić oczy od słońca, a potem macha do obu dziewczyn z entuzjazmem.

— Kto to jest? — pyta Melanie, gasząc papierosa.

— Nie wiem. Może nasza sąsiadka? — zastanawia się Tara, która robi to samo co koleżanka, przypalając sobie przy okazji czubek kciuka.

— Chodź, schowamy się gdzieś, żeby nie mogła nas zobaczyć.

Tara idzie za Melanie, która schodzi w dół aż do brzegu jeziora, podtrzymując się wspornika.

— Tutaj — mówi Melanie.

Tara patrzy na ziejący otwór betonowego tunelu i na chwilę się zatrzymuje.

— No dalej! — woła Melanie, a echo sprawia, że jej głos wydaje się niższy.

— Sama nie wiem, Mel.

Głos Melanie zaczyna cichnąć i ginie gdzieś w czarnej próżni.

— Dobra, czekaj. Idę do ciebie.

Tara stawia niepewny krok w nicość. Pod jej butem chlupocze woda.

Słychać pstryknięcie, a potem pojawia się żółty blask. Płomień oświetla twarz Melanie, która zapala papierosa.

— Też chcesz? — pyta, podając zapalniczkę Tarze, a ta posłusznie się nachyla i przykłada końcówkę papierosa do płonącego ognia.

— Co to za miejsce?

— Stary kanał albo coś w tym stylu. Chyba nie jest używany. Czasami przychodzimy tu z Mattem, żeby... No wiesz — mówi Melanie, unosząc wymownie brwi.

Tara wyobraża sobie, jak Matt przyciska jej przyjaciółkę do ciemnej betonowej ściany, całuje ją, a potem oboje uprawiają seks w tym brudnym miejscu. I chociaż marzy o tym, żeby mieć chłopaka, na pewno nie chciałaby z nim tutaj przychodzić. Zwłaszcza że pani Ryan została zamordowana kilka metrów stąd.

— Ojej, ale super — mówi Melanie.

— Co?

— To. Patrz.

Tara podchodzi do Melanie, która stoi przy ścianie, przyświecając sobie zapalniczką jak pochodnią.

— Powinnyśmy już iść. Co, jeśli popłynie tędy woda albo coś?

— Nie popłynie. Jezu, wyluzuj. Popatrz na to. Nigdy wcześniej ich nie zauważyłam. Niektóre są naprawdę dobre.

Tara przygląda się rysunkom na zaokrąglonej ścianie. Melanie ma rację, niektóre z nich rzeczywiście robią wrażenie. Skomplikowane wzory, dramatyczne graffiti i doskonale odwzorowane twarze znanych ludzi. Brad i Angelina przytulają się w dziwacznym uścisku; mają duże głowy i maleńkie ciała. Jest też zabawny rysunek burmistrza, którego charakterystyczne cechy wyglądu zostały uwypuklone w karykaturalnej postaci przypominającej zezowatą świnkę.

— Ten mi się podoba.

Melanie przesuwa zapalniczkę w miejsce, które pokazuje Tara, i oświetla rysunek dużego błyszczącego klejnotu. Wygląda, jakby promieniał blaskiem. Artysta użył srebrnej farby i wycieniował rysunek na biało, żeby klejnot uzyskał własne, wewnętrzne światło. Rysunek jest abstrakcyjny, ale piękny. Tara nigdy nie widziała czegoś podobnego.

— Tak, jest naprawdę fajny — mówi Melanie i wyjmuje telefon, żeby zrobić mu zdjęcie.

Kiedy Melanie nie patrzy, Tara wrzuca papierosa do wody. Jest jej niedobrze od dymu, a serce trzepocze jej ze strachu, gdy patrzy na małe jasne kółko betonowego otworu w oddali. Mimo to jeszcze raz spogląda na błyszczący klejnot, który przyciąga ją jak rzadkie znalezisko archeologiczne, a wtedy dostrzega maleńkie litery napisane na jego najostrzejszym czubku: *JM + Gem. Zawsze.*

Rozdział pięćdziesiąty dziewiąty

Poniedziałek 28 grudnia, godz. 10.06

Przez okno naszej kuchni w komisariacie widzę Felixa wjeżdżającego na parking. Wybiegam przed budynek, zanim jeszcze zdąży wysiąść z samochodu. Po drodze słyszę, jak Kenny chichocze na mój widok. Wczoraj Felixa nie było w pracy, a w sobotę zrobił sobie jakąś tajemniczą wycieczkę do Paxton, żeby „sprawdzić kilka rzeczy związanych ze śledztwem". Nie odbiera moich telefonów, więc gdy wreszcie go widzę, wszystko się we mnie gotuje.

— Dlaczego mnie ignorujesz? — syczę.

Felix patrzy na mnie do góry i mruży oczy.

— Co?

Powoli bierze torbę do ręki i równie wolno wkłada kluczyki do kieszeni.

— Ignorujesz mnie — mówię, chociaż jego widok sprawił, że moje emocje trochę opadły.

— Miałem wolne — odpowiada i zakłada okulary słoneczne. — Potrzebowałem chwili spokoju.

Czuję narastającą złość.

— Dlaczego powiedziałeś Jonesy'emu o kwiatach?

— Gemmo, to jest śledztwo w sprawie zabójstwa.

Po tonie jego głosu wnioskuję, że Maisie nie przyznała się, że nas widziała. Gdyby to zrobiła, zachowywałby się inaczej. Byłby wymęczony. Ale on patrzy na mnie spokojnie, z politowaniem. Ciekawe, czy Maisie nie zrozumiała, co zobaczyła, czy postanowiła zachować to w tajemnicy przed ojcem.

— Przecież wiem, do cholery. Nie zachowuj się jak dupek.

Felix patrzy na mnie wzrokiem pozbawionym emocji.

— Gemmo.

Jestem rozgrzana do białości. Nie mogę wydusić z siebie słowa.

— Porwali twojego syna. Nie myślisz logicznie. Uważam, że każdy z nas powinien mieć dostęp do wszystkich informacji. Nie możesz prowadzić tego śledztwa w pojedynkę.

Kopię ziemię ze złością, a on wykrzywia usta w krótkim uśmiechu.

— Pierdol się — mówię.

Felix sztywnieje.

— Gemmo, daj spokój. Chcę ci pomóc.

— Wcale nie próbuję samodzielnie prowadzić tego śledztwa.

— To dobrze.

— O co ci chodzi, do cholery? — krzyczę.

— Gemmo, to nie jest dobry moment.

— Na co?

— Na taką rozmowę.

Dwaj młodzi policjanci wychodzą z komisariatu i patrzą na nas przepraszająco, a potem szybko wsiadają do radiowozu.

— Na jaką rozmowę?

Felix wzdycha, jakby miał do czynienia z rozkapryszonym kilkulatkiem.

— O nas.

— O, a więc to o to chodzi? Myślałam, że rozmawiamy o śledztwie.

Odwracam się na pięcie i wracam do komisariatu, ale jeszcze krzyczę do Felixa przez ramię:

— Jadę przesłuchać Ryanów. Timothy i Bryce muszą mi co nieco wyjaśnić.

***

Wczoraj Timothy poleciał do Sydney na czterdzieste urodziny kolegi, a Bryce twierdził, że ma problemy żołądkowe, więc nie byłam w stanie z nimi porozmawiać. Z pewnością się nie ucieszyli, gdy dzisiaj z samego rana zobaczyli dwóch młodych policjantów, których wysłałam do domu George'a Ryana, żeby przywieźli ich do komisariatu. Potem jeszcze specjalnie kazałam im czekać ponad godzinę na przesłuchanie. Siedzieli na niewygodnych krzesłach w głównej sali komisariatu i spoglądali na siebie spode łba, aż wreszcie przyszłam i ich rozdzieliłam, żeby osobno przepytać każdego z nich.

Obaj twierdzą, że ich kłótnia w drugi dzień świąt była głupim nieporozumieniem.

Obaj się nie wyspali i dlatego się pokłócili, przygotowując śniadanie.

Timothy źle zrozumiał słowa Bryce'a i wybuchnął.

Ostatnio żyją pod dużą presją.

Chcą wrócić do domu.

Muszę wiedzieć, że w każdej chwili mogą zadzwonić do swoich prawników.

Ich ojciec jest bardzo chory.

Muszą teraz przy nim być.

— Wczoraj jakoś przy nim nie byliście — zauważam.

— Źle się czułem — mówi Bryce.

— Pojechałem na urodziny mojego najlepszego kumpla — odpowiada Timothy.

— Porozmawiajmy o waszej siostrze — zmieniam temat.

Obaj milkną.

— To prawdziwa tragedia — mówi Bryce.

— Jakiś koszmar — stwierdza Timothy.

— Wróćmy do naszych ustaleń. Gdzie pan był w piątek jedenastego grudnia?

— Na przedstawieniu w szkole — odpowiada Timothy zaczepnym tonem. — Na sztuce *Romeo i Julia.* Spektakl okazał się wielkim sukcesem. Dużo większym niż się spodziewałem.

— Ale nie rozmawiał pan z siostrą? — pytam.

— Nie, była zajęta. Wszyscy chcieli z nią porozmawiać.

— A pan, panie Bryce?

— Jak już mówiłem, kupiłem sobie kurczaka na wynos, a potem wróciłem do domu i obejrzałem film. Wszystko to już mówiłem państwu wcześniej.

— I słyszał pan, jak pana brat wrócił do domu? — pytam.

— Tak mi się zdaje. To też już mówiłem. Około jedenastej. Rozmawiałem wtedy przez telefon z dziewczyną. Miała migrenę, dlatego do niej nie pojechałem. Słyszałem, jak drzwi się otwierają, więc wiedziałem, że Timothy wrócił.

— Czy drzwi do pokoju pana Bryce'a były zamknięte, kiedy pan wrócił? Skąd pan wiedział, że jest w domu?

— Słyszałem jego głos. Pomyślałem, że pewnie rozmawia przez telefon.

— No dobrze. Wróćmy do Rosalind. Czy mieliście dobre relacje? — pytam Timothy'ego.

— Była naszą jedyną siostrą. Rozpieszczaliśmy ją.

— A gdy byliście młodsi? Czy wtedy dobrze się dogadywaliście?

— Oczywiście — odpowiada Bryce.

— Bardzo dobrze. Była zupełnie bezproblemowa — zauważa Timothy.

— Tak bezproblemowa, że robiliście jej zdjęcia, gdy się rozbierała? — pytam ostro.

Obaj mężczyźni reagują podobnie: wydają z siebie pomruki oburzenia, potem odchrząkują, aż wreszcie mrużą oczy i patrzą na mnie podejrzliwie.

— Niczego takiego nie pamiętam — mówi Bryce. — To były dziecięce wygłupy.

— To był jej pomysł! — odpowiada Timothy. — Chciała, żebyśmy robili jej te zdjęcia. Ciągle nas prosiła o robienie takich rzeczy.

— Twierdzi pan, że namawiała was do robienia tych zdjęć? — pytam.

— Tak, bardzo tego chciała — mówi Bryce.

— Nie rozumiem, po co w ogóle o tym rozmawiamy. Ale tak, wiedziała o tym. Zawsze uwielbiała być w centrum uwagi — zauważa Timothy. — Była manipulantką.

— Czy powiedziałby pan, że pana siostra była manipulantką? — pytam Bryce'a.

Bryce wzrusza ramionami.

— Zazwyczaj dostawała to, czego chciała. Czy to to samo?

— Chciałbym już wrócić do domu — mówi Timothy. — Czy policja wnosi przeciwko nam jakieś zarzuty?

— Wychodzę — oznajmia Bryce. — Wywlekanie starych brudów nikomu nie pomoże.

Rozdział sześćdziesiąty

Wtorek 29 grudnia, godz. 6.55

Parking przy jeziorze Sonny Lake jest pusty. Wreszcie przyszło ochłodzenie, po raz pierwszy od wielu dni. Na niebie wiszą chmury ciężkie od deszczu. Nie wysiadam z samochodu; przez chwilę siedzę w ciszy i patrzę na jezioro. Woda jest nieruchoma, jakby ktoś włączył przycisk pauzy. Przez przymknięte powieki wygląda jak lodowisko. W świetle porannego słońca woda ma srebrzysty kolor. Wiem, że gdy Rosalind znalazła się w wodzie, już nie żyła, ale mimo to wciąż sobie wyobrażam, jak macha rękami i nogami, próbując zaczerpnąć powietrza. Zamiast tego jej usta wypełniają się wodą. W jej ciemnych oczach widzę strach. W mojej wizji Rose jest przerażona, bo wie, że zaraz umrze.

Z autostrady dobiega głośny dźwięk motocyklu, który nagle mocno przyspieszył. Biorę termos z kawą rozpuszczalną i idę w dół do jeziora. Trawa błyszczy od rosy. Małe ptaki ćwierkają, skacząc żwawo wokół krzaczków rosnących wzdłuż ścieżki. Ochłodzenie sprawiło, że moje nogi zrobiły się jakby dłuższe i bardziej zwinne, ale słońce już się szykuje do wielkiego powrotu, czając się za krawędzią ziemi niczym szalona ognista kula. Biorę łyk letniej kawy. Kilka kropelek spływa mi po brodzie.

— Cholera! — mówię, czując narastającą wściekłość na myśl o Felixie.

Jak on w ogóle śmiał?

Wycieram brodę i mijam pusty plac zabaw. Oddalam się od wieży i dochodzę do miejsca, w którym ścieżka robi ostry zakręt pod górę i oddala się od jeziora. Konary drzew, głównie eukaliptusów, zwisają nisko nad ziemią, a niektóre z nich dotykają wody. Toporna barierka chroni spacerowiczów przed zrobieniem niewłaściwego kroku, który mógłby się skończyć upadkiem do wody. Nocą na pewno łatwo można się tuześliznąć, zaplątać w zieloną roślinność i zostać pożartym przez ziemię. Kiedyś schodziliśmy tędy do jeziora i potajemnie paliliśmy papierosy podczas przerwy obiadowej. Siadaliśmy w altance na końcu pomostu, żeby widzieć, czy nie zbliża się jakiś nauczyciel. Nagle czuję, że mam wielką ochotę zapalić, i prawie wybucham śmiechem. Ciekawe, czy to mi kiedykolwiek całkowicie minie. Zamiast papierosa biorę kolejny łyk kawy i idę dalej. Wiem, dokąd zmierzam: do miejsca, w którym znaleziono ją w wodzie. Nie spieszę się.

Na niebie słychać dudnienie grzmotu. Podnoszę wzrok: jestem obserwowana przez kilka par poważnych szklanych oczu. Ciemne okna domów zbudowanych wysoko na skraju parku przyglądają mi się z góry. Gdyby tylko ktoś zauważył coś tamtej nocy! W tym mieście wszyscy uwielbiają plotkować, więc na ironię zakrawa fakt, że żaden z mieszkańców domów nad jeziorem nie wyszedł na balkon i nie zobaczył Rosalind ani jej napastnika. Jedyną osobą, która coś usłyszała, była przemęczona Moira Foss, która spędzała ten wieczór w towarzystwie płaczącego dziecka, a widok zasłaniały jej rzędy oślinionych ręczników wywieszonych na balkonie. Niestety jej zeznania niewiele nam pomogły.

Do jeziora trzeba zejść po dużych kamieniach. To właśnie tam na dole Connor Marsh jako pierwszy zobaczył Rosalind unoszącą się na wodzie nieco ponad dwa tygodnie temu. Kilka metrów dalej leżą bukiety kwiatów ułożone w luźny stos. Spomiędzy główek kwiatów wystają gdzieniegdzie przemoczone misie i rozmokłe koperty. Kucam przy tym improwizowanym ołtarzyku. Jeszcze do niedawna to miejsce było takie zwykłe i nieznaczące. Nikomu nie przeszłoby przez myśl, żeby specjalnie tu przyjść, a nawet zatrzymać się na chwilę i popatrzeć na jezioro. Są dużo ciekawsze punkty obserwacyjne.

Niebo znów drży od grzmotu, a ja delektuję się chłodnym powietrzem, które owiewa mi twarz. Burza przybliża się coraz bardziej. Tak bardzo bym chciała, żeby deszcz obmył całe moje wnętrze i oczyścił moją duszę.

Kończę kawę, krzywiąc się, a potem mocno zakręcam termos. Bezmyślnie przekładam go z ręki do ręki i próbuję się skupić. Co takiego się stało, że Rosalind poszła nad jezioro tamtej nocy? Czy ktoś ją do tego zmusił? Ale jak? Szantażem? Może dowiedział się o czymś, co zniszczyłoby jej reputację? W noc jej śmierci nikt nie zauważył ani nie usłyszał niczego, co mogłoby wskazywać na porwanie. Może ktoś jej coś obiecał w zamian za to, że tu przyjdzie? Pieniądze? Narkotyki? To się nie trzyma kupy. Oczywiście napastnik mógł być zupełnie obcą osobą, ale szczerze w to wątpię. Zresztą ta teoria też nie wyjaśnia, dlaczego Rose poszła nad jezioro. Poza tym coś mi mówi, że ta sprawa ma charakter osobisty. Oboje z Felixem wyczuliśmy to już na samym początku. Mam wrażenie, że w życiu Rosalind nic nie było przypadkowe.

Może to była próba gwałtu, która zakończyła się zabójstwem? Miałam kilka takich spraw, w których napastnik był tak sfrustrowany tym, że nie stanął na wysokości zadania, że ostatecznie zabił swoją ofiarę. A może ktoś go wystraszył w trakcie napaści? Ciarki przechodzą mnie na myśl o tym, że ktoś mógł majstrować przy jej ciele, gdy ono nie zdążyło jeszcze ostygnąć. Myślę o jej braciach. Czy Timothy miał obsesję na jej punkcie? Poszedł za nią tutaj?

Wyciągam ze stosu prezentów kartkę, na której jest narysowany biały gołąb otoczony przez pierścień kwiatów. Rogi kartki zawinęły się pod wpływem wilgoci. Liczne wersje ostatnich chwil Rosalind tworzą w mojej głowie ciąg klatek filmowych, z których żadna do siebie nie pasuje. Przypadkowo zmontowane ujęcia nie składają się na żadną sensowną historię. Nagle prosto do oka wpada mi kropla deszczu. Mrugam, żeby pozbyć się wody, i wtedy słyszę jakieś skrobanie na ścieżce za sobą. Zaniepokojona szybko się odwracam. Przez tę kroplę wody nie widzę wyraźnie.

Rodney Mason przenosi nogę nad ramą roweru i jedzie chwilę z obiema nogami po jednej stronie, a potem zwalnia i w końcu się zatrzymuje.

— Dzień dobry — mówi i ciężko przełyka ślinę, patrząc na ołtarzyk za mną.

— Rodney, co ty tu robisz?

Rodney opiera rower o drzewo.

— Nie wiem. Chyba po prostu chciałem tutaj przyjść; gdzie to wszystko się wydarzyło. Uczcić jej pamięć.

Obserwuję go, jak idzie w moją stronę, ostrożnie balansując na kamieniach. Zerka na altanę, po czym zamyka oczy i mówi:

— Nigdy tutaj nie przychodzę. Przez Jake'a. Mamie by się to nie spodobało.

Ma znoszone buty, a w mankietach jego bluzy są dziury. Nie potrafię stwierdzić, czy to taka moda, czy ten strój odzwierciedla jego sytuację finansową. Masonowie nigdy nie mieli dużo pieniędzy.

— Byłeś tu wcześniej?

Rodney odwraca się i patrzy na mnie.

— Czy to jest podchwytliwe pytanie?

— Nie.

— W porządku.

Podchodzi do mnie, a ja pospiesznie wstaję i wracam na ścieżkę.

— Byłem tu w zeszłym tygodniu razem z kilkoma osobami ze szkoły — mówi, wzruszając ramionami; potem szybko mruga, patrząc na pokaźny stos kwiatów i prezentów. — Dziewczyny mówiły, że to może pomóc.

— I pomogło?

— Nie wiem. I nie mam pojęcia, w czym dokładnie miałoby mi pomóc. Przecież ona nie wróci.

Nad nami rozlega się kolejny grzmot. Rodney patrzy w niebo.

— Dziwnie tak dzisiaj bez tego upału. Przyzwyczaiłem się do niego.

— To samo pomyślałam — odpowiadam.

Nie mogę oderwać od niego wzroku. Jest taki podobny do Jacoba. Ma identyczny kolor oczu.

— Myślisz o nim jeszcze? — pyta.

Niebo rozświetla błyskawica, a na ziemię zaczynają spadać duże krople wody. Chwilę później deszcz leje się już całymi strumieniami. Przez kilka sekund stoimy nieruchomo i patrzymy na siebie, aż wreszcie wołam:

— Szybko, tędy!

Wracam ścieżką do góry, już nie w kurzu, tylko w błocie, a Rodney idzie za mną. Woda spływa mi po twarzy, a ja idę prosto w ścianę deszczu. Jest mi dobrze. Moje nogi tupią miarowo. Czuję, że Rodney jest tuż za mną. Nasze stopy uderzają o ziemię w równym tempie. Otwieram samochód pilotem i gestem zapraszam Rodneya, żeby wsiadł od strony pasażera. Wsiadamy do auta cali zdyszani i przemoczeni. Na parkingu wciąż nie ma żadnych innych samochodów, a teraz w takim deszczu raczej nikt tutaj nie przyjedzie. Deszcz głośno uderza o blachę samochodu, jakbyśmy się znaleźli wewnątrz bębna. Rodney wyciera oczy od wody dolną częścią bluzy, ukazując napięte mięśnie brzucha. Drobna linia ciemnych włosków znika tuż pod paskiem. Chłopak zauważa, że na niego patrzę.

— Włączę nawiew, dobrze?

Wkładam kluczyk do stacyjki i włączam silnik. Z wylotów nawiewu zaczyna wiać wiatr, który tworzy barierę między nami. Co za ulga. Czuję się, jakby moje ciało cofnęło się w czasie. Mam osiemnaście lat, jestem zakochana w Jacobie, a cały świat stoi przede mną otworem. Z trudem biorę oddech, a w uszach słyszę ciche dzwonienie.

— Jezu, prawdziwe urwanie chmury — mówi Rodney, patrząc przez okno.

Niebo rozcina błyskawica, a drzewa przypominają szmaciane lalki machające rękami i błagające o pomoc.

— Ciągle o nim myślę. Cały czas — mówię.

Rodney odwraca się do mnie, opiera głowę na zagłówku i głęboko wzdycha.

— No. Ja trochę tak, a trochę nie. Chyba rzadziej, ale za to intensywnie. Teraz na przykład bardzo mocno wszystko czuję, gdy o nim myślę. Wiesz, o co mi chodzi?

— Tak. Ja mam podobnie.

— Ale w swojej pracy na pewno widziałaś wiele okropnych rzeczy. To musiało cię zahartować.

Tak samo jak on opieram głowę na zagłówku i odwracam się do niego.

— Trochę tak. Trudno jest to porównać. Nie wiem, jaką byłabym osobą, gdybym robiła coś innego. Po prostu taka jestem.

Rodney kiwa głową. Trzyma ręce na kolanach i przebiera palcami. Przypominam sobie, że to samo robił, gdy poprzednio z nim rozmawiałam.

— A w tej chwili jesteś w pracy? Dlatego tu przyjechałaś? — pyta.

— Jak prowadzisz śledztwo, wszystko staje się pracą. Człowiek myśli o tym przez cały czas. Nie może przestać.

Rodney wygląda, jakby przez chwilę zastanawiał się nad moimi słowami.

— Pewnie rzeczywiście tak jest.

— Dlaczego mama nie pozwala ci tu przychodzić?

— Nie wiem. Może uważa, że to, co zrobił Jake, jest zaraźliwe, sam nie wiem. Po prostu nie chce, żebym zbliżał się do miejsca, w którym to się stało. Nie mam pojęcia, dlaczego się stąd nie wyprowadziliśmy. Chyba nie mamy pieniędzy.

Czuję rosnącą gulę w gardle. Bardzo dobrze pamiętam Rodneya z tamtych czasów. W myślach przemykają mi obrazy chudego chłopca ubranego w ciuchy po starszym bracie. Na uroczystości pogrzebowej siedział obok mamy, otoczony przez zapłakanych nastolatków. Miał oczy wielkie jak u sowy i był wyraźnie zagubiony.

— Lubiłem, jak do nas przychodziłaś.

Uśmiecham się.

— Tak, ja też to lubiłam. To było dawno temu. Byłam wtedy w twoim wieku.

— Masz dziecko, prawda? Widziałem cię z nim kiedyś.

Moje serce nerwowo przyspiesza.

— Naprawdę?

— Tak. Gdzieś na mieście — mówi i z dziwacznym uśmiechem dodaje: — Nie martw się, nie śledzę cię ani nic takiego.

Deszcz pada tak mocno, że nie widzę jeziora. Woda spływa zygzakami po przedniej szybie samochodu.

— To musi być miłe — mieć dziecko, którym trzeba się opiekować.

Rodney wciąż przebiera palcami, ale nie wygląda na zdenerwowanego. Głos ma pewny. Pod wpływem deszczu jego ciemne włosy zaczęły lekko się skręcać, a rzęsy skleiły się ze sobą, jakby były pomalowane tuszem.

Kiwam głową i ustawiam wentylator na największą moc.

— No tak. Już prawie nie pamiętam, jak było wcześniej. Bez niego.

— Jake często się mną zajmował. Wiesz, był dużo starszy.

Gula w moim gardle rośnie. Biorę głęboki oddech w nadziei na to, że powietrze jakoś się prześlizgnie wokół tej nieprzyjemnej kluchy.

— Przykro mi. Musiałeś być wtedy przerażony. Chyba już zapomniałam, jaki byłeś mały. Nie myślałam jasno.

— Nie szkodzi. Ale przed śmiercią powiedział mi, że ze sobą zerwaliście. Pamiętam, że mnie to zasmuciło. I tak sobie myślę, że pewnie dlatego to zrobił.

Przypominam sobie, jak pisałam do niego tamten list i jak starannie kreśliłam każdą literę w imieniu Rosalind.

— Hm, sama nie wiem. Nigdy nie wiadomo, co siedzi w głowie drugiego człowieka, gdy decyduje się na taki krok. A to było dawno temu.

— Rozmawiałem z nią o nim — mówi.

Zerkam na niego, zastanawiając się, czy cała ta sprawa nie zostanie rozwiązana tutaj, w moim samochodzie, już za krótką chwilę.

— O czym rozmawialiście? — pytam, starając się, aby mój głos brzmiał obojętnie.

Powietrze w samochodzie zagęszcza się, a woda zaczyna przesiąkać przez moje ubrania. Ależ bym chciała być teraz w domu i spać, najlepiej po zażyciu jakichś leków; znaleźć się w stanie głębokiej, długiej nieświadomości. Między drzewami raz po raz błyskają niewyraźnie światła samochodów jadących autostradą. Czuję się, jakbyśmy byli tutaj zupełnie sami, ukryci przed resztą świata, który może nawet wcale nie jest prawdziwy.

— W sumie o wszystkim — mówi cicho Rodney. — Uwielbiała ze mną rozmawiać. Powiedziała mi to.

— Pani Ryan powiedziała, że uwielbia z tobą rozmawiać? — upewniam się.

— No.

— I o czym były te rozmowy? — pytam.

Rodney wzrusza ramionami i znów przypomina mi małego chłopca.

— O wszystkim. O Jake'u, o jej rodzinie, o tym, co będę robić, jak skończę szkołę.

— Czy to było dla ciebie ważne, żeby skończyć szkołę?

— Jej bardzo zależało na tym, żebym miał dobre oceny. Uważała, że mam szansę na to, żeby zostać prawdziwym aktorem.

— Też chciałeś się przenieść do Queensland? — pytam.

Rodney odwraca głowę w moją stronę.

— Co?

— Do Queensland — powtarzam spokojnie. — Czy chciałeś się tam przeprowadzić w nowym roku?

— Co? Nie.

Nie patrzy mi w oczy, ale nie potrafię ocenić, czy kłamie, czy nie.

— Pani Ryan planowała tam zamieszkać w nowym roku — wyjaśniam. — Zastanawiałam się, czy może ty planowałeś tam pojechać razem z nią.

Jego twarz oblewa się delikatnym rumieńcem.

— Nie, nie. Nic o tym nie wiedziałem. Ja złożyłem podanie na uniwersytet. Zamierzam odbyć kurs korespondencyjny. Przez internet.

— Ale przez internet to chyba możesz studiować z dowolnego miejsca?

Rodney patrzy na mnie zrezygnowany.

— Pewnie tak. Ja chcę dalej pracować w kiosku. Wiesz, odłożyć trochę pieniędzy.

— Czyli mógłbyś się stąd wydostać? Czy to nie jest coś, o czym marzy każdy nastolatek w Smithson? Wyjechać stąd?

— No tak. Kiedyś tak. Ale z mamą jest trudno. Ona… Z jej zdrowiem jest raz lepiej, raz gorzej.

— Potrzebuje cię.

Rodney wzrusza ramionami.

— Pewnie tak.

Deszcz uderzający o maskę samochodu zaczyna słabnąć. Czuję, że zaraz skończy mi się czas.

— Rodney, czy ty byłeś z nią tamtej nocy? Umówiłeś się z nią, ale coś poszło nie tak? Pokłóciliście się?

— Nie — odpowiada chłopak i mocno kręci głową.

— Musisz nam powiedzieć. Wiem, że się spotykaliście. Ktoś widział was razem. Rodney, chcę ci pomóc.

Ryzykuję, wykorzystując to, co powiedziała nam Izzy, w nadziei na to, że w ten sposób skłonię go do mówienia. Myślę o tym, co będzie, jak się przyzna, i jaką minę będzie miał Felix, gdy się o tym dowie. Robi mi się niedobrze.

Rodney chwyta moją dłoń i przyciąga ją do klatki piersiowej, a potem obejmuje ją drugą dłonią.

— Rodney!

Czuję mrowienie w całej ręce; robi mi się gorąco. Rodney podnosi moją dłoń do ust i coś mówi. Jego oddech łaskocze mnie w skórę. Chciałabym, żeby nie przestawał.

— Bardzo mi na niej zależało. Naprawdę, bardzo. Ale niczego nie zrobiliśmy. Nigdy się z nią nie spotkałem poza szkołą. Ona by tego nie chciała. Nigdy bym jej nie skrzywdził. Przysięgam.

Powoli zwalnia uścisk i wypuszcza moją dłoń.

— Teraz jestem jakby w półśnie, wiesz? Nie wiem, co robić z całym tym wolnym czasem.

I wycierając oczy, dodaje:

— Mam wrażenie, że teraz mam dużo więcej wolnego. Tęsknię za naszymi rozmowami.

Wygląda tak bezradnie. Jak mały ciemnooki szczeniaczek. Chcę go wziąć na kolana i przytulić, tak samo jak Bena, gdy się obudzi. Rodney znów bierze moją dłoń; robi to tak niespodziewanie, że trochę zaczynam się bać. Splata swoje palce z moimi. Wiem, że powinnam mu się wyrwać i powiedzieć, że to, co robi, jest złe, ale jestem kompletnie zdezorientowana. Czuję dawny, znajomy dreszcz pożądania. Nagle widzę błysk białych świateł. Na parking wjeżdża drugi samochód. Szybko wyrywam dłoń z uścisku Rodneya.

Deszcz przestał padać, a cały świat dookoła jest orzeźwiony i nasycony.

— Twój rower — mówię.

Rodney, który też zauważył nadjeżdżający samochód, kiwa głową. Otwiera drzwi i zakłada kaptur na głowę. Opierając się o klamkę, mówi:

— Ja jej nie skrzywdziłem. Nie mógłbym zrobić czegoś takiego.

A potem biegnie do jeziora. W głowie wciąż słyszę płaskie echo trzaśnięcia drzwi. Rodney znika między drzewami, a ja opieram się na siedzeniu, wkładam ręce we włosy i ciągnę skórę głowy na boki. Boję się, że zaraz się rozpłaczę; mój oddech robi się ciężki, a kąciki ust opadają niebezpiecznie w dół. Mocno zagryzam wargi i wciągam powietrze nosem, a potem wypuszczam je powoli ustami. Przez chwilę byłam roztrzęsiona, ale teraz już jestem opanowana. Moje ciało tęskni za Felixem aż do bólu. Chcę przytulić Bena. Chcę cofnąć czas i porozmawiać z Jacobem. Powstrzymać samą siebie przed wysłaniem tego listu.

Z samochodu wysiada mężczyzna koło sześćdziesiątki. Przyczepia smycz do obroży swojemu psu, który wygląda jak ruchoma kulka kudłatej sierści. Psiak z radością skacze po świeżych kałużach. Mężczyzna patrzy na mnie z zaciekawieniem, a potem uprzejmie kiwa głową. Odchodzi, a jego pies skacze w szalonym tańcu po całej ścieżce. Prawdopodobnie mężczyzna pomyślał sobie, że Rodney jest moim chłopakiem i że się pokłóciliśmy.

Bez Rodneya w samochodzie zrobiło się pusto. Chciałabym znów poczuć jego bliskość i połączyć się z nim w cierpieniu. Włączam silnik i siedzę w bezruchu, starając się o niczym nie myśleć, a gdy bicie mojego serca zrównuje się z miarowym ruchem wycieraczek, w mojej głowie zapada kompletna pustka.

Rozdział sześćdziesiąty pierwszy

Wtorek 29 grudnia, godz. 15.34

Już kiedyś tak się czułam: jakbym siedziała w ciemnym pokoju i próbowała wyczuć palcami krawędzie drzwi. Chodzę w kółko po czarnym kwadracie podłogi i zapominam, które miejsca już sprawdziłam. Jestem pusta.

Felix i ja bez słów podzieliliśmy między siebie podejrzanych i zadania związane ze śledztwem niczym kawałki jabłka. Ja mam Ryanów, on nauczycieli. Ja mam Nicholsona, a on uczniów, z wyjątkiem Rodneya.

— Dziś rano rozmawiałam z Rodneyem Masonem — ogłaszam na nieformalnej odprawie, którą zarządził Jonesy. Uczestników jest tylko kilku: ja, Felix, Matthews i Kingston.

— Przyznał się, że żywił uczucia do pani Ryan — kontynuuję.

— Uczucia — prycha Jonesy, jakby to był najgorszy stan, w jakim można się znaleźć. — Brzmi obiecująco. Co o tym myślisz, Woodstock? Czy te uczucia były odwzajemnione?

Przypominam sobie moment, w którym Rodney mocno chwycił moją dłoń: jak nieobecne było wtedy jego spojrzenie. Pamiętam, jak Jacob brał mnie na ręce i rzucał mnie na łóżko, a potem bezlitośnie całował i okrywał pocałunkami. Śmiałam się tak bardzo, że aż bolały mnie mięśnie twarzy. Gdzieś w głębi duszy pamiętam to uczucie: zmęczenie zadowolonej, spokojnej, zakochanej nastolatki, które gromadziło się w okolicach moich kończyn.

— Mówi, że do niczego nie doszło. Ale na pewno byli ze sobą blisko. Chyba mu wierzę. Jednocześnie mamy zeznanie Izzy. Myślę, że moglibyśmy spróbować uzyskać zgodę na pobranie próbki DNA, żeby sprawdzić, czy Rodney jest ojcem płodu.

— A jeśli to jego dziecko?

— Wtedy będziemy wiedzieli, że kłamał w sprawie tego, co go łączyło z Rosalind. To byłby dość mocny argument — mówię, a potem szybko dodaję: — Cały czas sprawdzamy też Timothy'ego Ryana. Jego alibi jest słabe, ale nic nie wskazuje na to, że mógłby być gdzie indziej tamtego wieczoru. Nie możemy też skreślić Johna Nicholsona. Mam wrażenie, że zabrnęliśmy w ślepą uliczkę.

Felix rzuca mi szybkie spojrzenie.

— No to dowiedzcie się, czego trzeba — nakazuje Jonesy.

Wygląda na zestresowanego. Niepotrzebnie odchrząkuje i kończy odprawę.

— A teraz wszyscy do pracy.

***

Robię sobie kawę w kuchni. Syk czajnika roznosi się po cichym komisariacie. Telefony na biurku policjanta dyżurującego dzwonią dzisiaj rzadko. Kenny prosi kogoś, żeby mówił wolniej, bo nie może go zrozumieć; głos jego rozmówcy załamuje się jak u nastolatka. Wracam do swojego biurka. Czuję w skroniach, że nadchodzi fala bólu głowy. Kartki łagodnie falują pod wpływem wiatru, jaki wytwarzają trzeszczące wentylatory sufitowe. Wciąż jeszcze nie naprawili klimatyzacji. Na zabałaganionych stołach leżą zapomniane kubki po kawie. Zatęchły dym miesza się z zapachem mężczyzn i upalnych dni.

Przez chwilę stoję w miejscu i patrzę na tablicę z informacjami. Duża twarz Rosalind jest otoczona mniejszymi zdjęciami z miejsca zbrodni i autopsji. Kawa tworzy nieprzyjemne połączenie ze smakiem świeżego jabłka, które przed chwilą zjadłam, ale piję mimo to. Powoli zdejmuję wszystko z tablicy. Mapy, zdjęcia, wykazy rozmów telefonicznych, żółte karteczki samoprzylepne. Patrzę na ten stosik dowodów na krześle. Biorę do ręki kilka pustych kartek i tworzę na nowo oś czasu. Zaczynam od roku 1980, kiedy Ryanowie przyjechali do Smithson. Romans Olivii Ryan z Nicholsonem miał miejsce w 1987 roku. Potem narodziny Rosalind, a kilka dni później śmierć Olivii. Sukcesy firmy RYAN. Ślub George'a z Lilą w 1997 roku. Rosalind zaczyna się spotykać z Jacobem w listopadzie 2005 roku. Sama przed sobą przyznaję, że to mogło być nawet wcześniej. Jacob umiera w grudniu. Rodney ma wtedy tylko siedem lat. Rosalind się wyprowadza, studiuje poza domem i mieszka w stolicy. Dostaje pracę jako nauczycielka w dużej miejskiej szkole. Ludzie plotkują, że coś jest między nią a jednym z uczniów. Wraca do Smithson pod koniec 2011 roku i wprowadza się do skromnego domu przy autostradzie. W 2012 roku zaczyna uczyć w Smithson. Fascynuje ją teatr i walczy o możliwość wystawienia szkolnej sztuki. Kłóci się z bratem na imprezie urodzinowej ich ojca w październiku 2015 roku. W tym samym miesiącu składa podanie o pracę do szkoły w Brisbane. Izzy Mealor twierdzi, że w listopadzie widziała Rosalind i Rodneya Masona, jak się całowali na terenie szkoły. Sztuka ma premierę w piątek 11 grudnia. Późnym wieczorem Rosalind Ryan umiera. Kilka dni po rozpoczęciu śledztwa ktoś próbuje mnie zastraszyć, przesyłając mi bukiet róż. Porwanie Bena to drugie ostrzeżenie, które ma miejsce tydzień później. John Nicholson wyznaje, że zawsze wierzył, iż Rosalind jest jego córką.

Ruszam palcami u stóp i przyciągam kolejno oba kolana do klatki piersiowej, żeby rozciągnąć zesztywniałe nogi. Patrzę na swoją zupełnie nową oś czasu.

Czy historia Jacoba może mieć jakiś związek ze śmiercią Rosalind, czy tylko ja mam takie skojarzenia, bo wiem, co ich łączyło? Rose była jedyną osobą, która wiedziała, że się z nim spotykam. Nie mówiłam o tym wtedy i teraz też nie chciałabym tego robić. Na samą myśl o tym, że miałabym szczerze opowiedzieć o tym, co się wydarzyło wtedy przed laty, czuję przypływ paniki.

Kto skorzystał finansowo na śmierci Rosalind? Bezpośrednio tylko jej bracia. Dla innych jej zabicie mogło być sposobem na utrzymanie jakiejś wiedzy w tajemnicy. Może ojciec dziecka nie chciał, żeby je zatrzymała albo żeby inni się dowiedzieli, że jest jego? Czy zabicie jej miało być sposobem na pozbycie się dziecka i uciszenie jej samej? A może była uwikłana w jakąś grubszą sprawę? W coś, o czym my nawet jeszcze nie pomyśleliśmy?

Kawałki informacji wiszą przede mną na tablicy. Nie chcą do siebie pasować. Mrużę oczy, starając się zmusić notatki i zdjęcia, żeby nabrały sensu, aż w końcu jedyną rzeczą, jaką widzę, jest twarz Rosalind uwięziona na samym środku, kompletnie niewzruszona otaczającym ją chaosem.

Rozdział sześćdziesiąty drugi

Środa 30 grudnia, godz. 11.17

— Muszę z panią porozmawiać.

Próbuję rozpoznać po głosie, kto mówi.

— Rodney? To ty?

— Tak. Możemy się spotkać?

— Poczekaj.

Felix bacznie mnie obserwuje zza swojego biurka. Jego włosy wyglądają dzisiaj inaczej. Zapomniał nałożyć na nie żel. Wstaję i idę na drugi koniec komisariatu.

— Dobra — mówię, zaglądając do pustego pokoju przesłuchań. — Co się stało?

Rodney brzmi, jakby właśnie płakał.

— Ja tylko chcę porozmawiać. Możemy się spotkać?

— Pewnie, jasne. Chcesz, żebym po ciebie podjechała?

— Nie, to nie wchodzi w grę. Może znów spotkamy się przy jeziorze?

Czuję narastający dyskomfort.

— To nie jest dobry pomysł. A może wolałbyś przyjechać do komisariatu?

Oczyma wyobraźni widzę, jak Rodney paraduje tu po beżowym korytarzu, i natychmiast żałuję, że mu to zaproponowałam.

— Nie — odpowiada głosem ostrym jak brzytwa. — A co powiesz na pizzerię przy tym małym parku niedaleko mojego domu? W ciągu dnia zawsze jest tam pusto. Wiesz, gdzie to jest?

— Tak, kojarzę to miejsce.

Rozłączamy się, a ja wychodzę z komisariatu na parking. Kiedy mijam skate park, przyglądam się podstawie wyskoczni i zastanawiam się, jaką trzeba mieć odwagę, żeby wyskoczyć na samą górę.

***

Siadam naprzeciwko Rodneya, który wygląda na zdenerwowanego. Cherry's Pizza wyraźnie nie cieszy się popularnością w ciągu dnia. Cherlawy mężczyzna za ladą mechanicznymi ruchami kręci koła z ciasta do pizzy. Oprócz nas jest jeszcze tylko jedna klientka: starsza, pomarszczona kobieta, która z heroizmem pochłania kolejne kawałki dużej margherity. Nie znam żadnej z tych dwóch osób. Kiedy tu jechałam, uważnie rozglądałam się wokół siebie, aby mieć pewność, że nie śledzą mnie żadni dziennikarze. Wygląda na to, że mi się udało.

Po chwili podchodzi do nas młoda dziewczyna; myślę, że ma niewiele więcej niż trzynaście lat. Pyta, co zamawiamy. Rodney prosi o koktajl mleczny, nie patrząc jej w oczy. Ja przeglądam kartę win, ale ostatecznie zamawiam to samo.

Kiedy dziewczyna znika w kuchni, nachylam się do Rodneya, żeby nawiązać z nim kontakt wzrokowy.

— Wszystko w porządku? Dlaczego chciałeś się ze mną zobaczyć?

Rodney wykręca dłonie.

— Nie wiem. Chciałem z tobą porozmawiać.

— O czym?

Rodney patrzy na wentylator, a potem na drzwi. Mam wrażenie, że jego myśli wirują, jakby był pod wpływem narkotyków.

— Rodney?

— Nie mam z kim pogadać. A z tobą lubię rozmawiać.

Zauważam z niepokojem, że robi mi się ciepło na sercu. *Uważaj*, myślę sobie.

— Ja też lubię z tobą rozmawiać — odpowiadam.

— Chyba po prostu czuję się samotny. Teraz przygotowujemy się do następnego występu. Z jednej strony się *cieszę*, że to robimy, ale z drugiej to takie dziwne, że jej nie ma.

— Wyobrażam sobie.

— Mam wrażenie, że innych to w ogóle nie obchodzi! Wszyscy rozmawiają o nowym roku i o tym, że wyjadą ze Smithson, a ja tak nie potrafię.

— Kochałeś ją, prawda?

Widzę, jak ścięgna w jego dolnej szczęce się napinają. Patrzy na mnie zranionym wzrokiem.

— Po prostu ona mnie *rozumiała*. Znała mnie.

Przypominam sobie, że za dwa tygodnie Rodney kończy osiemnaście lat. Jeżeli teraz wezmę od niego próbkę DNA i oddam ją do badania w połowie stycznia, nie będę potrzebować zgody Donny Mason. A ponadto będę mogła sama zadecydować, czy w ogóle trzeba przeprowadzić to badanie.

— Wiesz, Rodney — mówię do niego ciepło — ludzie dużo o tobie mówią. Plotkują na wasz temat. Mogłabym uciszyć te plotki, gdybyśmy przeprowadzili badanie DNA.

— Badanie DNA? — powtarza Rodney.

— Tak — mówię, mieszając słomką mleczne bąbelki. — Zebraliśmy trochę dowodów i jeśli dostaniemy twoje DNA, będziemy mogli cię wyeliminować z listy podejrzanych.

Rodney nadyma policzki. Po chwili się odzywa:

— Dobrze. Ile trwa takie badanie?

— Samo pobranie próbki to kwestia paru sekund. Możemy to zrobić od razu, mam w torbie potrzebny zestaw. Musisz tylko potrzeć wacikiem wewnętrzną stronę policzka. Potem badanie trwa kilka tygodni, ale na pewno wyniki będą dla ciebie korzystne.

— Dobrze, zróbmy to.

Jego głos nie wyraża żadnych emocji; zastanawiam się, o czym teraz myśli.

Rodney nie pyta mnie o dowody, o których wspomniałam. Nie mówię mu o dziecku. Nawet gdyby było jego, istnieje możliwość, że o niczym nie wiedział. Nagle myślę o dziecku, które ja niedawno straciłam. Teraz byłabym chyba w ósmym tygodniu ciąży. Ciężar mojej decyzji, który dotychczas od siebie odsuwałam, nagle zaczyna mnie przygniatać. Przyklejam uśmiech do twarzy i podaję Rodneyowi zestaw do pobrania próbki DNA.

— Potrzyj wewnętrzną stronę policzka i gotowe.

Rodney bierze ode mnie zestaw i wkłada wacik do ust, rusza nim chwilę, a potem chowa go do plastikowej torebki.

— Dzięki — mówię, odbierając od niego próbkę.

Mogłabym przysiąc, że słyszę jego maleńkie komórki, które tłoczą się na czubku wacika i skrywają wszystkie odpowiedzi.

Rozdział sześćdziesiąty trzeci

Wtedy

Złożyłam list na pół i włożyłam go do koperty. Spojrzałam na jego imię napisane w taki sposób, jakby należało je odczytać śpiewnym tonem. Włożyłam kopertę pod okładkę notatnika, który zaraz potem schowałam do plecaka. Do wschodu słońca została godzina.

Pojechałam rowerem pod dom Jacoba. Nieliczne lampy oświetlały mi drogę, a ziemia parowała po nocnym deszczu. Miałam nadzieję, że Jacob wstanie jako pierwszy. Często oglądał telewizję do późna w nocy, ale budził się wcześnie rano. Pomyślałam, że może został na noc u niej i na chwilę spanikowałam, ale potem sobie uświadomiłam, że Donna nigdy by na to nie pozwoliła. Poza tym obok drzwi wejściowych stał jego rower, a jego trampki leżały równo ułożone obok butów Rodneya.

Oparłam rower o płot niedaleko skrzynki na listy, wyjęłam kopertę z plecaka i podeszłam do domu. Spojrzałam na swoje odbicie w okiennej szybie, która w porannym świetle dnia zamieniła się w lustro.

Niewiele myśląc, wsunęłam kopertę pod drzwi.

Rozdział sześćdziesiąty czwarty

Środa 30 grudnia, godz. 17.18

Dzisiaj odbieram Bena od taty trochę wcześniej. Mały rzuca mi się na szyję, a ja całuję tatę na pożegnanie i wsadzam Bena do samochodu. Jedziemy. Nie jestem pewna dokąd, ale nie mam ochoty wracać do domu. Scott obiecał sąsiadowi, że dzisiaj po południu pomoże mu w budowie płotu, i mimo że na razie nie poruszaliśmy tematu powrotu Bena do Cloud Hill, instynktownie czuję, że ta opcja jeszcze nie wchodzi w rachubę. A może nigdy już nie będzie wchodzić. Ostatnio wszystko wydaje się takie tymczasowe.

Skręcam losowo, jadąc tak, jak mnie prowadzi droga. Wizja zatrzymania się — robienia czegokolwiek innego niż jazda bez celu — wydaje mi się nierealna.

Ben kopie mój fotel.

— Kochanie, przestań, proszę.

— Chcę tosta.

— Nie dostaniesz go teraz. Nie mogę ci upiec tosta w samochodzie.

Ben odpowiada mi szybkim kopniakiem w drzwi.

— Ben, proszę. Możemy się zatrzymać i kupić jakieś owoce. Niedaleko są stragany.

Szybko mijamy mozaikę pastwisk. Słońce zniża się do horyzontu i strzela promieniami na boki niczym wiązkami lasera. Znudzone krowy patrzą na nas, a ich ponure miny przykuwają uwagę Bena, który wreszcie przestaje kopać mój fotel. Zatrzymuję się przy przydrożnym straganie i kupuję małe pudełko truskawek oraz paczkę borówek.

— Borówki! — woła mój syn i wyciąga do mnie rękę.

— Czekaj, czekaj. Najpierw kawałek podjedziemy.

Parkuję na postoju w cieniu gigantycznego eukaliptusa. Na skraju parkingu stoi kilka stolików i krzeseł, ale ja namawiam Bena, żebyśmy usiedli na trawie na najdalej wysuniętej skale, skąd będziemy mieli widok na nieskończone połacie pól. Niebo jest morzem, a ziemia jego piaszczystym dnem. Jest przepięknie. Przez tyle lat nie wpadłam na to, żeby tu przyjechać. Smithson jest otoczone wszystkim, co natura ma w sobie najlepsze: dolinami porośniętymi szmaragdowym mchem, paprociami o twarzach egzotycznych tygrysów i kwiatami w barwach rzadkich klejnotów. Powietrze tutaj jest czystsze; znajdujemy się ponad warstwą przykrywającą miasto, ponad tymi wszystkimi opiniami i ocenami, które utknęły w moich płucach i ciągną mnie w dół. Powoli skanuję wzrokiem całą panoramę — łapię się na tym dopiero pod koniec mojej obserwacji. Wiem, że stąd nie wypatrzę zabójcy. Chociaż z tej perspektywy wydaje się to bardziej prawdopodobne. Miasto jest mniejsze. Łatwiej je ogarnąć. Widzę duży prostokąt fabryki Carling, małe kropeczki domów i drogi, które przecinają się jak kreski na szkicu. Sonny Lake, wieża strzelnicza. Złapanie zabójcy nie powinno być takie trudne, ale wiem, że gdy wrócę do tych domów i znajomych sklepów, które stąd wyglądają jak klocki Lego, wszystko stanie się bliższe, a jednocześnie dużo bardziej odległe. Pewnie gdzieś tam jest Rodney. Ciekawe, co robi. Czy powtarza swoją rolę przed przedstawieniem? A może pojechał nad jezioro i wpatruje się w wodę, rozmyślając o Rose? Spoglądam na Bena, który z zadowoleniem zajada borówki i też patrzy na otaczający nas krajobraz. Wokół jego ust szybko tworzy się obwódka w kolorze wina.

— Fajne były święta?

Kiwa głową, nie przerywając jedzenia.

— To dobrze.

Podnoszę się trochę, żeby zdjąć buty i skarpetki. Wybieram paprochy spomiędzy palców. Przesuwam je powolnymi ruchami tam i z powrotem, a potem zrzucam je na wysuszoną ziemię.

— Słuchaj, może niedługo pojedziemy na wakacje. Co ty na to?

Główka Bena zaczyna szybko podrygiwać.

— Świnka Peppa jeździ na wakacje.

— Super — mówię. — Myślę, że fajnie byłoby pojechać na wakacje.

— Z tatą?

Przez jedno uderzenie serca wszystko staje w miejscu. Oczyma wyobraźni widziałam już siebie i Felixa gdzieś w przytulnej chacie, a może w domku na plaży na brzegu wzburzonego morza, w trójkę, razem z Benem. Z dala od upałów i od reszty świata. To idiotyczne. On ma trzy nastoletnie córki i do tego jeszcze żonę. Poza tym ostatnio ze mną nie rozmawia. Nasze wspólne życie to fantazja, a ja muszę odłożyć ją na półkę.

— Pewnie, tata też pojedzie.

— Lubię wakacje.

— To dobrze. Może pojedziemy w jakieś chłodniejsze miejsce. Byłoby miło, co?

— Takie ze śniegiem?

— No, może nie ze śniegiem.

Paryż, Anglia, Vancouver: wszystkie te miejsca miałam kiedyś zobaczyć, ale tego nie zrobiłam. Mama opowiadała mi o nartach — o tym, jak trzeba zaufać własnym stopom, i o cudownym uczuciu, które można porównać do latania. Patrzę na Bena i wyobrażam sobie jego małe ciałko śmigające w dół zbocza. Myślę o tych wszystkich rzeczach, które zrobi daleko, daleko od Smithson. Nagle mam gulę w gardle i szybko wracam na ziemię. Wycieram podeszwy stóp o trawę.

— Jak ty wyglądasz, mój mały wampirze.

Wyciągam z torby kilka nawilżanych chusteczek i wycieram Benowi buzię z soku z borówek, a on piszczy i wierci się niemiłosiernie.

Kiedy wszystkie borówki są już zjedzone, a po truskawkach zostały tylko zielone szypułki, idziemy na spacer. Ben chce nazrywać kwiatów. Układamy liście paproci i polne kwiaty w niedbały bukiet, który wywołuje miłe skojarzenia z ciepłem domowym.

— Spójrz na to! — mówię, owijając łodygi gumką do włosów. — Są przepiękne. Weźmiemy je do domu i włożymy do wazonu?

— Chcę je dać tacie.

Osłaniam ręką oczy przed słońcem. Chyba nie uda mi się nigdzie przed tym uciec.

— To dobry pomysł. Na pewno mu się spodobają.

Chór cykad wchodzi na głośniejsze tony. Przy akompaniamencie tych przenikliwych dźwięków pomagam Benowi wsiąść do samochodu i zaczynam zjeżdżać z góry znajomymi zakrętami z powrotem do Smithson.

Rozdział sześćdziesiąty piąty

Czwartek 31 grudnia, godz. 8.24

Candy w swoim artykule opisała dokładnie całą historię od momentu porwania Bena do chwili, gdy znaleźliśmy go w naszym ogrodzie kilka godzin później. Porywacz został opisany jako kobieta w średnim wieku, która podała się za babcię Bena. Jest nawet fragment wypowiedzi Madeleine ze żłobka i informacja o dowodach, które są mocno powiązane ze śledztwem w sprawie zabójstwa Rosalind Ryan.

Wpadam do biura Jonesy'ego napędzana siłą, której nie potrafię kontrolować. Jestem tak wściekła, że nie czuję własnej twarzy.

— Co to jest, do cholery? — pytam, rzucając gazetę na jego biurko.

Jonesy podnosi głowę, a ja nie jestem w stanie stwierdzić, czy już ją widział.

Czytam fragment artykułu:

— „Pytanie, które tak naprawdę musimy sobie zadać, dotyczy tego, czy detektyw Woodstock powinna dalej prowadzić to śledztwo. Wydaje się, że nie jest w stanie zachować bezstronności w sytuacji, gdy jej rodzina jest bezpośrednio zagrożona". O co chodzi? Czy ten przeciek pochodzi od nas?

Jonesy odpycha się od biurka razem z fotelem i wstaje. Wygląda na zmęczonego. Mam wrażenie, że się postarzał. Na koszuli ma plamę, która wystaje mu spod marynarki.

Telefon, który mam w kieszeni, bez przerwy mnie atakuje. Nie chcę nawet na niego patrzeć. Scott, mój tata, ciocia Megan: wszyscy czegoś ode mnie chcą. Na pewno mnie obwiniają. Jak mogłam pozwolić, żeby to się przytrafiło mojemu synowi?

— Musisz to odebrać? — pyta Jonesy, wskazując głową moją wibrującą kieszeń.

— Nie. Muszę się zająć pracą. Ale w tej chwili to się wydaje raczej niemożliwe, prawda?

Odwracam się na pięcie i wybiegam z pokoju, zostawiając za sobą Jonesy'ego, który patrzy na mnie z rozdziawionymi ustami.

***

Przez następne kilka godzin chodzę po komisariacie zła jak osa. Nieświadomie zaciskam pięści, co kończy się upuszczeniem pełnego kubka z kawą na wynos prosto na moje buty. Chcę zabić Candy; chcę patrzeć, jak oczy wychodzą jej na wierzch, gdy ją duszę gołymi rękami. Powstrzymuję się przed zadzwonieniem do niej, bo naprawdę boję się tego, co mogłabym powiedzieć.

Dzisiaj Scott zajmuje się Benem. Ma wolne w pracy aż do połowy stycznia. Wszyscy pracownicy budowy wyjechali na wakacje. Tylko my nie mamy gdzie pojechać. Nie dzwonię do niego; nie jestem jeszcze gotowa na tę rozmowę.

W końcu mam dość własnego towarzystwa i oddzwaniam do taty. Chodzę wściekła w tę i z powrotem przed ławką w parku za komisariatem. Tata nie może pojąć, jak to się mogło wydarzyć i jak ja mogłam mu nic nie powiedzieć. Jego głos jest szorstki i ostry; bije z niego nietypowa dla taty złość.

— Gemmo, pomóż mi to zrozumieć. Dlaczego mi o tym nie powiedziałaś?

— Tato, prowadzę śledztwo w sprawie zabójstwa. Wiem, że tak naprawdę nie wiesz, co to dokładnie oznacza, ale ja muszę przestrzegać pewnych reguł. Nie mogę ci mówić wszystkiego. Czy to ma dla ciebie sens? — pytam i przełykam ślinę, żeby się nie rozpłakać. — Poza tym nie chcieliśmy cię martwić.

Tata milczy przez chwilę. Wreszcie się odzywa:

— Rozumiem, jak ważna jest twoja praca, ale tu chodzi o naszego Bena, a nie o jakiś fakt czy trop.

— On nie jest „naszym Benem", tylko moim!

Wyłączam telefon i wpycham go do kieszeni, chociaż dużo większą satysfakcję dałoby mi rzucenie nim o ziemię. Staram się uspokoić. Obserwuję, jak mucha plujka desperacko próbuje się wydostać z klejących nici pajęczyny, a męczące brzęczenie jej skrzydełek głośno świdruje mi w głowie.

Rozdział sześćdziesiąty szósty

Czwartek 31 grudnia, godz. 14.37

Wsiadam do radiowozu i jadę do Gowran. Wciąż jestem zdenerwowana po kłótni z tatą. Chwytam kierownicę i zaciskam mocno zęby, żeby się nie rozpłakać. Nie powiedziałam Jonesy'emu, dokąd jadę, co nie było najmądrzejszym pomysłem, ale po prostu nie wyobrażam sobie, żebym miała teraz mu się tłumaczyć. Przez chwilę się zastanawiam, co teraz robi Felix, ale na myśl o nim denerwuję się jeszcze bardziej, więc zamiast tego skupiam się na kierowaniu samochodem. Wpatruję się w prostą linię horyzontu i biorę głębokie oddechy, których nauczyłam się na zajęciach z medytacji. Po drodze mijam pastwiska, na których stoją krowy skupione wokół słupków ogrodzenia. Nieskończone rzędy drzew owocowych sięgają samego słońca.

Jazda trwa około godziny. Kiedy docieram na miejsce, moje podekscytowanie rośnie, a ja od razu sobie przypominam, dlaczego nigdy nie wróciłam do ćwiczeń medytacji.

***

Gowran było kiedyś bogatym miastem górniczym. Jego architektura sprawia, że mam zawsze ochotę stanąć bardziej wyprostowana. Wchodzę do pasażu handlowego i patrzę nieco speszona na egzotyczne gatunki kawy oferowane w menu, które leży na ladzie kawiarni. Widać, że małe Gowran się rozwinęło i weszło do głównego nurtu. W tym małym miejscu aż roi się od nastolatków, które wydają wszystkie ciężko zarobione pieniądze na różne postacie kofeiny i śmietanki. Wygląda na to, że wysoka cena jest dla nich świadectwem ich wartości.

W śmietniku Rose, a także w jej szafce przy łóżku znaleźliśmy kilka skrawków biletów do kina w Gowran. Wiem, że to ślepy strzał, ale postanowiłam zapytać kasjerów, czy ją pamiętają, a jeśli tak, to czy są w stanie sobie przypomnieć, z kim tutaj była. Sam fakt, że Rosalind jeździła do Gowran, jest już podejrzany. Dojazd w obie strony zajmuje dwie godziny, a w Smithson mamy taki sam kompleks kinowy, który wyświetla te same filmy. Ale Gowran jest dużo większe niż Smithson; ma około sześćdziesięciu tysięcy mieszkańców. Z pewnością jest to atrakcyjne miejsce dla kogoś, kto chciałby się ukryć przed niepożądanym wzrokiem. Planowałam wysłać tutaj jednego z policjantów, ale teraz nie mamy już dodatkowych rąk do pracy. A tak naprawdę po prostu chciałam wyjechać ze Smithson i uznałam, że ten trop jest tak samo dobry jak każdy inny.

Pracownicy kasy biletowej wyglądają bardzo młodo, ale zakładam, że muszą mieć co najmniej piętnaście lat. Czekam, aż przy kasie zrobi się pusto, a potem podchodzę do nich, żeby z nimi porozmawiać. Wyjaśniam, że jestem detektywem, pokazuję im zdjęcie Rosalind i pytam, czy któryś z nich ją tu widział.

— O, tak — mówi chłopiec o wyglądzie anioła i o bujnych lokach związanych w kitkę. — Ta zamordowana kobieta. Często tu przychodziła.

Dziewczyna o kwadratowej szczęce i w krótko ściętych włosach żuje gumę i obsługuje klienta, jednocześnie prowadząc ze mną rozmowę.

— Tak, to prawda. Była tu w każdy piątek albo sobotę.

— Przychodziła tu sama? — pytam ich.

— Czasami — mówi kolejny dzieciak, który zerka zza moich pleców.

Automatycznie się odwracam i wyciągam przed siebie ręce w obronnym geście.

— Heej — uspokaja mnie dziewczyna w dwóch warkoczach, która stoi za mną z uniesionymi rękami. — To było niezłe. Ja tylko chciałam spojrzeć na zdjęcie.

Dziewczyna jeszcze raz pochyla się do przodu i wkłada za uszy kilka luźnych kosmyków.

— A, tak, ona. Ciągle tu przychodziła. Chłopcy zawsze wariowali na jej punkcie, chcieli ją obsługiwać i w ogóle.

— Czy dzisiaj jest tu kierownik? — pytam.

Dziewczyna w warkoczach uśmiecha się do mnie.

— Ja jestem kierowniczką.

— Ach tak? — pytam, ukrywając zdziwienie. — Pamiętasz, czy przychodziła tu z kimś jeszcze?

— Wydaje mi się, że była sama.

— O nie, wiele razy była z facetem — poprawia ją chłopak w lokach.

Odwracam się w jego stronę.

— Jak wyglądał?

— Nie wiem — odpowiada. — Pamiętam tylko, że czasami kupowała dwa bilety. I kiedyś widziałem ją w dziale ze słodyczami z jakimś facetem.

— Był młody? Stary?

— Chyba młody. Mniej więcej w pani wieku?

— Ja pamiętam, że była tu ze swoim tatą. Z jakimś starszym facetem — wtrąca się dziewczyna w krótkich włosach.

Odwracam się z powrotem do kierowniczki, która w międzyczasie zajęła się wkładaniem monet do kas.

— Macie tu zamontowane kamery?

— Chyba tak.

Równocześnie spoglądamy do góry i spostrzegamy starą, podniszczoną kamerę, która wygląda, jakby została wyprodukowana jeszcze przed wynalezieniem elektryczności.

— Będę potrzebować nagrań z tej kamery z ostatnich kilku miesięcy. Interesuje mnie każdy fragment, na którym widać tę kobietę.

Jeszcze raz pokazuję zdjęcie Rosalind, która patrzy na nas wszystkich poważnym wzrokiem.

— Tak jest — odpowiada dziewczyna w warkoczach i niezdarnie próbuje mi zasalutować. — Jeszcze nie wiem jak, ale na pewno da się to zrobić. Już się zabieram do pracy.

— Super, dziękuję. Oto moja wizytówka. Skontaktujcie się ze mną bezpośrednio, jak tylko coś znajdziecie. Moi ludzie przejrzą wszystko, co nam dostarczycie.

— Tak jest.

Mały elektroniczny wyświetlacz z przesuwanym tekstem wiszący nad menu ze słodyczami reklamuje filmy z repertuaru. Przez chwilę marzy mi się, żeby wrócić do chłopaka w lokach, kupić u niego bilet na jakąś gangsterską strzelankę i skryć się w ciemności na kilka godzin z kartonem popcornu w ręce. Wyobrażam sobie Rose w tym miejscu. Ścieżki stworzone na wzór europejskich uliczek to hołd dla świata sztuki, w którym tak dobrze się czuła.

Kręcąc głową, macham do kasjerów, którzy odmachują mi z uśmiechem, po czym wracam do samochodu. Muszę trochę odczekać, zanim klimatyzacja zacznie działać, więc stoję jeszcze kilka minut na dworze. Sprawdzam telefon: Felix milczy, tata napisał wiadomość z przeprosinami, a Jonesy nagrał się na pocztę głosową — przeprosił za artykuł Candy, ale zaraz potem spytał ze złością, gdzie do cholery jestem.

Kiedy wsiadam do samochodu, oczy zaczynają mnie piec — muszę się przyzwyczaić do nagłej zmiany temperatury. Zauważam parę siedzącą w zaparkowanym samochodzie jakieś dwadzieścia metrów ode mnie. Czerwone włosy kobiety przyciągają moją uwagę. Siadam skulona w fotelu i patrzę, jak John Nicholson i Izzy Mealor przysuwają się do siebie. Izzy uśmiecha się do niego, a potem przechyla głowę tak, żeby mógł ją pocałować w usta.

Rozdział sześćdziesiąty siódmy

Czwartek 31 grudnia, godz. 17.42

Jadę nad jezioro, które w jakiś magiczny sposób zaczęło mnie przyciągać i przybliżać do siebie. Robię jedno szybkie okrążenie, a potem drugie, wolniejsze. Patrzę na błyszczącą szklaną taflę, marząc o tym, żeby się rozdzieliła i pokazała mi drogę. Z tyłu słyszę kroki, a w wodzie widzę zamazane sylwetki, ale nikogo tu nie ma, jestem tylko ja i szepczące jezioro.

Tak naprawdę pragnę tylko jednego: porozmawiać z Felixem. Moje ciało tęskni za nim aż do bólu. Nie mogę jeść i z niepokojącą łatwością dryfuję na granicy snu i jawy.

Powinnam mu powiedzieć o Nicholsonie i Izzy, ale jestem rozkosznie uzależniona od cierpienia, które odczuwam, gdy go przy mnie nie ma. Poza tym wiem, że jeśli do niego zadzwonię i powiem mu, że muszę porozmawiać o śledztwie, pomyśli, że po prostu chcę się z nim zobaczyć. Samo to przypuszczenie budzi we mnie taką złość, że aż krew zaczyna mi się gotować. W końcu do niego dzwonię, ale włącza się poczta głosowa, więc zostawiam mu wiadomość, że musimy porozmawiać o Nicholsonie.

Wracam do komisariatu. Wszyscy przygotowują się na zagrożenia związane z przejściem z jednego roku w następny. Cisza przeszywa mój mózg. Szukam informacji na temat Izzy Mealor, ale niczego nie znajduję. Jestem coraz bardziej przekonana, że jej zeznanie o wieczornym spotkaniu Rosalind ze studentem było napędzane zazdrością. Może myślała, że Nicholson był zadurzony w Rose i chciała w jakiś sposób ją zniesławić już po jej śmierci? A może świadomie podsunęła nam fałszywy trop, żeby nas zmylić? Nieważne, jakie były jej pobudki; Nicholson powiedział nam wyraźnie, że nie akceptuje romansów w pracy, a Izzy jakoś się nie kwapiła, żeby wspomnieć, że coś ich łączy.

A może oboje są w to wszystko uwikłani? Nicholson mógł tamtego wieczoru pojechać do szkoły i przekonać jakoś Rosalind, żeby poszła nad jezioro.

Tak bardzo bym chciała, żeby nastąpił jakiś przełom, żeby coś się wydarzyło. To śledztwo stoi w miejscu i drwi sobie ze mnie.

Muszę coś zjeść. Szperam w szufladzie biurka i znajduję pomiętą paczkę z zupką instant. Idę do kuchni i zalewam zupę wrzątkiem. Gorący napój sprawia, że na moją twarz występują kropelki potu. Wkładam włosy za uszy. Jestem niespokojna i brakuje mi tchu. Nie potrafię usiedzieć w miejscu. Gapię się na tablicę i nagle czuję, że ktoś kładzie mi rękę na ramieniu.

— Jezu! — wołam i odwracam głowę.

Felix wygląda na równie zaskoczonego. Szybko odskakuje do tyłu.

— Przepraszam. Zobaczyłem, jak tu stałaś. Oddzwaniałem, ale nie odbierałaś.

Sprawdzam kieszenie, szukając telefonu, ale go tam nie ma.

— Och. Musiałam zostawić go w samochodzie. Albo na biurku…

Kręci mi się w głowie. Obecność Felixa działa na mnie destabilizująco. Z trudem utrzymuję się prosto na nogach. On z kolei wygląda bardziej stabilnie niż zwykle, jakby był mocno zakotwiczony w ziemi.

— Mówisz, że masz coś na Nicholsona? — pyta służbowym tonem.

— Tak! Mam. Widziałam…

— Gemmo, ty krwawisz — mówi Felix dużo łagodniejszym tonem, patrząc na moją twarz.

— Co?

— Masz ranę na policzku. Chodź tutaj.

Prowadzi mnie do łazienki dla niepełnosprawnych.

Dotykam ręką policzka. Moje palce zabarwiają się na czerwono.

— Widzisz? — pyta Felix, wskazując lustro, a ja zerkam na czerwoną smugę tuż przy moim uchu. — Co się stało?

— Nie wiem. Pewnie się podrapałam. Nie pamiętam.

— Kiepsko to wygląda. Masz.

Felix wkłada papierowy ręcznik pod strumień wody i przykłada go do mojej rany, a ta powoli zmienia się z pomarańczowej w czerwoną, a potem we wściekle brązową. W końcu ukazuje się cienka linia strupka.

— Nie jest tak źle.

— Gemmo.

Felix opiera się o umywalkę i patrzy na mnie świdrującym wzrokiem. Domaga się odpowiedzi, ale ja nie wiem, jakie jest pytanie.

— Co? — pytam znowu.

Felix milczy przez chwilę, a potem kręci głową.

— Nic. Powiedz mi, co masz na Nicholsona.

— Widziałam go dzisiaj w Gowran. Przy kinie w pasażu handlowym.

Jeżeli Felixa zdziwiło to, że byłam w Gowran, nie pokazuje tego po sobie.

— Był z Izzy Mealor.

— Tą nauczycielką?

— Tak. Widziałam, jak się całują.

Felix powoli kiwa głową.

— No dobra. Tak. To już jest coś — mówi, przeczesując włosy palcami. — A więc to tyle, jeśli chodzi o jego poglądy na temat romansów w pracy. Cholera, w tym mieście każdy coś ukrywa.

Ironia zawisa między nami w powietrzu, ale Felix jest chyba zbyt skupiony na własnych myślach, żeby to zauważyć.

— A może to Izzy porwała Bena? — zastanawiam się. — Wiemy, że porywaczka prawdopodobnie miała perukę.

Wizja rozwiązania tej sprawy działa na mnie pobudzająco, a mojej ekscytacji towarzyszy ulga, że Rodney jednak nie jest w to zamieszany. Po prostu był niewinnym obserwatorem, który podszedł trochę za blisko.

Felix wzdycha.

— Nie sądzę. Opis porywaczki sugeruje, że była dużo starsza. A Izzy jest młodsza od ciebie.

— Daj spokój. To mogła być ona. Mogła specjalnie się postarzyć. Powinniśmy przynajmniej wziąć to pod uwagę.

— Dobrze, dobrze.

Felix wyciąga do mnie ręce, a ja sobie uświadamiam, że stoję w bojowej pozycji, z rozstawionymi nogami, gotowa do ataku.

— Sprawdzimy to — dodaje.

— Dobrze.

W łazience jest chłodniej, a ja po raz pierwszy od wielu dni mam poczucie, że jestem w stanie jakoś uporządkować własne myśli. Patrzę na Felixa, na jego bladą, równą cerę, na mocny profil, na jego czuprynę i na ciemne rzęsy.

— O co chodzi? — pytam dokładnie w tym samym momencie, gdy on mówi:

— Gemmo, martwię się o ciebie.

— Dlaczego? — pytam i robię krok do tyłu.

— Myślę… — mówi i przerywa, jakby chciał zebrać myśli. — Myślę, że to śledztwo namieszało ci w głowie. Być może bardziej, niż sądzisz.

— Naprawdę?

— Tak! Pomyśl tylko. Jesteś wszędzie. Nie myślisz jasno. Nie twierdzę, że nie wykonujesz swojej pracy, ale to nie jest zdrowe.

Felix przejeżdża dłonią po włosach i patrzy na mnie umęczonym wzrokiem.

— I myślę, że to, co jest między nami, też nie pomaga.

— Ach tak? Czyli robisz mi przysługę? O to chodzi? Biedna mała Gemma.

Czuję uderzenie gorąca i staram się wyprostować najbardziej, jak potrafię.

— Nie sądzę — mówię dalej. — Po prostu ci się znudziłam i tyle. Wszystko stało się zbyt rzeczywiste, gdy poznałeś mojego syna. Kiedy znalazłeś się w moim domu i zobaczyłeś w nim Scotta.

Głos mi się załamuje, ale mówię dalej, na wpół świadoma obecności Gemmy w lustrze.

— Co się stało? Sprawy zaszły za daleko? Wszystko nagle stało się zbyt trudne?

— Nie wiem, Gem. Po prostu... Nie wiem. Bardzo mi na tobie zależy, od samego początku mi zależało. Ale gdzie to się kończy? Ja nie widzę tego końca, a ty?

Zaczynam się trząść. Nagle robi mi się przeraźliwie zimno.

— Nie wiem, do cholery — skrzeczę, a dźwięk mojego głosu zaskakuje nawet mnie. — Chcę, żebyś znał odpowiedzi. Nie rozumiesz?

— To nie fair. Jesteśmy sobie równi. Taki jest układ.

— Nie — mówię niebezpiecznie niskim tonem. — Nie ma żadnego układu. Na tym polega problem. To dlatego możesz sobie odejść w dowolnej chwili, jak gdyby nigdy nic. To dlatego możesz nadal sypiać ze swoją żoną i nie musisz mi się z niczego tłumaczyć.

— Gemmo, proszę. Musimy jakoś to rozwiązać. Musimy...

— Niczego nie musimy!

Szamoczę się i uderzam pięścią w jego w pierś. Wciąż tak bardzo go pragnę.

— Straciłam dziecko. *Twoje* dziecko. W przeciwieństwie do ciebie nie pieprzę się z nikim innym, więc mam pewność, że było twoje. A więc nie mów mi, że nie wiesz, jak to się skończy. Że musimy to jakoś rozwiązać.

Widzę, jak krew odpływa z jego twarzy. Patrzy na mnie, mrugając, jakbym była dla niego kimś obcym.

— Och, Gemmo.

Krótko mnie przytula; czuję dotyk jego silnych ramion po obu bokach głowy, a jego piżmowy zapach jest mi prawie tak samo znajomy jak mój własny. Potem jednak odsuwa mnie od siebie i kręci głową.

— Jak mogłaś to przede mną ukryć? Jak? Masz za dużo sekretów.

Ujmuje dłonią mój podbródek, a potem patrzy na mnie tak, jakby sam nie wierzył w to, co zaraz powie.

— Ja już tak dłużej nie mogę, Gem. Przepraszam. Przepraszam cię za wszystko.

Odwraca się i wychodzi z łazienki, a drzwi robią za nim jeszcze kilka szerokich łuków. W lustrze widzę Gemmę, która stoi samotnie w białym pomieszczeniu. Ma wypieki na twarzy i ciężko dyszy, a tuż pod świeżą karmazynową raną rysują się jej zaciśnięte szczęki.

Rozdział sześćdziesiąty ósmy

Piątek 1 stycznia, godz. 8.40

— Szczęśliwego nowego roku, Woodstock — wita mnie Matthews, gdy wchodzę do komisariatu. — Wszystko wydaje się takie samo jak w zeszłym roku, nie? Zepsuta klimatyzacja i tak dalej.

— To prawda. A zeszły rok wydawał się taki sam jak poprzedni — odpowiadam mu z uśmiechem.

Naprawdę stara się być dla mnie milszy od czasu porwania Bena.

Wczoraj późnym wieczorem do mnie zadzwonił, żeby mi powiedzieć, że dostaliśmy wreszcie kilka nagrań z kamer z dnia, w którym porwano Bena. Widać na nich czerwony samochód, taki jak ten, który opisała Grace ze żłobka, stojący u podnóża góry przed sklepem z artykułami ogrodniczymi. Wiemy, że porywaczka musiała pojechać tym odcinkiem drogi, dlatego Matthews traktuje to nagranie jako nasz najważniejszy trop. Kierowca ma bujną fryzurę i ciemne okulary, ale z tyłu widać małą zamazaną jasną twarz, co może sugerować, że w środku jest Ben.

Tablice rejestracyjne są zbyt niewyraźne, żeby je odczytać.

— Przykro mi, że nie znaleźliśmy nic więcej, Woodstock — powiedział Matthews, a w jego głosie naprawdę słyszałam życzliwość. — Chciałbym szybko zakończyć tę sprawę ze względu na ciebie.

— Dziękuję — odpowiedziałam. — Mam nadzieję, że ten trop dokądś nas zaprowadzi.

Jestem zmęczona, mimo że poszłam spać tuż po północy.

Patrzyłam na tęczowe fajerwerki rozbłyskujące nad Sydney Harbour Bridge. Ben spał u mojego boku, a ja popijałam słabego drinka z wódką. Kiedy odliczałam sekundy do rozpoczęcia nowego roku, myślałam o Felixie, a jego przeprosiny dzwoniły mi w uszach. Scott wyszedł z Craigiem. Kiedy się obudziłam — a było to tuż po piątej — przeczytałam na telefonie wiadomość od niego, że został na noc u Craiga, bo nie udało mu się złapać taksówki.

Głaszcząc Bena po głowie, zastanawiałam się, czy Scott rzeczywiście był u Craiga. Może spędził sylwestra u jakiejś dziewczyny, splątany z nią w desperackim, gorącym uścisku? Teraz, kilka godzin później, wciąż nie potrafię stwierdzić, czy by mnie to chociaż trochę obeszło.

Zaczęłam nowy rok od obowiązkowej dawki zdrowych nawyków: ugotowałam jajka i wypiłam szklankę wody ze świeżo wyciśniętym sokiem z cytryny. Kiedy ostatnio biegałam? W październiku? Zanim nastały te upały. To zabawne, że wciąż liczę na to, iż jeden symboliczny zdrowy posiłek naprawi całe tygodnie złego odżywiania się. Dzisiaj rano Ben był rozdrażniony. Zrzucił łyżkę na podłogę i kopał nóżkami w blat stołu.

— Przepraszam — powiedziałam do taty, podrzucając mu Bena. — Spał dobrze. Nie wiem, co się stało.

— Na pewno nic mu nie jest. Nie martw się — odpowiedział tata.

Od czasu naszej kłótni ostrożniej dobiera słowa i chodzi wokół mnie na paluszkach, jakbym była tykającą bombą zegarową.

— Poradzimy sobie, mój młodzieńcze, prawda? — spytał Bena.

Ben spojrzał krzywo na niego, a potem na mnie. Wróciłam do samochodu stojącego na podjeździe. Żałowałam, że tak często muszę prosić tatę o pomoc. Prosto od niego pojechałam do komisariatu. Mój żołądek głośno trawił zjedzone jajka, a w mojej głowie nagle pojawiło się mgliste wspomnienie mamy pokazującej mi ze śmiechem jajko, do którego przyczepiła małe żółte pomponiki, pomarańczowy wycior i ruchome oczka, nadając mu wygląd stukniętego kurczaka.

***

Kenny zaczepia mnie w drodze do łazienki.

— Telefon do ciebie. Jeden z braci Ryanów. Mówi, że to pilne.

Mój wzrok spotyka się ze wzrokiem Felixa, ale ten szybko odwraca głowę. Staję wyprostowana i mówię:

— Odbiorę go w pokoju przesłuchań.

Wchodzę do pokoju. Nie włączam światła i siadam, opierając się o ścianę. Dzwoni telefon.

— Halo?

— Tak, dzień dobry. To znaczy, pani Woodstock, detektyw. Przepraszam. Nie wiem, jak się do pani zwracać. Mówi Marcus Ryan.

Jego uprzejmy głos płynie lekko po linii telefonicznej. Kojarzy mi się z migoczącym blaskiem świecy.

— Dzień dobry panu — odpowiadam najżyczliwiej, jak potrafię, chociaż moja cierpliwość jest na wyczerpaniu. — W czym mogę pomóc?

— Chodzi o mojego tatę. On jest... Jesteśmy w szpitalu. Od kilku dni bardzo źle się czuje. I chce z panią porozmawiać.

— Tak, dzwoniłam do niego ostatnio, ale do mnie nie oddzwonił. Wie pan, o czym chce rozmawiać?

— Myślę, że o Rose. Nie wiem dokładnie, ale wiem, że to jest dla niego ważne. Tylko musi pani przyjechać dzisiaj. Lekarze mówią, że powinna pani to zrobić jak najszybciej.

— Bardzo mi przykro, że pana ojciec jest w tak ciężkim stanie.

— Tak. No cóż. Ostatnie tygodnie są dla nas wyjątkowo trudne.

— Jest w Our Lady?

— Tak.

— Przyjadę najszybciej, jak mogę.

Odkładam telefon i przez chwilę jeszcze siedzę w ciemnym pokoju. Kładę dłonie na stole, żeby się uspokoić, a potem wracam do głównej sali komisariatu.

— Co się dzieje, Woodstock? — pyta Jonesy, który najwyraźniej został powiadomiony o telefonie.

Wszyscy spoglądają w górę, a ja nagle czuję się mniejsza, jakby skurczona, stojąc tak w ciemnym przejściu.

— Chodzi o George'a Ryana. Wciąż jest w szpitalu. Lekarze mówią, że to mogą być jego ostatnie chwile. Chce ze mną porozmawiać.

Staram się nie patrzeć na Felixa, ale mam nadzieję, że będzie chciał pojechać ze mną.

Mimo tego, co powiedział wczoraj, myślę, że gdybyśmy porozmawiali i spędzili trochę czasu razem, na pewno wymyślilibyśmy jakiś sposób na to, żeby załatać dziury, które powstały w ciągu ostatnich tygodni. Rozluźnilibyśmy się i z powrotem weszlibyśmy w nasz rytm. Potrzebujemy tylko czasu.

Próbuję zebrać myśli. Czuję, że krzesło Felixa się przesuwa, a on wstaje.

— Pojadę z tobą, Woodstock — mówi Jonesy i idzie szybkim krokiem do drzwi. — Chodź.

Zerkam na nieco zdezorientowanego Felixa, a potem posłusznie idę za Jonesym.

***

— A więc on naprawdę umiera, co? — pyta Jonesy, przerywając panującą w samochodzie ciszę.

— Tak wygląda, z tego co mówił jego syn Marcus — odpowiadam.

— Czyli czeka nas wyznanie na łożu śmierci?

Jonesy prowadzi samochód, a ja nie wiem, co zrobić z rękami.

— Zdziwiłabym się, gdyby tak było. George ma najmocniejsze alibi ze wszystkich. Razem z McKinnonem rozważaliśmy możliwość, że w jakiś sposób zaplanował jej zabójstwo. Na pewno miał dość pieniędzy, żeby kogoś opłacić. Ale te rozmyślania donikąd nas nie zaprowadziły. Na pewno coś mu leży na sercu. Może coś wie.

— W takim razie mamy szczęście, że ci ufa. Dobra robota.

— Dziękuję.

Jonesy odchrząkuje i bierze zakręt zbyt szerokim łukiem.

— Sir — zaczynam, ale on mnie nie słucha.

— Jak się trzymasz?

Nie spuszcza oczu z drogi, a ja wreszcie rozumiem, jaki jest powód tej spontanicznej wspólnej wycieczki. Chce ze mną porozmawiać. Słońce, które przebija się przez ścianę eukaliptusów rosnących przy drodze, przecina nas swoimi promieniami jak ostrzami brzytwy.

— Wszystko dobrze.

— To były ciężkie tygodnie.

— Były.

— A twój Ben to cudowny chłopiec.

— Wiem.

— Twój facet wydaje się solidny. Przyzwoity. Mój kumpel Dan go zna, też pracuje w budownictwie. Mówi, że to porządny człowiek.

Wiercę się na fotelu, marząc o tym, żeby ta rozmowa się skończyła.

— To prawda.

— Chyba chcę przez to powiedzieć, że czasami trudno jest zobaczyć las, gdy zasłaniają go drzewa, albo jak to się tam mówi. Wiesz, o co mi chodzi?

— Tak, sir.

— Masz bardzo dużo na głowie, Woodstock. Dziecko, mąż, cały ten bajzel.

Na chwilę odrywa ręce od kierownicy, jakby w ten sposób chciał podkreślić szaleństwo, które nas otacza.

— Scott nie jest moim mężem.

— W dzisiejszych czasach to nie ma znaczenia.

Korytarz drzew się kończy, a przed nami pojawia się Our Lady Private Hospital.

— Wiesz, nie jestem przekonany, czy ty i McKinnon stanowicie dobrą parę.

— Co?

— Rozdzielam was. Teraz ty będziesz z Matthewsem, a McKinnon z Kingstonem.

Zaczynam się dusić. Boję się, że zaraz się rozpłaczę.

— Ale sir… — Decyzja została już podjęta, Woodstock. Ja muszę myśleć dalekowzrocznie, takie jest moje zadanie. Planować do przodu. I o to właśnie w tym chodzi. Przemieszanie ludzi przyniesie dobre efekty. Ty i Matthews będziecie idealnie do siebie pasować — śmieje się. — Dużo się od ciebie nauczy.

Z wściekłością przełykam ślinę.

— Czy możemy jeszcze razem z McKinnonem dokończyć śledztwo w sprawie śmierci Ryan?

— Tak.

Jonesy skręca na parking przy szpitalu. Całe jego ciało jest nieruchome z wyjątkiem rąk.

— Teraz zależy mi tylko na jednym, żebyście ty i McKinnon zamknęli to cholerne śledztwo.

Rozdział sześćdziesiąty dziewiąty

Piątek 1 stycznia, godz. 9.47

George Ryan ogląda jakiś program w telewizji śniadaniowej. Jest ubrany w granatową satynową piżamę i leży oparty na stercie poduszek, które nadają mu nieco dramatyczny wygląd. Sprawia wrażenie, jakby zaraz miał nam wyjawić tajemnicę o złym bracie bliźniaku albo o sekretnym romansie z panią od sprzątania. Ale on kiwa do nas ręką, zapraszając nas do środka. Wygląda dostojnie jak zawsze, chociaż leży unieruchomiony na łóżku.

Wystrój szpitala jest dużo ładniejszy niż w Smithson Central Hospital. Na przeciwległej ścianie wiszą duże obrazy olejne oprawione w ramy, a dzięki gigantycznemu oknu sala jest doskonale oświetlona. To miejsce bardziej przypomina hotel niż salę szpitalną.

Dłonie George'a są usiane plamami starczymi, które mocno się wyróżniają na tle jego bladej cery. Od ostatniego tygodnia wyraźnie schudł, a oczy zapadły mu się głębiej w czaszce.

— Dzień dobry, Ken Jones, główny nadinspektor policji — przedstawia się Jonesy, gdy wchodzimy razem do sali.

George pochyla się do przodu i patrzy uważnie na Jonesy'ego, jak gdyby chciał się upewnić, czy to jest jego prawdziwe nazwisko.

— Dzień dobry panu — witam się.

George Ryan odpowiada każdemu z nas kiwnięciem głowy, a potem pokazuje wzrokiem krzesła.

Siadamy.

George majstruje coś przy przycisku z boku łóżka i włącza mechanizm, który podnosi go do pozycji siedzącej.

— Umieram.

Powolny sygnał maszyny odlicza sekundy ciszy.

— To przez nowotwór? — pytam, czując, że powinnam coś powiedzieć.

— Tak. W najlepszym razie zostało mi kilka dni.

— Myślałam, że operacja się udała.

— Najwyraźniej jednak nie. A może się udała, tylko jest problem z czymś innym.

— Bardzo przykro mi to słyszeć.

— Tak. No dobrze. Miałem nadzieję, że zdążę jeszcze się dowiedzieć, kto zabił moją córkę.

— Robimy duże postępy w śledztwie w sprawie jej zabójstwa, ale wciąż rozważamy kilka scenariuszy — mówi Jonesy spokojnym głosem.

George wierci się na łóżku, jakby było mu niewygodnie, a potem wbija wzrok we mnie.

— Panie Ryan, czy chciał pan nam coś powiedzieć? — pytam.

— Tak. Chciałem — odpowiada i ciężko wzdycha. — Moja córka Rose nie była taka jak inni ludzie. Wiem, że każdy rodzic uważa, że jego dziecko jest wyjątkowe, ale moim zdaniem ona naprawdę była niezwykła.

Staram się nie myśleć o tym, że Rose prawdopodobnie nie była jego biologiczną córką, i skupiam się na słuchaniu.

— Mieliśmy dobre relacje, ale moje uczucia do niej były inne niż do synów. Może dlatego, że była dziewczyną, a może to kwestia jej osobowości. Obawiam się, że odziedziczyła niektóre geny po mojej żonie Olivii. Potrafiła manipulować ludźmi. Czasami ciężko było się z nią dogadać, zwłaszcza gdy była nastolatką.

— W tym wieku często tak jest.

George patrzy na Jonesy'ego.

— Tak, wiem. Ale Rose była inna. Jakby w jej sercu płonął ogień. Nie umiem tego wyjaśnić. Zawsze były z nią kłopoty. Ten chłopak w szkole, problemy z nauczycielem na uniwersytecie, a potem jakieś dziwne relacje z uczniem, gdy uczyła w Sydney. Nawet w rozmowach z braćmi często kłamała i... dziwnie się zachowywała. Robiła niestosowne rzeczy. Chciała przyciągać ich uwagę, a ja nie czułem się z tym dobrze. Kupiłem jej dom, bo uznałem, że najlepiej będzie, jeśli zamieszka z dala od nich, zwłaszcza od tych młodszych, którzy wciąż jeszcze się nie wyprowadzili. Ostatecznie jednak zmieniła zdanie i wyjechała ze Smithson prawie zaraz po zakończeniu szkoły.

Ryan parska śmiechem, jak gdyby chciał oddalić od siebie myśl o tym, że ten świat jest naprawdę bardzo dziwny, a potem wierci się na łóżku, szukając wygodniejszej pozycji. W końcu się poddaje. Na jego skroniach widzę żyły, w których delikatnie pulsuje krew.

— W każdym razie teraz to pewnie już nie ma znaczenia.

— A jakie były relacje pana synów z Rosalind?

— Nie wiem. Kiedy się wyprowadziła, nie utrzymywali za bardzo z nią kontaktu. Tylko Marcus. Zawsze był dla niej miły, dzwonił do niej i starał się, żebyśmy wszyscy spotykali się razem w święta. Ja też próbowałem utrzymywać z nią kontakt, ale było ciężko.

— Mówił pan, że po raz ostatni widział pan córkę na swoich urodzinach w październiku. Czy to prawda?

— Tak.

— Czy to wspólne rodzinne spotkanie było niezwykłym wydarzeniem? Bo mam wrażenie, że Rosalind nie zależało za bardzo na tym, żeby spotykać się z braćmi.

— Te urodziny były dość niezwykłe. Zdawałem sobie sprawę, że może być nerwowo, ale poprosiłem ich wszystkich, żeby przyjechali, ze względu na mój stan zdrowia. Przeczuwałem, że to mogą być moje ostatnie urodziny. Rozmawiałem z nimi o moich finansach i planach. Myślę, że zaskoczyło ich to, jak dużo pieniędzy zapisałem organizacjom dobroczynnym. Potem Timothy zauważył, że Rosalind nie ma prawa do takiego samego udziału w moich nieruchomościach, bo już kupiłem jej dom. Oczywiście nie pomyślał o tym, że opłacałem mu zagraniczne wyjazdy i wiele razy pomagałem finansowo jemu i jego braciom. Nie chciał mnie słuchać. Dałem mu jasno do zrozumienia, że nie podoba mi się jego podejście.

— Groził jej? — pyta Jonesy.

— Nie fizycznie, ale był bardzo podenerwowany. Wyzywał ją i oskarżał o to, że wszystkimi manipuluje. Razem z Marcusem próbowaliśmy go uspokoić. Wiedziałem, że jest porywczy, ale z tej strony go nie znałem. Dlatego byłem taki zaskoczony, gdy powiedział, że zamierza obejrzeć jej sztukę. Twierdził, że chce się z nią pogodzić.

— Wierzy mu pan? — pytam.

— Wtedy uwierzyłem. Ale potem…

Ryan znowu zmienia pozycję i krzywi się z bólu.

— Wczoraj wszyscy chłopcy mnie odwiedzili, żeby życzyć mi szczęśliwego nowego roku. Była nawet Amelia, dziewczyna Bryce'a. Pojedliśmy trochę, a potem ja przysnąłem. Od kiedy jestem w szpitalu, dużo śpię. To przez te leki. Obudziłem się około dwudziestej trzydzieści. Drzwi do sali były otwarte, ale światła były wyłączone. Najpierw pomyślałem, że jestem sam, ale potem zobaczyłem, że w sali są jeszcze Timothy i Amelia. Stali przy drzwiach i rozmawiali. Nie wiem, gdzie był wtedy Bryce. Nie zauważyli, że się obudziłem. Rozmawiali o policyjnych przesłuchaniach. Timothy powiedział coś w stylu, że wszystko będzie dobrze i że Amelia nie musi się martwić. Nie otwierałem oczu, żeby myśleli, że wciąż śpię, ale potem zrobiło się cicho, więc uznałem, że pewnie sobie poszli. A gdy otworzyłem oczy, całowali się.

Rozdział siedemdziesiąty

Wtedy

Ręce kleiły mi się do kierownicy roweru bez względu na to, ile razy je wycierałam. Kiedy wróciłam od Jacoba, zrobiłam kilka gigantycznych kółek rowerem na starym piaszczystym torze w rezerwacie za domem. Słońce dopiero wzeszło, a ja wciąż myślałam o tym, czy przeczytał już mój list.

Nie potrafiłam usiedzieć w miejscu, więc pojechałam do centrum handlowego Ronson i obserwowałam dzieciaki jeżdżące na deskorolkach między stolikami przed restauracją. Gołębie przyglądały im się z dachu z oburzeniem. Umówiłam się tutaj z Foxem nieco później. Chciał pójść do kina, a ja uznałam, że powinnam się czymś zająć, żeby nie myśleć o Jacobie. Poza tym to był dobry pomysł — nie do końca alibi, ale normalny sposób na spędzenie czasu. Dzięki temu nie wzbudziłabym żadnych podejrzeń.

W kieszeni miałam kartkę z zapisanym numerem do domu Ryanów. Postanowiłam, że zadzwonię około ósmej trzydzieści. Wątpię, żeby Jacob pojechał do niej wcześniej — był weekend. Nie wiedziałam za bardzo, jakie procedury stosuje się w takich sytuacjach, ale pamiętałam, że gdy w szkole ktoś zadzwonił z informacją o bombie, wszyscy zostaliśmy ewakuowani. Pomyślałam, że Ryanowie pewnie dostaną zakaz wstępu do domu i nie będą mogli z nikim się spotykać do końca dnia albo i dłużej. Może George Ryan pomyśli, że Jacob ma coś z tym wspólnego i zabroni Rosalind się z nim spotykać. Oczywiście pod warunkiem, że Jacob w ogóle będzie chciał ją zobaczyć po przeczytaniu tego listu.

Weszłam do centrum handlowego i kupiłam sobie muffinkę w piekarni. Zjadłam mniej niż jedną czwartą, a resztę wyrzuciłam do kosza.

Już prawie był czas.

Udałam się do budki telefonicznej, która stała w ustronnym miejscu za deptakiem.

Wzięłam słuchawkę, wrzuciłam do otworu kilka monet i wykręciłam numer.

— Halo — usłyszałam niski męski głos.

Kolana się pode mną ugięły, ale przyłożyłam pięść do ust i powiedziałam najgłębszym, najbardziej zachrypłym głosem, jaki byłam w stanie z siebie wydobyć:

— W waszym domu jest bomba. Musicie uciekać. *Teraz.*

Rozdział siedemdziesiąty pierwszy

Piątek 1 stycznia, godz. 13.02

Wezwałam skacowanego Timothy'ego Ryana na komisariat i teraz krążę wokół niego w pokoju przesłuchań. Nie mam pojęcia, czy to, co powiedział nam George Ryan, ma jakieś znaczenie, ale widziałam w jego oczach strach wywołany myślą o tym, że Timothy mógł przekroczyć najmroczniejszą z granic. To instynktowne przeczucie wystarczyło mi, żebym zapragnęła porozmawiać z jego synem jeszcze raz.

— Wie pan, że to jest śledztwo w sprawie zabójstwa.

— Tak.

— To dobrze. Proszę nie zapominać, że to jest bardzo poważna sprawa. Nikt się nie wykpi pieniędzmi z zabicia drugiego człowieka. A pan już od jakiegoś czasu jest na naszym celowniku. Skłonność do przemocy, niekontrolowane ataki złości. To nie wygląda najlepiej, prawda?

Timothy patrzy na mnie poirytowany, nic nie mówiąc.

— Prawda? No dobrze. W takim razie proszę mi powiedzieć, co łączy pana z Amelią Posen.

Timothy opiera się na krześle i widzę, jak schodzi z niego powietrze.

— Amelia jest dziewczyną mojego brata.

— Ach tak? To już wiem — odpowiadam z sarkazmem w głosie.

— To wszystko.

— Proszę spróbować jeszcze raz.

— Nie wiem, co chce pani ode mnie usłyszeć.

— Chcę, żeby mi pan powiedział, gdzie pan był w piątek wieczorem jedenastego grudnia.

— Na szkolnym przedstawieniu. Mówiłem już.

— Proszę spróbować jeszcze raz.

Timothy patrzy na mnie wyzywająco, a potem sięga po szklankę wody, którą postawiłam na stole. Wypija ją do ostatniej kropli, a jego jabłko Adama porusza się w górę i w dół. Wreszcie mówi:

— Byłem z Amelią.

— Gdzie?

— W domu jej rodziców. Zadzwoniła do mnie i powiedziała, że chce się ze mną spotkać. Powiedziałem jej, że mam kupione bilety na przedstawienie. Nie lubię występów na żywo, ale było mi głupio, że się tak nieładnie zachowałem w stosunku do Rose na urodzinach taty, i chciałem jej to jakoś wynagrodzić. Zaatakowałem ją, chociaż ona sama nie była niczemu winna. Tata zawsze ją rozpieszczał. Udaje twardziela, ale tak naprawdę daje sobie wejść na głowę, zwłaszcza jej. Strasznie mnie to wkurza. Nieważne. Wiedziałem, że Amelia planowała spotkać się z Bryce'em, więc pomyślałem, że znajdę kogoś, kto pójdzie ze mną na tę sztukę, ale ona wymyśliła, że wymiga się od tego spotkania migreną. Obiecała, że jeśli do niej przyjadę, nie będę tego żałować. Więc zrezygnowałem z przedstawienia i wybrałem ją.

— Jak często się spotykacie?

— Zależy. Ona spędza tutaj dużo czasu. Zazwyczaj jest sama. A mnie jest teraz łatwiej, gdy już oficjalnie nie jestem żonaty.

— No ładnie.

Timothy wzrusza ramionami.

— Dlaczego pan wcześniej skłamał?

— Nie mogłem powiedzieć, gdzie naprawdę byłem. Bryce wpadłby w szał. Chociaż on i tak zaczął w końcu coś podejrzewać. Już wcześniej kupiłem bilety, więc uznałem, że tym kłamstwem nikomu nie zaszkodzę.

— Czyli tamtego dnia rano pokłóciliście się o Amelię?

— Tak — odpowiada beztrosko. — Powiedział, że coś przeczuwał.

— Najlepiej by było, gdybyście już wtedy powiedzieli nam prawdę.

— Nie do mnie należy decyzja — mówi. — Ta sprawa bardziej dotyczy Amelii niż mnie.

Drażni mnie ten uśmieszek zadowolenia na jego twarzy, ale jestem ostatnią osobą, która ma prawo go osądzać.

— Tak, a pan jest pewnie tylko niewinnym obserwatorem.

— Oczywiście mam świadomość, że to nie jest czysta sytuacja. Ale ich związek to fikcja, przysięgam.

Timothy ma w sobie choć tyle przyzwoitości, żeby zdawać sobie sprawę z własnej winy.

— Dobra — kończę, dając mu wyraźnie do zrozumienia, że nie interesuje mnie dyskusja na temat jego poczucia przyzwoitości. — Czy ktoś oprócz Amelii może potwierdzić pana najnowsze alibi?

Timothy zastanawia się przez chwilę.

— Z nikim innym się nie spotkałem, ale Amelia zamówiła sporo jedzenia na wynos około dziewiątej. Tyle że to ona otworzyła drzwi dostawcy. A ja nieco później zapłaciłem za pewną, hm, cyfrową rozrywkę. Powinna pani znaleźć potwierdzenie na mojej firmowej karcie kredytowej.

Rozdział siedemdziesiąty drugi

Piątek 1 stycznia, godz. 21.04

W domu panuje cisza, a ja od razu robię się niespokojna. Od czasu porwania Bena grawituję w stronę głosów ludzi i pomruku maszyn, co mi się wcześniej nie zdarzało. Cisza oznacza niebezpieczeństwo.

Wchodzę do idealnie posprzątanej kuchni. Zabawki Bena leżą starannie poukładane w rogu. Nasza sypialnia też jest posprzątana, a klosz od lampy nad moją komodą, który pękł w październiku, wreszcie został naprawiony. Biegnę do pokoju Bena i widzę, że smacznie śpi, a jego usta wydają cichy świszczący dźwięk. Scott siedzi na tarasie za domem, na końcu oszklonej werandy i patrzy na rezerwat za płotem, popijając piwo.

— Hej — mówię.

Otacza nas szorstkie, wieczorne powietrze, a ja nagle czuję się skrępowana, jakby ktoś nas obserwował. Mam wręcz pewność, że tak jest.

— Hej.

Brakuje mu tylko papierosa w dłoni. Aż kipi ze złości, do której idealnie by pasował namacalny obiekt w postaci papierosa.

— Znowu wracasz późno — mówi głosem pozbawionym emocji.

— Wiesz przecież, że prowadzę śledztwo w sprawie zabójstwa.

— Tak, wiem. To takie irytujące, że ludzie umierają, nie?

— Co to ma znaczyć, do cholery? Myślisz, że ja to *lubię*? Że z radością przeglądam zdjęcia martwych, pobitych ofiar? Że lubię analizować najmroczniejsze aspekty ludzkiej natury?

Scott się śmieje, a ja w jego głosie słyszę nieznaną mi dotąd złośliwość.

— Tak, dokładnie tak uważam.

— Aha.

Patrzę ponad płotem i marzę o tym, żeby przejść przez bramę i uciec. A potem biec, aż będę miała zadrapania na całym ciele, a moje płuca eksplodują. Przekroczyć moment, w którym nie będę już w stanie dalej biec.

— Co „aha"? Wiesz, że mam rację. I wiesz, co jeszcze? Mam dość.

Scott chowa twarz w dłoniach. Co za komiczny obrazek: mężczyzna przypominający wielkiego pluszowego misia ukrywa głowę w swoich wielkich dłoniach. To byłoby zabawne, gdyby nie fakt, że jest on ojcem mojego synka. Nie wiem, co to oznacza dla naszej przyszłości.

— Co masz na myśli? Co to znaczy *dość*?

— Mam dość tego wszystkiego. Nas. Jest źle. Między tobą a mną. Wszystko się rozsypało, a ja ci pozwoliłem to zepsuć.

Czuję się dziwnie pusta, ale mimo to się odzywam:

— Daj spokój, Scott. Nie możesz tego zrzucać na mnie. Wiem, że ostatnio jestem trochę trudna do zniesienia przez to śledztwo, ale to się zaraz skończy. Tak czy inaczej. Może gdzieś wyjedziemy, co? Razem z Benem?

Scott patrzy na mnie, jakby chciał zobaczyć to, co znajduje się za mną. Aż mnie kusi, żeby się obejrzeć i sprawdzić, czy ktoś za mną nie stoi.

— Ty nawet tego nie widzisz, nie? Nie widzisz. Zawsze coś jest. Nigdy nie jesteś inna. A to jest do dupy, bo cię kocham. Ale tego też nie widzisz. Jesteś zbyt zajęta szukaniem tego, czego potrzebujesz, wszędzie, tylko nie tutaj. Myślisz, że tego nie wiem?

Scott pochyla się do przodu, jakby zaraz miał się rozpłakać, ale jest pusty. Przeze mnie jest pusty.

— Kocham Bena — mówię, bo to jest jedyna rzecz, której jestem pewna.

— Tak — odpowiada, patrząc na mnie.

Tylko my dwoje znamy uczucie miłości do tego małego chłopca.

— Wiem, że kochasz Bena. To najlepsze, co w tobie jest. Muszę sobie przypominać, że potrafisz kochać, a Ben jest tego dowodem. Ale to nie wystarczy, Gemmo. Mnie to nie wystarczy — mówi Scott, kulając butelkę piwa między dłońmi. — Chcę mieć więcej dzieci. Może dużo więcej. Pragnę kogoś, kto będzie chciał ze mną być. Kto znajdzie dla mnie czas. Chcę, żebyś tą osobą była ty.

Świdruje mnie wzrokiem, a ja opieram się o ścianę domu.

— Ale to nie możesz być ty, prawda?

Wdycham powietrze przez nos i wydycham je ustami. Oddycham. Myślę.

Ciepłe powietrze owiewa nasze ciała. Gdzieś w oddali huczy sowa. Owady uderzają o lampę na dworze.

— Nie wiem — mówię w końcu.

— Taa — mówi Scott i wstaje, głośno stawiając stopy na tarasie. — Problem w tym, że mi to już nie wystarcza.

Rozdział siedemdziesiąty trzeci

Sobota 2 stycznia, godz. 9.17

Na krótką chwilę wszystko staje w miejscu. Kiedy rozglądam się po komisariacie, świat zatrzymuje się na sekundę, a potem gwałtownie powraca do życia. W nocy nie mogłam spać; przez długie godziny obracałam się z boku na bok, aż w końcu przeniosłam się do salonu, gdzie zaczęłam na nowo przeglądać dokumenty ze śledztwa w sprawie zabójstwa Rosalind i układać je jak karty do pasjansa. Nie wiedzieć czemu bardzo się ekscytuję dzisiejszym przedstawieniem. Jestem prawie pewna, że dostanę od Rosalind jakąś wiadomość zza grobu. Nerwowo wkładam włosy za uszy i wracam do stosu papierów, próbując się skoncentrować. Myśl o tym, że jutro rano wciąż nie będę znała odpowiedzi, doprowadza mnie do szału.

Jonesy przydzielił Matthewsowi i mnie nasze pierwsze śledztwo: starą sprawę, do której doszedł nowy trop. Matthews i ja podchodzimy do siebie uprzejmie i ostrożnie. Mam wrażenie, że bardzo mu zależy, żeby nasze relacje były jak najlepsze. Jednak ja wciąż mam przed sobą ogromną przepaść po Felixie i martwię się, że do niej wpadnę i nie będę umiała się z niej wydostać.

Podczas nieformalnej odprawy, która odbyła się nieco później niż zwykle, Felix informuje naszą małą grupkę, że rozmawiał z Nicholsonem o tym, co go łączy z Izzy.

— Przyznał się, że się z nią spotyka. Twierdzi, że od niedawna. Chciał nam o tym powiedzieć, ale czuł, że ona nie chce tego upubliczniać. I dodał, że to jest zbyt świeża rzecz, żeby robić z niej aferę.

Nicholson nic nie wiedział o tym, że Izzy widziała Rosalind z Rodneyem w szkole. Powiedział, że gdyby to była prawda, bardzo by go to zmartwiło i zaniepokoiło. On z kolei nie przyznał się przed Izzy do swoich podejrzeń, że Rosalind była jego córką.

— Czy waszym zdaniem oni rzeczywiście są razem? Za bardzo do siebie nie pasują, nie? — pyta Jonesy, który najwyraźniej nie może pojąć, jak taka „laska" jak Izzy może się zainteresować Nicholsonem; może po prostu chciałby poznać jego sekret.

— Mam wrażenie, że trochę namieszałem im w głowach, ale moim zdaniem ich uczucie kwitnie — śmieje się Felix, a ja uparcie patrzę na swoje dłonie. — Myślę, że Izzy nie powiedziała mu o tym, co widziała przed szkołą, bo nie chciała go martwić. Poza tym nie miała pewności, czy to był Rodney. Prawdopodobnie uznała, że jeśli powie o wszystkim Nicholsonowi, on poczuje się w obowiązku, żeby to wyjaśnić, a Izzy na pewno wie, jak bardzo lubił Rosalind. Nie wie tylko dlaczego.

— Tak czy inaczej, to był dobry trop, Woodstock — chwali mnie Jonesy. — Naprawdę myślałem, że ten romans nas do czegoś zaprowadzi. Mimo wszystko miałbym na nią oko — mówi do Felixa. — To jedyna osoba, która połączyła panią Ryan z chłopakiem. Co jeszcze?

— Nic nowego, sir — mówię. — Dzisiaj idziemy obejrzeć przedstawienie, w razie gdyby coś się na nim wydarzyło. Nie mamy niczego mocnego na Timothy'ego Ryana. Amelia Posen potwierdziła, że był u niej mniej więcej do dziesiątej czterdzieści pięć, a on zapewnia, że wrócił prosto do domu. Z naszych ustaleń wynika, że prawdopodobnie mówi prawdę. Kamery ochrony zamontowane przy domu pokazały, że przyjechał za dziesięć jedenasta. Potwierdziliśmy też kupno dwóch dań na wynos i pobranie materiałów porno przez wi-fi u Amelii; Timothy zapłacił za to swoją firmową kartą kredytową. Nie jest przypisana bezpośrednio do niego, dlatego nigdy nie sprawdzaliśmy jej w systemie. Jego brat, który wciąż tkwi w błogiej niewiedzy, potwierdza, że słyszał, jak Timothy wrócił około jedenastej. On sam rozmawiał wtedy przez telefon z Amelią, która zadzwoniła do niego tuż po tym, jak Timothy od niej wyszedł. Myślę, że Timothy to kawał drania, ale raczej nie jest mordercą.

— Jak w cholernych operach mydlanych. No dobrze, czyli gramy na przeczekanie. Nie muszę wam przypominać, że to już ostatni tydzień; potem będę musiał ponownie obniżyć status tej sprawy. Woodstock, ty już zostałaś wprowadzona w tamto stare śledztwo. McKinnon, od jutra będę cię potrzebować przy czymś innym.

— Tak jest, sir.

— Idziecie oboje na to przedstawienie?

Ponownie kiwamy głowami.

— Spotkamy się na miejscu przed ósmą, dobrze? — pyta Felix, próbując nawiązać ze mną kontakt wzrokowy.

— Pewnie — odpowiadam, nie patrząc na niego.

Rozdział siedemdziesiąty czwarty

Wtedy

U Gemmy nikogo nie ma. Na podjeździe nie ma samochodu Neda i nikt nie reaguje na dzwonek do drzwi, więc Jacob przedziera się przez roślinność za domem i otwiera bramę, żeby sprawdzić, czy Gemma nie siedzi w ogrodzie. Ale jest pusto. Jacob jest załamany. Chce ją znaleźć. Porozmawiać z nią. Dotknąć jej. Nigdy nic nie było dla niego aż tak ważne jak to.

Wczoraj wieczorem rozstał się z Rosalind, a dziś obudził się z dziwnym poczuciem klarowności. Mgła, która otaczała jego głowę przez ostatnie kilka miesięcy, nieco się podniosła, ale istnieje ryzyko, że niedługo znów opadnie. Silny ból głowy pulsuje w rytmie upływających sekund. Jacob musi znaleźć Gemmę. Musi jej wyjaśnić, dlaczego ją od siebie odepchnął. Narobił tyle bałaganu. Co z nim jest nie tak?

Nie potrafi poukładać sobie myśli w głowie.

Jego puls coraz bardziej przyspiesza.

Jest taki zmęczony.

Znowu otacza go pustka.

Rano spał mocno, co rzadko mu się zdarza. Kiedy się obudził, mama już krzątała się po kuchni. Sprzątała, mimo że Rodney wciąż jeszcze siedział przy stole i jadł płatki. Zawsze sprzątała. Zawsze coś szorowała. Nic dziwnego, że jej dłonie były takie zniszczone. Zapytała go, co chce dzisiaj robić. Zawsze musiała to wiedzieć. Ale on nie powiedział jej nawet, że zerwał z Gemmą. Ani że spotyka się z Rosalind. Nie ma pojęcia, jak miałby jej to wszystko wyjaśnić. Ma kompletny mętlik w głowie. Cokolwiek robi, nic nie ma sensu.

Tylko Gemma ma sens.

Jedzie do szkoły, do parku, do centrum handlowego. Nie ma jej przy stoisku z burgerami ani w budce z jedzeniem. Nigdzie jej nie ma. Jacob zapala papierosa i siada oparty o budkę telefoniczną, kładąc plecak między nogi. Dym wnika do jego płuc, a potem opuszcza jego ciało, miesza się z powietrzem i zamienia się w nicość. Jacob zastanawia się, co jej powie. Ale musi się pospieszyć; niedługo znów w jego sercu zapanuje mrok.

I wtedy ją widzi. Pojawia się tuż przed nim. Przytula Foxa i śmieje się. Jacob chyłkiem przemyka na drugą stronę budki i znowu na nich zerka. Idą pod ramię, a on nie jest w stanie ruszyć się z miejsca. Gemma wygląda na szczęśliwą; szczęśliwszą niż była przez wiele ostatnich tygodni. Fox całuje ją w bok głowy i obejmuje ją ręką, a potem oboje znikają w wejściu do kina.

Pół godziny później Jacob wraca do domu; nie ma pojęcia, gdzie mógłby pójść, jeśli nie tam.

— Wszystko w porządku, Jake?

Mama zagląda do pokoju, a jej blada twarz jest ściągnięta i zmartwiona. Ona ciągle się martwi.

— Tak.

Mama wchodzi do pokoju i siada sztywno w nogach łóżka.

— Przed chwilą dzwoniła policja — mówi. — Coś się stało. To ma jakiś związek z tą dziewczyną z twojej szkoły, Rosalind Ryan. Ktoś zadzwonił z pogróżkami do jej domu. Poważna sprawa. Chcą z tobą porozmawiać, bo twierdzą, że jesteś jej chłopakiem i że wczoraj się pokłóciliście. To prawda?

Jacob mruga zdziwiony. Jego mózg nie ma odpowiedniej mocy przerobowej, żeby przetworzyć te informacje. W jego głowie jest teraz tylko Gemma.

— Jacob?

— Mamo, ja…

— Jacob, kochanie, myślę, że dopóki nie zdecydujesz, co będziesz robić w przyszłym roku, dziewczyny nie powinny być dla ciebie priorytetem. Zauważyłam, że ostatnio Gemma przestała do nas przychodzić, i uważam, że to dobrze. Ale nie związuj się od razu z inną dziewczyną. Musisz się skupić na swojej przyszłości — mówi mama stanowczym głosem.

— Mojej przyszłości — powtarza Jacob.

— Tak. Niedługo dostaniesz oferty z uniwersytetów. Musisz zrobić wszystko, żeby zapewnić sobie jak najlepszy start w przyszłość. To bardzo ważne.

Jacob patrzy na dywan, który pulsuje różnymi odcieniami szarości. Fala rośnie i opada, zupełnie jak bijące serce.

— To nic takiego, mamo. Naprawdę. Tylko się kumplujemy.

Mama patrzy na niego czujnym wzrokiem, po czym podaje mu kartkę.

— Wiem, że nie masz z tym nic wspólnego, ale to jest numer do policjanta. Musisz do niego zadzwonić.

— Dobrze.

Mama wychodzi z pokoju, a Jacob kładzie się na łóżku i patrzy na sufit. Zauważa samotną pajęczynę uplecioną wokół żarówki. Dzwoni do Gemmy, ale nikt nie odbiera. Pewnie ciągle jest z Foxem. W domu Rosalind też nikt nie odbiera telefonu. Słychać tylko dziwny stukający dźwięk.

Rodney ogląda telewizję w bawialni.

— Hej — wita go, nie podnosząc wzroku.

— Hej — odpowiada Jacob.

— Dostałeś ten list? — pyta Rodney.

— Jaki list?

— Chyba jakieś zaproszenie. Koperta była zaadresowana ładnym pismem. Położyłem ci ją na biurku. Dzisiaj rano znalazłem ją w kuchni.

— Dzięki — odpowiada Jacob.

Siada obok Rodneya i przez kilka minut oglądają razem telewizję, ale mgła zaczyna powracać. Nie jest w stanie już tu usiedzieć. Bierze kilka rzeczy.

— Mamo, wychodzę! — woła przez tylne drzwi.

Donna wiesza pranie. Zerka w stronę domu, mrużąc oczy od słońca.

— Dobrze, kochanie. Zadzwoniłeś do tego policjanta?

— Tak — odpowiada. — To nie było nic ważnego.

— Dobry chłopak — mówi do niego.

W połowie drogi do jeziora Jacob uświadamia sobie, że nie wziął listu, który Rodney położył mu na biurku, ale teraz już nie może po niego wrócić. Idzie w stronę tunelu. Tam czuje się bezpieczny. W plecaku ma farby, a także butelkę ginu, którą zabrał z domu. Ma ochotę namalować coś dla Gemmy. Maluje i pije przez ponad trzy godziny. Pije i maluje. Łzy spływają mu po twarzy. Ciemność powraca i ciężko osiada na jego klatce piersiowej. Coraz trudniej jest mu oddychać. Chciałby, żeby cały ten tunel zalała woda i wszystko zmyła. Patrzy na betonową ścianę przed sobą. Namalował dla Gemmy gigantyczny błyszczący diament, cały w bieli i srebrze, ale teraz to nie ma znaczenia, bo wszystko popsuł. Nie widzi drogi odwrotu. Siedzi w ciemności i pije. Do niedawna Rosalind wypełniała całą przestrzeń w jego głowie, aż nagle poczuł, że nie jest w stanie znieść jej towarzystwa. Chowa głowę w dłoniach. Jest taka ciężka, że nie wie, czy da radę ją z powrotem podnieść. Nic nie ma sensu. I nie miało go już od dawna.

Nagle jest na zewnątrz. Gin i cisza panująca w tunelu sprawiły, że zaczął dryfować, a teraz unosi się nad powierzchnią ziemi. Już niczego nie czuje. Patrzy na drugą stronę jeziora i nie dopuszcza do siebie myśli, że miałby tu przyjść jeszcze raz jutro albo pojutrze. Nie może znieść tego, że ta woda jest zawsze dokładnie taka sama.

I go prześladuje.

A on tylko chce, żeby to się skończyło.

Pragnienie końca jest silniejsze niż cokolwiek innego.

Jacob patrzy w górę na wieżę i wreszcie już wie, co się stanie potem. Jest spokojny.

Rozdział siedemdziesiąty piąty

Sobota 2 stycznia, godz. 19.44

Stoję przy wejściu do szkoły, oświetlona przez wieczorne lampy. Bileterzy mają na sobie niezwykłe stroje z epoki renesansu, ozdobione błyszczącymi cekinami i brokatem. Wśród publiczności jest wiele osób, które postanowiły obejrzeć to przedstawienie po raz drugi. Część z nich z ożywieniem dzieli się wrażeniami z premiery. Rozpoznaję niektóre twarze: Nicholsona, Izzy, Timothy'ego Ryana, kilkunastu uczniów, właścicieli sklepów oraz innych nauczycieli. Donny Mason. Candy Fyfe. Mam na sobie czerwoną sukienkę, która dotyka moich ud muskana przez wiatr. Owijam się mocniej szalem, żeby zasłonić odkryte ramiona. Kilka razy mrugam, żeby pozbyć się z oka odprysków tuszu do rzęs.

Kiedy się szykowałam do wyjścia, Ben przyglądał mi się i podziwiał mnie w milczeniu, zachwycony tą niezwykłą dla mnie procedurą.

— Ładnie wyglądasz, mamo — powiedział poważnym głosem, gdy pocałowałam go na pożegnanie.

— Baw się dobrze — powiedział Scott, mierząc mnie od stóp do głów. — Być może w przyszłym tygodniu pojadę z Benem do Craiga i Laury na kilka dni — dodał — ale jeszcze o tym pogadamy i zaplanujemy na spokojnie ten wyjazd.

— Porozmawiamy jutro — odparłam, nie mając pojęcia, jak zareagować na ten pomysł.

Telefon wibruje mi w torebce. Wkładam rękę do środka i wyciągam go spod pistoletu. Na co dzień mam na sobie spodnie z kieszeniami i kaburę.

— Detektyw Woodstock — odzywam się.

— Dobry wieczór, mówi Cara.

— Przepraszam, kto?

— Cara. Z kina w Gowran. Poznałyśmy się w zeszłym tygodniu.

— Ach, tak. Ta w warkoczach?

— Tak, to ja — mówi. — Przepraszam, że dzwonię o tej porze, ale właśnie skończyłam zmianę. Nowy rok to gorący czas.

— Nie szkodzi. Znalazłaś coś na nagraniach?

— Tak. Nasz informatyk spakował wszystkie pliki i nagrał dla pani na dysk. Bardzo mu się podobała ta robota. Czuł się jak na planie *CSI* albo innego takiego filmu.

— Ale widać ją na nagraniach, tak?

— Pewnie. Wiele razy jest sama, ale czasami towarzyszy jej mężczyzna.

— Dobra. Muszę dostać te pliki. A ty widziałaś te nagrania?

— Tak, niektóre.

— I jak wygląda ten facet?

— Jest młody. Mniej więcej w moim wieku. Dość przystojny. Ma świetną fryzurę. Jest wysoki. A jeden z chłopaków, którzy tu pracują, twierdzi, że chyba grał z nim w koszykówkę w zeszłym roku. Mówi, że ma na imię Rodney. Czy ta informacja jest dla pani pomocna?

— Tak, bardzo — mówię i rozłączam się.

Przed oczami staje mi Rodney; w tym samym czasie dostrzegam Felixa stojącego w smudze światła księżyca zaledwie kilka metrów ode mnie. Błyszczący bileterzy zaczynają dzwonić małymi dzwoneczkami i gestami zachęcać przybyłych, żeby weszli do środka.

Staję w kolejce. Dostaję SMS-a od Jonesy'ego z informacją, że George Ryan właśnie zmarł.

* * *

Felix kilka razy trąca mnie łokciem, próbując usadowić się na swoim miejscu. Wierci się jak małe dziecko podczas długiej jazdy samochodem. Ja potrafię myśleć tylko o tym, że najprawdopodobniej to

Rodney był mężczyzną, który towarzyszył Rosalind podczas jej wypadów do kina, ale nie mogę nic zrobić, dopóki przedstawienie się nie skończy. Pocieszam się jedynie tym, że przez cały ten czas będę go widzieć przed sobą na scenie. Nie może mi uciec. Obciągam sukienkę i odrzucam na plecy loki, które ciągle przyklejają mi się do szminki na ustach.

Zauważam, że Felix mnie obserwuje. Widzę, że też jest pod wrażeniem mojej transformacji, ale jesteśmy jak olej i woda; nasz rytm gdzieś zniknął.

— George Ryan nie żyje — mówię mu.

— Kiedy zmarł?

— Kilka godzin temu.

— Czyli jego synowie raczej nie przyjdą na przedstawienie?

Nasza rozmowa jest lakoniczna i formalna, a ja z całych sił powstrzymuję się przed tym, żeby objąć dłońmi jego twarz i ją pocałować.

— Widziałam Timothy'ego przed szkołą, ale może jeszcze nie wie. Albo nie obchodzi go to. Nie wydaje mi się, żeby śmierć ojca jakoś szczególnie przybiła jego albo Bryce'a.

— Dziwna rodzina — stwierdza Felix.

Muzyka zaczyna grać głośniej, a światła reflektorów opadają wraz z unoszącą się kurtyną.

— Tak samo jak cała reszta — odpowiadam.

* * *

Świat stworzony przez Rosalind to prawdziwe dzieło sztuki. Rodneya i Maggie łączy pasja, która jest wyczuwalna jak delikatny zapach unoszący się ze sceny. Pozostali bohaterowie to mieszkańcy Sydney. Odgrywają rolę chóru komentującego przeklęty los kochanków, którzy nie mogą być razem. Rodzice Kapuleti to uznani krytycy wina. Oboje są oziębli i traktują innych z wyższością. Ojciec Monteki to bogaty przestępca w białym kołnierzyku, a matka pracuje w luksusowej agencji towarzyskiej. Cała akcja dzieje się w szkole średniej w centrum miasta, gdzie Ricky i jego przyjaciele lamentują nad swoją przewidywalną przyszłością przedstawicieli klasy średniej. Jasmine ma własne mieszkanie na poddaszu, które jest jej schronieniem i sposobem na ucieczkę przed obowiązkami wiążącymi się z pozycją społeczną jej rodziny. Scena na balkonie została przeniesiona na stację kolejową, a zamiast wystawnego balu mamy uroczystość z okazji wprowadzenia na rynek nowego wina. Sztuka jest chaotyczna i doskonała. Rodney gra naprawdę świetnie. Jego nieśmiałość i nieporadność całkowicie zniknęły. Szaleństwo i odwaga jego postaci tworzą silny kontrast z umiarkowaniem i spokojem postaci granej przez Maggie. Ona mówi doskonałą prozą, a jego słowa są niepoukładane i pełne pasji — i tak zmierzają razem ku nieuchronnej katastrofie.

Siedzę jak na szpilkach i wstrzymuję oddech, gdy obserwuję scenę ich śmierci w spa, w wannie wypełnionej krwią. Cała sztuka tak silnie oddziałuje na moje emocje, że gdy publiczność zaczyna klaskać, momentalnie wstaję z krzesła.

Muszę natychmiast wyjść. Mówię krótko Felixowi: „Idę do łazienki. Spotkamy się później" i biegnę do wyjścia, zanim zdąży mi odpowiedzieć.

Staję przed budynkiem szkoły. Opieram ręce na biodrach i wpatruję się w gwiazdy. Głęboko oddycham; powoli wciągam powietrze do płuc i próbuję wziąć się w garść. Muszę powstrzymać falę wściekłości, która we mnie narasta.

Rodney mnie okłamał.

Powiedział, że do niczego między nimi nie doszło. Że nigdy nie spotkali się poza szkołą.

Wizja jego jako zabójcy roztrzaskującego jej doskonałą twarz, duszącego ją gołymi rękami i przyglądającego się jej śmierci, doprowadza mnie do szaleństwa. Felix od samego początku go podejrzewał. Może rzeczywiście miał rację.

Oklaski powoli cichną. Słyszę szuranie podnoszonych krzeseł i rozmowy podekscytowanych widzów. Tłum zaczyna wylewać się ze szkoły.

Idę korytarzem do męskiej szatni. Za drzwiami słychać okrzyki i wiwaty. Aktorzy są już w środku. Zaglądam przez szparę w drzwiach. Uderza mnie piżmowy zapach młodych mężczyzn.

— Hej! — wołam.

Jeden z chłopców, który był w chórze, patrzy na mnie, unosząc pytająco brwi.

— Przyprowadź mi Rodneya Masona. Teraz.

Chłopak waha się przez chwilę, po czym kiwa głową.

Staję przed szatnią i czekam.

Za chwilę podchodzi do mnie Rodney. Jego skóra klei się od potu i makijażu. Jest rozemocjonowany. Na mój widok szeroko się uśmiecha.

— Podobało się pani?

— Rodney, okłamałeś mnie.

Natychmiast rzednie mu mina. Patrzy na mnie niepewnym wzrokiem.

— Co?

— Okłamałeś mnie. Spotykałeś się z nią. Wiem o tym.

Robi krok w moją stronę i przez sekundę myślę, że mnie uderzy, ale on nagle zaczyna biec i ucieka w ciemność nocy.

Rozdział siedemdziesiąty szósty

Sobota 2 stycznia, godz. 22.09

Ruby Callister wypina pierś do przodu — ale tylko odrobinę, tak nienachalnie. Czuje się nieatrakcyjna w swoim prostym czarnym stroju na tle tych wszystkich aktorów, zwłaszcza teraz, gdy przedstawienie się już skończyło, a ona opuściła ciemne kulisy. Strzepuje z ramion kilka włosków kociej sierści, które przykleiły jej się do golfu. Ostatnie tygodnie były naprawdę ciężkie. To był dobry pomysł, żeby wystawić tę sztukę jeszcze raz, ale przygotowania były bardzo stresujące. Maggie Archer bez pani Ryan jakby dostała skrzydeł, co jest w sumie pozytywne, ale też irytujące. Przecież wiadomo, że nie jest panią Ryan. Ruby patrzy na Maggie, która przyjmuje słowa uznania, jak gdyby właśnie dostała Oscara, i przypomina sobie, co powiedziała jej pani Ryan: „Jeżeli chcesz się zajmować zawodowo produkcją teatralną i zrobić w tym karierę, nie możesz pokazywać aktorom swoich emocji. To będzie miało duży wpływ na twój sukces".

Ruby wie, że pani Ryan miała rację. Najważniejsze, że już po wszystkim, a ona wreszcie może się zastanowić, co będzie robić po Smithson. Próbuje wypatrzyć wśród publiczności mamę i tatę, którzy gdzieś tutaj są. Pewnie spotkali kogoś znajomego.

Rozglądając się za rodzicami, dostrzega niską, ładną kobietę w czerwonej sukience, która stoi w cieniu przy drzwiach do męskiej szatni. To ta detektyw, która prowadzi śledztwo w sprawie śmierci pani Ryan. Z szatni wychodzi Rodney Mason, wciąż jeszcze w przebraniu i w makijażu scenicznym. Wymieniają kilka zdań. Potem on zaczyna biec, a kobieta rusza za nim w pościg.

Dziwne, myśli Ruby. Zauważa mamę, która ma szeroko otwarte oczy i macha do niej z niepotrzebną ekscytacją. Ruby niechętnie jej odmachuje i zaczyna iść w jej stronę. W tym samym czasie widzi, jak inna kobieta wyrywa się z tłumu i rusza dokładnie w tę samą stronę, w którą pobiegli Rodney i pani detektyw w czerwonej sukience.

Rozdział siedemdziesiąty siódmy

Sobota 2 stycznia, godz. 22.11

Biegnę w stronę jeziora w zupełnej ciemności. Nie widzę Rodneya. Na dworze jest gorąco i wilgotno, ale w powietrzu unosi się już zapach deszczu. Nadchodzi kolejna burza. Ciemność otacza całe moje ciało; część mnie marzy o tym, żeby zabrała mnie gdzieś daleko. Żeby mnie pochłonęła i sprawiła, że zacznę dryfować w powietrzu. Wyciągam ręce do przodu, żeby przedrzeć się przez tę czerń. Słyszę stopy Rodneya uderzające o ziemię. Domyślam się, że biegnie po głównej ścieżce kilka metrów przede mną.

— Rodney! Stój!

Słowa wydobywają się z moich ust przecięte na pół. Biegnę zbyt szybko, a upał momentalnie je wchłania.

Jezioro jest po mojej lewej stronie. Kiedy jestem na zakręcie, dostrzegam blade światło księżyca odbijające się w wodzie. Staram się dorównać pewnym, równym krokom Rodneya, raz po raz uchylając się przed gałęziami, które w niektórych miejscach wychodzą na ścieżkę. Moje buty ślizgają się na kamieniach. Nieszczęśliwie następuję na lewą kostkę i czuję przeszywający ból w całej nodze, ale biegnę dalej. Przez chwilę widzę przed sobą niewyraźną sylwetkę Rodneya, który ścina zakręt po prawej stronie. Wiem, że biegnie do wieży. Wiedziałam to od chwili, gdy opuściliśmy mury szkoły. Czuję narastający strach i déjà vu tak silne, że prawie rozpadam się na pół. Natychmiast powracają dawne uczucia z mojego powtarzającego się snu o Jacobie. Znów widzę przed oczami jego roztrzaskane ciało. Robi mi się niedobrze; zmuszam się do przełknięcia śliny, żeby nie zwymiotować, i biegnę dalej.

— Rodney! Proszę. Nie.

Jestem bliska płaczu. Ale teraz to Jacob ucieka ode mnie, a nie Rodney. Księżyc rzuca bladą poświatę na ziemię, a ja przedzieram się między gęstymi drzewami. Oczyma wyobraźni widzę Jacoba, jak uderza Rose w głowę dużym kamieniem. Widzę Rodneya, jak z szaleństwem w oczach dusi ją gołymi rękami. Z mojego gardła wydobywa się szloch, gdy próbuję przełknąć ślinę.

— Proszę, zatrzymaj się — mówię, ciężko oddychając i walcząc ze łzami.

Jego stopy uderzają o drewnianą podstawę wieży, a kroki zamieniają się w ostre staccato, gdy zaczyna wchodzić po schodach. Nie mogę tam za nim wejść. Jednak moja prawa stopa już jest na pierwszym stopniu, a lewa zaraz stanie na drugim. Zaciskam zęby i tłumię narastające emocje. Skupiam się na nogach i na wchodzeniu do góry. Wyżej. Wyżej. Wchodzę na pierwszy poziom wieży i spoglądam w dół, tam gdzie księżyc tworzy białą ścieżkę pośrodku jeziora. *To koniec*, myślę sobie. To takie oczywiste, że wszystko się kończy właśnie tutaj.

Kiedy zbliżam się do górnego poziomu, zwalniam. Czuję ostre kłucie w boku. Słyszę oddech Rodneya — stoi w rogu za mną. Odwracam się i robię krok do tyłu, żeby stanąć z nim twarzą w twarz.

— Rodney, proszę. Porozmawiajmy.

Chłopak stoi w półcieniu i wygląda, jakby nie miał części twarzy. Kręci głową i znów zamienia się na chwilę w Jacoba. Płacze, a jego gładka twarz jest mokra od łez.

— Nie zrobiłem tego — szepcze.

Kiwam głową i próbuję wyrównać oddech.

— Dobrze. W takim razie powiedz mi, co wiesz. Powiedz mi prawdę.

Rodney głośno przełyka ślinę i kiwa głową.

— Tamtej nocy miałem się z nią spotkać, ale gdy przyszedłem na miejsce, już nie żyła.

Jest aktorem, przypominam sobie. *Bardzo możliwe, że to jest szczegółowo dopracowane kłamstwo.*

— Słucham cię.

Rodney zaczyna chodzić w kółko. Brzmi tak, jakby płakał, ale gdy na niego patrzę, jego twarz jest spokojna. Mocno pociera oczy palcami.

— Widziałeś się z nią tamtej nocy?

— Tak.

— Byliście umówieni?

— Tak. Mieliśmy się spotkać po przedstawieniu, a potem pojechać do niej. Była podekscytowana. Wiedziała, że sztuka się spodoba publiczności. Mieliśmy świętować ten sukces u niej.

— I co się stało?

Rodney wycofuje się do cienia. Jego głos wydobywa się z czarnej pustki.

— Nie wiem — mówi i wydaje z siebie krótki szloch. — Kiedy poszła, wszyscy od razu mnie otoczyli. Chcieli ze mną porozmawiać. Nie mogłem się od nich uwolnić. To trwało całą wieczność.

— O której mieliście się spotkać? — pytam.

— Przed wpół do jedenastej.

— Gdzie?

— Na ławce przy placu zabaw.

— O której tam byłeś?

— Gdzieś kwadrans przed jedenastą. Jej nie było — mówi i znowu płacze.

— Co zrobiłeś?

— Zadzwoniłem do niej, ale nie odebrała. Potem chodziłem trochę po okolicy.

— Pomyślałeś, że zmieniła zdanie?

— Nie wiedziałem. Na początku się nie martwiłem, ale potem już nie wiedziałem, co o tym myśleć. To ona zaproponowała to spotkanie.

— Byłeś na nią zły? — pytam.

— Nie. Martwiłem się. Chciałem się z nią zobaczyć.

— No dobrze. I co potem?

Rodney odpowiada mi drżącym głosem:

— Przyszedłem tu na wieżę. Lubię to miejsce. Chyba chciałem się chwilę zastanowić. A potem postanowiłem, że pójdę do Jamie albo do domu. Zacząłem iść wzdłuż jeziora i wtedy ją zobaczyłem. Leżała w wodzie. Tuż przy brzegu. Unosiła się — mówi, szlochając, a w jego głosie słychać cierpienie. — Już nie żyła. Ktoś ją zabił. Widziałem krew na jej głowie.

Przyglądam mu się przez chwilę.

— I co wtedy zrobiłeś?

Rodney wciąż płacze; w końcu wyciera oczy i mówi:

— Nie chciałem jej tak zostawić. Bałem się... Poczułem... Że już nic nie ma znaczenia. Nie wiedziałem, co robić.

Czuję, że gardło mi się ściska.

— Dotknąłeś ją?

— Tak — mówi cicho. — Wziąłem ją za rękę. Chciałem odgarnąć jej włosy z twarzy. W ręku miałem kwiaty. Ktoś mi je dał po przedstawieniu, a ja zabrałem je dla niej. Położyłem je na jej ciele. Wyglądała tak pięknie.

— Rodney — mówię cicho, zachęcając go, żeby mówił dalej.

— Chwilę tak przy niej siedziałem, a potem... Po prostu poszedłem. Zostawiłem ją tam. Wróciłem przez szkolne boisko i poszedłem do Jamie. Nie wiedziałem, gdzie mógłbym pójść, jeśli nie do niej. Nie chciałem być sam, ale byłem kompletnie rozbity. Dużo wypiłem. Nikomu nic nie powiedziałem.

Rodney opiera się o drewnianą ścianę i chowa głowę w dłoniach. Wciąż płacze. Wydaje mi się, że jego emocje nie są udawane. Rodney ich nie kontroluje. Rozkleił się.

— Tak bardzo ją kochałem. Nie wiem, co robić. Już mi na niczym nie zależy.

Robię krok w jego stronę.

— Rodney, posłuchaj, to jest ważne. Czy zabrałeś jej coś? Jakąś część ubrania?

Patrzy na mnie szeroko otwartymi oczami i mruga zdziwiony.

— Nie, przysięgam. Kiedy ją znalazłem, miała podciągniętą spódnicę, jakby ktoś... Jakby jej coś zrobił. Próbowałem poprawić jej ubranie.

Wyobrażam sobie tę sytuację: Rodney znajduje martwą Rosalind i żegna ją czule w jej wodnym grobie. Kwiaty unoszą się dookoła niej, a ona patrzy w gwiazdy. Czy aby w tym obrazie wszystko za bardzo do siebie nie pasuje? Na pewno ta wersja jest dla niego wygodna: kiedy ją znalazł, już nie żyła. Pamiętam go, jak był małym chłopcem i chichotał w poduszkę, gdy Jacob całował mnie na kanapie. A zaraz potem przypominam sobie tę chwilę w samochodzie, kiedy głaskał moją dłoń. A potem jego nagłą szorstkość.

W ogóle go nie znam.

— Powiedziałeś o tym komuś? Jeżeli znalazłeś ją martwą, trzeba było zadzwonić na policję.

— Wiedziałem, że będę musiał się ze wszystkiego tłumaczyć. Z tego, że byliśmy razem. Ona tego nie chciała. Żeby ktokolwiek się dowiedział. A ja nie chciałem wyjaśniać, dlaczego tam poszedłem.

Nagle ogarnia mnie silne zmęczenie. Boję się, że nie ustoję na nogach.

— Rodney, musisz pójść ze mną do komisariatu i powtórzyć to wszystko. Musimy się dowiedzieć wszystkiego. Odtworzyć tamte wydarzenia. Jak myślisz, dasz radę to zrobić?

— Czy będę miał kłopoty?

Unikam odpowiedzi na to pytanie.

— Chodź, Rodney. Idziemy. Wiesz, że musisz to zrobić.

Robię krok w jego stronę. Nagle słyszę za sobą dźwięk — jakby skrobanie. Czyżby jakieś zwierzę?

Blask księżyca przebija się przez gałęzie eukaliptusów kołyszące się na wietrze. Słyszę kroki. Natychmiast się odwracam. A może to Rodney? Kręci mi się w głowie. Jest mi niedobrze. Jest w tym miejscu coś, co działa na mnie jak trucizna.

Jest tu ktoś jeszcze.

Nagle noc eksploduje wokół mnie, a ja mam gwiazdki przed oczami. Upadam ciężko na podłogę i czuję silne szarpnięcie w talii. Ktoś zabiera mi torebkę. Mój pistolet! Spanikowana wierzgam nogami i czołgam się do ciemnego kąta. Ciężko oddycham. Czuję mokrą kropelkę ściekającą przy uchu. Krew.

— Nie ruszaj się — mówi ochrypły głos.

Czuję, że gdzieś po lewej stoi na chwiejnych nogach Rodney, ale nie potrafię go zlokalizować w ciemności. Musi być w innym kącie wieży.

Nagle w świetle księżyca pojawia się Donna Mason. Jej twarz okala czupryna krótkich włosów. Czoło ma poorane zmarszczkami, a jej spojrzenie jest surowe i pozbawione wyrazu. W drżących rękach trzyma mój pistolet, którego idealnie okrągłe czarne oko patrzy prosto na mnie.

— Nie pozwolę ci go zabrać.

Rodney wydaje z siebie szarpane oddechy.

— Mamo?

Donna go ignoruje.

Moje myśli wirują, a ból jest obezwładniający.

— Ja... — zaczynam, ale Donna mi przerywa.

— Powinnaś sobie odpuścić to śledztwo. Ona była nikim.

— Mamo!

W głosie Rodneya słyszę teraz przerażenie.

Opieram głowę o drewnianą ścianę, żeby mi nie opadła na dół.

— Pani Donno, zejdźmy wszyscy na dół. Porozmawiajmy o tym gdzie indziej.

— Nie. Koniec z rozmowami. Ja tylko chcę mojego syna — odpowiada Donna, a jej broda drży. — Wyjeżdżamy. Dzisiaj. Musimy uciec z tego miejsca. Trzeba było to zrobić wiele lat temu.

Nie mam żadnych wątpliwości, że to ona porwała Bena. Ta kobieta oszalała.

— Co się stało? Proszę mi powiedzieć.

Donna kręci głową i w ciągu ułamka sekundy wszystkie mięśnie twarzy jej się napinają.

— Chciała mi zabrać syna. Znowu!

— Mamo, *co ty zrobiłaś*?

Rodney jest przerażony jak małe dziecko.

— Cicho bądź.

— Proszę mi powiedzieć, co się stało — proszę raz jeszcze, czując, że życie zaczyna ze mnie uciekać.

Próbuję coś wymyślić, ale z trudem jestem w stanie sklecić w głowie jakąś myśl.

— Nie chciała zostawić nas w spokoju. Najpierw mój Jacob, a potem moje młodsze dziecko. Była naprawdę złym człowiekiem.

Wiatr się nasila. Blask księżyca zamienia się w konfetti rozsypane po całej ziemi.

— Dowiedziała się pani o niej i o Rodneyu — mówię.

Donna tupie nogą, a głuchy łoskot roznosi się po całej podłodze.

— Namówiła go, żeby uciekł razem z nią! Chciała mi go odebrać.

— Ach tak. Niech mi pani powie, co się stało. Wiem, że była pani na przedstawieniu.

— Potem zauważyłam, że sprawdza telefon. Na pewno czekała, aż on zadzwoni. *Mój* syn. Nie mogłam już tego znieść. Widziałam, jak się szykuje do wyjścia, więc poszłam za nią. Złapałam ją za budynkiem biblioteki i powiedziałam jej, że muszę z nią porozmawiać. Że jak ze mną nie pójdzie, to wszystko wygadam. Powiedziałam, że Rodney pisze pamiętnik, a ja pokażę go policji. Że ją zniszczę. Wystraszyła się. Dobrze wiedziała, że to, co robi, jest złe. Wystraszyła się, że zepsuję jej cenną reputację.

Poszłyśmy nad jezioro, niedaleko miejsca, w którym zginął mój Jacob. Nie chciała mnie słuchać. Ta głupia suka nie chciała słuchać o tym, co zrobiła Jacobowi. Powiedziała, że nic nie wie o żadnym liście. Ale ja widziałam go na własne oczy! Przeczytałam go! Złamała serce mojemu synkowi i doprowadziła go na skraj szaleństwa. Dopóki nie zaczął się z nią spotykać, wszystko było dobrze. Ale ona uparcie twierdziła, że nic nie wie. Że to, co się stało, nie było jej winą i że to *on* złamał *jej* serce.

Donna wykrzywia usta w ohydnym uśmieszku.

— Złamał *jej* serce. Jak ona *śmiała*?

Moje serce zaczyna bić w szalonym tempie. Spoglądam na pistolet i zastanawiam się, czy byłabym w stanie go jej wyrwać, ale jestem za daleko. I zbyt osłabiona. Rodney obserwuje swoją mamę, która zachowuje się tak, jakby była w transie.

— I co potem się stało? — pytam szeptem.

Wiatr unosi gałęzie drzew i rzuca tańczące plamki światła księżyca na twarz Donny.

— Powiedziała, że kocha Rodneya. Że to jest prawdziwe uczucie. I że on chce być z nią. Że ją kocha. Że chcą razem wyjechać i zacząć nowe życie z dala od Smithson. Że gdy on skończy osiemnaście lat, będzie mógł robić, co chce. Była taka arogancka, taka pewna siebie. Nie mogłam już tego wytrzymać.

— Uderzyła ją pani?

Donna zaciska lewą pięść, ale jej twarz łagodnieje.

— Próbowała mnie minąć i pójść dalej. Popchnęłam ją, a ona zaśmiała mi się w twarz i powiedziała, że idzie się spotkać z Rodneyem, a ja nic na to nie poradzę. Że on już jest prawie dorosły, a ja muszę to zaakceptować. *Ona* robiła mi wykład na temat *mojego* syna. Odepchnęła mnie, żeby iść dalej, a wtedy wzięłam kamień i… I… — nagle głos Donny się załamuje. — Nie chciałam jej skrzywdzić, ale wiedziałam, że Rodney zaraz tu przyjdzie, a ona krzyczała, więc ją uderzyłam jeszcze raz i trochę ścisnęłam jej szyję. Chciałam, żeby się uciszyła i przestała wrzeszczeć. Żeby zniknęła z mojego życia.

Donna ciągle trzyma mnie na muszce, a po jej zapadniętych policzkach płyną szerokie strumienie łez.

— Chciała mi zabrać wszystko, co mam. Musiała zniknąć z mojego życia.

Oczy zaczynają mi się zamykać. Podnoszę się trochę, żeby nie stracić świadomości. Nie mam zbyt wiele czasu.

— Czy dotknęła jej pani po tym, jak upadła na ziemię?

Donna mocno zaciska zęby i ściska pistolet trzęsącymi się dłońmi.

— Nie wiedziałam, co robić. Chciałam, żeby to wyglądało, jakby ktoś... jakby ją zaatakował, więc podarłam jej spódnicę, podciągnęłam ubrania i zabrałam bieliznę. To nie było *naprawdę* — podkreśla i znów zaczyna płakać. — Zresztą dla niej to i tak już było bez znaczenia. Chciałam, żeby to się skończyło.

Wciąż celuje we mnie pistoletem, ale teraz patrzy błagalnym wzrokiem na Rodneya.

— Włożyła ją pani do wody?

— Uznałam, że tak będzie lepiej. Przecież ona i tak już nie żyła! Pomyślałam, że może policja uzna, że uderzyła się w głowę i utonęła albo została zgwałcona, sama nie wiem. Nie myślałam jasno. Nikt by się nie dowiedział, co się stało, a Rodney mógłby o niej zapomnieć. Wreszcie wszyscy zostawiliby nas w spokoju.

Moje myśli wciąż są poszarpane.

— Pani Donno, mogę pani pomóc. I Rodneyowi też. Ale musimy stąd zejść. Musimy zabrać Rodneya w bezpieczne miejsce.

— Nie — odpowiada, kręcąc energicznie głową. — Nie pozwolę ci zabrać mojego syna.

Myślę o Benie i czuję, że opadam z sił. Gasnę.

— Proszę — szepczę.

— Zabierzesz mi go.

— Ta kobieta nie żyje. A pani porwała mojego syna. Musimy wyjaśnić kilka spraw.

Jej oczy aż błyszczą od gniewu.

— Ja tylko chciałam, żebyś zostawiła nas w spokoju. Myślałam, że jeśli się wystraszysz, że możesz stracić syna, rzucisz to wszystko. Ale nie! Ty masz obsesję na jej punkcie. Koniecznie chcesz *jej* pomóc. Nikt nie widzi tego, co zrobiła! Oszukała moich synków. Była złem wcielonym — mówi, a potem nieco ciszej dodaje: — Nigdy bym go nie skrzywdziła. Od samego początku chciałam ci go oddać. Jest piękny, ten twój mały chłopiec. Zupełnie jak moi synowie, gdy byli w jego wieku.

Teraz z jej oczu płyną szczere, prawdziwe łzy. Opuszcza pistolet. Rodney też płacze, a jego głośny szloch miesza się z jej łkaniem.

Wszędzie dookoła widzę słowa. Stalówka kreśli je na czarnym niebie, a fantazyjne litery skręcają się w moich myślach. Wyrazy przesuwają się w górę coraz szybciej i szybciej, jak gdyby ktoś nacisnął strzałkę w dół. Staram się skupić na ich znaczeniu. Odpycham się od ziemi i powoli staję na nogi. Słowa przechylają się na boki.

— Proszę pani, ja… — szykuję się do wyznania, ale nie wiem, jak miałabym wyjaśnić moje głupie wybryki z dzieciństwa; poza tym, czy wszechświat będzie cokolwiek z tego miał? — Musi pani pójść ze mną — mówię zamiast tego.

— Nie — odpowiada Donna i ponownie celuje we mnie pistoletem.

— Proszę. Nie ma lepszego sposobu na to, żeby to zakończyć.

Robię niepewny krok w jej stronę.

Donna wydaje z siebie udręczony szloch, który wstrząsa całym jej ciałem. Jej nozdrza drgają, a ona mocniej zaciska palce na pistolecie. Rodney woła, żeby przestała.

Słyszymy nad sobą hałas. Coś spada z nieba i ląduje przy stopach Donny; ona odskakuje, a wtedy ja rzucam się na nią resztką sił. Pistolet raz po raz błyska w ciemności. Oczy Donny są pełne lodowatego szaleństwa. Rodney stoi obok, a ja widzę obok niego Jacoba. Dopadam ją jeszcze raz. Mocno chwytam jej kościste ciało i odpycham ją na bok. Rozbrzmiewa strzał, a potem drugi, a ja uderzam głową o drewnianą podłogę wieży i ciężko ląduję na ziemi.

Moje uszy wypełnia dźwięk wycia jakiegoś dzikiego zwierzęcia. Ból przeszywa całą moją duszę.

Słyszę kolejny głos.

I jeszcze więcej krzyków.

Widzę nad sobą czyjąś ciemną twarz, która zaraz znika. Ktoś mnie podnosi, głaszcze mnie po czole i mówi rzeczy, których nie potrafię zrozumieć. Moja głowa opada do tyłu, a wtedy widzę księżyc — gigantyczną błyszczącą kulę wiszącą nieruchomo na niebie. Wciąż jeszcze słyszę krzyki, ale potem wszystko zabarwia się na czerwono, a cały świat odpływa w nicość.

Rozdział siedemdziesiąty ósmy

Leżę zwinięta w kłębek na trawiastym zboczu między szkołą a boiskiem. Chcę iść nad jezioro, ale nie jestem w stanie zmusić nóg, żeby tam mnie zaprowadziły. To miejsce wydaje się dobrym kompromisem. Jacob nie żyje już prawie od dwóch tygodni, a ja wciąż nie jestem w stanie pojąć, że już nigdy go nie zobaczę. Zawsze gdy o tym myślę, wokół mnie zapanowuje ciemność, jak gdyby świat był ekranem telewizora, który został nagle wyłączony. Dlatego przez większość czasu staram się o tym nie myśleć. Staram się nic nie robić i nic nie czuć. I w taki dziwny sposób właśnie egzystuję — skupiając się na tym, żeby nie żyć. Głaszczę trawę. Chciałabym znowu zasnąć, bo wtedy nie czuję bólu.

Przez chwilę wydaje mi się, że odpływam w stronę wolności i snu, ale nagle słyszę trzask.

Zaniepokojona podnoszę głowę.

— Cześć.

Na ścieżce jakieś pięć metrów ode mnie stoi Rosalind Ryan. Zastanawiam się, czy to mi się śni. Duże brązowe poważne oczy Rose przywodzą mi na myśl sarnę.

Próbuję sobie przypomnieć, kiedy ostatnio ją widziałam. Na egzaminach? Z Jacobem w centrum handlowym? Na jego uroczystości pogrzebowej? Martwą w jeziorze? W moich mrocznych, niepoukładanych snach?

— On cię naprawdę kochał, wiesz?

Jej głos to jedyny dźwięk, jaki słyszę. Nie ma niczego innego.

Nie wiem, gdzie jesteśmy. Teraz już nic nie wydaje się znajome.

Co to za miejsce?

Obserwuję ją, leżąc nieruchomo.

Teraz wygląda na starszą. Jest smutna i zmęczona. Zagryza wargę. Szura stopami.

Nigdy wcześniej nie widziałam, żeby była zdenerwowana.

— Naprawdę mi na nim zależało. Chcę, żebyś to wiedziała.

Włosy spływają jej wzdłuż ramion, a biała sukienka faluje na delikatnym wietrze.

Patrzę na nią jeszcze przez krótką chwilę, a potem zamykam oczy i odwracam się w drugą stronę.

Potem

Zawisłam gdzieś między światłem a cieniem. Oficjalnie byłam w śpiączce, ale teraz traktuję te spokojne dni jako chwilę przerwy. Musiałam zadecydować, czy chcę być częścią tego świata. Musiałam wybrać życie.

Obudziłam się późnym wieczorem, prawie cztery doby po tamtych wydarzeniach. Powitał mnie blask szpitalnych monitorów. Pracownicy szpitala powiedzieli mi, że Scott właśnie wyszedł. Był tu prawie cały czas. Czasami z Benem, a czasem z moim tatą. Trzymał mnie za rękę, głaskał po głowie i mówił, że wszystko będzie dobrze.

Największy bukiet kwiatów, stojący na małej półce niedaleko okna, dostałam od Felixa. Miał dołączoną karteczkę z przeprosinami połączonymi z ostatecznym pożegnaniem. W marcu Felix przenosi się do oddziału w stolicy; przeprowadza się tam z całą rodziną. Ucieka ode mnie. Jestem pewna, że to robota Jonesy'ego. Nie wiem, co tak naprawdę nas łączyło — jeśli w ogóle coś było między nami — ale teraz on jest częścią mojej historii, a ja muszę wierzyć, że to miało jakiś sens. Myślę, że to po prostu wykracza poza nasze zrozumienie. Może potrzebowałam go w swoim życiu, żebym wreszcie doceniła to, co mam, a może u niego było podobnie. A może po prostu mnie wykorzystał. Może któregoś dnia to wszystko zrozumiem.

***

Sześć dni po tym, jak Donna Mason przypadkowo postrzeliła własnego syna, i dwa dni po tym, jak powróciłam do świata żywych, powiedziałam wszystko Jonesy'emu — przyznałam mu się, że to ja wprawiłam tę całą maszynę w ruch. Siedział na krześle przy moim szpitalnym łóżku i słuchał mnie uważnie. Milczał, czasami potakiwał i wpatrywał się we mnie swoimi przekrwionymi oczami.

A potem powiedział tylko:

— Byłaś dzieckiem, Woodstock. Moim zdaniem najlepiej będzie, jeśli pozostawisz to wszystko za sobą. To było dawno temu. Z mojego punktu widzenia to niczego nie zmienia. Wciąż jesteś jednym z moich najlepszych ludzi. Musisz tylko dojść do siebie. Potrzebujesz trochę czasu, żeby znów stanąć na nogi i wyjść na prostą.

Stanąć na nogi. Wyjść na prostą, pomyślałam. *Tak. Muszę się tylko dowiedzieć, jak stanąć na te nogi i gdzie jest ta prosta.*

***

Kiedy dryfowałam w ciemności, śniłam o Jacobie. O jego dziecięcej twarzy. O jego dłoniach na moim ciele. O jego ustach na moich. On jest częścią mojej istoty; wypełnia każdą moją komórkę i pulsuje w moich żyłach. Zatrzymany gdzieś między dzieciństwem a dorosłością został na zawsze uwięziony w miejscu, które chroni go przed negatywnymi skutkami upływu czasu. Blokowanie go w niczym mi nie pomogło; musiałam mu pozwolić wniknąć do mojego życia i pojawiać się w nim od czasu do czasu. Musiałam mu zaufać, że znajdzie swoje miejsce.

***

Jack Nicholson był ojcem Rosalind. A ojcem dziecka Rosalind był Rodney. Jeżeli Donna Mason powiedziała prawdę, to tamtej nocy zabiła nie tylko Rosalind Ryan, ale też własnego wnuka. Nigdy nie zapomnę krzyku, który z siebie wydała wtedy na wieży, gdy myślała, że zabiła Rodneya. Ten dźwięk będzie wybrzmiewać w mojej świadomości do końca życia.

Rodney jest tutaj, w tym samym szpitalu co ja. Donna postrzeliła go w brzuch, ale będzie żył.

***

Smithson podzieliło się na pół. Połowa mieszkańców uważa, że Donna kryje Rodneya, który jest prawdziwym mordercą, a druga połowa z szeroko otwartymi oczami opowiada sobie przy kawie, jak to Donna zabiła Rosalind, żeby chronić swojego jedynego syna. Od czasu tamtej strzelaniny nie widziałam Donny ani Rodneya Masonów. Nie było to możliwe. Nie mogą być częścią świata, w którym ja teraz staram się żyć. Ale nie potrafię się złościć na Donnę za to, co zrobiła. W jej życiu nie ma już światła. Rodney może nigdy jej nie wybaczyć, a to chyba jest wystarczająca kara.

***

— Tylko ty i ja słyszałyśmy ją tamtej nocy — mówi Candy, a jej jaskrawoczerwone usta poruszają się tak szybko, że zaczynam mieć zawroty głowy. — No i oczywiście Rodney — dodaje, podkreślając jego obecność uniesieniem dłoni.

Podchodzi do mojego szpitalnego łóżka, skradając się niczym puma. Jej ciemna skóra kontrastuje z obcisłą białą sukienką.

— Ona po prostu oszalała, gdy sobie uświadomiła, że może go stracić. Jestem absolutnie przekonana, że to zrobiła.

Candy widziała, jak opuszczam mury szkoły i biegnę za Rodneyem, a potem zobaczyła też Donnę, która ruszyła w pościg za nami. Śledziła ją aż do wieży. Widziała, jak Donna bierze do ręki kamień i kuca na schodach. Słyszała, jak Donna się na mnie rzuca i zabiera mi pistolet. Napisała SMS-a z prośbą o pomoc i włączyła dyktafon, żeby wszystko nagrać. W krytycznym momencie rzuciła butem, a gdy już było po wszystkim, utuliła moje połamane ciało i przycisnęła do mojej rany swoją kurtkę, żeby zatamować krwawienie, obserwując jednocześnie, jak Donna wyje do księżyca i kurczowo obejmuje swojego zakrwawionego syna.

— Myślałam, że już po tobie — mówi pogodnym głosem, ale ja wiem, że była przerażona.

Tak czy inaczej, najprawdopodobniej zawdzięczam jej życie.

— No dobra, przyznaję, że bardzo się bałam — mówi i nachyla się do mnie. — Ale *nigdy* nie mów nikomu, że mój dyktafon niczego nie nagrał. Przysięgam, że to był najgorszy moment w mojej karierze.

Mogę się tylko zaśmiać.

— W mojej też — mówię.

Stałyśmy się przypadkowymi przyjaciółkami; połączyła nas tragedia, której obie byłyśmy świadkami. Przyznaję, że wyczekuję jej odwiedzin. Wciąż się zachowuje tak, że nieraz mam ochotę przewrócić oczami, ale też umie mnie rozśmieszyć, a to zawsze jest w cenie.

***

Mam imponującą bliznę, która pozostanie ze mną aż do śmierci. Kula przeszyła moje ciało tuż pod obojczykiem i wyszła czysto po drugiej stronie ciała. Straciłam dużo krwi, ale dzięki Candy nic mi nie będzie. Przebiegam palcami wzdłuż bandaża i zasypiam, patrząc na górę kwiatów, które dostałam. Tyle róż.

***

Rosalind pozostaje dla mnie tajemnicą. Była pełna sprzeczności. Teraz już żyje tylko w moich wspomnieniach. Anna jest przekonana, że w Smithson nigdy nie zobaczymy osoby o większych skłonnościach psychopatycznych niż Rose.

— Cwana manipulantka — mówi pogodnie, trzymając w rękach kolejny bukiet kwiatów, na który będę mogła patrzeć ze swojego szpitalnego łóżka.

Podejrzewam, że ma rację. Wiem, jaka była niebezpieczna. Wykorzystywała ludzi, przeżuwała ich, a potem wypluwała. Wciąż czegoś szukała, ale nigdy tego nie znalazła. Nadal dryfuje gdzieś przede mną, tuż poza zasięgiem moich rąk. Kiedyś ciągle wypatrywałam jej w szkole, a teraz moje myśli wędrują po zakamarkach mojego mózgu i tak samo jak wtedy skupiają się na niej. Przypominam sobie różne rzeczy i próbuję je na nowo analizować.

Oczywiście jeśli mam być wobec siebie całkowicie szczera, ja też ją wykorzystałam. A myśl o tym, że więcej może nas łączyć, niż dzielić, przeraża mnie bardziej niż cokolwiek innego.

***

Trzy tygodnie po wieczornych wydarzeniach na wieży wracam do domu i na nowo się uczę, jak żyć. Codzienne czynności powoli pomagają mi odzyskać siły. Gotuję obiad, czytam na leżaku, bawię się z Benem. Nie mogę się nim nacieszyć: jego małym ciałkiem, twarzą w kształcie serca i niekończącymi się pytaniami. Scott i ja rozmawiamy ze sobą, najpierw ostrożnie, a potem z większą pewnością. Robimy plany. Wrócę do pracy — ona jest częścią tego, kim jestem — ale tym razem będzie inaczej. Spróbujemy to zrobić razem. Przysięgam mu, że tym razem już nie będę miała przed nim żadnych tajemnic. Opowiadam mu o Jacobie, o Rosalind, o wszystkim.

Gdzieś nad nami wisi Felix, ale odsuwam go na bok. To moja ostatnia tajemnica. Tylko czas pokaże, czy zdołam skutecznie ją zakopać i pozostawić na zawsze w przeszłości.

***

Pięć tygodni po strzelaninie odwiedzam grób Jacoba. Słodki zapach umierającego lata unosi się na całym wzgórzu. Pszczoły latają nisko nad nagrobkami; przemykają nad niedawno przekopaną ziemią, a potem siadają na wybranych przez siebie kwiatach. Rosalind została pochowana w rodzinnym grobowcu Ryanów po drugiej stronie wzgórza niedaleko ogrodu różanego, zaraz obok George'a Ryana. Staram się o niej nie myśleć. Muszę popłynąć swoją łodzią na spokojniejsze wody. Wyrywam chwasty z pęknięć w betonowym nagrobku Jacoba i wycieram palce o wygrawerowane litery, a potem kładę na górze własnoręcznie zrobiony bukiet kwiatów polnych.

Wdycham świeże powietrze i na okrągło czytam jego imię i nazwisko.

Delikatnie przebiegam palcami po swojej bliźnie i wspominam go; przypominam sobie, jak bardzo mnie kochał.

Siadam na miękkiej trawie przy jego grobie i rozciągam nogi na słońcu. Niedaleko moich stóp latają dwa małe wróble, które odbywają wyrafinowany taniec pogoni i ucieczki, aż wreszcie wzbijają się w niebo i odlatują gdzieś wysoko.

Podziękowania

Mimo że pisałam sama, chciałabym podziękować kilku osobom za to, że *Mroczne jezioro* rzeczywiście stało się książką:

Tomowi za dar w postaci dodatkowych godzin i za to, że użerał się z naszymi małymi ludźmi, dzięki czemu nie musiałam stawiać czoła rzeczywistości tak często jak zazwyczaj.

Moim pierwszym czytelnikom, których było kilku — wszyscy jesteście cudownymi ludźmi. Dziękuję, że poświęciliście mi swój czas i przedstawiliście mi swoje uwagi. To było dla mnie naprawdę bardzo ważne. Do tej niewielkiej grupy należą również moi rodzice, Kevin i Susan, którzy byli niezwykle pomocni, co zakrawa na szczególną ironię, zważywszy na to, że to oni nauczyli mnie czytać (i pisać). Chciałabym im podziękować za wiele ogólnych uwag, a także za sporo przecinków, które pojawiły się w tej książce.

Deanne Sheldon-Collins za to, że udzieliła mi „odpowiednich" rad dotyczących pisania i dała mi pewność siebie, której bardzo potrzebowałam, gdy osiągnęłam półmetek.

Mojej wspaniałej agentce Lyn Tranter, przede wszystkim za to, że odpowiedziała na mój e-mail, a także jej i Sarah Minns za pomoc w nadaniu kształtu mojej historii, nazwaniu jej i uratowaniu jednego z bohaterów przed niechybną śmiercią.

Jane Palfreyman, Ali Lavau, Sarah Baker, Louise Cornege, Kate Goldsworthy i wszystkim innym czarodziejom z Allen & Unwin za Waszą pasję i entuzjazm. Dziękuję Wam za to, że jesteście tak dobrzy w tym, co robicie. Sprawiliście, że moja książka jest *DUŻO* lepsza, niż była, gdy się z nią zapoznawaliście. Jestem Wam wdzięczna za to, że pokazaliście ją tak wielu osobom.

Pragnę również podziękować nieznajomej z samolotu, która czytała fragmenty mojego wstępnego szkicu podczas długiego lotu, a gdy to zauważyłam, powiedziała mi, że książka jest „całkiem dobra", a potem błagała, żebym jej powiedziała, co będzie dalej. To niczym niewymuszone zainteresowanie było dla mnie silną motywacją.

Dziękuję również Nowemu Jorkowi, miastu trudnemu do zdefiniowania, choć na pewno niezwykłemu. To w tym magicznym miejscu napisałam sporo fragmentów tej książki i postanowiłam raz na zawsze, że ją skończę i wydam (cóż za zarozumiałość z mojej strony!). Jestem bardzo wdzięczna za to objawienie.

Pisanie książki jest czymś kompletnie niedorzecznym. Tak niedorzecznym, że najprawdopodobniej zrobię to jeszcze raz.